D0054540

HUÉSPED

HUÉSPED

Stephenie Meyer

Título original: *The Host* by Stephenie Meyer

Santillana USA Publishing Company, Inc.
2105 NW 86th Avenue
Doral, FL 33122
(305) 591-9522
www.alfaguara.net

Adaptación de cubierta: Antonio Ruano Gómez
Formación de interiores: Ana Rojas en La Buena Estrella Ediciones
Primera edición: septiembre de 2008.

ISBN 13: 978-1-60396-266-7
ISBN 10: 1-60396-266-2

Impreso en los Estados Unidos por HCI Printing
Printed in the United States by HCI Printing

A mi madre, Candi, que me enseñó que el amor
es la mejor parte de todas las historias.

Pregunta

Mi cuerpo es mi hogar,
mi caballo, mi sabueso
qué haría
si lo perdiera

Dónde dormiría.
Cómo montaría.
Qué cazaría.

A dónde iría
sin mi montura
toda impaciente, vital.
Cómo sabría
si más adelante en la maleza
está el peligro o la traición

Que haré sin mi Cuerpo, mi bien,
con mi perro alegre, muerto.

Cómo sería
yacer en el cielo
sin techo ni puertas
sin más ojos que el viento

Con una nube para cubrirme
¿Cómo me esconderé?

May Swenson

Prólogo

Inserción

El nombre del Sanador era Vado aguas profundas. Porque era un alma, por naturaleza era todo lo bueno que se puede ser: compasivo, paciente, honrado, virtuoso y lleno de amor. La ansiedad era una emoción desconocida para él.

La irritación le era aún más ajena. Sin embargo, Vado Aguas Profundas vivía dentro de un cuerpo humano, y por ello, a veces le era inevitable.

A medida que el bisbiseo de los estudiantes de Sanación ascendía desde el extremo opuesto de la sala de operaciones, sus labios se fruncieron hasta formar una fina línea. La expresión parecía fuera de lugar en una boca que sin duda era mucho más dada a la sonrisa.

Darren, su asistente personal, se percató de su mueca y le palmeó el hombro.

—Simplemente muestran curiosidad, Vado —le comentó en voz baja.

—Una inserción no es un procedimiento interesante ni supone ningún desafío. En caso de emergencia, cualquier alma de la calle podría llevarla a cabo. No hay nada que puedan aprender de la observación de hoy —Vado se sorprendió al percibir el agudo filo que distorsionaba la habitual suavidad de su voz.

—Nunca habían visto un ser humano adulto antes —repuso Darren.

Vado enarcó una ceja.

—¿Están ciegos cuando se miran unos a otros? ¿Es que no tienen espejos?

—Ya sabes a lo que me refiero, a un humano salvaje, que aún no tiene alma. Uno de los insurgentes.

Vado miró el cuerpo inconsciente de la chica, que yacía boca abajo en la mesa de operaciones. La pena le inundó el corazón al recordar las condiciones de ese pobre cuerpo maltrecho cuando los Buscadores la habían traído al servicio de Sanación. ¡Qué dolor tendría que haber padecido...! Claro que ahora ya estaba bien, completamente curada. Vado se había ocupado de eso.

—Tiene el mismo aspecto que nosotros —le susurró Vado a Darren—. Todos tenemos rostros humanos. Y cuando despierte, también será una de nosotros.

—Simplemente les parecerá emocionante, eso es todo.

—El alma que vamos a implantar hoy merece mucho respeto, como para tener a toda esta gente así, mirando embobada al cuerpo de su huésped. Y ya tendrá bastante que enfrentar mientras se aclimata. No está bien hacerle pasar por esto —y con "esto" no se refería a las miradas estúpidas. Vado sintió como el borde afilado volvía a su voz.

Darren le volvió a palmear la espalda.

—Todo saldrá bien. La Buscadora necesita información y...

Ante la palabra *Buscadora*, Vado le lanzó una mirada a Darren que sólo podía calificarse de hostil. Darren pestañeó sorprendido.

—Lo siento —se disculpó Vado con rapidez—. No quería reaccionar de modo tan negativo. Es simplemente que temo por esta alma.

Dirigió los ojos al criotanque que tenía allí, al lado de la mesa. La luz era fija, de un rojo mate, indicador de que estaba ocupado y en el modo hibernación.

—Esta alma ha sido seleccionada especialmente para este objetivo —dijo Darren con voz tranquilizadora—. Entre nuestra especie, ella resulta ser excepcional, más valiente que la mayoría. Sus vidas hablan por sí mismas. Creo que se habría ofrecido voluntaria, si hubiera sido posible preguntarle.

—¿Quién de nosotros no se habría presentado de voluntario si se le pidiera que hiciera algo por el bien de todos? ¿Pero era realmente ése el caso? ¿Así se sirve en verdad al bien común? La cuestión no era su disponibilidad, sino el grado de tolerancia que, en justicia, podía exigirse de un alma.

Los estudiantes de Sanación también discutían sobre el alma hibernada. Vado podía escuchar con claridad los murmullos; las voces se alzaban ahora, y subían de tono excitadas.

—Ha vivido en seis planetas.

—Yo había oído que en siete.

—También escuché que no había pasado dos ciclos vitales en la misma especie hupésped.

—¿Eso es posible?

—Ha estado casi en todas partes. En una flor, un oso, una araña...

—En un alga, un murciélago...

—¡Incluso un dragón!

—No lo puedo creer... no en siete planetas.

—Al menos siete. Comenzó en el Origen.

—¿De verdad? ¿En el Origen?

—¡Calma, por favor! —interrumpió Vado—. Si no pueden observar con profesionalismo y en silencio, tendré que pedirles que se marchen.

Avergonzados, los seis estudiantes callaron y se apartaron unos de otros.

—Continuemos con esto, Darren.

Todo estaba preparado. Allí estaban las medicinas apropiadas al lado de la chica humana. Su largo cabello negro, recogido bajo una gorra quirúrgica, exponía su cuello esbelto. Profundamente sedada, respiraba con lentitud. Su piel tostada por el sol apenas mostraba restos de su... accidente.

—Por favor, Darren, comienza la secuencia de descongelación.

El canoso asistente estaba ya delante del criotanque con la mano posada sobre el dial. Retiró el seguro y giró el interruptor hacia abajo. La luz roja en la parte superior del pequeño cilindro gris comenzó a pulsar, destellando con mayor rapidez conforme pasaban los segundos, y cambiando de color.

Vado se concentró en el cuerpo inconsciente. Hizo una incisión con el escalpelo a través de la piel hasta la base del cráneo del sujeto con movimientos breves y precisos y luego roció la medicación que frenaba el flujo excesivo de sangre antes de ampliar la herida. Hurgó con delicadeza bajo los músculos del cuello, muy cuidadosamente, evitando dañarlos y expuso los pálidos huesos de la parte superior de la columna vertebral.

—El alma está lista, Vado —le informó Darren.

—Yo también. Tráela.

Vado percibió a Darren a la altura de su codo y supo, sin tener que mirar, que su asistente estaría preparado, con la mano extendida y esperando; ya llevaban muchos años trabajando juntos. Vado mantuvo la herida abierta.

—Enviémosla a casa —musitó.

La mano de Darren apareció ante su vista, con el resplandor plateado de un alma en pleno despertar en la mano ahuecada.

Vado jamás había contemplado un alma expuesta sin sentirse conmovido por su belleza.

El alma destelló bajo las luces intensas de la sala de operaciones, con un fulgor más vivo que el plateado instrumento reflectante que tenía en la mano. Como un lazo viviente, se retorcía y ondulaba, estirándose, feliz de verse libre del criotanque. Sus casi mil finas y plumosas adherencias flotaban suavemente, como pálidos cabellos de plata. Aunque todas le parecían encantadoras, a Vado Aguas Profundas ésta le pareció especialmente hermosa.

No sólo él experimentó esta reacción. Percibió el suave suspiro de Darren y los murmullos de admiración de los estudiantes.

Delicadamente, Darren colocó la pequeña y deslumbrante criatura dentro de la incisión que Vado había practicado en el cuello humano. El alma se deslizó con suavidad dentro del sitio que se le había procurado, entrelazándose con aquella anatomía extraña. Vado admiró la habilidad con la que tomaba posesión de su nuevo hogar. Algunas de sus adherencias se enroscaron con fuerza en el lugar correcto en torno a los centros nerviosos, mientras que otras se estiraron para penetrar profundamente, hasta donde ya no podía verlas, por debajo y hacia el interior del cerebro, los nervios ópticos y los canales auditivos. Era muy rápida y de movimientos muy seguros. Pronto, sólo quedó a la vista un trozo de su cuerpo reluciente.

—Buen trabajo— le susurró, aunque sabía que ella no podía oírle. La chica humana era la única que tenía oídos y aún dormía profundamente.

Terminar la tarea ya era cuestión de rutina. Aseó y cerró la herida, aplicó el ungüento que sellaría la incisión cubriendo el alma y luego esparció el polvo cicatrizador sobre la línea abierta en el cuello.

—Perfecto, como siempre —comentó el asistente, quien, por alguna razón para Vado incomprensible, nunca había querido cambiar el nombre de su huésped humano, Darren.

Vado suspiró.

—Lamento el trabajo que he hecho hoy.

—Sólo cumples tu deber como Sanador.

—Pero ésta es la única ocasión en que la sanación realmente se convierte en un daño.

Darren comenzó a limpiar la zona de trabajo. No parecía tener una respuesta apropiada. Vado cumplía con su Vocación, y eso era suficiente para él.

Pero no era bastante para Vado Aguas Profundas, que era Sanador hasta lo más profundo de su ser. Miró con ansiedad al cuerpo de la hembra humana, sereno en su sueño profundo, sabiendo que esa paz se alteraría en el momento en que despertara. El alma inocente que había insertado en ese cuerpo tendría que soportar todo el horror del final de la joven.

Mientras se inclinaba sobre el ser humano y susurraba a su oído, Vado deseó fervientemente que el alma en su interior pudiera escucharle.

—Buena suerte, pequeña viajera, buena suerte. Cómo desearía que no la necesitases.

1

Recuerdos

Sabía que comenzaría con el final y el final, para estos ojos, sería algo así como la muerte. Estaba avisada.

No para *estos* ojos. Para *mis* ojos. Míos. Porque ahora "esto" era *yo*.

El lenguaje que ahora empleaba me parecía extraño, aunque tenía sentido. Tartamudeante, retumbante, obscuro y lineal. Increíblemente limitado en comparación con los otros muchos que había utilizado y, sin embargo, lograba hallar fluidez y expresividad, a veces hasta belleza. Y ahora era mi idioma. Mi idioma materno.

Con el certero instinto de los de mi especie, me até firmemente al centro de pensamiento de este cuerpo, me ligué indisolublemente a su respiración y a sus reflejos hasta que dejamos de ser entidades separas. Ahora era yo.

No *el* cuerpo, sino *mi* cuerpo.

Sentí como se desvanecía la sedación y recobraba la lucidez. Me preparé para el asalto de su primer recuerdo, que en realidad sería el último: los momentos finales que había experimentado este cuerpo, el recuerdo del fin. Me habían advertido, con todo detalle, lo que estaba a punto de ocurrir. Estas emociones humanas serían más fuertes, más vivas que los sentimientos de cualquier otra especie en la que hubiera habitado antes. Y había tratado de prepararme.

El recuerdo llegó. Y tal como se me había avisado, no era algo para lo que uno pudiera prepararse.

Chamuscaba con su color estridente y su sonido avasallador. Sentí frío en su piel, mientras el dolor se aferraba a sus miembros, quemándolos. Percibía un intenso sabor metálico en su boca. Y ahí estaba un nuevo sentido, el quinto, que nunca antes había experimentado, y que tomaba las partículas del aire para transformarlas en extraños mensajes y placeres y advertencias para su cerebro: el olor. Me distraían y me confundían, pero no a su memoria. La memoria no tenía tiempo para las novedades del olfato; era sólo miedo.

El miedo la había encerrado en un circulo vicioso, impulsando a los torpes y embotados miembros hacia delante, pero a la vez dificultando sus movimientos. Todo lo que podía hacer ella era huir, correr.

Había fracasado.

Aquel recuerdo que no me pertenecía era tan aterradoramente fuerte y nítido que se infiltró en mi control: doblegó al desapego, al conocimiento de que esto era simplemente un recuerdo y que, además, no era mío. Me arrastró al infierno de lo que había constituido el último minuto de su vida, porque yo era ella y ambas huíamos.

Está tan obscuro. No veo nada. Ni siquiera el suelo. No veo mis manos, extendidas frente a mí. Corro a ciegas y trato de escuchar la persecución que puedo sentir a mis espaldas, pero el pulso es tan estruendoso detrás de mis oídos que ahoga todo lo demás.

Hace frío. No debía importar ahora, pero duele. Tengo tanto frío.

El aire que respiraba su nariz era desagradable. Malo, un olor malo. Durante un segundo esa molestia me liberó del recuerdo. Pero sólo fue un segundo, y luego me arrastró nuevamente y mis ojos se llenaron de lágrimas de terror.

Estoy perdida; estamos perdidos. Se terminó.

Están justo detrás de mí ahora, los oigo claramente y muy cerca. ¡Se sienten muchos pasos! Estoy sola. He fracasado.

Los Buscadores llaman. El sonido de sus voces me revuelve el estómago. Me voy a marear.

"Todo está bien, todo está bien", me miente una, intentando calmarme, tratando de hacer que vaya más despacio. Su voz se entrecorta por el esfuerzo que hace al respirar.

¡Ten cuidado!, me grita otro en advertencia.

¡No te vayas a lastimar!, suplica uno más. Una voz profunda, llena de interés por mí.

¡Interés por mí!

El golpe de calor recorrió mis venas y me sentí asfixiar por un odio violento.

En todas mis vidas jamás había pasado por una emoción como ésta. Por otro segundo más, la repugnancia me alejó del recuerdo. Un lamento agudo, estridente, me atravesó los oídos y palpitó en mi mente. El sonido chirrió a través de mis vías respiratorias y sentí un ligero dolor en la garganta.

Un grito, me explicó mi cuerpo. *Eres tú la que grita.*

Me quedé helada por la sorpresa y el sonido se quebró de repente.

Esto no era un recuerdo.

Mi cuerpo... ¡estaba *pensando!* ¡Me estaba *hablando!*

Pero en ese momento el recuerdo era más fuerte que mi asombro.

"¡Por favor!", gritaban, "¡hay peligro ahí delante!"

¡El peligro está detrás!, respondí a gritos en mi mente. Pero ya veo qué es lo que quieren decir. Un débil rayo de luz, que proviene de quién sabe dónde, brilla al final del pasillo. No es un muro ciego ni una puerta cerrada, el callejón sin salida que temía y esperaba. Es un agujero negro.

El cubo de un elevador. Abandonado, vacío y condenado como todo el edificio. En su momento, un escondrijo y ahora, una tumba.

Una oleada de alivio me inundó mientras corría hacia adelante. Había una salida. No había manera de sobrevivir, pero sí quizás una manera de ganar.

¡No, no, no! Este pensamiento sí era completamente mío, y luché por apartarme de ella, pero seguíamos juntas. Y saltamos hacia el abismo de la muerte.

"¡Por favor!" Los gritos eran más desesperados.

Casi siento deseos de reír cuando advierto que he sido lo suficientemente rápida. Imagino sus manos intentando sujetarme por la espalda y fallando por centímetros. Pero soy tan veloz como se requiere. Ni siquiera me detengo cuando se acaba el piso. El agujero se levanta para encontrarse conmigo a mitad de camino.

El vacío me engulle. Las piernas se agitan, inservibles, y mis manos se aferran al aire, arañándolo, en busca de algo sólido. El frío me traspasa como los vientos de un tornado.

Escucho el golpe sordo antes de sentirlo... el viento cesó...

Y después el dolor por todas partes... el dolor es todo.

Deténganlo.

No fue lo suficientemente alto, susurré para mis adentros en medio del dolor.

¿Cuándo acabará el dolor? ¿Cuándo... ?

La obscuridad se tragó la agonía, y me sobrecogió la gratitud de que el recuerdo hubiera llegado a esto, al final más definitivo de todos los posibles. La negrura lo dominó todo y me liberó. Tomé aliento para tranquilizarme, según la costumbre de este cuerpo. *Mi* cuerpo.

Pero entonces el color regresó, el recuerdo se reavivó y me envolvió de nuevo.

¡No! Me dejé llevar por el pánico, temiendo al frío y al dolor, y al miedo mismo.

Pero éste no era el mismo recuerdo. Era un recuerdo dentro del recuerdo —el recuerdo de un agonizante, como una postrera bocanada de aire— aunque, de algún modo, era casi más fuerte que el primero.

La obscuridad se lo llevó todo menos esto: un rostro.

Aquella cara me resultaba tan extraña como a este nuevo cuerpo le parecerían los tentáculos serpentinos y sin rostro de mi último cuerpo huésped. Había visto este tipo de rostro en las imágenes que me habían proporcionado durante mi preparación para este mundo. Era difícil distinguir unas de otras, apreciar las sutiles variaciones de color y forma que eran las únicas marcas distintivas de la individualidad. Bastante parecidos, todos ellos. Narices centradas a la mitad de una esfera, los ojos arriba y las bocas abajo, las orejas a los lados. Un conjunto de sentidos, todos menos el tacto, concentrados en un solo lugar. La piel sobre los huesos, y pelo que crece en la coronilla y en extrañas líneas peludas por encima de los ojos. Algunos tenían más pelusa en la parte inferior de la mandíbula; ésos eran siempre machos. Los colores iban en la escala de los cafés, desde el color crema pálido, hasta el más obscuro, casi negro. Aparte de esto, ¿cómo se podían distinguir uno del otro?

Sin embargo, reconocería este rostro entre millones.

Era un cara en forma de rectángulo, muy angulosa, con un firme contorno de huesos bajo la piel, de un café claro dorado. El pelo era apenas unos cuantos tonos más obscuro que la piel, excepto donde algunos mechones del color del lino lo iluminaban y solo cubría la cabeza y las peculiares bandas peludas sobre los ojos. Las pupilas circulares dentro de los blancos globos oculares eran más obscuras que el pelo, pero como éste, estaban mechadas de un tono más claro. Tenía pequeñas líneas alrededor de los ojos y los recuerdos de ella me informaron que esas líneas se debían a sonreír y a guiñar los ojos bajo la luz del sol.

No sabía nada de lo que se consideraba belleza entre estos extranjeros, pero aún así, comprendí que este rostro era hermoso. Deseaba seguir contemplándolo. Tan pronto como me di cuenta de ello, desapareció.

Mío, decía aquel pensamiento alienígena que no debería haber existido.

Otra vez me quedé helada, aturdida. Aquí no debía debería nadie más que yo. ¡Y, sin embargo, ahí estaba este pensamiento, tan fuerte y tan consciente!

Imposible. ¿Cómo era que ella aún estaba aquí? Si ésta era yo ahora.

Mío, insistió ella, con el poder y la autoridad, que sólo me pertenecían a mí, fluyendo en su palabra. *Todo es mío.*

¿Y por qué le contesto?, me preguntaba cuando las voces interrumpieron mis pensamientos.

2

A hurtadillas

Las voces eran sutiles y cercanas, y aunque ahora era consciente de ellas, parecían proceder de una conversación murmurada de la que sólo había captado la mitad.

—Me temo que es demasiado para ella —decía alguien, cuya voz era suave pero profunda, un hombre.

—Demasiado para cualquiera, ¡cuánta violencia! —el tono era de clara aversión.

—Gritó sólo una vez —replicó una voz femenina, más alta y aflautada, remarcando la afirmación con un cierto regocijo, como si estuviera ganando una discusión.

—Ya lo sé —admitió el hombre—. Es muy fuerte. Otros habrían sufrido un trauma mucho mayor y con menos motivo.

—Como le dije, estoy segura de que estará bien.

—Quizá usted ha confundido su Vocación auténtica —había cierta dureza en la voz el hombre. Mi memoria lo denominó como "sarcasmo".

—Quizá estaba destinada a ser un Sanador, como yo.

La mujer emitió un sonido de diversión, una risotada.

—Lo dudo. Nosotros, los Buscadores, preferimos un tipo diferente de diagnóstico.

Mi cuerpo conocía esa palabra, esa especie de título: *Buscador*. Sentí que un escalofrío de miedo me bajaba por la columna, una reacción prestada. Evidentemente, *yo* no tenía motivos para temer a los Buscadores.

—A menudo me pregunto si la infección de la humanidad afecta a los de su profesión— musitó el hombre, cuya voz aún tenía la acritud de la molestia.

—La violencia es parte de su opción vital. O ¿es que hay algo en el temperamento de su cuerpo nativo que le haga disfrutar del horror?

Me sorprendió su acusación, su tono. Esta discusión era casi como... una riña. Algo con lo que mi huésped estaba familiarizada, pero que yo no había experimentado jamás.

La mujer estaba a la defensiva. —No es que escojamos la violencia. Nos enfrentamos a ella cuando no tenemos más remedio. Y pienso que es algo bueno para el resto que unos cuantos seamos lo suficientemente fuertes para soportar lo desagradable. Su paz se vería amenazada si no fuera por nuestro trabajo.

—Eso fue en otros tiempos. Creo que su Vocación pronto quedará obsoleta.

—Me parece que el error implícito en esa afirmación yace en la cama que tenemos aquí.

—Una chica humana, ¡sola y desarmada! Sí, claro, qué amenaza para nuestra paz.

La mujer resopló pesadamente. Un suspiro.

—Pero, ¿de dónde vino? ¿Cómo apareció en mitad de Chicago, una ciudad civilizada desde hace tanto tiempo, a cientos de kilómetros de cualquier rastro de actividad subversiva? ¿Se las arregló sola?

Disparó las preguntas seguidas, sin que pareciera esperar ninguna respuesta, como si ya se las hubiera planteado antes muchas veces.

—Ese es su problema, no el mío —repuso el hombre. —Mi responsabilidad es ayudar a esta alma a adaptarse a su nuevo huésped, sin dolores o traumas innecesarios. Y usted está aquí interfiriendo en mi trabajo.

Paulatinamente estaba emergiendo, adaptándome a este nuevo mundo de sentidos, de ahí que sólo entonces comprendiera que el asunto de esta conversación era yo. Yo era el alma de la que hablaban. Era una nueva connotación para el término, una palabra que había significado muchas otras cosas para mi huésped. En cada planeta adquiríamos nombres distintos. *Alma*. Suponía que era una descripción adecuada. Esa fuerza invisible que guía al cuerpo.

—Las respuestas a mis preguntas importan tanto como sus responsabilidades ante este alma.

—Eso es discutible.

Hubo un sonido de movimiento y la voz de ella se convirtió de pronto en un susurro.

—¿Cuándo estará en posibilidades de responder? La sedación debe estar a punto de desaparecer.

—Cuando esté lista. Déjela descansar, tiene derecho a enfrentar la situación sólo hasta que se encuentre más cómoda. ¡Imagínese la conmoción de su despertar: dentro de un huésped rebelde, herido de muerte mientras intentaba escapar! ¡Nadie debería verse obligado a soportar un trauma como éste en tiempos de paz —su voz se fue elevando al aumentar su emoción.

—Ella es fuerte —el tono de la mujer había recuperado confianza. —Mire que bien se las ha arreglado con el primer recuerdo, el peor. Sea lo que fuera lo que esperara, ha podido con él.

—¿Y por qué tendría ella que hacer esto? —mascullό el hombre, aunque no parecía esperar una respuesta.

Sin embargo, la mujer contestó.—Si hemos de obtener las respuestas que necesitamos...

—"Necesitar" es la palabra que usted ha usado. Yo me quedaría con el término "querer".

—Aguien debe hacerse cargo de la parte desagradable —continuó ella como si no la hubiese interrumpido—. Y considero, por lo que sé de este individuo, que aceptará el reto cuando haya alguna forma de interrogarla. ¿Como la llamó?

—Viajera —contestó él tras una pausa y desganadamente.

—Muy apropiado —repuso ella. —Porque aunque no tengo ninguna estadística oficial, ella debe ser una de las pocas, si no la única, que ha viajado tan lejos. Sí, *Viajera*, le irá bien hasta que escoja un nuevo nombre por sí misma.

Él no dijo nada.

—Claro que podría adoptar el nombre de la huésped... No hemos encontrado registros de sus huellas digitales ni del escáner retinal. Así que no puedo decirle cuál era su nombre.

—Ella no adoptará el nombre humano —gruñó el hombre.

La respuesta de ella fue conciliatoria.

—Cada uno se consuela a su manera.

—Esta Viajera necesitará más consuelo que la mayoría, gracias al estilo peculiar de Búsqueda que tiene usted.

Se oyeron unos sonidos agudos, pasos en *staccato* contra el duro suelo. Cuando habló de nuevo, la voz de la mujer provenía del otro lado de la habitación donde se encontraba el hombre.

—Usted habría reaccionado de manera bastante poco apropiada en los primeros días de esta ocupación —comentó.

—Y quizá usted esté reaccionando de manera muy poco apropiada para la paz.

La mujer se echó a reír, pero el sonido era falso, porque no correspondía a algo divertido. Mi mente parecía bien adaptada a la intrerpretación de los auténticos significados de los tonos e inflexiones.

—No tiene una percepción clara de lo que supone mi Vocación. Paso muchas horas afanada con mapas y archivos. Sobre todo trabajo de escritorio. Rara vez tiene que ver con el negocio conflictivo y violento que usted parece suponer que es.

—Hace diez días iba cargada de armas mortales… extenuando a este cuerpo.

—Pues le aseguro que es una excepción y no la regla. No olvide que las armas que tanto le disgustan se vuelven contra los de nuestra especie siempre que nosotros, los Buscadores, no estamos lo bastante alertas. Los humanos nos asesinan alegremente cuando tienen la facilidad de hacerlo. Aquellos cuyas vidas han sido afectadas por semejante hostilidad, nos ven como héroes.

—Habla como si hubiera una guerra en marcha.

—Para lo que queda de la raza humana, la hay.

Esas palabras retumbaron con fuerza en mis oídos. Mi cuerpo reaccionó a ellas; sentí cómo se aceleraba mi respiración, escuché a mi corazón palpitar más fuerte de lo habitual. Junto a mi cama, una máquina registraba los incrementos con un pitido sordo. El Sanador y la Buscadora estaban demasiado absortos en su pleito como para darse cuenta.

—Sí, pero una guerra que hasta ellos tienen que admitir que perdieron hace mucho. ¿Por cuánto los superamos en número? ¿Uno a un millón? Imaginaba que usted lo sabría.

—Estimamos que las probabilidades son un ligeramente más altas a nuestro favor —concedió ella a regañadientes.

El Sanador pareció satisfecho de poder reforzar esta parte de su desacuerdo con un dato. Hubo silencio por un momento.

Utilicé aquel tiempo para evaluar mi situación. La mayor parte era obvia.

Estaba en un servicio de Sanación, recuperándome de una inserción inusualmente traumática. Estaba segura de que el cuerpo en el que me alojaba había sido totalmente curado antes de que me lo dieran. A un huésped con daños lo habrían desechado.

Consideré las opiniones encontradas del Sanador y la Buscadora. Según la información que me habían proporcionado antes de elegir venir aquí, el Sanador llevaba la razón. Las hostilidades con los escasos grupos humanos que quedaban estaban a punto de terminar. El planeta llamado Tierra era tan pacífico y sereno como lo aparentaba desde el espacio, de un incitante verde y azul, envuelto en sus inocuos vapores blancos. Y la armonía era ahora universal, al estilo de la que solían implantar las almas.

La disensión verbal entre el Sanador y la Buscadora era algo fuera de lugar, algo extrañamente agresivo para los de nuestra especie. Eso hizo que me planteara preguntas. Podrían ser ciertos los rumores que corrían por ahí y que se habían propagado en forma de ondas a través de los pensamientos de... de...

Me distraje, intentando encontrar el nombre de la última especie que me había alojado. Teníamos un nombre, eso sí lo sabía. Pero como ya no estaba conectada a ese huésped, no podía recordar la palabra. Utilizábamos un lenguaje mucho más simple, es decir, un lenguaje silencioso de pensamiento puro que nos conectaba en una gran mente. Algo muy conveniente cuando uno estaba arraigado para siempre en la obscura tierra húmeda.

Pero sí podía describir esa especie con mi nuevo lenguaje humano. Vivíamos en el lecho de un gran océano que cubría la superficie entera de nuestro mundo, un mundo que tenía un nombre y que tampoco podía recordar. Cada uno de nosotros tenía cien brazos y en cada brazo mil ojos, de modo que, con nuestras mentes conectadas, nada pasaba inadvertido en aquel vasto océano. No hacía falta el sonido, así que no había forma de escucharlo. El sabor de las aguas, junto con nuestra vista, nos contaba todo lo que necesitábamos saber. También degustábamos de los soles que se encontraban a muchos kilómetros sobre el agua, y su sabor se transformaba en toda la comida que pudiéramos necesitar.

Era capaz de describirnos, pero no de nombrarnos. Suspiré con pena por el conocimiento perdido y entonces retorné a mis reflexiones respecto de lo que había escuchado a hurtadillas.

Como regla general, las almas no podían decir nada que no fuera la verdad. Los Buscadores, claro está, respondían a las exigencias de su Vocación, pero entre las almas jamás había una razón para mentir. Con el lenguaje de pensamiento de mi última especie, la mentira habría sido imposible, aunque la hubiéramos deseado. Sin embargo, anclados como estábamos, nos contábamos historias entre nosotros para aliviar el aburrimiento. El de referir historias era uno de los talentos más celebrados allí, porque nos beneficiaba a todos.

Algunas veces, los hechos se mezclaban con la ficción de forma tan cabal, que aunque no se dijeran mentiras, era difícil recordar lo que era rigurosamente cierto.

Cuando pensábamos en el nuevo planeta —la Tierra, tan seco, tan variado y lleno de habitantes tan violentos y destructivos que apenas si cabía imaginarlos—, a veces nuestro horror se veía superado por la excitación. Al principio, se informó sobre las guerras —¡guerras! ¡nuestra especie obligada a luchar!— en forma literal, después se embellecieron y luego se novelaron. Cuando estas historias entraban en conflicto con la información oficial que yo buscaba, naturalmente, me creía los primeros reportes.

Pero ya habían corrido rumores sobre esto, sobre huéspedes humanos tan fuertes que el alma se veía obligada a abandonarlos.

Huéspedes cuyas mentes no podían suprimirse completamente. Almas que asumían la personalidad del cuerpo, más que a la inversa. Historias. Rumores absurdos. Locuras.

Aunque ésta parecía ser casi la acusación del Sanador...

Descarté el pensamiento. La explicación más probable para su censura era el desagrado que la mayoría de nosotros experimentaba hacia la Vocación del Buscador. ¿Quién escogería voluntariamente una vida de conflicto y persecución? ¿Quién podría sentirse atraído por la tarea de rastrear huéspedes reacios y capturarlos? ¿Quién tendría el estómago para enfrentarse a la violencia de esta especie en particular, de estos humanos hostiles que mataban tan fácil y tan desaprensivamente? Aquí, en este planeta, los Buscadores se habían convertido prácticamente en una... milicia, término que mi nuevo cerebro suministró para ese concepto tan poco familiar. La mayoría creía que sólo las almas menos civilizadas, las menos evolucionadas, los inferiores entre nosotros podían seguir el camino del Buscador.

Pero aun así, en la Tierra, los Buscadores habían conseguido un nuevo estatus. Nunca antes se había desvirtuado tanto una ocupación, nunca antes se había tornado una batalla tan feroz, ni tan sangrienta. Nunca antes se habían sacrificado las vidas de tantas almas. Los Buscadores se alzaban como un escudo poderoso y las almas de este mundo tenían que estarles triplemente agradecidas: por la seguridad que habían conseguido alcanzar a pesar de este caos; por el riesgo de una muerte definitiva, que afrontaban a diario y de buen grado, y por los nuevos cuerpos que continuaban suministrando.

Ahora que el peligro prácticamente había pasado, parecía que la gratitud también se desvanecía. Y, en lo que tocaba a esta Buscadora en concreto, el cambio no parecía agradable.

Era fácil imaginar qué preguntas me haría. Aunque el Sanador estaba intentando comprarme tiempo para que me ajustase a mi nuevo cuerpo, yo sabía que de todas formas haría lo que pudiera para ayudar a la Buscadora. La quintaesencia de cualquier alma es un recto concepto de la ciudadanía.

Así que inhalé profundamente para prepararme. El monitor registró el movimiento. Sabía que le estaba dando largas al asunto porque, aunque odiaba admitirlo, tenía miedo. Para conseguir la información que la Buscadora necesitaba, tendría que explorar los recuerdos llenos de violencia que me habían hecho gritar de espanto. Más que eso, le temía a la voz que había oído claramente en mi cabeza. Ahora estaba callada, como correspondía. Ella también era sólo un recuerdo.

No debería haber tenido miedo. Después de todo, ahora me llamaban la Viajera, y me había ganado el nombre.

Con otro profundo suspiro, me sumergí en los recuerdos que me habían asustado, los encaré de frente, con los dientes apretados.

Podía saltarme el final: ya no me abrumaría. En un avance rápido de imágenes, corrí otra vez entre las tinieblas, sobresaltada, intentando no sentir. Todo acabó rápidamente.

Una vez que superé esa barrera, no fue difícil flotar a través de cosas y lugares menos alarmantes, repasando rápidamente en pos de la información que deseaba. Vi como había llegado ella a esta fría ciudad, conduciendo toda la noche un coche robado, elegido deliberadamente por su aspecto anodino. Había caminado por las calles de Chicago en la obscuridad, temblando embozada en su abrigo.

Ella estaba embarcada en su propia búsqueda. Aquí había otros como ella, o al menos eso esperaba. Uno en particular, un amigo... no, familia. No era una hermana... una prima.

Las palabras llegaban cada vez con mayor lentitud, y al principio no entendí la razón. ¿Se le había olvidado esto? ¿Lo había perdido por el trauma de estar al borde de la muerte? ¿Quizá aún estaría yo algo torpe a causa de la inconsciencia? Luchaba por pensar con claridad. Esta sensación me era poco familiar. ¿Aún tendría el cuerpo sedado? Me sentía bastante alerta, pero mi mente trabajaba infructuosamente para obtener las respuestas que quería.

Intenté otra vía de abordaje, esperando conseguir respuestas más claras. ¿Cuál era su objetivo? Ella deseaba encontrar a... Sharon —por fin pesqué el nombre— y entonces ellas...

Choqué contra un muro.

Me encontré ante un espacio en blanco: la nada. Intenté dar vueltas a su alrededor, pero no podía percibir los bordes del vacío. Era como si la información que buscaba se hubiera borrado.

Como si su cerebro hubiera sufrido algún tipo de daño.

La ira se encendió en mi interior, ardiente y salvaje. Jadeé sorprendida ante una reacción tan inesperada. Había oído hablar de la inestabilidad emocional de estos cuerpos humanos, pero esto estaba más allá de mi capacidad de previsión. En ocho vidas completas, nunca jamás había sentido una emoción que me afectara con tal fuerza.

Sentí cómo latía la sangre en mi cuello, restallando detrás de mis orejas. Las manos se me cerraron formando dos puños.

La máquina a mi lado informó de la aceleración de mis latidos. Hubo una reacción en la habitación: el golpe seco de los zapatos de la Buscadora se me aproximó, mezclado con un deslizar de pies más sordo, que debía ser del Sanador.

—Bienvenida a la Tierra, Viajera —dijo la voz femenina.

3

Resistencia

—No reconocerá el nuevo nombre —murmuró el Sanador.

Me distrajo una nueva sensación. Algo agradable, un cambio en el aire cuando la Buscadora se acercó a mi lado. Comprendí que era un aroma. Algo distinto en aquella inodora y estéril habitación. Mi nueva mente me dijo: es perfume. Floral, sensual...

—¿Puede oírme? —preguntó la Buscadora, interrumpiendo mi análisis—. ¿Está consciente?

—Tómese su tiempo —la urgió el Sanador con una voz más amable que la que había empleado antes.

No abrí los ojos. No quería que me distrajeran. Mi mente me suministraba las palabras que necesitaba y también la entonación, con la que podía transmitir lo que no habría logrado decir sin utilizar un montón de palabras.

—¿Me han colocado en un huésped dañado para obtener la información que necesitan, Buscadora?

Hubo un resuello —mezcla de sorpresa e indignación— y algo cálido tocó mi piel, cubriéndome la mano.

—Por supuesto que no, Viajera —me dijo el hombre con voz tranquilizadora—. Hasta un Buscador se detendría ante cierta clase de cosas.

La Buscadora jadeó de nuevo. Más bien siseó, según me corrigió mi mente.

—Entonces ¿por qué esta mente no funciona bien?

Se hizo un silencio.

—Todas las exploraciones son correctas —dijo la Buscadora. Sus palabras no eran tranquilizadoras, sino beligerantes ¿pretendía pelear conmigo?. —El cuerpo fue perfectamente curado.

—De un intento de suicidio que estuvo peligrosamente cerca del éxito— el tono de mi voz era rígido, aún airado. No estaba acostumbrada al enfado y era difícil controlarlo.

—Todo estaba en perfecto orden —El Sanador la cortó en seco.

—¿Qué echa de menos? —inquirió. —Es obvio que ya ha conseguido acceder al lenguaje.

—La memoria. Estaba intentando encontrar lo que desea la Buscadora.

Aunque no se escuchó sonido alguno, hubo un cambio. La atmósfera, que se había tensado por mi acusación, se relajó. Me pregunté cómo sabía esto. Tenía la extraña sensación de que, de algún modo, estaba recibiendo algo más de lo que me ofrecían mis cinco sentidos, y de que había *otro* sentido más, en los límites, aunque no del todo bajo control. ¿La intuición? Ésa parecía ser la palabra correcta. Como si una criatura cualquiera necesitara más de cinco sentidos.

La Buscadora se aclaró la garganta, pero fue el Sanador el que contestó.

—Ah— apuntó.

—No se angustie por algunas dificultades parciales con... los recuerdos. Eso, bueno, no es exactamente lo que *uno espera,* pero tampoco es sorprendente, teniendo en cuenta que...

—No entiendo lo que me quiere decir.

—Este huésped formaba parte de la resistencia humana—. Ahora había un matiz de excitación en la voz de la Buscadora.

—Los humanos que sabían de nuestra existencia antes de la inserción son los más difíciles de someter. Y éste aún se resiste.

Hubo otro momento de silencio mientras esperaban mi respuesta.

¿Resistencia? ¿El huésped estaba bloqueando mi acceso? Otra vez el ardor de mi cólera me sorprendió.

—¿La conexión ha sido la correcta? —pregunté, con la voz distorsionada que surgió de entre mis dientes.

—Sí— repuso el Sanador.

—Todos los ochocientos veintisiete puntos están asegurados en sus posiciones óptimas.

Esta mente usaba más de mis facultades que cualquier otro huésped anterior, y sólo me dejaba libres ciento ochenta y un enlaces. Quizá la gran cantidad de sujeciones daba pie a que las sensaciones fueran tan vívidas.

Decidí abrir los ojos. Sentí la necesidad de cerciorarme de las garantías del Sanador y asegurarme de que el resto de mí funcionaba correctamente.

La luz, brillante, dolorosa. Cerré los ojos de nuevo. La última luz que había visto se filtraba a través de cientos de brazas oceánicas. Pero estos ojos habían contemplado cosas más brillantes y podían arreglárselas bien. Los abrí, pero a medias, manteniéndolos entrecerrados, dejando que las pestañas se entrelazaran sobre la apertura.

—¿Desea que apague las luces?

—No, Sanador. Mis ojos se ajustarán.

—Muy bien —dijo, y comprendí que su aprobación se dirigía al uso circunstancial que había hecho del posesivo.

Ambos esperamos tranquilamente mientras mis ojos se abrían con lentitud.

Mi mente reconoció el lugar como una habitación normal de un establecimiento médico. Un hospital. Los azulejos del techo eran blancos con motas más obscuras. Las luces eran rectangulares y del mismo tamaño que los azulejos, con los que se alternaban a intervalos regulares. Las paredes eran de un verde claro —un color calmante, aunque también era el color de la enfermedad. Una elección poco inteligente, según la rápida opinión que me acababa de formar al respecto.

La gente que me observaba era más interesante que la habitación. La palabra *doctor* resonó en mi mente tan pronto como fijé los ojos en el Sanador. Llevaba unas ropas holgadas, de color azul verdoso que dejaban sus brazos libres. Y unos matorrales... Tenía pelo en la cara, de un extraño color que mi memoria denominó como "rojo".

¡Rojo! Había pasado ya por tres mundos desde la última vez que había visto el color o cualquier otra cosa similar. Pero incluso este dorado jengibre me llenó de nostalgia.

Su rostro me pareció genéricamente humano, pero el conocimiento que albergaba en mi memoria le aplicó la palabra *amable*.

Un bufido de impaciencia hizo que mi atención se volviera hacia la Buscadora.

Era muy pequeña. Si se hubiera quedado quieta me habría llevado más tiempo percatarme de que estaba allí, al lado del Sanador. No atraía la mirada, era como algo obscuro en la habitación brillante. Vestía de negro desde la barbilla hasta las muñecas, un traje conservador con un suéter de seda, de cuello de tortuga, debajo. También tenía el pelo negro. Le llegaba hasta la barbilla y se lo sujetaba detrás de las orejas. Su piel era más morena que la del Sanador, de un tono oliváceo.

Los pequeños cambios en las expresiones de los humanos eran tan sutiles que resultaban muy difíciles de interpretar. Sin embargo, mi memoria también podía designar la expresión del rostro de esta mujer. Las cejas negras, que se curvaban sobre unos ojos ligeramente saltones, ofrecían un diseño que me era familiar. No era exactamente ira. Intensidad. Irritación.

—¿Y esto sucede muy a menudo? —inquirí, mirando de nuevo al Sanador.

—No muy a menudo —admitió él.

—Últimamente disponemos de muy pocos huéspedes adultos... Los inmaduros son del todo maleables. Pero usted indicó que prefería empezar como adulto...

—Sí.

—La mayoría pide justo lo contrario. El ciclo vital humano es mucho más corto de lo que está acostumbrada.

—Estoy bien informada de todo eso, Sanador. ¿Se ha encontrado usted antes con este... tipo de resistencia?

—En mi caso, sólo una vez.

—Cuénteme los hechos del caso —hice una pausa.

—Por favor— añadí, al darme cuenta de que a mi orden le faltaba cortesía.

El Sanador suspiró.

La Buscadora comenzó a tamborilear los dedos sobre su brazo. Signo de impaciencia. No deseaba esperar para averiguar lo que le interesaba saber.

—Eso ocurrió hace unos cuatro años —comenzó el Sanador—. El alma en cuestión había pedido un huésped macho adulto. El primero que pudimos encontrar fue un hombre que había vivido en un reducto de resistencia humana desde los primeros años de la ocupación. El humano... sabía lo que ocurriría si lo capturábamos.

—Igual que mi huésped.

—Hum, sí —se aclaró la garganta.

—Era apenas la segunda vida del alma y procedía del Mundo Ciego.

—¿El Mundo Ciego?— pregunté, inclinando la cabeza hacia un lado, en forma reflexiva.

—Oh, lo siento, seguramente no conocerá nuestros nombres coloquiales. Aunque ese planeta era uno de los suyos, ¿no?—. De su bolsillo extrajo un dispositivo, una computadora que consultó con rapidez. —Sí, su séptimo planeta. En el sector octogésimo primero.

—¿Mundo *Ciego*? —insistí de nuevo, con un matiz de reproche en la voz.

—Sí, bueno, algunos de los que han vivido allí prefieren llamarle el Mundo Cantante.

Asentí lentamente, eso me gustaba mucho más.

—Y los que no han estado allí nunca le llaman el Planeta de los Murciélagos —masculló la Buscadora.

Volví los ojos hacia ella, sintiendo cómo se entrecerraban mientras mi mente rebuscaba una imagen clara del feo roedor volátil al que ella se refería.

—Supongo que usted es una de los que jamás han vivido allí, Buscadora —comentó en tono desaprensivo el Sanador—. Al principio, llamamos a aquella alma Canción Mensajera, lo que era una traducción libre de su nombre en el... Mundo Cantante. Pero pronto decidió adoptar el nombre de su huésped, Kevin. Aunque, dada su procedencia, fue destinado a una Vocación en Interpretación Musical, dijo que se encontraría mucho más cómodo si continuaba en la anterior línea de trabajo de su huésped, que era la de mecánico.

—Para su Acomodador asignado estos eran síntomas algo preocupantes, aunque estaban dentro de los límites normales.

—Entonces Kevin comenzó a quejarse de que se quedaba en blanco durante ciertos periodos. Me lo volvieron a traer y le hicimos unas pruebas completas para asegurarnos de que no había fallas ocultas en el cerebro del huésped. Durante las pruebas, varios Sanadores advirtieron notorias diferencias en su comportamiento y en su personalidad. Cuando le preguntamos sobre al asunto, afirmó que no tenía recuerdos de ciertas afirmaciones y acciones. Continuamos observándolo, junto con su Acomodador, hasta que por casualidad descubrimos que de forma periódica, el huésped tomaba el control del cuerpo de Kevin.

—¿Tomar el control? —se me dilataron los ojos.

—¿Y el alma no se daba cuenta? ¿El huésped recuperaba su cuerpo?

—Sí, tristemente. Kevin no era lo bastante fuerte para suprimir a su huésped.

No era lo bastante fuerte.

¿Sería que también ellos me consideraban débil? ¿*Era* yo tan débil que no podía forzar a esta mente a contestar mis preguntas? ¿Tan débil como para que sus pensamientos vivos perduraran en mi cabeza donde no debería haber otra cosa que recuerdos? Siempre me había considerado fuerte y esta idea de debilidad hizo que me estremeciera. Me avergonzaba.

El Sanador continuó.

—Ocurrieron ciertas cosas, y se decidió...

—¿Qué cosas?

El Sanador bajó la vista sin contestarme.

—*¿Qué cosas?* — exigí de nuevo.

—Creo que tengo derecho a saber.

El Sanador suspiró.

—En efecto. Kevin... atacó físicamente a una Sanadora mientras no era... él mismo —tembló ligeramente. De un puñetazo dejó a una Sanadora inconsciente y después le quitó un escalpelo que llevaba encima. La encontramos sin conocimiento. El huésped había intentado cortar el alma y sacarla de su cuerpo.

Tardé un momento en poder hablar. Incluso entonces, mi voz apenas fue más que un susurro.

—¿Qué les ocurrió?

—Afortunadamente, el huésped no había logrado estar presente en la conciencia el tiempo suficiente para infligir un daño serio. Kevin fue recolocado, esta vez, en un huésped joven. No hubo forma de reparar al huésped defectuoso, y se decidió que no tenía caso salvarlo.

—Kevin tiene ahora siete años humanos y es perfectamente normal... descontado el hecho de que, curiosamente, ha conservado el nombre de Kevin. Sus guardianes se aseguran de que esté muy expuesto a la influencia musical y se está desarrollando bien... —la frase final la había añadido a manera de buena noticia, tan buena que compensara todo lo anterior.

—¿Por qué? —me aclaré la garganta para que mi voz ganara volumen.

—¿Y por qué no se han hecho públicos esos riesgos?

—De hecho —interrumpió la Buscadora—, en toda la propaganda de reclutamiento se asienta muy claramente que es mucho más difícil asimilar a los huéspedes humanos adultos restantes que a un niño. De ahí que se recomiende encarecidamente tomar a un huésped joven.

—La palabra "difícil" no es la que mejor define la historia de Kevin —susurré.

—Sí, bueno, pero lo cierto es que usted prefirió ignorar la recomendación —alzó las manos en un gesto conciliador cuando mi cuerpo se tensó, ocasionando que la rígida tela de aquella cama estrecha crujiera suavemente.

—No es que la culpe. La infancia es extraordinariamente tediosa. Y sin duda, usted no es un alma promedio. Tengo plena confianza en que esta tarea está dentro de sus capacidades. Es sólo otro huésped más. Estoy segura de que en poco tiempo tendrá acceso y control totales.

En este punto de mi observación de la Buscadora, me sorprendió que tuviera la paciencia suficiente para tolerar alguna demora, incluso la de mi aclimatación personal. Sentí que le decepcionaba mi falta de información y esto me acarreó de nuevo esos extraños sentimientos de cólera.

—¿No se le ocurrió que podría obtener usted misma las respuestas haciendo que la insertaran en este cuerpo? —le pregunté.

Ella se envaró.

—No soy una saltarina

Alcé las cejas de forma automática.

—Es otro apodo —me explicó el Sanador.

—Se aplica a aquellos que no son capaces de completar un ciclo vital en su huésped.

Asentí al comprenderlo. Teníamos también un nombre para eso en mis otros mundos, y en ninguno de ellos estaba bien visto. Así que dejé de poner a prueba a la Buscadora y le di lo que podía darle.

—Su nombre era Melanie Stryder, nacida en Alburquerque, Nuevo México. Estaba en Los Ángeles cuando se enteró de la ocupación y se escondió en la espesura durante unos años antes de encontrar... hummm, lo siento, intentaré recordar eso luego. El cuerpo ha cumplido veinte años. Condujo hacia Chicago desde... —sacudí la cabeza.

—Hizo varias etapas, y no todas sola. El vehículo era robado. Estaba buscando a su prima Sharon, de quien tenía esperanzas fundadas de que aún seguía siendo humana. No la encontró ni hizo contacto alguno con nadie antes de ser localizada. Pero... —forcejeé, luchando de nuevo contra otro muro en blanco.

—Creo... no puedo estar segura... creo que dejó una nota... en algún lugar.

—¿Así que esperaba que alguien la buscara? —inquirió anhelante la Buscadora.

—Sí. La echarán... de menos, si no se reúne con...— apreté los dientes, luchando con auténtica fuerza. El muro era negro ahora y no podía decir de qué espesor. Lo golpeé, mientras el sudor me perlaba la frente. La Buscadora y el Sanador estaban muy quietos, permitiéndome concentrarme.

Intenté pensar en otra cosa: en los fuertes y extraños ruidos del motor del coche, en el frenético golpe de adrenalina que experimentaba cada vez que se me acercaban los faros de otros vehículos en la carretera. Esto había conseguido recuperarlo y nada me sacaba de él. Me dejé llevar por los recuerdos y me salté la parte de la fría excursión a través de la ciudad bajo la protectora obscuridad de la noche; permití que me condujera hasta el edificio donde me habían encontrado.

Pero no a mí, a *ella*. Mi cuerpo se estremeció.

—No se fuerce... —comenzó el Sanador.

La Buscadora le hizo callar con un siseo.

Dejé que mi mente recreara el horror del descubrimiento, y sentí un odio ardiente contra los Buscadores que lo dominó casi todo. El odio era algo malo, era doloroso. Apenas podía soportarlo. Pero lo dejé seguir su curso, confiando en poder distraer la resistencia y debilitar sus defensas.

Observé cuidadosamente cómo intentaba esconderse hasta que se percató de que no podría. Con un lápiz roto garabateó una nota sobre un resto de papel y lo deslizó a toda prisa debajo de una puerta. Pero no una puerta cualquiera.

—La pauta es la quinta puerta del quinto corredor del quinto piso. Allí está la nota.

La Buscadora tenía un pequeño teléfono en la mano y comenzó a musitar rápidamente en él.

—Se suponía que el edificio era seguro— continué. —Ellos sabían que estaba abandonado. Y ella ignora cómo la descubrieron. ¿Sería que habían encontrado a Sharon?

Un escalofrío de terror me puso la carne de gallina de los brazos.

Esa pregunta no era mía.

La pregunta no era mía pero fluyó con naturalidad a través de mis labios como si lo fuera. La Buscadora no notó nada anormal.

—¿La prima? No, no encontraron a ningún otro humano —contestó ella y mi cuerpo se relajó en respuesta.

—Este huésped fue localizado cuando entraba en el edificio. Como se sabía que el edificio estaba abandonado, el ciudadano que la vio se percató de que estaba preocupada. Nos llamó y lo vigilamos para ver si podíamos capturar a más de uno y cuando vimos que no era probable, fuimos allí. ¿Puede localizar el punto de encuentro?

Lo intenté.

Pero había tantos recuerdos, todos tan coloridos e intensos. Vi cien lugares en los que nunca había estado, y escuché sus nombres por primera vez. Una casa en Los Ángeles, flanqueada por árboles altos y frondosos. Un prado en un bosque, con una tienda de campaña y una fogata, en las afueras de Winslow, Arizona. Una desierta playa rocosa en México. Una cueva, cuya entrada protegía una lluvia torrencial, en algún lugar de Oregon. Tiendas, cabañas, toscos refugios. Conforme el tiempo avanzaba, los nombres se volvían cada vez menos específicos. Ella no sabía dónde estaba o ya no le importaba.

Mi nombre ahora era Viajera y sus recuerdos encajaban perfectamente con los míos. Excepto que mi viaje había sido por elección. Estos recuerdos intermitentes estaban siempre teñidos por el miedo del fugitivo. No era, pues, un viaje, sino una huida.

Intenté no sentir compasión. En vez de eso, me esforcé por definir esos recuerdos. No necesitaba ver dónde había estado, sino sólo a dónde se dirigía. Revisé las imágenes asociadas a la palabra Chicago, pero todas parecían ser sólo aleatorias. Amplié el objetivo. ¿Qué había fuera de Chicago? Frío, supuse. Hacía frío y había algo que le preocupaba respecto a eso.

¿Dónde? Presioné, pero el muro regresó.

Exhalé el aire con un resoplido. —Fuera de la ciudad... en los páramos... en un parque nacional, lejos de cualquier lugar habitado. No es un sitio en el que ella haya estado antes, pero sabe cómo llegar hasta allí.

—¿Cuándo tiene que ir? —preguntó la Buscadora.

—Pronto —la respuesta surgió de forma automática

—¿Cuánto tiempo he estado aquí?

—Dejamos que el huésped sanase durante nueve días, sólo para estar absolutamente seguros de que se había recuperado —me dijo el Sanador.

—La inserción ha sido hoy, al décimo día.

Diez días. Mi cuerpo sintió una sorprendente oleada de alivio.

—Demasiado tarde —les dije —para el punto de encuentro... o incluso para la nota. Podía percibir la reacción del huésped a esto, y la sentía con excesiva fuerza. El huésped se mostraba casi... *petulante*. Dejaba salir las palabras que ella pensaba de modo que pudiera aprender de ellas.

—Él no estará allí.

—¿Él? —la Buscadora dio un respingo ante el pronombre.

—¿Quién?

El muro negro se alzó con más fuerza que antes. Sólo que lo hizo una mínima fracción de un segundo tarde.

Otra vez, un rostro llenó mi mente. El rostro hermoso del bronceado de oro y ojos moteados de luz. La cara que despertaba un placer extraño y profundo dentro de mí mientras la percibía con total claridad en mi mente.

Aunque el muro se había deslizado en su lugar junto con una sensación de feroz resentimiento, no había sido lo bastante rápido.

—Jared —respondí. Tan rápidamente como había llegado a mi mente, un pensamiento que no era mío siguió al nombre a través de mis labios.

—Jared está a salvo.

4

Sueño

Está demasiado obscuro para que haga tanto calor, o quizá hace demasiado calor para estar tan obscuro. Una de las dos cosas está fuera de lugar.

Me acuclillo en la obscuridad, detrás de la endeble protección de un achaparrado arbusto de gobernadora, sudando toda el agua que me queda en el cuerpo. Han pasado quince minutos desde que el coche salió del garage. No se ha encendido ninguna luz. La puerta corrediza está entreabierta cinco centímetros, dejando que el enfriador haga su trabajo. Puedo imaginarme la sensación de la humedad, del aire fresco que sopla a través de la rejilla y me encantaría que llegara hasta mí.

El estómago me ruge y aprieto los músculos abdominales para intentar sofocar el ruido. Está todo tan silencioso que se puede oír el rumor.

Tengo tanta hambre.

Pero hay otra necesidad incluso mayor, otro estómago hambriento, oculto y a salvo allá en la obscuridad, esperando a solas en la rústica cueva que es nuestro hogar temporal, un lugar estrecho, con los bordes dentados de la piedra volcánica. ¿Qué haría él si no regreso? Llevo todo el peso de la maternidad, pero carezco del conocimiento y de la experiencia. Me siento terriblemente impotente. Jamie tiene hambre. No hay ninguna otra casa cercana a ésta. He estado vigilando desde que el sol irradiaba su calor candente en el cielo y creo que tampoco hay perro.

Me levanto un poco, mis pantorrillas gritan en protesta, y aún agazapada intento cubrirme con el arbusto. El camino hacia arriba por el lecho del arroyo es de arena suave, una pálida senda a la luz de las estrellas. No se percibe ningún ruido de coches en la carretera.

Sé que ellos lo notarán en cuanto regresen: esos monstruos que parecen una encantadora pareja de cincuentones. Sabrán exactamente lo que soy, y comenzarán de inmediato la búsqueda. Para entonces debo estar lejos. En verdad confío en que hayan salido a pasar la noche en la ciudad. Creo que es viernes. Mantienen nuestros hábitos con tal perfección que es difícil apreciar alguna diferencia. En principio, así consiguieron ganar.

La verja del patio me llega sólo a la cintura. La salto con facilidad, sin hacer ruido. El patio es de gravilla y camino con cuidado para no dejar huellas al pisarla. Me dirijo hacia la parte enlosada del patio.

Las persianas están abiertas. La luz de las estrellas basta para ver que en las habitaciones no hay movimiento ninguno. A esta pareja le gusta el estilo espartano y me siento agradecida por ello. Esto dificulta que alguien se esconda, lo que me incluye a mí, pero, incluso llegado el caso, ya sería demasiado tarde.

Primero abro la puerta mosquitero y luego la de cristal. Ambas se deslizan en silencio. Asiento los pies con cuidado en las baldosas, pero sólo por costumbre, puesto que nadie me espera aquí.

El aire fresco me parece un don celestial.

La cocina está a mi izquierda, alcanzo a ver el brillo de las cubiertas de granito.

Desprendo la bolsa de lona de mi hombro y empiezo por el refrigerador. Hay un momento de nerviosismo cuando abro la puerta y se enciende la luz, pero doy con el botón y lo oprimo con el dedo del pie. Me quedo a ciegas. No hay tiempo para que mis ojos se adapten de nuevo. Me muevo por instinto.

Hay leche, tajadas de queso y otros restos en un bol de plástico. Espero que sea aquel guiso de arroz con pollo que vi preparar a él para la cena. Nos lo comeremos esta noche.

Jugo, una bolsa de manzanas. Zanahorias enanas. Éstas aguantarán bien hasta la mañana.

Me apresuro hacia la despensa, necesito cosas que duren el máximo tiempo posible.

Ya puedo ver mejor, así que recojo todo lo que puedo cargar. Mmm, galletas con chispas de chocolate. Me muero por abrir aquí mismo la bolsa, pero aprieto los dientes e ignoro el retortijón de mi estómago vacío.

Muy pronto, la bolsa se hace pesadísima. Pero esto sólo nos durará una semana, incluso si lo administramos con cuidado. Y no tengo ganas precisamente de ser cuidadosa, más bien tengo deseos de atiborrarme. Me lleno los bolsillos con barritas de granola.

Una cosa más. Me lanzo hacia el fregadero y relleno la cantimplora. Luego pongo la cabeza bajo el chorro y trago directamente de la corriente. El agua hace ruidos raros al caer en mi estómago vacío.

Ahora que he terminado el trabajo empieza a entrarme pánico. Quiero largarme ya. La civilización es mortal.

Mientras salgo voy mirando el suelo, me preocupa tropezar con la bolsa tan pesada, por eso no advierto la silueta obscura en el patio hasta que no pongo la mano en la puerta.

Le oigo mascullar una maldición al tiempo que se me escapa un estúpido grito de miedo. Me abalanzo hacia la puerta de la entrada, esperando que no esté cerrada con llave o al menos que no sea difícil de abrir.

Pero ni siquiera logro dar dos pasos antes de que unas rudas y endurecidas manos me agarraren por los hombros y me aprieten contra su cuerpo. Demasiado grande y demasiado fuerte para ser una mujer. La voz de bajo me demuestra que tengo razón.

—Un sonido y morirás— me amenazó bruscamente. Me quedé horrorizada cuando sentí en la piel, bajo la mandíbula, la presión de un fino y agudo filo.

No entiendo nada. Ni siquiera he tenido una oportunidad. ¿Quién es este monstruo? Jamás supe de alguno que fuera capaz de romper así las reglas. Respondo de la única manera en que puedo.

—Hágalo —escupo entre dientes.

—Hágalo de una vez. ¡No quiero convertirme en un asqueroso parásito!

Espero el cuchillo y me duele el corazón. Cada latido tiene nombre propio. Jamie, Jamie, Jamie. ¿Qué te ocurrirá ahora?

—Muy lista —masculla el hombre, aunque no parece que esté hablando conmigo.

—Debe ser una Buscadora. Y eso significa una trampa. ¿Cómo se enteraron? El acero se aparta de mi garganta, pero sólo para ser reemplazado por una mano tan dura como el hierro.

Apenas puedo respirar bajo su garra.

—¿Dónde están los demás? —me requiere, apretando más.

—¡Sólo estoy yo! —susurro apenas. No puedo llevarlos hasta Jamie. ¿Qué hará si no regreso? ¡Jamie tiene hambre!

Le hundo el codo en la barriga, algo que duele de verdad, pero sus músculos abdominales resultan ser tan férreos como su mano, lo cual es muy extraño. Estos músculos son producto o de una vida muy dura o de la obsesión, y los parásitos no padecen ninguno de estos dos achaques.

Ni siquiera pestañea ante el golpe. Desesperada, le hundo el talón en el empeine. Esto lo sorprende con la guardia baja y se tambalea. Me suelto de un tirón pero me agarra de la bolsa, atrayéndome de nuevo hacia su cuerpo. Otra vez me atenaza el cuello con las manos.

—Demasiado aguerrida para ser una ladrona de cuerpos amante de la paz, ¿no?

Sus palabras no tienen sentido. Siempre creí que todos los extraterrestres eran iguales. Aunque, bien pensado, también cabe suponer que tengan sus locos por ahí. Me retuerzo y lo araño, intentando abrir la tenaza. Lo alcanzo en el brazo con las uñas, pero eso sólo sirve para que intensifique la presión sobre mi garganta.

—Te voy a matar, despreciable ladrona de cuerpos, no estoy bromeando.

—¡Hazlo, de una vez!

De repente jadea y me pregunto si alguno de mis forcejeantes miembros ha logrado alcanzarlo. No sentía ninguna otra magulladura. Me suelta el brazo y me agarra del pelo. Eso debe ser: me va a rebanar la garganta. Me preparo para el corte del cuchillo.

Pero la mano sobre mi cuello se afloja y sus dedos rebuscan sobre mi nuca, ásperos y cálidos al tacto.

—Imposible —musita.

Algo impacta en el suelo con un golpe sordo. ¿Ha soltado el cuchillo? Intento pensar en alguna forma de hacerme de él. Quizá si me dejo caer. La mano que aferra mi pelo no es tan firme como para no liberarme. Creo haber escuchado dónde había caído la navaja.

Me gira repentinamente. Hay un clic y una luz me ciega el ojo izquierdo. Jadeo y automáticamente me vuelvo para alejarme de ella. Su mano se aferra a mi pelo y la luz se desliza al ojo derecho.

—No lo puedo creer —susurra él.

—Todavía eres humana.

Sus manos se afianzan a ambos lados de mi rostro y antes de que pueda apartarme, sus labios se posan con fuerza sobre los míos.

Me quedo helada durante un segundo. Nadie me ha besado en la vida. No con un beso de verdad. Hace mucho tiempo, y apenas los piquitos de mis padres en las mejillas y en la frente. Creí que era algo que jamás llegaría a experimentar. Aunque tampoco estoy segura de lo que siento realmente. Hay demasiado pánico, demasiado terror, demasiada adrenalina.

Alzo la rodilla y la proyecto con fuerza.

Él lanza un grito ahogado y resuella con dificultad: estoy libre. En vez de correr de nuevo hacia el frente de la casa como él espera, me deslizo bajo su brazo y salto a través de las puertas abiertas. Creo que puedo superarlo en la carrera, incluso con mi carga. Le llevo al menos una cabeza de ventaja y él aún sique gimiendo de dolor. Sé a dónde voy y no pienso dejarle ningún rastro para que me siga en la obscuridad. No he soltado la comida y es bueno. Lástima: se perdieron las barritas de granola.

—¡Espera! —aúlla él.

Cierra el pico, pienso yo, pero no le respondo.

Ahora corre detrás de mí y siento su voz aproximarse.

—¡No soy uno de ellos!

Sí, seguro. Mantengo los ojos fijos en la arena y acelero. Mi padre solía decir que corría como un guepardo. Era la más rápida de mi equipo de atletismo y fui campeona estatal, justo antes de que se acabara el mundo.

—¡Escúchame! —aún gritaba a pleno pulmón—. ¡Mira! Te lo puedo probar. ¡Sólo detente y mírame!

Ni de broma. Giro al llegar al lecho del arroyo y vuelo entre los mezquites.

—¡Creí que ya no quedaba ningún otro ser humano! Por favor, ¡necesito hablar contigo!

Su voz me sorprende: está demasiado cerca.

—¡Siento haberte besado! ¡Ha sido una estupidez! ¡Es que he estado solo demasiado tiempo!

—¡*Cierra la boca*! —no lo digo en voz alta, pero sé que me escucha, ya que se está acercando cada vez más. Nadie me ha ganado nunca en una carrera, así que fuerzo el ritmo.

Escucho cómo resopla por lo bajo al acelerar también.

Algo grande choca contra mi espalda y me derriba. Pruebo el sabor del polvo y me inmoviliza una cosa tan pesada que apenas si logro respirar.

—Espera. Un minuto —resuella molesto.

Me alivia un poco de su peso y me da la vuelta.

Se sienta a horcajadas sobre mi pecho, atrapándome los brazos con las piernas.

Está aplastando mi comida. Gruño e intento escurrirme por debajo de él.

—¡Mira, mira, mira! —me dice. Saca un pequeño cilindro del bolsillo trasero y gira la parte superior. Del extremo surge un rayo luminoso.

Vuelve la luz de la linterna hacia su propio rostro.

La luz le da a su piel un tono amarillento. Muestra unos pómulos prominentes que flanquean una nariz larga y delgada y una mandíbula muy cuadrada. Sus labios esbozan una sonrisa y puedo ver que son demasiado abultados para ser masculinos. Sus cejas y pestañas están blanqueadas por el sol.

Pero no es eso lo que me muestra.

Sus ojos, de un siena líquido y claro a la luz, brillan con un reflejo auténticamente humano. Mueve la luz de derecha a izquierda.

—¿Lo ves? ¿Lo ves? Soy como tú.

—Déjame ver tu cuello —la sospecha desborda mi voz. No me iba a tragar lo que no era más que una triquiñuela. No entiendo de qué se trata la farsa, pero seguro que hay alguna. Ya no hay esperanzas.

Tuerce los labios.

—Bien... Eso no sirve para nada. ¿No te bastan los ojos? Sabes que no soy uno de ellos.

—Pero ¿por qué no me muestras el cuello?

—Porque ahí tengo una cicatriz —admite.

Otra vez intento escabullirme por debajo de él y me sujeta el hombro con su mano.

—Me la hice yo mismo— explica. —.Creo que el trabajo fue bastante bueno, aunque me dolió como mil demonios. Yo no tengo todo ese pelo precioso tuyo para cubrirme el cuello. La cicatriz me sirve para mezclarme entre ellos.

—Quítame las manos de encima.

Él vacila y en un solo movimiento se pone en pie, sin necesidad de usar las manos. Me ofrece una mano con la palma hacia arriba.

—Por favor, no huyas. Y, mmm, preferiría que tampoco me dieras otra patada.

No me muevo. Sé que puede atraparme de nuevo si trato de huír.

—¿Quién eres? —susurré.

Dibuja una amplia sonrisa. —Mi nombre es Jared Howe. No he hablado con otro ser humano desde hace más de dos años, así que seguramente todo esto te debe parecer... de locos. Por favor, perdona. Y dime tu nombre, te lo ruego.

—Melanie —susurro.

—Melanie —repite él—. No sabes lo feliz que estoy de haberte encontrado.

Aprieto la bolsa con fuerza contra mi pecho, sin dejar de mirarlo ni un momento. El alarga la mano lentamente hacia mí.

Y la tomo.

No es hasta que veo mi mano cerrarse voluntariamente alrededor de la suya cuando me doy cuenta de que le creo.

—¿Y qué vamos a hacer ahora? —pregunto con cautela.

—Bueno, no podemos quedarnos aquí mucho tiempo. ¿Quieres volver conmigo a la casa? He dejado allí mi mochila. Me golpeaste contra el refrigerador.

Sacudo la cabeza.

Parece darse cuenta de lo precario de mi estado de ánimo, de lo cerca que estoy de hundirme.

—Entonces, ¿me esperas aquí? —me pregunta con voz gentil—. Seré muy rápido y traeré un poco más de comida para los dos.

—¿Nosotros?

—¿Realmente crees que voy a dejarte desaparecer? Te seguiré aunque me digas que no.

Pero yo no deseo desaparecer.

—Yo... ¿por qué no iba a confiar totalmente en otro ser humano? Somos familia, ambos somos parte de una hermandad en extinción.

—No tengo tiempo. Tengo que irme ya y... Jamie me espera.

Él comprende —No estás sola—. Por vez primera su expresión refleja incertidumbre.

—Es mi hermano. Sólo tiene nueve años y se asusta mucho cuando me alejo. Me va a llevar la mitad de la noche llegar hasta donde está. No sabe si me han capturado. Y tiene tanta *hambre*— como para corroborar mi afirmación, mi estómago gruñe estruendosamente.

La sonrisa de Jared ha vuelto; más luminosa que antes.

—¿Te serviría si te llevo en coche?

—¿En coche? —repito.

—Hagamos un trato. Espérame aquí mientras reúno más comida, y te llevaré en mi jeep a donde tú quieras. Es más rápido que ir corriendo, aunque seas *tú* la que corre.

—¿Tienes un coche?

—Claro, ¿crees que he llegado hasta aquí caminando?

Pienso en las seis horas que me llevó caminar hasta aquí y se me caen las alas del corazón.

—Regresaremos con tu hermano en un santiamén —promete—. ¿No te muevas de aquí, ¿de acuerdo?

Asiento.

—Y come algo, por favor. No quiero que tu estómago nos delate— sonríe entrecerrando los ojos, alrededor de cuyos bordes se forma una red de arruguitas. Mi corazón da un fuerte latido y sé que lo esperaré aunque me lleve toda la noche.

Aún me estrecha la mano. La suelta despacio, sin que sus ojos pierdan de vista los míos. Da un paso hacia atrás y se detiene.

—Y por favor, no me patees —suplica, mientras se inclina hacia delante y me toma de la barbilla. Me besa de nuevo y esta vez sí lo siento. Sus labios son más suaves que sus manos, y cálidos, incluso en la noche tibia del desierto. Una parvada de mariposas se arremolina en mi estómago y me quita el aliento. Mis manos se alzan hacia él de forma instintiva. Tanteo la piel cálida de su mejilla y el hirsuto pelo de su cuello. Mis dedos rozan una línea de piel rugosa, un borde abultado justo bajo la línea de crecimiento del pelo.

Grité.

Me despierto bañada en sudor. Incluso antes de que me espabilara del todo, noté mis dedos en la nuca, siguiendo la corta línea que había dejado la inserción. Apenas si podía detectar con las puntas de los dedos la ligera imperfección rosada. Las medicinas que el Sanador empleó habían hecho bien su trabajo.

La cicatriz mal curada de Jared no serviría de mucho como disfraz.

Encendí la luz que había al lado de mi cama, esperando que se me calmara la respiración y con las venas aún llenas de adrenalina a causa del realismo del sueño.

Otro nuevo sueño, pero en esencia muy parecido a todos los demás que me habían atormentado en los últimos meses.

No, no era un sueño. Seguramente un recuerdo.

Aún podía sentir el calor de los labios de Jared sobre los míos. Sin mi permiso, mis manos se extendieron, buscando entre la sábana arrugada algo que no encontraron. El corazón me dolió cuando se rindieron, cayendo sobre la cama flácidas y vacías.

Pestañeé para evacuar la incómoda humedad que llenaba mis ojos. No sabía cuánto más de esto tendría que soportar. ¿Cómo se puede sobrevivir en este mundo, con esos cuerpos cuyos recuerdos no se quedaban en el pasado, donde deberían? ¿Con la fuerza de estas emociones que desdibujaban por completo mis *propios* sentimientos?

Mañana estaría exhausta, pero no tenía sueño, así que sabía que pasarían horas antes de que pudiera relajarme. Lo mejor que podía hacer era cumplir con mi deber y terminar de una buena vez. Quizás serviriá apartar de mi mente esas cosas en las que era mejor no pensar.

Salí de la cama y fui trastabillando hasta la computadora, que era lo único que había sobre el escritorio. En cuestión de segundos la pantalla volvió a la vida y en otros tantos se abrió mi programa de correo. No fue difícil encontrar el correo de la Buscadora; sólo tenía cuatro contactos: la Buscadora, el Sanador, mi nuevo jefe y su mujer, mi Acomodadora.

Había otro humano con mi huésped, Melanie Stryder.

Mecanografié, sin molestarme en formular siquiera un saludo.

Su nombre es Jamie Stryder; es su hermano.

Por un momento de pánico me maravillé de su control. Todo este tiempo transcurrido y ni siquiera había sospechado nada sobre la existencia del niño: no porque a ella no le importara, sino porque lo protegía con más bravura que a cualquiera otro de los secretos que le había arrancado. ¿Tendría otros aun mayores que éste o de la misma importancia? ¿Serían tan sagrados para ella que los mantenía ocultos incluso en mis sueños? ¿Era tan fuerte? Me temblaron los dedos mientras tecleaba el resto de la información.

Creo que ahora es un joven adolescente, quizá de unos trece años. Vivían en un campamento temporal, creo que al norte del pueblo de Cave Creek, en Arizona. Sin embargo, de esto hace varios años. Aun así podría usted cotejar un mapa con aquellas líneas que recordé con anterioridad. Como siempre, le contaré lo que averigüe.

Lo envié. Tan pronto como desapareció, el terror me invadió.

¡Jamie, no!

Su voz en mi cabeza era tan clara como la mía propia, como si hubiera hablado en voz alta. Me estremecí horrorizada.

Incluso cuando luchaba con el miedo a lo que estaba sucediendo, me sentía dominada por un deseo malsano de enviar un nuevo correo a la Buscadora y disculparme por remitirle el contenido de mis locos sueños. Decirle que estaba medio dormida y que no debía prestar atención al estúpido mensaje que le había mandado.

Pero ese deseo no era mío.

Apagué la computadora.

Te odio, rezongó la voz en mi mente.

—Entonces será mejor que te marches —respondí bruscamente. El sonido de mi propia habla, respondiéndole en voz alta, me hizo temblar de nuevo.

Ella no me había dirigido la palabra desde aquellos primeros momentos en que yo había estado aquí. Indudablemente, se estaba fortaleciendo. Al igual que sus sueños.

Y no había vuelta de hoja; tendría que visitar a mi Acomodadora al día siguiente. Ante la sola idea, los ojos me desbordaron de lágrimas de desencanto y humillación

Me volví a la cama. Me puse la almohada sobre la cara e intenté no pensar en nada en absoluto.

5

Desconsuelo

—¡Hola, Viajera! ¿Por qué no tomas asiento y te pones cómoda?

Vacilé en el umbral de la oficina de la Acomodadora, con un pie fuera y otro adentro.

Ella sonrió, apenas un movimiento insinuado en la comisura de los labios. Ahora me era mucho más fácil leer las expresiones faciales; los pequeños fruncimientos y cambios musculares se me habían vuelto familiares después de estar en contacto con ellos durante meses. Podía ver que la Acomodadora encontraba divertida mi renuencia. Al mismo tiempo, percibía cierta frustración de su parte ante el hecho de que aún me violentara al acudir a ella.

Con un silencioso suspiro de resignación caminé hacia la pequeña habitación llena de alegres colores y me senté en mi lugar habitual, un asiento mullido y rojo, el que estaba más lejos de donde ella se sentaba.

Frunció los labios.

Para evitar su mirada, miré fijamente a través de las ventanas abiertas hacia las nubes que se escabullían detrás del sol. Un ligero, pero intenso aroma a agua salada flotaba en la habitación.

—Muy bien, Viajera. Ya ha pasado tiempo desde que viniste a verme.

Me encontré con sus ojos con expresión culpable.

—Te dejé un mensaje después de la última cita. Tenía un estudiante que me ha ocupado bastante tiempo...

—Sí, ya lo sé —ella sonrió con esa sonrisa leve otra vez—. Me llegó el mensaje.

Era atractiva aunque había envejecido, como les sucedía a los humanos. Se había dejado el pelo con sus canas naturales, que tenían aspecto suave, tendiendo más al blanco que al plateado; lo llevaba largo, recogido en una cola de caballo. Sus ojos eran de un interesante color verde que jamás había visto en ninguna otra persona.

—Lo siento —le dije, ya que ella parecía esperar una respuesta de mí.

—No pasa nada, lo comprendo. Te resulta difícil venir aquí. Desearía que nada de esto fuera necesario, de hecho, no ha sido necesario antes, y eso te asusta.

Miré fijamente hacia el piso de madera.

—Sí, Acomodadora.

—Sabes que te he pedido que me llames Kathy.

—Sí... Kathy.

Se echó a reír entre dientes.

—No te sientes cómoda todavía con los nombres humanos, ¿a que no, Viajera?

—No; para ser sincera, me parece... como una rendición.

Levanté la mirada y vi como asentía lentamente.

—Bueno, puedo entender porqué tú, en especial, te sientes de esa manera.

Tragué de forma audible cuando dijo eso, y volví a dirigir la mirada hacia el suelo.

—Pero hablemos de algo más sencillo durante un rato —sugirió Kathy—. ¿Sigues disfrutando de su Vocación?

—Así es —esto era más fácil—. He comenzado un nuevo semestre. Me preguntaba si me aburriría repetir el mismo material, pero no, en absoluto, ni de lejos. Tener nuevos oídos hace que las historias parezcan nuevas.

—Me han llegado buenas noticias tuyas a través de Curt. Dice que tu clase está entre las más populares de la universidad.

Mis mejillas se ruborizaron un poco ante su alabanza.

—Es agradable oír eso. ¿Qué tal está tu compañero?

—Curt está magníficamente, gracias. Nuestros huéspedes están en excelente forma para su edad. Tenemos aún muchos años por delante, creo.

Tenía curiosidad por saber si ella se quedaría en este mundo, si se trasladaría a otro huésped humano cuando llegara el momento, o si se marcharía. Pero no quería poner en palabras ninguna de estas preguntas que podrían llevarnos a temas de más difícil discusión.

En vez de ello, repuse:

—Disfruto enseñando. Creo que es algo que tiene que ver con la Vocación que desempeñé entre las Algas y que hace que me resulte más familiar que otras cosas. Me siento en deuda con Curt por pedírmelo.

—Tienen la suerte de contar contigo —Kathy me sonrió con calidez—. ¿Sabes lo raro que es para un profesor de Historia haber experimentado aunque sólo sea dos planetas del currículum? Y tú has completado ciclos vitales en casi todos. ¡Y el Origen, para empezar! No hay un establecimiento de enseñanza en este planeta que no estuviera encantado de robarte. Curt se pasa el tiempo inventando nuevas formas de mantenerte ocupada para que no tengas tiempo de plantearte la perspectiva de irte de aquí.

—Profesora *honoraria* —la corregí—.

Kathy sonrió y después inspiró con fuerza mientras su sonrisa se desvanecía.

—No has venido a verme en tanto tiempo que me preguntaba si tus problemas se estaban resolviendo por sí mismos. Pero después se me ocurrió que quizá el motivo de tu ausencia era que estaban empeorando.

Clavé la mirada en mis manos y no dije nada.

Tenía las manos de un color café claro, un tono moreno que nunca desaparecía, tanto si me ponía al sol como no. Sólo había una peca obscura que me marcaba la piel justo por encima de la muñeca. Llevaba las uñas muy cortas. Me desagradaba la sensación que provocan las uñas largas cuando te rozan la piel por descuido. Y mis dedos eran tan largos y finos que la longitud añadida les daría un aspecto extraño. Incluso para un humano.

Se aclaró la garganta después de un minuto.

—Supongo que mi intuición era correcta.

—Kathy —dije su nombre lentamente, con la voz casi ahogada—. ¿Por qué mantienes tu nombre humano? ¿te hace sentir más unida? Con tu huésped, me refiero. Me habría gustado saber también porqué había elegido a Curt, pero era una cuestión demasiado personal. Habría sido un error preguntar eso a otra persona que no fuera Curt, incluso aunque fuera su pareja. Me preocupaba haber sido algo maleducada, pero ella se echó a reír.

—Cielos, no, Viajera. ¿No te he contado esto? Mmm. Quizá no, ya que mi trabajo no es hablar, sino escuchar. La mayoría de las almas con las que hablo no necesitan tanto apoyo como tú. ¿No sabías que había venido a la Tierra en uno de los primeros convoys, antes de que los hombres tuvieran alguna idea de que estábamos allí? Tenía vecinos humanos por todos lados. Curt y yo tuvimos que simular ser nuestros huéspedes durante varios años. Incluso cuando colonizamos la zona circundante, nunca sabías cuando podía haber un humano cerca. Fue de ese modo como *Kathy* se convirtió en quien soy yo. Además, la traducción de mi nombre anterior tenía una longitud de catorce palabras; no había forma de acortarlo y que quedara bien —sonrió abiertamente. La luz del sol que se inclinaba a través de la ventana incidió en sus ojos y envió su reflejo verde plateado a la pared, donde bailoteó. Durante un momento sus pupilas esmeraldas brillaron iridiscentes.

Yo no tenía idea de que esta mujer dulce y agradable había formado parte de la primera línea en la lucha. Me llevó un minuto procesar la idea. La miré sorprendida y, de repente, con mayor respeto. Nunca me había tomado a los Acomodadores con mucha seriedad porque nunca había tenido necesidad de uno antes. Eran para los que luchaban, para los débiles y me avergonzaba estar ahí. Conocer la historia de Kathy me hizo sentirme algo menos incómoda con ella. Ella sabía lo que era la fuerza.

—¿No te molestaba simular ser uno de ellos? —pregunté—.

—No, realmente no. Ya ves, había que acostumbrarse a un montón de cosas con este huésped, porque había tantas que eran nuevas... Una especie de sobrecarga sensorial. Así que seguir el patrón establecido era lo más que podía manejar al principio.

—Y Curt... ¿por qué eligió quedarse con el cónyuge de su huésped? ¿incluso cuando ya había pasado todo?

Esta cuestión era más directa y Kathy lo captó al momento. Se removió en su asiento, alzó las piernas y las plegó debajo del cuerpo. Miró pensativamente hacia el punto justo que había encima de mi cabeza y entonces contestó.

—Sí, yo escogí a Curt y él me escogió a mí. Al principio, claro, fue una cuestión de casualidad, por una asignación. Pero nos vinculamos naturalmente, al pasar tanto tiempo juntos, compartiendo el peligro de nuestra misión. Verás, como presidente de la universidad, Curt tenía muchos contactos. Nuestra casa era un servicio de inserción; recibíamos a mucha gente. Cuando los humanos entraban por nuestra puerta, los de nuestra especie tenían que marcharse. Todo tenía que ser muy rápido y sigiloso, porque ya conoces la violencia a la que son tan proclives estos huéspedes. Vivíamos a diario con la certeza de que en cualquier momento podíamos enfrentar el final. La excitación era continua y el miedo frecuente.

—Todas estas eran magníficas razones por las que Curt y yo podríamos haber constituido una relación y decidido mantenernos juntos cuando el secreto ya no fuera necesario. Y podría mentirte para aliviar tus miedos, diciéndote que estas fueron las razones, pero... —sacudió la cabeza y entonces pareció acomodarse mejor en su silla, con sus ojos perforándome.

—Durante los milenios que llevan de existencia, los humanos aún no han comprendido en realidad qué es el *amor*. ¿Cuánto de esto es físico y cuanto mental? ¿Cuánto es accidente y cuánto destino? ¿Por qué parejas que son perfectas se derrumban y otras que parecen imposibles luego funcionan? No conozco las respuestas mejor que ellos. El amor está simplemente donde está. Mi huésped amaba al huésped de Curt y ese amor no murió cuando cambió de manos la propiedad de la mente.

Me observó cuidadosamente, reaccionando con un ceño ligeramente fruncido cuando me desplomé en mi asiento.

—Melanie aún llora la pérdida de Jared —afirmó ella.

Sentí como mi cabeza asentía sin desear hacerlo.

—*Tú* sufres por él.

Cerré los ojos.

—¿Los sueños continúan?

—Todas las noches —mascullé.

—Háblame de ellos —su voz era suave, persuasiva.

—No me gusta pensar en ellos.

—Lo sé. Inténtalo. Eso te ayudaría.

—¿Cómo? ¿Cómo puede ayudarme decirte que veo su rostro cada vez que cierro los ojos? ¿Que me despierto y lloro cuando no está? ¿Qué los recuerdos son tan fuertes que ya no puedo separarlos más de los míos?

Me paré de pronto, apretando los dientes.

Kathy sacó un pañuelo blanco del bolsillo y me lo ofreció. Como yo no me moví, se levantó, caminó hasta mi lado y lo dejó caer en mi regazo. Se sentó en el brazo de mi sillón y esperó.

Yo también esperé con obstinación durante medio minuto. Entonces cogí con furia a aquel pequeño trozo de tela y me sequé los ojos.

—Odio todo esto.

—Todo el mundo llora a lo largo de este primer año. Es casi imposible lidiar con todas estas emociones. Al principio, todos nos comportamos como niños, tanto si lo queremos como si no. Yo rompía a llorar cada vez que veía una bonita puesta de sol. También me pasaba cuando probaba la mantequilla de cacahuate —me dio unos golpecitos en la parte superior de la cabeza y después deslizó los dedos amablemente a través del mechón de pelo que llevaba siempre recogido detrás de la oreja.

—Qué pelo tan bonito, y tan brillante —comentó ella—. Cada vez que te veo lo tienes más corto. ¿Por qué lo llevas de este modo?

Como ya estaba llorando no sentía que hubiera dignidad alguna que defender. ¿Por qué simular que era fácil lidiar con esto, como lo hacía habitualmente? Después de todo, había venido aquí a confesar y a pedir ayuda, y lo mejor que podía hacer era seguir adelante.

—Porque a *ella* le molesta. Le gusta largo.

En contra de mis expectativas, ella no se apresuró a intervenir. Kathy era buena en su trabajo. Su respuesta llegó sólo un segundo tarde y de forma ligeramente incoherente.

—¿Tú... ella... ella está así de... *presente*?

La sorprendente verdad salió a trompicones de mis labios.

—Cuando ella quiere. Nuestra historia le aburre. Está más dormida cuando trabajo, pero sigue estando allí de cualquier modo. Algunas veces siento que está tan presente como yo —para cuando terminé, mi voz era apenas un susurro.

—¡Viajera! —exclamó Kathy, horrorizada—. ¿Por qué no me has dicho que era así de malo? ¿Cuánto tiempo lleva ocurriendo esto?

—Está empeorando. En vez de desvanecerse, parece estar haciéndose cada vez más fuerte. Todavía no es tan malo como el caso del Sanador, ¿te acuerdas cuando hablamos de Kevin? Ella no ha tomado aún el control. Y no lo hará. ¡No dejaré que eso suceda! —el tono agudo de mi voz se había ido elevando.

—Claro que no ocurrirá —me aseguró ella—. Claro que no. Pero si eras así... de infeliz, deberías habérmelo dicho mucho antes. Tenemos que llevarte a un Sanador.

Como estaba distraída por todas estas emociones, me llevó un momento comprender a qué se estaba refiriendo.

—¿Un Sanador? ¿Quieres que vuelva a *saltar*?

—Nadie pensaría mal en caso de tener que optar por esa posibilidad, Viajera. Es de comprender, que si un huésped es defectuoso...

—¿*Defectuoso*? Ella no es defectuosa. Soy yo. ¡Soy demasiado débil para este mundo! —hundí el rostro entre las manos cuando me invadió la humillación. Los ojos se me llenaron de lágrimas.

Kathy me pasó el brazo por los hombros. Yo luchaba con tanta fuerza por controlar mis emociones desatadas que no me retiré, aunque me pareció un gesto demasiado íntimo.

También le molestó a Melanie. A ella no le gustaba que la abrazara un extraterrestre.

Pero claro, Melanie estaba muy presente en este momento, petulante hasta lo insoportable, a partir del momento en que, finalmente, admití su poder. Estaba exultante. Siempre me resultaba mucho más difícil someterla cuando estaba desconcentrada por emociones como éstas.

Intenté calmarme de modo que pudiera volver a ponerla en su lugar.

Eres tú quien está en mi lugar. Su pensamiento era débil, pero perfectamente inteligible. Cuánto debía estar empeorando todo esto, si ahora era capaz de hablarme cuando quería. Resultaba tan malo como aquel primer minuto de conciencia tras la inserción.

Vete. Ahora es mi sitio.

Jamás.

—Viajera, querida, no... No eres débil, y ambas lo sabemos.

—Hmff.

—Escúchame. Eres fuerte. En realidad, sorprendentemente fuerte. Todos los de nuestra especie lo somos también, pero *tú* sobrepasas lo normal. Eres tan valiente que me asombras. Y de hecho, tus vidas pasadas lo avalan.

—Sin embargo los humanos están más individualizados que nosotros— continuó Kathy.

—Hay un rango bastante amplio, lo que hace que unos sean mucho más fuertes que otros. La verdad es que creo que si hubieran puesto a alguien más en este huésped, Melanie lo habría aplastado en cuestión de días. Quizá sea un accidente, quizás el destino, pero me da la sensación de que los más fuertes de nuestra especie terminan insertados en los más fuertes de la suya.

—Pues eso no dice mucho de nuestra especie ¿no?

Ella comprendió la implicación detrás de mis palabras.

—Ella no va a ganar, Viajera. Tú eres en realidad esta persona encantadora que está sentada a mi lado. Ella no es más que una sombra en un rincón de tu mente.

—Me habla, Kathy. Todavía piensa por su cuenta y sigue manteniendo a salvo sus secretos.

—Pero ella no habla por ti ¿o si? Dudo que yo pudiera decir lo mismo si estuviera en tu lugar.

No respondí. Me sentía demasiado mal. Sentía mucha pena por mí misma. No me parecía bien, o al menos, no del todo necesario. ¿Por qué me había tocado enfrentarme a esto, por qué tenía que tocarme a mí? ¿Por qué no podía continuar con aquella lista continuada de vidas perfectamente exitosas? ¿Era mucho pedir?

—Creo que deberías considerar la reimplantación.

—Kathy, acabas de decir que ella aplastaría a cualquier otra alma. No sé si creer eso, o si simplemente intentas hacer tu trabajo y consolarme, pero si ella es tan fuerte, no sería razonable pasársela a otro, simplemente porque yo no puedo someterla. ¿Quién elegiría tomarla?

—No he dicho eso para consolarte, querida.

—Entonces, ¿qué... ?

—No creo que deba utilizarse este huésped de nuevo.

—¡Oh!

Un escalofrío de horror me recorrió la columna vertebral. Y no fui yo la única estupefacta ante la idea.

Inmediatamente me sentí repelida. Yo no era ninguna desertora. Había esperado a lo largo de las prolongadas revoluciones en torno a los soles de mi último planeta, el mundo de las Algas, como se le conocía aquí. Aunque la permanencia de los seres enraizados comenzara a desgastarse mucho antes de lo que yo suponía, aunque las vidas de las Algas se midiesen en siglos de este planeta, yo no había abandonado a mi huésped durante su ciclo vital. Hacer eso era un desperdicio, estaba mal y era propio de ingratos. Equivalía a burlarse de la esencia misma de lo que éramos como almas. Hacíamos de nuestros mundos lugares mejores, y eso era absolutamente imprescindible o no nos los mereceríamos.

Porque nosotros *no* éramos dilapidadores. Todo lo que tocábamos lo mejorábamos, lo hacíamos más pacífico y hermoso. Y los humanos eran brutales e ingobernables. Se habían estado matando los unos a los otros tan asiduamente que el asesinato había terminado por convertirse en una parte naturalmente aceptada de la vida. Las diversas torturas que habían diseñado a lo largo de los contados milenios de su existencia eran demasiado para mí; no había sido capaz de soportar siquiera los lacónicos informes oficiales. Las guerras habían arrasado la superficie de casi todos los continentes. Homicidio sancionado, organizado y bárbaramente efectivo. Los que vivían en naciones pacíficas habían vuelto la espalda, mientras que otros miembros de su propia especie se morían de hambre a sus puertas. No había equidad alguna en el reparto de los abundantes recursos del planeta. Y lo más vil: sus retoños —la siguiente generación a la que mi especie casi veneró por constituir una auténtica promesa— fueron víctimas de crímenes abyectos con excesiva frecuencia. Y no sólo a manos de extraños, sino de las de las personas mismas a quienes habían sido encomendados. Incluso la esférica superficie de todo el planeta había peligrado por los errores de su negligencia y codicia. Nadie podría comparar lo que había sido aquello con lo que era ahora, sin dejar de admitir que la Tierra se había convertido en un lugar mejor, gracias a nosotros.

Asesinan a una especie entera y luego se dan palmaditas en la espalda.

Las manos se me cerraron en puños.

Podría haberme deshecho de ti, le recordé.

Pues hazlo. Haz que mi asesinato sea oficial.

Yo estaba fanfarroneando, pero también lo hacía Melanie.

Oh, ella creyó que quería morir. Después de todo, se había arrojado por el cubo del elevador, pero eso fue en un momento de pánico y derrota. Pero considerar la idea tranquilamente sentada en un cómodo sillón era una cuestión del todo distinta. Podía sentir la adrenalina —la que había invocado su miedo— correr por mis extremidades mientras estudiaba la posibilidad de cambiarme a un cuerpo más maleable.

Sería estupendo volver a estar sola y tener mi mente para mí misma. Este mundo era muy agradable, en muchas e inéditas formas, y sería maravilloso poder apreciarlo sin la distracción que suponía una no-entidad colérica y desplazada, que bien podría haber tenido la sensatez necesaria para no aferrarse así a la vida, siendo como era indeseable.

Por así decirlo, Melanie se retorció en los recovecos de mi cabeza mientras yo intentaba ponderar la cuestión de manera racional. Quizá debería rendirme...

Las solas palabras me hicieron respingar. Yo, la Viajera, ¿rendirme? ¿Abandonar? ¿Admitir el fracaso e intentarlo de nuevo en un huésped débil y sin carácter que no me diera ningún problema?

Sacudí la cabeza. Apenas si toleraba pensar en ello.

Y... éste era *mi* cuerpo. Estaba acostumbrada a su sensación. Me gustaba la manera en la que los músculos se movían sobre los huesos, la flexibilidad de las articulaciones y la tracción de los tendones. Conocía su imagen en el espejo. La piel tostada por el sol, los altos pómulos de mi rostro, angulosos, y la corta capa sedosa del cabello color caoba, así como el turbio café verdoso, avellanado, de mis ojos: esto era yo.

Me quería a mí misma. Y no iba permitir que nadie destruyera lo que era mío.

6

Perseguida

Finalmente, la luz se desvaneció afuera de las ventanas. El día, caluroso para ser marzo, se prolongaba demasiado, como si no deseara concluir y liberarme.

Sorbí la nariz y retorcí el pañuelo mojado en otro nudo más.

—Kathy, debes tener otras obligaciones. Curt debe estar preguntándose dónde estás.

—Él lo entenderá.

—No me puedo quedar aquí para siempre. Y no estamos más cerca de una respuesta que antes.

—Los arreglos rápidos no son mi especialidad. Te opones resueltamente a la idea de un nuevo huésped...

—Sí.

—Entonces, tratar esto probablemente nos llevará algún tiempo.

Apreté los dientes de pura frustración.

—Será más rápido y fácil si dispones de ayuda.

—Procuraré mantener al día mis citas, lo prometo.

—Eso no es exactamente lo que quería decir, aunque espero que lo hagas.

—¿Te refieres a una ayuda... que no sea la tuya? —me encogí ante la idea de tener que revivir mi sufrimiento de hoy con un extraño.

—Estoy segura de que como Acomodadora eres tan competente como otros, o incluso más.

—No me refería a otro Acomodador —cambió su peso en la silla y se estiró con rigidez.

—¿Cuántos *amigos* tienes, Viajera?

—¿Quiere decir gente con la que trabajo? Veo a algunos profesores casi todos los días. Y hay varios estudiantes con los que hablo en los pasillos...

—¿Y fuera de la escuela?

La miré fijamente, sin entender.

—Los huéspedes humanos necesitan interacción. Querida, tú no estás acostumbrada a la soledad; compartiste los pensamientos de todo un planeta...

—Pues no es que saliéramos mucho por ahí —mi intento de bromear falló por completo.

Ella sonrió ligeramente y continuó.

—Estás luchando con tal fuerza con tu problema que es en lo único en que puedes concentrarte. Quizá una solución sería no concentrarse tanto. Dices que Melanie se aburre cuando trabajas... que está más aletargada. Quizá si desarrollas más relaciones con tus iguales, también la aburriría.

Fruncí los labios pensativamente. Melanie, entorpecida por el largo día de intentos de acomodación, no parecía muy entusiasmada con la idea.

Kathy asintió.

—Intenta implicarte más en la vida, que con ella.

—Suena sensato.

—Y luego también están los impulsos físicos de estos cuerpos. Nunca había visto ni escuchado nada equiparable. Una de las cosas más difíciles que tuvimos que conquistar los de la primera oleada fue el instinto de apareamiento. Créeme, los humanos lo notarían, aunque tú no.

Sonrió abiertamente y puso los ojos en blanco por algún recuerdo. Como yo no reaccioné según esperaba, suspiró y cruzó los brazos con impaciencia.

—Oh, vamos, Viajera. Tienes que haberlo notado.

—Bueno, claro —murmuré. Melanie se revolvió inquieta.

—Es obvio, ya te he contado respecto de los sueños...

—No, no me refiero sólo a los recuerdos. En el presente: ¿no te has topado con alguien frente al que tu cuerpo haya respondido, en un nivel estrictamente químico?

Medité cuidadosamente su pregunta.

—No lo creo. No que yo lo haya notado.

—Confía en mí —replicó Kathy con sequedad—. Lo notarías —sacudió la cabeza.

—Quizá sería mejor que abrieras los ojos y miraras alrededor buscando eso en especial. Te haría mucho bien.

Mi cuerpo retrocedió ante la idea. También registré la repugnancia de Melanie, reflejada en la mía.

Kathy leyó mi expresión.

—No dejes que ella controle tus interacciones con los de tu propia especie, Viajera. No permitas que te controle.

Me temblaron las aletas de la nariz. Esperé un momento antes de contestar, intentando dominar la ira a la que no terminaba por acostumbrarme.

—Ella no me controla.

Kathy alzó una ceja.

La cólera me anudó la garganta.

—Tú no tuviste que mirar tan lejos para hacerte de tu pareja actual. ¿Esa elección fue controlada?

Ella ignoró mi molestia y consideró la cuestión pensativamente.

—Quizá —repuso por fin—, es difícil saberlo. Pero has puesto el dedo en la llaga —tomó una hebra suelta del dobladillo de su falda y luego, como si se hubiera dado cuenta de que estaba evitando mi mirada, dobló las manos resueltamente y cuadró los hombros.

—¿Quién sabe cuánto proviene de un huésped determinado o de un planeta en particular? Como dije antes, probablemente el tiempo te dará la respuesta. Bien sea que ella se torne cada vez más apática y silenciosa, como para permitirte una opción distinta a este Jared, o... bueno, los Buscadores son muy buenos. Ya están tras de él y tal vez recuerdes algo que les ayude.

Me quedé inmóvil mientras digería el significado de lo que decía. No parecía haberse dado cuenta de que me había quedado congelada en mi sitio.

—Quizá encuentren al amor de Melanie y entonces podrán estar juntos. Si sus sentimientos son tan fervientes como los de ella, la nueva alma probablemente estará bien dispuesta.

—¡No! —no estaba segura de quién había gritado. Bien *podría* haber sido yo. Puesto que también estaba horrorizada.

Me puse de pie, temblando. Las lágrimas que afloraban tan fácilmente, por esta vez, habían desaparecido, y mis puños temblaban.

—¿Viajera?

Me di la vuelta y corrí hacia la puerta, conteniendo las palabras que debían salir de mi boca. Palabras que no podían ser mías. Palabras sin sentido, salvo que fueran suyas, pero que yo *sentía* como mías. Y no podían ser mías. Así que no debían pronunciarse.

¡Lo van a matar! ¡Quieren que deje de existir! ¡Yo no quiero a nadie más, quiero a Jared, *no a un extraño en su cuerpo! El cuerpo no significa nada sin él.*

Mientras corría por la calle escuché a Kathy a mis espaldas, llamándome por mi nombre.

No vivía lejos de la oficina de la Acomodadora, pero las tinieblas de la calle me desorientaron. Había pasado ya dos manzanas cuando me di cuenta de que corría en la dirección equivocada.

La gente se me quedaba mirando. No llevaba ropas de ejercicio y tampoco trotaba, iba huyendo. Pero nadie me molestó, sino que educadamente apartaron la mirada. Supongo que se daban cuenta de que era nueva en este huésped, porque actuaba como un niño.

Aminoré el paso hasta volver a caminar, giré hacia el norte, de modo que podía rodear la zona sin pasar de nuevo por la oficina de Kathy.

Mi zancada era apenas algo más lenta que la de una carrera. Oía mis pies golpeando la acera demasiado rápidamente, como si estuviera intentando acoplarme al *tempo* de una pieza de baile.

Tap, tap, tap, sonaban contra el cemento. No, no era como el sonido del tambor, que es demasiado agresivo, demasiado violento. Tap, tap, tap. Más bien como si alguien golpeara a otro. Me daba escalofríos esa horrible imagen.

Podía ver la lámpara encendida sobre la puerta de mi departamento. No me había llevado mucho cubrir toda la distancia. Sin embargo, no crucé la calle.

Tenía náuseas. Recordaba como se sentía uno cuando iba a vomitar, pese a que nunca lo había hecho. Una fría humedad perlaba mi frente, y el sonido hueco resonaba en mis oídos. Tenía plena certeza de que estaba a punto de tener esa experiencia de primera mano.

Había una jardinera de césped en la acera. Una farola rodeada de un seto muy bien recortado. No tenía tiempo para buscar un sitio mejor. Trastabillé hasta llegar a la lámpara y me agarré del poste para sostenerme. La náusea me daba sensación de vértigo.

Sí, realmente iba a experimentar el vómito.

—¿Viajera, eres tú? ¿Viajera, te encuentras mal?

Me era imposible concentrarme en aquella voz vagamente familiar. Pero el hecho de tener público sólo sirvió para complicar aun más las cosas, así que incliné el rostro hacia el arbusto y violentamente arrojé mi última comida.

—¿Quién es tu Sanador? —preguntó la voz, que sonaba muy lejos a través del zumbido de mis oídos. Sentí una mano sobre mi espalda arqueada.

—¿Necesitas una ambulancia?

Tosí dos veces y sacudí la cabeza. Estaba segura de que ya había pasado; tenía el estómago vacío.

—No estoy enferma —dije, mientras me alzaba usando el poste como apoyo. Levanté la cabeza para ver quién atestiguaba mi momento de desgracia.

La Buscadora de Chicago llevaba el celular en la mano, como si estuviera intentando decidir a qué autoridad llamar. Le eché una buena ojeada y me incliné otra vez sobre la hierba. Tuviera o no el estómago vacío, era la última persona que necesitaba ver en estos momentos.

Pero, mientras mi estómago se convulsionaba inútilmente, me di cuenta de que tenía que haber una buena razón para su presencia.

¡Oh, no! ¡Oh, no, no, no, no, no!

—¿Por qué? —jadeé, mientras el pánico y las náuseas le robaban volumen a mi voz—. ¿Por qué está aquí? ¿Qué ha ocurrido?

Las incómodas palabras de la Acomodadora me machacaban la cabeza.

Clavé los ojos en las manos que agarraban el cuello del traje negro de la Buscadora durante dos segundos, antes de comprender que eran las mías.

—¡Detente! —me gritó, y había verdadera indignación en la expresión de su rostro, hasta que su voz comenzó a fallar.

Estaba sacudiéndola.

Me obligué a abrir las manos y las puse sobre mi cara.

—¡Perdóneme! —refunfuñé—. Lo siento. No sé lo que estoy haciendo.

La Buscadora me miró con el ceño fruncido y se sacudió la parte frontal del traje.

—No te encuentras bien y supongo que te he asustado.

—No esperaba verla —susurré—. ¿Por qué está aquí?

—Te voy a llevar a un servicio de sanación antes de que hablemos. Si tienes gripe, mejor será curarte. No tendría sentido dejar que tu cuerpo se estropee.

—No tengo gripe. No estoy enferma.

—¿Has comido algo en mal estado? Debes presentar un informe sobre el sitio donde te lo han servido.

Su intromisión era molesta.

—De verdad, no he comido nada en mal estado. Estoy sana.

—¿Por qué no te haces un chequeo con un Sanador? Una exploración rápida, ...no deberías descuidar a tu huésped. Sería irresponsable. Especialmente cuando el cuidado de la salud es algo tan fácil y eficaz.

Inhalé una gran bocanada de aire y resistí la necesidad de sacudirla de nuevo. Ella era una cabeza más baja que yo. Si teníamos que luchar, podría ganarle.

¿Una pelea? Me di la vuelta para alejarme y caminé con premura hacia mi casa. Mis emociones estaban llegando a un límite peligroso. Necesitaba tranquilizarme antes de que hiciera alguna barbaridad.

—¿Viajera? ¡Espera! El Sanador...

—No necesito ningún Sanador —le contesté sin volverme—. Simplemente era... un desajuste emocional. Estoy bien ahora.

La Buscadora no me respondió. Me pregunté que haría con mi desplante. Podía oír sus zapatos, sus tacones altos, repiqueteando detrás de mí, así que dejé la puerta abierta, sabiendo que me seguiría.

Fui hacia el fregadero y llené un vaso de agua. Esperó en silencio mientras me enjuagaba la boca y escupía. Cuando terminé, me apoyé en la cubierta de la cocina y me quedé mirando hacia el fregadero.

Ella se aburrió pronto.

—Así que, Viajera... ¿o ya no llevas ese nombre? No quiero sonar grosera al llamarte así.

No la miré.

—Sigo llamándome Viajera.

—Interesante. Te he clasificado como una de ésas a las que les gusta elegir por sí mismas.

—Lo *he hecho*. Y he escogido Viajera. Creo que me lo he ganado.

Hacía ya mucho que tenía claro que la pequeña discusión escuchada aquel primer día en que me desperté en el servicio de Sanación había sido por culpa de la Buscadora. Ella era el alma más polémica con la que me había encontrado en nueve vidas. Mi primer Sanador, Vado Aguas Profundas, se había comportado con tranquilidad, amabilidad, y sabiduría, incluso para un alma. Sin embargo, no había podido evitar reaccionar ante ella. Eso me confortaba un poco respecto de mi propia respuesta.

Me volví para enfrentarla. Se había sentado en mi pequeño sofá, cómodamente recostada, como para una visita larga. Mostraba un gesto de autocomplacencia y sus ojos saltones tenían una expresión divertida. Controlé el deseo de fruncir el ceño.

—¿Qué hace aquí? —inquirí de nuevo. El tono de mi voz era monocorde, contenido. No quería volver a perder el control delante de esta mujer.

—Ha pasado ya tiempo desde la última vez que supe de ti, así que pensé que podría venir a supervisar personalmente. Todavía no hemos hecho ningún avance significativo en tu caso.

Mis manos se aferraron con fuerza al borde de la cubierta que tenía a mis espaldas, pero conseguí disimular el tremendo alivio en el tono de mi voz.

—Eso parece... casi un exceso de celo por su parte. Además, le envié un mensaje anoche.

Juntó las cejas en este gesto tan suyo que le confería una expresión enfurruñada y enojada a la vez, como si fuese una, y no ella, la culpable de su enfado. Abrió su computadora de mano y tocó la pantalla unas cuantas veces.

—¡Oh! —dijo con ademán remilgado—. No había mirado hoy el correo.

Se quedó inmóvil mientras leía lo que le había escrito.

—Lo envié esta mañana muy temprano —repuse—. Debía estar medio dormida a esas horas. No estoy segura de cuánto de lo que he escrito es recuerdo y cuánto un simple sueño, o a lo mejor lo he tecleado aún dormida.

Me parecieron adecuadas esas palabras —en realidad las de Melanie—, que fluían con facilidad de mi boca; incluso le añadí mi propia risa franca al final de la frase. Esto era poco honesto de mi parte, un comportamiento vergonzoso. Pero no tenía la menor intención de permitir que la Buscadora supiera que yo era más débil que mi huésped.

Por una vez, Melanie no se pavoneó al haberme vencido. Estaba demasiado aliviada, demasiado agradecida de que no la hubiera delatado, aunque sólo fuera por mis propias y mezquinas razones.

—Interesante —murmuró la Buscadora—. Otro cabo suelto —sacudió la cabeza—. La paz continúa eludiéndonos —aunque no lucía precisamente abatida por la idea de una paz tan frágil: más bien, parecía complacida.

Me mordí el labio con fuerza. Y es que Melanie se desvivía por lanzar otra negativa, por asegurar que el chico era simplemente parte de un sueño. *No seas estúpida*, le recriminé, *sonaría tan obvio*. Decía mucho de la repelente naturaleza de la Buscadora el que hubiera logrado ponernos a Melanie y a mí en el mismo bando de la disputa.

La odio, el susurro de Melanie era afilado, doloroso como una herida.

Lo sé, lo sé. Desearía haber podido negar que yo sentía algo... similar. El odio era una emoción imperdonable. Pero la Buscadora era... era difícil que llegara a gustarte. Imposible.

La Buscadora interrumpió mi conversación interior.

—Así que, aparte de la nueva ubicación que revisar, ¿no puedes ayudarme un poco más con los mapas de carreteras?

Sentí cómo reaccionaba mi cuerpo a su tono de crítica.

—Nunca dije que fueran las líneas de un mapa de carreteras. Eso lo ha deducido usted. Y no, no tengo nada más.

Rápidamente chasqueó la lengua tres veces.

—Pero dijiste que eran instrucciones.

—Eso es lo que creo que son. Y no he conseguido nada más.

—¿Por qué no? ¿Es que aún no has sometido a ese ser humano? —se echó a reír en voz alta. Se reía de mí.

Le volví la espalda y me concentré en tranquilizarme. Hice como que no estaba allí, fingí que estaba sola en mi austera cocina, mirando por la ventana el pequeño retazo de cielo nocturno y las tres brillantes estrellas que se podían distinguir allá arriba.

Bueno, estaba tan sola como siempre lo había estado.

Y mientras observaba aquellos diminutos puntos de luz en la obscuridad, relampaguearon en mi cabeza las líneas que había visto una y otra vez, en mis sueños y en aquellos recuerdos fragmentarios que me asaltaban en los momentos más inesperados y extraños.

La primera: una curva lenta y burda, luego un rápido giro hacia el norte; otro giro agudo en dirección contraria, para torcer de nuevo hacia el norte durante un trecho más largo y después, un abrupto quiebro hacia el sur que terminaba en otra curva suave.

El segundo: un agudo zigzag, de cuatro cerrados ángulos, con el quinto punto extrañamente achatado, como si se hubiera roto...

La tercera: una onda suave, interrumpida por un repentino espolón que hacía sobresalir un dedo largo y delgado hacia el norte, que luego regresaba.

Incomprensible, al parecer carente de significado. Pero sabía que esto era importante para Melanie. Y lo tenía clarísimo desde el principio. Ella protegía este secreto con mayor fiereza que ningún otro, relativo al niño, a su hermano. Yo ni siquiera sabía de su existencia antes del sueño de anoche. Me preguntaba qué la había hecho fallar. Quizá, conforme su voz aumentaba de volumen en mi cabeza, tendría menos posibilidad de ocultarme sus secretos.

Tal vez tendría algún otro desliz y así yo podría ver el significado de esas extrañas líneas, porque estaba segura de que tenían algún significado y que llevaban a algún lugar.

Y en ese momento, con el eco de la risa de la Buscadora aún flotando en el aire, repentinamente me di cuenta de porqué eran tan importantes.

Por supuesto: llevarían hasta Jared, o más bien, hasta ambos, Jared y Jamie. ¿A que otro sitio podían conducir? ¿Qué otra localización podría tener alguna importancia para ella? Justo ahora sabía que no *regresaba*, porque ninguno de ellos había seguido esa dirección antes. Líneas que resultaban misteriosas, tanto para ella como para mí, hasta que...

El muro tardó demasiado en bloquearme. Ella estaba distraída, prestando más atención a la Buscadora que a mí. Revoloteaba en mi cabeza cuando se produjo un sonido a mis espaldas y ésa fue la primera vez que me percaté de que la Buscadora se me había acercado.

Suspiró.

—Esperaba más de ti. Tu historial parecía tan prometedor.

—Es una pena que no estuviera libre para ser asignada a este cuerpo. Estoy segura de que para usted hubiera sido un juego de niños lidiar con un huésped renuente —no me volví para mirarla y mi voz conservó el mismo tono.

Sorbió por la nariz.

—Las primeras oleadas tenían ya bastantes desafíos, incluso sin tener que vérselas con un huésped que opusiera resistencia.

—Sí. He experimentado personalmente unas cuantas colonizaciones.

La Buscadora bufó.

—¿Eran las Algas difíciles de domesticar? ¿Acaso huían?

Mantuve el tono sereno de mi voz.

—No teníamos problemas en el Polo Sur, aunque claro, el Norte era un asunto bien distinto. Allí no se actuó de la manera correcta y perdimos el bosque entero —la tristeza de aquellos tiempos resonó tras mis palabras. Mil seres sensibles prefirieron cerrar sus ojos para siempre antes que aceptarnos. Cerraron las hojas, se apartaron de los soles y se dejaron morir de hambre.

Bien por ellos, susurró Melanie. No había ningún veneno infiltrado en ese pensamiento, sólo aprobación en el homenaje que ella rendía a la tragedia de mi recuerdo.

Fue un desperdicio tan grande. Dejé que el duelo de ese conocimiento, que el sentimiento de aquellas ideas agónicas que nos habían atormentado con el dolor de nuestro bosque hermano, purificara el interior de mi mente.

De cualquier manera, seguía siendo muerte.

La Buscadora habló y yo intenté concentrarme sólo en una conversación.

—Sí —su voz repentinamente se tornó incómoda—. Aquello estuvo muy mal hecho.

—Nunca se es lo suficientemente cuidadoso cuando se trata de administrar el poder. Hay muchos que no son tan cuidadosos como debieran.

No contestó y la escuché moverse unos cuantos pasos hacia atrás. Todo mundo sabía que el error que llevó al suicidio en masa fue culpa de los Buscadores quienes, creyendo que las Algas no podían *huir*, subestimaron su capacidad para escapar. Procedieron de forma imprudente, comenzando el primer asentamiento antes de que hubiera el suficiente número de individuos adecuados y en su sitio para una asimilación a gran escala. Para cuando lograron percatarse de lo que eran capaces las Algas, o de lo que pretendían hacer, fue demasiado tarde. El siguiente embarque de almas hibernadas estaba demasiado lejos y antes de que llegaran, se perdió todo el bosque norte.

En este momento me enfrenté a la Buscadora, motivada por la curiosidad de juzgar el impacto de mis palabras. Ella se mantuvo impasible, mirando fijamente hacia la nada blanca de las paredes desnudas de la habitación.

—Siento no haber podido ayudar más —pronuncié las palabras con firmeza, intentando dejar en claro mi rechazo. Estaba deseando recuperar de nuevo mi casa para mí sola. *Para nosotras*, intercaló Melanie, con aire de suficiencia. Suspiré. Estaba tan pagada de sí misma en ese momento.

—Realmente no tendría que haberse tomado la molestia de venir desde tan lejos.

—Es mi trabajo —repuso la Buscadora, encogiéndose de hombros—. Tú eres mi única asignación. Hasta que encontremos al resto de los humanos, lo mejor que puedo hacer es pegarme a ti y no perder la esperanza de que tengamos suerte.

7

Confrontación

—¿Sí, Rostro al Sol? —pregunté, agradecida a la mano alzada que interrumpió la clase. No me sentía tan cómoda sobre la tarima como habitualmente solía. Mi mayor fuerza, mi única carta real, era la experiencia personal, a partir de la cual solía enseñar, pero mi cuerpo huésped no había recibido nada parecido a una educación formal, ya que había estado huyendo desde el principio de su adolescencia. Ésta era la primera historia mundial que enseñaba este semestre y para la cual no tenía ningún recuerdo en qué apoyarme. Estaba segura de que mis estudiantes padecían esta diferencia.

—Siento interrumpirla, pero —el hombre del pelo blanco hizo una pausa, luchando por formular su pregunta en palabras. No estoy seguro de haber entendido. ¿Los Comedores de Fuego realmente... ingieren el humo producido por la quema de las Flores Andariegas? ¿Como si fuera comida? —intentó suprimir el tono de horror en su voz. El papel de un alma no era juzgar a otra. Pero, dado su pasado en el Planeta de las Flores, no me extrañaba su fuerte reacción ante el destino de una forma de vida similar en otro mundo.

Siempre me maravillaba ver que algunas almas se implicaban de tal forma en los asuntos del mundo que habitaban en ese momento, que acababan por ignorar al resto del universo. Pero, siendo justos, quizá Rostro al Sol había estado hibernando cuando el Mundo de Fuego se hizo famoso.

—Sí, reciben algunos nutrientes esenciales de ese humo. Y ahí yace el dilema fundamental y la controversia que suscita el Mundo de Fuego, además tal es la razón por la cual ese planeta no ha sido clausurado, aunque ha habido tiempo suficiente para poblarlo por completo. También hay un alto porcentaje de reubicación.

—Al principio, cuando se descubrió el Mundo de Fuego, se pensó que la especie dominante, los Comedores del Fuego, era la única forma de vida inteligente. Los Comedores no consideraban a las Flores Andariegas como sus iguales. Un prejuicio cultural. Así que pasó algún tiempo, después de la primera oleada de colonizadores, antes de que las almas se percataran de que estaban asesinando criaturas inteligentes. Desde entonces, los científicos del Mundo de Fuego concentraron sus esfuerzos en encontrar un sustituto para satisfacer las necesidades dietéticas de los Comedores. Se han enviado allí a las Arañas para que se ocupen del problema, pero ambos planetas se encuentran a cientos de años de distancia. Cuando se supere este obstáculo, lo que ocurrirá bastante pronto estoy segura, se abrirá el camino a la esperanza de que las Flores Andariegas también puedan ser asimiladas. Mientras tanto, había conseguido eliminarse la mayor parte de la brutalidad de la ecuación. La, ah, parte de quemar a los seres vivos, claro y algunos otros aspectos también.

—Pero ¿cómo pueden?... —a Rostro al Sol se le ahogó la voz, incapaz de terminar la frase.

Otra voz intervino para completar su idea.

—Parece un ecosistema bastante cruel. ¿Por qué no se abandonó ese planeta?

—Esto se sometió a debate, por supuesto, Robert. Pero no abandonamos los planetas porque sí. Para muchas almas el Mundo de Fuego es ya su hogar. No las vamos a desarraigar contra su voluntad —aparté la mirada, y la devolví a mis notas, en un intento de terminar la discusión colateral.

—¡Pero eso es pura barbarie!

Físicamente Robert era más joven que la mayoría de los estudiantes —de hecho, su edad era más cercana a la mía que la de los demás. Y la verdad es que era como un niño, en más de un sentido importante. La Tierra era su primer mundo —en este caso, la madre en realidad había sido habitante de la Tierra, antes de rendirse— y él no parecía tener tanta perspectiva de las cosas como las almas mayores, que habían viajado mucho más. Me pregunté cómo sería haber nacido con las sobrecogedoras sensaciones y emociones de estos huéspedes, sin ninguna experiencia anterior para equilibrarse. La objetividad debía resultar algo muy difícil. Intenté recordar esto y mostrarme especialmente paciente al responderle.

—Cada mundo es una experiencia única. A menos que hayas vivido en ese mundo, en realidad, es imposible comprender...

—Pero tú no has vivido nunca en el Mundo de Fuego —me interrumpió. —Debes haber sentido lo mismo que yo... ¿o tenías alguna otra razón para evitar ese planeta? Prácticamente, has estado casi en todas partes.

—Elegir un planeta es una decisión privada y muy personal, Robert, como algún día lo experimentarás por ti mismo —apunté con la intención de cerrar el debate simplemente con el tono de mi voz.

¿Por qué no lo dices? Tú también *crees que eso es de bárbaros, que es cruel y que está mal. Lo que resultaría bastante irónico si llegaras a preguntármelo... aunque nunca lo hagas. ¿Cuál es el problema? ¿Te da vergüenza estar de acuerdo con Robert? ¿Simplemente porque es más humano que los demás?*

Melanie, que había encontrado su voz, se estaba convirtiendo en algo absolutamente insoportable. ¿Cómo me podría concentrar en mi trabajo con sus opiniones resonando en mi cabeza todo el tiempo?

Una sombra obscura se movió en el asiento al lado de Robert.

La Buscadora, vestida de negro como de costumbre, se inclinó hacia adelante, interesada por vez primera en el tema del debate.

Controlé el deseo de ponerle cara de pocos amigos. No quería que Robert, que ya lucía avergonzado, confundiera mi expresión creyendo que se la dedicaba a él. Melanie gruñó. *Ella* no deseaba que me resistiera. El que la Buscadora nos siguiera tan de cerca el paso, había resultado muy aleccionador para Melanie, pues antes de eso creía que no podía haber nada ni nadie que le mereceria más odio que yo.

—Casi se nos ha agotado el tiempo —anuncié aliviada.

—Me complace anunciarles que el próximo martes tendremos a un conferencista invitado que podrá subsanar mis ignorancias en este tema. Dulce Llama, recién llegado a nuestro planeta, estará aquí para darnos una visión más personal de la colonización del Mundo de Fuego. Sé que todos lo tratarán con la misma cortesía que me dispensan a mí, y que serán respetuosos con la tierna edad de su huésped. Gracias por su tiempo.

La clase se iba vaciando lentamente, y mientras recogían sus cosas, muchos de los estudiantes dedicaron un minuto a charlar entre sí. Lo que Kathy había dicho sobre las amistades estaba presente en mi mente, pero no sentía ningún deseo de unirme a ellos. Para mí eran extraños.

¿Eran realmente esos mis sentimientos, o eran los de Melanie? Difícil de decir. Acaso era yo antisocial por naturaleza. Suponía que mi historia personal apoyaba esa teoría. Nunca había desarrollado un vínculo tan fuerte como para mantenerme en un planeta por más de una vida.

Noté que Robert y Rostro al Sol seguían en la puerta de la clase, enzarzados en una discusión que parecía intensa y me parecía que podía adivinar el asunto.

—Las historias del Mundo de Fuego causan polémica.

Me sorprendí un poco.

La Buscadora estaba de pie, pegada a mi codo. Aquella mujer generalmente anunciaba su llegada con el rápido taconeo de sus zapatos altos.

Miré hacia abajo y vi que, por primera vez, llevaba zapatos tenis aunque, desde luego, negros. Y sin la ayuda de esos escasos centímetros, resultaba incluso más diminuta.

—No es mi materia favorita —dije con voz desabrida—. Prefiero poder usar experiencias de primera mano para eso.

—Ha habido fuertes reacciones en la clase.

—Sí.

Me miró expectante, como si esperara que dijera algo más. Reuní mis notas y me volví para colocarlas en mi bolsa.

—También me pareció que te afectaba.

Seguí metiendo los papeles con cuidado, sin darme la vuelta.

—Me preguntaba porqué no contestaste a la pregunta.

Se hizo una pausa mientras ella esperaba que le respondiese. Y no lo hice.

—Así que... ¿por qué no contestaste a la pregunta?

Ahora sí me volví, sin disimular la impaciencia de mi rostro.

—Porque no tenía nada que ver con la lección, porque Robert necesita aprender un poco de modales, y porque no es asunto de nadie más.

Me colgué la bolsa al hombro y me dirigí hacia la puerta. Ella se mantuvo a mi lado, apresurándose para mantener el paso de mis piernas, bastante más largas. Caminamos por el pasillo en silencio. No volvió a hablar hasta que nos vimos fuera, donde la luz de la tarde iluminaba las motas de polvo del aire salino.

—¿Crees que algún día podrías establecerte, Viajera? ¿Quizá en este planeta? Parece que sientes algún tipo de afinidad por sus... sentimientos.

Torcí el gesto ante la ofensa implícita en su tono. No estaba segura de cómo pretendía insultarme con eso, pero estaba claro que tal era su intención. Melanie se revolvió con rencor.

—No estoy segura de lo que me quiere decir.

—Dime algo, Viajera. ¿Te dan lástima?

—¿Quién? —pregunté sin comprender—. ¿Las Flores Andariegas?

—No, los humanos.

Me detuve en seco, y ella me esquivó para pararse a mi lado. Estábamos a pocas calles de mi apartamento y yo me estaba apresurando con la esperanza de perderla de vista, para evitar que se invitara ella sola a entrar. Pero su pregunta me sorprendió con la guardia baja.

—¿Los humanos?

—Sí, ¿los compadeces?

—¿Y usted no?

—No. Me parecen una raza bastante brutal. Han tenido mucha suerte al sobrevivir tanto tiempo como lo han hecho.

—No todos han sido malos.

—Es su inclinación genética. La brutalidad es parte integral de su especie. Pero les tienes lástima, según parece.

—Hay mucho que perder, ¿no cree? —gesticulé abarcando el entorno. Estábamos en un área con aspecto de parque entre dos edificios dormitorio cubiertos de hiedra. El verde profundo de la hiedra era muy agradable a la vista, especialmente donde hacía contraste con el rojo deslustrado de los viejos ladrillos. El aire era dorado y dulce, y el perfume del océano le daba un matiz salobre a la dulce fragancia de las flores de los arbustos. Una brisa ligera me acariciaba la piel desnuda de los brazos.

—En todas sus otras existencias, jamás ha sentido algo tan vívido. ¿Cómo no va a sentir pena por alguien a quien ha despojado de todo esto? —su expresión continuó vacía, inconmovible. Hice un intento de que se implicara, de hacerle considerar las cosas desde otro punto de vista—. ¿En qué otros mundos ha vivido?

Ella dudó, y después cuadró los hombros.

—En ninguno. Sólo he vivido en la Tierra.

Eso me sorprendió. Resultaba ser tan niña como Robert.

—¿En un solo planeta? ¿Y escogió ser Buscadora en su primera vida?

Asintió solo una vez, con la barbilla tensa.

—Bien. Bueno, ése es su problema —reemprendí la marcha. Quizá si respetaba su intimidad, ella me devolvería el favor.

—Hablé con tu Acomodadora.

O a lo mejor, no, pensó Melanie con amargura.

—¿Qué? —jadeé.

—Colegí que estás teniendo más problemas, aparte del mero hecho de acceder a la información que necesito. ¿Has considerado la idea de intentar acceder a otro huésped más maleable? Te sugirió esto, ¿no es así?

—¡Kathy no ha podido *decirle* nada!

El rostro de la Buscadora mostraba una abierta petulancia.

—No tuvo que contestar. Soy muy buena leyendo expresiones humanas. Sé muy bien cuando mis preguntas tocan un punto sensible.

—¿Cómo se ha atrevido? La relación entre un alma y su Acomodador...

—Es sacrosanta, ya lo sé; conozco bien la teoría. Pero los métodos normales de investigación parecían no estar dando muy buenos resultados en tu caso, así que he tenido que ser creativa.

—¿Es que creía que le estaba ocultando algo? —protesté, ya demasiado enojada como para intentar controlar el disgusto que traslucía mi voz—. ¿Creía que le confiaría algo así a mi Acomodadora?

Mi cólera no la desconcertó. Quizá, debido a su extraña personalidad, estaba acostumbrada a ese tipo de reacciones.

—No, suponía que me estabas contando lo que sabías... Pero no creo que seas tan dura como aparentas. Ya lo he visto antes. Estás empezando a sentir simpatía por tu huésped. Estás dejando que sus recuerdos dirijan inconscientemente tus propios deseos. Y probablemente ya es demasiado tarde, llegados a este punto. Creo que te sentirás mejor si te mudas, y quizá alguna otra persona tenga mejor suerte con ella.

—¡Ja! —grité—. ¡Melanie se comería vivo a cualquiera!

Se le congeló la expresión.

En realidad no tenía ni idea, no importaba lo que ella creyera haber deducido de la expresión de Kathy. Pensaba que la influencia de Melanie procedía de sus recuerdos, que era sólo inconsciente.

—Encuentro muy interesante que hables de ella en presente.

Pasé por alto lo que había dicho, intentando disimular el *lapsus*.

—Si cree que otra persona podría tener más suerte sacándole sus secretos, está equivocada.

—Sólo hay una manera de averiguarlo.

—¿Tiene a alguien en mente? —pregunté, con la voz gélida por la aversión que me provocaba.

Ella sonrió.

—He pedido un permiso para intentarlo. No me llevará mucho. Me guardarán mi huésped para después.

Tuve que inhalar profundamente. Estaba temblando, y Melanie estaba tan llena de odio que era incapaz de pronunciar una palabra. La idea de tener a la Buscadora en mi interior, incluso aunque supiera que yo ya no estaría allí, resultaba tan repugnante que percibí la vuelta de la náusea de la semana pasada.

—Mal asunto para su investigación que yo no sea una saltarina.

Los ojos de la Buscadora se entrecerraron.

—Bueno, es poco probable que esta asignación dure eternamente. La historia jamás ha sido un asunto de interés para mí, pero parece que lo será, al menos durante un curso completo.

—Acaba de decir que tal vez es demasiado tarde para sacar nada más de sus recuerdos —le recordé, luchando para mantener mi voz serena—. ¿Por qué no se vuelve a donde quiera que pertenezca?

Ella se encogió de hombros y mostró una sonrisa tensa.

—Estoy segura de que es demasiado tarde... para conseguir la información de forma voluntaria. Pero si tú no cooperas, ella simplemente me llevará hasta ellos.

—¿*Llevarla*?

—Cuando ella asuma todo el control, y tú no eres mejor que aquel pelele, que se llamó antes Canción Mensajera, y que ahora es Kevin, ¿lo recuerdas? ¿A aquel que atacó a la Sanadora?

La miré fijamente, con los ojos dilatados y las aletas de la nariz temblorosas.

—Sí, probablemente es sólo cuestión de tiempo. Tu Acomodadora no te dio las estadísticas, ¿verdad que no? Bueno y aunque lo hiciera, de seguro ella no tenía la última información, a la que *nosotros* sí tenemos acceso. El índice de éxito a largo plazo para situaciones como la tuya, cuando un huésped humano comienza a resistir, es de menos del veinte por ciento. ¿Tenías idea de que fuera tan malo? Están cambiando la información que dan a los colonizadores potenciales. Ya no se van a ofrecer más huéspedes adultos, porque los riesgos son muy grandes. Estamos perdiendo almas. No pasará mucho tiempo antes de que ella te hable, hable a través de ti o controle tus decisiones.

No me moví un centímetro ni relajé músculo alguno. La Buscadora se inclinó, se estiró sobre los dedos de los pies y puso su rostro cerca del mío. Su voz se volvió susurrante y dulce en un intento de sonar persuasiva.

—¿Es eso lo que quieres, Viajera? ¿Perder? ¿Desvanecerte, borrada por otra conciencia? ¿No ser más que un cuerpo huésped?

No podía respirar.

—Sólo empeorará. No volverás a ser tú misma jamás. Ella te vencerá y tú desaparecerás. Quizás alguien intervenga... tal vez te muden como hicieron con Kevin. Y tú te convertirás en una niña llamada Melanie, a la que le gusta juguetear con coches más que componer música. O lo que sea que a ella le guste.

—¿El índice de éxito está por debajo del veinte por ciento? —musité.

Ella asintió, intentando suprimir una sonrisa.

—Te estás perdiendo a ti misma, Viajera. Todos los mundos que has visto, todas las experiencias que has reunido... todo será para nada. He visto en tu archivo que tienes potencial para la maternidad. Si te entregas para ser madre, al menos no todo se perderá. ¿Por qué condenarte a la desaparición? ¿Has considerado la Maternidad?

Di un salto apartándome de su lado, con el rostro ruborizado.

—Lo siento —murmuró ella, con el rostro enrojecido a la vez—. Eso ha sido poco cortés. Olvida que lo he dicho.

—Me voy a casa. Y no me siga.

—Tengo que hacerlo, Viajera. Es mi trabajo.

—¿Por qué se preocupan tanto por unos cuantos seres humanos dispersos? ¿Por qué? ¿Cómo justifican su trabajo? ¡Hemos triunfado! ¡Ya es hora de que se unan a la sociedad y de que hagan algo productivo!

Mis preguntas, mis acusaciones implícitas, no la irritaron.

—Donde quiera que los límites de su mundo toquen el nuestro, se encuentra la muerte —recitó las palabras con serenidad, y por un momento atisbé a una persona distinta en su rostro. Me sorprendió darme cuenta de que realmente, en lo más profundo, estaba convencida de lo que hacía. Parte de mí suponía que si ella había escogido la Búsqueda era simplemente porque, de forma ilícita, anhelaba la violencia. —Si una única alma se pierde por culpa de tu Jared o tu Jamie, es un alma de más. Hasta que no exista la paz total en este planeta, mi trabajo se justificará. Mientras haya Jareds sobrevivientes, soy necesaria para proteger a nuestra especie. Y mientras haya Melanies llevando almas de las narices...

Le di la espalda y me dirigí hacia mi departamento a grandes zancados que la obligarían a correr si quería mantenerse al paso.

—¡No te pierdas a ti misma, Viajera! —me gritó desde atrás—. ¡El tiempo se te está acabando! —hizo una pausa, y después gritó con más fuerza:

—¡Infórmame cuándo debo empezar a llamarte Melanie!

Su voz se desvaneció mientras se ampliaba el espacio entre nosotras. Sabía que me seguiría a su propio ritmo. Esta última semana, tan incómoda, viendo su rostro al fondo del aula en todas mis clases, escuchando diariamente sus pasos detrás de mí en la acera, no sería nada comparado con lo que estaba por venir. Iba a hacer de mi vida un suplicio.

Sentía como si Melanie rebotara violentamente contra las paredes internas de mi cráneo.

Hagamos que la despidan. Dile a sus superiores que ha hecho algo inaceptable, que nos atacó. Es nuestra palabra contra la suya...

Eso sucede en un mundo humano, le recordé, casi entristecida de no tener acceso a ese tipo de recursos. *Nosotros no tenemos superiores, en sentido estricto. Todos trabajamos juntos como iguales. Sólo tenemos algunos a los que muchos envían reportes con el fin de mantener organizada la información, y también consejos que toman decisiones sobre esa información, pero ellos no la apartarían de la asignación que desea. Ya ves, esto funciona como...*

¿Y a quién le importa cómo funciona si no nos sirve? Ya sé... ¡matémosla! Una injustificada imagen de mis manos apretando el cuello de la Buscadora llenó mi mente.

Este tipo de cosas es exactamente *la razón por la que es mejor que mi especie se haga cargo de este lugar.*

No seas arrogante. Disfrutas la idea tanto como yo. La imagen volvió; en nuestra imaginación, el rostro de la Buscadora se ponía azul, pero esta vez iba acompañada por una feroz ola de placer.

Esa eres tú, no yo. Mi afirmación era cierta: la imagen me enfermaba. Pero también estaba peligrosamente cerca de la falsedad, ya que la verdad es que gozaría enormemente si no volviera a ver nunca más a la Buscadora.

¿Y qué hacemos ahora? No me voy a rendir, y tú tampoco. ¡Y estoy tan segura, como que el demonio existe, de que esa maldita Buscadora tampoco lo hará!

No le contesté. No tenía ninguna respuesta a mano.

Todo quedó en silencio en mi mente durante un rato. Era estupendo. Deseaba que la quietud continuara. Pero sólo había un modo de comprar mi paz. ¿Estaba dispuesta a pagar el precio? ¿Tenía alguna elección?

Melanie se serenó lentamente. Para cuando llegué a la puerta principal, echando llave, cosa que jamás había hecho antes —artefactos humanos que no tenían lugar en un mundo pacífico— sus pensamientos eran de contemplación.

Nunca antes había pensado en cómo hacen las cosas los de tu especie. No sabía que fuera así.

Nos lo tomamos muy en serio, como te puedes imaginar. Gracias por tu interés. No le perturbó la gran carga de ironía inmersa en mi comentario.

Aún estaba reflexionando sobre su descubrimiento cuando encendí la computadora y comencé a buscar vuelos regulares. Apenas pasó un momento antes de que se diera cuenta de lo que estaba haciendo.

¿Adónde vamos? Había un estremecimiento de pánico en su pensamiento. Sentí como su conciencia revolvía en mi cabeza, y su tacto era tan suave como el de un plumero, buscando algo que pudiera estar ocultándole.

Decidí ahorrarle la pesquisa. *Me voy a Chicago*.

El pánico se había convertido en algo más que un temblor. *¿Por qué?*

Voy a ver al Sanador. No confío en ella. *Quiero hablar con él antes de tomar una decisión.*

Hubo un largo silencio antes de que hablara de nuevo.

¿La decisión de matarme?

Sí, esa misma.

8

Amada

—¿*Te* da miedo volar? —la voz de la Buscadora estaba llena de incredulidad y bordeaba la mofa. —Has viajado a través del espacio profundo ocho veces ¿y te da miedo tomar un vuelo regular a Tucson, Arizona?

—En primer lugar, no tengo miedo. En segundo: cuando he viajado por el espacio profundo, no he sido precisamente consciente de dónde estaba, pues venía almacenada en una cámara de hibernación. Y en tercero: este huésped se marea en los vuelos.

La Buscadora puso los ojos en blanco, irritada.

—¡Pues toma medicina! ¿Qué habrías hecho si el Sanador Vado no hubiera sido reubicado en Saint Mary? ¿Habrías conducido hasta Chicago?

—No. Pero como ahora la opción de ir en coche parece razonable, así lo haré. Va a ser estupendo ver un poco más de este mundo. El desierto puede ser sorprendente...

—El desierto es de un aburrimiento mortal.

—... y además no tengo ninguna prisa. Tengo muchas cosas en que pensar y disfrutaré de algún tiempo *sola* —la miré directamente al subrayar la última palabra.

—De cualquier manera, no veo el caso de visitar ahora al viejo Sanador. Hay muchos Sanadores competentes aquí.

—Me siento a gusto con el Sanador Vado. Tiene experiencia en estas cosas y no estoy segura de disponer de toda la información que necesito —le dediqué otra mirada intencionada.

—No hay tiempo que perder, Viajera. Reconozco los síntomas.

—Perdóneme si no considero su información como imparcial. Sé lo suficiente del comportamiento humano para reconocer los síntomas de la manipulación.

Ella me fulminó con la mirada.

Estaba guardando en el coche alquilado las contadas cosas que había planeado llevarme. Llevaba suficiente ropa para una semana, sin necesidad de recurrir a la lavadora, y los utensilios de baño necesarios. Aunque no llevaba muchas cosas, las que dejaba eran aun menos, ya que en materia de pertenencias personales había acumulado muy poco. Después de todos estos meses en mi pequeño departamento, las paredes seguían lisas y las estanterías vacías. Tal vez fuese que nunca había pretendido establecerme aquí de verdad.

La Buscadora se había plantado allí en la acera, al lado de mi coche, acosándome con sus comentarios y preguntas insidiosas en cuanto me ponía al alcance de su voz. Al menos estaba segura de que su personalidad era demasiado impaciente para seguirme por carretera. Ella tomaría un vuelo regular a Tucson, con lo que esperaba conseguir avergonzarme. Desde luego sería un alivio. Podía imaginarle reuniéndose conmigo cada vez que parara a comer, rondándome fuera de los baños de cada gasolinera, esperándome con sus infatigables interrogatorios en el momento en que mi coche se detuviera frente a un semáforo. Me estremecí ante la idea. Si un cuerpo nuevo significaba liberarme de la Buscadora... bueno, la verdad es que era un gran aliciente.

Tenía otra posibilidad, también. Podía abandonar este mundo por completo, considerándolo un error, y mudarme a mi décimo planeta. Podía arreglármelas para olvidar toda esta experiencia. La Tierra no pasaría de ser un ligero accidente en mi por lo demás inmaculada hoja de servicios.

Pero, ¿a dónde iría? ¿A un planeta que ya formara parte de mi experiencia? El Planeta Cantante había sido uno de mis favoritos, pero, ¿y tener que renunciar a la vista? El Planeta de las Flores era encantador... Sin embargo las formas de vida basadas en la clorofila tenían un registro emocional tan escaso. Me resultaría insoportablemente soso después de haber experimentado el ritmo de este lugar humano.

¿Y un planeta nuevo? Había un planeta de reciente adquisición cuyos nuevos huéspedes llamaban aquí en la Tierra "delfines", a falta de una comparación mejor, aunque parecían más libélulas que mamíferos marinos. Era una especie altamente desarrollada, y con bastante movilidad, pero después de mi larga estancia junto a las Algas, el pensamiento de otro planeta acuático me repelía.

No, aún había demasiadas cosas en este planeta que no había experimentado. Ningún otro lugar en el universo conocido me llamaba con tanta fuerza como este pequeño patio de verdes sombras al lado de la calle tranquila. O la atracción del cielo vacío del desierto, que sólo había visto en los recuerdos de Melanie.

Melanie no había opinado sobre mis opciones. Había estado muy quieta desde que tomé la decisión de buscar a Vado Aguas Profundas, mi primer Sanador. No estaba segura de lo que implicaba este retraimiento. ¿Intentaba parecer menos peligrosa, quizá ser menos molesta? ¿Se estaba preparando para la invasión de la Buscadora? ¿Para la muerte? ¿O se preparaba para luchar contra mí? ¿Intentaría apoderarse del control?

Fuera cual fuese su plan, se mantuvo a cierta distancia, y era apenas una sutil y vigilante presencia en el fondo de mi cabeza.

Entré una última vez al departamento, que ahora parecía vacío, a fin de buscar algo que había olvidado. Sólo quedaba el mobiliario básico que había dejado el último arrendatario. Los mismos platos en el armario, las almohadas en la cama, las mismas lámparas en las mesas; si no regresaba, el siguiente inquilino tendría muy poco que limpiar.

Salía ya por la puerta cuando sonó el teléfono y me volví para contestarlo, aunque llegué demasiado tarde. La contestadora estaba programada para saltar al primer timbrazo. Sabía lo que escucharía quien llamaba: una vaga explicación en la que decía que estaría fuera el resto del semestre, y que mis clases quedaban canceladas hasta que pudieran reemplazarme. No daba ningún motivo. Miré al reloj que había encima de la televisión. Eran poco más de las ocho de la mañana. Estaba segura de que era Curt el que llamaba, porque ya habría recibido el correo electrónico, algo más detallado, que le había enviado por la noche. Experimentaba algo de culpabilidad por no haber cumplido mi compromiso con él, y me sentía casi como una saltarina. Quizás este paso, esta huida, era el preludio a mi próxima decisión, y mi mayor vergüenza. La idea era incómoda. Me quitaba las ganas de escuchar lo que el mensaje pudiera decir, aunque en realidad no tenía ninguna prisa por marcharme.

Me dí una última vuelta por las habitaciones del departamento vacío una vez más. No tenía la impresión de dejar nada atrás, ningún afecto por estas habitaciones. Más bien tenía la extraña intuición de que este mundo, no sólo Melanie, sino todo el orbe del planeta, no me quería: sin importar lo mucho que pudiera quererlo yo. No parecía que pudiera hundir aquí mis raíces. Sonreí irónicamente a la mención de la palabra "raíces". Este sentimiento era pura tontería supersticiosa.

Nunca había tenido un huésped con capacidad para la superstición. Era una sensación interesante. Como cuando sabes que te están vigilando, sin encontrar al que lo hace. Me ponía la carne de gallina en la nuca.

Cerré la puerta tras de mí con firmeza, pero no toqué aquellos obsoletos cerrojos. Nadie alteraría este lugar hasta que yo regresara o hasta que se lo entregaran a alguien nuevo.

Me subí al coche sin mirar a la Buscadora. No había conducido mucho y tampoco Melanie, así que estaba un poco nerviosa. Pero estaba segura de que me acostumbraría bastante pronto.

—Te estaré esperando en Tucson —me dijo la Buscadora, inclinándose sobre la ventanilla abierta del lado del pasajero mientras arrancaba el motor.

—No tengo duda de eso —murmuré.

Busqué los indicadores del panel de control. Intentando disimular una sonrisa, oprimí el botón para subir el cristal y vi como saltaba ella hacia atrás.

—Quizá... —dijo, alzando la voz casi hasta gritar de modo que pudiera escucharla sobre el ruido del motor y a través de la ventana cerrada—... quizá pruebe a ir por el mismo camino. Quizá nos veamos en la carretera.

Ella sonrió y se encogió de hombros.

Simplemente había dicho eso para molestarme, así que intenté no dejarle ver que lo había conseguido. Concentré los ojos en la carretera que se extendía delante y me separé cuidadosamente de la acera.

Fue bastante fácil encontrar la autopista y después seguir las señales para salir de San Diego. Pronto dejó de haber señales que seguir, pues no había salidas que pudieran confundirme. En ocho horas estaría en Tucson: no era tiempo suficiente. Quizá sería mejor pasar la noche en algún pueblecillo de camino. Si tuviera la certeza de que la Buscadora estaría allí delante, más que siguiéndome, esperándome con impaciencia, una parada resultaría un retraso estupendo.

A menudo me sorprendí mirando el retrovisor, buscando signos de persecución. Conducía más despacio que nadie, como si no tuviera ganas de llegar a mi destino y los otros coches me adelantaban continuamente. No había ninguna cara que pudiera reconocer cuando los veía pasar. No debería haber dejado que la provocación de la Buscadora me molestara, era obvio que su temperamento no era de esos que van a algún sitio con tranquilidad. Aun así... seguí vigilando por si la veía.

Iba camino del océano hacia el oeste y luego hacia el norte y sur, subiendo y bajando por la hermosa costa de California, pero en ningún momento tomé dirección este. La civilización se fue desvaneciendo a mis espaldas rápidamente, y pronto me vi rodeada por las colinas y las rocas blancas que son el preámbulo de las grandes extensiones desoladas del desierto.

Era muy relajante estar tan lejos de la civilización, y esto me molestaba. No debería encontrar la soledad tan atractiva, porque las almas somos sociables. Trabajamos, vivimos y crecemos juntas en armonía. Somos todas iguales, pacíficas, amigables y honradas. ¿Por qué me sentía tan bien lejos de los de mi especie? ¿Era Melanie la que me hacía sentir así?

La busqué, pero la hallé lejana, soñando en lo más hondo de mi cabeza.

Era lo mejor que me había pasado desde que había empezado a hablar de nuevo.

Los kilómetros pasaban con rapidez. Las obscuras rocas, de contornos irregulares y las llanuras polvorientas cubiertas de arbustos volaban a mi lado con monótona uniformidad. Me di cuenta de que conducía más de prisa de lo que realmente deseaba. Aquí no había nada que mantuviera ocupada mi mente, de modo que encontraba difícil mantener la atención. Con la mente ausente, me pregunté porqué el desierto tenía mucho más colorido en los recuerdos de Melanie y era mucho más cautivador. Dejé que mi mente se deslizara con la suya, intentando ver qué era lo que encontraba especial en ese lugar vacío.

Pero ella no estaba contemplando la tierra muerta, rala, que nos rodeaba. Estaba soñando con otro desierto, en forma de cañón y de color rojo, un lugar mágico. No intentó sacarme. De hecho, casi no parecía reconocer mi presencia, lo que me hizo preguntarme por el significado que podía tener su indiferencia. No percibí ningún pensamiento de ataque. Más bien parecía una preparación para el final.

Vivía en un lugar más feliz de sus recuerdos, como si se despidiera de él. Un sitio que ella nunca me había permitido avistar antes.

Había una cabaña, una ingeniosa vivienda empotrada en un escondrijo de arenisca roja, peligrosamente cerca de la línea de inundación del río. Un lugar insólito, lejos de cualquier vereda o camino, construido en lo que parecía un emplazamiento absurdo. Un lugar rústico, sin ninguna de las comodidades de la tecnología moderna. Ella se recordaba riéndose, al lado de la pileta donde se bombeaba el agua para extraerla de la tierra.

—Es mejor que las tuberías— dice Jared, mientras la arruga que se le forma entre los ojos se le profundiza al fruncir las cejas. Parece preocupado por mi risa. ¿Teme que no me guste?

—No quedan huellas, ninguna evidencia de que estamos aquí.

—Me encanta —dije de inmediato—. Es como una película antigua, es perfecto.

La sonrisa que nunca abandona su rostro —pues sonríe incluso en sueños— se amplía aún más.

—En las películas no te cuentan lo peor. Ven, te diré donde está la letrina.

Oigo el eco de la risa de Jamie a través del estrecho cañón mientras corre delante de nosotros. Su cabello negro rebota al ritmo de su cuerpo. Salta ahora por todos lados, este chiquillo esbelto de piel tostada por el sol. No me había dado cuenta de cuánto peso llevaban encima aquellos estrechos hombros. Con Jared, se siente en verdad optimista. Su expresión ansiosa ha desaparecido, para ser reemplazada por sonrisas. Ambos habíamos sido más fuertes de lo que yo hubiera pensado.

—¿Quién construyó este lugar?

—Mi padre y sus hermanos mayores. Yo ayudé, o más bien estorbé un poco. A mi padre le gustaba apartarse de todo. Y no se preocupaba mucho por las convenciones sociales. Nunca se molestó en averiguar quién era el *dueño* legítimo de estas tierras, ni por los permisos de construcción ni por ninguna de esas tonterías— Jared ríe, echando la cabeza hacia atrás. El sol juguetea entre las ondas rubias de su pelo.

—Oficialmente, este lugar no existe. Muy conveniente, ¿no? —Y como de manera impensada, alargó la mano y tomó la mía.

La piel me quema donde roza la suya. La sensación es mejor que buena, pero me desencadena un extraño dolor en el pecho.

Siempre me toca de este modo, como si necesitara asegurarse de que estoy aquí. ¿Se percata de lo que me hace la simple presión de su palma cálida contra la mía? ¿Su pulso también se dispara en sus venas, como el mío? ¿O sólo se siente feliz de no estar solo?

Balancea nuestros brazos mientras caminamos bajo una pequeña arboleda de álamos, cuyo verde contrasta tan vívidamente con el rojo que me produce ilusiones ópticas, haciendo desatinar mi enfoque. Él es feliz aquí, más feliz que en cualquier otro lugar. Yo también soy feliz. El sentimiento aún me resulta poco familiar.

No me ha vuelto a besar desde aquella primera noche, cuando grité, al encontrar la cicatriz de su cuello. ¿No desea besarme de nuevo? ¿Debía besarlo yo? ¿Y qué pasa si no le gusta?

Baja la mirada hacia mí y me sonríe, las líneas en torno a sus ojos se pliegan en pequeñas telarañas. Me pregunto si es tan apuesto como yo creo, o si sencillamente se trata de que es la única persona que queda en el mundo, aparte de Jamie y de mí.

No, no creo que se trate de eso. Realmente es hermoso.

—¿En qué piensas, Mel? —me pregunta—. Pareces concentrarte en algo verdaderamente importante —se echó a reír.

Me encojo de hombros y siento un mariposeo en el estómago.

—Esto es verdaderamente hermoso.

Él mira a nuestro alrededor.

—Sí. Por supuesto ¿el hogar no es siempre hermoso?

—Hogar —repito la palabra en voz baja—. Hogar.

—Tu hogar, también, si quieres.

—Lo quiero —parece como si cada kilómetro andado en los últimos tres años se dirigiera hacia aquí. No deseo irme nunca, aunque sé que tendremos que hacerlo. La comida no crece en los árboles, al menos, no en el desierto.

Me aprieta la mano, y mi corazón bate fuertemente contra mis costillas. Este placer es casi doloroso.

Hubo una sensación borrosa cuando Melanie saltó hacia adelante, sus pensamientos danzaron a lo largo del cálido día, hasta que horas después, el sol se ocultó tras las paredes rojas del cañón. Yo la seguí, casi hipnotizada por la carretera que se extendía, interminable frente a mí, mientras los arbustos esqueléticos volaban a ambos lados con la misma soporífera monotonía.

Le echo una ojeada al único pequeño y estrecho dormitorio. El colchón matrimonial apenas se separa unos cuantos centímetros a ambos lados de las rústicas paredes de piedra.

Me produce una profunda y plena sensación de alegría ver a Jamie dormir en una cama de verdad, con la cabeza apoyada en una suave almohada. Sus brazos y piernas larguiruchos se extienden por todos lados, dejándome apenas espacio para dormir. En realidad, es mucho más grande de lo que imaginaba. Casi cumple los diez; pronto dejará de ser un niño. Excepto porque siempre será un niño para mí, claro.

Jamie respira rítmicamente; está bien dormido. No hay temor en sus sueños, al menos, no por el momento.

Cierro la puerta despacio y vuelvo al pequeño sofá donde Jared me espera.

—Gracias —susurro, pero bien sé que aunque gritara, no despertaría a Jamie.

—Me siento mal. Este sofá es demasiado pequeño para ti. Quizá deberías ser tú quien compartiera la cama con Jamie...

Jared ríe por lo bajo.

—Mel, tú apenas eres unos cuantos centímetros más baja que yo. Por una vez, duerme cómodamente. La próxima vez que salga por ahí, me agenciaré un catre o lo que sea.

No me gusta esto por muchos motivos. ¿Se irá pronto? ¿Nos llevará con él cuando se vaya? ¿Considera este reparto de habitaciones como algo definitivo?

Deja caer un brazo en torno a mis hombros y me aprieta contra su costado. Me acerco aún más, aunque el calor de su tacto hace que el corazón me duela de nuevo.

—¿Por qué frunces el ceño? —pregunta.

—¿Cuándo te... cuándo nos *tendremos* que ir otra vez?

Se encoge de hombros.

—Hemos rapiñado bastantes cosas en camino hacia aquí, así que creo que estaremos cubiertos por algunos meses. Puedo hacer unas cuantas incursiones breves si deseas permanecer en un solo sitio durante un tiempo. Estoy seguro de que estás cansada de huir.

—Sí, lo estoy —convengo. Inhalo profundamente para armarme de valor—. Pero si tú te vas, yo me voy.

Él me abraza más fuerte —Admito que lo prefiero así. La idea de separarme de ti... —se echa a reír en voz baja.

—Va a sonar a locura decirlo, pero preferiría morir... ¿resulta demasiado melodramático?

—No; sé lo que quieres decir.

Debe sentir lo mismo que yo. ¿Diría esas cosas si pensara en mí como en cualquier ser humano, y no como una mujer?

Caigo en la cuenta de que esta es la primera vez que hemos estado realmente solos desde la noche en que nos encontramos; la primera vez que había una puerta que cerrar entre un Jamie dormido y nosotros dos. Habíamos pasado tantas noches despiertos, charlando en susurros, contándonos todas nuestras historias, tanto las felices como las de terror, siempre con la cabeza de Jamie acunada en mi regazo. Esa simple puerta cerrada, hace que mi respiración se acelerare.

—No creo que necesites encontrar un catre, aún no.

Siento sus ojos puestos en mí, inquisitivos, pero yo no le devuelvo la mirada. Ahora estoy abochornada, aunque es demasiado tarde: las palabras ya están en el aire.

—Nos quedaremos aquí hasta que la comida se acabe, no te preocupes. He dormido en sitios peores que este sofá.

—No es eso lo que quiero decir —repuse, todavía mirando hacia abajo.

—Quédate con la cama, Mel. No está sujeto a negociación.

—Tampoco es eso lo que quería decir. Lo que me salió fue apenas un hilo de voz. —Me refiero a que el sofá es lo bastante grande para Jamie. Y no le quedará pequeño hasta que pase mucho tiempo. Yo podría compartir la cama... contigo.

Se hace un silencio. Quiero alzar la vista, leer la expresión en su rostro, pero estoy demasiado mortificada. ¿Y qué si él lo rechaza? ¿Cómo lo voy a soportar? ¿Me obligará a marcharme?

Sus cálidos y callosos dedos me sujetan la barbilla y la alza. Mi corazón se desboca cuando nuestros ojos se encuentran.

—Mel, yo... —por una vez, su cara no ofrece una sonrisa.

Intento apartar la vista, pero él sujeta mi barbilla de modo que mi mirada no puede escapar a la suya. ¿No siente el fuego entre su cuerpo y el mío? ¿O sólo arde el mío? ¿Cómo puede estar todo sólo en mí? Es como si un sol calcinante estuviera atrapado entre nosotros; prensado como una flor entre las páginas de un libro grueso, quemando el papel. ¿Siente él alguna otra cosa distinta? ¿Algo malo?

Después de un momento, vuelve la cabeza; ahora es él el quien aparta la mirada, aún sujetando mi barbilla. Su voz es baja —No me debes eso, Melanie. No me debes nada en absoluto.

Tengo dificultad al tragar. —No estoy diciendo... no pretendí decir que me sentía *obligada*. Y... tú tampoco... deberías... Olvida lo que he dicho.

—No creo que pueda, Mel.

Él suspira y yo quiero desaparecer. Rendirme, entregar mi mente a los invasores si eso es lo que se requiere para borrar este error abismal. Cambiaría el futuro con tal de tachar los dos últimos minutos transcurridos. Lo que fuera.

Jared vuelve a inhalar profundamente. Baja la mirada hacia el suelo, con los ojos y la mandíbula apretados.

—Mel, no tiene que ser así... el que estemos juntos o el que seamos el último hombre y la última mujer sobre la Tierra...— Lucha buscando las palabras, algo que no lo había visto hacer antes. —No supone que tengas que hacer algo que no deseas. No soy la clase de hombre que espera.. No tienes que...

Parece tan trastornado, todavía con el ceño fruncido, mirando en otra dirección. Al descubrirme hablando de nuevo sin querer, ya antes de empezar sé que se trata de otra equivocación.

—No es eso a lo que me refería —murmuré—. "Tener que" no es la expresión correcta, y tampoco creo que tú seas "esa clase de hombre". No, desde luego que no. Es sólo que....

Sólo que te amo. Aprieto los dientes antes de humillarme aún más. Debo morderme la lengua para no estropear más las cosas.

—¿Sólo que... ? —inquirió.

Intento sacudir la cabeza, pero aún sostiene firmemente mi barbilla entre los dedos.

—¿Mel?

Me retiro bruscamente y sacudo la cabeza con fiereza.

Se inclina acercándoseme y su rostro repentinamente cambia. Hay un nuevo problema que no puedo descifrar en su expresión, y que aunque no lo entiendo del todo, diluye el sentimiento de rechazo que me producía picazón en los ojos.

—¿No me vas a decir nada? ¿Por favor? —murmura. Puedo sentir su aliento en mi mejilla, y pasan unos cuantos segundos antes de que yo logre pensar.

Sus ojos me hacen olvidar mi mortificación y que no deseaba volver a hablar jamás.

—Si tuviera que escoger a alguien, a cualquiera, con quien quedarme abandonada en un planeta desierto: serías tú —musité. El sol que había entre nosotros quemaba con más fuerza. —Y no.... sólo para tener con quien hablar. Cuando me tocas... —aventuro mis dedos hasta rozar ligeramente la piel cálida de su brazo y siento cómo fluyen las llamas de las puntas. Su brazo me estrecha más fuerte. ¿También siente él el fuego?

—...No deseo que pares —querría ser más precisa, pero me faltan las palabras. Está bien. Ya era bastante grave haber admitido todo esto.

—Si no sientes lo mismo, lo entenderé. Quizá no sea lo mismo para ti. Y me parece bien—. Mentiras.

—Oh, Mel —suspira en mi oído y hace girar mi cara para encontrarme con la suya.

Hay aún más llamas en sus labios, más fieras que las otras, abrasadoras. No sé lo que estoy haciendo, pero esto no parece importar. Sus manos están en mi pelo y mi corazón está a punto de consumirse. No puedo respirar, pero tampoco *quiero* respirar.

Pero sus labios se deslizan hacia mi oreja y me sujeta la cabeza cuando intento buscarle los labios de nuevo.

—Fue un milagro, más que un milagro, haberte encontrado, Melanie. Y ahora si se me diera a elegir entre recuperar al mundo o tenerte... no podría renunciar a ti. Ni siquiera para salvar las vidas de cinco mil millones de personas.

—Eso no está bien.

—Está muy mal, pero así es.

—Jared —respiro. Intento alcanzar de nuevo sus labios, pero él se aparta como si tuviera que decir algo más. ¿Qué más?

—Pero...

¿Pero? ¿Qué "pero" puede haber? ¿Qué podría seguir a esta explosión de fuego que pudiera comenzar con un "pero"?

—Pero es que tú tienes diecisiete años, Melanie. Y yo veintiséis.

—¿Y que tiene que ver con todo esto?

Él no contesta. Sus manos acarician mis brazos con lentitud, pintándolos de fuego

—De seguro me estás tomando el pelo —me echo hacia atrás buscando su rostro—. ¿Te vas a preocupar por las *convenciones sociales* cuando estamos más allá del fin del mundo?

Traga saliva audiblemente antes de hablar.

—La mayor parte de las convenciones existen por una razón, Mel. Me sentiría como una mala persona; como si me estuviera aprovechando. Eres demasiado joven.

—Ya nadie es joven. Quien haya sobrevivido hasta hoy, es muy antiguo.

Hay un amago de sonrisa, que intenta tirar hacia arriba una comisura de su labio. —Quizá tengas razón. Pero no hay necesidad de precipitarse con esto.

—¿Y qué hay que esperar? —exigí.

Dudó durante un rato largo, pensativo.

—Bueno, sí hay una cosa, hay algo... de orden práctico que considerar.

Me pregunto si sólo busca alguna distracción, intentando detener el curso de las cosas. Así lo parece. Enarco una ceja, no puedo creer los giros que ha tomado esta conversación. Si realmente me quiere, esto no tiene sentido.

—Verás —explica dubitativo. Bajo el profundo tono dorado de su piel, parecería que se está sonrojando—. Cuando estuve aprovisionando este lugar, no había planeado que vinieran... huéspedes. Lo que quiero decir es...

Y el resto salió de golpe:

—Que el control de la natalidad era lo último en lo que podía pensar.

Percibí como se me arrugaba la frente.

—Oh.

La sonrisa huye de sus facciones y por un breve segundo hay un ramalazo de ira que nunca le había visto antes. Le confiere en aspecto peligroso, algo que no podía haber imaginado antes.

—Éste no es el mundo al que querría traer a un hijo.

Las palabras van calando, y me encojo ante la idea de un bebé, pequeño e inocente, abriendo los ojos en un lugar como éste. Ya era bastante malo observar los ojos de Jamie, y saber lo que esta vida podría traerle, incluso en las mejores circunstancias posibles.

Repentinamente, Jared es de nuevo Jared. La piel en torno a sus ojos, se pliega.

—Además, tenemos muchísimo tiempo para... hablar sobre esto—una nueva táctica dilatoria, sospecho. —¿Te das cuenta de que llevamos muy poco, poquísimo tiempo juntos, en realidad? Sólo han pasado cuatro semanas desde que nos encontramos.

Esto me dejó anonadada.

—No puede ser.

—Veintinueve días. Los he contado.

Vuelvo a pensar en ello. No es posible que sólo hayan pasado veintinueve días desde que Jared cambió nuestras vidas. Parecía como si Jamie y yo hubiéramos estado con Jared tanto tiempo como llevábamos solos. Dos o tres años, quizás.

—Tenemos tiempo —insiste Jared, de nuevo.

Durante un momento muy largo, un pánico repentino, como una premonición o una advertencia, me priva del habla. Él observa el rápido cambio en mi rostro con ojos preocupados.

—Eso no lo sabes—. La desesperación que había cedido cuando nos encontramos, me golpea de nuevo con la fuerza de un latigazo—. No puedes saber cuánto tiempo nos queda. No sabes si lo vamos a contar en meses, en días o en horas.

Rompe a reír con risa cálida, poniendo los labios en aquel lugar tenso donde mis cejas se tocaban.

—No te preocupes, Mel. Los milagros no funcionan así. Nunca te perderé. Nunca dejaré que te apartes de mí.

Ella me devolvió al presente —a la delgada cinta de la autopista que ondulaba en los páramos de Arizona, al calcinante y feroz sol del mediodía— sin que yo hubiera elegido regresar. Miré hacia el vacío que se extendía frente mí y sentí el vacío en mi interior.

Su pensamiento suspiraba ligeramente en mi cabeza: *Nunca sabes cuánto tiempo te queda en realidad.*

Las lágrimas que yo lloraba nos pertenecían a las dos.

9

Descubierta

Conduje con rapidez hasta el entronque I-10 mientras el sol se ponía a mis espaldas. No veía mucho, aparte de las líneas blancas y amarillas del pavimento y del ocasional letrero verde, de gran tamaño, que me orientaba en dirección este. Ahora tenía prisa.

Sin embargo, no estaba segura de porqué tenía tanta urgencia. Supongo que lo que en realidad deseaba era salir de todo esto. De la pena, de la tristeza, del dolor por la pérdida y por los amores sin esperanza. ¿Y esto significaba también salir de este cuerpo? No se me ocurría ninguna otra solución. Le haría las preguntas pertinentes al Sanador, pero en realidad sentía que la decisión ya estaba tomada. *Saltarina. Desertora.* Ensayé las palabras en mi mente, tratando de avenirme a ellas.

Si pudiera encontrar alguna forma, mantendría a Melanie fuera de las manos de la Buscadora. Sería muy difícil. No: sería imposible.

Aunque lo intentaría.

Se lo había prometido, pero ella no me estaba escuchando. Aún seguía soñando. Se estaba dando por vencida, pensé yo, ahora que era demasiado tarde para que sirviera de algo rendirse.

Traté de mantenerme apartada del cañón rojo que estaba en su cabeza, pero seguía allí también. Sin importar cuánto me concentrara en los coches que pasaban zumbando a mi lado, en los vuelos regulares que se deslizaban hacia el aeropuerto, y en las pocas y delicadas nubes que navegaban por encima, era incapaz de hurtarme a sus sueños. Memoricé el rostro de Jared desde mil ángulos distintos. Observé a Jamie creciendo en un súbito estirón, todo piel y huesos. Los brazos me dolían por los dos y el sentimiento era más agudo que un dolor normal, afilado como la hoja de un cuchillo y violento. Era intolerable. Tenía que salir de allí.

Conduje casi a ciegas a lo largo de la estrecha autopista de dos carriles. El desierto era, si cabe, aun más monótono y muerto que antes. Más plano, más desprovisto de color. Llegaría a Tucson mucho antes de la hora de la cena. Cena. No había comido nada hoy, y me di cuenta de que me sonaban las tripas.

La Buscadora me estaría aguardando allí. Se me revolvió el estómago y el hambre fue momentáneamente sustituida por la náusea. De forma automática, levanté el pie del acelerador.

Consulté el mapa que llevaba en el asiento del pasajero. Pronto llegaría a una pequeña estación de servicio en un lugar llamado Picacho Peak. Quizá debería pararme para comer algo allí. Aplazar el encuentro con la Buscadora en unos preciosos instantes.

Mientras pensaba en aquel insólito nombre —Picacho Peak— hubo en Melanie una extraña y contenida reacción. No lo comprendía. ¿Había estado ella aquí antes? Busqué un recuerdo, un paisaje o un aroma que tuviera algo que ver, pero no encontré nada. Picacho Peak. Una vez más, ahí estaba ese destello de interés que Melanie reprimía. ¿Qué significaban estas palabras para ella? Se remontó a recuerdos lejanos, evitándome.

Esto acicateó mi curiosidad. Conduje un poco más rápido, preguntándome si la vista del lugar desencadenaría algo.

Un pico montañoso solitario —no muy grande según los estándares, pero que aun así se alzaba sobre las bajas y toscas colinas del entorno— empezaba a cobrar forma en el horizonte. Tenía una forma distintiva, inusual. Melanie lo observó erguirse conforme nos aproximábamos, simulando indiferencia hacia él.

¿Por qué fingía que no le interesaba, cuando era tan obvio que sí? Me perturbaba su fuerza, cuando intentaba averiguar algo. No podía ver ninguna vía de acceso en la habitual pared blanca.

Parecía más densa de lo usual, aunque yo había supuesto que casi había desaparecido.

Intenté ignorarla, porque no quería pensar en eso: en que ella cada vez se fortalecía más. En cambio, seguí observando el pico, cuya forma se destacaba contra el blancuzco y caluroso cielo. Había algo familiar en él. Algo que yo estaba segura de haber reconocido, si bien tenía la certeza de que ninguna de las dos había estado aquí antes.

Como si intentara distraerme, Melanie se sumergió en un vivo recuerdo de Jared, tomándome por sorpresa.

Me estremezco de frío enfundada en mi chaqueta, forzando a mis ojos a mirar el brillo apagado de un sol que moría tras la espesa y erizada arboleda. Me repito que no hace tanto frío, es sólo que mi cuerpo no está habituado a él.

Las manos que repentinamente se posan en mis hombros no me sobresaltan, pese a que me atemoriza este lugar ajeno y a que no he advertido su aproximación silenciosa. El peso de estas manos me es de sobra conocido.

—Es fácil acercarse a ti sin que te des cuenta.

Incluso ahora, percibo la sonrisa en su voz.

—Te vi venir desde antes que dieras el primer paso— le dije sin volverme —Tengo ojos en la nuca.

Sus dedos cálidos recorren mi rostro, desde las sienes hasta la barbilla, atizando el fuego por toda mi piel.

—Pareces una ninfa del bosque, aquí oculta entre los árboles —susurra a mi oído—. Sí, eres una de ellas. Y tan hermosa que no puedes ser real.

—Debíamos plantar más árboles en torno a la cabaña—.

Suelta una risita y ese sonido hace que mis ojos se cierren y mis labios se tensen en una sonrisa.

—No es necesario —apunta—. Siempre te verás así.

—...dice el último hombre a la última mujer de la Tierra en vísperas de su separación.

Mi sonrisa se desvanece mientras hablo. Hoy las sonrisas son efímeras.

Él suspira. Su aliento en mi mejilla es tibio, comparado con el aire gélido del bosque.

—A Jamie le sentaría muy mal ese comentario.

—Jamie es todavía un niño. Y por favor, por favor, mantenlo a salvo.

—Hagamos un trato —me plantea Jared—. Tú te mantienes a salvo y yo lo haré lo más que pueda. De otra forma, no hay nada de qué hablar.

Es sólo una broma, pero no puedo tomármela a la ligera. Una vez que nos separemos, no hay garantías.

—No importa lo que pase —insisto.

—No va a pasar nada, no te preocupes —sus palabras casi carecen de sentido, son un desperdicio de energía. Pero vale la pena escuchar su voz, sin importar el mensaje.

—Bien.

Me hace girarme hacia él y yo recuesto la cabeza en su pecho. No sé con qué comparar su aroma. Es suyo nada más: tan singular como el del enebro o el de la lluvia del desierto.

—No nos perderemos —me promete— porque siempre daré contigo—. Tratándose de Jared, la seriedad duraba lo que un suspiro. —Sin importar lo bien que te ocultes. Soy invencible jugando al escondite.

—Por lo menos me concederás la ventaja de contar hasta diez ¿no?

—Y sin espiar.

—Empieza ya —mascullo, intentando disimular el hecho de que las lágrimas me obstruyen la garganta.

—No tengas miedo. Estarás bien. Eres fuerte, rápida y lista—. Trata de convencerse a sí mismo.

¿Por qué lo dejo? Es una apuesta improbable que Sharon aún siga siendo humana.

Pero cuando vi su rostro en las noticias, estaba tan segura.

Había sido sólo una incursión ordinaria, una entre mil. Como siempre, cuando nos sentíamos suficientemente aislados, y a salvo, encendíamos la televisión mientras arrasábamos con la despensa y el refrigerador. Sólo la encendíamos para ver el informe meteorológico, ya que no hay gran diversión en aquellos reportajes todo-es-perfecto, mortalmente aburridos, que a manera de noticias transmiten los parásitos. Fue el pelo el que captó mi atención, un destello de un rosa profundo, casi rojo, que en toda mi vida sólo había visto en una persona.

Aún puedo ver la mirada en su rostro mientras echa un vistazo a la cámara con el rabillo del ojo. Una mirada que decía *estoy intentando ser invisible; no me veas.* No caminaba lo bastante despacio, esforzándose mucho en simular un paso despreocupado. Intentaba desesperadamente mezclarse con los otros.

Ningún ladrón de cuerpos sentiría esa necesidad.

¿Qué estaba haciendo una todavía humana Sharon, caminando por ahí en una ciudad tan grande como Chicago? ¿Y si había otros? En realidad, ni siquiera parece una opción tratar de dar con ella. Pero si cabe una posibilidad de que haya más seres humanos por ahí, tenemos que localizarlos.

Y debo ir sola. Sharon huiría de cualquier otra persona que no fuera yo, e incluso, puede que también de mí, pero quizás al menos me daría la oportunidad de explicarle. Estoy segura de conocer su escondite.

—¿Y tú? —le pregunto con la voz transida de emoción. No tengo certeza de soportar físicamente la despedida que se avecina —¿Estarás a salvo?

—Ni el cielo ni el infierno me separarán de ti, Melanie.

Sin darme siquiera la oportunidad de recuperar el aliento o de limpiarme las lágrimas que aún corrían por mi rostro, me arrojó otro recuerdo a la cara.

Jamie se acurruca bajo mi brazo, aunque ya no encaja allí como antes. Tiene que doblarse de mala manera y sus largos miembros desgarbados sobresalen por todos lados en ángulos agudos. Se le están poniendo los brazos duros y nervudos, pero en este momento aún sigue siendo un niño, tembloroso, casi encogido de miedo. Jared está cargando el coche. Si estuviera aquí, Jamie no mostraría tan abiertamente su miedo. Quiere ser valiente, ser como Jared.

—Estoy asustado —susurra.

Beso su pelo negro como la noche. Incluso aquí, entre los altos y resinosos árboles, huele a polvo y a sol. Es como si fuera parte de mí; como si al separarnos se desgarrara la piel que nos mantenía unidos.

—Estarás bien con Jared —he de sonar valiente, lo sea o no.

—Lo sé. Tengo más miedo por ti; temo que no vuelvas, como papá.

Me estremezco. El que papá no volviera —aunque sí su cuerpo, de vez en vez, cuando intentaba conducir a los Buscadores hasta nosotros— fue lo más horrible, espeluznante y doloroso que había sentido en mi vida. ¿Y si yo también le hacía lo mismo a Jamie?

—Volveré. Siempre vuelvo.

—Estoy asustado —repite de nuevo.

Tengo que ser valiente.

—Te prometo que todo saldrá bien. Volveré, te lo juro. Y sabes que jamás rompo una promesa, Jamie. Al menos no las que te hago.

El temblor disminuye. Me cree, porque confía en mi.

Y otro más:

Los oigo en el piso de abajo. Me encontrarán en unos minutos, quizá segundos. Garabateo las palabras en un trozo sucio de papel de periódico. Son casi ilegibles, pero si él las encuentra, comprenderá:

No he sido bastante rápida. Te quiero y a Jamie. No vuelvas a casa.

No sólo les rompo el corazón, sino que también les robo su refugio. Imagino nuestra casita del cañón, ahora abandonada, como lo estará de aquí en adelante. O si no abandonada, convertida en una tumba. Veo a mi cuerpo llevando a los Buscadores hasta allí, mi rostro sonriente cuando los capturamos ahí...

—Es suficiente —vociferé, encogiéndome ante el latigazo del dolor —¡Ya basta! ¡Lo has logrado! Ahora yo tampoco puedo vivir sin ellos, ¿eso te hace feliz? Porque no me deja muchas opciones, ¿o sí? Sólo una: deshacerme de ti. ¿*Quieres* a la Buscadora dentro de ti? ¡Puf! —retrocedí ante la idea, como si fuera yo la que tuviera que darle albergue.

Hay otra posibilidad, pensó Melanie, con suavidad.

—¿Ah, sí? —le pregunté llena de sarcasmo—. Dime cuál.

Mira y verás.

Todavía estaba mirando hacia el pico de la montaña. Dominaba el paisaje, una súbita proyección de roca, rodeada por un chaparral. Su interés llevó mis ojos hacia su perfil y los hizo recorrer la cresta irregular de dos grandes picos.

Una curva abierta y poco definida y después un giro agudo hacia el norte, otro giro brusco en dirección opuesta, retorciéndose de nuevo hacia el norte durante un tramo más largo, y después un descenso abrupto hacia el sur que remansaba en otra curva somera.

No era norte y sur, como lo habíamos interpretado a partir de sus recuerdos desordenados: era arriba y abajo.

El perfil de un pico montañoso.

Eran las líneas que llevaban hacia Jared y Jamie. Esta era la primera línea, el punto de partida.

Podría encontrarlos.

Podríamos encontrarlos, me corrigió ella, *no conoces todas las instrucciones. Igual que con la cabaña, nunca te lo he dado todo.*

—No entiendo. ¿Adónde lleva esto? ¿Cómo puede guiar una montaña? —mi pulso se aceleró cuando pensé en ello: Jared estaba cerca, y Jamie, a mi alcance.

Ella me mostró la respuesta.

—Son líneas únicamente. Y el tío Jeb es sólo eso, un viejo lunático. Un chiflado, como el resto de la familia de mi padre—. Intento arrebatar el libro de las manos de Jared, pero él apenas parece notar mis esfuerzos.

—¿Un chiflado, como la mamá de Sharon? —replica él, todavía estudiando las obscuras marcas de lápiz que afeaban la cubierta trasera del viejo álbum de fotos. Era la única cosa que no había perdido a lo largo de toda aquella huida. Incluso el dibujo disparatado que el tío Jeb había dejado en su última visita ahora tenía un valor sentimental.

—De acuerdo, si Sharon aún está viva, sería porque su madre, la loca tía Maggie, podía competir con el desquiciado tío Jeb en una carrera para obtener el título del Loco más Loco de los locos hermanos Stryder. Mi padre sólo compartía un poco de la locura Stryder, ya que él no tenía un bunker secreto en el patio trasero ni nada por el estilo. Todos los demás, la tía Maggie, el tío Jeb y el tío Guy, eran sinceros creyentes en la teoría de la conspiración. El tío Guy había muerto antes de que los demás desaparecieran durante la invasión, en un accidente automovilístico tan común y corriente que, por supuesto, Maggie y Jeb habían intentado convertir también en una intriga.

Mi padre se refería a ellos cariñosamente, como "los chiflados".

—Creo que ya es hora de que les hagamos una visita a "los chiflados" —solía decir, y mamá rezongaba, razón por la cual estos anuncios no se prodigaban mucho, sólo se hacían rara vez.

En una de aquellas escasas visitas a Chicago, Sharon me metió a hurtadillas en el escondite de su madre. Nos descubrieron, ya que la mujer había puesto trampas por todas partes. Sharon se llevó una buena regañada y aunque me hicieron jurar el secreto, tenía la intuición de que la tía Maggie se construiría un nuevo santuario.

Pero recuerdo dónde está el primero. Imagino que Sharon está allí, llevando la vida de Anna Frank en medio de una ciudad enemiga. Tengo que encontrarla y traerla a casa.

Jared interrumpe mis recuerdos.

—Los chiflados son exactamente la clase de personas que puede haber sobrevivido. Gente que ya veía al Gran Hermano, incluso cuando aún no estaba aquí. Gente que sospechaba del resto de la humanidad antes de que se volviera peligrosa. Gente que tenía preparados lugares para esconderse—.

Jared sonrió, todavía estudiando aquellas líneas. Entonces su voz se tornó triste.

—Gente como mi padre. Si él y mis hermanos se hubieran escondido en vez de luchar... Bueno, todavía estarían aquí.

El tono de mi voz se dulcifica, al percibir la pena en el suyo.

—Bien, estoy de acuerdo con la teoría. Pero esas líneas no quieren *decir* nada.

—Repíteme otra vez lo que dijo cuando las pintó.

Suspiro.

—Mi padre y el tío Jeb estaban discutiendo. El tío Jeb intentaba convencer a mi padre de que algo iba mal, le advirtía que no confiara en nadie. Mi padre se reía de él. Jeb cogió el álbum de fotos del extremo de la mesa y comenzó a... casi grabar las líneas en la parte de atrás con un lápiz. Mi padre se enojó mucho, porque dijo que mi madre se molestaría. Jeb repuso: "La madre de Linda les pidió a todos que fueran de visita, ¿a que sí? ¿No era un poco raro, inesperado? ¿No se molestó un poco cuando sólo fue Linda? Te voy a decir la verdad, Trev, no creo que a Linda le importe nada en realidad cuando regrese. Oh, sí, actuará como si así fuera, pero verás que hay diferencias". Aquello no parecía tener mucho sentido en aquel momento, pero sirvió para enfurecer a mi padre. Le ordenó al tío Jeb que se fuera de casa. Al principio éste no le hizo caso, y siguió intentando convencernos de que no esperáramos hasta que fuera demasiado tarde. Me agarró del hombro y me apretó contra su costado. "No dejes que te atrapen, cariño", me susurró. "Sigue las líneas. Comienza por el principio y sigue las líneas. El tío Jeb ha preparado un lugar seguro para ti" Y entonces fue cuando papá lo empujó hasta la puerta de la casa.

Jared asiente distraídamente, estudiando aquello todavía.

—El comienzo... el comienzo... Eso tiene que significar algo.

—¿Tú crees? Son sólo garabatos, Jared. No es como un mapa, ni siquiera se conectan entre sí.

—Sin embargo, hay algo curioso en la primera. Algo que me es familiar. Juraría que lo he visto en algún sitio antes.

Suspiro de nuevo.

—Quizás se lo dijera a la tía Maggie. Quizá ella sepa algo más preciso.

—Quizá —dijo él, y continuó mirando fijamente los garabatos del tío Jeb.

Nuevamente, ella me condujo hacia atrás en el tiempo, a un recuerdo mucho más antiguo, un recuerdo que había olvidado durante mucho tiempo. Me sorprendió darme cuenta de que ambos recuerdos, el antiguo y el reciente, se habían unido en su mente hacía muy poco, después de que yo apareciera. El motivo por el que aquellas líneas habían escapado a su riguroso control, a pesar de que constituían su más precioso secreto, era la urgencia de su descubrimiento.

En aquel difuso recuerdo temprano, Melanie estaba sentada en el regazo de su padre con el mismo álbum —entonces menos estropeado— en las manos. Éstas eran diminutas, de dedos pequeños y regordetes. Se antojaba algo muy extraño recordarse siendo pequeña en este cuerpo.

Estaban en la primera página.

—¿Recuerdas dónde está? —me pregunta papá, señalando la vieja imagen grisácea en la parte superior de la página. El papel parece más delgado que el del resto de las fotografías, como si estuviera muy desgastado, cada vez más y más frágil, desde que algún tatarabuelo la tomara.

—De aquí vienen los Stryder —respondo, repitiendo lo que se me había enseñado.

—Muy bien. Ése es el viejo rancho Stryder. Estuviste allí una vez, pero te apuesto a que no te acuerdas. Sólo tenías año y medio— papá se echa a reír.

—Ha sido la tierra de los Stryder desde el comienzo de los tiempos...

Y después venía el recuerdo de la imagen misma. Una que ella había visto miles de veces, pero sin *verla* en realidad. Era en blanco y negro, desvaída, adelgazada por el paso del tiempo. Mostraba una pequeña casa de madera rústica, lejos, al otro extremo de un campo desértico. En primer plano, se percibía una cerca rota y había unos cuantos caballos entre la cerca y la casa. Y luego, detrás de todo aquello, el familiar perfil recortado...

Alguien había escrito unas palabras a lápiz, en una etiqueta blanca, sobre el borde superior blanco.

Rancho Stryder, 1904, por la mañana a la sombra de...

—Picacho Peak —repuse en voz baja.

Él debe haberlo descubierto también, incluso aunque nunca encontraran a Sharon. Sé que Jared habrá terminado deduciéndolo. Es más listo que yo, y tenía la foto; probablemente llegó a encontrar la respuesta antes que yo. Puede que esté tan cerca...

La idea la había llenado de tal ansia y emoción que la pared blanca que había en mi mente cayó por completo.

Vi todo el viaje ahora, vi el cauteloso trayecto de los tres, ella, Jared y Jamie, a través del campo, siempre de noche en aquel discreto coche robado. Les llevó semanas. También asistí al momento en que ella los dejó en un refugio de madera en las afueras de la ciudad, tan distinto al desierto vacío al que estaban acostumbrados. El bosque frío, donde Jared y Jamie podrían esconderse y esperarla, parecía más seguro en cierto sentido, puesto que las ramas eran más gruesas y protectoras, a diferencia de la desértica y espinosa vegetación que prestaba tan poco refugio; aunque también resultaba más riesgoso, por sus olores y sonidos menos familiares.

Luego la separación, recuerdo tan doloroso que ambas lo eludimos, con un estremecimiento. Después apareció el edificio abandonado donde ella se había escondido, vigilando la casa al otro lado de la calle a la espera de una oportunidad. Allí, oculta entre sus paredes o en el sótano secreto, esperaba encontrar a Sharon.

No debería haberte dejado ver eso, pensó Melanie. La levedad de su voz silenciosa disipó su agotamiento. El asalto de los recuerdos, la persuasión y la coerción, la habían cansado bastante. *Les dirás dónde la pueden encontrar. La matarán también.*

—Sí —cavilé en voz alta—. Tengo que cumplir con mi deber.

—*¿Por qué?* —murmuró ella, casi adormecida—. *¿Cómo puede eso hacerte feliz?*

No quería discutir con ella, así que no le dije nada.

La montaña se acercaba y se agrandaba delante de nosotras. En pocos momentos estaríamos bajo su sombra. Podía ver una pequeña parada de descanso con una tienda de veinticuatro horas y un restaurante de comida rápida alineados al lado de la carretera en un espacio plano, cubierto de hormigón, un lugar para estacionar caravanas. Había allí sólo unas cuantas, ya que el calor del incipiente verano las hacía incómodas.

"¿Y ahora qué?", me pregunté. ¿Hago un alto para una comida tardía o una cena temprana? ¿Lleno el tanque de gasolina y luego sigo hacia Tucson para revelar mis recientes descubrimientos a la Buscadora?

El pensamiento era tan repelente que mi mandíbula se trabó a pesar de las súbitas náuseas de mi estómago vacío. Por puro reflejo frené con violencia, haciendo chirriar las ruedas hasta parar a medio camino. Corrí con suerte; no había coches que hubieran podido embestirme por detrás. Tampoco había conductores que pararan y me ofrecieran su ayuda o su inquietud. En este momento, la autopista estaba vacía. El sol caía de lleno en el pavimento, haciéndolo relumbrar e incluso desaparecer en algunos tramos.

No debería sentir como traición la idea de seguir de frente por la vía correcta. En mi idioma primero, en el lenguaje genuino de las almas que se hablaba sólo en nuestro planeta de origen, no existía palabra alguna como *traidor* o *traición.* Ni siquiera *lealtad,* pues sin la existencia de un contrario, el concepto carecía de sentido.

Pese a ello, sentía un pozo abismal de culpa al pensar en la Buscadora. Sabía que estaba mal contarle lo que sabía. *¿Mal, por qué?* Ferozmente, rebatí mi propio pensamiento. Si me detenía aquí, y escuchaba las persuasivas sugerencias de mi huésped, verdaderamente me convertiría en una traidora. Y eso era imposible. Yo era un alma. No había nada parecido a un traidor entre los de mi especie.

Pero aun así, yo sabía lo que quería, con más fuerza e intensidad que cualquier otra cosa que hubiera querido en las otras ocho vidas que había vivido antes. La imagen del rostro de Jared danzaba detrás de mis párpados cerrados cuando pestañeé contra la luz del sol. Esta vez, no era el recuerdo de Melanie, sino mi recuerdo de los suyos. Ella no me estaba forzando a nada ahora. Apenas podía sentirla en mi cabeza mientras esperaba, y la imaginaba conteniendo el aliento, como si eso fuera posible, mientras yo tomaba una decisión.

No me podía apartar de los deseos de este cuerpo. Era yo, mucho más de lo que yo hubiera querido que fuera. ¿Era yo la que quería, o era el cuerpo? ¿Importaba ya esa distinción ahora?

El destello del sol en un coche lejano, captó mi atención a través del espejo retrovisor.

Deslicé el pie hasta el acelerador, y me dirigí lentamente hacia la pequeña tienda a la sombra del pico. Realmente, solo había una cosa que pudiera hacer.

10

Regreso

El timbre eléctrico repiqueteó, anunciando la entrada de otro visitante a la tienda de veinticuatro horas. Di un respingo, lleno de culpabilidad, y apoyé la cabeza en la estantería de productos que estaba examinando.

Deja de actuar como una criminal, me advirtió Melanie.

No estoy actuando, le repliqué lacónicamente.

Sentía las palmas de las manos frías bajo una fina capa de sudor, aunque la pequeña habitación estaba bastante caldeada. Las grandes ventanas dejaban entrar demasiado sol para que la ruidosa máquina de aire acondicionado pudiera compensarlo trabajando pesadamente.

¿Cuál?, le pregunté.

El más grande, repuso ella.

Cogí el paquete más grande de los dos que estaban disponibles, una eslinga[1] de lona. que parecía capaz de transportar un peso mayor del que yo podía cargar. Después caminé hacia la esquina donde se encontraba el agua embotellada.

Podemos llevarnos doce litros, decidió ella. *Eso nos da tres días para encontrarlos.*

Inhalé profundamente, intentando convencerme a mí misma de que no iba a seguir adelante con esto. Simplemente estaba intentando sacarle más información, eso era todo. Cuando tuviera

---

[1] [N. D. T.] Cuerda fuerte con ganchos que se usa para levantar grandes pesos.

la historia completa, encontraría a alguien, quizá a otro Buscador, a uno menos repulsivo que la que me habían asignado y le pasaría la información. Simplemente estaba siendo concienzuda, me juré a mí misma.

Mi torpe intento de autoengaño era tan deplorable que Melanie no le dedicó la más mínima atención: no le preocupó en absoluto. Ya debía ser demasiado tarde para mí, como me había advertido la Buscadora. Quizá debería haber tomado el vuelo.

¿Demasiado tarde? ¡Ya me gustaría a mí!, gruñó Melanie. *No puedo conseguir que hagas nada que no quieras hacer. ¡No puedo ni levantar la mano!* Su pensamiento era un gemido de frustración.

Bajé la mirada hasta mi mano, que descansaba sobre la cadera en vez de avanzar hacia el agua como ella deseaba fervientemente. Podía sentir su impaciencia, su deseo casi desesperado de moverse. Huía de nuevo, como si mi existencia no fuera más que una pausa intermedia, una época pasada y malgastada que ahora quedaba a sus espaldas.

Mentalmente profirió un bufido y luego volvió a lo suyo. *Vamos*, me urgió, *¡Tenemos que irnos! ¡Pronto anochecerá!*

Con un suspiro, tomé el mayor paquete disponible de botellas de agua. Casi se estrella en el suelo, pero conseguí atraparlo contra una repisa baja de la estantería. Prácticamente sentí que los brazos se me descoyuntaban.

—¡Me estás tomando el pelo! —exclamé en voz alta.

¡Cállate!

—¿Decía usted? —preguntó desde el fondo del pasillo el otro cliente, un hombre bajito, encorvado.

—Ehh, nada —mascullé, sin atreverme a enfrentar su mirada—. Es más pesado de lo que creía.

—¿Quiere que la ayude? —me ofreció.

—No, no —repuse con rapidez.

—Simplemente llevaré uno más pequeño.

Se volvió hacia el estante que mostraba una variedad de papas fritas.

No. Ni se te ocurra, insistió Melanie. *He cargado paquetes más pesados que éste.. Nos has reblandecido, Viajera,* añadió irritada.

Lo siento, respondí de forma ausente, desconcertada por el hecho de que había usado mi nombre por primera vez.

Carga con las piernas para subirlo.

Luché con el paquete de botellas, preguntándome hasta donde sería capaz de cargarlo. Me di mi maña para llevarlo al menos hasta la caja registradora. Con gran alivio, apoyé todo aquel peso sobre el mostrador. Puse la bolsa encima del agua y después añadí una cajita de barras de granola, un paquete de donas y una bolsa de papas fritas del exhibidor más próximo.

En el desierto el agua es mucho más importante que la comida y no podemos llevar encima tantas cosas...

Tengo hambre, la interrumpí, *y esto pesa poco.*

Es tu espalda, supongo, replicó ella refunfuñando, y después me ordenó: *Toma un mapa.*

Alcancé el que ella quería, un mapa topográfico del condado y lo puse sobre el mostrador, con todo lo demás. No era más que otro puntal para su juego de acertijos.

El cajero, un hombre de pelo blanco y sonrisa pronta, pasó los códigos de barras.

—¿Va a hacer un poco de excursionismo? —preguntó amablemente.

—La montaña es muy hermosa.

—El comienzo del sendero lo tiene ahí arriba... —dijo, y comenzó a gesticular.

—Lo encontraré— aseguré con rapidez, empujando fuera del mostrador la carga pesada y sin balance.

—Y descienda antes de que oscurezca, querida. No querrá perderse.

—Así lo haré.

Melanie echaba pestes contra el encantador anciano.

Solo está siendo amable. Hay interés sincero en mi bienestar, le recordé.

Todos son absolutamente repugnantes, me recriminó con acritud. *¿Nadie te ha dicho que no hables con extraños?*

Sentí un golpe de culpabilidad cuando le contesté. *No hay extraños entre los de mi especie.*

No me acostumbro a no pagar por las cosas, me respondió ella, cambiando de tema. *¿Para que las escanean entonces?*

Para inventariarlas, desde luego. ¿O se supone que él tiene que memorizar todo aquello que nos hemos llevado antes de que necesite pedir más? Además, ¿qué sentido tiene el dinero cuando todo el mundo es totalmente honrado?, hice una pausa, sintiendo la culpa otra vez con tanta fuerza que casi se convirtió en dolor. *Todos menos yo, por supuesto.*

Melanie se retrajo de mis sentimientos, preocupada por su intensidad y por la pespectiva de que yo pudiese cambiar de opinión. Y se concentró en su violento deseo de alejarse de aquí, de ponerme en marcha hacia su objetivo. Su ansiedad se deslizó a través de mí y caminé más deprisa.

Llevé el bulto hasta el coche y lo dejé en el suelo al lado de la puerta del copiloto.

—Déjeme que le ayude con eso.

Levanté la cabeza sobresaltada y me encontré al otro cliente de la tienda, bolsa de plástico en mano, de pie a mi lado.

—Ah... gracias —finalmente logré contestar, con el pulso atronándome en los oídos.

Esperamos. Melanie tensa como si estuviera a punto de echar a correr, mientras él subía nuestras compras al coche.

No hay nada que temer. Simplemente está siendo amable, nada más.

Ella continuó observándolo con desconfianza.

—Gracias —le dije, mientras él cerraba la puerta.

—De nada.

Desanduvo el terreno hasta su propio vehículo sin echarnos ni una mirada más. Me subí a mi asiento y cogí la bolsa de papas fritas.

Mira el mapa, recomendó ella. *Espera hasta que ese hombre se pierda de vista.*

Nadie nos está observando, le aseguré. Sin embargo, suspirando, desdoblé el mapa y seguí comiendo con la otra mano. Probablemente no estaba de más tener alguna idea de hacia dónde nos dirigíamos.

¿A dónde vamos?, pregunté. *Hemos encontrado el punto de partida, pero, ¿ahora qué?*

Mira alrededor, me ordenó. *Si no lo vemos por aquí, lo intentaremos por la parte sur del pico.*

¿Ver qué?

Ella colocó la imagen de sus recuerdos delante de mí: una quebrada línea en zigzag, cuatro apretados giros, el quinto pico extrañamente romo, como si se hubiera roto. Ahora lo vi correctamente, una cordillera irregular, con cuatro agudos picos montañosos y el quinto de aspecto partido...

Exploré el horizonte, de este a oeste, hacia el norte. Era tan fácil que casi parecía ficción, como si hubiéramos creado la imagen después de haber visto la silueta de la montaña tal como se veía desde el noroeste.

Esto es. Melanie casi cantaba en su excitación, *¡Vamos!*, quería que saliera del coche y que me pusiera de pie, en marcha.

Sacudí la cabeza, inclinándola de nuevo sobre el mapa. La cordillera estaba tan distante que no podía siquiera adivinar los kilómetros que mediaban entre ella y nosotras. No tenía sentido salir caminando del estacionamiento para internarse en el desierto vacío, a menos que no hubiera alternativa.

Seamos sensatas, le sugerí, repasando con el dedo un fino trazo que se deslizaba por el mapa, una carretera anónima que conectaba con la autopista unos cuantos kilómetros hacia el este y que luego continuaba en la dirección aproximada de la cordillera.

Muy bien, cedió ella complaciente. *Cuanto más rápido mejor.*

Fue sencillo dar con la carretera de terracería. No era más que una pálida cicatriz de tierra aplanada que serpenteaba entre los matorrales, y con la anchura escasa para un vehículo. En cualquier otra región, en otro sitio de vegetación más vigorosa y distinta a la flora del desierto que necesitaba largas décadas para recobrarse de una violación como ésta, la senda se habría llenado de maleza por falta de uso. Una cadena enmohecida se extendía a lo ancho de la entrada; de un lado atornillada a un poste de madera, del otro colgante y suelta alrededor del poste contrario. Me bajé con rapidez, solté la cadena y la apilé en la base del primer poste, apresurándome a subirme al coche en marcha, y confiando en que nadie pasara y se ofreciera a ayudarme. La autopista siguió vacía mientras me adentré entre el polvo; luego, me volví de nuevo con premura para colocar la cadena en su sitio.

Ambas nos relajamos cuando el asfalto desapareció tras de nosotras. Me sentía contenta de que no hubiera nadie a la vista a quien tuviera que mentirle, con palabras o silencios. Estando sola dejaba de sentirme como una renegada.

Aquí, en medio de la nada, Melanie se sentía a sus anchas. Conocía el nombre de todas las plantas espinosas que nos rodeaban. Susurraba sus nombres para sus adentros, saludándolas como a viejos amigos.

Gobernadora, ocotillo, choya, nopal, mezquite...

Lejos de la autopista y de las trampas de la civilización, el desierto parecía insuflarle nueva vida a Melanie. Aunque apreciaba la velocidad del coche que iba dando tumbos —pues el vehículo carecía de la altura necesaria para ir a campo traviesa, como me lo recordaba el golpeteo en los hoyos del camino—, se moría por andar sobre sus pies; por saltar en la seguridad del calcinante desierto.

Probablemente tendríamos que andar, y demasiado pronto para mi gusto, pero cuando llegó el momento, dudé de que esto la complaciera. Bajo la superficie podía percibir su deseo genuino. Libertad. Mover su cuerpo al ritmo familiar de su gran zancada, con sólo su voluntad por guía. Por un instante, me permití atisbar la prisión que era la vida sin un cuerpo. Ser acarreado de un lugar a otro, incapaz de influir en las formas circundantes. Estar atrapado. Carecer de opciones.

Me estremecí y volví a concentrarme en la áspera carretera, intentando conjurar esa mezcla de lástima y horror. Ningún otro huésped me había hecho sentir tan culpable por lo que yo era. Aunque, desde luego, ninguno de los otros andaba por aquí para quejarse por la situación.

El sol se aproximaba a las cimas de las colinas occidentales cuando tuvimos nuestro primer desacuerdo. Las largas sombras trazaban diseños raros en la carretera, dificultando evitar las rocas y los cráteres.

¡Allí está!, gritó Melanie cuando avistamos otra formación rocosa más al este: una suave ondulación pétrea, interrumpida por un espolón repentino que alzaba un largo y delgado dedo hacia el cielo.

Ella estaba a favor de lanzarse inmediatamente sobre los arbustos, sin importar lo que le ocurriera al coche.

Quizá sea mejor que sigamos por el camino hasta el primer mojón, le señalé. El caminito de terracería seguía apuntando, más o menos, en dirección correcta, y a mí me horrorizaba la idea de dejarlo. ¿Cómo encontraría de nuevo la ruta de vuelta a la civilización? ¿O es que no podría regresar?

Imaginé a la Buscadora justo en ese momento, cuando el sol tocaba la línea zigzagueante del horizonte al oeste. ¿Qué pensaría cuando yo no llegara a Tucson? Un espasmo de júbilo me hizo romper a reír en alto. Melanie también disfrutó de la imagen de la rabiosa irritación de la Buscadora. ¿Cuánto tardaría en regresar a San Diego para ver si todo esto no había sido más que un truco para deshacerme de ella? ¿Y qué medidas tomaría al ver que yo no estaba allí? ¿Que no estaba en ninguna parte?

Yo tampoco podía imaginarme claramente dónde me encontraría, llegados a este punto.

Mira, un cauce seco. Es lo bastante ancho para el coche, sigámoslo, insistió Melanie.

No estoy segura de que debamos seguir ese camino aún.

Pronto se hará de noche y tendremos que parar. ¡Estás perdiendo el tiempo!, gritaba en silencio de frustración.

O ahorrándolo, si soy yo la que tiene razón. Además, en todo caso es mi *tiempo, ¿no?*

No me contestó en palabras. Parecía estar estirándose dentro de mi mente, intentando llegar hasta el lecho que encontraba tan conveniente.

Soy yo la que está haciendo esto, así que lo haremos a mi manera.

Melanie echaba chispas mudas en respuesta.

¿Por qué no me enseñas el resto de las líneas?, le sugerí. *Veremos si hay algo a la vista antes de que caiga la noche..*

No, repuso con aspereza. *Esa parte la haré yo a mi manera.*

Te comportas como niña.

Nuevamente, se rehusó a responder. Continué hacia los cuatro agudos picos y ella siguió enfurruñada.

Cuando el sol se ocultó tras las colinas, la noche cayó bruscamente sobre el paisaje. En un minuto el desierto era de un naranja crepuscular y al siguiente, negro. Disminuí la velocidad, mientras mi mano tanteaba el tablero, buscando el interruptor de las luces.

¿Has perdido la cabeza?, siseó Melanie. *¿Tienes idea de lo visibles que resultan las luces de un coche allá afuera? De seguro, alguien nos vería.*

¿Y qué hacemos entonces?

Espero que estos asientos se reclinen.

Dejé que el motor disminuyera su marcha mientras intentaba pensar en una alternativa a dormir en el coche, rodeada por la vacía negrura de la noche del desierto. Melanie esperaba pacientemente, sabiendo que no encontraría ninguna.

Esto es una locura y lo sabes, le recriminé, estacionando el coche, y girando la llave de ignición para apagarlo. *Todo esto. Lo cierto es que no puede haber nadie por aquí. No encontraremos a nadie, y terminaremos perdiéndonos sin remedio en el intento.* Tenía una sensación abstracta del peligro físico que entrañaba lo que estábamos planeando: dar vueltas en medio del calor sin un plan de retirada, y sin forma alguna de salir de aquí. Sabía que Melanie comprendía el peligro mejor que yo, pero se reservaba los detalles.

No respondió a mis acusaciones. Ninguno de estos problemas la alteraba. Podía percibir claramente que ella prefería deambular a solas en el desierto por el resto de su vida, antes que regresar a la vida que yo tenía antes. Incluso sin la amenaza de la Buscadora, esto le resultaba más apetecible.

Recliné el asiento hacia atrás todo lo que pude. No era cómodo en absoluto. Que pudiera dormirme así era dudoso, pero había tantas cosas en las que no me permitía pensar, que mi mente se quedó vacía y abúlica. Melanie también estaba en silencio.

Cerré los ojos, encontrando poca diferencia entre mis párpados cerrados y la noche sin luna, y me deslicé hacia la inconsciencia con inesperada facilidad.

11

Deshidratada

—¡Bien! ¡Tenías razón, tenías razón! —proferí las palabras en voz alta, a pesar de que no había nadie ahí para escucharme.

Melanie no *afirmaba* "te lo dije". Al menos no con tales palabras. Sin embargo, en su silencio percibía el peso del reproche.

Aún me rehusaba a dejar el auto, aunque ahora ya no me era útil. Cuando se acabó la gasolina, lo dejé avanzar aprovechando la inercia hasta que llegamos a una empinada pendiente hacia una hondonada poco profunda: un ancho arroyuelo labrado por el último gran aguacero. Miré a través del parabrisas hacia la vasta y desolada llanura; sentí como el estómago se me retorcía de pánico.

Tenemos que irnos, Viajera. Lo único que va a pasar es que hará más calor.

Si no hubiese desperdiciado más de un cuarto del tanque de gasolina en el terco empeño en llegar al pie de la segunda mojonera —sólo para encontrar que la tercera apenas era visible desde esa distancia y que teníamos que dar la vuelta para desandar el camino— habríamos llegado bastante más lejos, siguiendo aquel cauce arenoso, mucho más cerca de nuestra próxima meta. Gracias a mí, ahora tendríamos que viajar a pie.

Metí el agua al paquete, botella a botella, con movimientos innecesariamente deliberados; con la misma lentitud añadí las restantes barritas de granola. Mientras tanto, Melanie me aguijoneaba para que me diera prisa. Su impaciencia me impedía pensar, me impedía concentrarme en nada. Por ejemplo, en lo que nos ocurriría ahora.

Vamos, vamos, vamos, canturreaba, al tiempo que yo me arrastraba, rígida y torpe, para salir del coche. Sentí un dolor punzante en la espalda cuando me erguí. Dolía luego de haber dormido contorsionada anoche, y no tenía nada que ver con el peso del bulto, que no me pareció tan pesado cuando mis hombros se acostumbraron a llevarlo.

Ahora, cubre el coche, me ordenó, ofreciéndome una representación mental de mi imagen arrancando ramas espinosas de las gobernadoras y los palos-verdes cercanos, para colocarlas sobre el techo plateado del auto.

—¿Por qué?

Su tono implicaba que yo era bastante estúpida por no comprender a la primera. *De ese modo nadie podrá encontrarnos.*

¿Qué pasa si yo quiero que nos encuentren? ¿Qué pasa si no hay nada aquí, fuera de calor y polvo? ¡No tenemos otra forma de volver a casa!

¿A casa?, inquirió ella, bombardéandome con imágenes desagradables, como el departamento vacío de San Diego, la expresión más abominable de la Buscadora, el punto que marcaba a Tucson en el mapa... y un rápido y más feliz destello del cañón rojo, que dejó caer por accidente. *¿Dónde estaría?*

Le di la espalda al coche, haciendo caso omiso de su advertencia. Ya había ido demasiado lejos y no iba a abandonar toda esperanza de regreso. Quizás alguien encontrara el coche y después me hallara a mí. Con facilidad y honradez podría explicar a cualquier rescatador lo que estaba haciendo allí: me había perdido. Había perdido mi camino... el control de mí misma... mi mente.

Seguí el cauce al principio, dejando que mi cuerpo tomara su ritmo natural de largas zancadas. No era la forma en la que caminaba por las aceras para ir y volver de la universidad y no era *mi* paso en absoluto. Pero se ajustaba bien a este accidentado terreno, y me hacía avanzar suavemente con una velocidad que me sorprendió hasta que me habitué a ella.

¿Qué habría pasado si no hubiera venido hasta aquí?, me pregunté mientras me internaba más en la vacuidad del desierto. ¿Qué habría pasado si el Sanador Vado estuviera todavía en Chicago? ¿Y qué, si mi camino no nos aproximaba a ellos?

Era esta urgencia, este señuelo —la idea de que Jared y Jamie pudieran estar *justo aquí*, en algún lugar de esta desolación— lo que me había impedido rechazar este plan absurdo.

—*No estoy segura,* confesó Melanie. —*Creo que al menos debería intentarlo, pero cuando las otras almas estaban cerca tenía miedo. Aún estoy asustada. Confiar en ti podría matarlos a los dos.*

Ambas nos estremecimos ante la idea.

—*Pero estando aquí, tan cerca... Me parecía que* tenía que *intentarlo. Por favor...*— Y de repente empezó a suplicarme, a rogarme, sin rastro alguno de resentimiento en sus pensamientos, —*por favor, no aproveches esto para hacerles daño, por favor.*

—No quiero hacerlo... No sé si *podría* hacerles daño. Preferiría...

—¿Qué? ¿Morir yo misma? ¿en vez de entregar unos cuantos humanos descarriados a los Buscadores?

Otra vez, la idea nos cimbró y el que yo la rechazara fue reconfortante para ella. Aunque a mí me asustó más de lo que la tranquilizó a ella.

Cuando el lecho empezó a curvarse demasiado hacia el norte, Melanie sugirió que nos olvidáramos del ceniciento camino plano, y que emprendiéramos la marcha en línea recta hacia el tercer mojón, el pétreo espolón oriental que parecía señalar, como un dedo, hacia el cielo sin nubes.

No me agradaba dejar el cauce, así como me había resistido a dejar el coche. Podría seguir este lecho de vuelta al camino, y de allí a la autopista. Eran kilómetros y kilómetros y me tomaría días enteros cubrirlos; pero una vez que saliera del cauce, oficialmente quedaba a la deriva.

Ten fe, Viajera. Encontraremos al tío Jeb, o él nos encontrará a nosotros.

Si es que aún está vivo, añadí, suspirando, mientras me desprendía de mi humilde sendero para adentrarme en la maleza, que era idéntica hacia donde se mirara. *La fe es un concepto ajeno a mí. No sé a qué me comprometo con ella.*

¿Confianza, entonces?

¿En quién? ¿En ti?, me eché a reír. El aire caliente me abrasó la garganta cuando inhalé.

Sólo piensa, replicó ella, cambiando de tema, *que quizá los veamos esta misma noche.*

El anhelo nos pertenecía a ambas; las imágenes de sus rostros, un hombre, un niño, provenían de los recuerdos de las dos. Y cuando empecé a caminar más rápido, no estaba segura de que estuviera al mando total del movimiento.

Realmente hizo más calor, y luego más, y luego aún más. El sudor me aplastaba el pelo sobre el cráneo y hacía que mi camiseta de algodón amarillo pálido se me pegara por todas partes de forma desagradable. Por la tarde, me azotaron rachas abrasadoras de viento que me arrojaron arena a la cara. El aire seco evaporó el sudor, convirtió mi pelo en un casquete arcilloso e hizo aletear la camiseta apartándola de mi cuerpo, que se movía con la rigidez de un cartón, a causa de la sal seca. Seguí andando.

Bebía agua con más frecuencia de lo que Melanie hubiera deseado. Me reprochaba cada trago, amenazándome con que mañana la necesitaría mucho más. Pero ya le había concedido tanto en el día de hoy, que no estaba de humor para escucharla. Bebía cuando tuve sed, que era la mayor parte del tiempo.

Mis piernas se movían hacia delante sin ningún pensamiento de mi parte. El ritmo crujiente de mis pasos era una música de fondo, suave y monótona.

No había nada que ver; cada retorcido y quebradizo arbusto era exactamente igual al siguiente. La vacía homogeneidad me fue arrullando hacia una especie de ofuscación —en realidad, sólo era consciente de la forma de la silueta de las montañas recortada contra un cielo pálido, incoloro. Comprobaba su perfil cada pocos pasos, hasta memorizarlo de tal forma que podría haberlo dibujado a ojos cerrados.

El paisaje parecía haberse quedado congelado en su sitio. Constantemente volvía la cabeza a mi alrededor buscando la cuarta mojonera —el gran pico en forma de cúpula al que le faltaba un trozo curvado que parecían haber extraído de uno de sus lados y que Melanie sólo me había mostrado esa misma mañana—, como si la perspectiva hubiera cambiado en el último paso. Confiaba en que ésta fuera la última pista, porque me sentía afortunada de haber llegado hasta aquí. Pero tenía la sensación de que Melanie se estaba reservando otras cosas y que el final de nuestro viaje estaba tan lejos que hacía casi imposible llegar a él.

Por la tarde comí las barritas de granola, sin darme cuenta, hasta que fue demasiado tarde, que había consumido la última.

Cuando se puso el sol la obscuridad descendió a la misma velocidad que lo había hecho el día anterior. Melanie estaba preparada, buscando ya un lugar donde pernoctar.

Aquí, me dijo. *Debemos alejarnos todo lo posible de las choyas. Das vueltas al dormir.*

A la luz mortecina, le eché un vistazo al erizado cactus, bien grueso con sus espinas del color óseo parecidas a pelos, y me entró un temblor. *¿Quieres que duerma ahí, directamente en el suelo? ¿Aquí mismo?*

¿Se te ocurre otra idea? Sintió mi pánico y suavizó el tono de su voz, como si me compadeciera. *Mira, es mejor que el coche, al menos está plano. Hace demasiado calor como para que a algún bicho se le antoje el calor de tu cuerpo y...*

—¿Bichos? —pregunté en voz alta—. *¿Bichos?*

En sus recuerdos surgió un fugaz y muy desagradable destello de insectos de aspecto letal y serpientes enroscadas.

No te preocupes. Intentó tranquilizarme mientras yo me ponía de puntillas, procurando mantenerme lejos de cualquier cosa que pudiera ocultarse bajo la arena, al tiempo que mis ojos buscaban afanosos en la obscuridad algún sitio para escapar. *Nada te va a molestar a menos que tú lo molestes primero. Después de todo, tú eres más grande que cualquier otra cosa que pudiera haber por aquí.* Otro retazo de recuerdo, esta vez de un depredador canino de tamaño medio, un coyote, que revoloteó por sus pensamientos.

—Perfecto —gemí, acuclillándome sobre mis piernas, aunque seguía atemorizada por la tierra negra que había debajo de mí.

—Asesinada por perros salvajes. ¿Quién hubiera podido pensar que esto terminaría de forma tan... trivial? Qué decepcionante. Si al menos se tratase de la bestia con garras del Planeta de las Nieblas... habría cierta dignidad en acabar a manos de algo como *eso*.

El tono de la respuesta de Melanie me la representó poniendo los ojos en blanco. *Ya deja de comportarte como un bebé. Nadie te va a comer. Así que acuéstate y descansa un poco. Mañana será un día más duro que el de hoy.*

—Gracias por las buenas noticias —gruñí. Se estaba volviendo una tirana. Me hacía pensar en aquel refrán humano de: "dale la mano y se tomará el pie". Pero estaba mucho más cansada de lo que creía y, apenas me acomodé a regañadientes en el suelo, vi que era imposible no abandonarme a la tierra áspera y pedregosa y cerrar los ojos.

Parecería que sólo habían pasado unos minutos cuando irrumpió la mañana, brillante hasta el punto de cegarme y lo bastante calurosa para ponerme a sudar. Cuando desperté estaba llena de polvo y gravilla; el brazo derecho se me había quedado atrapado debajo del cuerpo y había perdido toda sensibilidad. Lo sacudí para deshacerme del hormigueo y luego alargué la mano para tomar algo de agua.

Melanie no lo aprobó pero no le hice caso. Busqué la botella medio vacía de la que había bebido la última vez y hurgando entre las llenas y las vacías, rápidamente llegué a una conclusión.

Con una sensación creciente de alarma, volví a contarlas. Una vez más. Había el doble de botellas vacías respecto de las llenas. Ya había acabado con más de la mitad de mi dotación de agua.

Te dije que estabas bebiendo demasiado.

No le contesté, regresé la botella a su sitio dentro del bulto, sin beber. Sentía horrible la boca, seca, arenosa y con sabor a bilis. Intenté hacer caso omiso, dejé de frotarme esa lengua de lija contra los dientes llenos de arena, y comencé a andar.

Pero mi estómago fue más difícil de ignorar que la boca, cuando el sol ascendió a las alturas y empezó a hacer más calor. Se me retorcía y contraía a intervalos regulares, anticipando comidas que no aparecían. Por la tarde, de incómoda, el hambre había pasado a ser dolorosa.

Esto no es nada, me recordó Melanie irónicamente. *Hemos pasado más hambre que esto.*

Ésa habrás sido tú, repliqué. De momento, no tenía ánimos para convertirme en público de sus evocaciones de resistencia.

Ya empezaba a desesperarme cuando llegaron las buenas noticias. Mientras barría el horizonte con la mirada, en un movimiento rutinario y desganado, la bulbosa forma de cúpula me saltó hacia la mitad de la línea de pequeños picos que se extendía al norte. La parte faltante era sólo una pequeña mella desde esta ventajosa perspectiva.

Ya estamos bastante cerca, ponderó Melanie, tan emocionada como yo de haber hecho algunos progresos. Me volví ansiosamente hacia el norte, y mis pasos se alargaron. *Mantente vigilante para el próximo.* Me recordó otra formación y comencé a estirar la cabeza por todas partes para dar con ella, aunque sabía que era inútil buscarla tan pronto.

Tenía que ser hacia el este. Norte, luego este y luego norte otra vez. Ése era el modelo.

El impulso de hallar otra mojonera me mantuvo en movimiento, a pesar del creciente cansancio de mis piernas. Melanie me urgía, cantándome palabras de aliento cuando aflojaba el paso, y pensando en Jared y Jamie cuando me ganaba la apatía. Avanzaba con seguridad y esperaba hasta que Melanie me permitía beber otra vez, aunque sentía ámpulas dentro de la garganta.

He de confesar que me sentía orgullosa de mí misma por mi resistencia. Cuando apareció el camino de terracería lo tomé como recompensa. Me arrastré hacia el norte, dirección que había tomado antes, pero Melanie estaba inquieta.

No me gusta el aspecto que tiene esto, insistía.

El camino era apenas una línea amarillenta a través del matorral, definida sólo por su textura más suave y por la falta de vegetación. Antiguas huellas de neumáticos habían dejado una doble depresión, centrada en el único carril.

Cuando vaya en el sentido incorrecto, lo dejaremos. Ya estaba avanzando a la mitad de huellas. *Esto es más fácil que sortear las gobernadoras y que cuidarse de las choyas.*

Ella no contestó pero su inquietud me puso un poco paranoica. Perseveré en la búsqueda de la siguiente formación —una M perfecta, dos picos volcánicos emparejados— sin dejar de observar el desierto circundante con mucha más cautela que antes.

Precisamente porque estaba prestando mayor atención, avisté el manchón gris a la distancia, mucho antes de que pudiera averiguar lo que era. Me pregunté si mis ojos me estaban jugando una mala pasada y pestañeé para apartar el polvo que los nublaba. El color no parecía propio de una piedra y la forma resultaba demasiado sólida para ser un árbol. La luminosidad del día me hacía bizquear, y me detuve, haciéndome conjeturas.

Después pestañeé de nuevo y el manchón rápidamente se transformó en una forma estructurada, más cercana de lo que había pensado. Era algún tipo de casa o edificio, pequeño y con el mortecino color gris que produce la intemperie.

El ataque de pánico de Melanie me hizo correr fuera del estrecho camino, rumbo la dudosa protección de los raquíticos arbustos.

Tranquila, le dije, *seguro que está abandonada.*

¿Y cómo lo sabes? Ella me refrenaba tanto que tenía que concentrarme en mis pies antes de poder ponerlos en movimiento.

¿Quién podría vivir ahí? Nosotras, las almas, vivimos en sociedad. Su deseo de retroceder era tan fuerte que debí hacer un gran esfuerzo de concentración para echar a andar de nuevo. Percibí un matiz amargo en mi explicación y comprendí que se debía al sitio donde me encontraba: literal y metafóricamente, a la mitad de la nada. ¿Por qué ya no podía pertenecer a la sociedad de las almas? ¿Por qué sentía como si yo no... no *deseara* pertenecer a ella? ¿Realmente había formado parte de la comunidad que en teoría era la mía, o era ésa la razón tras de mi larga lista de vidas efímeras, transitorias? ¿Había sido yo siempre una aberración, o esto era algo en lo que me estaba transformando Melanie? ¿Me había cambiado este planeta o simplemente me había revelado lo que ya era yo?

Melanie no tenía paciencia para mi crisis personal —quería que me alejara de ese edificio lo más pronto posible. Sus pensamientos tiraban y se retorcían sobre los míos, sacándome de mi introspección.

Tranquilízate, le ordené, intentando enfocar mis pensamientos, de apartarlos de los suyos. *Si hay algo que en realidad viva ahí, tiene que ser humano. Confía en mí en este asunto. No hay nada parecido a un ermitaño entre las almas. Quizá sea tu tío Jeb...*

Ella rechazó ese pensamiento ásperamente. *Nadie puede sobrevivir al aire libre en un sitio como este. Los de tu especie se hubieran dedicado a buscar un lugar donde vivir. Cualquiera que haya vivido aquí ha huido o se ha convertido en uno de ustedes. El tío Jeb habría buscado un escondite mejor..*

Pues si quien quiera que haya vivido aquí se convirtió en uno de nosotros, le aseguré, *entonces tuvo que abandonar este lugar. Solo un humano podría vivir de esta manera...* mi voz se desvaneció, también atemorizada de súbito.

¿Qué? Ella reaccionó con fuerza a mi temor, dejándonos heladas en el sitio. Escaneó mis pensamientos, buscando lo que parecía haberme alterado tanto.

Pero yo no había visto nada nuevo. *Melanie, ¿y qué pasa si hay algún humano ahí y no son ni el tío Jeb, ni Jared, ni Jamie? ¿Qué pasaría si nos encuentran* otras *personas?*

Ella absorbió la idea lentamente, meditándola a fondo. *Tienes razón, nos matarían inmediatamente. Sin duda.*

Intenté tragar, limpiar el sabor del terror de mi boca reseca.

No puede haber nadie más. ¿Quién podría ser?, razonó. *Los de tu especie se han alejado de aquí del todo. Sólo cabe la posibilidad de que fuese alguien que ya estuviera escondiéndose. Así que vamos a comprobarlo: tú estás segura de que no es ninguno de los tuyos y yo estoy segura de que tampoco es de los míos. Sería bueno si hallásemos algo útil, algo que pudiéramos utilizar como arma.*

Me alarmé ante sus pensamientos de cuchillos afilados y largas herramientas metálicas que pudieran emplearse como garrotes. *Nada de armas.*

Puf. ¿Pero cómo han podido vencernos *unas criaturas pusilánimes como ustedes?*

Con sigilo y superándolos en número. Cualquiera de ustedes, incluso el más joven, es cien veces más peligroso que uno de nosotros. Pero son como una termita en un hormiguero. Hay millones de nosotros, todos trabajando juntos en perfecta armonía hacia nuestro objetivo.

Otra vez, al describir la unidad, tuve una incontenible sensación de pánico y desorientación. ¿Quién era yo?

Nos mantuvimos cerca de las gobernadoras mientras nos acercábamos a la pequeña estructura. Parecía una casa, apenas una choza pequeña al lado del camino, sin el más leve indicio de que tuviera otro propósito. El motivo de su emplazamiento ahí era también un misterio, este lugar no tenía nada que ofrecer sino aislamiento y calor.

No había signos de ocupación reciente. La entrada era un hueco, sin puerta, y unas cuantas astillas de cristal colgaban de los marcos de las ventanas vacías. El polvo se acumulaba en el umbral y se desparramaba hacia el interior. Las paredes grises, deslustradas, parecían inclinarse contra el viento, como si siempre soplara en la misma dirección.

Logré controlar mi ansiedad al caminar con paso vacilante hacia el marco vacío: debemos estar tan solas aquí como lo hemos estado todo el día de hoy y todo el de ayer.

La sombra que prometía la obscura entrada me llamaba, acallando mis miedos con su atractivo. Todavía escuchaba con atención, pero mis pies se movieron hacia delante con pasos rápidos y seguros. Me lancé a través del umbral, moviéndome rápidamente hacia un lado, para tener una pared a mi espalda. Esto fue instintivo, producto de los días de rapiña de Melanie. Me quedé inmóvil allí, nerviosa por mi ceguera, esperando que mis ojos se ajustaran a la obscuridad.

La pequeña cabaña estaba vacía, como suponíamos que ocurriría. No había más signos de ocupación dentro que fuera. Había una mesa rota inclinada sobre dos patas en la mitad de la habitación, con una silla de metal oxidado al lado. Se veían parches de cemento a través de los grandes agujeros de la alfombra, desgastada y mugrienta. Una cocineta se alineaba a la pared con su fregadero enmohecido, una hilera de gabinetes, algunos sin puertas, y un refrigerador que me daba a la cintura y cuya puerta colgaba abierta, revelando su interior de ennegrecido moho. El armazón de un sofá se apoyaba contra la pared más lejana, sin ninguno de sus cojines. Colgada todavía sobre él, aunque un poco arrugada, había una estampa enmarcada de unos perros jugando al póquer.[2]

Qué hogareño, pensó Melanie, lo suficientemente aliviada como para ponerse sarcástica. *Tiene más decoración que tu apartamento.*

Yo ya me dirigía hacia el fregadero.

Vamos, sueña, añadió Melanie solícita.

Desde luego, sería un desperdicio tener agua corriente en lugar tan aislado. Las almas manejaban bien estos detalles y jamás dejarían así una anomalía como esta. Aún así, sentí la necesidad de girar las viejas llaves de paso. Una se me rompió en la mano, completamente enmohecida.

Luego me volví hacia los gabinetes, arrodillándome en la asquerosa alfombra para husmear el interior a conciencia. Al tiempo de abrir, me incliné hacia atrás, temerosa de perturbar a algún ponzoñoso animal del desierto en su madriguera.

El primero estaba vacío, sin parte trasera, de modo que se podían ver las tablillas de madera de la pared exterior. El siguiente no tenía puerta, pero había una pila de periódicos antiguos dentro, cubiertos de polvo. Saqué uno, curiosa, sacudiendo el polvo sobre el suelo aún más polvoso, y leí la fecha.

De tiempos aún humanos, constaté. Y no es que necesitara una fecha que me lo dijera.

"Hombre mata a su hija de tres años prendiéndole fuego", el título me gritó, acompañado de la foto de una angelical niña rubia. Ésta no era la página principal. El horror que se describía allí detalladamente no era tan espantoso como para merecer la priori-

---

[2] [N. d. T.] Se trata de una serie de óleos para calendario (1903) de Cassius M. Coolidge (1844-1937), que representan a perros antropomórficos jugando al póquer. Estas ilustraciones suelen encontrarse en las casas de Estados Unidos.

dad de cobertura. Debajo de esto figuraba el rostro de un hombre buscado por los asesinatos de su mujer y sus dos hijos, cometidos dos años antes de la fecha de impresión; la historia se refería al posible avistamiento del homicida en México. Luego aparecía la noticia de dos muertos y tres heridos en un accidente de tránsito ocasionado por el alcohol. Una investigación por fraude y muerte de un prominente banquero local que, supuestamente, se había suicidado. El retiro de unos cargos que permitía a un pederasta confeso ser puesto en libertad. Se habían encontrado degollados, en un basurero, a unos cuantos animales domésticos.

Me encogí, y arrojé el papel de nuevo hacia la obscuridad del gabinete.

Éstas eran las excepciones, no la norma, pensó Melanie con calma, intentando alejar el vivo horror que me habían provocado semejantes noticias al sumergirse en sus recuerdos de aquellos años y pintarlos de otro color.

¿Entiendes ahora porqué pensamos que podíamos hacerlo mejor? ¿Cómo llegamos a suponer que tal vez ustedes no merecían todas las cosas excelentes de este mundo?

Su respuesta fue ácida. *Si lo que deseaban era hacer limpieza del planeta, bien podrían haberlo hecho estallar.*

A pesar de lo que sueñan sus escritores de ciencia-ficción, simplemente carecemos de la tecnología necesaria.

No consideró divertida mi broma.

Además, añadí, *eso habría sido un tremendo desperdicio. Es un planeta maravilloso. Claro, a excepción de este indescriptible desierto..*

¿Sabes? así nos dimos cuenta de que estaban aquí, explicó ella, pensando de nuevo en los espeluznantes titulares. *Cuando las noticias de la tarde no tenían más que inspiradoras historias de interés humano, cuando los pedófilos y los drogadictos hacían cola en los hospitales para que los curaran, cuando todo se volvió un trasunto de Mayberry,[3] fue cuando se asomó la verdad.*

---

[3] [N. d. T.] Mayberry es el nombre de una ciudad ficticia en Carolina del Norte, escenario de dos "sitcoms" de la televisión norteamericana, The Andy Griffith Show y Mayberry R.F.D. Igualmente sirvió de escenario para la pelicula Return to Mayberry (1986).

—¡Qué cambio tan atroz! —repliqué secamente, volviéndome hacia el siguiente gabinete.

Tiré de la rígida puerta y encontré un auténtico filón de oro.

—¡Galletas saladas! —grité, apoderándome de la caja medio aplastada y descolorida de "Saltines". Había otra justo detrás, en la que alguien parecía haberse parado

—¡Twinkies! —cacareé.

¡Mira!, me apremió Melanie, señalando con un dedo mental tres botellas polvorientas de cloro que había en el fondo del gabinete.

¿Para qué quieres blanqueador? —le pregunté, abriendo ya la caja de galletas—. *¿Para tirársela a alguien a los ojos? ¿O para romperles la crisma con la botella?*

Para mi deleite, las galletas, aunque reducidas a migajas, todavía estaban dentro de sus paquetitos de plástico. Abrí uno y comencé a meterme las migas en la boca, tragándolas a medio masticar. No lograba hacerlas llegar a mi estómago a la velocidad necesaria.

Abre una botella y huélela, me instruyó ella, pasando por alto mi comentario. *Así solía mi padre almacenar el agua en el garaje. El residuo de cloro impide que algo crezca en el agua.*

En un minuto. Me terminé uno de los paquetes y empecé con otro. Estaban bastante pasados, pero comparados con el sabor que tenía en la boca, me parecieron ambrosía. Cuando terminé el tercero, me di cuenta que la sal me quemaba las llagas de los labios y las boqueras de las comisuras de los labios. La sensación era parecida a una cauterización con ácido.

Alcé una de las botellas de blanqueador, esperando que Melanie tuviera razón. Sentía los brazos débiles y flojos, apenas capaces de levantarla. Esto nos interesaba a ambas. ¿Cuánto se había deteriorado nuestra condición física? ¿Hasta dónde podríamos llegar así?

El tapón de la botella estaba tan apretado, que me pregunté si se habría fundido allí. Finalmente, sin embargo, logré abrirlo con

---

Debido al éxito y la popularidad de la serie, "Mayberry" se usa ahora como un término coloquial para designar las bondades y problemas de la vida idílica en una pequeña ciudad o en el ámbito rural.

los dientes. Lo olisqueé cuidadosamente, sin ningún interés en desmayarme por las emanaciones del cloro. El olor a químicos era muy tenue. Olí con más interés: definitivamente, era agua. Agua estancada, que olía a moho, pero agua de todos modos. Tomé un pequeño traguito. No era agua fresca de montaña fresca, pero era agua al fin y al cabo. Comencé a engullir.

Ve más despacio, me avisó Melanie, y le di la razón. Habíamos tenido suerte encontrando este botín, pero era insensato dilapidarlo. Además, ahora que la quemazón de la sal se me había pasado, quería comer algo sólido. Me volví a la caja de Twinkies y chupeteé directamente de los envoltorios tres de los pastelillos aplastados.

El último gabinete estaba vacío.

Tan pronto como los pinchazos del hambre se me pasaron un poco, la impaciencia de Melanie se entrometió de nuevo en mis pensamientos. No tenía ningún deseo de resistirme en este momento, así que reuní mis despojos en un paquete, y dejé las botellas vacías en el fregadero para hacer más espacio. Los botellones de cloro eran muy pesados, pero era un peso reconfortante. Significaba que no dormiría otra noche sobre el suelo del desierto hambrienta y sedienta. Con la energía del azúcar empezando a zumbar en mis venas, salté de nuevo a la tarde inundada de luz.

12

Error

—¡Es imposible! ¡Te equivocaste! ¡Está mal! ¡No puede ser!

Miré hacia lo lejos, abrumada por una incredulidad que rápidamente se estaba convirtiendo en horror.

La mañana del día anterior me había desayunado el último Twinkie aplastado. Por la tarde, había encontrado el pico doble y me había vuelto hacia el este otra vez. Melanie me había dado lo que prometió sería la última formación por encontrar. Esa noticia casi me histerizó de alegría. La última noche me bebí el agua restante. Era el cuarto día.

Esa mañana era un vago recuerdo de sol cegador y de esperanza perdida. El tiempo se estaba agotando y oteé la línea del horizonte en busca del último mojón con un creciente sentimiento de pánico. No podía ver ningún lugar donde encajara; la larga y plana línea de una meseta flanqueada por picos romos en los extremos, a guisa de centinelas. Algo así ocuparía espacio y las montañas al oriente y al norte eran voluminosas y sus cimas eran dentadas. No lograba ver dónde podría ocultarse entre ellas una meseta aplanada.

Media mañana —el sol seguía en el este, en mis ojos—; me detuve a descansar. Mi debilidad era tanta que me asustaba. Había empezado a dolerme cada músculo del cuerpo, pero no todo se debía a la caminata. Distinguía el dolor del ejercicio y también el de haber dormido en el suelo, pero todos eran diferentes de este nuevo dolor. Me estaba deshidratando, y tal dolor provenía de que mis músculos protestaban ante la tortura. Sabía que no iba a poder continuar así por mucho tiempo.

Volví la espalda al este, para apartar el sol de mi rostro durante un momento.

Y entonces la vi. La larga línea plana de la meseta, imposible de confundir con los picos que la rodeaban. Allí estaba, tan lejos hacia el oeste que parecía ondular sobre un espejismo, flotando, cerniéndose sobre el desierto como una nube obscura. Cada paso lo habíamos dado en la dirección equivocada. El último objetivo estaba más lejos hacia el oeste que el trayecto entero que habíamos cubierto hasta ahora.

—Imposible —susurré otra vez.

En mi cabeza, Melanie se quedó congelada, sin reflexionar, en blanco, intentando con desesperación rechazar esta nueva certidumbre. La esperé, mientras mis ojos inspeccionaban aquellas formas innegablemente familiares, hasta que el repentino peso de su aceptación y su pena me golpearon, postrándome de rodillas. Su agudo silencio de derrota hizo eco en mi cabeza y añadió una nueva capa de dolor al mío. Mi respiración se entrecortaba: un sollozo sordo y sin lágrimas. El sol trepó por mis espaldas, empapando con su calor mi pelo obscuro. Mi sombra era un pequeño círculo debajo de mí cuando recuperé el control. Me incorporé a costa de un gran esfuerzo. En la piel de las piernas se me habían incrustado pequeñas y aguzadas piedrecillas. Ni siquiera me molesté en sacudírmelas. Por un largo y calurosísimo rato miré de hito en hito la meseta flotante que se burlaba de mí, allá en el oeste.

Al fin, sin estar realmente segura de porqué lo hacía, eché a andar de nuevo hacia adelante. Sólo sabía esto: que era yo quien se movía y nadie más. Melanie era tan pequeña en mi cerebro, una minúscula cápsula de dolor firmemente envuelta en su propio ser. No iba a obtener ninguna ayuda de ella.

Mis pasos eran un lento "crunch, crunch" sobre la tierra quebradiza.

—Después de todo, él no era más que un viejo lunático, un iluso —murmuré para mis adentros. Un extraño estremecimiento me sacudía el pecho y una tos ronca me desgarraba la garganta. La serie de toses ásperas continuó, pero no fue hasta que sentí los ojos llenos de lágrimas, cuando vine a darme cuenta de que estaba riéndome.

—¡Nunca hubo... jamás..., nunca..., nada por aquí! —jadeé entre espasmos histéricos. Trastabillé hacia delante como si estuviera ebria, y mis huellas fueron dejando una línea irregular a mis espaldas.

No. Melanie se desplegó desde su desdicha para defender la fe a la que aún se abrazaba. *He debido equivocarme o algo así. Es culpa mía..*

Me reí de ella en ese momento. El sonido fue absorbido por el viento tórrido.

Espera, espera, pensó ella, intentando distraer mi atención de la broma fatal de todo aquello. *No creerás... quiero decir, ¿crees que* ellos *lo hayan intentado?*

Su inesperado miedo me tomó en mitad de una carcajada. Casi asfixiada por el aire caliente, mi pecho seguía jadeando después del ataque de histeria enfermiza. Cuando pude volver a respirar normalmente ya no quedaba rastro alguno de humor negro. De forma instintiva, mis ojos seguían barriendo la desolación del desierto, buscando alguna evidencia de que yo no era la primera que malgastaba su vida de este modo. La llanura era de una amplitud casi imposible, pero no podía parar mi frenética búsqueda de... restos.

No, claro que no, Melanie ya estaba intentando consolarse, *Jared es demasiado listo, nunca habría venido aquí sin estar preparado como hemos hecho nosotras. Jamás habría puesto a Jamie en peligro.*

Seguramente tienes razón, le dije, ya que quería creerlo tanto como ella. *Estoy segura de que nadie en el universo sería tan estúpido. Además, probablemente jamás vino a echar un vistazo. Probablemente ni se le ocurrió. Y yo hubiera deseado que a ti tampoco.*

Mis pies continuaban andando, aunque yo apenas era consciente de ello. Era tan poco el avance a la vista de la distancia que se extendía más allá. Además, aun cuando fuésemos mágicamente transportadas a la base misma de la meseta ¿qué? Estaba del todo convencida de que allí no había nada. Nadie nos esperaba allí para salvarnos.

—Vamos a morir —le dije. Me sorprendía que mi voz rasposa no mostrara ningún miedo. Simplemente, era un hecho como cualquier otro. Que el sol es caliente. Que el desierto es seco. Que nosotras vamos a morir.

Sí, ella también estaba tranquila. Esto, la muerte, para ella más fácil de aceptar que la idea de que a nuestros esfuerzos los había guiado la locura.

—¿Y no te molesta?

Ella pensó durante un momento antes de responder.

Al menos he muerto intentándolo. Y he ganado. Nunca los abandoné, nunca les hice daño e hice todo lo que pude para encontrarlos. He intentado mantener mi promesa... y muero por ellos.

Conté diecinueve pasos antes de que pudiera responder. Diecinueve lentos, y fútiles crujidos sobre la arena.

—Entonces, ¿por qué muero yo? —me pregunté, con un sentimiento punzante que volvía de nuevo a mis conductos lagrimales resecos.

—Supongo que porque perdí, ¿no? ¿Es ése el porqué?

Conté treinta y cuatro crujidos más antes de que ella tuviera una respuesta a mi pregunta.

No, pensó lentamente, *no es así como lo siento. Creo... bueno, creo que quizás... te mueres por ser humana.* Su pensamiento casi sonrió al percatarse del estúpido doble sentido de la frase. *Después de todos los planetas, y todos los huéspedes que has dejado atrás, finalmente encontraste el lugar y el cuerpo por el que vas a morir. Creo que al fin has encontrado tu hogar, Viajera.*

Diez crujidos.

No me quedaba energía suficiente para volver a abrir los labios. *Entonces, lástima que no logré quedarme aquí más tiempo.*

No estaba segura de su respuesta. Quizá ella sólo estaba intentando que me sintiera mejor. Una concesión por haberla arrastrado hasta aquí para morir. Ella había ganado; nunca había desaparecido.

Empezaron a fallarme las piernas. Los músculos me pedían clemencia a gritos como si yo tuviera algún medio de calmarlos. Creo que me hubiera quedado justo aquí, pero, como siempre, Melanie era más resistente que yo.

Ahora sí podía sentirla, no sólo en mi cabeza, sino también en mis extremidades. Mis zancadas volvieron a alargarse y mis pasos a alinearse. A pura fuerza de voluntad, ella arrastró mi carcasa medio muerta hacia la meta imposible.

Había una alegría inesperada en esta lucha sin sentido. Justo cuando yo sentía a Melanie, ella podía sentir mi cuerpo. Nuestro cuerpo, ahora. Mi debilidad le cedió el control. Y ella se regodeó en la libertad de mover nuestros brazos y piernas hacia adelante, sin importarle lo inútil de tal movimiento. Para ella era un bendición el simple hecho de *poder* hacerlo de nuevo. Incluso el dolor de la muerte lenta empezaba a disminuir comparativamente.

¿Qué crees que hay en el más allá?, me preguntó mientras caminábamos hacia el final. *¿Qué será lo que verás, cuando hayamos muerto?*

Nada. La palabra era vacía, dura y firme. *Es la razón por la cual la llamamos la* muerte final.

¿Ustedes las almas no creen en la vida después de la muerte?

Vivimos tantas vidas. Algo más sería ya... esperar demasiado. Morimos una muerte pequeña cada vez que abandonamos un huésped y revivimos luego en otro. Esta vez, cuando yo muera aquí, será el final.

Hubo un largo silencio mientras nuestros pies se movían cada vez con mayor lentitud.

¿Y que pasará contigo?, le pregunté finalmente. *¿Crees en un más allá, después de todo esto?* Mis pensamientos exploraron sus recuerdos del fin del mundo humano.

Parece que hay ciertas cosas que no pueden *morir.*

En nuestra mente, sus rostros eran cercanos y nítidos. El amor que profesábamos a Jared y Jamie se *sentía* como algo permanente. En ese momento me pregunté si la muerte tenía el poder suficiente para disolver algo tan vital y *profundo*. Quizás ese amor perduraría con ella, en algún lugar de cuento de hadas con puertas de nácar. Pero, desde luego, no conmigo.

¿Y no sería un alivio verse al fin libre de todo esto? No estaba segura. Sentía como si ahora fuera parte de lo que yo era.

Apenas duramos unas cuantas horas. Ni siquiera la tremenda fuerza mental de Melanie podía pedirle más a nuestro cuerpo exhausto. Escasamente podíamos ver. No lográbamos encontrar oxígeno en el aire seco que aspirábamos y expulsábamos luego. El dolor hizo brotar ásperos quejidos de nuestros labios.

Apuesto a que nunca la has pasado tan mal, bromeé mientras tropezábamos rumbo al tronco seco de un árbol que sobresalía algo así como un metro por encima de los matorrales. Antes de caer, quería llegar hasta la mísera sombra que proyectaban sus delgadas ramas.

No, admitió ella. *Nunca tan mal.*

Conseguimos nuestro propósito. El árbol muerto proyectó su sombra de telaraña sobre nosotras; abajo, nuestras piernas se aflojaron. Nos dejamos caer y las extendimos, porque ya no queríamos sentir el sol en nuestro rostro. Con el mismo fin volvimos la cara de lado, buscando aquel aire ardiente. Miramos de fijo el polvo a unos centímetros de nuestra nariz y escuchamos el jadeo de nuestra respiración.

Después de un rato, no podría decir si corto o largo, cerramos los ojos. Dentro de nuestros párpados todo era rojo y brillante. No sentíamos ya la tenue red de sombra, que quizá ya no nos amparaba más.

¿Cuánto tiempo?, le pregunté.

No lo sé. Nunca antes he muerto.

¿Una hora? ¿Más?

Tus conjeturas son tan válidas como las mías.

¿Dónde hay un coyote cuando realmente necesitas uno...?

Quizá tengamos un poco de suerte... y escapemos a las garras de la bestia o algo así... Sus pensamientos se apagaban en incoherencias.

Ésa fue nuestra última conversación. Era muy difícil concentrarse para formar palabras. Resultaba mucho más doloroso de lo que yo creía. Todos los músculos de nuestro cuerpo se rebelaban, acalambrados, sufriendo espasmos mientras se debatían contra la muerte.

No luchamos más. Nos dejamos llevar y esperamos, mientras nuestros pensamientos buceaban y emergían de los recuerdos, sin seguir un patrón establecido. Mientras estuvimos lúcidas, nos cantamos arrullos dentro de nuestra mente. Aquel que solía consolar a Jamie cuando el suelo era demasiado duro, el aire demasiado frío y el miedo demasiado grande para poder conciliar el sueño. Sentimos su cabeza presionar el hueco justo debajo del hombro y la forma de su espalda bajo nuestro brazo. Y entonces pareció que era nuestra cabeza la que se acunaba contra un hombro más amplio y un nuevo arrullo nos consoló a nosotras.

Se nos obscurecieron los párpados, pero no era la muerte. La noche había caido, y eso nos entristeció. Sin el calor del día, probablemente duraríamos más.

Estaba obscuro y silencioso para un espacio intemporal. Y entonces se produjo un sonido.

Apenas llegó a despertarnos. No estábamos seguras de haberlo imaginado. Quizá, después de todo, fuera un coyote. ¿Realmente era lo que queríamos? No lo sabíamos. Perdimos el último hilo de nuestros pensamientos y olvidamos el sonido.

Algo nos sacudió, tiró de nuestros brazos adormecidos y los arrastró. No pudimos llegar a formular las palabras para desear que todo fuera rápido, pero era nuestra esperanza. Esperamos el desgarrón de los colmillos. En vez de eso, el arrastre se convirtió en empuje y sentimos cómo giraba nuestro rostro hacia al cielo.

Roció nuestra cara: húmedo, frío e imposible. Resbaló por nuestros ojos, limpiándoles el polvo. Nuestros ojos pestañearon ante el goteo.

No nos importaba el polvo en los ojos. Arqueamos la barbilla hacia arriba, buscando con desesperación; la boca se abría y se cerraba con ciega y patética debilidad, como un pájaro recién salido del cascarón.

Creimos escuchar un suspiro.

Y luego el agua fluyó en nuestra boca, la engullimos y nos atragantó. El agua desapareció ante nuestro sofoco y nuestras manos débiles se alzaron buscándola. Hubo un plano y pesado palmeteo en nuestra espalda hasta que volvimos a respirar. Y nuestras manos arañaban en el aire, en pos del agua.

Esta vez percibimos el suspiro con toda claridad.

Algo presionó contra nuestros labios agrietados y el agua fluyó de nuevo. La chupamos cuidadosamente, procurando no inhalar esta vez. No es que nos preocupara atragantarnos, lo que no queríamos es que nos quitaran el agua otra vez.

Bebimos hasta que el vientre se expandió y empezó a doler. El agua goteó hasta detenerse y gritamos roncamente en protesta. Nos pusieron otro borde de algo en los labios y tragamos de modo frenético hasta que éste se vació también.

El estómago explotaría con un trago más, pero pestañeamos e intentamos enfocar la vista para ver si podíamos encontrar más. Estaba demasiado obscuro, no se podía ver ni una estrella. Parpadeamos de nuevo y nos dimos cuenta de que la obscuridad estaba mucho más cerca que el cielo. Una figura se alzaba sobre nosotras, más obscura que la noche.

Hubo un sonido sordo de roce de tela y de arena aplastada bajo un talón. La figura se inclinó en otra dirección y escuchamos un rasgueo agudo, el sonido de una cremallera, que interrumpió la total serenidad de la noche.

La luz incidió en nuestros ojos, cortante como la hoja de un cuchillo. Gemimos de dolor y nuestra mano se alzó para cubrir los ojos cerrados. Aun detrás de los párpados la luz resultaba demasiado brillante, hasta que desapareció y sentimos sobre el rostro el aliento del siguiente suspiro.

Abrimos los ojos cuidadosamente, más ciegas que antes. Quien quiera que estuviera delante se sentaba muy quieto, sin decir nada. Comenzamos a sentir la tensión del momento, pero estaba muy lejos, como fuera de nosotras. Era difícil preocuparse por nada más que el agua en nuestro vientre y por dónde podríamos encontrar más. Intentamos concentrarnos para ver quién nos había rescatado.

La primera cosa que pudimos divisar, después de algunos minutos de pestañeos y bizqueos, fue una blancura densa que caía del rostro obscuro, un millón de pálidas astillas en la noche. Entonces comprendimos que era una barba —como la de Santa Claus, pensamos algo caóticamente—, mientras nuestra memoria nos proporcionaba las demás piezas del rostro. Todo encajó en su lugar: la nariz grande, con la punta partida en dos, los amplios pómulos, las espesas cejas blancas, los ojos profundamente hundidos en el intrincado diseño rugoso de la piel. Aunque apenas podíamos atisbar bocetos de cada facción, supimos cómo nos las descubriría la luz.

—Tío Jeb —croamos sorprendidas—, nos has encontrado.

El tío Jeb, acuclillado a nuestro lado, se echó hacia atrás sobre sus talones cuando dijimos su nombre.

—Bueno, bien —contestó, y su voz gruñona evocó cientos de recuerdos—. Bien, ahora, en buen lío estamos.

13

Sentenciada

—¿Están aquí? —dijimos en palabras ahogadas, violentamente expelidas, como poco antes habíamos expulsado el agua de los pulmones. Después del agua, esta cuestión era la más importante.

—¿Lo consiguieron?

En la obscuridad era imposible de interpretar el rostro del tío Jeb.

—¿Quiénes? —preguntó.

—¡Jamie, Jared! —el susurro quemaba como un grito.

—Jared estaba con Jamie. ¡Nuestro hermano! ¿Están aquí? ¿Han venido? ¿Los has encontrado a ellos también?

Apenas hubo una pausa.

—No —su respuesta salió forzada y no había compasión en ella, ningún sentimiento.

—No —murmuramos. No hacíamos eco a su respuesta: era una protesta por haber sido devueltas a la vida. ¿Qué sentido tenía? Cerramos los ojos de nuevo y escuchamos el dolor de nuestro cuerpo. Dejamos que ahogara el dolor de nuestra mente.

—Mira —dijo el tío Jeb luego de un momento—. Yo, ummm, debo ir a atender algo. Descansa un poco y luego volveré por ti.

No entendimos el significado de sus palabras, sino sólo los sonidos. Nuestros ojos permanecieron cerrados. Sus pasos crujieron sordamente mientras se alejaban de nosotras. No sabíamos qué dirección había tomado y tampoco nos importaba.

No estaban. Ya no había forma de encontrarlos, ninguna esperanza. Jared y Jamie habían desaparecido, algo que sabían muy bien cómo hacer y nunca más los volveríamos a ver.

El agua y el frescor de la noche nos devolvían la lucidez, algo que no queríamos en absoluto. Nos dimos la vuelta y escondimos el rostro de nuevo contra la arena. Estábamos extenuadas, mucho más allá del punto extremo del agotamiento, en un estado mucho más profundo, más doloroso. Seguramente deberíamos dormir, de ese modo no tendríamos que pensar. Eso sí que podíamos hacerlo.

Y eso hicimos.

Cuando nos despertamos, todavía era de noche, pero el alba amenazaba la franja oriental del horizonte; las montañas se pintaban de rojo mate. La boca nos sabía a polvo y al principio estuvimos seguras de que habíamos soñado la aparición del tío Jeb. Por supuesto, eso había sido.

Teníamos la cabeza más despejada esta mañana, así que pronto advertimos la forma extraña que teníamos al lado de la mejilla derecha, algo que no era ni una roca ni un cactus. La tocamos, y era dura y tersa al tacto. La empujamos ligeramente y de dentro salió el delicioso sonido de agua en movimiento.

El tío Jeb era real y nos había dejado una cantimplora.

Nos sentamos con cautela, asombradas de que no nos hubiésemos partido en dos como un palo quebradizo. La verdad es que incluso nos sentíamos mejor. El agua había tenido tiempo de hacer su trabajo en nuestro cuerpo. El dolor se habia vuelto menos agudo y por primera vez en mucho tiempo, sentimos hambre de nuevo.

Teníamos los dedos rígidos y torpes cuando intentamos girar el tapón para abrir la cantimplora. No estaba del todo llena, pero había agua suficiente para llenarnos la barriga otra vez, que parecía habérsenos encogido. Nos la bebimos toda: ya estábamos hartas del racionamiento.

Dejamos caer la cantimplora metálica al suelo, donde golpeó sordamente en el silencio que preludia al amanecer. Ahora estábamos completamente despiertas. Suspiramos, prefiriendo la inconsciencia y dejamos caer la cabeza entre las manos. ¿Qué íbamos a hacer ahora?

—¿Por qué le has dado agua a *esa cosa*, Jeb? —bramó una voz irritada, muy cerca de nuestra espalda.

Nos volvimos, girando sobre las rodillas. Lo que vimos hizo que el corazón se nos cayera a los pies y nuestra conciencia se volviera a escindir.

Había ocho humanos colocados en círculo en torno al lugar donde estaba arrodillada bajo el árbol. No cabía duda alguna de que fueran humanos, todos. Nunca había visto rostros contorsionados en expresiones como ésas, al menos no en mi especie. Sus labios se retorcían de odio, retraídos sobre los dientes apretados como si fueran animales salvajes. Sus cejas contraídas se cernían sobre unos ojos que ardían de pura furia.

Eran dos mujeres y seis hombres, algunos de ellos muy grandes, y la mayoría más grandes que yo. Sentí como la sangre huía de mi rostro cuando me percaté de que sus manos tenían una extraña posición, fuertemente aferradas al frente, cada una portando un objeto, es decir, un arma. Algunos llevaban cuchillos, unos pequeños como los que yo tenía en mi cocina, otros más largos y uno de ellos, enorme y amenazador. Ese cuchillo no servía para nada en una cocina. Melanie me ofreció el nombre: un *machete*.

Otros llevaban largas barras, algunas de metal, otras de madera. Garrotes.

Reconocí al tío Jeb entre ellos. En sus manos, como al descuido, llevaba un objeto que jamás había visto personalmente, sólo en los recuerdos de Melanie, igual que el cuchillo grande. Era un rifle.

Miré todo horrorizada, pero Melanie lo observaba en éxtasis, con la mente pasmada al ver su número. Ocho humanos supervivientes. Ella había pensado que Jeb estaría solo, o, en el mejor de los casos, con otras dos personas. Ver tantos seres vivos de su propia especie la llenó de alegría.

Eres idiota, le dije. *Míralos, míralos bien.*

La obligué a mirarlos desde mi punto de vista: ver sus formas amenazantes dentro de los *jeans* sucios y las ligeras camisetas de algodón, pardas de polvo. Podrían haber sido humanos alguna vez, al menos tal como ella entendía la palabra, pero ahora, en este momento eran una cosa distinta, bárbaros, monstruos. Se cernían sobre nosotras, sedientos de sangre.

En cada par de ojos se leía una sentencia de muerte.

Melanie vio todo esto y aunque a regañadientes, tuvo que admitir que yo tenía razón. En este momento, sus amados humanos mostraban su peor rostro, como en el periódico que habíamos visto en la cabaña abandonada. Nos enfrentábamos a unos asesinos.

Habría sido mucho más inteligente de nuestra parte haber muerto ayer.

¿Para que nos había mantenido vivas el tío Jeb, para esto?

La sola idea me hizo tiritar. Recordé la historia de las atrocidades humanas que apenas conocía de forma somera, porque no tenía estómago para ellas. Quizás debería haberme concentrado más en ellas. Sabía que había motivos por los cuales los humanos dejaban vivir a sus enemigos, al menos por un tiempo. Cosas que querían de sus mentes o de sus cuerpos...

Inmediatamente me vino a la cabeza el único secreto que querían de mí. El único que nunca, jamás, les contaría, no importaba lo que me hicieran. Preferiría matarme primero.

No quería pensar claramente en ese secreto ahora, a fin de protegerlo también de Melanie. Ella no había visto nada..., salvo el hecho de que no había sido la única en reservarse información.

¿Importaba que hubiera protegido de ella mi secreto? No era tan fuerte como Melanie, y no tenía ninguna duda de que ella era capaz de soportar la tortura. ¿Cuánto dolor podría soportar yo antes de darles lo que quisieran?

Sentí náuseas. El suicidio era una opción repugnante, peor en este caso porque también sería un asesinato. Melanie sería parte de cualquier posible tortura o muerte. Esperaría hasta que no me quedara alternativa.

No, no pueden. El tío Jeb nunca permitiría que me hicieran daño.

El tío Jeb no sabe que tú estás aquí, le recordé.

¡Díselo!

Me concentré en el rostro del anciano. La espesa barba blanca me impedía ver la postura de su boca, pero sus ojos no parecían arder como los de los otros. Por el rabillo de ojo, pude ver que unos cuantos hombres pasaban su mirada de mí hacia él. Estaban esperando que contestara la pregunta que me había alertado de su presencia. El tío Jeb me miró fijamente, ignorándoles.

No puedo decírselo, Melanie. No me creerá. Y si los demás piensan que les estoy mintiendo, pensarán que soy una Buscadora. Deben tener experiencia suficiente para saber que sólo una Buscadora llegaría hasta aquí con una mentira, con una historia inventada para infiltrarse...

Melanie reconoció la verdad de mis palabras, aunque sólo fuera por esta vez. El término mismo, *Buscadora*, la hizo retroceder con odio, y ella sabía que estos extraños reaccionarían exactamente igual.

De todas formas no importaría. Yo soy un alma, y eso es suficiente para ellos.

El que llevaba el machete, el hombre más grande, de pelo negro y rostro extrañamente pálido de vívidos ojos azules, hizo un sonido de asco y escupió en el suelo. Dio un paso hacia delante, alzando lentamente su larga hoja.

Mejor rápido que lento. Mejor que fuera esta mano brutal y no la mía la que nos matara. Mejor si no moría como una criatura violenta, tan responsable de la sangre de Melanie como de la mía.

—Tranquilo, Kyle —las palabras de Jeb sonaron indiferentes, casi circunstanciales, pero el hombre grande se detuvo. Hizo una mueca y se volvió para enfrentar la cara del tío de Melanie.

—¿Por qué? Dijiste que te habías asegurado. Es una de ellos.

Reconocí la voz, era la misma que le había preguntado a Jeb porqué me había dado agua.

—Bueno, sí, seguramente lo es. Pero el asunto es algo más complicado.

—¿Cómo? —esta vez preguntó otro hombre. Estaba al lado de Kyle, el hombre grande de pelo negro, y se parecían tanto entre sí debían ser hermanos.

—Verás, es que ahí está también mi sobrina.

—No, ya no es ella —replicó Kyle con rotundidad. Escupió de nuevo y dio otro paso deliberado en mi dirección con el cuchillo listo. Por la forma en que sus hombros se inclinaban para entrar en acción advertí que las palabras no lo detendrían esta vez. Cerré los ojos.

Sonaron dos agudos clics metálicos, y alguien carraspeó. Mis ojos se abrieron de golpe nuevamente.

—Te dije, "tranquilo, Kyle" —la voz del tio Jeb era aun relajada, pero ahora sus manos aferraban con fuerza el largo rifle y los cañones apuntaban hacia la espalda de Kyle. Este se quedó impávido a pocos pasos de mi; su machete quedó inmóvil en el aire sobre su hombro.

—Jeb —dijo el hermano, horrorizado—, ¿qué estás haciendo?

—Aléjate un paso de la chica, Kyle.

Éste nos dio la espalda girándose furioso hacia Jeb.

—¡No es una *chica,* Jeb!

Jeb se encogió de hombros, pero la escopeta permaneció preparada en sus manos, apuntando a Kyle.

—Hay unas cuantas cosas que tenemos que discutir antes.

—El doctor podría aprender algo de esa cosa —intervino una voz femenina con aspereza.

Me encogí ante sus palabras, reconociendo en ellas mi mayor temor. Cuando Jeb me llamó sobrina estúpidamente sentí que brotaba una pequeña llama de esperanza, pero quizá lo había hecho por compasión. Había sido idiota al pensarlo, aunque fuera por un segundo. La muerte era la única conmiseración que podía esperar de estas criaturas.

Miré a la mujer que había hablado, sorprendida de percatarme que era tan vieja como Jeb, o quizás incluso mayor. Más que blanco, su cabello era de color gris oscuro, de ahí que no hubiera notado antes su edad. Su rostro era una masa de arrugas, todas retorcidas en un amasijo de líneas que mostraban cólera. Pero había algo familiar en los rasgos que delineaban aquellos trazos.

Melanie había hecho la conexión entre este rostro anciano y otro, más dulce en sus recuerdos.

—¿Tía Maggie? ¿Estás aquí? ¿Cómo? ¿Está Sharon...? —todas las palabras procedían de Melanie, y salieron de mi boca sin que yo fuera capaz de contenerlas. Compartir tantas cosas durante tanto tiempo en el desierto la había fortalecido a ella o me había debilitado a mí. O quizá era sólo que yo me concentraba exclusivamente en la dirección desde la que vendría el golpe mortal. Me estaba preparando para nuestro asesinato y ella pretendía tener una reunión familiar.

Melanie se quedó a mitad de una exclamación de sorpresa. La anciana mujer llamada Maggie, embistió con una velocidad que desmentía su frágil exterior. No levantó la mano que portaba la palanca negra. Ésa era la mano que yo vigilaba, de modo que no vi como su mano libre se alzó para abofetearme con fuerza.

La cabeza me saltó de atrás y hacia delante. Y me volvió a golpear de nuevo.

—No nos vas a *engañar*, tú, parásito. Ya sabemos como trabajan. Sabemos lo bien que pueden imitarnos.

Probé el sabor de la sangre dentro de la mejilla.

No vuelvas a hacer eso, le recriminé a Melanie. *Ya te he dicho lo que piensan.*

Melanie estaba demasiado horrorizada para contestar.

—Ahora, Maggie... —comenzó Jeb con un tono conciliador.

—¡Nada de "ahora, Maggie", tú, viejo estúpido! Posiblemente ha atraído hasta nosotros a toda una legión de ellos— y entonces me dio la espalda, luego de que sus ojos hubieran medido mi inmovilidad como si yo fuera una serpiente enroscada. Se paró al lado de su hermano.

—Pues yo no veo a nadie —replicó Jeb—, ¡hey! —gritó, y yo me encogí sobresaltada. Pero no fui la única. Jeb agitó su mano izquierda sobre la cabeza con el arma todavía bien empuñada en la derecha —¡Por aquí!

—¡Cállate! —gruñó Maggie, empujándole el pecho. Aunque yo tenía buenas razones para saber lo fuerte que era, Jeb ni se bamboleó.

—Ella está sola, Mag. Estaba casi muerta cuando la encontré y no es que esté en gran forma ahora. Los ciempiés no sacrifican así a su gente. Habrían podido venir a recogerla mucho antes que yo. Sea lo que fuese, está sola.

Vi la imagen de un bicho alargado con muchas patas en mi cabeza, pero no hice la conexión conmigo misma.

Están hablando de ti, me tradujo Melanie. Colocó la imagen del feo animalejo al lado de mi recuerdo de una brillante alma plateada. No les encontré ni un parecido lejano.

Me pregunto cómo sabe qué aspecto tienes, inquirió Melanie de forma ausente. Desde el principio, mis recuerdos habían constituido auténticas novedades para ella.

No tuve tiempo de preguntarme lo mismo que ella. Jeb caminaba hacia mi, y los otros estaban muy cerca. La mano de Kyle se apoyaba en el hombro de Jeb, preparado para sujetarlo o para apartarlo del camino, no sabría decir.

Jeb se pasó el arma a la mano izquierda y extendió la derecha hacia mi. Lo miré con cautela, esperando que me golpease.

—Vamos —me urgió con amabilidad—. Si te he hecho venir tan lejos, lo menos que puedo hacer es llevarte a casa esta noche, aunque tendrás que caminar un poco más.

—¡No! —gruñó Kyle.

—Voy a llevarla de vuelta —dijo Jeb, y por primera vez hubo un tono más duro en su voz. Su mandíbula se apretó en una línea obstinada bajo la barba.

—¡Jeb! —protestó Maggie.

—Es mi casa, Mag, y haré lo que me dé la gana.

—¡Viejo estúpido! —replicó con brusquedad otra vez.

Jeb se agachó y me tomó la mano que yo tenía cerrada en un puño contra mi cadera. Tiró de mí hasta ponerme en pie, pero no fue un acto de crueldad por su parte, sino que, simplemente, tenía prisa. Aunque, prolongar mi vida para lo que se proponía, ¿no era acaso la peor forma de crueldad?

Me balanceé de modo inseguro. No sentía las piernas bien; un montón de agujas me pincharon mientras se restablecía la circulación.

Tras de mí hubo un murmullo de desaprobación que procedía de más de una boca.

—Bien, seas quien seas —me dijo su voz aún en tono amable— salgamos de aquí antes de que empiece a hacer más calor.

El que debía ser el hermano de Kyle puso su mano en el brazo de Jeb.

—No le puedes mostrar a la cosa el sitio donde vivimos, Jeb.

—Supongo que no importa —replicó Maggie ásperamente —no va a tener ninguna oportunidad de ir contando historias por ahí.

Jeb suspiró y se quitó un pañuelo del cuello, que había permanecido oculto bajo su barba.

—Esto es una tontería —murmuró, pero con todo, enrolló la tela, sucia y rígida de sudor seco, en una venda.

Permanecí completamente inmóvil mientras la ataba sobre mis ojos, luchando por el pánico que me invadía en la medida en la que perdía de vista a mis enemigos.

No podía ver nada, aunque supe que era Jeb quien había puesto una mano en mi espalda y me guiaba hacia adelante. Ninguno de los otros habría sido tan amable.

Comenzamos a andar, hacia el norte, creo. Nadie habló al principio, sólo se oía el crepitar de la tierra bajo tantas pisadas. El terreno estaba nivelado, pero mis piernas entorpecidas tropezaban una y otra vez. Jeb fue paciente: la mano que me guiaba era casi caballerosa.

Sentí cómo se alzaba el sol mientras caminábamos. Algunos pasos eran más rápidos que otros. Unos se nos adelantaban hasta el punto que casi dejaban de oírse. Era como si una minoría permaneciera con Jeb y conmigo. No era menester una guardia numerosa: estaba debilitada por el hambre y me bamboleaba a cada paso. Sentía la cabeza mareada y como hueca.

—No estás planeando decírselo, ¿o sí?

Era la voz de Maggie, un par de metros detrás de mi, y tenía un tono de acusación.

—Él tiene derecho a saber —replicó Jeb. El acento obstinado había vuelto a su voz.

—Eres cruel, Jebediah.

—La vida es cruel, Magnolia.

Era difícil decir cuál de los dos me aterraba más. ¿Jeb, que parecía tan interesado en mantenerme con vida? ¿O Maggie, que había sido la primera en mencionar al *doctor* —título que me infundía un horror instintivo y nauseabundo—, pero que parecía estar más preocupada por la crueldad que su hermano?

Caminamos en silencio unas cuantas horas. Cuando se me doblaron las piernas, Jeb me recostó en el suelo y me acercó una cantimplora a los labios, tal como había hecho por la noche.

—Avísame cuando estés lista —me dijo Jeb, y su voz sonó gentil, aunque yo sabía que era una falsa interpretación.

Alguien suspiró con impaciencia.

—¿Por qué estás haciendo esto, Jeb? —preguntó un hombre. Había oído su voz antes, era uno de los dos hermanos. —¿Por el médico? Se lo podrías haber dicho a Kyle, sin tener que apuntarle con un arma.

—A Kyle le vendría bien que le apuntaran más a menudo —masculló Jeb entre dientes.

—Por favor, dime que esto no fue por conmiseración —continuó el hombre —después de todo lo que has visto...

—Si luego de haber visto todo lo que he visto no hubiera aprendido algo de compasión, no valdría nada como persona. Pero, no, no tiene que ver con la conmiseración. Si sintiera algo de piedad por esta criatura la habría dejado morir.

Me puse a temblar en aquel aire ardiente como el de una caldera.

—¿Qué es entonces? —preguntó el hermano de Kyle.

Se hizo un largo silencio, y entonces la mano de Jeb tocó la mía. Yo me aferré a ella porque necesitaba su ayuda para incorporarme de nuevo. Su otra mano presionó mi espalda y comencé a andar otra vez.

—Curiosidad —dijo Jeb en voz baja.

Nadie replicó.

Mientras caminábamos consideré unos cuantos hechos incuestionables. Uno: no era la primera alma que capturaban, ya que parecía haber una rutina preestablecida. Ese "médico" había intentando obtener respuestas de otros antes que yo.

Dos: lo había intentado sin éxito. Si alguna alma hubiera postergado el suicidio para quebrarse bajo la tortura humana, no me necesitarían ahora. Mi muerte habría sido rápida y clemente.

Curiosamente, no lograba estimular en mí la esperanza de un final rápido, o la de tratar de producir tal resultado. Sería fácil, incluso sin tener que hacerlo por mi propia mano. Simplemente tendría que contarles una mentira, simular ser una Buscadora, decirles que mis colegas me estaban rastreando en este instante, ponerme bravucona y amenazarlos. O contarles la verdad, que Melanie vivía dentro de mi y que había sido ella la que me había traído hasta aquí.

Ellos pensarían que era otra mentira más, y una auténticamente irresistible —la idea de que los humanos pudiesen vivir después de la implantación—, tan tentadora desde su punto de vista, tan insidiosa, que se reafirmarían mucho más en su creencia de que yo era una Buscadora que si lo declaraba yo misma. Concluirían que se trataba de una trampa, y se desharían de mí con rapidez; luego encontrarían un nuevo lugar donde esconderse, lejos de aquí.

Probablemente tengas razón, admitió Melanie, *eso es lo que haría yo.*

Pero todavía no estaba sufriendo y fuera cual fuese la forma de suicidarme, era difícil de asumir. El instinto de supervivencia selló mis labios. El recuerdo de mi última sesión con la Acomodadora, un tiempo tan civilizado que parecía pertenecer a un planeta diferente, atravesó mi mente como un relámpago. Melanie retándome a sacarla de allí, un impulso aparentemente suicida, pero en realidad una baladronada. Recordaba haber pensado lo difícil que era contemplar la muerte desde la comodidad de un sillón.

La última noche Melanie y yo habíamos deseado morir, pero la muerte sólo había pasado a nuestro lado, muy de cerca. Todo era diferente ahora que estaba de nuevo sobre mis pies.

Yo tampoco quiero morir, susurró Melanie. *Quizá tú estés equivocada. Tal vez no es ese el motivo por el que nos mantienen vivas. No entiendo porqué ellos...* Ella no deseaba imaginar las cosas que nos harían y yo estaba segura de que ella lo sabría llevar mucho mejor que yo. *¿Qué respuestas querrán obtener de ti con tal ansiedad?*

Jamás diré nada. Ni a ti, ni a ningún humano.

Una osada declaración. Pero, claro, aún no sentía ningún dolor...

Pasó otra hora, el sol nos caía a plomo, y su calor era como una corona de fuego sobre mi pelo, cuando el sonido cambió. El crepitar de pisadas que apenas se oía desde hacía tiempo, volvió a hacer eco delante de mi. Los pies de Jeb aún hacían crujir la arena como los míos, pero alguno de los que iban adelante había llegado a otro tipo de terreno.

—Ten cuidado, ahora —me avisó Jeb.

—Cuidado con la cabeza.

Dudé, sin saber qué era lo que debía vigilar, o cómo debía vigilarlo sin poder usar los ojos. Su mano había dejado mi espalda y ahora presionaba mi cabeza, obligándome a bajarla. Me incliné. Tenía el cuello rígido.

Me guió de nuevo hacia adelante, y escuché que nuestros pasos producían el mismo eco. El terreno no cedía como la arena y tampoco parecía suelto, rocoso. Era sólido y parejo bajo mis pies.

El sol se había ido; ya no lo sentía quemándome la piel o chamuscándome el pelo.

Di otro paso y un nuevo tipo de aire me tocó el rostro. No era una brisa, era aire estancado y era yo la que me movía dentro de él. El viento seco del desierto había desaparecido. Este aire era quieto y más fresco. Había en él un ligero matiz húmedo, una humedad que podía oler y gustar.

Tenía tantas interrogantes en mi mente y en la de Melanie. Ella quería preguntar, pero yo mantuve el silencio. Nada de lo que alguna de nosotras pudiera decir nos ayudaría ahora.

—Bien, ya puedes enderezarte —anunció Jeb.

Alcé la cabeza con lentitud.

Incluso con la venda en los ojos, podía darme cuenta de que no había luz. Percibía una completa obscuridad en los bordes del vendaje. Escuchaba a los otros detrás de mi, arrastrando los pies con impaciencia, esperando a que nosotros avanzáramos.

—Es por aquí —indicó Jeb, y volvió a guiarme. El eco de nuestras pisadas regresaba pronto a nosotros, por lo que supuse que el espacio en el que nos encontrábamos debía ser bastante pequeño. No pude evitar inclinarme de forma instintiva.

Anduvimos unos cuantos pasos más, y después recorrimos una curva cerrada que pareció devolvernos al sitio de donde habíamos venido. El piso comenzó a inclinarse hacia abajo. La inclinación se fue acentuando conforme avanzábamos y Jeb me dio su áspera mano para evitar que cayera. No sé por cuanto tiempo hice un trayecto de patinazos y resbalones en la obscuridad. Seguramente el paseo me parecía más largo de lo que realmente era: cada minuto se alargaba a causa de mi terror.

Dimos otra vuelta y entonces el suelo comenzó a elevarse. Tenía las piernas tan torpes —como de madera— que cuando el camino comenzó a subir en serio, Jeb casi tuvo que cargarme. Cuanto más caminábamos, el aire se impregnaba más de moho y humedad, pero la obscuridad no se vio alterada. Los únicos sonidos perceptibles eran los de nuestros pasos y sus ecos.

El camino se allanó de nuevo y comenzó a dar vueltas, a retorcerse como una serpiente.

Finalmente, advertí una luz brillante arriba y abajo de la venda que me cubría los ojos. Deseé que ésta se deslizara por sí misma, porque tenía demasiado miedo de quitármela yo sola. Me parecía que no estaría tan aterrorizada si simplemente pudiera *ver* dónde estaba y con quién.

Con la luz, vino el ruido. Un ruido extraño, como un murmullo de voces susurrantes. Casi como una cascada bajo tierra.

El murmullo se hacía cada vez más fuerte conforme avanzábamos y cuanto más nos aproximábamos, menos sonaba a agua. La variación era mucha, con extremos altos y bajos que se mezclaban creando ecos. Si no hubiera sido tan discordante, sonaría como una versión más fea de la música continua que había oído e interpretado en el Mundo Cantante. La obscuridad de la venda le venía bien a ese recuerdo, el recuerdo de la ceguera.

Melanie comprendió antes que yo el origen de esa cacofonía. Jamás había escuchado ese sonido porque nunca antes había vivido con humanos.

Es una discusión, comentó, *suena como si mucha gente estuviera discutiendo.*

Se sentía atraída por el sonido. ¿Había más gente allí, entonces? El que hubiera ocho ya nos había sorprendido a las dos, ¿qué era este lugar?

Unas manos tocaron mi nuca e intenté alejarme de ellas.

—Permíteme —dijo Jeb. Y me quitó la venda de los ojos.

Pestañeé lentamente, y las sombras a mi alrededor empezaron a adquirir formas comprensibles: paredes burdas e irregulares, un techo lleno de bultos y un suelo gastado y polvoriento. Estábamos en algún sitio bajo tierra, una formación rocosa natural. No podía ser muy profunda. Pensé que habíamos caminado más hacia arriba que hacia abajo.

Las paredes de roca eran obscuras, de un café purpúreo y estaban decoradas con agujeros como si fuera un queso suizo. Los bordes de los hoyos más bajos estaban gastados, pero por arriba de mi cabeza los círculos eran más definidos, y sus bordes lucían afilados.

La luz procedía de un agujero redondo sobre nuestras cabezas y su forma era distinta a los otros que punteaban la caverna, sólo que más grande. Era una entrada, una puerta hacia un lugar más luminoso. Melanie estaba entusiasmada, fascinada por la idea de que hubiera tantos humanos. Yo me retraje, repentinamente preocupada de que la ceguera pudiera ser mejor que la visión.

Jeb suspiró.

—Lo siento —murmuró, tan bajo que estaba segura de ser yo la única que lo había escuchado.

Intenté tragar saliva, pero no pude. La cabeza empezó a darme vueltas, pero eso podía deberse al hambre. Las manos me temblaban como hojas agitadas por una fuerte brisa, mientras Jeb me empujaba para que entrara a través del agujero.

El túnel se abría hacia una cámara tan grande que al principio me negaba a aceptar lo que me decían los ojos. El techo era refulgente y elevadísimo; como si se tratase de un cielo artificial. Intenté averiguar qué lo iluminaba, pero las punzantes lanzas de luz que proyectaba hacia abajo me herían los ojos.

Esperaba que el murmullo aumentara de volumen, pero de repente se hizo un silencio mortal en la enorme caverna.

El suelo era opaco comparado con la brillantez del techo. A mis ojos les llevó un momento tomar conciencia de todas las formas.

Una multitud. No había otra palabra para aquello. Allí había una multitud de seres humanos que permanecían de pie, quietos y callados, todos mirándome con las mismas expresiones ardientes y llenas de odio que había visto al amanecer.

Melanie estaba demasiado aturdida para hacer otra cosa que contar. Diez, quince, veinte... veinticinco, veintiséis, veintisiete...

Me daba igual cuántos hubiera allí. Intentaba decirle a ella lo poco que eso importaba, porque no hacían falta veinte de ellos para matarme. Para matarnos. Intentaba hacerle ver lo precaria que era nuestra posición, pero en ese momento ella estaba más allá de cualquier advertencia, perdida en ese mundo humano cuya existencia jamás hubiera podido soñar.

Un hombre dio un paso delante de la multitud y mis ojos se dispararon en principio hacia sus manos, buscando el arma que debía portar. Tenía las manos cerradas en puños, pero vacías de cualquier otro artefacto amenazante. Al ajustarse a la luz deslumbrante, mis ojos captaron el matiz dorado del sol en su piel y entonces lo reconocí.

Ahogándome por la repentina esperanza que me mareaba, alcé los ojos hasta el rostro de ese hombre.

14

La disputa

Fue demasiado para nosotras, verlo allí, ahora, después de haber aceptado ya que no volveríamos a verlo jamás, después de creer que lo habíamos perdido para siempre. Me dejó paralizada, casi en estado sólido, incapacitada para reaccionar. Quería mirar al tio Jeb, en un intento por comprender su desgarradora respuesta en el desierto, pero no podía mover los ojos. Miré fijamente al rostro de Jared, sin entender.

Melanie reaccionó en forma distinta.

—Jared —gritó, aunque a través de mi garganta herida la voz apenas llegó a graznido.

Ella me lanzó hacia adelante, de la misma manera que lo había hecho en el desierto, asumiendo el control de mi cuerpo inmóvil. La única diferencia era que esta vez, lo hizo a la fuerza.

No fui capaz de detenerla a tiempo.

Se arrastró hacia adelante, alzando mis brazos para intentar llegar a él. Le grité una advertencia en mi cabeza, pero no me estaba escuchando. Apenas era consciente, incluso de que yo estaba allí.

Nadie trató de detenerla mientras trastabillaba hacia él. Nadie salvo yo. Estaba a centímetros de tocarlo, pero aun así no veía lo que yo. No se percataba de que su rostro había cambiado en los largos meses de separación, no advertía de qué modo se había endurecido ni cómo esas líneas apuntaban ahora en direcciones distintas. No veía que esa sonrisa casi inconsciente que ella recordaba ya no correspondía físicamente a esta cara nueva. Sólo una vez vi que su expresión se tornaba obscura y peligrosa, pero incluso ésa no era nada comparada con la que tenía ahora. Pero ella no veía nada, o acaso no le importaba.

Sin embargo, su alcance era más grande que el mío.

Antes de que Melanie lograra tocarlo con mis dedos, él disparó el brazo y el dorso de su mano se estrelló a un lado de mi rostro. El puñetazo fue tan duro que mis pies despegaron antes de que la cabeza rebotara en el suelo de roca. Escuché cómo aterrizaba el resto de mi cuerpo con golpes sordos, pero no los sentí. Los ojos se me pusieron en blanco y escuché un pitido en los oídos. Luché contra el mareo que amenazaba con devolverme a la inconsciencia.

Estúpida, estúpida, gimoteé. ¡*Te* dije *que no hicieras eso!*

Jared está aquí, está vivo, está aquí. Canturreaba ella, de forma incoherente como si fuera la letra de una canción.

Intenté enfocar los ojos, pero aquel extraño techo era cegador. Torcí la cabeza lejos de la luz y luego me tragué un sollozo cuando mi movimiento envió punzantes dagas de dolor a uno de los lados de mi rostro.

Si mal podía sobrellevar el dolor de aquel golpe espontáneo ¿qué esperanza tenía de soportar un ataque intensivo y calculado?

Hubo un rumor apresurado de pasos; mis ojos se movieron de forma instintiva para ubicar la amenaza y vi al tío Jeb de pie a mi lado. Tenía una mano medio extendida hacia mí, pero dudaba, mirando hacia otro lado. Alcé la cabeza unos centímetros, reprimiendo otro gemido, para ver lo que él veía.

Jared caminaba hacia nosotros y su rostro era igual al de aquellos bárbaros que habíamos encontrado en el desierto, sólo que más hermoso en su furia que aterrador. El corazón casi me falló y después comenzó a latir erráticamente y quise reírme de mi misma. ¿Es que acaso importaba lo guapo que fuera, o que yo lo amara, cuando iba a matarme?

Adiviné el asesinato que se pintaba en su expresión e intenté refugiarme en la esperanza de que esa ira pudiera ganarle la partida al interés personal, pero el deseo de morir de verdad no me asistió.

Jeb y Jared intercambiaron miradas durante un buen rato. La mandíbula de Jared se tensó y relajó alternativamente, pero la de Jeb permaneció en calma. La confrontación silenciosa terminó cuando Jared repentinamente exhaló un furioso resoplido y dio un paso hacia atrás.

Jeb se inclinó buscando mi mano y puso el otro brazo detrás de mi espalda para incorporarme. La cabeza me daba vueltas, me dolía, y además, tenía el estómago revuelto. De no haber estado vacío durante tantos días habría vomitado. Era como si mis pies no tocaran el suelo. Me tambaleé y caí hacia adelante, pero Jeb me estabilizó y me tomó del codo para mantenerme erecta.

Jared observaba todo con una mueca que exhibía su dentadura. Como una idiota, Melanie luchaba para avanzar de nuevo hacia él. Pero ahora yo había superado la impresión de verlo allí y estaba menos idiotizada que ella. No la dejaría apoderarse del control otra vez. La encerré detrás de todos los candados que pude crear en mi mente.

Simplemente estáte quieta. ¿No te das cuenta de cómo me odia? Cualquier cosa que digas sólo empeorará las cosas y terminaremos muertas.

Pero Jared está vivo, está aquí, canturreó de nuevo.

En la caverna se disolvió la calma y los susurros provenían simultáneamente de todos lados, como si me hubiera perdido la pista de algo. No lograba sacar en claro ningún significado de aquellos bisbiseantes murmullos.

Mis ojos vagabundearon por aquella turba humana, toda de adultos, sin ningún jovencito. Mi corazón dolió al comprender aquella ausencia y Melanie luchó por formular la pregunta, aunque yo la reprimí con firmeza. No había nada que ver aquí, nada más que odio y rabia en los rostros de estos extraños, o rabia y odio en el de Jared.

Hasta que un hombre se abrió camino a través del cuchicheo de la multitud. Era esbelto y alto y la estructura de su esqueleto era más evidente a través de la piel que la de los demás. Tenía el pelo desteñido, de un indefinible castaño claro o de un indescriptible rubio obscuro. Sus facciones eran delicadas y finas, como su pelo indefinido. No había ira en su rostro y por ello captó mi atención.

A este hombre, aparentemente sin pretensiones, los demás le franquearon el paso, como si tuviera algún tipo de estatus entre ellos. Sólo Jared no le mostró ninguna deferencia y mantuvo su posición, dirigiéndome la mirada. El hombre alto lo rodeó, al parecer, sin prestar más atención a este obstáculo que la que le concedería un montón de piedras.

—Vaya, vaya —comentó con una voz extrañamente risueña mientras daba la vuelta en torno a Jared para llegar hasta mí.

—Ya estoy aquí ¿y qué es lo que tenemos?

Fue la tía Maggie quien contestó, pegada a su codo.

—En el desierto Jeb encontró a esta cosa, que en otro tiempo fue nuestra sobrina Melanie. Parecía obedecer las instrucciones que él le daba —y lanzó una venenosa mirada a Jeb.

—Mmm —murmuró el hombre alto y huesudo, al tiempo que sus ojos me evaluaban con curiosidad. Su ponderación me pareció extraña, era como si le gustara lo que veía. Y yo no alcanzaba a comprender porqué.

Mi mirada se alejó de la suya hacia otra mujer, una joven que miraba atentamente desde su costado con la mano descansando en el brazo de él. Su pelo de color encendido me llamó la atención.

¡Sharon!, gritó Melanie.

La prima de Melanie percibió el reconocimiento en mis ojos y su rostro se endureció.

Empujé a Melanie con rudeza hasta el fondo de mi mente, *¡Sshhhh!*

—Mmm —repitió el hombre alto otra vez, asintiendo. Alzó una mano para llegar hasta mi rostro y pareció sorprendido cuando lo rechacé, refugiándome al lado de Jeb.

—Todo está bien —dijo el hombre alto, sonriendo un poco para animarme.

—No te voy a hacer daño.

Alzó la mano de nuevo hasta mi rostro. Yo me encogí al lado de Jeb como había hecho antes, pero Jeb flexionó el brazo y me empujó hacia adelante. El hombre alto me tocó la mandíbula justo debajo de la oreja, con unos dedos más amables de lo que esperaba y yo volví el rostro fuera de su alcance. Sentí como su dedo trazaba una linea en mi nuca y me di cuenta de que estaba examinando la cicatriz de la inserción.

Observé el rostro de Jared con el rabillo del ojo. Estaba claro que lo que este hombre estaba haciendo le irritaba mucho y pensé que sabía porqué: cuánto debía odiar esa delgada línea rosada de mi cuello.

Jared frunció el ceño, pero me sorprendió ver que parte de la ira había abandonado su expresión. Juntó las cejas aún más, y ahora parecía más confundido que otra cosa.

El hombre alto dejó caer las manos y dio un paso hacia atrás. Tenía los labios apretados, pero sus ojos se veían animados por algún desafío.

—Parece que tiene buena salud, aparte del agotamiento, la deshidratación y la desnutrición. Creo que le han dado suficiente agua para que la deshidratación no interfiera.

—Bien —hizo un extraño movimiento inconsciente con las manos, como si se las estuviera lavando.

—Comencemos, pues.

Sólo entonces sus palabras y su breve examen encajaron en mi mente y comprendí que este hombre, de apariencia amable y que había prometido no hacerme daño, era el doctor.

El tio Jeb suspiró profundamente y cerró los ojos.

El médico me ofreció su mano, invitándome a poner la mía sobre la suya. Cerré los puños detrás de mi espalda. Me miró de nuevo fijamente, advirtiendo el terror en mis ojos. Las comisuras de su boca se volvieron hacia abajo, pero no las frunció. Estaba considerando cómo proceder.

—¿Kyle, Ian? —llamó, girando el cuello y buscando entre aquel grupo aquellos a los que había convocado. Las rodillas se me doblaron cuando los dos grandes hermanos de pelo negro se adelantaron empujando a otros.

—Creo que voy a necesitar ayuda. Quizá si quisieran llevarme... —el doctor, que no parecía ya tan alto al lado de Kyle, había comenzado a explicar.

—No.

Todo el mundo se volvió para ver de dónde provenía la objeción. No necesité mirar porque reconocí la voz, aunque lo observé de todos modos.

Las cejas de Jared se apretaban con fuerza sobre los ojos y tenía la boca contraída en una extraña mueca. Tantas emociones recorrían su rostro que era difícil poderlas deslindar. Ira, desafío, confusión, odio, miedo... dolor.

El médico pestañeó, y su rostro se aflojó por la sorpresa.

—¿Jared? ¿Hay algún problema?

—Sí.

Todo el mundo esperó. A mi lado, Jeb intentaba mantener bajas las comisuras de su boca, como si ellas solas estuvieran intentando elevarse para formar una sonrisa. Si era ése el caso, el anciano debía tener un muy peculiar sentido del humor.

—¿Y cuál es? —inquirió el doctor.

Jared contestó entre dientes.

—Te diré en qué consiste el problema, Doc. ¿Cuál es la diferencia entre entregártela a ti o que Jeb le meta una bala en la cabeza?

Me eché a temblar. Jeb me dio unos golpecitos en el brazo.

El doctor pestañeó de nuevo.

—Bueno— fue todo lo que dijo.

Jared contestó su propia pregunta.

—La diferencia está en que si Jeb mata a esa cosa, al menos muere limpiamente.

—Jared —la voz del médico era tranquilizadora, el mismo tono que había usado conmigo—, cada vez aprendemos más. Y quizá esta vez sea la definitiva...

—¡Ja! —bufó Jared—, no veo que hayas hecho ningún progreso, Doc.

Jared nos protegerá, pensó Melanie débilmente.

Era difícil concentrarse lo suficiente para formar las palabras. *No a nosotras, sólo a tu cuerpo.*

Pero se aproxima bastante ¿no?... Su voz parecía provenir desde alguna distancia, desde fuera del martilleo de mi cabeza.

Sharon dio un paso al frente, de modo que quedó a medio camino delante del médico. Era una postura extrañamente protectora.

—No tiene sentido desperdiciar una oportunidad —replicó ferozmente.

—Todos nos damos cuenta de que es duro para ti, Jared, pero al final no eres tú quien tiene que tomar la decisión. Tenemos que considerar lo que es mejor para la mayoría.

Jared la fulminó con la mirada.

—No —el término fue un gruñido.

Estaba segura de que no había susurrado la palabra, aunque sonó muy queda en mis oídos. De hecho, se hizo un repentino silencio. Los labios de Sharon se movieron, y bruscamente pinchó a Jared con el dedo, pero todo lo que oí fue un suave siseo. Ninguno de ellos hizo movimiento alguno, pero parecían estar alejándose de mi.

Vi que los hermanos de pelo negro, con gesto irritado, daban un paso hacia Jared. Sentí como se alzaba mi mano en protesta, pero apenas se movió sin fuerzas. El rostro de Jared se puso rojo cuando separó los labios y los tendones en su cuello se estiraron como si les estuvieran gritando, pero yo no llegué a oir nada. Jeb soltó mi brazo y vi alzarse el gris mate del cañón de su rifle. Me aparté del arma, aunque no apuntaba en mi dirección. Esto alteró mi equilibrio y observé que la habitación se inclinó muy lentamente hacia un lado.

—Jamie— suspiré mientras la luz desaparecía de mis ojos.

El rostro de Jared se me acercó mucho, inclinándose sobre mi con una expresión fiera.

—¿Jamie? —suspiré de nuevo, esta vez en forma de pregunta—. ¿Jamie?

La voz áspera de Jeb contestó desde algún lugar lejos de allí.

—El chico está bien. Lo trajo Jared.

Miró el rostro atormentado de Jared que se diluía con rapidez en la turbia neblina que cubría mis ojos.

—Gracias— susurré.

Y entonces me perdí en la obscuridad.

15

Bajo protección

Cuando volví en mí, no sentí ninguna desorientación. Por así decirlo, sabía exactamente donde estaba, mantuve los ojos cerrados y la respiración regular. Intenté sacar en claro todo lo que pudiera sobre mi situación precisa, sin dar a conocer el hecho de que estaba consciente de nuevo.

Tenía hambre. Mi estómago se anudaba y se encogía y empezó a hacer ruidos raros. Dudaba de que tal cosa pudiera llegar a traicionarme, porque estaba segura que había gemido y gorgoteado durante el sueño.

Me dolía muchísimo la cabeza. Era imposible saber cuánto de ello se debía a la fatiga y cuánto a los golpes que me había llevado.

Yacía en una superficie dura, burda y llena de... bultos. No era plana, parecía extrañamente curvada como si estuviera recostada en un cuenco. Y no era nada cómodo. Contorsionada en semejante postura, sentía la espalda y las caderas traspasadas por dolores punzantes. Este dolor era probablemente lo que me había despertado. No había descansado en absoluto.

Estaba obscuro, eso sí que podía afirmarlo sin necesidad de abrir los ojos. No eran tinieblas totales, pero sí había bastante obscuridad

El aire estaba mucho más enmohecido quc antes, húmedo y corrompido, con un matiz acre que parecía quedarse pegado al fondo de mi garganta. La temperatura era más fresca que la del desierto, pero esta incongruente humedad era casi igualmente molesta. Sudaba de nuevo; el agua que Jeb me diera ya había encontrado la ruta de salida a través de mis poros.

Podía escuchar el eco de mi respiración a algunos palmos de distancia. Era posible que me encontrara cerca de una pared, pero supuse que en realidad me habían puesto en un lugar muy pequeño. Escuché con toda la atención posible y parecería que el eco de mi respiración regresaba también desde el otro lado.

En la certeza de estar en algún lugar del sistema de cavernas al que Jeb me había traido, también tenía seguridad sobre lo que vería cuando abriera los ojos. Debía hallarme en alguna pequeña cavidad de aquella roca de obscuro color café púrpura y plagada de hoyos, como un queso suizo.

Todo estaba en silencio, a excepción de las voces de mi cuerpo. Preferí confiar en mi oído, ya que temía abrir los ojos, así que los afiné hasta donde me fue posible para vencer esa ausencia de sonido. No podía ver a nadie más, y eso no tenía sentido. No me habrían dejado sin guardia ¿verdad que no? El tío Jeb y su omnipresente rifle o alguien menos compasivo. Pero dejarme sola... no iba muy de acuerdo con su brutalidad, su miedo natural y el odio por lo que era yo.

A menos que...

Intenté tragar, pero el terror me cerró la garganta. No me dejarían sola, no, a menos que pensaran que estaba muerta o que se hubieran asegurado de que lo estaría. No a menos que hubiera lugares en estas cuevas de las que una no regresara jamás.

El cuadro que me había formado de mi entorno cambió de manera vertiginosa en mi cabeza. Me imaginé al fondo de un pozo profundo, o emparedada en una tumba pequeña. Se me aceleró la respiración, intenté probar el aire para ver si estaba viciado, o para cerciorarme si había algún signo de falta de oxígeno. Los músculos de mis pulmones se distendieron, llenándose de aire para producir un grito que ya iba en camino. Apreté los dientes para evitar que aflorara.

Nítido y cercano, un rechinido se elevó desde el suelo hasta llegar junto a mi cabeza.

Grité y el sonido resultó atronador en aquel espacio estrecho. Se me abrieron los ojos de golpe. Salté alejándome de aquel ruido siniestro y me arrojé contra un irregular muro de piedra. Alcé las manos para protegerme la cara justo cuando me golpeé la cabeza dolorosamente contra el bajo techo.

Una luz tenue iluminaba el círculo perfecto de la salida a la pequeña burbuja de la cueva donde estaba acurrucada. Esta media luz cayó en el rostro de Jared cuando se inclinó por la abertura, con un brazo alargado en mi dirección. Tenía los labios apretados en un gesto de ira y una vena palpitaba en su frente mientras observaba mi reacción de pánico.

No se movió, simplemente se me quedó mirando con furia mientras mi corazón reestablecía su ritmo natural y se me calmaba la respiración. Me encontré con su mirada, recordando lo sereno que siempre había sabido estar, como una aparición, cuando quería. No era extraño que no le hubiera oído allí sentado, guardando la entrada de mi celda.

Pero había oído *algo*. Mientras lo recordaba, Jared metió su brazo extendido más adentro y el rechinido se repitió. Miré hacia abajo. A mis pies había una hoja de plástico roto que servía de bandeja. Y en ella...

Me lancé por la botella abierta de agua. Apenas era consciente de que la boca de Jared se contraía de asco cuando pegué la botella a mis labios. Estaba segura de que más tarde me perturbaría, pero por ahora, todo lo que necesitaba era el agua. Me pregunté si alguna vez en mi vida volvería a dar por un hecho la disponibilidad del agua. Aunque teniendo en cuenta de que aquí mi vida no tenía perspectivas de prolongarse mucho, la respuesta probablemente era no.

Jared había desaparecido de nuevo de la entrada circular. Alcanzaba a ver un trozo de su manga y poco más. La mortecina luz procedía de algún lugar a su lado, una luz artificial azulada.

Tragaba el líquido a borbotones cuando un nuevo olor captó mi atención para informarme que el agua no era el único regalo. Miré de nuevo hacia la bandeja.

Comida. ¿Es que iban a alimentarme?

Era pan, un panecillo obscuro de forma iregular, que olfateé primero, pero también había un cuenco lleno de un líquido claro con un cierto aroma a cebolla. Cuando me incliné más cerca, pude ver trozos más obscuros de algo en el fondo. Además de esto había tres cilindros blancos, pequeños y gruesos, que supuse serían hortalizas, aunque no reconocí el tipo.

Hice todos estos descubrimientos en menos de un segundo, pero incluso en ese lapso, mi estómago casi se proyectó por mi boca intentando alcanzar la comida.

Partí el pan. Era muy denso, lleno de semillitas de grano entero que se me quedaron atrapadas entre los dientes. La consistencia era de arenisca, pero su sabor era exquisito, maravilloso. No recordaba nada que me hubiera sabido mejor, ni siquiera mis Twinkies aplastados. Mi mandíbula trabajaba lo más rápido que podía, pero engullí casi todos los bocados de aquel tosco pan a medio masticar. Podía escuchar como llegaba cada trozo a mi estómago, con un gorgoteo. No me sentía tan bien como cabía suponer. Por haber estado demasiado tiempo vacío, mi estómago reaccionaba a la comida con dolor e incomodidad.

Hice caso omiso y continué con el alimento líquido, que era sopa. Esto me cayó mejor. A pesar de las cebollas que había olido, el sabor resultaba suave. Los trozos verdes eran blandos y esponjosos. Bebí directamente del cuenco y deseé que fuera más hondo. Lo incliné para comprobar que ya no quedaba ni una gota.

Las hortalizas blancas tenían una textura crujiente y sabían a bosque, debía ser algún tipo de raíz. No tenían tan buen sabor como la sopa, ni tan buen gusto como el pan, pero eran agradables por su volumen. No me sentía satisfecha ni de lejos y probablemente me habría comido hasta la bandeja si me hubiera sentido capaz de masticarla.

Hasta que terminé no se me ocurrió que no deberían alimentarme. No a menos que Jared hubiera perdido la confrontación con el doctor. Pero, ¿cómo habría sido Jared mi guardián si ése fuera el caso?

Aparté la bandeja cuando estuvo vacía, encogiéndome ante el ruido que hizo. Me quedé con la espalda apretada contra la pared del fondo de mi burbuja, mientras Jared metía el brazo para llevársela. Esta vez ni siquiera me miró.

—Gracias —susurré mientras desaparecía de nuevo. No dijo nada y no hubo ningún cambio en su rostro. Incluso dejé de ver aquel trozo de su manga, aunque estaba segura de que seguía allí.

No puedo creer que me haya golpeado, cavilaba Melanie, con pensamientos más incrédulos que resentidos. Ella aún no se reponía de la sorpresa, pero a mí no me la había producido en absoluto. Por supuesto que me había pegado.

Me preguntaba donde estarías, le contesté. *Habría sido una imperdonable falta de modales haberme metido en todo este enredo para dejarme luego abandonada.*

Ella pasó por alto la amargura de mi tono. *No sé porqué, siempre pensé que él no sería capaz de hacerlo. Yo no creo que hubiera podido pegarle.*

Seguro que lo habrías hecho. Si se te hubiera acercado con ojos reflectantes, habrías hecho lo mismo. Todos son violentos por naturaleza. Recordé sus ensoñaciones de estrangular a la Buscadora. Esto parecería haber ocurrido meses atrás, aunque yo sabía que sólo habían transcurrido días. Tendría algún sentido si hubiera sido más tiempo. Debía llevar su tiempo meterse en un atolladero tan desastroso como aquel en el que me encontraba ahora.

Melanie intentó considerarlo de forma imparcial. *No lo* creo. *No Jared... y Jamie, no tendría ningún sentido hacerle daño a Jamie, aun cuando él fuera...* Guardó silencio: tan odiosa le resultaba esa idea.

Yo lo valoré a mi vez y lo encontré cierto. Incluso si el niño se hubiera convertido en alguna otra cosa o persona, ni ella ni yo le habríamos levantado la mano.

Eso es diferente. Tú eres como,,, una madre. Aquí las madres son irracionales. Hay demasiadas emociones implicadas.

La maternidad siempre es algo emocional... incluso para ustedes las almas.

No contesté a eso.

¿Qué crees que va a suceder ahora?

Tú eres la experta en humanos, le recordé. *Probablemente no augura nada bueno que me alimenten. Sólo se me ocurre una buena razón para que deseen que me fortalezca.*

Los pocos datos concretos que recordaba de la historia de las brutalidades humanas, se enredaron en mi mente con las noticias de aquel viejo periódico que habíamos leído el otro día. El fuego, eso sí que era algo malo. Melanie se había quemado las yemas de los dedos de la mano derecha en un torpe accidente cuando, sin darse cuenta, tomó un sartén caliente. Yo recordaba cómo la había conmocionado el dolor, tan inesperadamente agudo y demandante.

Sin embargo, aquello sólo había sido un accidente. Rápidamente la trataron con hielo, ungüentos, medicinas. Nadie lo habría hecho a propósito, ni habría perseverado desde el primer dolor espantoso, prolongándolo más y más...

Nunca había vivido en un planeta donde sucedieran semejantes atrocidades, incluso antes de la llegada de las almas. Éste era sin duda el mejor y el peor de todos los mundos —los sentidos más hermosos, las emociones más exquisitas... los deseos más malévolos, las hazañas más tenebrosas. Quizá porque así debía ser.

Quizá sin los abismos era imposible alcanzar las cumbres. ¿Eran las almas una excepción a esta regla? ¿Podrían tener la luz sin la obscuridad de este mundo?

Yo... sentí algo cuando te golpeó, interrumpió Melanie. Sus palabras surgieron con lentitud, una a una, como si no deseara pensarlas.

Sí, yo también sentí algo, me asombraba la naturalidad con la que me brotaba el sarcasmo, después de haber pasado tanto tiempo con Melanie. *Tiene un formidable revés ¿verdad?*

No es eso a lo que me refería. Quería decir... dudó durante un buen rato y después las palabras le salieron en borbollón. *Creí que todo era mío... lo que sentimos hacia él. Pensé que yo tenía... el control de eso.*

Las ideas detrás de sus palabras eran aun más claras que los vocablos mismos.

Creíste que podías traerme hasta aquí porque lo deseabas tanto. Que tú me controlabas y no al revés. Intenté no irritarme. *Creíste que me estabas manipulando.*

Sí. La desilusión en su tono no se debía a mi molestia, sino a que no le gustaba equivocarse. *Pero...*

Esperé.

Otra vez le salió a borbotones. *Tú también lo amas, independientemente de mí. Es distinto de como lo siento yo. Es de otra forma. No lo advertí hasta que no estuvo con nosotras, hasta que lo viste por vez primera. ¿Cómo ocurrió? ¿Cómo puede un gusano de unos ocho centímetros enamorarse de un ser humano?*

¿Gusano?

Lo siento. Supongo que tienes algo así como unas... extremidades.

No realmente. Son más bien como antenas. Y cuando las extiendo, mido bastante más de ocho centímetros.

Lo que quiero decir, es que no es de tu especie.

Mi cuerpo es humano, le dije. *Mientras siga atada a él, también soy humana. Y el modo en que tú ves a Jared en tus recuerdos... Bueno, todo es culpa tuya.*

Ella reflexionó durante un momento. No le gustaba demasiado.

Asi que, ¿si hubieras ido a Tucson y obtenido un cuerpo nuevo, habrías dejado de quererlo?

Espero de todo corazón que eso sea cierto.

Ninguna de las dos estaba contenta con la respuesta. Recliné la cabeza contra la parte superior de las rodillas. Melanie había cambiado de tema.

Al menos Jamie está a salvo. Sabía que Jared cuidaría de él. Si hubiera tenido que dejarlo en alguna parte, seguro que no podría haber elegido manos mejores... Me gustaría verlo.

¡Pues no pienso solicitarlo!, me encogí ante la idea de la clase de respuesta que recibiría a *esa* petición.

Al mismo tiempo, yo misma ansiaba ver el rostro del chico. Quería estar segura de que realmente estaba allí, de que verdaderamente estaba a salvo, que lo alimentaban y lo cuidaban, ya que Melanie no podría volver a hacerlo. Cuidarlo del modo en que yo —que no había sido nunca madre— deseaba que lo cuidaran. ¿Habría quien le cantara todas las noches? ¿Quien le contara cuentos? ¿Este nuevo y hostil Jared se preocuparía de cosas tan nimias como ésas? ¿Tendría a alguien que lo acurrucara cuando estuviera asustado?

¿Crees que le dirán que estoy aquí?, preguntó Melanie.

¿Le ayudaría o le haría daño?, inquirí en respuesta.

Su pensamiento sonó como un susurro. *No lo sé... Me gustaría poder decirle que mantuve mi promesa.*

Ciertamente lo has hecho. Sacudí la cabeza, asombrada. *Nadie puede decirte que no regresaste: como siempre lo hiciste.*

Gracias por eso. Su voz era débil. No podría decir si ella se refería a mis últimas palabras, o al cuadro completo, al hecho de haberla traído hasta aquí.

De súbito me sentí agotada y podía percibir que ella también. Ahora que se me había asentado un poco el estómago, y me sentía casi llena, el resto de mis malestares no era tan agudo como para mantenerme despierta. Dudaba antes de moverme, temerosa de hacer algún ruido, pero mi cuerpo quería ponerse recto y estirarse. Lo hice tan silenciosamente como pude, intentando encontrar una parte de la burbuja lo bastante larga para mi. Finalmente, tuve que sacar los pies casi completos por la apertura redonda. No me gustó hacerlo, preocupada de que Jared escuchara el movimiento cerca de él y pensara que intentaba huir, pero no reaccionó de ninguna manera. Apoyé el lado sano de mi rostro contra el brazo, intenté ignorar que la curva del suelo se clavaba en mi columna vertebral y cerré los ojos.

Creía que podría dormir, pero si lo hice no fue profundamente. El sonido de los pasos se oía muy a la distancia cuando estuve completamente despierta.

Esta vez abrí los ojos de golpe. Nada había cambiado, todavía podía distinguir la luz azul mate, a través del agujero redondo. Aún no podía ver si Jared estaba allí fuera. Alguien venía en esta dirección, ya que era fácil escuchar como se acercaban los pasos. Aparté las piernas de la apertura, moviéndome tan despacio como pude, y me acurruqué contra la pared del fondo otra vez. Me hubiera gustado poderme poner de pie; me habría hecho sentir menos vulnerable y estar mejor preparada para encarar lo que se avecinara. El techo bajo de la burbuja de la cueva apenas me permitía arrodillarme.

Hubo un movimiento apresurado fuera de mi prisión. Vi parte del pie de Jared mientras se levantaba silenciosamente.

—Ah. Aquí estás —dijo un hombre. Luego de tanto silencio las palabras atronaban, así que pegué un respingo. Reconocí la voz. Era uno de los hermanos que había visto en el desierto, el que llevaba el machete, Kyle.

Jared no dijo nada.

—No vamos a permitir esto, Jared —era otro el que hablaba ahora, una voz más razonable. Probablemente el hermano más joven, Ian. Las voces de los hermanos eran muy similares, o lo habrían sido, si Kyle no estuviera casi gritando, su tono siempre alterado por la rabia—. Todos hemos perdido a alguien, demonios, los hemos perdido a todos. Esto es ridículo.

—Si no se la entregas al médico, tendrá que morir —añadió Kyle, su voz retumbaba.

—No podemos tenerla prisionera aquí —continuó Ian.

—Finalmente escapará y todos estaremos en riesgo.

Jared no contestó, pero dio un paso hasta colocarse directamente delante de la abertura de mi celda.

Mi corazón empezó a latir con fuerza y rapidez cuando entendí lo que los hermanos estaban diciendo. Jared había ganado, no me iban a torturar. Nadie me iba a matar, al menos no inmediatamente. Él me tenía prisionera.

Teniendo en cuenta las circunstancias ésta parecía una palabra hermosa.

Te dije que nos protegería.

—No lo hagas más difícil, Jared —dijo una nueva voz masculina que no reconocí.

—Esto hay que hacerlo.

Jared no dijo nada.

—No queremos hacerte daño, Jared. Todos somos hermanos aquí. Pero te lo haremos si tú nos lo haces a nosotros —Kyle no alardeaba en lo más mínimo.

— Apártate.

Jared continuó quieto como una roca.

Se me desbocó el corazón: golpeaba con fuerza tal contra mis costillas que el martilleo entorpeció el ritmo de mis pulmones y me dificultó la respiración. Melanie, petrificada por el miedo, era incapaz de pensar con palabras coherentes.

Iban a hacerle daño. Aquellos humanos lunáticos estaban dispuestos a atacar incluso a uno de los suyos.

—Jared... por favor —dijo Ian.

Él no contestó.

Un pesado pisotón, una arremetida, y el sonido de algo pesado que golpeaba en sólido. Un jadeo y un gorgoteo ahogado...

—¡No! —grité, y me arrojé fuera del agujero redondo.

16

Asignada

El reborde de la entrada de piedra estaba desgastado y pese a ello me rasguñé las palmas de las manos y las espinillas al arrastrarme fuera. Entumecida como estaba, me dolió ponerme erecta y recuperé la respiración. La cabeza me dio vueltas cuando la sangre fluyó hacia abajo.

Sólo miré una cosa: dónde estaba Jared, para colocarme entre él y sus atacantes.

Todos se quedaron inmóviles en su sitio, mirándome fijamente. Jared tenía la espalda contra la pared, las manos empuñadas y a media altura. Frente a él, Kyle estaba doblado, aferrándose el abdomen. Ian y el otro extraño lo flanqueaban unos cuantos pasos atrás, con las bocas abiertas, horrorizados. Me aproveché de su sorpresa, y en dos largas y temblorosas zancadas, me interpuse entre Kyle y Jared.

Kyle fue el primero en reaccionar. Yo estaba apenas a un paso de él y su primer instinto fue apartarme. Su mano cayó sobre mi hombro y me empujó hacia el suelo. Pero antes de caer, algo me cogió de la muñeca y me devolvió a la posición vertical.

Tan pronto como se dio cuenta de lo que había hecho, Jared apartó su mano, como si mi piel rezumara ácido.

—Regresa ahí dentro —me rugió. También me empujó por el hombro, pero no lo hizo con tanta fuerza como Kyle. Me envió dos pasos hacia atrás en dirección al agujero en la pared.

El agujero era un círculo negro en el estrecho pasadizo. Fuera de aquella pequeña prisión, la cueva más grande tenía el mismo aspecto, sólo que más larga y alta, más parecida a un tubo que a una burbuja. Una lámpara pequeña —alimentada con algo que no sabía ni podía saber—, iluminaba el corredor tenuemente desde el piso. Dibujaba extrañas sombras en las facciones de los hombres, transformando sus rostros en los de monstruos ceñudos.

Avancé un paso más hacia ellos, volviendo la cara hacia Jared.

—Yo soy lo que quieren —le dije directamente a Kyle—. Déjenlo en paz.

Nadie dijo nada durante un largo segundo.

—Hija de puta marrullera —masculló finalmente Ian, con los ojos dilatados de espanto.

—Te he dicho que te metas ahí dentro —siseó Jared a mis espaldas.

Me di media vuelta, sin dejar de vigilar a Kyle.

—No es tu deber protegerme a tus expensas.

Jared hizo una mueca, con una mano en alto para empujarme de nuevo hacia mi celda.

Lo esquivé de un salto y ese movimiento me colocó más cerca de aquellos que querían matarme.

Ian me tomó por los brazos y me los sujetó a la espalda. Luché de forma instintiva, pero era muy fuerte. Tiró de mis articulaciones hacia atrás y jadeé.

—¡Quítale las manos de encima! —gritó Jared, cargando contra él.

Kyle le echó mano y le aplicó una llave de lucha libre, echándole la cabeza hacia atrás. El otro hombre, que no era su hermano, aferró uno de los brazos sueltos de Jared.

—¡No lo lastimen! —grité y me revolví contra las manos que me aprisionaban.

El codo libre de Jared golpeó el estómago de Kyle. Este jadeó y lo soltó. Jared se apartó de sus atacantes y dando un paso hacia atrás, aplastó el puño contra la nariz de Kyle. La obscura sangre roja salpicó la pared y la lámpara.

—¡Acaba con esa cosa, Ian! —aulló Kyle. Bajó la cabeza y se lanzó contra Jared, arrojándolo contra el otro hombre.

—¡No! —gritamos Jared y yo al mismo tiempo.

Ian dejó caer mis brazos y puso sus manos alrededor de mi cuello, impidiendo que me entrara aire a los pulmones. Rasguñé sus manos con mis uñas romas, inútiles. Él apretó más aún, elevando mis pies del suelo.

Cómo dolían: las manos que me asfixiaban, el repentino pánico de mis pulmones. Era la agonía. Me contorsioné, más en un intento de escapar del dolor que de aquellas manos asesinas.

Clic, clic.

Sólo una vez había escuchado ese sonido antes, pero lo reconocí. Y también todos los demás. Todos se quedaron inmóviles, Ian aun con las manos fuertemente apretadas en torno a mi garganta.

—¡Kyle, Ian, Brandt, todos atrás! —gritó Jeb.

Nadie se movió, sólo mis manos continuaban agitándose, arañando, y mis pies, que bailoteaban en el aire.

Jared se arrojó repentinamente bajo el brazo inmóvil de Kyle y saltó hacia mi. Vi su puño volar en dirección a mi rostro y cerré los ojos.

Un golpe sordo restalló unos centímetros detrás de mi cabeza. Ian aulló, y yo caí al suelo. Me acurruqué allí, a sus pies, jadeando. Jared se retiró después de lanzar una mirada iracunda en mi dirección y fue a situarse junto al codo de Jeb.

—Aquí son invitados, muchachos, no lo olviden —gruñó Jeb—. Les dije que no vinieran en busca de la chica. Ella también es mi invitada, al menos de momento, y no tomo a bien que alguno de mis invitados mate a cualquiera de los otros.

—Jeb —gruñó Ian por encima de mí, con la voz amortiguada por la mano que apretaba contra su boca—. Jeb, esto es una locura.

—¿Cuál es tu plan?—exigió Kyle. Tenía el rostro manchado de sangre, una visión violenta, macabra. Pero no había evidencia de dolor en su voz, sólo una ira controlada y a punto de estallar.

—Tenemos derecho a saber. Tenemos que decidir si este lugar es seguro o si ya es hora de marcharnos. Así que... ¿cuánto tiempo has decido tener a esta cosa en calidad de mascota? ¿Qué harás cuando te canses de jugar a ser Dios? Todos merecemos respuesta a estas preguntas.

El eco de las insólitas palabras de Kyle me llegó detrás del latido que retumbaba en mi cabeza. ¿Mantenerme como mascota? Jeb había dicho que era su *invitada*... ¿Era esa otra palabra para prisionera? ¿Era posible que existieran *dos* seres humanos que no exigieran ni mi muerte ni mi confesión arrancada por tortura? Si esto era así, desde luego constituía algo más que un milagro.

—No tengo solución a tus preguntas, Kyle —apuntó Jeb.

—No depende de mí.

Dudo que cualquier otra respuesta de Jeb los hubiera confundido más. Los cuatro hombres, Kyle, Ian, el que yo no conocía, e incluso Jared, le miraron estupefactos. Yo estaba agazapada, aún jadeando a los pies de Ian, deseando que hubiera alguna forma de que pudiera retirarme hacia mi agujero inadvertida.

—¿Que no depende de ti? —repitió Kyle finalmente, con incredulidad—. ¿De quién entonces? Si estás pensando en someterlo a votación, ya lo hemos hecho. Ian, Brandt y yo somos los portavoces oficiales del resultado.

Jeb sacudió la cabeza, un movimiento ligero que apenas hizo que apartara los ojos del hombre que tenía enfrente.

—Esto no depende de ninguna votación. Aún sigue siendo mi casa.

—¡¿*De quién* entonces?! —gritó Kyle.

Los ojos de Jeb finalmente se movieron, hacia otro rostro y luego de vuelta a Kyle.

—La decisión es de Jared.

Todos, incluida yo, desplazamos nuestras miradas hacia Jared.

Él se quedó mirando boquiabierto a Jeb, tan atónito como el resto y después apretó los dientes con un sonido audible. Lanzó una mirada de puro odio en mi dirección.

—¿Jared? —preguntó Kyle, enfrentándose de nuevo a Jeb.

—¡Esto es absurdo! —ahora no parecía estar del todo bajo control, ya que casi farfullaba de rabia.

—¡Él es el menos imparcial en este asunto! ¿Por qué? ¿Cómo puede comportarse de modo racional en esto?

—Jeb, yo no... —murmuró Jared.

—Ella es tu responsabilidad, Jared —replicó Jeb con voz firme—. Yo te seguiré ayudando, por supuesto, si hay más problemas como éste, y también en mantenerla a ella bajo control y todo eso. Pero si hay que tomar una decisión, es cosa tuya —alzó una mano cuando Kyle intentó protestar de nuevo.

—Míralo desde este modo, Kyle. Si alguien, en una incursión, encontrara a tu Jodi y la trajera aquí, ¿querrías que Doc, yo o una votación decidiera que haríamos con ella?

—Jodi está muerta —siseó Kyle, salpicando sangre de los labios. Me miró con la misma expresión que antes lo había hecho Jared.

—Bueno, si su cuerpo todavía anda por ahí, dependerá de tí. ¿Querrías que fuera de otra manera?

—La mayoría...

—Es mi casa y son mis reglas —le interrumpió Jeb ásperamente— y no vamos a discutir más sobre el particular. No habrá más votaciones, ni más intentos de ejecución. Ustedes tres corran la voz, porque así van a ser las cosas de aquí en adelante. Normas nuevas.

—¿Alguna *otra* más? —murmuró Ian casi sin aliento.

Jeb lo ignoró.

—Aunque suena improbable, si este caso se diera otra vez, a quienquiera que le pertenezca el cuerpo le corresponderá también la decisión—. Jeb empujó el cañón del arma en dirección a Kyle, y luego lo movió unos cuantos centímetros señalando el pasadizo detrás de él.

—Y ahora salgan, no quiero verlos rondar por aquí nunca más. Avisen a todos que este corredor es zona prohibida. Nadie tiene ningún motivo para estar aquí salvo Jared, y si sorprendo a alguien dando vueltas, no preguntaré dos veces. ¿Lo han entendido? Largo. Ahora —y enarboló el arma en dirección a Kyle una vez más.

Me sorprendió que los tres asesinos inmediatamente dieran media vuelta y se marcharan por el pasillo, sin parar para hacernos a mi o a Jeb ni una mueca de despedida.

En lo más profundo de mi corazón deseaba creer que el arma en manos de Jeb no era más que fanfarronería. Desde la primera vez que lo vi, Jeb daba todos los signos aparentes de amabilidad. Ni una sola vez me tocó con ademán violento, ni siquiera me había mirado con hostilidad evidente. Y ahora, de las dos personas que me acompañaban parecía que era la única que no pretendía hacerme daño. Jared habría luchado para mantenerme con vida, pero estaba claro que la decisión le ocasionaba un grave conflicto interno. A juzgar por su expresión, una parte de él quería despachar cuanto antes el asunto, especialmente ahora, que Jeb había dejado la decisión en sus manos. Mientras analizaba estas cosas, Jared me fulminó con la mirada, y su expresión reflejaba repugnancia en cada uno de sus rasgos.

Sin embargo, mientras veía perderse en la obscuridad a aquellos tres hombres y por mucho que me empeñara en creer que Jeb sólo fanfarroneaba, resultaba obvio que no podía ser así. Bajo esa fachada, seguramente Jeb era tan cruel y letal como el resto de ellos. Si no hubiese utilizado esa arma anteriormente —para matar y no sólo para amenazar—, nadie le habría obedecido de esta manera.

Son tiempos de desesperación, susurró Melanie. *No nos podemos permitir ser amables en el mundo que ustedes han creado. Somos fugitivos, una especie en peligro. Todas las opciones son de vida o muerte.*

Shh. No tengo tiempo para discutir. Necesito concentrarme.

Jared se enfrentaba ahora a Jeb con una mano extendida delante de él y con la palma hacia arriba, los dedos apenas cerrados. Ahora que los otros se habían ido, sus cuerpos adoptaron una postura más relajada. Jeb incluso estaba sonriendo bajo su espesa barba, como si hubiera disfrutado del enfrentamiento a punta de pistola. Qué ser humano más extraño.

—Por favor, no me eches esto encima, Jeb —decía Jared—. Kyle tiene razón sólo en una cosa, en que yo no *puedo* tomar una decisión racional.

—Nadie ha dicho que tengas que decidir nada ahora mismo. Ella no va a ir a ninguna parte— Jeb bajó la mirada hacia donde yo estaba, sonriendo aún. El ojo que estaba más cerca de mi, y que Jared no podía ver, se cerró con rapidez y se abrió de nuevo. Un guiño —No al menos después de todo lo que ella ha pasado para hasta llegar aquí. Tienes todo el tiempo que necesites para pensarlo.

—No hay nada en qué pensar. Melanie está muerta. Pero no puedo..., no puedo..., Jeb, es que no puedo...— Jared no parecía ser capaz de terminar la frase.

Díselo.

No estoy preparada para morir en este momento.

—Pues no pienses en eso ahora —le contestó Jeb.

—Quizá se te ocurra algo luego, más tarde. Concédete un poco de tiempo.

—¿Y qué vamos a hacer con esta cosa? No podemos estar vigilándola todo el día.

Jeb sacudió la cabeza.

—Eso es *exactamente* lo que vamos a tener que hacer por un tiempo. Luego las cosas se calmarán. Ni siquiera Kyle es capaz de mantener esa rabia asesina por más de unas cuantas semanas.

—¿Unas cuantas semanas? No nos podemos permitir jugar al centinela aquí durante tanto tiempo. Tenemos otras cosas que...

—Lo sé, lo sé— suspiró Jeb. —Ya se me ocurrirá algo.

—Y esa es sólo la mitad del problema—. Jared volvió a mirarme otra vez. Una vena en su frente latía visiblemente—, ¿dónde la vamos a poner? No es que aquí tengamos una cárcel.

Jeb sonrió mirándome.

—Tú no vas a darnos ningún problema ahora, ¿verdad?

Le miré fijamente, sin decir una palabra.

—Jeb— mascullό Jared, molesto.

—Oh, no te preocupes por ella. En primer lugar, no le quitaremos el ojo de encima. En segundo, nunca será capaz de encontrar una ruta para salir de aquí. Vagará perdida hasta que caiga en manos de alguien. Esto nos lleva a lo tercero: no es tan estúpida—. Alzó una espesa ceja blanca en mi dirección.

—No va a ir en busca de Kyle o del resto de ellos, ¿o si? No creo que ninguno se haya encariñado contigo.

Simplemente me quedé mirándolo, sin fiarme de su despreocupado tono de conversación.

—Preferiría que no le hablaras así a la cosa —murmuró Jared.

—Me criaron en una época más cortés, muchacho. No puedo evitarlo—. Jeb puso una mano en el brazo de Jared, palmeándolo ligeramente.

—Mira tienes toda una noche para dormir. Déjame que haga la siguiente guardia. Duerme un poco.

Parecía que Jared objetaría algo, pero entonces me miró de nuevo y su expresión se endureció.

—Lo que quieras, Jeb. Y... no... no aceptaré ningún tipo de responsabilidades sobre esta cosa. Mátala si piensas que es lo mejor.

Yo me estremecí.

Jared puso cara de pocos amigos ante mi reacción, y después me dio la espalda bruscamente; desapareció de la misma manera en que se habían ido los otros. Jeb le observó marcharse. Mientras estuvo distraido, me arrastré hasta mi agujero.

Escuché cómo Jeb se acomodaba lentamente en el suelo al lado de la abertura. Suspiró y se estiró, sus articulaciones crujieron. Después de unos minutos, comenzó a silbar en voz baja. Era una tonadilla alegre.

Me acurruqué sobre las rodillas dobladas, apretando la espalda contra la parte más lejana de mi pequeña celda. Me empezó una serie de temblores en la región lumbar y recorrió mi espalda de abajo hacia arriba. También me tiritaban las manos y los dientes castañeteaban, a pesar del calor húmedo.

—Quizá sea mejor que te tumbes e intentes dormir un poco —dijo Jeb, aunque no sé si me dijo a mi o si hablaba consigo mismo, no estaba segura—. Mañana pinta como un día difícil.

Los temblores pasaron luego de un tiempo, quizás casi media hora. Cuando desaparecieron, me sentí exhausta. Decidí hacer caso del consejo de Jeb. Aunque el suelo me pareció algo más incómodo que antes, quedé inconsciente en segundos.

Me despertó el olor a comida. Esta vez me sentí aturdida y desorientada al abrir los ojos. Una sensación de pánico instintivo me puso las manos a temblar otra vez, antes de que hubiera recuperado por completo la conciencia.

En el suelo, junto a mí, encontré la misma bandeja del día anterior, con las mismas viandas. Podía ver y escuchar a Jeb. Estaba sentado de perfil a la entrada de la cueva, mirando justamente hacia delante, al largo corredor circular y silbando suavemente.

Abrasada de sed, me senté y cogí la botella abierta de agua.

—Buen día —me dijo Jeb con una inclinación de cabeza.

Me quedé inmóvil, con la botella en la mano, hasta que se giró y comenzó a silbar otra vez.

Sólo cuando ya no sentía la abrasadora sed del principio, percibí el peculiar y desagradable regusto del agua. Era similar al sabor acre del aire, pero ligeramente más fuerte. Inevitablemente, se me quedó pegado a la lengua.

Comí con rapidez, y esta vez reservé la sopa para el final. Mi estómago reaccionó con más alegría, aceptando ahora la comida con mejor talante. Apenas si gorgoteaba.

Sin embargo, y habiendo saciado las más acuciantes, mi cuerpo tenía otras necesidades. Miré alrededor de mi obscuro y estrecho agujero. No es que hubiera muchas opciones a la vista, pero apenas podía contener el miedo ante la idea de hablar para hacer algún tipo de petición, incluso a aquel singular y amigable Jeb.

Me mecía de adelante hacia atrás, debatiéndome. La contorsión a que me forzaba la forma combada de la cueva hacía que me dolieran las caderas.

—Ejem — dijo Jeb.

Me estaba mirando de nuevo, bajo su pelo blanco, su rostro lucía de un color más obscuro de lo habitual.

—Llevas ya mucho tiempo embutida ahí —afirmó—. Necesitas... ¿salir?

Asentí.

—A mí tampoco me molesta salir a pasear —su voz era jovial. Se puso en pie de un salto, con sorprendente agilidad.

Gateé hasta el borde de mi agujero, mirándolo con cautela.

—Te mostraré nuestro cuartito de baño —continuó—. He decirte que tendremos que pasar por una especie de... plaza mayor, para que nos entendamos. Pero no te preocupes: a estas alturas creo que todo mundo habrá captado ya el mensaje—. De forma inconsciente acarició el arma a todo lo largo.

Yo intenté tragar saliva. Tenía la vejiga tan llena que me dolía constantemente; era imposible ignorarla. Pero desfilar a través de un enjambre de asesinos furiosos... ¿Simplemente no podría traerme un cubo?

Él sopesó el pánico de mis ojos —tomó nota de que automáticamente me hundí de nuevo en el agujero— y frunció los labios pensativo. Se volvió y comenzó a caminar por el sombrío corredor.

—Sígueme— dijo sin mirar atrás, y sin comprobar si yo le obedecía.

Una vívida imagen de Kyle encontrándome sola aquí, hizo que antes de un segundo estuviera atrás de Jeb, dando torpes tumbos a través de la abertura y luego cojeando con mis piernas rígidas, lo alcancé tan rápido como pude. Era horrible y maravilloso estar de nuevo en pie: el dolor era punzante, pero el alivio era aún mayor.

Lo seguía muy de cerca cuando llegamos al final del corredor. La obscuridad dominaba más allá del elevado óvalo roto de la salida. Titubeé, volviéndome hacia la pequeña lámpara que él había dejado en el suelo. Era la única luz en la obscura cueva. ¿Debía llevarla conmigo?

Él me escuchó detenerme y se volvió para mirarme por encima de su hombro. Asentí en dirección a la lamparilla y después lo observé de nuevo.

—Déjala, me sé el camino —me ofreció su mano libre—, yo te guiaré.

Miré fijamente la mano durante un buen rato, y después sintiendo la urgencia de mi vejiga, lentamente coloqué la mía sobre su palma, sin apenas tocarla, tal como tocaría a una serpiente, si me viera precisada a hacerlo por alguna razón.

Jeb me condujo a través de las tinieblas con pasos seguros y rápidos. El largo túnel era sucedido por una serie de giros desconcertantes en direcciones opuestas. Cuando dábamos otra vuelta muy cerrada en "V", supe que estaba desorientada más allá de toda esperanza. Tenía la certeza de que esto era algo deliberado y que era el motivo por el cual Jeb había dejado la lámpara. No deseaba que supiera cuál era la salida del laberinto.

Sentía curiosidad respecto a cómo se había formado este lugar, cómo lo había encontrado Jeb y cómo los otros habían terminado recalando aquí. Pero apreté los labios con firmeza. Me parecía que mi mejor carta por ahora era mantenerme en silencio. ¿Qué esperaba? No lo sabía ¿Unos cuantos días más de vida? ¿que cesara el dolor? ¿O había algo más? Todo lo que sabía era que no estaba lista para morir, como le había dicho antes a Melanie. Mi instinto de supervivencia estaba casi tan desarrollado como el del ser humano medio.

Dimos la vuelta a otra esquina y alcanzamos el primer rayo de luz. Adelante, una alta y estrecha grieta brillaba con luz procedente de otra habitación. Ésta no era artificial como la de la pequeña lámpara de mi cueva. Era demasiado blanca y demasiado pura.

No podíamos pasar juntos por la angostura del pasadizo rocoso, así que Jeb lo hizo primero, arrastrándome detrás, muy pegada a él. Una vez que la atravesamos y que pude ver de nuevo, desasí mi mano de ligera presión de la de Jeb. Él no reaccionó en modo alguno, excepto para apoyar su mano libre nuevamente en el arma.

Estábamos en un túnel corto, y una luz aún más intensa relumbró a través de un burdo umbral en forma de arco. Las paredes eran de la misma roca púrpura, porosa.

Ahora podía oír unas voces. No hablaban alto, y parecían menos perentorias que las del barboteo de la multitud humana que había escuchado la última vez. Nadie nos esperaba hoy. Sólo podía imaginar la reacción que provocaría mi súbita aparición al lado de Jeb. Las palmas de mis manos estaban frías y húmedas; mi aliento se convirtió en una sucesión de jadeos superficiales. Me incliné tanto como pude hacia Jeb, pero sin rozarlo.

—Tranquila —murmuró él sin mirarme.

—Ellos te temen a ti más que tú a ellos.

Lo dudaba. Y aun cuando cupiera la más mínima posibilidad de que fuese cierto, en el corazón humano el miedo se transformaba en odio y violencia.

—No dejaré que nadie te lastime —masculló Jeb mientras se acercaba a la arcada.

—Además, será mejor que te acostumbres a esto.

Deseaba preguntarle qué quería decir con eso, pero ya estaba entrando en la siguiente habitación. Me arrastré hacia su espalda, apenas a medio paso atrás, manteniéndome oculta tras de su cuerpo hasta donde me era posible. Lo único peor que avanzar por esa habitación era la idea de que Jeb me dejara muy atrás y de verme sola ahí.

Un silencio repentino nos dio la bienvenida.

Estábamos de nuevo en aquella luminosa caverna gigante, la primera a la que me habían traído. ¿Cuánto tiempo hacía ya de eso? No tenía ni idea. El techo seguía siendo excesivamente brillante como para que yo lograra averiguar cuál era exactamente su fuente de iluminación. No me había percatado antes, pero las paredes no eran superficies continuas: docenas de agujeros irregulares se abrían como accesos hacia túneles. Algunas de las oquedades eran grandes, otras apenas lo suficiente para permitir el paso de un hombre encorvado; algunas eran grietas naturales, otras, si no labradas por la mano del hombre, al menos sí ensanchadas por él.

Varias personas se nos quedaron mirando desde los resquicios de aquellas grietas, detenidas en el acto de entrar o de salir. La mayor parte de la gente estaba allí en el espacio abierto, también suspendida en la mitad del movimiento que había comenzado cuando la interrumpió nuestra aparición. Una mujer inclinada, atándose los zapatos. Los brazos inmóviles de un hombre estaban en el aire, elevados para ilustrar la idea que exponía a sus compañeros. Otro hombre oscilaba, perdiendo el equilibrio en un alto repentino. Mientras luchaba por sostenerse, su pie bajó con violencia y el golpe de su caída fue lo único que se oyó en aquel espacio inmenso. El eco resonó en todas partes.

En esencia estaba mal que sintiera gratitud por aquella odiosa arma que Jeb llevaba en las manos... pero así era. Sabía que sin ella, muy probablemente nos habrían atacado. Estos seres humanos seguramente no se habrían tocado el corazón para herir a Jeb si con ello lograran ponerme la mano encima. Aunque incluso con el arma, bien podían atacarnos. Jeb sólo podría dispararle a uno a la vez.

Mis figuraciones eran tan sombrías que apenas si me atrevía a reparar en ellas. Intenté concentrarme en la situación inmediata, que ya de suyo era bastante mala.

Jeb se detuvo un instante, con el rifle pegado a su cintura, apuntando hacia fuera. Barrió la habitación en círculo con la mirada y luego pareció fijarla individualmente en cada persona de las que se encontraban ahí. Habría menos de una veintena, así que no le llevó mucho. Cuando quedó satisfecho con su escrutinio, se dirigió hacia la pared izquierda de la caverna. Con la sangre atronándome en los oídos seguí su sombra.

No atravesó la cueva por el centro, sino que se mantuvo cerca de la curva del muro. Me pregunté el motivo, hasta que percibí un gran cuadrado de tierra más obscura que abarcaba la parte central, un área muy grande. Nadie lo ocupaba. Estaba demasiado asustada como para hacer algo más que advertir la anomalía, y ni siquiera fui capaz de formularme conjeturas.

Mientras dábamos la vuelta a aquel espacio silencioso se produjeron pequeños movimientos. La mujer que estaba inclinada se enderezó, girando la cintura para vigilar nuestra salida. El hombre gesticulante plegó los brazos sobre su pecho. Todos los ojos se entrecerraron y los rostros se tensaron en muecas de furor. Empero, nadie se nos acercó y nadie dijo nada. Cualquier cosa que Kyle y los otros le hubieran dicho a los demás sobre la confrontación con Jeb, parecía haber tenido el efecto que éste esperaba.

Conforme dejábamos atrás el bosque de estatuas humanas, reconocí a Sharon y a Maggie observándonos desde la amplia boca de una entrada. Sus expresiones eran vacías y sus ojos fríos. No me miraron, únicamente a Jeb y él las ignoró.

Se diría que habían pasado años cuando por fin llegamos al lado opuesto de la caverna. Jeb se dirigió hacia una salida de tamaño intermedio, que lucía obscura contra la luminosidad de la habitación. Los ojos clavados en mi espalda me escocieron el cuero cabelludo, pero no me atreví a volver la mirada. Los humanos seguían en silencio, pero aun me inquietaba que pudieran seguirnos. Fue un gran alivio deslizarnos en la negrura de otro nuevo pasadizo. La mano de Jeb me tomó del codo para guiarme y no me alejé de él. El murmullo de las voces no se elevó tras nuestro paso.

—Ha sido mejor de lo que esperaba —murmuró Jeb mientras me conducía a través de la cueva. Sus palabras me desconcertaron y me alegré de no saber lo que imaginaba que podría haber ocurrido.

El suelo comenzó a descender bajo mis pies. Delante, una luz tenue impidió que siguiera a ciegas.

—Te apuesto a que no has visto nada parecido a este sitio mío— la voz de Jeb aumentó de volumen y regresó al tono informal de antes.

—Es impresionante, ¿o no?

Hizo una pausa por si yo respondía y después continuó.

—Encontré este lugar en los setenta. Bueno, más bien él me encontró a mí. Me caí por el techo de la habitación grande, y probablemente debería haberme matado en la caída pero, para mi fortuna, tengo el pellejo demasiado duro. Me llevó tiempo encontrar una salida. Para cuando lo conseguí tenía tanta hambre que habría comido piedras.

—Por entonces, yo era el único que quedaba en el rancho, de modo que no tenía a quién enseñársela. Exploré cada rincón y cada grieta y vi las grandes posibilidades que tenía. Decidí que sería un buen as para guardar en la manga, por si acaso. Así somos los Stryder: nos gusta estar preparados.

Pasamos por la luz tenue que provenía de un agujero del tamaño de un puño en el techo, proyectando un circulito de brillantez en el suelo. Cuando lo dejamos atrás, vislumbré otro punto de iluminación más adelante.

—Seguramente tienes curiosidad por saber como llegó a formarse esto —hizo otra pausa, más corta que la anterior—. Lo sé. Yo si la tuve e hice una pequeña investigación. Todos estos corredores son tubos de lava, ¿qué te parece? Esto era un volcán, bueno, creo que aún lo es. Y no está del todo dormido como verás dentro de poco. Todas estas cuevas y agujeros son burbujas de aire que quedaron atrapadas en la lava cuando se enfriaba. He tenido que trabajarlas un poquito a lo largo de las últimas décadas. Parte de ello fue fácil: para conectar los tubos sólo se requiere dedicarse duro a la faena. Otras demandaron más imaginación. ¿Has visto el techo de la habitación grande? Me llevó *años*, conseguir que quedara así.

Ahora si quería preguntarle cómo, pero no pude obligarme a hablar. El silencio era más seguro.

El suelo descendía ahora en un ángulo más inclinado. Se quebraba en burdos escalones, aunque parecían bastante sólidos. Jeb me condujo por ellos con confianza. Mientras descendíamos más y más en la tierra, el calor y la humedad se incrementaron.

Me envaré cuando escuché de nuevo el tumulto de voces, pero esta vez adelante. Jeb me palmeó la mano con gentileza.

—Te gustará esta sección: es el sitio favorito de todo mundo —me aseguró.

Un arco amplio y abierto que cintilaba con luz movediza. Era del mismo color que la habitación grande, puro y blanco, pero flameaba al extraño ritmo de un paso de baile. Y al igual que todo lo que me resultaba incomprensible en esta caverna, la luz me atemorizó

—Ya llegamos —exclamó Jeb con entusiasmo, tirando de mí para atravesar la arcada—. ¿Qué te parece?

17

La visita

Lo primero que me golpeó fue el calor —como una muralla de vapor, un aire denso y húmedo me envolvió y dejó rocío en mi piel. Mi boca se abrió sola cuando intenté tomar aliento en un aire que, de pronto, se había vuelto espeso. El olor era más fuerte que nunca: el mismo regusto metálico que se adhería a mi garganta y que daba sabor al agua de este sitio.

El murmurante barullo de sopranos y bajos parecía surgir de todas partes, haciendo eco en las paredes. Entrecerré los ojos con ansiedad para mirar a través de aquel nebuloso torbellino de humedad, tratando de descubrir de dónde procedían las voces. Aquí todo brillaba: el techo era deslumbrante, como el de la habitación grande, pero más próximo. La luz danzaba con el vapor, creando una cortina reluciente que casi me dejaba ciega. Mis ojos se debatían para adaptarse y me aferré a la mano de Jeb, aterrorizada.

Me llamó la atención que aquel extraño barboteo fluido no acusara ninguna respuesta a nuestra presencia. Acaso aún no nos veían.

—Está aquí, poco más cerca —apuntó Jeb en tono de excusa, abanicando el vapor frente a su rostro. Su voz era relajada, en su habitual tono de charla, aunque de volumen suficiente para hacerme pegar un salto. Hablaba como si no hubiera nadie alrededor y el barboteo continuó, indiferente a sus palabras.

—No es que me queje, —continuó él.

—Habría muerto varias veces si este lugar no existiera. Bueno, por supuesto, la primera vez me quedé atrapado en las cuevas. Y ahora, de no ser por ellas nunca hubiéramos podido escondernos. Sin un escondite estaríamos todos muertos, ¿no?

Me dio un leve codazo, en plan de confidente.

—Su disposición es muy conveniente. No lo habría diseñado mejor si lo hubiera modelado yo mismo con plastilina.

Su risa disipó un trozo de neblina y vi la habitación por vez primera.

Dos corrientes de agua surcaban aquel espacio húmedo, de elevada cúpula. Ésa era la cháchara que inundaba mis oídos: la del agua gorgoteando arriba y abajo de la purpúrea roca volcánica. Y si Jeb había estado hablando como si estuviéramos solos, era porque en realidad lo estábamos.

En realidad era un solo río y una corriente pequeña. El arroyuelo era el más cercano: poco profundo, como un listón enteverado de plata a la luz que provenía de arriba; discurría entre los bancos bajos de piedra a los que parecía en constante peligro de desbordar. Un murmullo femenino, de tonos agudos, era el ronrroneo sus dulces ondas.

El masculino burbujeo de bajo venía del río, al igual que las espesas nubes de vapor que se alzaban de los agujeros abiertos en la pared más lejana. El río era negro y corría bajo el piso de la caverna, descubriéndose en los anchos y redondos huecos que la erosión habia dejado a todo lo largo de la habitación. Los hoyos lucían obscuros y amenazadores y el río, apenas perceptible, se lanzaba poderosamente hacia un destino invisible e ignoto. El agua parecía estar en ebullición, tales eran el calor y el vapor que generaba. Su sonido era ni más ni menos como el del agua hirviente.

Del techo pendían unas cuantas estalactitas finas y largas, que goteaban sobre las estalagmitas inferiores correspondientes. Tres de ellas se habían encontrado, para formar esbeltos pilares negros entre los dos cuerpos de agua corriente.

—Aquí hay que andarse con cuidado —dijo Jeb.

—Vaya corriente la de este manantial caliente. Como te caigas ahí estás perdida. Ya ha ocurrido una vez—.

Abatió la cabeza ante el recuerdo, con el rostro serio.

De pronto, los rápidos remolinos negros del río subterráneo me parecieron horrendos. Me imaginé a merced de aquel torrente que hervía y me estremecí.

Jeb me puso la mano suavemente sobre el hombro.

—No te preocupes. Bastará con que mires dónde pones los pies y todo irá bien.

—Ahora —dijo, señalando hacia el extremo opuesto de la caverna, donde el arroyuelo penetraba en la oquedad obscura—, la primera cueva que tienes allí detrás es el baño. Hemos excavado el suelo para hacer una estupenda bañera. Hay un horario para tomar baños, pero la intimidad no suele ser un problema, ya que el interior es negro como un caldero. La habitación es calientita y muy cercana a la corriente, pero el agua no te quema como la del manantial termal. Hay otra cueva justo después de esta, atravesando una grieta. Hemos ampliado la entrada para darle dimensiones cómodas. Esa habitación es el punto más lejano hasta el que podemos seguir la corriente, porque a partir de allí se mete bajo tierra. Por eso usamos ese sitio como letrina. Es conveniente e higiénica—. Su voz había adoptado un tono complaciente, como si hubiera que darle a él el crédito de lo que, al fin y al cabo, era simplemente una creación de la naturaleza. Pero, en fin, él había descubierto y mejorado el lugar y supongo que eso justificaba en algo su orgullo.

—No nos gusta malgastar las baterías, ya que la mayoría conocemos el terreno de memoria, pero como es tu primera vez, te puedes ayudar con esto.

Jeb sacó una linterna de su bolsillo y me la ofreció. Verla me recordó aquel primer momento en que me encontró muriendo en el desierto, cuando me revisó los ojos con ella y supo lo que era yo. No sabía porqué ese recuerdo me ponía tan triste.

—Y no concibas ideas locas sobre si el río te sacará de aquí o algo por el estilo. Una vez que el agua desciende bajo tierra, ya no vuelve a emerger —me advirtió.

Como parecía esperar algún acuse de recibo de esa advertencia, asentí una sola vez. Pausadamente, tomé la linterna de su mano, procurando no hacer movimientos rápidos que pudieran sobresaltarlo.

Me sonrió para animarme.

Seguí sus instrucciones con rapidez; el sonido del agua corriente no hacía más llevadera mi incomodidad. Me resultaba tan extraño estar fuera de su vista. ¿Y qué pasaría si alguien se había ocultado en aquellas cuevas, suponiendo que, tarde o temprano, yo tendría que venir aquí? ¿Podría Jeb escuchar el forcejeo por encima de la cacofonía del agua?

Paseé la linterna por todo el baño, buscando señales de emboscada. Las insólitas sombras movedizas que proyectaba no me resultaron tranquilizadoras, pero no encontré fundamento alguno para mis temores. La bañera de Jeb más bien tenía el tamaño de una pequeña piscina y era tan negra como la tinta. Bajo la superficie una persona podría ser invisible durante tanto tiempo como pudiera contener el aliento... Apresuré el paso a través de la estrecha grieta rumbo a la parte trasera de la habitación para escapar de mis elucubraciones. Lejos de Jeb, me sentía casi abrumada por el pánico y no podía respirar con normalidad. Apenas podía oír nada más allá del acelerado latido atrás de mis orejas. Iba más corriendo que caminando cuando rehice el camino hacia la cueva donde se encontraban los ríos.

Hallar a Jeb ahí de pie, aún en la misma postura y solo, fue como un bálsamo para mis nervios destrozados. Mi respiración y pulso recuperaron su ritmo. Porqué este ser humano medio loco resultaba reconfortante para mí, era algo que escapaba a mi comprensión. Suponía que era por aquello que había dicho Melanie: *tiempos de desesperación*..

—¿No estaba tan mal, eh? —me preguntó, con una sonrisa de orgullo.

Nuevamente, asentí sólo una sola vez y le devolví la linterna.

—Estas cuevas son un gran don— me dijo mientras comenzábamos el camino de regreso hacia el pasaje en tinieblas. —Sin ellas no podríamos sobrevivir en un grupo tan grande. A Magnolia y a Sharon les iba realmente bien, sorprendentemente bien, allá en Chicago, pero tentaron su suerte al esconder a dos. Es en extremo agradable vivir de nuevo en comunidad. Me hace sentir plenamente humano.

Me tomó por el codo una vez más para subir por las toscas escaleras.

—Lamento mucho, eh... las instalaciones que te hemos asignado. Pero fue el sitio más seguro que se me ocurrió. Me sorprende que esos chicos te encontraran tan rápido—. Jeb suspiró.

—Bueno, Kyle realmente... es alguien muy motivado. Pero supongo que es para bien. Y ya podrían irse haciendo a la idea de cómo serán las cosas ahora. Quizá podamos encontrar algo más acogedor para ti. Pensaré en ello... Al menos mientras yo esté contigo, no tienes porqué meterte en ese pequeño agujero. Puedes sentarte conmigo en el pasillo si lo prefieres, aunque con Jared... —su voz se desvaneció.

Escuché maravillada sus disculpas; había más amabilidad de la que hubiera podido esperar y más compasión de la que jamás creí que esta especie podría dispensar a sus enemigos. Palmeé la mano que me sujetaba el codo, ligeramente, con indecisión, intentando transmitirle que había comprendido y que no le causaría problemas. Estaba completamente segura de que Jared prefería tenerme fuera de su vista.

Jeb no tuvo ningún problema en comprender mi tácita comunicación.

—Eres una buena chica —me dijo.

—De algún modo resolveremos todo esto. Doc puede concentrarse sólo en curar a los humanos. Tú eres mucho más interesante viva, creo *yo*.

Nuestros cuerpos estaban tan cerca que él pudo percibir mi estremecimiento.

—No te preocupes. Doc no te va a molestar más.

No podía dejar de temblar. Las promesas de Jeb sólo eran válidas por *ahora*. No había garantía de que Jared no decidiera que mi secreto era más importante que proteger el cuerpo de Melanie. Yo sabía que un destino así me haría desear que Ian hubiera tenido éxito anoche. Tragué saliva, sintiendo los moretones que parecían atravesarme el cuello hasta las paredes internas de la garganta.

Nunca sabes cuánto tiempo te queda en realidad, me había dicho Melanie hacía ya tantos días, cuando mi mundo aún estaba bajo control.

Sus palabras reverberaban en mi cabeza cuando volvimos a la gran habitación, la plaza principal de la comunidad humana de Jeb. Estaba llena, como la primera noche, y todo mundo volvió para mirarnos, con ojos que centelleaban de ira cuando nos veían a ambos, de sentimientos de traición, cuando se dirigían a él, y de amenazas asesinas cuando se volvían hacia mí. Mantuve la mirada baja hacia el suelo de roca. Con el rabillo del ojo vi que Jeb aprestaba su arma otra vez.

Era sólo cuestión de tiempo, la verdad. Lo podía sentir en esa atmósfera de odio y miedo. Jeb no podría protegerme por mucho tiempo.

Era un alivio embutirse en aquella angosta grieta; anhelar el obscuro y tortuoso laberinto y mi estrecho escondrijo; podía esperar estar a solas ahí.

Tras de mí, un furioso bisbiseo como el de un nido de serpientes acosadas, hizo eco en la gran caverna. El sonido me hizo desear que Jeb me condujera a paso más vivo por el laberinto.

Se echó a reír entre dientes. Cuanto más tiempo pasaba con él, más extraño me parecía. Su sentido del humor me confundía tanto como sus motivaciones.

—¿Sabes? A veces aquí abajo la vida se hace algo tediosa —murmuró para mí o para sí. Con Jeb, esto era difícil de decir

—Quizá cuando dejen de intentar ser una réplica mía, valorarán la gran cantidad de emociones que les suministro.

En las tinieblas, nuestra senda se retorcía como una serpiente. Nada me era familiar. Tal vez él había elegido una ruta distinta para confundirme. Parecía que llevaba más tiempo recorrerla que antes, pero al final, percibí la tenue luz azulada de la lámpara, que brillaba a la vuelta a la siguiente curva.

Me preparé de nuevo, preguntándome si Jared estaría allí ya. Si era así, sabía que estaría enojado. Estaba segura de que no le haría ninguna gracia ver que Jeb me había llevado de excursión, a despecho de lo necesario que esto fuera.

Tan pronto dimos vuelta a la esquina, vi una figura recostada contra el muro, al lado de la lámpara, que proyectaba una larga sombra en nuestra dirección, aunque obviamente, no era Jared. Mi mano se cerró sobre el brazo de Jeb en un instantáneo espasmo de miedo.

Y entonces fue cuando realmente miré la silueta que nos aguardaba. Era más pequeña que yo —de lo que deduje que no era Jared— y delgada. Pequeña, pero a la vez demasiado alta y enjuta. Aun en la escasa luz de la lámpara azul, pude ver que el obscuro bronceado de su piel lo debía al sol y que su sedoso pelo negro le caía despeinado más allá de la barbilla.

Se me doblaron las rodillas.

Mi mano, que se aferró llena de pánico al brazo de Jeb, se sostuvo buscando apoyo.

—¡Vaya, por Dios! —exclamó Jeb, francamente irritado.

—¿Es que nadie puede guardar un secreto en este lugar más de veinticuatro horas? ¡Maldita sea, me pone enfermo! ¡Qué partida de chismosos!... —y su voz se desvaneció en un gruñido.

Ni siquiera intenté entender las palabras que Jeb profería, porque estaba enzarzada en la batalla más encarnizada de mi vida; de cualquier otra vida previa.

Sentía a Melanie en cada una de las células de mi cuerpo. Mis terminaciones nerviosas hormigueaban en reconocimiento a su presencia familiar. Mis músculos saltaron anticipando sus instrucciones. Mis labios temblaban intentando abrirse. Me incliné hacia el chico del pasillo; mi cuerpo se extendía, mis brazos no.

Melanie había aprendido muchas cosas en las contadas ocasiones en las que le cedí o perdí el control que ejercía sobre ella, y ahora realmente tuve que luchar contra ella, con fuerza tal que mi frente se cubrió de sudor. Pero ahora no estaba moribunda en el desierto. Ni débil, ni mareada, ni con la guardia baja por la aparición de alguien a quien hubiera dado por perdido. Sabía que este momento podría llegar. Mi cuerpo era resistente, sanaba pronto y yo me sentía fuerte otra vez. La fuerza de mi cuerpo fortalecía mi control, mi determinación.

La expulsé de mis extremedidades, la acosé en todos los reductos que había encontrado y la arrojé de nuevo hacia los resquicios de mi mente, donde la encadené.

Su rendición fue repentina y total. *Aahh,* suspiró, y fue casi un gemido de dolor.

En cuanto la vencí me sentí extrañamente culpable.

Sabía ya que, para mí, ella era mucho más que un huésped reacio que me hacía la vida innecesariamente difícil. Nos habíamos convertido en compañeras, incluso en confidentes durante las últimas semanas que habíamos pasado juntas: desde el momento mismo en que la Buscadora nos había unido contra un enemigo común. En el desierto, con el cuchillo de Kyle sobre mi cabeza, me habría encantado saber que, si *tenía* que morir, no sería yo quien matara a Melanie; ya para entonces ella era más que un cuerpo para mí. Pero ahora parecería que iba más allá. Lamentaba causarle dolor.

Sin embargo, era necesario, y ella no parecía comprenderlo. Una palabra fuera de lugar, una acción irreflexiva, podría significar una rápida ejecución. Sus reacciones eran demasiado emotivas, descontroladas. Nos metería en problemas

Tienes que confiar en mí ahora, le dije. *Simplemente estoy intentando mantenernos con vida. Sé que te niegas a creer que tus seres humanos nos harían daño...*

Pero es Jamie, susurró. Ella añoraba al chico con una emoción tan fuerte que mis rodillas se debilitaron de nuevo.

Intenté mirarlo con imparcialidad —este adolescente de rostro huraño, apoyado contra la pared del túnel, con los brazos cruzados que se apretaban contra su pecho. Traté de considerarlo un extraño y planeé mi respuesta, o la falta de ella, según correspondiera. Lo intenté pero fracasé. Era Jamie, era hermoso y mis brazos, los míos, no los de Melanie, ansiaban abrazarlo. Se me llenaron los ojos de lágrimas, que luego resbalaron por mi cara. Sólo me quedaba esperar que resultaran invisibles en aquella media luz.

—Jeb —dijo Jamie, en un saludo brusco. Sus ojos me repasaban con presteza y se alejaban.

¡Tenia una voz tan profunda! ¿Realmente había crecido tanto? Me di cuenta, con una doble punzada de culpabilidad, de que me había perdido su decimocuarto cumpleaños. Melanie me había mostrado la fecha y yo había comprobado que era el mismo día en que había soñado por primera vez con Jamie. Desde el instante de mi despertar, ella había luchado valientemente para reservarse su dolor, para nublar sus recuerdos, como un modo de proteger al chico que, finalmente, había acabado por aparecer en un sueño. Y fue entonces cuando le envié el correo electrónico a la Buscadora.

Me estremecí de incredulidad ¿cómo había podido ser tan insensible?

—¿Qué andas haciendo por aquí, muchacho? —demandó Jeb.

—¿Por qué no me lo habían dicho? —exigió Jamie en respuesta.

Jeb permaneció en silencio.

—¿Esto ha sido idea de Jared? —presionó Jamie.

Jeb suspiró.

—Está bien: ya lo sabes... ¿Y en qué te beneficia ¿eh? Nosotros sólo queríamos...

—¿Protegerme? —le interrumpió él, malhumorado.

¿De dónde provenía tanta amargura? ¿Era culpa mía? Desde luego que sí.

Melanie comenzó a sollozar en mi cabeza. El sollozo me distraía y era tan fuerte, que las voces de Jeb y Jamie sonaban lejanas.

—Bien, Jamie. Asi que no necesitas protección. ¿Y qué es lo que quieres, entonces?

Esta rápida capitulación pareció confundir a Jamie. Sus ojos se alternaban entre el rostro de Jeb y el mío, mientras luchaba para formular su petición.

—Yo... yo quiero hablar con ella... con eso —enunció finalmente. Su voz era más aguda cuando se sentía inseguro.

—Pues no habla mucho —le contestó Jeb—, pero si quieres puedes intentarlo, chico.

Jeb retiró mis dedos de su brazo. Cuando estuvo libre, volvió la espalda a la pared más cercana, se apoyó en ella y se dejó deslizar hasta el suelo. Luego se acomodó allí, removiéndose hasta que encontró una posición cómoda.

El arma se equilibró, acunada en su regazo. Su cabeza descansó en en el muro y cerró los ojos. Pareció quedarse dormido en cuestión de segundos.

Me quedé donde me había dejado, intentando, infructuosamente, apartar los ojos de la cara de Jamie.

Y de nuevo, a Jamie le sorprendió la fácil aquiescencia de Jeb. Con ojos dilatados, que le hacían parecer menor, observó al anciano recostado en el suelo. Después de percatarse durante unos minutos de que Jeb permanecía totalmente quieto, Jamie volvió a mirarme y sus ojos se entrecerraron.

La forma en que me miraba —airado, en un esfuerzo por hacerse el valiente y el maduro, aunque reflejando a la vez el miedo y el dolor en sus ojos obscuros— hizo que Melanie comenzara a sollozar más fuerte y que a mi me temblaran las rodillas. Y antes de arriesgarme a otro colapso, me moví lentamente hacia la pared opuesta a la que ocupaba Jeb y me deslicé hasta el suelo. Me acurruqué sobre mis piernas flexionadas, intentando hacerme lo más pequeña posible.

Jamie me observó con ojos cautelosos y luego dio cuatro pasos lentos en mi dirección, hasta quedar de pie enfrente de mi. Su mirada se volvió hacia Jeb, que no se había movido ni abierto los ojos, y después se arrodilló a mi lado. La expresión de su rostro se intensificó lo que le hizo parecer más adulto que en ningun momento anterior. Mi corazón sufrió por el hombre triste que asomaba al rostro de aquel chiquillo.

—Tú no eres Melanie —dijo en voz baja.

Era muy difícil no responderle porque era *yo* la que quería hablar. Así que, luego de un breve instante de indecisión, sacudí la cabeza.

—Aunque tú ocupas su cuerpo.

Hizo otra pausa y yo asentí.

—¿Qué le ha ocurrido a tu... a su rostro?

Me encogí de hombros. No sabía qué aspecto tenía mi cara, pero podía imaginarlo.

—¿Quién te hizo esto? —insistió. Con dedo vacilante, casi tocó un lado de mi cuello. Me quedé quieta, sin sentir necesidad de apartarme de *esta* mano.

—La tia Maggie, Jared e Ian —enumeró Jeb con voz aburrida. Ambos saltamos al oír su voz. Jeb no se había movido y sus ojos seguían cerrados. Lucía tan relajado como si hubiera contestado la pregunta de Jamie en sueños.

Jamie esperó un momento, y después se volvió a mi con la misma expresión intensa.

—Tú no eres Melanie, pero conoces todos sus recuerdos y esas cosas, ¿no?

Asentí de nuevo.

—¿Sabes quien soy?

Intenté tragarme las palabras, pero se deslizaron fuera de mis labios.

—Eres Jamie —no pude evitar que mi voz envolviera su nombre como una caricia.

Él parpadeó, sorprendido de que hubiese roto mi silencio. Después asintió.

—Así es —susurró en respuesta.

Ambos miramos a Jeb, que continuaba inmóvil, y otra vez volvimos a mirarnos mutuamente.

—Entonces ¿recuerdas lo que le pasó a ella? —preguntó.

Hice un gesto de dolor y asentí lentamente de nuevo.

—Quiero saberlo —musitó.

Sacudí la cabeza.

—Quiero saberlo —insistió Jamie. Le temblaban los labios—. No soy un niño. Cuéntamelo.

—No es... agradable —suspiré, incapaz de contenerme. Era muy difícil negarle a este chico lo que deseaba.

Sus rectas cejas negras se elevaron hasta juntarse sobre sus ojos azorados.

—Por favor —murmuró.

Le eché un vistazo a Jeb. Pensé que tal vez espiaba a través de sus pestañas, pero no estaba segura.

Mi voz salió, como una expiración.

—Alguien la vio entrar a un lugar de la zona prohibida; sabían que había algo raro y llamaron a los Buscadores.

El nombre lo hizo estremecer.

—Los Buscadores intentaron que se rindiera, pero ella huyó. Cuando la acorralaron, saltó por el cubo de un elevador.

Me encogí ante el recuerdo del dolor, y el bronceado rostro de Jamie palideció.

—¿No murió? —susurró.

—No. Tenemos Sanadores muy capacitados. La curaron rápidamente. Luego me pusieron dentro de ella. Esperaban que pudiera explicarles cómo había logrado sobrevivir tanto tiempo —no quería decir demasiado, así que cerré la boca. Jamie no pareció advertir mi desliz, pero los ojos de Jeb se abrieron lentamente y se fijaron en mi rostro. No se movió ninguna otra parte en él y Jamie no percibió el cambio.

—¿Por qué no la dejaron morir? —preguntó. Tuvo que tragar con fuerza; un sollozo acechaba en su voz. Y fue dolorosísimo escucharlo, porque no era la respuesta de un niño asustado frente lo desconocido, sino la agonía de la comprensión cabal de un adulto. Fue un suplicio contener mi mano, que anhelaba posarse sobre su mejilla. Quería abrazarlo y suplicarle que no se entristeciera. Apreté las manos en puños e intenté concentrarme en su pregunta. Los ojos de Jeb se movían sucesivamente de mis manos a mi rostro.

—Yo no tuve nada que ver con la decisión —murmuré—. Cuando eso ocurrió, yo estaba en un tanque de hibernación en el espacio infinito.

Jamie pestañeó sorprendido. Mi respuesta no era la esperada y resultaba evidente que luchaba con alguna nueva emoción. Le eché una vistazo a Jeb, cuyos ojos brillaban de curiosidad.

La misma que, cautelosa, arrastraba a Jamie.

—¿De dónde venías? —preguntó.

A pesar de mi misma, me sonreí ante su involuntario interés.

—De muy lejos. De otro planeta.

—¿Que era...? —iniciaba otra interrogante, pero fue interrumpido por otra pregunta.

—¿Qué demonios? —nos gritó Jared, temblando de furia al voltear la esquina al final del túnel.

—¡Maldita sea, Jeb! Acordamos no...

Jamie se incorporó de un salto.

—Jeb no me trajo hasta aquí. Pero *tú* sí tendrías que haberlo hecho.

Jeb suspiró y se levantó lentamente; mientras lo hacía, el rifle se deslizó de su regazo y cayó al suelo. Se detuvo a escasos centímetros de donde yo me encontraba, y me aparté, incómoda.

La reacción de Jared cambió. Se lanzó hacia mí, atravesando el pasillo en unas cuantas zancadas. Me encogí contra la pared y me cubrí la cara con los brazos. Atisbando por el codo, lo observé recoger el arma.

—¿Quiéres que nos mate a todos? —casi le gritó a Jeb, al tiempo que le lanzaba el rifle.

—Tranquilízate, Jared —replicó Jeb con voz cansina. Cogió el arma con una sola mano.

—Ella no tocaría esto ni aunque se lo dejara al lado toda la noche. ¿Es que no te das cuenta? —me señaló con el cañón y yo me aparté—. Ésta no es una Buscadora.

—¡Cállate, Jeb, simplemente cállate!

—¡Déjalo en paz! —gritó Jamie—. No ha hecho nada malo.

—¡ Y tú! —gritó Jared en respuesta, volviéndose hacia la esbelta y airada figura:

—¡Vete de aquí ahora mismo, *o ya*…!

Jamie alzó los puños para resistirse. Jared hizo otro tanto.

Me quedé paralizada por la impresión. ¿Cómo podían gritarse así el uno al otro? Si eran familia y los lazos entre ellos eran más fuertes que los de la sangre. Jared no golpearía a Jamie ¡imposible! Quería hacer algo, pero no sabía qué. Cualquier cosa que atrajera su atención hacia mí solo conseguiría irritarlos más.

Por una vez, Melanie conservó la calma, mejor que yo. *No puede lastimar a Jamie*, pensó confiadamente. *No es posible.*

Los miré: enfrentados como enemigos y me dio un ataque de pánico.

Nunca deberíamos haber venido. Ve qué infelices los hemos hecho, gemí.

—No deberías habérmelo ocultado —repuso Jamie entre dientes—, y no deberías haberle hecho daño a ella —abrió una de sus manos y la alzó señalando hacia mi rostro.

Jared escupió en el suelo.

—Esa cosa no es Melanie. Ella no volverá jamás, Jamie.

—Es su cara —insistió Jamie.

—Y su cuello. ¿Es que esos moretones no te incomodan?

Jared dejó caer las manos. Cerró los ojos e inhaló con fuerza.

—O te vas ahora, Jamie, y me das un respiro, o te *obligaré* a marcharte. No estoy bromeando. Ya no puedo más ¿entendido? Estoy al límite. Así que, ¿podríamos hablar sobre esto más tarde? —abrió los ojos de nuevo: los embargaba el dolor.

Jamie lo miró y la rabia fue desvaneciéndose lentamente de su rostro.

—Lo siento —masculló después de un rato.

—Me voy... pero no te prometo que no volveré.

—No puedo pensar en eso ahora. Vete. Por favor.

Jamie se encogió de hombros. Me lanzó otra mirada inquisitiva y después se marchó, a paso largo y rápido, que me hizo lamentarme por todo el tiempo perdido.

Jared miró a Jeb.

—Y tú también —le dijo con voz monocorde.

Jeb puso los ojos en blanco.

—Para ser sincero, no creo que hayas podido descansar lo suficiente. Mantendré un ojo vigilante en...

—Vete.

Jeb frunció el ceño pensativo.

—Bien. Como quieras. —y comenzó a bajar por el pasillo.

—¿Jeb? —le llamó Jared.

—¿Sí?

—Si te pidiera que le dispararas ahora mismo, ¿lo harías?

Jeb continuó andando despacio, sin mirarnos, pero sus palabras eran claras.

—Siguiendo mis propias reglas, tendría que hacerlo. Así que no me lo pidas, salvo que realmente lo desees.

Y desapareció en un sombrío recodo.

Jared lo vio marcharse. Antes de que pudiera volver su iracunda mirada sobre mí, me introduje en mi incómodo santuario y me acurruqué al fondo.

18

Aburrida

Pasé el resto del día en silencio con una pequeña excepción: el momento en que Jeb nos trajo comida, a Jared y a mí, algunas horas más tarde. Cuando puso la bandeja en la pequeña entrada de mi reducto, me dirigió una sonrisa de disculpa.

—Gracias —susurré.

—De nada —me dijo.

Escuché gruñir a Jared, irritado por nuestro pequeño intercambio verbal.

Fue el único sonido que hizo Jared en todo el día. Estaba segura de que seguía allí fuera, pero ni siquiera capté un suspiro audible para confirmar mi certeza.

Había sido un día muy largo, de encierro y tedio. Intenté todas las posturas imaginables, pero apenas si podía ingeniármelas para estirarme completa y lograr con ello alguna comodidad. Mi región lumbar punzaba rítmicamente.

Melanie y yo pensamos mucho en Jamie. Lo que más nos preocupaba era haberle hecho daño al venir aquí y que seguíamos ocasionándoselo. ¿Qué era eso comparado con una promesa?

El tiempo perdió significado. Podría ser el alba o el ocaso: aquí, enterrada, carecía de referencias.

A Melanie y a mí se nos acabaron los temas de discusión. Deambulamos con apatía entre sus recuerdos y los míos, como si estuviéramos cambiando canales de televisión, sin detenernos en ninguno en particular.

Me eché una siestecita, pero no podía dormir profundamente porque estaba demasiado incómoda.

Cuando por fin volvió Jeb, me dieron ganas de besar su rostro curtido. Se inclinó hacia mi guarida con una sonrisa que le restiraba las mejillas.

—¿Ya es hora de otro paseito? —me preguntó.

Asentí con ansiedad.

—Yo lo haré —gruñó Jared.

—Dame el arma.

Titubeé, hecha un incómodo ovillo al borde de mi cueva, hasta que Jeb asintió en mi dirección.

—Adelante —me dijo.

Me deslicé hacia afuera, rígida y vacilante, y me así a la mano que Jeb me ofrecía para equilibrarme. Jared hizo un sonido de asco y volvió el rostro. Sujetaba el arma con tanta fuerza, que se le marcaban los nudillos sobre el cañón. No me gustaba verlo con eso en la mano. Me perturbaba mucho más que cuando lo llevaba Jeb.

Jared no tuvo conmigo las cortesías de Jeb. Caminó a grandes zancadas por el túnel negro sin hacer pausas para que lo alcanzara.

No era fácil, porque no hacía ruido alguno y no me guiaba, así que tuve que andar con una mano frente a mi rostro y la otra sobre en la pared, intentando no darme de bruces contra la roca. Me caí dos veces sobre el terreno irregular. Y aunque no me ayudó, al menos aguardó hasta oir que me incorporaba de nuevo, lista para reanudar la marcha. En algún momento, al apresurarme a través de una sección más recta del túnel, me acerqué demasiado y la mano que tanteaba topó con su espalda, recorriendo el perfil de sus hombros, antes de que me percatara de que no era otra pared. Él dio un salto, apartándose de mis dedos con un siseo de indignación.

—Lo siento —murmuré en la obscuridad, sintiendo cómo me subían los colores a la cara.

Él no contestó, pero aceleró el paso, de modo que seguirlo se hizo mucho más difícil.

Estaba muy confundida cuando, finalmente, percibí algo de luminosidad frente a mí. ¿Habíamos tomado una ruta diferente? Este no era el brillo de la caverna más grande. Era mate, pálido y plateado. Sin embargo aquella estrecha grieta por la que habíamos pasado me parecía la misma... No fue sino hasta que estuvimos dentro del gigantesco y resonante espacio cuando me di cuenta de en qué consistía la diferencia.

Era de noche; la luz que brillaba tenuemente desde arriba imitaba más a la de la luna que a la del sol. Aproveché la intensidad menor de esta luz para examinar el techo, tratando de desentrañar su secreto. Arriba, muy alto sobre mi cabeza, cien lunitas proyectaban su luz diluida sobre el distante y borroso suelo. Las pequeñas lunas estaban dispersas, agrupadas sin patrón fijo, algunas más lejos que otras. Sacudí la cabeza. Incluso aunque ahora podía ver la luz directamente, no lograba comprender.

—Vamos —me ordenó Jared molesto, desde varios pasos más adelante. Me estremecí y me di prisa tras de él. Lamentaba haberme distraído. Y me percataba de lo irritante que le resultaba dirigirme la palabra.

No esperé la ayuda de una linterna cuando llegamos a la habitación de los ríos y no me la ofreció. Tenía la misma difusa iluminación que la de la cueva grande, pero aquí sólo había veinte de esas peculiares y diminutas lunas. Jared tensó la mandíbula y volvió la mirada al techo mientras yo caminaba titubeante por la habitación de la piscina color tinta. Supuse que si tropezaba, caía en el horrendo manantial de aguas termales y desaparecía, Jared probablemente lo consideraría una amable intervención del destino.

Creo que le entristecería —me contrarió Melanie, mientras tanteaba la ruta por la pared en torno al lóbrego baño— *que nos cayéramos.*

Lo dudo. Sólo le recordaría la pena de haberte perdido la primera vez, pero le encantaría que yo desapareciera.

Porque él no te conoce, respondió Melanie con otro susurro, y después se desvaneció como si de repente se sintiera extenuada.

Yo me paré en seco, azorada. No era seguro, pero parecería que Melanie me hubiera hecho un cumplido.

—En marcha —ladró Jared desde la otra habitación.

Me di toda la prisa que me permitieron el miedo y la obscuridad.

Cuando regresamos, Jeb aguardaba junto a la lámpara azul. A sus pies yacían dos cilindros abultados y dos rectángulos disparejos. No los había visto antes. Quizás había ido por ellos mientras estábamos fuera.

—¿Duermo yo aquí esta noche o tú? —le preguntó Jeb a Jared en tono informal.

Jared miró las cosas que estaban a los pies de Jeb.

—Yo —contestó cortésmente—. Y sólo necesito una bolsa de dormir.

Jeb enarcó una gruesa ceja.

—Esta cosa no es una de nosotros, Jeb. Y si la pusiste en mis manos: lárgate.

—Oye muchacho, tampoco es un animal. Ni siquiera tratarías a un perro de esta manera.

Jared no contestó, pero apretó los dientes.

—Nunca te tuve por un hombre cruel —insistió Jeb con suavidad. Pero levantó uno de los cilindros, pasó el brazo por una de sus correas y se lo colgó del hombro. Después se metió uno de los rectángulos —una almohada— bajo del brazo.

—Lo siento, querida —dijo al pasar a mi lado, palmeándome el hombro.

—¡Ya basta! —gruñó Jared.

Jeb se encogió de hombros y se fue andando tranquilamente. Antes de que estuviera fuera de vista, me apresuré a desaparecer dentro de mi celda; me escondí en el rincón más obscuro, y me hice el ovillo más pequeño posible, en la esperanza de volverme imperceptible.

En vez de arrastrarse invisible y silencioso hacia el túnel exterior, Jared desplegó su bolsa de dormir justo enfrente de la entrada a mi prisión. Ahuecó su almohada unas cuantas veces, posiblemente intentando restregarme en la cara que él tenía una.

Se tumbó en la colchoneta y se cruzó de brazos. Ése era el trozo que podía ver de él desde el agujero: sólo sus brazos cruzados y la mitad de su abdomen.

Su piel tenía ese mismo tono dorado obscuro que había rondado mis sueños en el último medio año. Era extaño ver esa parte de mi ensoñación convertida en sólida realidad a escaso metro y medio de mí. Era surrealista.

—No podrás escaparte por encima de mí —me advirtió con brusquedad. Su voz era ahora más suave, adormilada.

—Si lo intentas... —bostezó—. Te *mataré*.

No respondí. La advertencia me golpeó como un insulto. ¿Por qué iba a tratar de escabullirme? ¿A dónde iría? ¿Hacia las manos de aquellos bárbaros que me esperaban afuera, deseando justamente que hiciera tan estúpido intento? O, suponiendo que realmente *lograra* escapármeles ¿iba a regresar al desierto que casi me había calcinado hasta los huesos la última vez que intenté cruzarlo? Me preguntaba de qué me creía él capaz. Qué plan imaginaría que estaba yo urdiendo para destruir su pequeño mundo. ¿En verdad me creía tan poderosa? ¿No era obvio cuan patéticamente indefensa me encontraba?

Supe que se durmió profundamente porque empezó a retorcerse del modo en que Melanie recordaba que solía hacerlo. Sólo dormía tan inquieto cuando estaba perturbado. Vi que sus dedos se abrían y se cerraban, y me pregunté si estaría soñando con apretarlos alrededor de mi cuello.

Los días que siguieron —tal vez una semana, ya que era imposible llevar el recuento— fueron días de sigilo. Para bien o para mal, Jared era como un muro silencioso entre mi persona y el resto del mundo. No había más sonido que el de mi propia respiración, el de mis propios movimientos; no había más panorama que la cueva umbría que me rodeaba, el débil círculo de luz, la consabida bandeja con la misma ración, las breves imágenes que robaba de Jared. El único contacto con mi piel era el de las rocas afiladas; los únicos sabores, el del agua amarga, el del pan duro, la sopa blanda y las raíces fibrosas: una y otra vez.

Combinación muy extraña, la del terror continuo; la dolorosa, persistente incomodidad y la intolerable monotonía. De los tres, el más difícil de sobrellevar era el mortal aburrimiento. Mi prisión era una cámara de privación de sensaciones.

Tanto a Melanie como a mi nos preocupaba la perspectiva de volvernos locas.

Ambas oímos una voz dentro de nuestra cabeza, señaló ella. *Y eso nunca es un buen síntoma.*

Se nos va a olvidar cómo se habla, era mi inquietud. *¿Cuánto hace que alguien nos dirigió la palabra por última vez?*

Hace cuatro días le agradeciste a Jeb el habernos traido la comida y él te dijo "de nada". Bueno, me parece que fue hace cuatro días, o al menos después hemos dormido cuatro veces. Pareció suspirar. *Y ya deja de morderte las uñas, me costó años quitarme el hábito.*

Pero aquellas largas uñas que rasguñaban me eran molestas. *Dudo mucho que debamos preocuparnos por adquirir malos hábitos a largo plazo.*

Jared no permitió que Jeb nos volviera a traer comida. En vez de él, alguien la llevaba al final del pasillo y Jared nos la alargaba. Siempre lo mismo: pan, sopa, y vegetales, dos veces al día. En ocasiones había algunos extras para Jared, comida empaquetada de marcas que yo reconocí: *Red Vines, Snickers, Pop-Tarts.* Intenté imaginarme de dónde habían sacado los humanos esa clase de manjares.

No esperaba que las compartiera conmigo, desde luego que no, pero a veces me preguntaba si él creía que yo albergaba semejante esperanza. Uno de mis entretenimientos consistía en escucharlo comer sus golosinas, porque siempre lo hacía de forma ostentosa, restregándomelos del mismo modo que había hecho con la almohada el primer día.

Una vez, Jared abrió una bolsa de "Cheetos" —pavonéandose como era habitual— y el rico olor del falso queso en polvo se difundió por toda la cueva... delicioso, irresistible. Se comió uno con lentitud, dejándome escuchar los matices de cada crujido.

Mi estómago comenzó a gruñir audiblemente, y me reí de mí misma. Hacía tanto que no me reía; intenté recordar la última vez que lo había hecho y no pude, salvo aquel extraño brote de histeria macabra en el desierto, que realmente no cuenta como risa. Incluso antes de venir aquí, tampoco había sido muy divertido.

Pero esto me parecía hilarante por algún motivo —que ese estómago mío, suspirara por un Cheeto—, así que volví a reírme otra vez. Un síntoma de locura, seguramente.

No sé porqué le ofendió mi reacción, pero él se levantó y desapareció. Después de un buen rato, lo escuché comiéndose los Cheetos otra vez, pero más lejos. Me asomé por el agujero y lo vi sentado en la penumbra al final del corredor, dándome la espalda. Otra vez metí la cabeza, atemorizada de que pudiera volverse y me sorprendiera observándole. De ahí en adelante, se quedó en aquel extremo del pasillo todo el tiempo posible. Hasta que no caía la noche no se echaba delante de mi celda.

Dos veces al día —o dos en la noche, porque no lo hacía cuando los demás andaban por ahí—, me llevaba a la habitación de los ríos; a pesar del terror, constituía todo un acontecimiento, ya que era el único momento en que no estaba encorvada en las posturas antinaturales que me obligaba a adoptar mi pequeña cueva. Cada vez que tenía que arrastrarme para entrar al cubil era peor que la anterior.

En esa semana, y siempre durante las horas de sueño, alguien vino a vigilarnos tres veces.

La primera vez fue Kyle.

El repentino salto que dio Jared para incorporarse me despertó.

—Lárgate de aquí —le advirtió, con el rifle en posición.

—Sólo venía a cerciorarme— dijo Kyle. Sus voz sonaba lejana, pero a buen volumen y lo suficientemente ruda para que yo estuviera segura de que no era su hermano. —Puede que algún día no estés aquí. O puede que algún día estés profundamente dormido.

La única respuesta de Jared fue amartillar el arma.

Escuché la risa de Kyle siguiendo la estela de sus pasos mientras se marchaba.

Las otras dos veces no supe quién era. Quizás otra vez fue Kyle, o Ian, o tal vez aquel cuyo nombre no recordaba. Todo lo que supe fue que Jared me despertó dos veces más al ponerse en pie de un salto, con el rifle apuntado hacia el intruso. No se dijeron más palabras. Quien quiera que estuviese "solo cerciorándose" no se molestó en entablar conversación. Cuando se fueron, Jared se volvió a dormir de inmediato. A mi me costó mucho más trabajo aquietar los latidos de mi corazón.

La cuarta vez fue algo nuevo.

Yo estaba en duermevela cuando Jared se despertó, rodando sobre sus rodillas en un solo movimiento. Se levantó con el arma en las manos y una maldición en la boca.

—Tranquilo —murmuró una voz en la distancia—. Vengo en son de paz.

—Sea lo que sea lo que vendes, no deseo comprarlo —gruñó Jared.

—Sólo quiero hablar —la voz se aproximó.

—Estás aquí enterrado, perdiéndote discusiones muy importantes... echamos de menos tus iniciativas.

—Sí... seguro —replicó Jared, sarcástico.

—Oh, baja el rifle. Si pretendiera pelear contigo, habría venido con cuatro muchachos esta vez.

Se hizo un breve silencio y cuando Jared habló de nuevo, su voz tenía un toque de humor negro.

—¿Cómo anda tu hermano últimamente? —inquirió. Jared parecía disfrutar la pregunta. Le relajaba embromar a su visitante. Se sentó y se retrepó contra la pared, a medio camino frente a mi prisión, con ademán suelto, pero con el arma aún lista.

El cuello me dolía, como si comprendiera que las manos que lo habían aplastado y herido estaban allí muy cerca.

—Todavía está que echa chispas por lo de su nariz —dijo Ian.

—Oh , bueno... no es la primera vez que se la rompen. Le conté que me habías dicho que lo lamentabas.

—Pues no lo lamento.

—Lo sé. Nadie lamenta darle una tunda a Kyle.

Ambos rieron en voz baja. Había un cierto sentido de camaradería en aquella risa que resultaba extrañamente paradójica, porque Jared apuntaba con desenfado un rifle hacia Ian. Pero aun así, los vínculos forjados en este lugar sin esperanzas debían ser muy sólidos. Más espesos que la sangre.

Ian se sentó en la colchoneta al lado de Jared. Alcanzaba a ver la silueta de su perfil, una forma obscura contra la luz azulada. Advertí que su nariz era perfecta, recta, aquilina, la clase de nariz que se ve en las imágenes de esculturas famosas. ¿Eso significaba que los otros le encontraban más tratable que al hermano cuya nariz se partía con tanta facilidad? ¿O que era mejor esquivando golpes?

—Bueno, ¿y qué es lo que quieres, Ian? Supongo que no una disculpa por lo de Kyle.

—¿Te lo dijo Jeb?

—No sé de qué me estás hablando.

—Han abandonado la búsqueda. Incluso los Buscadores.

Jared no hizo ningún comentario, pero pude sentir la repentina tensión en el aire a su alrededor.

—Hemos mantenido estrecha vigilancia por si hubiera algún cambio, pero nunca nos han parecido excesivamente ansiosos. La búsqueda no ha salido del área donde abandonamos el coche y en los últimos días era obvio que estaban buscando un cuerpo, no un sobreviviente. Hace un par de noches tuvimos un golpe de suerte. La partida de búsqueda dejó algo de basura por ahí y una manada de coyotes cayó sobre su campamento base. Uno de *ellos* regresó más tarde y sorprendió a los animales. Los coyotes atacaron y arrastraron al Buscador sus buenos cien metros hacia el desierto, antes de que los demás oyeran sus gritos y salieran al rescate. Por supuesto que los otros Buscadores estaban armados. Ahuyentaron a los coyotes con facilidad y la víctima no sufrió heridas graves, pero el episodio parece haber despejado todas sus interrogantes respecto a lo que le pudo pasarle a nuestra invitada.

Me pregunté cómo podían espiar a los Buscadores que iban tras de mi, o al menos verlos tan bien. Me sentí extrañamente vulnerable ante la idea. No me gustó la imagen que se formó en mi cabeza: humanos invisibles, vigilando a las almas a las que tanto odiaban. Se me puso la carne de gallina.

—Así que recogieron el campamento y se fueron. Los Buscadores abandonaron el rastreo y todos los voluntarios se marcharon a casa. Nadie busca ya a esta cosa —su perfil se volvió hacia mí y yo me encogí, confiando en que la obscuridad le impidiera verme, y que, al igual que su rostro, apenas me percibiese como una forma negra. —Me imagino que la declararán oficialmente muerta, si es que llevan registro de esas cosas como nosotros solíamos llevarlo. Jeb sigue afirmando "se los dije" a cualquiera que se detenga lo suficiente para escucharlo.

Jared mascullo algo incoherente y sólo capté el nombre de Jeb. Entonces inhaló profundamente, expulsó el aire y sentenció:
—Bien. Supongo que este asunto se ha acabado.

—Eso es lo que parece —Ian vaciló por un instante y añadió.
—A menos que... bueno, probablemente no es nada.

Jared se puso tensó otra vez, no le gustaba que pusieran su inteligencia a prueba. —Continúa.

—Nadie, salvo Kyle, piensa mucho en el particular, y ya sabes cómo es Kyle.

Jared gruñó en asentimiento.

—Tú tienes el mejor instinto en esto, así que me gustaría conocer tu opinión. Por eso he venido, arriesgando mi vida para infiltrarme en el área restringida —apuntó secamente y después, su voz adoptó un tono de profunda seriedad. —Verás, es que hay una... una Buscadora, no hay duda, porque lleva una Glock.

Tardé un segundo en desentrañar la palabra que había usado. No formaba parte del vocabulario familiar de Melanie. Cuando comprendí que se refería a algún tipo de arma de fuego, la nostálgica envidia de su tono me hizo sentirme algo mal.

—Kyle fue el primero en advertir que ésta sobresalía. Aunque no parecía ser importante entre los demás y, desde luego, no forma parte del grupo que toma las decisiones. Oh, eso sí, por lo que pudimos ver, no paraba de sugerir esto y aquello, pero nadie parecía escucharla. Nos hubiera encantado saber lo que decía...

La piel me hormigueó de ansiedad.

—De cualquier modo —continuó Ian, —cuando dieron por finalizada la búsqueda, no parecía feliz con la decisión. Ya sabes que los parásitos son tan... *complacientes*. Y resultaba insólito, pues es lo más cerca que los he visto de llegar a una discusión. No un pleito en forma, porque nadie se enfrentó, pero la que no estaba contenta parecía querer discutir con *ellos*. Sin embargo, el núcleo principal de los Buscadores la ignoró y ahora se han marchado todos.

—¿Y la descontenta? —inquirió Jared.

—Subió a un coche y condujo la mitad del camino a Phoenix, luego regresó a Tucson. Desde allí se dirigió de nuevo al oeste.

—Todavía rastreando.

—O muy confundida. Hizo un alto en la tienda de veinticuatro horas que hay al lado del pico. Habló con el parásito que trabaja allí, aunque ya lo habían interrogado antes.

—Hum —gruñó Jared. Ahora estaba interesado, concentrándose en el rompecabezas.

—Luego salió para escalar el pico, la estúpida cosita esa. Sin duda debió quemarse en vida, porque iba vestida de negro, de pies a cabeza.

Un espasmo me recorrió entera, me descubrí apartada del suelo, pegada al fondo del muro de mi cueva. Mis manos se elevaron instintivamente para proteger mi cara. Escuché el eco de un siseo en mi reducto y sólo cuando se hubo desvanecido comprendí que había sido yo.

—¿Qué fue *eso*?— preguntó Ian, en tono de alarma.

Miré entre mis dedos y vi sus rostros inclinados sobre el agujero mirándome. El rostro de Ian estaba a obscuras, pero parte del de Jared estaba iluminado, y sus rasgos eran duros como la piedra.

Quería quedarme quieta, ser invisible, pero los incontrolables temblores cimbraban con violencia mi columna vertebral.

Jared se apartó y volvió con la lámpara en las manos.

—Mírale los ojos —murmuró Ian, —está asustada.

Ahora podía ver los semblantes de ambos, pero solo miré a Jared. Su mirada se clavaba en mí, con expresión calculadora. Supuse que estaba repasando todo lo que Ian había dicho, buscando ahí aquello que había disparado mi comportamiento.

Mi cuerpo no podía dejar de temblar.

Ella jamás se rendirá, gimió Melanie.

Lo sé, lo sé, gemí también en respuesta.

¿Cuándo se convirtió nuestra aversión en miedo? Mi estómago se anudaba y sentía arcadas. ¿Por qué no podía darme por muerta como todos los demás? Cuando estuviera muerta de verdad, ¿seguiría persiguiéndome?

—¿Quién es la Buscadora vestida de negro? —ladró Jared súbitamente en mi dirección.

Me temblaron los labios, pero no contesté. El silencio era más seguro.

—Sé que puedes hablar —gruñó Jared—, lo has hecho con Jamie y Jeb. Y ahora vas a hablar conmigo.

Se metió a la boca de la cueva, resoplando de incredulidad al ver cuánto tenía que aplastarse para hacerlo. La escasa altura del techo lo obligó a arrodillarse y eso lo molestó. Evidentemente, hubiera preferido estar de pie ante mí.

Yo no tenía escape. Ya me había apretujado contra la esquina más profunda. En la cueva apenas había espacio para los dos y podía sentir su aliento sobre mi piel.

—Cuéntame todo lo que sepas —me ordenó.

19

Abandonada

—¿Quién es la Buscadora de negro? ¿Por qué aún sigue tu rastro? —el grito de Jared fue ensordecedor y su eco me llegó desde todas partes.

Me escondí detrás de mis manos, esperando el primer golpe.

—Oye... ¿Jared? —murmuró Ian—. Quizá deberías dejarme...

—¡Manténte al margen de esto!

La voz de Ian se acercó más y las rocas se desmoronaban mientras intentaba meterse con Jared en un espacio tan pequeño, ya de por sí atestado.

—¿Que no ves que está demasiado asustada para hablar? Déjala en paz un segundo.

Oí que algo rasguñaba el suelo cuando Jared se movió y después, un golpe sordo. Ian maldijo. Miré entre mis dedos para comprobar que Ian ya no era visible y Jared me dio la espalda.

Ian escupió y gruñó.

—Ya van dos veces —rugió y comprendí que el golpe que iba dirigido a mí había sido desviado por la interferencia de Ian.

—Estoy preparado para el tercero —masculló Jared, pero se volvió para enfrentarme, llevando una luz consigo; recogió la lámpara con la mano que había golpeado a Ian. Luego de tanta obscuridad, la cueva casi parecía un ascua.

Jared se dirigió a mí nuevamente, aprovechando la luz para inspeccionar mi cara y haciendo de cada palabra una frase.

—¿Quién. Es. La. Buscadora?

Dejé caer las manos y clavé los ojos en su rostro despiadado. Me perturbaba que alguien más sufriera por mi silencio, así fuese alguien que había tratado de matarme. No se supone que funcione así la tortura.

La expresión de Jared flaqueó mientras veía cómo cambiaba la mía.

—No tengo que hacerte daño —dijo en voz baja y ya no tan seguro de sí mismo—. Pero debo saber la respuesta a mi pregunta.

Esa ni siquiera era la pregunta correcta: ni un secreto que yo debía proteger a toda costa.

—Dime —insistió él, con los ojos contraídos por la frustración y por una profunda infelicidad.

¿Era yo tan cobarde en realidad? Habría preferido creer que lo era, que mi miedo al dolor era más fuerte que cualquier otra cosa. Pero la razón verdadera por la que abrí la boca para hablar era mucho, muchísimo más patética.

Quería *complacerlo,* complacer a este ser humano que me odiaba tan acerbamente.

—La Buscadora —comencé, con voz áspera y bronca; no había hablado durante mucho tiempo.

Él me interrumpió, impaciente.

—Ya sabemos que es una Buscadora.

—No, no es cualquier Buscadora —susurré.

—Es *mi* Buscadora.

—¿Qué quieres decir con que es *tu* Buscadora?

—Me la asignaron, para que me siguiera. Ella es el motivo... —me paré justo antes de proferir la palabra que podría acarrear nuestra muerte. Justo antes de decir "nosotros". La verdad final que él juzgaría como la mentira final, porque jugaba con sus deseos más profundos, con su más íntimo dolor. Jamás se daría cuenta de la posibilidad de que su deseo se hiciera realidad. Sólo vería una peligrosa embustera que lo miraba a través de unos ojos que él había amado.

—¿El motivo? —insistió.

—La razón de que huyera —suspiré.

—La razón por la que vine aquí.

Esta no era la verdad cabal, pero tampoco era una mentira del todo.

Jared se me quedó mirando, con la boca medio abierta mientras intentaba procesarlo. Por el rabillo del ojo pude ver que Ian miraba a través del agujero, con sus vivaces ojos azules dilatados por la sorpresa. Tenía sangre, que lucía obscura en sus labios pálidos.

—¿Huiste de una Buscadora? ¡Pero si eres una de ellos! —Jared luchó por recomponerse, para regresar a su pregunta.

—¿Por qué te seguirá persiguiendo? ¿Qué es lo que quiere?

Tragué saliva y el sonido atronó de manera inusual.

—Ella te quiere a ti. A ti y a Jamie.

Su expresión se endureció.

—¿Y estás intentando traerla aquí?

Sacudí la cabeza.

—Yo no... yo... —¿Cómo podía explicarlo? Nunca aceptaría la verdad.

—¿Qué?

—Yo... no quería contárselo. No me gusta.

Él pestañeó, confundido de nuevo.

—¿Pero no se supone que todos están obligados a gustarse entre sí?

—Se supone que sí— admití, ruborizada por la culpa.

—¿A quién le contaste sobre este sitio? —Ian preguntó sobre el hombro de Jared, quien tenía cara de pocos amigos, pero seguía mirándome.

—No sabría decirlo, yo no sabía... simplemente vi las líneas. Las líneas del album. Y se las dibujé a la Buscadora... pero ellos no saben donde están. Ella sigue pensando que es un mapa de carreteras—. Parecería que no iba a parar de hablar. Intenté forzar a mis palabras a salir más despacio para precaverme contra un posible desliz.

—¿Cómo de que no sabías lo que eran? Si tú estás aquí —la mano de Jared se flexionó hacia mi, pero cayó antes de cerrar la pequeña distancia.

—Yo... yo tenía problemas con mi... con los... con sus recuerdos. No entendía... No podía acceder a todo. Había muros por todas partes. Por esa razón me asignaron a la Buscadora, con la esperanza de que yo accediera a lo demás—.

Ya era demasiado, demasiado. Me mordí la lengua.

Ian y Jared intercambiaron una mirada. Nunca antes habían escuchado nada como esto. No confiaban en mí, pero querían creer con desesperación que esto era posible. Lo deseaban con tanta fuerza, que los atemorizaba.

La voz de Jared me fustigó con dureza repentina.

—¿Fuiste capaz de *acceder* a mi cabaña?

—No durante mucho tiempo.

—Y luego se lo contaste a la Buscadora.

—No.

—¿No? ¿Por qué no?

—Porque... cuando por fin pude recordarlo... ya no *quería* contárselo.

Los ojos de Ian se congelaron de pasmo.

El tono de Jared cambió, se hizo grave, casi tierno. Y esto se antojaba mucho más peligroso que sus gritos.

—¿Por qué no quisiste contárselo a ella?

Trabé la mandíbula. Este no era *el* secreto, pero, aun así, era un secreto que tendría que sacarme a golpes. En este momento, mi determinación para contener la lengua tenía menos que ver con la autoconservación que con una estúpida y resentida especie de orgullo. No le *diría* a este hombre que me despreciaba que lo amaba.

Él pericibó el relámpago de desafío en mis ojos y pareció comprender lo que le costaría obtener una respuesta. Decidió eludirlo de momento, o quizás para volver a él más adelante, dejarlo para el final, en caso de que yo no fuera capaz de contestar ni una pregunta más cuando hubiera acabado conmigo.

—¿Y por qué no eres capaz de acceder a todo? Eso es... ¿normal?

Esta pregunta también era muy riesgosa. A pesar de haber llegado tan lejos, por vez primera, dije una auténtica mentira.

—Ella cayó desde muy alto, y el cuerpo estaba dañado.

Mentir no se me daba bien; la mentira cayó por su peso. Tanto Jared como Ian reaccionaron a la nota de falsedad. Jared inclinó la cabeza hacia un lado, Ian alzó una de sus cejas, negras como el ébano.

—¿Por qué esta Buscadora no se da por vencida, como los demás? —inquirió Ian.

De pronto, me sentí exhausta. Sabía que podían seguir así toda la noche, que sin duda lo harían y que si yo continuaba respondiendo, en algún momento, cometería un error. Me dejé caer contra la pared y cerré los ojos.

—No lo sé —susurré—. Ella no es como otras almas. Es... un *fastidio*..

Ian soltó una sola risa: un sonido de sorpresa.

—Y tú... ¿eres tú como las otras... *almas*? —preguntó Jared.

Abrí los ojos y le miré con cansancio durante un buen rato. *Qué pregunta más estúpida*, pensé. Entonces cerré los ojos con fuerza y enterré la cabeza entre mis rodillas y la envolví con mis brazos.

Bien fuese porque Jared comprendió que no iba a decir nada más, o porque su propio cuerpo se quejara también a gritos, de modo que no podía ignorarlo, el caso fue que gruñó unas cuantas veces mientras se deslizaba hacia fuera de mi cueva y después rezongó en voz baja al estirarse.

—Esto es algo inesperado —susurró Ian.

—Mentiras, no cabe duda —musitó Jared en respuesta. Apenas pude entender sus palabras. Probablemente no se daban cuenta de que el eco me traía sus palabras.

—Es sólo que... no puedo imaginarme qué es lo que quiere que creamos... hacia dónde quiere llevarnos.

—No creo que esté mintiendo. Bueno, salvo una vez. ¿Te diste cuenta?

—Todo es parte de su actuación.

—Jared, ¿cuándo te has encontrado con un parásito que fuera capaz de mentir acerca de cualquier cosa? Excepto un Buscador, claro.

—Que quizá es lo que ella es.

—¿Lo dices en serio?

—Es la explicación más lógica.

—Ella... esta cosa es lo más lejano a una Buscadora que haya visto en mi vida. Si un Buscador hubiera tenido la más remota idea de cómo encontrarnos habría venido con un ejército.

—Y no habrían encontrado nada. Pero ella... se ha metido aquí dentro, ¿no?

—Sí, y estuvo a punto de ser asesinada media docena de...

—Sin embargo aún sigue viva, ¿verdad?

Se quedaron en silencio durante un buen rato. Tanto que comencé a pensar en deshacer el ovillo en que me había convertido, aunque no quería hacer ningún ruido para acostarme.

Deseé que Ian se marchara de modo que pudiera dormir... pero la adrenalina me dejó exhausta cuando desapareció de mi cuerpo.

—Creo que voy a a hablar con Jeb —susurró al final Ian.

—Oh, qué gran idea —la voz de Jared estaba preñada de sarcasmo.

—¿Te acuerdas de aquella primera noche? ¿Cuándo se interpuso de un salto entre Kyle y tú? Eso fue muy extraño.

—Simplemente estaba buscando una manera de seguir viva, de escapar...

—¿Dándole a Kyle la luz verde para matarla... bueno, a esta cosa? ¡Buen plan!

—Funcionó.

—Lo que funcionó fue el rifle de Jeb. ¿Es que ella sabía que él venía en camino?

—Estás dándole demasiadas vueltas a esto, Ian. Eso es lo que esa cosa quiere.

—No creo que tengas razón. No sé por qué... pero no creo que ella quiera que pensemos en ella por ningún motivo —escuché que Ian se ponía en pie.

—¿Y sabes que es lo peor de todo? —masculló entre dientes, apenas como murmullo.

—¿El qué?

—Que me siento *culpable*... culpable como un demonio... al ver como se encogía para apartarse de nosotros, al ver esas marcas obscuras en su cuello...

—No permitas que te comueva —de pronto la réplica de Jared sonó alterada.

—No es humana. No lo olvides.

—Y por el hecho de que no sea humana, ¿crees que no siente dolor? —preguntó Ian con una voz que se desvanecía en la distancia. —¿Que eso la inhabilita para sentirse simplemente como una chica a la que han golpeado...? ¿A la que hemos golpeado?

—Contrólate un poco —siseó Jared a sus espaldas.

—Te veré luego, Jared.

Jared no se relajó hasta mucho después de la salida de Ian. Paseó de un lado a otro durante un cierto tiempo, enfrente de la cueva, y después se sentó en la colchoneta, bloqueándome la luz y mascullando de forma incomprensible para sus adentros. Dejé de esperar que se durmiera, y me estiré todo lo que pude en aquel suelo en forma de cuenco. El respingó cuando hice ruido al moverme, y después continuó susurrando para sí.

—*Culpable* —gruñó en tono mordaz—. Deja que influya en él. Igual que Jeb, igual que Jamie. Esto no puede seguir así. Es una estupidez permitir que esta cosa siga viviendo.

Se me pusieron los brazos de carne de gallina, pero intenté ignorarlos. Si me daba un ataque de pánico cada vez que él pensaba en matarme, nunca jamás tendría un momento de sosiego. Me puse boca abajo para doblar la columna en otra dirección y él se sobresaltó de nuevo; luego, se quedó en silencio. Estaba segura de que aún seguía rumiando, cuando finalmente me deslicé hacia el sueño.

Cuando desperté, Jared estaba sentado en la colchoneta donde podía verlo, con los codos apoyados en las rodillas y la cabeza inclinada sobre un puño.

No sentía que hubiera dormido más de una hora o dos, pero estaba demasiado adolorida como para intentar dormir otra vez. En vez de eso, me hundí en un estado de preocupación por la visita de Ian, inquieta de que Jared incrementara el rigor de mi reclusión luego de la extraña reacción de Ian. ¿Por qué tendría que haber dicho Ian que se sentía culpable? Si temía a los sentimientos de culpa, ¿cómo es qué andaba por ahí estrangulando gente? También Melanie estaba irritada con Ian, y nerviosa por el resultado de sus escrúpulos.

Nuestras preocupaciones se vieron interrumpidas apenas unos cuantos minutos más tarde.

—Sólo soy yo, eh —escuché que decía Jeb—, no te vayas a poner como loco.

Jared amartilló el rifle.

—Bien, anda, dispárame, muchacho. Vamos— la voz de Jeb se iba acercando con cada palabra.

Jared suspiró y abatió el arma.

—Por favor, vete.

—Tengo que hablar contigo —replicó Jeb, enojado mientras se sentaba enfrente de Jared—.

—¡Eh, hola! —exclamó dirigiéndose a mí con una inclinación de cabeza.

—Ya sabes que detesto que hagas eso— masculló Jared.

—Sí, lo sé.

—Ian me contó lo de los Buscadores...

—Ya lo sé. Justamente acabo de hablar con él sobre el tema.

—Magnífico. Entonces, ¿qué es lo que quieres?

—No se trata de lo que yo quiera. Es una cuestión de necesidad general. Ya estamos escasos de casi todo. Necesitamos una expedición de reabastecimiento integral.

—Oh —murmuró Jared, que esperaba todo menos eso. Luego de una pausa, repuso—. Envía a Kyle.

—Bien —respondió Jeb con naturalidad, apoyando los brazos contra la pared para levantarse de nuevo.

Jared suspiró. Se diría que su sugerencia había sido sólo por probar. Y se retractó cuando vio que Jeb lo aceptaba.

—No, Kyle, no. Es demasiado...

Jeb se echó a reír entre dientes.

—Casi nos mete en un atolladero la última vez que fue solo, ¿verdad? No es alguien que medite mucho lo que hace, no... ¿Ian, entonces?

—Él quizá piensa *demasiado* las cosas.

—¿Brandt?

—No se le dan bien las expediciones largas. En unas cuantas semanas estará muerto de pánico. Además, comete errores.

—Bien, pues me dirás entonces quién.

Los segundos pasaron y escuché que Jared aspiraba bruscamente de vez en cuando, cada vez que iba a responderle a Jeb, pero después exhalaba sin decir nada.

—¿Kyle e Ian juntos, que tal? —preguntó Jeb.

—Quizás se equilibren mutuamente.

Jared gruñó.

—¿Cómo la última vez? No. Está bien, está bien: sé que tengo que ir yo.

—Eres el mejor —admitió Jeb.

—Cambiaste nuestras vidas cuando llegaste aquí.

Melanie y yo asentimos para nuestros adentros ya que esto no nos sorprendía en absoluto.

Es la magia de Jared. Jamie y yo estuvimos completamente a salvo mientras nos guió su instinto, jamás estuvimos siquiera cerca de ser capturados. Si hubiera sido Jared el que hubiera estado en Chiacago, estoy segura de que todo hubiera salido bien.

Jared me señaló con el hombro.

—¿Y qué hacemos...?

—Le echaré un ojo cuando pueda. Espero que te lleves a Kyle, porque eso ayudaría.

—No será suficiente... y aunque Kyle no esté, y sólo le eches un ojo cuando puedas, ella... la cosa no durará mucho.

Jeb se encogió de hombros.

—Haré lo que pueda. Es todo lo que está en mi mano.

Jared comenzó a mecer lentamente la cabeza hacia atrás y delante.

—¿Cuánto tiempo vas a estar aquí abajo? —le preguntó Jeb.

—No lo sé —susurró Jared.

Se hizo un largo silencio. Después de unos cuantos minutos Jeb comenzó a silbar sin melodía reconocible.

Finalmente Jared soltó una gran bocanada de aire que yo no sabía que había estado reteniendo.

—Me iré esta noche —sus palabras eran lentas, preñadas de resignación, pero también de alivio. Su voz había cambiado ligeramente, y parecía menos a la defensiva. Era como si estuviera volviendo a ser quien había sido hasta antes de que yo apareciera por aquí. Se estaba desprendiendo de una responsabilidad para cargar con otra, que era mucho más llevadera.

Estaba rindiéndose en lo que se refería a mantenerme con vida, dejando que la naturaleza —o mejor dicho, la justicia popular— siguiera su curso. Si a su regreso yo estaba muerta, no culparía a nadie. No me guardaría luto. Eso fue todo lo que pude sacar en claro de esas cuatro palabras.

Conocía esa expresión desmesurada que los humanos empleaban para describir la pena: *corazón roto*. Melanie recordaba habérsela aplicado alguna vez a sí misma. Yo siempre había creído que era una hipérbole, una descripción convencional de algo que no tenía ninguna liga fisiológica, como cuando decimos que tenemos mano para las plantas. Así que no podía esperar sentir dolor alguno en el pecho. Tal vez sí la náusea, sí la inflamación de garganta, sí, y también las lágrimas que me quemaban los ojos. Pero ¿qué era esa sensación de desgarramiento bajo mis costillas? No tenía ninguna lógica.

Y no era sólo el desgarramiento, sino también el estrujamiento y el tironeo en todas direcciones. Porque el corazón de Melanie también se estaba rompiendo, y era una sensación independiente, como si me hubiera crecido otro órgano para compensar nuestras conciencias gemelas. Un corazón doble, para una mente doble. Y un dolor doble, también.

Se marcha, sollozaba ella. *No lo volveremos a ver nunca más.* Ella no cuestionaba el hecho de que moriríamos.

Yo quería llorar con ella, pero alguien tenía que mantener la cabeza fría. Me mordí la mano para contener los gemidos.

—Probablemente eso sea lo mejor —repuso Jeb.

—Tengo que organizar unas cuantas cosas... —la mente de Jared ya estaba lejos, muy lejos de este pasillo claustrofóbico.

—Entonces, me haré cargo de esto. Que haya suerte con la expedición.

—Gracias. Ya nos veremos cuando nos veamos, Jeb.

—Eso espero.

Jared le devolvió el rifle a Jeb, se puso en pie y se sacudió el polvo de la ropa con ademán ausente. Después se fue, presto por el corredor, con su habitual paso rápido y su mente puesta ya en otras cosas. Ni una sola mirada hacia mí, ni un solo pensamiento respecto a mi destino.

Escuché cómo se alejaban sus pasos hasta que se desapareció. Entonces, olvidándome de la presencia de Jeb, me cubrí el rostro con las manos y rompí en llanto.

20

Liberada

Jeb me dejó llorar sin interrupción. No comentó nada a lo largo del gimoteo al que me entregué a continuación. Sólo después de que me quedé en silencio durante más de media hora volvió a hablarme:

—¿Sigues despierta?

No respondí. Estaba perfectamente habituada al silencio.

—¿Quieres salir y estirarte? —me ofreció. Me duele la espalda sólo de pensar en ese estúpido agujero.

Curiosamente, pese a mi semana de enloquecedor mutismo, no tenía ánimos para la compañía. Pero esa era una oferta que no podía rehusar. Antes de que pudiera pensarlo siquiera, mis manos me impulsaban a través de la salida.

Jeb estaba sentado en la colchoneta con las piernas cruzadas. Lo miré de soslayo en espera de alguna reacción, mientras sacudía brazos y piernas y estiraba los hombros, pero él mantuvo los ojos cerrados. Parecía dormido, como aquella vez de la visita de Jamie.

¿Cuánto tiempo hacía desde que había visto a Jamie? ¿Y dónde estaría ahora? Mi atribulado corazón sintió una nueva y aun más dolorosa sacudida.

—¿Te sientes mejor? —preguntó Jeb, abriendo los ojos.

Me encogí de hombros.

—Todo va a salir bien—. Esbozó una amplia sonrisa.

—Todo eso que le dije a Jared... bueno no puede decirse exactamente que le hubiera *mentido*, porque todo es verdad si se le ve desde cierto punto de vista; aunque desde otro ángulo, no es que fuera tan verdadero, sino el hecho de que eso era lo que él necesitaba escuchar.

Simplemente, me quedé mirándole. No entendía ni una palabra de lo que me estaba diciendo.

—Mira, Jared necesitaba un respiro en todo esto. No de tí, chiquilla —añadió rápidamente—, sino de la situación. Cuando esté fuera lo verá desde otra perspectiva.

Me pregunté cómo sabía exactamente qué frases y palabras me llegarían. Y más que eso, ¿por qué habría de preocuparse Jeb si sus palabras me afectaban o no, o si mi espalda punzaba y dolía? Su amabilidad me atemorizaba en sí porque era incomprensible. Al menos las acciones de Jared tenían congruencia. Las tentativas homicidas de Kyle e Ian, la alegre impaciencia del doctor por causarme daño, todos esos comportamientos eran lógicos. Pero no la amabilidad. ¿Qué quería Jeb de mi?

—No estés tan cabizbaja —me urgió Jeb.

—Hay un lado positivo en todo este asunto, porque Jared se estaba poniendo en verdad cabezón contigo; y como está fuera temporalmente fuera del juego, es hora de ponerte algo más cómoda.

Fruncí el ceño mientras intentaba comprender a dónde quería ir a parar con todo esto.

—Por ejemplo —continuó—, este sitio habitualmente lo usamos como almacén. Ahora, cuando Jared y los chicos regresen, vamos a tener que buscar algún lugar para colocar todos los artículos que traigan con ellos a casa. Así que será mejor que te busquemos un sitio nuevo. Quizás algo un poco más grande, ¿no? ¿Y que tenga una cama? —sonrió de nuevo mientras balanceaba una zanahoria frente a mi.

Esperé que la retirara para decirme que estaba bromeando.

En vez de eso, sus ojos —de color de *jeans* lavados— se hicieron muy, muy dulces y algo en esa expresión anudó de nuevo mi garganta.

—No tienes porqué volverte a meter en ese agujero, cariño. La peor parte ya ha pasado.

Me di cuenta de que no podía seguir dudando de la mirada sincera que había en su rostro. Por segunda vez en una hora, puse la cabeza entre las manos y lloré.

Él se puso en pie y me palmeó torpemente el hombro. Las lágrimas parecían incomodarlo.

—Vamos, vamos —murmuró.

Ahora recobré el control con mayor rapidez. Limpié la humedad de mis ojos y le sonreí de forma tímida, y él asintió en un gesto aprobatorio.

—Ésta es mi chica —repitió, palmeándome la espalda de nuevo.

—Ahora andaremos por ahí un rato por ahí hasta que nos cercioremos de que Jared se ha ido realmente y no puedan sorprendernos —sonrió a modo de confidencia.

—¡Y ya verás como nos vamos a divertir!

Recordé que su idea de la diversión generalmente iba en la línea del enfrentamiento armado.

Se echó a reír al ver mi expresión.

—No te preocupes. Y, mientras esperamos, será mejor que intentes descansar un poco. Te apuesto que ahora, hasta esta delgada colchoneta te parecerá estupenda.

Desplacé la mirada de su rostro a la colchoneta y de vuelta a él.

—Vamos —dijo.

—Tienes toda la pinta de necesitar un buen sueño. Yo te cuidaré.

Nuevamente emocionada, con los ojos empañados, me dejé caer sobre la colchoneta y puse la cabeza en la almohada. Por mucho que él dijera que era demasiado delgada, me parecía estar en el cielo. Me estiré cuan larga era, y luego alcé las piernas hasta alcanzar con las manos las puntas de los dedos de los pies. Me crujieron las articulaciones y después me relajé sobre la colchoneta. Era casi como si alguien me abrazara, y borrara todos los puntos doloridos de mi cuerpo. Suspiré.

—Me hace sentir mejor verte así —murmuró Jeb—. Saber que alguien sufre bajo mi propio techo es como tener una comezón que no te puedes rascar.

Él se acomodó en el suelo a un par de metros y comenzó a tararear en voz muy baja. Yo me quedé dormida antes de que terminara el primer compás de la canción.

Cuando me desperté, supe que había estado durmiendo profundamente durante mucho tiempo, el sueño más prolongado desde que llegué aquí. Sin dolor, sin interrupciones aterradoras. Me habría sentido de maravilla si no fuera porque despertar en aquella almohada me rercordaba que Jared se había ido. Todavía olía a él, y era agradable, nada que ver con aquello a lo que olía yo.

Otra vez soñando, suspiró Melanie desesperanzada.

Yo recordaba el mío muy vagamente, pero sabía que tenía que ver Jared, como era habitual cuando caía en un sueño profundo.

—Buenos días, chiquilla —dijo Jeb, con voz alegre.

Alcé los párpados para mirarlo. ¿Había estado sentado contra esa pared toda la noche? No parecía cansado, pero repentinamente me sentí culpable por haberme apoderado del lugar más cómodo.

—Hace mucho que se fueron los chicos —exclamó con entusiasmo—. ¿Qué tal si damos una vuelta? —y acarició con gesto inconsciente el arma que pendía de una correa junto a su cintura.

Los ojos se me abrieron como platos y lo miré incrédula. ¿Una vuelta?

—Ahora no te me acobardes: nadie va a molestarte. Porque, finalmente, será necesario que sepas moverte sola.

Me tendió una mano para ayudar a levantarme.

La tomé automaticamente y la cabeza me daba vueltas mientras intentaba procesar lo que me estaba diciendo. ¿Que tenía que orientarme por propia mi cuenta? ¿Por qué? ¿Y a qué se refería con "finalmente"? ¿Cuánto creía que yo iba a durar?

Tiró de mí hasta incorporarme y me llevó hacia adelante.

Había olvidado lo que era moverme entre los obscuros túneles con una mano que me guiara. Era tan fácil y caminar apenas requería concentración.

—Déjame ver —murmuró Jeb—. Quizá empezaremos por el ala izquierda. Buscaremos un lugar decente para ti. Después las cocinas... —continuó planeando su visita, sin detenerse cuando atravesamos la estrecha grieta hacia el túnel resplandeciente que conducía a la habitación grande y más iluminada. Cuando nos llegó el sonido de las voces, sentí que la boca se me resecaba. Jeb siguió charlando, bien porque no percibió mi terror o porque decidió ignorarlo.

—Apuesto a que las zanahorias han brotado ya —me decía al tiempo que me adentraba en la plaza mayor. La luz me cegó y no podía ver quien estaba allí, aunque sentía sus ojos sobre mí. El repentino silencio era tan ominoso como siempre.

—Así es —se respondió a sí mismo.

—Siempre me parece realmente precioso. Una encantadora y verde primavera como ésta es una delicia para los ojos.

Se detuvo y señalando con la mano me invitó a mirar. Bizqueé en la dirección que me señalaba, pero mis ojos no pudieron evitar inspeccionar la habitación mientras esperaba a que se ajustaran.

Me llevó un momento, pero luego vi a qué se refería. También advertí que debía haber por allí lo menos unas quince personas, todas observándome de manera hostil. Sin embargo, estaban ocupadas en sus cosas.

El amplio recuadro negro que ocupaba el centro de la gran caverna ya no estaba tan obscuro. La mitad de él tenía brotes de un verde primaveral, tal como Jeb había dicho. Era hermoso. Y sorprendente.

De ahí que nadie pisase ese lugar. Era un huerto.

—¿Zanahorias? —susurré.

Él me contestó en tono normal.

—La mitad de lo que está verdeando ahora. La otra mitad son espinacas, que saldrán en unos cuantos días.

La gente en la habitación había vuelto al trabajo, aún mirándome de vez en vez, pero concentrándose principalmente en sus tareas. Sus acciones cobraban sentido, una vez que sabías que se trataba de un huerto y también la presencia de aquel gran tonel rodante y de las mangueras.

—¿Están regando? —susurré de nuevo.

—Así es. Con este calor todo se seca en un instante.

Asentí mostrando mi acuerdo. Supuse que aún era temprano, pero ya estaba sudando. El calor que desprendía aquella intensa irradiación de arriba resultaba sofocante en las cuevas. Intenté examinar de nuevo el techo, pero el resplandor era demasiado intenso para poder mirar.

Tiré de la manga de Jeb y bizqueé en dirección a la luz cegadora.

—¿Cómo?

Jeb sonrió, y pareció encantado con mi curiosidad.

—Del mismo modo en que lo hacen los magos: con espejos, chiquilla. Cientos de ellos. Me costó bastante irlos trayendo todos hasta aquí. Y es estupendo disponer de algunas manos extra cuando hace falta limpiarlos. Mira, sólo hay cuatro pequeñas aberturas en este techo y eso no bastaba para lo que yo tenía en mente. ¿Qué te parece?

Echó los hombros hacia atrás, orgulloso de nuevo.

—Brillante —murmuré. —Alucinante.

Jeb sonrió y asintió, disfrutando de mi reacción.

—Continuemos —sugirió. —Tenemos mucho que hacer hoy.

Me llevó por un nuevo túnel, un amplio tubo de forma natural que salía de la cueva grande. Este territorio era nuevo para mí. Mis músculos estaban trabados; me movía hacia adelante con las piernas rígidas, doblando las rodillas con trabajos.

Jeb me palmeó la mano, pero por lo demás ignoró mi nerviosismo.

—Ésta zona es básicamente para dormitorios y algún almacén. Los túneles están aquí más cerca de la superficie, de modo que es más fácil obtener un poco de luz.

Señaló hacia una grieta reluciente y muy fina en el techo que nos cubría. Proyectaba sobre el suelo una mancha blanca del tamaño de una mano.

Llegamos a una amplia bifurcación en forma de tenedor, aunque en realidad no era tal, porque tenía demasiados dientes. En realidad era un distribuidor de pasadizos parecido a un pulpo.

—El tercero desde la izquierda —me dijo, y me miró expectante.

—¿Tercero desde la izquierda? —repetí.

—Correcto. No lo olvides. Es fácil perderse por aquí y eso no sería seguro para ti. La gente igual podría apuñalarte que enviarte en la dirección correcta.

Me estremecí.

—Gracias —murmuré con un suave sarcasmo.

Él se echó a reír como si mi respuesta le hubiera parecido graciosa.

—No tiene caso ignorar la verdad. Y no empeora las cosas decirla en voz alta.

Tampoco las hacía mejores, pero eso ya no se lo dije. Yo también estaba empezando a disfrutar, aunque sólo fuera un poco. Era fantástico tener a alguien que me hablara de nuevo. Y Jeb era, si no otra cosa, al menos una compañía interesante.

—Uno, dos, tres —contó mientras me llevaba por el tercer corredor desde la izquierda. Comenzamos a pasar por entradas redondas cubiertas por una gran variedad de puertas hechizas. Algunas simplemente estaban cubiertas con sábanas de tela estampada; otras eran grandes piezas de cartón fijadas entre sí con cinta adhesiva plateada. Una oquedad tenía dos puertas auténticas, una de madera pintada de rojo y la otra de metal, ambas inclinadas contra la abertura.

—Siete —contó Jeb, y se paró frente a un agujero circular pequeño, cuyo punto más alto estaba unos cuantos centímetros por encima de mi cabeza. Este protegía su intimidad con un precioso biombo de color verde jade, del tipo que podría haber dividido el espacio en una elegante sala. Había un diseño de flores de cerezo bordado en la seda.

—Este es el único espacio que se me ocurre por ahora, el único decente y apropiado para vivienda humana. Estará vacío unas cuantas semanas y ya te buscaremos algo mejor cuando lo necesiten otra vez.

Dobló el biombo hacia un lado y nos dio la bienvenida una luz más intensa que la que del pasillo.

La habitación que me mostró me produjo una extraña sensación de vértigo, probablemente porque era mucho más alta que ancha. Era como estar en una torre o en un silo, y no es que yo hubiera estado en ninguno de esos sitios, pero tales fueron las comparaciones que hizo Melanie. El techo, dos veces más alto que ancha la habitación, era un laberinto de grietas. A modo de parras luminosas, las grietas daban vueltas y casi se encontraban unas con otras. Aquello me pareció peligroso, casi inestable. Pero Jeb no parecía recelar ningún derrumbe mientras me conducía al interior.

Había un colchón matrimonial en el suelo; en tres de sus lados quedaba casi un metro libre. Dos almohadas y dos mantas dobladas, en dos bultos independientes en cada mitad del colchón, hacía pensar que la habitación la ocupaba una pareja. En el muro más lejano y a la altura de los hombros, se apoyaba un grueso palo, parecido al mango de un rastrillo, cuyos extremos se insertaban en dos agujeros de la pared. De él colgaban un puñado de camisetas y dos pares de *jeans*. Había un banco de madera en la pared junto al guardarropa hechizo, y, en el suelo debajo de él una pequeña estantería con libros de bolsillo usados.

—¿De quién...? —le dije a Jeb, susurrando de nuevo. Tan obvio era que este espacio le pertenecía a alguien, que no sentía que estuviéramos solos aquí.

—Es de unos de los chicos de la expedición y no va a regresar en una temporada. Para entonces ya te habremos encontrado algo.

No me gustaba, no la habitación, sino la idea de permanecer allí. La presencia del propietario era fuerte y no nada más por sus meras pertenencias. No importaba quien fuese, no le sentaría nada bien tenerme aquí. Le parecería abominable.

Jeb pareció leerme la mente, o quizás la expresión de mi rostro era tan evidente que no tuvo que molestarse en ello.

—Vamos, vamos —apuntó.

—No te preocupes por eso. Es *mi* casa y ésta no es más que otra más de las muchas habitaciones para huéspedes que tengo. Yo digo quién sí y quién no es mi huésped. En este momento tú lo eres y te ofrezco esta habitación.

Seguía sin gustarme la idea pero no iba a ofender a Jeb. Me hice la promesa de no tocar nada, aunque eso supusiera dormir en el suelo.

—Bueno, vámonos. Y no lo olvides: tercera desde la izquierda y séptima entrada.

—El biombo verde —añadí.

—Exactamente.

Jeb me llevó de regreso hacia la gran habitación del huerto, dando la vuelta al perímetro por el lado opuesto y a través de la salida más grande del túnel. Cuando pasamos al lado de los que regaban, estos se envararon y se volvieron, temerosos de darme la espalda.

Este túnel estaba bien iluminado y las grandes grietas aparecían a intervalos demasiado regulares para ser naturales.

—Ahora vamos aún más cerca de la superficie. Todo está más seco pero también hace más calor.

Lo advertí de modo casi inmediato. En vez de cocernos al vapor, ahora parecería que nos horneábamos. El aire era menos viciado y rancio; casi podía paladear el polvo del desierto.

Había más voces hacia delante. Intenté precaverme contra la inevitable reacción. Si Jeb insistía en tratarme como... como un ser humano, como un huésped bienvenido, me iba a tener que acostumbrar. No había razón para sentir náuseas una y otra vez. Aun así, mi estómago comenzó una extraña danza.

—Aquí está la cocina —indicó Jeb.

Al principio pensé que estábamos en otro túnel, lleno de gente. Me apreté contra la pared, intentando mantenerme a distancia de los demás.

La cocina era un corredor muy largo con un techo alto, más alto que ancho, como mi nueva habitación. La luz resplandecía y hacía calor. En vez de finas grietas a través de las gruesas capas de roca, aquí había grandes agujeros abiertos.

—Naturalmente, no podemos cocinar a la luz del día. El humo, ya sabes. Así que básicamente usamos esto como comedor a partir de la caída del sol.

Todas las conversaciones pararon abruptamente, de modo que las palabras de Jeb sonaron claras para todo el que quisiera escucharlas. Intenté esconderme detrás de él, pero continuó internándose en el lugar.

Habíamos interrumpido el desayuno, o tal vez la comida.

Los humanos —casi veinte en un cálculo al vapor— estaban aquí muy cerca unos de otros. No era como en la gran caverna. Quería mantener los ojos fijos en el suelo pero no pude controlarlos cuando empezaron a recorrer la habitación. Por si acaso. Pude sentir que mi cuerpo se tensaba para emprender la fuga, aunque en realidad no sabía hacia dónde podría huir.

Había grandes pilas de piedras alineadas a ambos lados del pasadizo. En su mayor parte tosca roca volcánica de color púpura, con alguna sustancia más clara —¿cemento?— en sus intersticios, que creaba junturas para unirlas. Sobre estas pilas había otro tipo de piedras, planas y de un tono café más intenso. También estaban pegadas con una lechada de color gris claro. El producto final era una superficie relativamente nivelada como un mostrador o una mesa. Estaba claro que se usaban para ambas cosas.

Los humanos se sentaban en algunas de ellas, y se inclinaban sobre otras. Reconocí los rollos de pan que tenían suspendidos entre la mesa y sus bocas, helados de incredulidad, al tiempo que trataban de asimilar este tour-de-una-persona que conducía Jeb.

Algunos de ellos me eran conocidos. Sharon, Maggie y el doctor era el grupo que tenía más cerca. La tía y la prima de Melanie miraban enfurecidas a Jeb —tuve la extraña certeza de que, aunque me hubiera parado de cabeza para cantarles a voz en cuello los recuerdos de Melanie, no habrían reparado en mí—; no obstante, el médico me miró con una curiosidad franca y casi amistosa que me metió frío en los huesos.

Al fondo de aquella habitación en forma de vestíbulo, reconocí al hombre alto del pelo color de ébano y mi corazón latió violentamente. Se suponía que Jared se había llevado a los belicosos hermanos para facilitarle a Jeb la tarea de mantenerme con vida. Por lo menos, se trataba de Ian, el más joven, que, aunque tardíamente, había desarrollado cierta conciencia, y no era tan malo como si se hubiera quedado Kyle. Sin embargo, ese magro consuelo no aminoró el ritmo de mi desbocado pulso.

—¿Todos se hartaron tan pronto? —preguntó Jeb en voz alta y sarcástica.

—Hemos perdido el apetito— masculló Maggie.

—¿Y tú que tal? —dijo, volviéndose hacia mi.

—¿Tienes hambre?

Una suave queja corrió entre el público.

Sacudí la cabeza —movimiento leve pero frenético. Ni siquiera sabía si tenía hambre, pero estaba segura de que no podría comer frente a esta multitud, que gustosamente me habría devorado.

—Bueno, pues yo sí —gruñó Jeb. Caminó por el pasillo entre los mostradores, pero yo no le seguí. No toleraba la idea de ponerme al alcance de los demás. Me quedé pegada a la pared donde me encontraba. Sólo Sharon y Maggie le siguieron con la mirada mientras iba hacia un gran cubo de plástico en uno de los mostradores para tomar un panecillo. Todos me observaban a mí. Tenía la certeza de que si me movía solo un centímetro, saltarían sobre mí. Intenté no respirar siquiera.

—Bueno, prosigamos —sugirió Jeb con un bocado de pan, mientras regresaba hacia donde me encontraba yo. —Nadie parece concentrarse mucho en su comida. Estos se distraen fácilmente, por lo que se ve.

Vigilaba a los humanos en prevención de movimientos súbitos, sin ver realmente sus rostros, después de aquel primer momento en que ubiqué a los pocos cuyos nombres conocía. Así que no fue sino hasta que Jamie se puso en pie cuando me percaté de su presencia.

Era una cabeza más bajo que los adultos que se encontraban allí, pero más alto que los dos niños pequeños que se colgaban del mostrador al otro lado de donde él estaba. Saltó con ligereza de su asiento y se fue detrás de Jeb. Su expresión era tensa, contenida, como si intentara resolver mentalmente una difícil ecuación. Me examinó con ojos entrecerrados mientras se aproximaba a los talones de Jeb. Ahora no era yo la única que contenía el aliento en la habitación. Las miradas de los otros iban y venían entre el hermano de Melanie y yo.

Oh, Jamie, pensó Melanie. Ella odiaba la expresión adulta y triste de su rostro y yo probablemente la odiaba aun más. Yo me sentía mucho más culpable que ella por haberla puesto ahí.

Si pudiéramos borrarla de alguna manera, suspiró ella.

Es demasiado tarde. ¿Qué podríamos hacer para mejorar las cosas?

En realidad, mi referencia a la cuestión era más bien retórica, pero de pronto me encontré buscando una respuesta y Melanie también la buscaba.

No hallamos nada en el escaso segundo de que dispusimos para considerar el asunto, pero ambas sabíamos que tendríamos que hacerlo de nuevo, una vez que hubiéramos terminado este necio tour y que tuviéramos oportunidad de pensar. Si es que vivíamos tanto.

—¿Qué es lo que quieres, chico? —le preguntó Jeb sin mirarlo.

—Simplemente me preguntaba qué hacías —contestó Jamie, luchando por aparentar despreocupación y fracasando rotundamente.

Jeb se detuvo cuando llegó hasta mí y se volvió a mirar a Jamie.

—La llevo para mostrarle el lugar. Igual que hago con cualquier recién llegado.

Se produjo un nuevo gruñido bajo.

—¿Puedo ir? —preguntó Jamie.

Vi a Sharon sacudir la cabeza febrilmente, con expresión ultrajada. Jeb la ignoró.

—No me molesta... si sabes comportarte.

Jamie se encogió de hombros. —Sin problemas.

Tuve que hacer un movimiento para entrelazarme las manos por delante. Tenía locos deseos de apartar de los ojos de Jamie el cabello desordenado que le caía sobre ellos y luego de pasarle el brazo alrededor del cuello. Algo que, estaba segura, no tomaría a bien.

—Vámonos— nos dijo Jeb a ambos. Regresamos por el mismo camino por el que habíamos venido. Jeb andaba a uno de mis costados y Jamie al otro, y aunque parecía querer mirar hacia el suelo, siguió pendiente de mi rostro, del mismo modo que yo tampoco podía dejar de mirar el suyo. En cuanto nuestros ojos se encontraban, los desviábamos hacia otro lado con rapidez.

Estaríamos como a medio camino del gran corredor, cuando escuché unos pasos silenciosos detrás de nosotros. Mi reacción fue instantánea e irreflexiva. Salté hacia un lado del túnel, atrayendo a Jamie con un brazo e interponiéndome entre él y lo que viniera por mí.

—¡Eh! —protestó, pero no apartó mi brazo.

Jeb fue igual de rápido. El rifle se destrabó de su correa a una velocidad cegadora.

Tanto Ian como el doctor, levantaron las manos por encima de la cabeza.

—Nosotros también podemos comportarnos correctamente —adujo el médico. Era difícil de creer que aquel hombre de voz suave y expresión tan amigable, fuera el torturador local. Y para mí resultaba el más terrorífico de todos precisamente por su benevolente aspecto. Una persona debe estar alerta en una noche obscura y ominosa, debe estar preparada. ¿Pero también en un día claro y soleado? ¿Cómo se puede huir cuando no es posible ver un lugar donde esconderse del peligro?

Jeb entrecerró los ojos mirando a Ian, y el cañón del arma siguió los movimientos de sus ojos.

—No quiero ningún problema, Jeb. Me comportaré tan educadamente como Doc.

—Estupendo— contestó Jeb cortésmente, guardando el arma. —Simplemente no me pongan a prueba. Hace mucho que no he disparado a nadie y echo de menos un poco de esa emoción.

Jadeé. Todo el mundo lo oyó y se volvió para ver mi expresión horrorizada. El doctor fue el primero en echarse a reír, pero incluso Jamie se les unió después.

—Es una broma— me susurró Jamie. Movió la mano de su costado casi como si quisiera alcanzar la mía, pero la metió rápidamente en el bolsillo de sus pantalones cortos. Así que también dejé caer mi brazo, que había extendido con ademán protector enfrente de su cuerpo.

—Bueno, vamos, que perdemos el día —dijo Jeb, todavía un poco hosco.

—Todo mundo tiene que seguir el ritmo, porque no voy a esperarlos —y reanudó la marcha una vez que terminó de hablar.

21

Mi nombre

Me mantuve pegada al costado de Jeb, ligeramente adelante. Quería estar tan lejos como fuera posible de los dos humanos que nos seguían. Jamie caminaba en algún lugar por en medio, inseguro respecto a donde quería estar.

No pude concentrarme mucho en el resto del paseo que nos dio Jeb. No pude mantener la atención en el segundo conjunto de huertos a los que me llevó, en uno de los cuales el maíz estaba crecido hasta la altura de la cintura, bajo el calcinante calor de los brillantes espejos, y tampoco en una caverna de techo bajo que denominó "el recreativo". Ésta era negra como el carbón y estaba a gran profundidad bajo tierra, pero me dijo que se traían luces cuando querían jugar. La palabra *jugar* no tenía sentido para mi, no al menos entre este grupo de tensos y agresivos sobrevivientes, pero no le pedí que me explicara. Había más agua allí, un manantial pequeño de olor sulfuroso que, según decía Jeb, algunas veces se usaba como segunda letrina, porque el agua no era buena para beber.

Mi atención estaba dividida entre los dos hombres que caminaban detrás de nosotros y el chico que lo hacía a mi lado.

Ian y el médico se condujeron con modales sorprendentemente buenos. Nadie me atacó por detrás, aunque casi sentía como si mis ojos se hubieran alojado en mi espalda, de tanto intentar ver si estaban a punto de hacerlo. Ellos me siguieron despacio, algunas veces hablando entre sí en voz baja. Sus comentarios giraban en torno a nombres que yo no conocía y a sobrenombres de lugares y cosas que bien podrían estar o no dentro de estas cuevas. No logré entender nada.

Jamie no decía nada, pero me miraba mucho. Cuando no estaba intentando mantener vigilados a los otros, a menudo, yo también lo miraba. Y todo ello dejaba muy poco tiempo para admirar las cosas que me enseñaba Jeb, pero él no pareció notar mi preocupación.

Algunos de los túneles eran muy largos —la extensión de estas cuevas bajo tierra apenas era inimaginable. A menudo eran obscuras como boca de lobo, pero Jeb y los otros no sentían necesidad de aminorar el paso, estando como estaban muy familiarizados con sus lugares y habituados de tiempo atrás a caminar entre tinieblas. Me resultó aún más difícil que cuando Jeb y yo estábamos solos. Cada ruido me parecía el preludio de un ataque en aquella negrura, e incluso la charla trivial de Ian y el doctor sonaban a mis oídos como el encubrimiento a algún movimiento nefasto.

Estás paranoica, comentó Melanie.

Pues lo estoy, si esto es lo que hay que hacer para mantenernos con vida.

Me gustaría que le prestaras más atención al tío Jeb. Todo esto es fascinante.

Haz lo que te de la gana con tu tiempo.

Yo sólo puedo escuchar y ver lo que tú escuchas y ves, Viajera, me contestó. Entonces cambió de tema. *Jamie tiene un aspecto estupendo, ¿no crees?. No parece demasiado infeliz.*

Parece... desconfiado.

Estábamos llegando justo a un punto iluminado después de un largo trecho en la húmeda obscuridad.

—Y este es el extremo más meridional del sistema de corredores— explicaba Jeb mientras caminábamos. —No es que sea lo óptimo, pero tiene buena luz durante todo el día. Por eso lo hemos convertido en el ala hospitalaria. Aquí es donde Doc hace su labor.

En el momento en que Jeb anunció donde nos encontrábamos, mi cuerpo quedó paralizado y las articulaciones se trabaron.

Me paré en seco, plantando los pies con fuerza sobre el suelo de roca. Mis ojos, dilatados por el terror, iban del rostro de Jeb al del médico.

¿Entonces todo esto no había sido más que una triquiñuela? ¿Habían esperado a que el cabezón de Jared saliera de escena para arrastrarme hasta aquí? No podía creer que hubiera andado hasta este lugar por mis propios pies, ¡qué estúpida había sido!

Melanie estaba igual de aterrorizada. *¡Ya nos podíamos haber entregado envueltas para regalo!*

Ellos me devolvieron la mirada, la de Jeb inexpresiva, y la del médico sorprendida, como la mía, aunque no tan horrorizada.

Habría respingado y me habría desprendido violentamente de cualquier mano que me hubiera tocado el brazo, si ésta no me fuera tan familiar.

—No —dijo Jamie, con la mano tímidamente puesta justo debajo de mi codo—. No, todo está bien. En serio. ¿Verdad que sí, tío Jeb?—. Jamie miró con confianza al anciano.—¿No es cierto que todo va bien?

—Seguro que sí —los ojos de azul deslavado de Jeb se mostraban serenos y claros—. Sólo te estoy enseñando el lugar, chiquilla, eso es todo.

—¿De qué hablan? —gruñó Ian atrás de nosotros; molesto porque no entendía nada.

—¿Crees que te hemos traído aquí a propósito, para ponerte en manos de Doc? —me dijo Jamie a mí, en vez de responder a Ian.

—Porque jamás haríamos eso. Se lo hemos prometido a Jared.

Yo miré su rostro sincero, intentando creerle.

—¡Oh! —exclamó Ian al comprender y luego se echó a reír.

—No era un mal plan. Me sorprende que no se me haya ocurrido antes.

Jamie fulminó con la mirada al hombretón y me palmeó el brazo antes de apartar la mano.

—No te asustes —me dijo.

Jeb retomó la explicación por donde se había quedado.

—Así que hemos equipado esta habitación grande con unas cuantas camas por si alguien se enferma o está herido. Hemos tenido mucha suerte en ese aspecto, porque Doc no ha tenido mucho trabajo en casos de emergencia—. Jeb me sonrió.

—Tu gente desechó todas *nuestras* medicinas cuando se hicieron cargo de las cosas, así que resulta difícil hacernos de lo que necesitamos.

Asentí ligeramente, pero fue un movimiento ausente. Todavía estaba conmocionada, intentando controlarme. Esta habitación parecía bastante inocente, como si sólo se usara para curar, y aun así, hizo que el estómago se me contrajera y retorciera.

—¿Qué es lo que sabes sobre medicina extraterrestre? —me preguntó el médico repentinamente, con la cabeza inclinada hacia un lado y observando mi rostro con curiosidad expectante.

Le miré sin saber qué decir.

—Oh, puedes hablar tranquilamente con Doc —me animó Jeb— es un muchacho bastante decente, teniendo en cuenta el estado de cosas.

Sacudí la cabeza una vez. Quería responder a las preguntas del médico, decirle que no sabía nada, pero no deseaba que me malinterpretaran.

—Ella no va a traicionar ninguno de sus secretos— comentó Ian con amargura.

—¿No es cierto, cariño?

—Cuidado con esos modales, Ian— ladró Jeb.

—¿Eso es secreto? —preguntó Jamie, cauteloso, pero con ostensible curiosidad.

Sacudí la cabeza de nuevo. Todos me miraron confundidos. También Doc sacudió la cabeza, lentamente, perplejo.

Inhalé profundamente, y después susurré.

—Yo no soy Sanadora. No sé como funciona la medicina. Sólo que lo hace y muy bien: realmente cura, no se limita simplemente a tratar síntomas. No hay método de prueba y error. Ese fue el motivo de que descartaran las medicinas humanas.

Los cuatro se me quedaron mirando con expresiones inescrutables. Primero se sorprendieron de que no contestara y ahora también parecían sorprendidos porque lo había hecho. Era imposible dar gusto a los humanos.

—Los de tu especie apenas si han cambiado nada de lo que dejamos —apuntó Jeb pensativo después de un momento.

—Únicamente lo relativo a la medicina y el hecho de usar naves espaciales en vez de aviones. Si no fuera por eso, la vida parecería exactamente igual que siempre... al menos en la superficie.

—Hemos venido para experimentar, no para cambiar nada —expliqué en voz baja.

—Aunque supongo que la salud es más importante que cualquier consideración filosófica.

Cerré la boca con un golpe audible. Tenía que ser más cuidadosa. Los humanos seguramente no estaban para sermones sobre la filosofía de las almas. ¿Cómo saber lo que podría disgustarles? ¿Qué podría quebrantar su frágil paciencia?

Jeb asintió, aún pensativo, y después nos instó a seguir. Ya no parecía tan entusiasmado con la prosecución de mi tour a través de las escasas cuevas interconectadas que componían el ala médica, y lucía menos embebido en la explicación. Cuando dimos la vuelta y emprendimos la marcha por el sombrío corredor, se hundió en el silencio durante un rato. Fue una caminata larga y muda. Volví a pensar en lo que había dicho, buscando lo que podía haberlo ofendido. Jeb era demasiado extraño como para que yo dedujera cosas llegado el caso. Los otros humanos, siendo hostiles y suspicaces, mostraban un comportamiento coherente. ¿Cómo podía esperar comprender el sentido de lo que hacía Jeb?

El paseo terminó abruptamente cuando entramos de nuevo en la amplia caverna del jardín, donde crecían las zanahorias en una alfombra de color verde brillante sobre el obscuro suelo.

—Se terminó la función —gruñó Jeb con aspereza, mirando a Ian y al doctor—. Y ahora vayan a hacer algo útil.

Ian giró los ojos dirigiéndose al médico, pero ambos se volvieron sin dar muestras de mal humor y se marcharon a través de la salida más grande, la que llevaba a la cocina, según recordaba. Jamie dudó, mirando como se iban pero sin moverse.

—Tú ven conmigo —le dijo Jeb, algo menos brusco.

—Tengo un trabajo para tí.

—Bien —dijo Jamie. Vi que le agradaba que lo hubiera escogido.

Jamie caminó a mi lado mientras nos dirigíamos a la sección de dormitorios de las cuevas. Me sorprendía, mientras escogíamos el tercer pasadizo por la izquierda, que Jamie pareciera saber con exactitud a dónde íbamos. Jeb iba ligeramente detrás de nosotros, pero Jamie se detuvo en seco cuando llegamos al biombo verde que cubría la entrada del séptimo departamento. Lo apartó para que pasara, pero él se quedó en el pasillo.

—¿Tienes ganas de sentarte un rato? —me preguntó Jeb.

Yo asentí, agradecida ante la posibilidad de poder esconderme otra vez. Bajé la cabeza para pasar por la abertura, y después me detuve a un metro más o menos, sin saber qué hacer. Melanie recordaba que allí había libros, pero le reiteré la promesa que me había hecho a mí misma de no tocar nada.

—Tengo cosas que hacer, chico —le dijo Jeb a Jaime.

—Sabes que la comida no se prepara sola. ¿Puedes encargarte de montar guardia?

—Claro que sí —dijo Jamie con una sonrisa luminosa. Su angosto pecho se hinchó con una gran inspiración.

La incredulidad me abrió los ojos como platos cuando vi que Jeb ponía el rifle en las dispuestas manos de Jamie.

—¿Pero: estás *loco*? —le grité. Vociferé de tal forma que al principio no me reconocí. Me parecía como si hubiera susurrado toda mi vida.

Jeb y Jamie me miraron azorados. De un salto había salido hasta el pasillo donde estaban. Estuve a punto de alcanzar el duro metal del cañón, a un ápice de arrancarlo de las manos del chico. Lo que me detuvo no fue la idea de que un movimiento como ése sin duda me llevaría a la muerte, sino el hecho de que, a ese respecto, yo era más débil que los humanos. No era capaz de tocar el arma: ni siquiera para salvar al muchacho.

En vez de eso me volví hacia Jeb.

—¿En qué estás pensando? ¿Cómo se te ocurre darle un arma a un niño? ¡Podría matarse!

—Creo que Jamie ha pasado por suficientes experiencias como para que se le considere ya un hombre. Y sabe arreglárselas con un arma.

Los hombros de Jamie se enderezaron ante la alabanza de Jeb y empuñó el rifle con más fuerza contra su pecho.

Yo me quedé boquiabierta por la estupidez de Jeb.

—¿Y qué pasa si estando él aquí vienen por mí? ¿Has pensado en lo que podría pasar? ¡Esto no es una broma! ¡Le harán daño para apoderarse de mí!

Jeb mantuvo la calma, con una expresión plácida en el rostro.

—No creas que habrá ningún problema hoy. Te lo apuesto.

—¡Bueno, pues yo no lo creo! —ya estaba gritando de nuevo y mi voz hizo eco en las paredes del túnel. Seguramente alguien la oiría, pero no me preocupaba. Mejor que vinieran estando aquí Jeb todavía.

—Si estás tan seguro, déjame sola. Deja que pase lo que tenga que pasar, pero ¡no pongas a Jamie en peligro!

—¿Es el chico lo que te preocupa o simplemente temes que te pegue un tiro?— me preguntó Jeb, con voz casi lánguida.

Yo parpadeé y mi ira amainó. Eso ni siquiera se me había ocurrido. Me quedé mirando a Jamie sin comprender y tropecé con su mirada de asombro. Vi que la idea también le resultaba incomprensible.

Me llevó un momento recuperar mi punto de vista, pero cuando lo hice, la expresión de Jeb ya había cambiado. Sus ojos brillaban de interés y su boca se fruncía, como si estuviera encajando la última pieza de un rompecabezas particularmente difícil.

—Dale el arma a Ian o a cualquiera de los otros. No me importa —dije, con la voz baja de nuevo y uniforme.

—Sólo quiero que dejes al chico fuera de esto.

La sonrisa repentina de Jeb, tan ancha como su cara, me recordó, extrañamente la de un gato a punto de saltar sobre algo.

—Esta es mi casa, chiquilla, y hago lo que me da la gana. Siempre.

Jeb me dio la espalda y se marchó por el corredor, silbando mientras se alejaba. Le miré irse, boquiabierta. Cuando desapació me volví hacia Jamie que me observaba con una expresión resentida.

—No soy un niño —masculló con un tono más grave del habitual, y la barbilla sobresaliendo de forma beligerante, —ahora... será mejor que entres en la habitación.

La orden distaba de ser severa, pero no había otra cosa que pudiera hacer. Había perdido esta discusión por mucho.

Me senté con la espalda contra la roca que formaba uno de los lados de la abertura de la cueva, un lugar donde podía esconderme detrás del biombo a medio abrir, pero aún así vigilar a Jamie. Envolví las piernas con los brazos y comencé lo que sabía que estaría haciendo mientras esta situación de locos persistiera: preocuparme.

Afiné los ojos y los oídos para poder percibir algún sonido de aproximación, y para estar preparada. Sin importar lo que Jeb hubiera dicho, impediría que violentaran la guardia de Jamie. Me entregaría antes de que me lo pidieran.

Sí, Melanie expresó su acuerdo de forma sucinta.

Jamie permaneció en el pasillo unos cuantos minutos, con el arma fuertemente empuñada en las manos, inseguro de cómo hacer este trabajo. Luego de eso comenzó a pasearse arriba y abajo delante del biombo, pero después de dar un par de vueltas pareció sentirse tonto. Entonces se sentó en el suelo al lado de la apertura del biombo. Apoyó el rifle entre sus piernas dobladas, y acomodó la barbilla entre las manos. Después de un rato, suspiró. Hacer guardia no era tan emocionante como había pensado.

Yo no me aburría de observarlo.

Y quizá después de una hora o dos, comenzó a mirarme de nuevo, con miradas vacilantes. Abrió los labios un par de veces y pensó mejor lo que pretendía decir.

Apoyé la barbilla sobre las rodillas y esperé mientras él luchaba consigo mismo. Mi paciencia se vio recompensada.

—Ese planeta del que tú venías antes de que te pusieran dentro de Melanie —dijo finalmente—, ¿cómo era? ¿Cómo éste?

La dirección que habían tomado sus pensamientos me sorprendió con la guardia baja.

—No —respondí. Estando aquí a solas con Jamie, me parecía natural hablar normalmente, sin susurrar.

—No, era muy diferente.

—¿Puedes contarme cómo era? —inquirió, inclinando la cabeza hacia un lado, del mismo modo que solía hacer cuando estaba realmente interesado en alguna de las historias que Melanie le contaba a la hora de dormir.

Así que se lo conté.

Le hablé del Planeta cubierto de agua de las Algas. Le hablé de los dos soles, de la órbita elíptica, de las aguas grises, de la permanencia inmóvil de las raíces, de la sorprendente visión de un millar de ojos, de las conversaciones infinitas de un millón de voces insonoras que todos podían oír.

Me escuchó con los ojos muy abiertos y una sonrisa fascinada.

—¿Ése es el único otro lugar que existe? —preguntó cuando callé, repasando si había pasado por alto alguna cosa. —¿Las Algas— se echó a reír por el juego de palabras— son los únicos otros alienígenas?

Yo me eché a reír también.

—Que va. Así como yo tampoco soy la única alienígena en este mundo.

—Cuéntame más.

De modo que le seguí explicando cosas sobre los Murciélagos del Mundo Cantante: qué era vivir en una ceguera musical y cómo era volar. También le hablé del Planeta de las Nieblas, cuál era la sensación de tener un espeso pelo blanco y cuatro corazones para mantener el calor, y cómo eludir a las grandes bestias con garras.

Asimismo empecé a contarle cosas sobre el Planeta de las Flores, el color y la luz, pero me interrumpió con una nueva pregunta.

—¿Y qué hay de esos hombrecillos verdes de cabezas triangulares y grandes ojos negros? Aquellos que cayeron en Roswell y demás ¿Eran ustedes?

—No, no éramos nosotros.

—¿Entonces todo era un engaño?

—No lo sé, quizá sí quizá no. El universo es muy grande y hay muchísima compañía por ahí.

—¿Y cómo vinieron ustedes aquí entonces; si no eran los hombrecillos verdes, quiénes eran ustedes? Tendrían que tener cuerpos para moverse y meterse dentro ¿no?

—Cierto —asentí, sorprendida de lo rápido que había captado la cuestión. Aunque no debería de haberme sorprendido, ya sabía lo inteligente que era y que su mente era como una esponja sedienta.

—Usamos nuestra identidad de Arañas muy al principio, para poner todo en marcha.

—¿Arañas?

Le hablé de las Arañas —una especie fascinante. Las mentes más deslumbrantes e increíbles que jamás habíamos conocido, tres de ellas en cada Araña. Sí, tres cerebros, uno en cada sección de sus cuerpos segmentados. Aún estaba por encontrarse un problema que ellas no fueran capaces de resolvernos. Y es que eran tan fríamente analíticas que rara vez se tropezaban con un problema que tuvieran la suficiente curiosidad para resolver. De todos nuestros huéspedes, las Arañas fueron las que mejor aceptaron la ocupación. Apenas notaron la diferencia y cuando lo hicieron, parecieron apreciar lo que traíamos. Las pocas almas que habían andado por el planeta de las Arañas antes de la implantación nos contaron que era frío y gris, así que no era de extrañar que sólo vieran en blanco y negro y que tuvieran un sentido limitado de la temperatura. La Arañas vivían vidas cortas, pero los recién nacidos traían el conocimiento completo que sus padres tuvieran, de modo que ningún saber se perdía.

Yo había vivido uno de los cortos ciclos vitales de esa especie y después me había marchado sin deseos de regresar. La pasmosa claridad de mis pensamientos, las rápidas respuestas que acudían casi sin esfuerzo a cualquier pregunta, la marcha y baile de los números, no podían sustituir a la emoción y al color, que apenas si podía comprender dentro de ese cuerpo. Me pregunté cómo podía un alma sentirse a gusto allí, pero el planeta había sido autosuficiente durante miles de años terrestres. Aún estaba abierto a la colonización porque las Arañas se reproducían muy rápidamente debido a sus grandes sacos de huevos...

Empecé a contarle a Jamie cómo se había desencadenado aquí la ofensiva. Las Arañas eran nuestros mejores ingenieros, ya que las naves que nos construyeron viajaban de forma indetectable a través de las estrellas. Los cuerpos de las Arañas eran casi tan útiles como sus mentes, ya que tenían cuatro patas por cada segmento —motivo por el que se habían ganado su apodo— y manos con doce dedos en cada pata. Aquellos dedos de seis articulaciones eran delgados y fuertes como hilos de acero, capaces de los procedimientos más sutiles. Del tamaño de una vaca, pero de baja estatura y esbeltas, las Arañas no tuvieron problemas con las primeras inserciones. Eran más fuertes que los humanos, más listas que los humanos y estaban preparadas, y los humanos, no...

Me paré de pronto, a media frase, cuando vi aquella chispa cristalina en la mejilla de Jamie.

Miraba de frente, hacia la nada, con los labios apretados en una línea firme. Una larga gota de agua salada le corría por la mejilla que yo podía ver desde mi posición.

Idiota, me reprendió Melanie. *¿No te das cuenta de lo que tu historia significa para él?*

¿Y no se te ha ocurrido avisarme antes?

Ella no me contestó. No cabía duda de que estaba tan absorta en la historia que estaba contando como yo.

—Jamie —murmuré. Tenía la voz atenazada por la emoción. La vista de aquella lágrima le había hecho cosas raras a mi garganta. —Jamie, lo siento tanto. No pensé.

Jamie se limpió la lágrima.

—No pasa nada. He sido yo el que ha preguntado. Quería saber cómo había ocurrido—. Su voz sonaba áspera, intentando esconder la pena.

Fue instintivo, aquel deseo de inclinarme y limpiarle esa lágrima. Al principio intenté no hacer caso, porque yo no era Melanie. Sin embargo, la lágrima colgaba allí, inmóvil, como si no fuera a caer nunca. Los ojos de Jamie seguían fijos en el muro vacío y sus labios temblaron.

No estaba lejos de mí. Estiré el brazo para pasar los dedos por su mejilla de modo que la lágrima se extendió por su piel y desapareció. Actuando otra vez por instinto, dejé la mano contra su mejilla cálida, acunándole el rostro.

Durante un escaso segundo simuló ignorarme.

Pero entonces se dio la vuelta hacia donde yo estaba, con ojos cerrados y extendiéndome las manos. Se acurrucó a mi lado, con la mejilla contra el hueco de mi hombro donde antes había encajado tan bien y se echó a llorar.

Estas no eran las lágrimas de un niño, lo cual les confería mayor profundidad, las sacralizaba, las hacía más dolorosas porque las lloraba enfrente de mí. Era el duelo de un hombre en el funeral de toda su familia.

Lo rodeé con mis brazos, donde ya no encajaba tan bien como antes, y lloré también.

—Lo siento —le decía una y otra vez. Con esas dos palabras me disculpé por todo. Porque hubiéramos encontrado este lugar, porque lo hubiéramos escogido, porque yo hubiera sido la destinada a tomar a su hermana, porque la hubiera traído de nuevo hasta aquí y porque lo hería a él una vez más. También por haberlo hecho llorar hoy con mi insensibilidad al contarle todas esas historias.

No aparté los brazos cuando disminuyó su angustia. No tenía prisa por dejarlo marchar. Parecería que mi cuerpo hubiera estado ansiando esto desde el principio, pero jamás hubiera sabido antes qué era lo que necesitaba para saciar esta hambre.

El misterioso lazo de madre-hijo que era tan fuerte en este planeta, había dejado de ser un misterio para mi. No hay un vínculo mayor que aquel que requiere que des tu vida por la de otro. Yo había comprendido esta verdad antes, lo que no había entendido era el porqué. Ahora sabía porqué una madre daba la vida por su hijo, y este conocimiento cambiaría para siempre mi visión del universo.

—Creía haberte enseñado mejor, muchacho.

Nos separamos de un salto. Jamie se plantó sobre sus pies, en tanto que yo me acurruqué lo más pegada que pude al suelo.

Jeb se inclinó y recogió del piso el rifle, del que ya nos habíamos olvidado

—Debes cuidar mejor de las armas, Jamie— su tono era muy dulce, de modo que la crítica fue atenuada. Alzó la mano para revolverle el enmarañado pelo a Jamie.

Este agachó la cabeza bajo la mano de Jeb, rojo como tomate por la mortificación.

—Lo lamento —murmuró y se volvió para marcharse, pero se detuvo luego de dar un paso y se giró para mirarme.

—No sé tu nombre —me dijo.

—Me llaman Viajera —susurré.

—¿Viajera?

Asentí.

Él asintió también y después se fue apresuradamente por el pasillo. En su nuca aún perduraba el rubor.

Cuando se marchó, Jeb se apoyó contra la roca y se deslizó hasta quedar sentado donde antes lo había estado Jamie. Al igual que él, dejó el arma acunada sobre su regazo.

—Es un nombre realmente interesante el que has adquirido por ahí —apuntó. Nuevamente parecía mostrar ese espíritu de charla del que había hecho gala antes. —Quizás alguna vez me dirás cómo te lo ganaste. Apuesto a que es una buena historia. Pero es como trabalenguas, ¿no te parece? ¿Viajera?

Me quedé mirándolo.

—¿Te importaría que te llame Wanda, para acortarlo? Es más fluido.

Esta vez él esperó a que le diera una respuesta. Finalmente, me encogí de hombros. Me daba igual que me llamara chiquilla o cualquier otro extraño apodo humano. Suponía que se trataba de una expresión de afecto.

—Bien, entonces, Wanda —sonrió, disfrutando de su invento —es bueno tener un nombre con el que llamarte. Me hace sentir como si fuéramos viejos amigos.

Sonrió ampliamente con aquella enorme sonrisa suya, que ocupaba toda la extensión de sus mejillas, y no pude evitar contestarle con otra, aunque la mía era más compungida que alegre.

Se suponía que era mi enemigo, y seguramente estaba loco. Y de hecho, *era* un amigo. No es que no fuera a matarme si las cosas se daban así, pero no le gustaría hacerlo. Tratándose de los humanos, ¿qué más se le podría pedir a un amigo?

22

Al descubierto

Jeb puso las manos detrás de la cabeza y miró hacia el sombrío techo, con el rostro pensativo. Todavía no se le habían pasado las ganas de conversar.

—Me he preguntado muchas veces cómo sería... que te atraparan, ya sabes. He visto cómo sucedía más de una vez, y yo mismo he estado cerca unas cuantas veces. Como sería, es lo que me preguntaba. Si dolería que te pusieran a alguien dentro de la cabeza. Ya lo he visto hacer, ¿sabes?

Los ojos se me dilataron de sorpresa, pero él no me estaba mirando.

—Parece ser que emplean algún tipo de anestesia, aunque eso es solo una suposición. Nadie gritaba de dolor ni nada por el estilo, por eso supongo que no debe ser ningún tipo de tortura.

Arrugué la nariz. Tortura. No: ésa era una especialidad humana.

—Esas historias que le contabas al muchacho eran muy interesantes.

Me puse rígida y él se echó a reír con ganas.

—Ah, sí, estaba escuchando. Y a escondidas, lo admito. No me arrepiento, porque eran cosas importantes y tú no charlas conmigo como con Jamie. Me encanta todo eso de los murciélagos, las plantas y las arañas. Le da a uno un montón de cosas en qué pensar. Siempre me gustó leer alocadas cosas de ésas, sobre el más allá, ciencia ficción y demás. Las devoraba. Y el chico es como: se ha leído todos los libros que tengo, dos o tres veces cada uno. Para él debe ser un auténtico placer enterarse de nuevas historias. Desde luego para mí lo es. Eres muy buena contando historias.

Mantuve los ojos bajos, pero sentí como me relajaba, y bajé un poco la guardia. Como cualquiera que habitara estos cuerpos tan emocionales, sentía debilidad por la adulación.

—Todo el mundo aquí cree que nos rastreaste para entregarnos a los Buscadores.

La palabra envió una descarga abrumadora por todo mi cuerpo. Se me endureció la mandíbula y me mordí la lengua con los dientes. Saboreé el gusto a sangre.

—¿Qué otra razón podría haber? —continuó él, insensible a mi reacción o ignorándola—. Pero creo que ellos se han quedado atrapados en sus prejuicios. Soy el único que se hace preguntas... quiero decir, ¿qué clase de plan era ése, el de vagabundear por el desierto sin forma alguna de poder regresar? —se echó a reír—. Vagar... supongo que esa es tu especialidad, ¿eh, Wanda?

Se inclinó hacia mí y me dio un ligero codazo. Dilatados por la incertidumbre, mis ojos se volvieron hacia el suelo, luego a su rostro y de nuevo al suelo. Se echó a reír de nuevo.

—En mi opinión, esa expedición estuvo a un tris de convertirse en una especie de exitoso suicidio. Definitivamente, no es el *modus operandi* de un Buscador, si sabes a lo que me refiero. Usemos la lógica, ¿de acuerdo? O sea, que si no contabas con refuerzos —de los cuales no vi rastro alguno— ni forma de regresar, entonces debías tener un objetivo diferente. No te has mostrado muy comunicativa desde que llegaste aquí, excepto ahora con el muchacho, pero yo sí he escuchado lo que *has* dicho. Me parece a mí que la razón por la que casi mueres en el intento, es que tenías que encontrar al muchacho y a Jared costara lo que costase.

Cerré los ojos.

—Sólo hay que saber ¿por qué *te* preocupan tanto? —preguntó Jeb, sin esperar ninguna respuesta, solo elucubrando—. Y así es como yo lo veo: o eres realmente una gran actriz —una especie de Super-Buscadora de última generación, mucho más refinada que los que ya conocemos—, con cierto tipo de plan entre manos que no puedo adivinar; o actuas de buena fe. La primera es una explicación realmente complicada por tu comportamiento, tanto antes como ahora, y no me convence. Pero si no estás actuando...

Hizo una breve pausa.

—He pasado mucho tiempo observando a los de tu especie. Siempre he esperado a verlos cambiar, tú sabes: ese momento en que no se sintieran obligados a actuar como nosotros, porque ya no tenían que hacerlo para nadie. He seguido observando y esperando, pero ellos continúan actuando siempre como humanos. Viven con los familiares de sus cuerpos, salen de picnic cuando hay buen tiempo, plantan flores, pintan cuadros y todo lo demás. Me he estado preguntando si de algún modo no se están volviendo humanos. Si pese a todo, no tenemos algún tipo de influencia.

Esperó, dándome la oportunidad de responder. No lo hice.

—Hace unos cuantos años vi algo que me dejó asombrado. Un anciano y una anciana, bueno, los cuerpos de un anciano y una anciana. Habían estado tanto tiempo juntos que la piel de sus dedos crecía alrededor de sus anillos de boda. Se tomaban de la mano; él la besaba en la mejilla y ella se ruborizaba bajo todas aquellas arrugas. Se me ocurrió que ustedes sienten todo lo que nosotros sentimos, porque en realidad son nosotros y no sólo las manos que mueven una marioneta.

—Sí —susurré—. Tenemos los mismos sentimientos, sentimientos humanos. Esperanza, dolor y amor.

—Así que... si tú no estás actuando... bueno, entonces juraría que los amas a los dos. Tú misma. Wanda, no sólo el cuerpo de Mel.

Dejé caer la cabeza sobre mis brazos. El gesto equivalía a una aceptación, pero no me preocupó. Ya no podía soportarlo más.

—Así que eres tú. Pero también me pregunto por mi sobrina. Cómo será para ella, como sería para mí. El que pongan a alguien dentro de tu cabeza, ¿simplemente es... como si te hubieras ido? ¿Borrado? ¿Cómo morir? ¿O como si te quedas dormido? ¿Eres consciente de lo que sucede afuera? ¿Eres consciente de ti mismo? ¿Estás atrapado ahí dentro, gritando?

Me quedé sentada muy quieta, intentando mantener el control de la expresión de mi rostro.

—Evidentemente, tus recuerdos y tu conducta, todo queda atrás. Pero tu conciencia... Parece que algunas personas no se rinden sin luchar. Demonios, yo sé que intentaría quedarme, nunca he sido de los que aceptan un no por respuesta, cualquiera puede decírtelo. Soy un luchador. Todos los que quedamos somos luchadores. Y ¿sabes? también tenía catalogada a Mel como una luchadora.

No movió los ojos del techo, pero yo veía hacia el suelo: mirándolo fijamente, memorizando los diseños que hacía el polvo de color púrpura y gris.

—Oh, sí, me he preguntado mucho al respecto.

Luego, pude sentir sus ojos fijos en mí. No me moví, excepto para respirar lentamente. Me costó un gran esfuerzo mantener ese ritmo sosegado. Tenía que tragar, la sangre aún fluía dentro de mi boca.

¿Por qué siempre creímos que estaba loco?, se preguntó Mel. *Lo ve todo. Es un genio.*

Es las dos cosas.

Bueno, quizá eso signifique que ya no tendremos porqué callar nunca más. Él ya lo sabe. Ella estaba esperanzada. Últimamente había estado muy tranquila, ausente casi la mitad del tiempo. Cuando era relativamente feliz no le resultaba tan fácil concentrarse. Había ganado su gran batalla. Nos había traído hasta aquí, de modo que sus secretos ya no estaban en peligro. Jared y Jamie nunca serían traicionados por sus recuerdos.

Superada la lucha, le era más difícil encontrar la fuerza de voluntad necesaria para hablar, incluso conmigo. Podía ver que la idea de develarlo todo —de hacer que los otros humanos reconocieran su existencia— le insuflaba nuevas fuerzas.

Jeb, lo sabe, sí. ¿Pero eso cambia algo realmente?

Ella pensó en la opinión que los demás seres humanos tenían de Jeb.

Cierto, suspiró. *Pero creo que Jamie... él no lo sabe o lo adivina, pero creo que* percibe *la verdad.*

Podrías tener razón. Creo que al final veremos si esto es bueno para él o para nosotras.

Jeb sólo lograba estar en silencio unos instantes, así que pronto volvió a hablar, interrumpiéndonos.

—Sí, algo bastante interesante. No tan ¡pum! ¡pum!, como en aquellas películas que tanto me gustaban, pero aún así harto interesante. Me gustaría saber más sobre esas cosillas que parecen arañas. Realmente tengo curiosidad... auténtica, de verdad.

Me sonrió cálidamente, sus ojos se plegaron en medias lunas.

Hice una profunda inspiración y alcé la cabeza.

—¿Qué es lo que quieres saber?

—Lo de los tres cerebros, ¿si?

Asentí.

—¿Cuántos ojos?

—Doce, uno en cada articulación entre la pata y el cuerpo. No teníamos párpados, sólo un conjunto de fibras —como pestañas de lana de acero— para protegerlos.

Él asintió a su vez, con los ojos brillantes.

—¿Eran peludos, como las tarántulas?

—No... teníamos una especie de... caparazón, de escamas, como un reptil o un pez.

Me recliné contra la pared, acomodándome para una conversación larga.

Y Jeb no me defraudó a ese respecto. Perdí la cuenta de las preguntas que me hizo. Quería detalles sobre las Arañas, su aspecto, su conducta, y saber cómo se las habían arreglado con la Tierra.

No se arredró ante los detalles de la invasión; por el contrario, casi pareció disfrutar más esa parte del relato que el resto. Sus preguntas pisaban los talones de mis respuestas, y sus sonrisas eran frecuentes. Horas más tarde, y una vez se sintió satisfecho respecto de las Arañas, quiso saber más acerca de las Flores.

—Sólo diste una explicación a medias —me recordó.

Así que le referí cosas sobre el más hermoso y plácido de los planetas. Casi con cada pausa que yo hacía para respirar me interrumpía con una nueva pregunta. Le gustaba adivinar las respuestas antes de que yo pudiera hablar y no le importaba en absoluto equivocarse.

—¿Así que comían insectos como las atrapamoscas? Te apuesto a que lo hacían, o ¡quizás algo mayor como un pájaro o un pterodáctilo!

—No, usábamos la luz del sol para alimentarnos, como la mayoría de las plantas de aquí.

—Bueno, eso no es tan divertido como mi idea.

Algunas veces me sorprendí a mi misma riéndome con él.

Justamente empezábamos a hablar sobre los Dragones, cuando Jamie apareció, trayendo comida para los tres.

—Hola, Viajera —me dijo, un poco avergonzado.

—Hola, Jamie —contesté, también con un poco de timidez, sin estar segura de si él lamentaba la cercanía que habíamos compartido. Después de todo, yo era la chica mala.

Pero se sentó justo a mi lado, entre Jeb y yo, cruzando las piernas y poniendo la bandeja de comida en medio de nuestro pequeño cónclave. Estaba muerta de hambre y de sed después de todo lo que habíamos hablado. Eché mano a un bol de sopa y la engullí en unos cuantos tragos.

—No me percaté de que simplemente estabas tratando de ser educada hoy en el comedor. Avísame cuando tengas hambre, Wanda. No puedo adivinar el pensamiento.

Aunque no estaba muy de acuerdo con esa última parte, estaba demasiado ocupada masticando un bocado de pan como para replicarle.

—¿Wanda? —preguntó Jamie.

Asentí, dándole a entender que no me importaba.

—A que ese nombre le va de maravilla ¿no? —Jeb estaba tan orgulloso de sí mismo, que me sorprendía que no se diera de palmaditas en la espalda para subrayar su acierto.

—Más o menos, supongo... —contestó Jamie.

—Oigan ¿no estaban hablando de dragones?

—Ah, sí —replicó Jeb entusiasmado.

—Pero no de esos con pinta de lagartijas, sino que están hechos de gelatina. Pueden volar... o algo así. El aire también es espeso, como otro tipo de gelatina, así que debe ser como nadar. Y expelen ácido, que es casi tan bueno como el fuego ¿o no te lo parece?

Dejé que Jeb le contara a Jamie los detalles, mientras yo comía de la bandeja más de lo que me correspondía y me bebía una botella de agua. Cuando tuve la boca libre, Jeb volvió a hacer preguntas.

—En cuanto a ese ácido...

Jamie no me interrogaba como Jeb y fui más cautelosa respecto de lo que hablamos aquí antes. Sin embargo, esta vez Jeb no preguntó nada que pudiera llevar a un asunto delicado, no se si por coincidencia o a propósito; de modo que mis precauciones resultaron innecesarias.

La luz se fue desvaneciendo lentamente hasta que el pasillo se hundió en las tinieblas. Después sólo quedó una plateada y mortecina luminosidad, procedente de la luna que, cuando mis ojos se ajustaron a ella, apenas era suficiente para ver al hombre y al niño que tenía a mi lado.

Conforme caía la noche, Jamie se me fue aproximando poco a poco. No me di cuenta de que le estaba peinando el pelo con los dedos mientras hablaba, hasta que noté que Jeb se quedó mirando mi mano.

Crucé los brazos.

Finalmente Jeb dejó escapar una gran bostezo y Jamie y yo le imitamos.

—Nos has contado una buena historia, Wanda —dijo Jeb cuando terminamos de estirarnos.

—Eso es lo que hacía... antes. Era profesora de historia en la universidad de San Diego.

—¡Profesora! —repitió Jeb, animadamente. ¡Vaya! ¿no es estupendo? Pues hay algo que puedes hacer por nosotros aquí. Sharon, la hija de Mag, enseña a los tres niños que tenemos, pero hay un montón de cosas que no puede hacer. Se le dan bien las mates y esas cosas. Pero la historia...

—Sólo enseñaba *nuestra* historia —le interrumpí. Parecía inútil esperar a que hiciera una pausa para tomar aire. —No puedo servirles como profesora aquí. No tengo la formación.

—Pues su historia es mejor que nada. Son cosas que los humanos debemos saber, teniendo en cuenta que vivimos en un universo más poblado de lo que creíamos.

—Pero en realidad no era profesora en sentido estricto —le dije, desesperada. ¿Acaso esperaba de verdad que alguien quisiera escuchar mi voz, o que simplemente escuchara mis historias?

—Era una especie de profesor honorario, una especie de lector. Sólo me querían... bueno, por la historia que va asociada a mi nombre...

—Eso era justo lo siguiente que iba a preguntar —repuso Jeb con ademán complaciente.

—Después podemos hablar de tu experiencia docente. ¿Por qué te llaman Viajera? He oído un buen puñado de nombres raros, Agua seca, Dedos en el cielo, Cayendo hacia arriba, desde luego,todos mezclados con los nombres más corrientes que te puedas imaginar. Ya te digo, es la clase de cosa que puede volver loco a un hombre de pura curiosidad. Esperé hasta asegurarme de que había acabado antes de responderle.

—Bueno, la manera ordinaria en que esto funciona es que un alma prueba un planeta o dos —dos es el promedio— y después se instala en en el sitio de su preferencia. Cuando el cuerpo está a punto de morir, se traslada a un nuevo huésped de la misma especie y en el mismo planeta. Moverse de un tipo de cuerpo a otro es algo que desorienta mucho. La mayoría de las almas lo detesta. Algunos, ni siquiera se mueven del planeta en el que nacen. De vez en cuando, alguien tiene problemas para encontrar dónde instalarse. Puede que lo intenten en unos tres planetas. Una vez me encontré con un alma que había estado en cinco antes de establecerse con los Murciélagos. A mí me gustó aquel sitio... supongo que es lo más cerca que he estado nunca de escoger un planeta donde quedarme. Si no hubiera sido por la ceguera...

—¿En cuántos planetas has vivido? —preguntó Jamie con voz sofocada. De alguna manera, mientras yo hablaba, su mano había encontrado el camino hasta la mía.

—Éste es el noveno —le dije, oprimiendo suavemente sus dedos.

—¡Guau, nueve! —jadeó.

—Por eso querían que enseñara. Cualquiera puede darles estadísticas, pero yo tengo experiencia personal de la mayoría de los planetas que hemos... tomado —dudé ante el uso de esta palabra, pero no pareció molestar a Jamie.

—Hay sólo tres en los que nunca he estado... bueno, en realidad, cuatro. Porque justo ahora acaban de abrir un mundo nuevo...

Esperé que Jeb comenzara a bombardearme con preguntas sobre el nuevo mundo, o sobre aquellas que yo había evitado, pero se quedó jugando con las puntas de los pelos de la barba y con la mente ausente.

—¿Por qué no te has quedado nunca en alguna parte? —preguntó Jamie.

—Porque jamás he encontrado un sitio que me gustara lo suficiente para eso.

—¿Y qué te parece la Tierra? ¿Te gustaría permanecer aquí?

Quise sonreír ante esa confianza infantil... era como si se me fuera a brindar la oportunidad de llegar a trasladarme a otro huésped. Como si yo fuera a tener la oportunidad de llegar a vivir incluso un solo mes más en el planeta en el que estaba ahora.

—La Tierra es... muy interesante —murmuré. —Pero es más difícil que los otros sitios en los que he estado antes.

—¿Más que aquel lugar donde el aire era helado y había bestias con garras? —inquirió.

—A su modo, sí. —¿Cómo podía explicarle que en el Planeta de las Nieblas era muy difícil atacarte desde el interior, que allí el peligro sólo provenía del exterior.

Atacar, bufó Melanie.

Yo bostecé. *En realidad no estaba pensando en ti,* le dije. *Pensaba en todas estas emociones inestables que siempre me traicionan. Pero tú me has atacado, al imponerme tus recuerdos de esa manera.*

Ya he aprendido la lección, me aseguró con sequedad. Pude sentir lo intensamente consciente que era de aquella mano que estaba en la mía. Había una emoción que iba creciendo lentamente dentro de ella y que yo no reconocía. Algo cercano a la ira, con un matiz de deseo y una cierta porción de resentimiento.

Celos, me informó ella.

Jeb bostezó de nuevo.

—Supongo que estoy siendo un maleducado. Debes estar agotada, luego de ir todo el día de un lugar a otro. Y ahora, por si fuera poco, te tengo aquí la mitad de la noche de cháchara. Debería ser mejor anfitrión. Anda, Jamie, vámonos y dejemos que Wanda duerma un poco.

Estaba exhausta. Sentía como si el día hubiera sido larguísimo, más de lo habitual, y a juzgar por las palabras de Jeb, probablemente no era sólo cuestión de mi imaginación.

—Bien, tío Jeb —Jamie se puso en pie ágilmente y después le ofreció la mano al anciano.

—Gracias, muchacho —Jeb gruñó mientras se incorporaba, —y gracias a ti también —añadió dirigiéndose a mí.

—Ha sido la conversación más interesante que he tenido en... bueno, probablemente en toda mi vida. Dejemos descansar a tu voz, Wanda, porque mi curiosidad es implacable. ¡Ah, mira, aquí está! Justo a tiempo.

Sólo hasta ese momento escuché el sonido de los pasos que se acercaban. De forma instintiva, me pegué contra la pared y me apresuré a entrar en la cueva-habitación, aunque después me sentí más expuesta, porque la luz de la luna era más brillante dentro.

Me sorprendió que ésta fuera la primera persona que doblara aquella esquina en toda la noche, ya que en el corredor parecían alojarse varias.

—Lo siento, Jeb. Fui a hablar con Sharon y después me quedé adormilado.

Era imposible no reconocer esa voz amable y natural. Mi estómago se encogió, inestable, y deseé que estuviera vacío.

—Ni siquiera lo hemos notado, Doc —apuntó Jeb.

—Aquí la hemos pasado genial. Algún día tienes que pedirle que te cuente una de sus historias... qué cosa más interesante. Aunque no será esta noche, creo. Está destrozada, te lo apuesto. Los veré por la mañana.

El médico estaba extendiendo una colchoneta frente a la entrada de la cueva, justo como había hecho antes Jared.

—No le quites el ojo de encima —dijo Jeb, poniendo el rifle al lado de la colchoneta.

—¿Estás bien, Wanda? —inquirió Jamie de pronto.

—Estás temblando.

No me había dado cuenta pero todo mi cuerpo se estremecía. No le contesté, se me había hinchado la garganta por completo.

—Vamos, vamos —intervino Jeb con voz tranquilizadora.

—Le he preguntado a Doc si no le importaba hacer el relevo. No tienes que preocuparte por nada. Doc es un hombre de honor.

El doctor esbozó una sonrisa soñolienta.

—No voy a hacerte daño... Wanda, ¿o si? Te lo prometo. Simplemente vigilaré mientras duermes.

Me mordí el labio pero el temblor no cedió.

Empero, Jeb parecía suponer que había dejado todo resuelto.

—Buenas noches, Wanda. Buenas noches, Doc —añadió mientras se alejaba por el pasillo.

Jamie vacilaba, mirándome con expresión de inquietud.

—Doc es buena gente —me aseguró con un susurro.

—¡Vamos, chico, que es tarde!

Jamie se apresuró a seguir a Jeb.

Observé al doctor cuando se fueron, esperando algún cambio en su actitud. La expresión relajada de Doc no cambió, sin embargo, y tampoco tocó el arma. Estiró su cuerpo largo sobre la colchoneta; los tobillos y los pies sobresalieron de ella. Tumbado parecía mucho más pequeño, ya que era delgado como un riel.

—Buenas noches —murmuró soñoliento.

Yo no contesté, por supuesto. Lo observé a la luz tenue de la luna, midiendo la subida y bajada de su pecho por el sonido del pulso que me atronaba en los oídos. Su respiración se hizo lenta y se volvió más profunda, y por fin empezó a roncar con suavidad.

Todo podría haber sido una actuación, pero aunque lo fuera, no había mucho que yo pudiera hacer al respecto. Silenciosamente, me arrastré dentro de la habitación hasta que sentí el borde del colchón contra mi espalda. Me había prometido a mí misma que no tocaría nada de este lugar, pero probablemente no le haría daño a nadie si sólo me acurrucaba a los pies de la cama. El suelo era irregular y estaba tan duro.

El ronquido del médico me tranquilizaba y aun cuando lo estuviera fingiendo para calmarme, al menos podía situarlo con exactitud en la obscuridad.

Muerta o viva, me planteé si no sería mejor que siguiera adelante y me durmiera. Estaba molida, como Melanie hubiera dicho. Dejé que se me cerraran los ojos. El colchón era más suave que cualquier cosa que hubiera tocado hasta que llegué aquí. Me relajé, hundiéndome en él...

Percibí un suave sonido como de pies arrastrándose, allí dentro de la habitación, conmigo. Mis ojos se abrieron de súbito y pude ver una sombra entre el techo iluminado por la luna y yo. Afuera, los ronquidos del doctor continuaban sin interrupción.

23

Confesión

La sombra era grande y deforme. Se inclinó sobre mi, inestable, acercándose a mi rostro.

Pensé que debería gritar, pero el sonido se quedó atascado en mi garganta, y todo lo que me salió fue un débil chillido.

—Shh, sólo soy yo —murmuró Jamie. Algo abultado y redondo se desprendió de sus hombros y cayó al suelo con un ruido sordo. Una vez se libre de él, percibí su auténtica y ágil silueta recortada contra la luz de la luna.

Con las manos pegadas a la garganta, conseguí hacer pasar por ella unas cuantas inhalaciones.

—Lo siento —musitó, sentándose en el borde del colchón, —supongo que ha sido un poco estúpido.

—Estaba intentando no despertar a Doc, y ni siquiera se me ocurrió pensar en que te asustaría. ¿Estás bien? —me dio unas palmaditas en el tobillo, que era la parte que tenía más cerca.

—Ya lo creo— me enfurruñé, aun sin aliento.

—Lo lamento— mascculló de nuevo.

—¿Qué estás haciendo aquí, Jamie? ¿No deberías estar dormido?

—Por eso estoy aquí. El tío Jeb ronca como no te lo puedes imaginar. No lo soporto más.

Su respuesta no tenía ninguna lógica.

—¿Pero, no sueles dormir siempre con Jeb?

Jamie bostezó y se inclinó para soltar el bulto de la colchoneta enrollada y la extendió sobre el suelo.

—No, generalmente duermo con Jared. Él no ronca. Pero eso ya lo sabes.

Lo sabía.

—Entonces, ¿por qué no duermes en la habitación de Jared? ¿Te da miedo dormir solo? —no podría reprochárselo, la verdad es que desde que estaba aquí no me había dejado de sentir aterrorizada.

—¿Miedo? —gruñó, ofendido.

—No. Ésta es la habitación de Jared. Y la mía.

—¿Qué? —jadeé.

—¡Jeb me ha puesto en la habitación de Jared!

No lo podía creer. Jared me mataría. No: primero mataría a Jeb y *después* a mí.

—También es mi habitación. Y fui yo quien le dijo a Jeb que te pusiera aquí.

—Jared se pondrá furioso —susurré.

—Yo puedo hacer lo que quiera con mi habitación —masculló Jamie con gesto rebelde, aunque, se mordía el labio.

—Y no se lo diremos, no tiene porqué saberlo.

Asentí.

—Buena idea.

—No te importa si duermo aquí, ¿verdad? El tío Jeb ronca como león...

—No, no me importa. Pero, Jamie, no creo que debas.

Él puso cara de pocos amigos, intentando mostrarse rudo y no herido.

—¿Por qué no?

—Porque no es seguro. Algunas veces hay gente que viene a buscarme por la noche.

Se le abrieron unos ojos como platos.

—¿Eso han hecho?

—Pero como Jared tenía el arma, se marcharon.

—¿Quiénes?

—No lo sé... algunas veces Kyle. Pero seguramente también otros que aún están aquí.

Él asintió.

—Pues más razón todavía para que me quede. Doc podría necesitar ayuda.

—Jamie...

—No soy un bebé, Wanda. Puedo cuidar de mí mismo.

Era obvio que discutir sólo serviría para que se pudiera más terco.

—Al menos acuéstate en la cama —le dije, claudicando.

—Yo dormiré en el suelo, es tu habitación.

—Eso no es lo correcto. Tú eres la invitada.

Resoplé en voz baja.

—Ja. No: la cama es tuya.

—Ni lo sueñes —se tendió en la colchoneta, doblando con fuerza los brazos sobre el pecho.

De nuevo comprendí que discutir no era el mejor camino para abordar a Jamie. Bueno, esto podría corregirlo en cuanto se durmiera. Dormía tan profundamente que casi parecía un coma. Una vez dormido, Melanie lo cargaba a donde quería.

—Puedes usar mi almohada —me dijo, palmeando la más próxima a él—. No hay necesidad de que pases incomodidades aquí, a los pies de la cama.

Suspiré, pero me arrastré hacia la parte superior del lecho.

—Mucho mejor —dijo con ademán aprobatorio.

—¿Me quieres pasar ahora la de Jared?

Titubeé, a punto de pasarle la almohada que tenía bajo la cabeza, pero él se incorporó, se inclinó sobre mí y alcanzó la otra. Yo suspiré de nuevo.

Nos quedamos en silencio un buen rato, escuchando el silbido sordo de la respiración del médico.

—Doc tiene un buen ronquido ¿o no? —susurró Jamie.

—Sí. Deja dormir —admití.

—¿Estás cansada?

—Si.

—Oh.

Esperé a que dijera algo más, pero se quedó en silencio.

—¿Hay algo más que quieras saber? —pregunté.

No me contestó en seguida, pero noté como luchaba consigo mismo, así que esperé.

—Si te pregunto algo, ¿me dirás la verdad?

Era mi turno para dudar.

—No lo sé todo —intenté dar un rodeo.

—Esto lo sabes, seguro. Cuando íbamos caminando... Jeb y yo... me contó unas cuantas cosas. Cosas que él pensaba, pero no sé si está en lo cierto.

De repente, Melanie estuvo muy *presente*, en mi cabeza.

El susurro de Jamie apenas se oía; era más suave incluso que mi propia respiración.

—El tío Jeb cree que Melanie está aún viva. Ahí, dentro de ti, quiero decir.

Este es mi Jamie, suspiró Melanie.

No dije nada a ninguno de los dos.

—No sé si eso puede ocurrir. ¿Es posible? —su voz se quebró y comprendí que estaba conteniendo las lágrimas. Ya no era un niño para echarse a llorar, y ahora yo le producía aflicción por segunda vez en el día. El dolor me mordió el pecho.

—¿Es posible, Wanda?

Díselo. Por favor, dile que lo quiero.

—¿Por qué no me contestas? —Jamie había empezado a llorar, aunque intentaba disimular el sonido.

Me arrastré fuera de la cama, deslizándome por el duro espacio que había entre el colchón y la colchoneta y le pasé el brazo por encima del pecho tembloroso. Incliné la cabeza contra su pelo y sentí sus lágrimas cálidas en mi cuello.

—¿Está Melanie viva todavía, Wanda? ¿Por favor?

Probablemente él no era más que un instrumento. El anciano bien podría haberlo enviado precisamente para esto. Jeb era lo bastante listo para ver lo fácilmente que Jamie rompía mis defensas. Era posible que estuviera buscando confirmar su teoría y no tenía reparo en usar al chico para esto. ¿Qué haría Jeb cuando estuviera seguro de esa peligrosa verdad? ¿Cómo utilizaría la información? No creía que quisiera hacerme daño, pero ¿confiaría en mi propio juicio? Los humanos eran criaturas falsas y traicioneras. No podía prever su obscuro orden del día, cuando semejantes cosas eran impensables para los de mi especie.

El cuerpo de Jamie tembló a mi lado.

Está sufriendo, gritó Melanie. Se debatía inútilmente bajo mi control.

Pero no podía culpar a Melanie si esto resultaba ser un gran error. Sabía perfectamente quién hablaba ahora.

—Ella prometió que regresaría, ¿no fue así? —murmuré.

—¿Es que Melaine rompió alguna de las promesas que te hizo?

Jamie deslizó los brazos en torno a mi cintura y se apretó contra mí un buen rato. Después de unos cuantos minutos, susurró:

—Te quiero, Mel.

—Ella también te quiere. Está muy contenta de que estés aquí y a salvo.

Se hizo un silencio lo suficientemente largo para que las lágrimas en mi piel se secaran, dejando un polvillo fino y salado.

—¿A todo el mundo le pasa lo mismo? —murmuró Jamie al cabo del rato, cuando yo pensaba que se había quedado dormido.

—¿Se queda todo mundo?

—No— le dije con tristeza.

—No, Melanie es especial.

—Es fuerte y valiente.

—Mucho.

—¿No crees —hizo una pausa para sorberse la nariz. —¿No crees que papá también podría haberse quedado?

Yo tragué saliva, intentando disolver el nudo que se había formado en mi garganta. Pero no funcionó.

—No, Jamie. No lo creo. No al menos como Melanie.

—¿Por qué?

—Porque condujo a los Buscadores tras de ustedes. Bueno, él no, el alma que residía en él. Tu padre no hubiera dejado que eso sucediera si aún estuviera dentro. Tu hermana jamás me dejó ver donde estaba la cabaña y no me permitió saber que existías durante mucho tiempo, todo el que pudo. Y no me trajo hasta aquí hasta que no estuvo segura de que no les haría daño.

Era demasiada información. Sólo una vez que hube terminado, comprendí que el médico había dejado de roncar. No se oía ningún sonido procedente de su respiración. Estúpida. Me maldije a mí misma para mis adentros.

—Guau —dijo Jamie.

Musité muy cerca de su oído, tan cerca que no había manera de que el doctor pudiera captar nada.

—Sí, ella es muy fuerte.

Jamie se estiró para oirme, frunciendo el ceño, y entonces miró hacia la abertura al pasillo obscuro. Debió haberse percatado de lo mismo que yo, porque volvió el rostro hacia mi oído y susurró aun más bajo que antes.

—¿Y por qué habrías de hacer eso? ¿No hacernos daño? ¿No era eso lo que querías?

—No. No quería dañarlos.

—¿Por qué?

—Tú hermana y yo hemos... pasado mucho tiempo juntas. Ella te compartió conmigo. Y... yo he empezado a... quererte.

—¿Y a Jared también?

Apreté los dientes durante un segundo, mortificada por la rapidez con la que había hecho la conexión.

—Claro que tampoco quiero hacerle daño a Jared.

—Él te odia —me contó Jamie, claramente apesadumbrado por el hecho.

—Sí. Como todo el mundo —suspiré—. Y no puedo culparlos.

—Jeb, no. Y yo tampoco.

—Pero lo harás, cuando pienses un poco más en ello.

—Pero si tú ni siquiera estabas aquí cuando nos invadieron. No atrapaste a mi papá, ni a mamá, ni a Melanie. Entonces estabas en el espacio exterior, ¿no?

—Sí, pero soy lo que soy, Jamie. Hago los que hacen las almas. He tenido muchos otros huéspedes antes de Melanie y nada me ha frenado a la hora de... tomar vidas ajenas. Una y otra vez. Así es como vivo.

—¿Te odia Melanie?

Pensé durante un minuto.

—No tanto como solía.

No. No te odio en absoluto. Ya no.

—Dice que ya no me odia —murmuré casi de manera inadvertida.

—¿Cómo... cómo está ella?

—Está contenta de estar aquí. Feliz de verte. Ni siquiera le importa ya que vayan a matarnos.

Jamie se puso rígido bajo mi brazo.

—No pueden, ¡no si Mel sigue viva!

Lo has alterado, se quejó Melanie. *No tenías que haberle dicho eso.*

No le será más fácil si no está preparado.

—Ellos no lo creerán, Jamie —le contesté.

—Pensarán que estoy mintiendo para engañarlos. Y con mayor razón querrán matarme si les cuentas esto. Sólo los Buscadores mienten.

La palabra me hizo estremecer.

—Pero tú no estás mintiendo: yo lo sé —dijo después de un momento.

Me encogí de hombros.

—No permitiré que la maten.

Su voz, aunque casi inaudible como un suspiro, estaba preñada de feroz determinación. Me paralizó la idea de que él se implicara más en la situación, conmigo. Pensé en los bárbaros con los que convivía ¿Su edad lo protegería de ellos si él se empeñaba en protegerme a mí? Lo dudaba. Mis pensamientos andaban revueltos, buscando alguna forma de disuadirle sin disparar su tozudez.

Pero Jamie habló antes de que yo pudiera decir nada. Pareció repentinamente tranquilo, como si tuviera la respuesta correcta justo delante de él. —Jared pensará en algo. Siempre lo hace.

—Jared tampoco te creerá; de hecho él será el más irritado de todos.

—Incluso aunque no lo crea, la protegerá. Sólo por si acaso.

—Ya veremos —murmuré. Ya encontraría las palabras adecuadas luego, un argumento que no sonara a argumento.

Jamie estaba en silencio, pensando. Por fin, su respiración fue pausándose y su boca quedó abierta. Esperé hasta cerciorarme de que estaba completamente dormido y entonces me arrastré por encima de él; con mucho cuidado lo cambié del suelo a la cama. Era más pesado que antes, pero me las ingenié. No se despertó.

Puse la almohada de Jared donde tenía que estar y me estiré en la colchoneta.

Bueno, dije para mis adentros, *acabo de saltar fuera de la sartén.* Pero estaba demasiado cansada como para que me importaran las consecuencias que acarrería el día de mañana. En pocos segundos me quedé inconsciente.

Cuando me desperté, las grietas en el techo brillaban con la reverberación de la luz solar y alguien estaba silbando.

El silbido cesó.

—Por fin —masculló Jeb cuando mis ojos parpadearon al abrirse.

Me di la vuelta sobre el costado hasta que pude verlo; cuando me moví la mano de Jamie se deslizó de mi brazo. En algún momento durante la noche debió acercárseme, bueno, si no a mí, a su hermana.

Jeb estaba reclinado contra el marco de roca natural de la puerta, con los brazos cruzados.

—Buenos días —dijo. —¿Has dormido bien?

Me estiré, decidí que había descansado bastante bien, y entonces asentí.

—Oh, no empieces otra vez a administrarme el tratamiento del silencio —se quejó, frunciendo el ceño.

—Lo siento —murmuré—. He dormido bien, gracias.

Jamie se removió al sonido de mi voz.

—¿Wanda? —preguntó.

Me sentí ridículamente emocionada por que hubiera masculado mi tonto apodo, aun en las fronteras del sueño.

—¿Sí?

Jamie pestañeó y se apartó el enmarañado pelo de los ojos.

—Oh, hola, tío Jeb.

—¿Es que no te parece bien mi habitación, muchacho?

—Roncas un montón —replicó Jamie y luego bostezó.

—¿Pero es que no te he enseñado nada? —le preguntó Jeb.

—¿Desde cuando dejas que una invitada y una dama duerma en el suelo?

Jamie se sentó de pronto, mirando alrededor, desorientado. Frunció el ceño.

—No lo recrimines —le dije a Jeb.

—Él insistió en dormir en la colchoneta, pero yo lo cambié mientras estaba dormido.

Jamie bufó.

—Mel también hacía eso siempre.

Abrí mis ojos del todo para hacerle un gesto de advertencia.

Jeb se echó a reír. Lo miré y tenía la misma expresión de gato al acecho que tenía ayer. La que decía "voy a resolver este rompecabezas". Se nos acercó y le dio una patadita al borde del colchón.

—Ya te has perdido la clase de la mañana. Sharon se te va a poner gruñona, así que muévete.

—Sharon siempre está gruñona —se quejó Jamie, pero se incorporó con rapidez.

—Vamos ya, muchacho.

Jamie me miró de nuevo, después se volvió y desapareció en el pasillo.

—Ahora —me dijo Jeb tan pronto como estuvimos a solas, —creo que toda esta tontería de hacer de niñeras ya ha ido demasiado lejos. Soy un hombre ocupado. Todo el mundo está ocupado aquí, demasiado para perder el tiempo jugando a montar guardias. Así que tendrás que venir conmigo mientras hago mis tareas.

Me quedé boquiabierta.

Me miró, sin sonreír.

—No te asustes tanto —me gruñó.

—Estarás bien —le dio unas palmaditas al rifle.

—Mi casa no es un lugar para bebés.

Desde luego no podía argüir nada en contra. Inhalé profundamente dos, tres veces, intentando calmar mis nervios. La sangre latía con tanta fuerza en mis oídos que su voz me pareció un susurro cuando volvió a hablar.

—Vamos, Wanda, que estamos perdiendo el día.

Se dio la vuelta y salió pisando fuerte de la habitación.

Me quedé estática un momento y después me deslicé fuera de la habitación. No estaba de broma, apenas se le veía ya dando la vuelta a la primera esquina. Corrí detrás de él, horrorizada por la idea toparme con cualquier otra persona en esta ala obviamente deshabitada. Lo alcancé antes de que llegara a la intersección de los túneles. Ni siquiera me miró cuando reduje el ritmo de mi paso para acoplarme al suyo.

—Ya es hora de plantar el campo del nordeste. Primero tendremos que trabajar el suelo. Espero que no te importe ensuciarte las manos. Una vez que terminemos, veré que tengas manera de asearte. Que buena falta te hace —me olisqueó intencionadamente, y después se echó a reír.

Sentí que se me ponía el cogote rojo, pero ignoré la última parte.

—No me importa ensuciarme las manos —murmuré. Si recordaba bien el campo del nordeste quedaba fuera, algo apartado. Quizás podríamos trabajar solos.

Una vez que llegamos a la gran plaza de la cueva, empezamos a adelantar a otros humanos. Todos ellos se me quedaban mirando, furiosos, como era habitual. Empezaba ya a reconocer a la mayoría de ellos. Una, la mujer de mediana edad con una larga trenza de pelo obscuro veteado de gris que había visto ayer en el grupo de personas que irrigaban. También estaba con ella el hombre bajito con el vientre prominente, con el pelo fino del color de la arena y las mejillas rojizas. Nos encontramos con una mujer de aspecto atlético con piel de color marrón caramelo que había sido la que se había inclinado para atarse el zapato la primera vez que había salido durante el día. Había también otra mujer de piel obscura con labios gruesos y ojos soñolientos que estaba en la cocina, cerca de los dos niños de pelo negro, ¿sería su madre? Después pasamos al lado de Maggie, que se quedó mirando fijamente a Jeb y me volvió la cara. Había un hombre a quien estaba segura de no haber visto nunca antes que era pálido y tenía aspecto enfermizo, con el pelo blanco. Y después pasamos al lado de Ian.

—Hola Jeb —saludó con alegría—. ¿En qué andas?

—Voy a remover la tierra en el campo del este —gruñó Jeb.

—¿Quieres ayuda?

—Pues podrías servir de algo para variar —mascullo Jeb.

Ian se tomó esto como una aprobación y me siguió un paso detrás. Me ponía la carne de gallina sentir sus ojos sobre mi espalda.

Pasamos al lado de un joven que no podía tener muchos más años que Jamie, cuyo pelo tieso sobresalía de su frente de piel de color olivácea, como si fuera lana de acero.

—Hola, Wes —Ian saludó.

Wes nos observó en silencio conforme pasábamos. Ian se echó a reír al ver su expresión.

Pasamos junto a Doc.

—Hola Doc —saludó Ian.

—Ian —asintió Doc. Tenía entre las manos una gran trozo de masa. Su camisa estaba cubierta de una harina obscura y basta. —Buenos días, Jeb. Buenos días, Wanda.

—Buenos días —contestó Jeb.

Asentí con inquietud.

—Luego nos veremos —dijo Doc, apresurándose con su carga.

—¿Con que Wanda, eh? —preguntó Ian.

—Ha sido idea mía —contestó Jeb—. Le va bien, creo.

—Interesante —fue todo lo que dijo Ian.

Finalmente arribamos al campo del este, donde se estrellaron mis esperanzas.

Había más gente aquí que la que hallamos en los pasadizos, cinco mujeres y nueve hombres. Todos se dejaron de hacer lo que hacían y, naturalmente, me miraron con cara de pocos amigos.

—No les prestes atención —me murmuró Jeb.

Él mismo prosiguió poniendo el ejemplo: se dirigió hacia la pared más cercana donde se apilaban en desorden muchas herramientas, se sujetó el arma en la correa de la cintura y cogió un pico y dos palas.

Me sentí muy vulnerable allí, con él tan lejos. Ian estaba justo un paso detrás de mí, hasta el punto de que podía oír su respiración. El resto de las personas que había en la habitación continuaron mirándome fijamente, con las herramientas en las manos. No se me escapaba el hecho de que los picos y las azadas que servían para trabajar la tierra también podían usarse fácilmente para destrozar un cuerpo. Y me pareció, cuando leí algunas de sus expresiones, que no era la única a la que se le había ocurrido la idea.

Jeb regresó y me ofreció una pala. Aferré el suave asidero de madera desgastada, sintiendo el peso. Después de ver el ansia de sangre en los ojos humanos, era difícil no pensar en ella como en un arma. No me gustó la idea. Dudé de que pudiera usarla de esa manera, aunque sólo fuera para bloquear un golpe.

Jeb le dio el pico a Ian. El agudo y ennegrecido metal tenía un aspecto letal en sus manos. Me costó toda mi fuerza de voluntad no intentar ponerme fuera de su alcance.

—Vayamos a la esquina de atrás.

Al menos Jeb me llevó hacia la parte menos concurrida de aquella gran cueva soleada. Hizo que Ian desmoronara la tierra cocida al sol que teníamos enfrente, mientras yo volteaba los terrones y él me seguía, aplastando los trozos y convirtiéndolos en tierra útil con el borde de su pala.

Al ver correr el sudor por la piel clara de Ian —quien se había quitado la camisa después de algunos instantes bajo la luz seca y abrasadora de los espejos— y al escuchar también los resuellos de Jeb detrás de mi, comprendí que me habían dado el trabajo más fácil. Yo hubiera deseado que me asignaran algo más difícil, algo que me impidiera distraerme con los movimientos de los otros humanos. Cada uno de ellos me hacía encogerme y estremecerme.

No podía hacer el trabajo de Ian, porque carecía de la indispensable fortaleza en brazo y músculos de la espalda para hender realmente la endurecida tierra. Pero decidí hacer lo que pudiera por el de Jeb, intentando deshacer los terrones en piezas más pequeñas antes de seguir hacia adelante. Esto me ayudó un poco, porque me obligó a mantener los ojos ocupados y a cansarme lo suficiente como para tenerme que concentrar en el trabajo.

Ian nos traía agua de vez en cuando. Había una mujer —de baja estatura y rubia, que ya había visto ayer en la cocina— cuya labor parecía ser traer agua a los demás, pero nos ignoraba. En cada vuelta, Ian traía la suficiente para tres personas. Encontraba muy inquietante su súbito cambio de parecer respecto a mí. ¿Ya no tenía interés en procurar mi muerte? ¿O simplemente estaba esperando su oportunidad? El agua aquí siempre tenía un regusto raro, sulfuroso y rancio, pero ahora ese sabor me pareció sospechoso. Intenté ignorar mi natural tendencia a la paranoia tanto como me fue posible.

Trabajé lo bastante duro como para mantener los ojos ocupados y la mente anulada. No me di cuenta hasta que no llegamos al final de la última fila, cuando Ian paró y yo hice lo propio. Se estiró, elevando el pico por encima de su cabeza con las dos manos y haciendo crujir sus articulaciones. Me alejé del pico alzado, pero él no vio mi ademán. Observé que todos había parado igualmente. Miré la tierra removida, y luego a todo lo largo del suelo y comprendí que el campo estaba listo.

—Buen trabajo —anunció Jeb en voz alta al grupo.

—Sembraremos y regaremos mañana.

La habitación se llenó de murmullos y golpeteos metálicos mientras las herramientas volvían a pilarse una vez más contra la pared. Alguna de las conversaciones eran circunstanciales; otras aún tensas, por mi causa. Ian alargó la mano para coger mi pala y se la di, sintiendo que mi estado de ánimo, de por sí bajo, se hundía literalmente hasta el suelo. No tenía duda de que yo estaba incluida en el "nosotros" de Jeb. Mañana sería un día tan duro como este.

Miré a Jeb con tristeza, pero él me estaba sonriendo. Había una cierta petulancia en su sonrisa que me hizo creer que él sabía lo que yo estaba pensando, y que no sólo adivinaba mi incomodidad, sino que la estaba disfrutando.

Me guiñó un ojo, el loco de mi amigo. Comprendí que esto era lo máximo que podía esperar de la amistad humana.

—Te veré mañana, Wanda —me gritó Ian desde el otro lado de la habitación y se rió para sus adentros.

Todo el mundo se quedó mirando.

24

Tolerada

Era cierto que no olía nada bien. Había perdido cuenta de cuantos días llevaba aquí, ¿quizás más de una semana, o más de dos? y todos ellos sudando la misma ropa que había llevado en mi desastrosa expedición por el desierto. Tanta sal se había secado en mi camiseta de algodón, que ésta se arrugaba en pliegues rígidos como un acordeón. Antes era de color amarillo pálido pero ahora estaba llena de manchones del mismo enfermizo color púrpura obscuro del suelo de la cueva. Mi cabello corto, arenoso y crujiente, podía sentirlo enhiesto en desordenadas marañas en torno a la cabeza, y rematado en la coronilla con una cresta rígida como la de una cacatúa. No había visto mi rostro desde hacía tiempo, pero me lo imaginé en dos tonos de púrpura: el del polvo de la cueva y el de los moretones que se estaban curando.

Así que entendía lo razonable de la acotación de Jeb: por supuesto que necesitaba un baño. Y también cambiarme de ropa, para que el baño mereciera la pena. Jeb me ofreció algunas ropas de Jamie para ponérmelas mientras se secaban las mías, pero no quería estropear las escasas prendas de Jamie estirándolas. Por fortuna, no intentó ofrecerme ninguna de Jared. Al final me dio una camisa de franela suya, vieja pero limpia, con las mangas desgarradas, más un pantalón de deportes con las perneras cortadas, descolorido y lleno de agujeros, que nadie había reclamado en meses. Yo llevaba todo esto colgado del brazo y en la mano un montón informe de trozos, mal amasados y malolientes, que Jeb juraba eran jabón de cactus casero, mientras lo seguía hacia la habitación de las dos corrientes de agua.

Nuevamente no estábamos solos y, nuevamente, me abrumó la decepción de que así fuera. Había tres hombres y una mujer —la de la trenza encanecida— que llenaban cubos de agua de la corriente pequeña. Se oían ecos de vigorosas salpicaduras y risas procedentes de la sala de baños.

—Esperaremos nuestro turno —me dijo Jeb.

Se reclinó contra la pared. Yo me erguí rígida a su lado, incómodamente consciente de los cuatro pares de ojos que se posaban en mí, aunque mantuve los míos en el sombrío manantial caliente que corría bajo el suelo poroso.

Después de una corta espera, salieron tres mujeres del baño con el pelo mojado que escurría mojando la espalda de sus camisetas: la atlética mujer de piel de color caramelo, una joven rubia que no recordaba haber visto antes y la prima de Melanie, Sharon. Sus risas se detuvieron de golpe, tan pronto nos vieron.

—Buenas tardes, señoras —saludó Jeb, tocándose la frente como si fuera el ala de un sombrero.

—Jeb —respondió secamente la mujer de piel acaramelada.

Sharon y la otra chica hicieron caso omiso de nosotros.

—Bien, Wanda —dijo él cuando pasaron—, es todo tuyo.

Le ofrecí una mirada apesadumbrada y después me abrí camino cuidadosamente hacia la habitación obscura.

Intenté recordar la disposición del suelo y estaba segura de que que aún disponía de un par de metros antes del borde del agua. Me quité los zapatos primero, de modo que pude sentir el agua entre los dedos de los pies. Estaba tan obscuro. Recordé el color tinta del estanque —en mi mente maduraron ideas peregrinas acerca de lo que podría acechar bajo su superficie opaca— y me eché a temblar. Pero cuanto más esperara, más tendría que permanecer aquí, asi que puse la ropa limpia al lado de los zapatos y con el oloroso jabón en la mano, me dirigí hacia adelante con mucha cautela, hasta que encontré el borde de la piscina.

Comparada con el aire vaporoso de la caverna exterior, el agua estaba fresca. De lo más agradable. Esto no disipó mi terror, pero al menos aprecié la grata sensación. Había pasado mucho tiempo desde la última vez que había sentido algo *fresco*. Completamente vestida con mis ropas sucias, me sumergí hasta la cintura. Percibí cómo se arremolinaba la corriente en mis tobillos, empujando contra la roca. Me alegraba de que no fuese agua estancada, si ése hubiera sido el caso y con lo inmunda que yo estaba, la habría ensuciado irremisiblemente.

Me acuclillé en la tinta hasta sumergir mis hombros. Restregué el jabón contra mi ropa, pensando que sería la manera más fácil de asegurarme que quedara limpia. Allí donde el jabón me tocaba la piel, escocía un poco. Me quité la ropas enjabonadas y las froté bajo el agua. Después las enjuagué una y otra vez hasta que no quedó ni un resto de sudor o lágrimas; las escurrí, las exprimí y las puse en el suelo al lado de donde había dejado mis zapatos.

El jabón me escoció con más fuerza cuando lo apliqué a la piel desnuda, pero el escozor era soportable porque significaba que volvería a estar limpia. Cuando me acabé de enjabonar, la piel me picaba por todas partes y sentía que me escaldaba el cuero cabelludo. Parecería que en aquellos puntos donde se me habían hecho los cardenales estaban más sensibles que el resto del cuerpo, y aún debían quedarme unos cuantos. Me sentí aliviada cuando por fin puse el ácido jabón sobre el suelo de roca y me enjugué el cuerpo una y otra vez, del mismo modo que había hecho antes con mis ropas. Salí chapoteando de la piscina con una extraña mezcla de alivio y desconsuelo. El agua era muy placentera así como la sensación de la piel limpia, aunque escocida. Ya había tenido suficiente con la ceguera y las cosas que podía imaginar en la obscuridad. Tanteé alrededor hasta que encontré la ropa seca, me la puse rápidamente, y luego metí mis pies arrugados por el agua en los zapatos. Llevaba ropa limpia en una mano y el jabón sujeto con cuidado entre los dos dedos de la otra.

Jeb se echó a reír cuando salí, al fijar los ojos en el jabón que llevaba tan cuidadosamente cogido.

—Pica un poco, ¿verdad? Estamos intentando mejorar eso —alargó la mano, protegida por el faldón de su camisa y colocó allí el jabón.

No respondí a su pregunta, porque no estábamos solos. Detrás de él había una fila que aguardaba en silencio: cinco personas, todas procedentes del campo donde habíamos removido el suelo.

Ian era el primero.

—Tienes mejor aspecto —me dijo, pero no habría sabido decir por su tono si estaba sorprendido o perturbado por eso.

Levantó un brazo, extendiendo sus dedos largos y pálidos hacia mi cuello. Yo me aparté y él dejó caer la mano con rapidez.

—Lo lamento —masculló entre dientes.

¿Lamentaba haberme asustado ahora o haber dejado antes esas marcas en mi cuello? No me cabía en la cabeza que se estuviera disculpando por haber intentado matarme. Seguramente, todavía quería verme muerta, pero no iba a preguntarle semejante cosa. Comencé a avanzar y Jeb me siguió.

—Así que hoy no ha estado tan mal —me dijo mientras caminábamos por el corredor obscuro.

—No tan mal, no —murmuré. Después de todo no me habían asesinado y eso siempre había que considerarlo como algo positivo.

—Mañana todo irá incluso mejor —me prometió.

—Siempre he disfrutado sembrar —presenciar el milagro de que esas pequeñas semillas, aparentemente muertas, lleven tanta vida en su seno. Me hace sentir como si un viejo marchito como yo, aún tuviera algún potencial dentro. Aunque sólo sea como fertilizante— y rompió a reír ante el chiste.

Cuando llegamos a la gran caverna del huerto, Jeb me tomó del codo y me dirigió hacia el este, en vez de hacia el oeste.

—No me digas que no tienes hambre después de todo lo que has cavado —comentó— y no es mi trabajo suministrar el servicio a las habitaciones, así que vas a comer donde lo hacen todos los demás.

Hice una mueca dirigida al suelo, pero dejé que me condujera a la cocina.

Era bueno que la comida fuera la misma de todos los días, porque si, milagrosamente, se hubieran materializado un filete mignon o una bolsa de Cheetos, no habría sido capaz de paladearlos en lo absoluto. Tuve que invertir toda mi concentración en tragar la comida, abominando del más mínimo ruido que pudiera hacer en aquel silencio mortal que siguió a mi aparición. La cocina no estaba llena de gente, escasamente habría diez personas recargadas en los mostradores, comiendo sus toscos panecillos y bebiendo aquella sopa aguada. Pero de nuevo conseguí acallar todas las conversaciones. Me pregunté cuanto duraría esta situación.

La respuesta fue: exactamente cuatro días.

Ese fue también el lapso que me llevó comprender lo que Jeb se traía entre manos; la motivación detrás de su cambio, de un cortés anfitrión a un puntilloso capataz.

El día siguiente al de la remoción del terreno, lo pasé sembrando y regando el mismo campo. Había un grupo distinto al del día anterior; me imaginé que se trataría de algún tipo de rotación de tareas en este lugar. Maggie estaba en este grupo y también la mujer de piel color caramelo, pero no sabía cuál era su nombre. La mayoría trabajó en silencio, un silencio antinatural, una protesta por mi presencia.

Ian trabajó de nuevo con nosotros, aunque era obvio que no le correspondía este turno, cosa que me molestó.

Tuve que comer de nuevo en la cocina. Jamie estaba allí y su presencia evitó que la habitación quedara en completo silencio. Sabía que era demasiado perspicaz para no darse cuenta del incómodo mutismo, aunque lo ignoró de forma deliberada, simulando que él y Jeb eran los únicos presentes. Charló sobre su día en la clase de Sharon, fanfarroneando un poco sobre algún problema que tuvo por hablar fuera de turno y quejándose de las tareas que le había impuesto como castigo. Jeb lo reprendió sin muchas ganas. Ambos hicieron un gran trabajo actuando como si todo fuera normal. Pero yo carecía de habilidades histriónicas. Cuando Jamie me preguntó cómo me había ido en el día, lo único que pude hacer fue mirar fijamente mi comida y mascullar respuestas monosilábicas. Esto pareció entristecerlo, pero no me presionó.

Por la noche la historia fue diferente, porque no me dejó parar de hablar hasta que le supliqué que me permitiera dormir. Jamie había reclamado su cuarto, tomando el lado de la cama de Jared, e insistiendo en que yo usara el suyo. Así era como Melanie recordaba que habían sido antes las cosas, y estuvo de acuerdo con el arreglo.

Jeb también.

—Esto me ahorra el problema de encontrar a alguien para que haga la guardia. Mantén el arma cerca y no te olvides de que está ahí —le dijo a Jamie.

Yo protesté de nuevo, pero tanto el hombre como el niño se negaron a escucharme. Así que Jamie durmió con el rifle al lado opuesto de su cuerpo y yo me preocupé y tuve pesadillas con el asunto.

El tercer día de tareas me tocó trabajar en la cocina. Jeb me enseñó a amasar aquella tosca masa de pan, a formar con ella montoncitos redondos y a dejarla subir y, más tarde, a atizar el fuego en el fondo del gran horno de piedra, una vez que reinaba la suficiente obscuridad para dejar salir el humo.

Jeb se marchó a media tarde.

—Voy a buscar un poco más de harina— murmuró, jugando con la correa que sostenía el rifle a su cadera.

Las tres mujeres silenciosas que amasaban a mi lado no levantaron la mirada. Yo estaba embadurnada hasta los codos de aquella masa viscosa, pero empecé a raspármela para poder seguirlo.

Jeb sonrió, lanzó una mirada a las indiferentes mujeres y sacudió la cabeza en mi dirección. Luego se dio la vuelta y salió disparado de la habitación antes de que yo hubiera podido librarme del amasijo.

Me quedé inmóvil, sin respirar. Miré a las tres mujeres —la joven rubia del baño, la mujer de la trenza canosa, y la madre de los párpados caídos— y esperé a que se dieran cuenta de que ahora podían matarme. Sin Jeb, sin el arma, y con las manos atrapadas en aquella masa pegajosa, no había nada que se los pudiera impedir.

Pero las mujeres continuaron amasando y haciendo montoncillos, sin que parecieran ser conscientes de esta prístina realidad. Después de un largo rato de suspenso, volví a amasar de nuevo yo también. Quedarme quieta probablemente las habría alertado antes de la situación que si yo continuaba trabajando.

Se me antojó que Jeb había estado ausente una eternidad. Quizás lo que en verdad había querido decir es que tenía que *moler* más harina, porque no se me ocurría otra explicación viable para su prolongadísima tardanza.

—Te has tomado tu tiempo... —apuntó la mujer de la trenza canosa cuando él regresó, así que comprendí que no eran cosas de mi imaginación.

Jeb dejó caer un pesado saco de arpillera en el suelo con un golpe sordo.

—Está lleno hasta el borde. Prueba a traerlo tú, Trudy.

Trudy resopló.

—Me imaginó que habrás tenido que hacer muchas pausas de descanso para arrastrarlo hasta aquí.

Jeb le sonrió.

—Por descontado.

El corazón, que había estado atronándome los oídos durante todo el episodio, tomó un ritmo menos frenético. Al día siguiente limpiamos los espejos de la habitación que albergaba el maizal. Jeb me dijo que era algo que había que hacer de forma periódica, ya que la combinación de humedad y polvo los opacaba de modo tal que la luz resultaba demasiado tenue para alimentar las plantas. A Ian le tocó trabajar otra vez con nosotros y fue él quien ascendió por la destartalada escalera de madera, mientras Jeb y yo intentábamos mantener la estable su base. Era una tarea difícil, dado el peso de Ian y el poco equilibrio que tenía la escalera hechiza. Al final del día tenía los brazos laxos y doloridos. Ni siquiera me percaté, sino hasta que hubimos terminado y nos dirigimos hacia la cocina, de que la improvisada pistolera que siempre llevaba Jeb estaba vacía. Contuve una exclamación, de forma audible, y mis rodillas se trabaron, como las de un potrillo asustado. Me tambaleé hasta que me detuve.

—¿Algo anda mal, Wanda? —me preguntó Jeb, con un aspecto de lo más inocente.

Se lo hubiera preguntado si Ian no estuviese allí, a su lado, observando mi peculiar comportamiento con la fascinación pintada en sus vívidos ojos azules.

Así que me limité a endilgarle a Jeb una mirada con los ojos muy abiertos, mezcla de incredulidad y reproche y después, lentamente, volví a caminar a su lado, sacudiendo la cabeza. Jeb se echó a reír entre dientes.

—¿De qué se trata? —refunfuñó entre dientes Ian, dirigiéndose a Jeb, como si yo fuera sorda.

—Ni idea —replicó Jeb, mintiendo como sólo podía hacerlo un humano, con naturalidad y sin remordimientos.

Era un estupendo mentiroso y empecé a preguntarme si el haber dejado hoy el arma, si el abandonarme ayer y si todo ese esfuerzo para obligarme a tener compañía humana, era su forma de hacer que me mataran sin tener que hacer él mismo el trabajo. ¿Todas sus demostraciones de amistad sólo tenían existencia en mi mente? ¿O eran otras tantas mentiras?

Este era el cuarto día que comía en la cocina.

Jeb, Ian y yo caminamos por la larga y caldeada habitación —hacia una multitud de humanos que charlaban en voz baja sobre los sucesos del día— y esta vez no ocurrió nada.

No ocurrió nada.

No hubo ningún silencio repentino. Nadie se detuvo a lanzarme miradas ponzoñosas ni pareció darse cuenta en absoluto de que estábamos allí.

Jeb me dirigió hacia un mostrador vacío y luego fue a buscar pan para los tres. Ian se acomodó a mi lado, volviéndose para entablar una conversación trivial con la chica que tenía al otro lado. Era la joven rubia, a la que llamó Paige.

—¿Cómo van las cosas? ¿Qué tal llevas la ausencia de Andy? —le preguntó.

—Estaría bien si no me sintiera tan preocupada —repuso ella, mordiéndose el labio.

—Regresará pronto a casa —le aseguró Ian.

—Jared siempre trae siempre a todos de vuelta, tiene un verdadero talento para eso. Desde que él vino no hemos tenido ningún accidente ni problema. Andy estará bien.

Mi interés se disparó cuando mencionó a Jared —y Melanie, tan somnolienta estos días, se removió— aunque Ian no añadió nada más. Palmeó amistosamente el hombro de Paige y se volvió para recoger la comida que le había traído Jeb.

Jeb se sentó a mi lado y examinó la habitación con un profundo y ostensible sentimiento de satisfacción pintado en el rostro. Yo también paseé la mirada en torno, intentando ver lo que él veía. Así debía haber sido todo antes de que yo apareciera. Hoy había sido el primer día en que no parecía molestarles. Ya debían estar cansados de que yo perturbara sus vidas.

—Las cosas se van tranquilizando —le comentó Ian a Jeb.

—Sabía que pasaría. Todas éstas son personas razonables.

Fruncí el ceño para mis adentros.

—Eso es cierto, al menos de momento… —dijo Ian, riendo… como mi hermano no está por aquí...

—Exactamente —admitió Jeb.

Me resultó interesante saber que Ian se incluía a sí mismo en la lista de las personas razonables. ¿Se había dado cuenta de que Jeb iba desarmado? Me quemaba la curiosidad, pero no me iba a arriesgar a abundar en el asunto, en caso de que él no lo hubiera notado.

La comida prosiguió como había empezado. La vida continuaba como si tal cosa en la fortaleza de Jeb. La novedad de mi aparición se había desagastado.

Cuando terminamos de comer, Jeb dijo que me merecía un descanso. Me acompañó hasta el umbral mismo de mi habitación, jugando otra vez al caballero.

—Buenas tardes, Wanda —me dijo, quitándose un sombrero imaginario.

Yo inhalé profundo para armarme de valor. —Jeb, espera...

—¿Sí?

—Jeb... —titubeé, intentando encontrar una manera decente de expresarlo.

—Yo... bueno, quizás sea estúpido de mi parte, pero he pensado que somos amigos de algún modo.

Escruté su rostro detenidamente, buscando algún cambio, algún indicio de que iba a mentirme. Él mantuvo su expresión amable, ¿pero qué sabía yo de los trucos de un mentiroso?

—Claro que lo somos, Wanda.

—Entonces, ¿por qué quieres que me maten?

Sus cejas peludas se alzaron expresando incredulidad.

—¡Vaya! ¿Y qué te hace pensar eso, cariño?

Hice un listado de mis evidencias.

—Hoy no trajiste el arma. Y ayer, me dejaste sola.

Jeb sonrió.

—Creía que odiabas ese rifle.

Esperé una respuesta.

—Wanda, si quisiera verte muerta, no habrías pasado del primer día.

—Ya lo sé —farfullé, comenzando a sentirme avergonzada sin entender porqué—, pero es que todo es tan *confuso*...

Jeb se echó a reír con alegría.

—¡No, no quiero que mueras! Ésa es la única verdad, chica. Quiero que todos se acostumbren a verte por aquí y que acaben por aceptar la situación sin darse cuenta. Es como cuando cueces una rana.

Mi frente se frunció ante comparación tan excéntrica, pero Jeb me lo explicó.

—Si arrojas una rana en un cazo de agua hirviendo, desde luego que saltará hacia afuera. Pero si pones a la rana en una olla de agua templada y la calientas lentamente, la rana no se enterará de lo que está pasando, hasta que sea demasiado tarde. Ea pues, rana hervida. Es simplemente cuestión de trabajar en forma gradual.

Lo pensé durante un segundo: recordé que los humanos habían hecho caso omiso de mi presencia durante la comida de hoy. Jeb había logrado que se habituaran a mí. Comprenderlo hizo que, extrañamente, alentara esperanzas. La esperanza era algo bastante absurdo en mi situación, pero aun así se me infiltraba y daba un colorido más brillante a mis percepciones.

—¿Jeb?

—¿Sí?

—¿Yo soy la rana o el agua?

Rompió a reír.

—Eso te lo dejo a ti para que tengas algo en qué pensar. La autoexploración es algo positivo para el alma —se echó a reír de nuevo, esta vez más alto, mientras se volvía para salir—. Y no hay ningún juego de palabras intencional.

—Espera... ¿puedo preguntarte una cosa más?

—Claro. Digamos que es tu turno después de todo lo que te he preguntado yo.

—¿*Por qué* eres amigo mío, Jeb?

Frunció los labios durante un segundo, ponderando su respuesta.

—Ya sabes que soy un hombre curioso —comenzó, y yo asentí—, y, bueno, solía observarlas a ustedes, las almas, mucho, pero nunca había tenido la posibilidad de hablar con ninguna. Tenía tantas preguntas, que iban formando una pila cada vez más y más alta... Además, siempre he pensado que si una persona lo desea, puede llevarse bien con casi cualquiera. Me gusta poner mis teorías a prueba. Y mira, aquí estás tú, una de las chicas más encantadoras que he conocido nunca. Es realmente interesante tener un alma como amiga y haberlo conseguido me hace sentirme muy especial.

Me guiñó, hizo una reverencia y se marchó.

El que comprendiera cuál era el plan de Jeb, no me facilitó las cosas cuando decidió llevarlo más allá.

Ya nunca volvió a llevar el rifle a ninguna parte. Yo ignoraba dónde pudiera estar, pero al menos me sentía agradecida de que Jamie no durmiera con él. Me ponía algo nerviosa tener a Jamie desprotegido conmigo, pero decidí que así corría menos peligro que con el arma a mano. Nadie habría de sentir la necesidad de lastimarlo si él no representaba una amenaza. Además, tampoco nadie volvió a visitarme.

Jeb comenzó a enviarme a realizar pequeños recados. Ve a la cocina por otro panecillo, porque aún tengo hambre. Tráete un cubo de agua, que esta esquina del campo está seca. Saca a Jamie de su clase, que tengo que hablar con él. ¿Han brotado ya las espinacas? Ve y cerciórate. ¿Podría recordar la ruta de las cuevas del sur? Tengo un mensaje para Doc.

Cada vez que tenía cumplir con alguna de aquellas simples indicaciones, me envolvía un sudoroso vapor de miedo. Me concentraba en convertirme en algo invisible y en caminar tan rápido como pudiera, sin llegar a correr por los grandes habitáculos y los tenebrosos corredores. Solía mantenerme pegada a las paredes y con los ojos bajos. Ocasionalmente, llegué a interrumpir alguna conversación del mismo modo que antes, pero por lo común, me ignoraban. La única vez que me sentí en peligro inmediato de muerte, fue cuando interrumpí la clase de Sharon para avisar a Jamie. La mirada que me dedicó Sharon parecía el preludio a un acto hostil. Pero finalmente dejó ir a Jamie con un seco asentimiento, después de que yo consiguiera farfullar mi petición. Luego, cuando estuvimos solos, él me tomó de la mano que aún me temblaba y me dijo que Sharon se comportaba así cada vez que alguien interrumpía sus clases.

El peor momento fue aquel en que tuve que ir a buscar a Doc, porque Ian insistió en mostrarme el camino. Supongo que pude haberme rehusado, pero a Jeb le parecía bien el arreglo y eso significaba que confiaba en que Ian no me mataría. Yo estaba lejos de sentirme cómoda con semejante comprobación de *esa* tesis, aunque parecía ser inevitable. Si Jeb se equivocaba al confiar en Ian, éste encontraría muy pronto su oportunidad. Así que seguí a Ian a través del largo y obscuro túnel, como si fuera a una ordalía de fuego.

Conseguí sobrevivir a la primera mitad del trayecto y le di el mensaje a Doc. No pareció sorprendido de ver a Ian en mi compañía. Quizás era cosa de mi imaginación, pero creí que habían intercambiado una mirada significativa. Casi esperaba que me ataran a una de aquellas camillas de Doc en cualquier momento. Estas habitaciones me seguían produciendo náuseas.

Pero Doc simplemente me dio las gracias y me despidió como si estuviera ocupado. Realmente no sabía qué era lo que estaba haciendo: tenía varios libros abiertos y resmas y resmas de papeles que no parecían contener otra cosa que apuntes.

En el camino de vuelta, mi curiosidad le ganó la batalla al miedo.

—¿Ian? —inquirí, aunque tuve algo de dificultad al pronunciar su nombre por vez primera.

—¿Sí? —sonó sorprendido porque me dirigiera a él.

—¿Por qué aún no me has matado?

Él resopló.

—Qué directo.

—Podrías haberlo hecho, ya sabes. Podría perturbar a Jeb, pero no creo que te disparara—. ¿Qué estaba diciendo? Parecería que estuviera intentando convencerlo, así que me mordí la lengua.

—Lo sé —respondió, en tono complaciente.

Se hizo el silencio durante un momento, durante el cual únicamente se escuchó el eco de nuestros pasos, suave y sordo, desde las paredes del túnel.

—Simplemente no me parece justo —dijo Ian por fin.

—He estado pensando mucho en ello y no se me ocurre de qué serviría matarte. Sería como ejecutar a un soldado raso por los crímenes de guerra de un general. Eso sí, no estoy de acuerdo con todas esas teorías locas de Jeb, aunque seguro que sería fantástico poder creerlas; pero el hecho de que quieras que algo se haga realidad no equivale a que así sea. De modo que, tanto si tiene razón como si no, no creo que supongas ningún mal para nosotros. Tengo que admitir pareces estar realmente encariñada con al chico. Es algo muy raro de observar. De cualquier modo, mientras no nos pongas en peligro, me parecería... una *crueldad* matarte. Tampoco pasa nada por incluir a otro inadaptado social en este sitio.

Momentáneamente pensé en el concepto "inadaptado social". Pudiera tratarse de la mejor descripción que hubieran hecho de mí en toda mi vida. ¿Dónde había encajado yo alguna vez?

Qué extraño resultaba que, de entre todos los humanos, fuese Ian el que tuviera el ser interior más gentil. No me había dado cuenta de que la *crueldad* le hubiera podido parecer negativa.

Esperó en silencio mientras yo reflexionaba sobre todo esto.

—Si no deseas matarme, entonces, ¿por qué has venido hoy conmigo? —le pregunté.

Hizo una pausa antes de contestar.

—No estoy seguro de... —dudó.

—Jeb cree que las cosas se han calmado, pero yo no tengo una certeza total. Hay todavía unas cuantas gentes... de cualquier modo, Doc y yo te echamos un ojo cuando podemos. Sólo por si acaso. La verdad es que enviarte por el túnel sur me pareció como poner a prueba tu suerte. Pero eso es que lo que Jeb hace mejor: llevar la suerte hasta el extremo más lejano posible.

—¿Tú... tú y Doc están intentando *protegerme*?

—Extraño mundo éste, ¿verdad?

Pasaron unos cuantos segundos antes de que pudiera contestar.

—El más raro —concedí finalmente.

25

Obligada

Y así transcurrió otra semana, acaso dos —no venía al caso llevar registro del paso del tiempo, porque aquí era irrelevante—, y las cosas cada vez me resultaban más extrañas.

Trabajaba a diario con los humanos, pero no siempre con Jeb. Algunos días me acompañaba Ian, otras Doc, y algunos más, sólo Jamie. Sembré campos, amasé pan y fregué mostradores. Acarreé agua, herví sopa de cebolla, lavé ropa en la esquina más lejana de la piscina negra, y me quemé las manos fabricando aquel jabón ácido. Todo mundo cumplía su parte y ya que no tenía derecho a estar aquí, intentaba trabajar el doble que los otros. Sabía que no podía ganarme un lugar, pero procuraba hacer de mi presencia una molestia lo más llevadera posible.

Logré conocer un poco a los humanos que me rodeaban y casi todo a partir de escucharlos. Cuando menos, aprendí sus nombres. La mujer de la piel color caramelo se llamaba Lily y era de Filadelfia. Tenía un seco sentido del humor y se llevaba bien con todo el mundo porque nunca se alteraba. El joven del pelo negro hirsuto, Wes, se le quedaba mirando con frecuencia, pero ella nunca parecía notarlo. Tenía apenas diecinueve años y había huido de Eureka, Montana. La madre de los ojos soñolientos se llamaba Lucina y sus dos hijos, Isaiah y Libertad; Libertad nació aquí en las cuevas y fue Doc quien asistió el parto. A estos tres los veía poco, y tenía la sensación de que su madre mantenía a los chicos tan lejos de mí como le era posible en este espacio tan reducido. El hombre de mejillas rojizas, casi calvo, era el marido de Trudy y se llamaba Geoffrey. A menudo los acompañaba otro anciano, Heath, que había sido el mejor amigo de Geoffrey desde su infancia más temprana. Los tres habían escapado juntos de la invasión. El hombre pálido del pelo blanco era Walter y estaba enfermo, aunque Doc no sabía que era lo que le pasaba y no había forma de averiguarlo sin laboratorios ni pruebas, e incluso aunque pudiera hacerse el diagnóstico, no había medicinas con las que tratarle. Como los síntomas se iban acentuando, Doc comenzaba a pensar que era una forma de cáncer. Esto me entristecía —observar que alguien podía *morir* de algo tan fácil de arreglar. Walter se cansaba con facilidad, pero siempre estaba alegre. La mujer del cabello rubio casi blanco —de ojos contrastantemente obscuros— que les había traído agua a los demás aquel primer día en los campos era Heidi. Travis, John, Stanley, Reid, Carol, Violetta, Ruth Ann... Al menos conocía ya todos sus nombres. Había treinta y cinco humanos en la colonia, pero seis de ellos se habían marchado a la expedición, Jared incluido. Ahora quedaban veintinueve humanos en las cuevas y una bastante indeseable extraterrestre.

También me enteré de algunas cosas más sobre mis vecinos.

Ian y Kyle compartían una cueva en mi pasillo: la de las dos puertas auténticas apoyadas contra la entrada. Ian se había marchado a dormir con Wes a otro corredor en protesta por mi presencia aquí, pero luego de un par de noches se volvió a trasladar a su habitación. Las otras cuevas cercanas también habían quedado vacías durante un tiempo. Jeb me dijo que los ocupantes me temían, lo cual me hizo reír. ¿Cómo podían temer veintinueve serpientes de cascabel a un solitario ratoncillo de campo?

Ahora Paige había regresado a la puerta siguiente, a la cueva que compartía con su compañero Andy, cuya ausencia tanto lamentaba. Lily ocupaba la primera cueva con Heidi, la de las sábanas floreadas. Heath habitaba la segunda, la que tenía la cartulina y la cinta adhesiva plateada, mientras que Trudy y Geoffrey estaban en la tercera, la del edredón a rayas. Reid y Violetta vivían en una cueva más allá de la mía y protegían su intimidad con una raída alfombra oriental manchada.

La cuarta cueva en este corredor pertenecía a Doc y a Sharon y la quinta a Maggie, pero ninguno de esos tres había regresado.

Doc y Sharon eran pareja y Maggie, en sus raros momentos de humor sarcástico, le gastaba a Sharon la broma de que había sido necesario que llegara el fin de la humanidad para que encontrara al hombre perfecto: todas las madres querían un médico para sus hijas.

Sharon ya no era la niña que yo conocía por los recuerdos de Melanie. ¿Serían los años que había vivido sola con la adusta Maggie los que la habían transformado en una versión más coloreada de su madre? Aunque su relación con Doc había comenzado después de mi llegada a este mundo, no mostraba ninguno de los efectos dulcificadores de los comienzos del amor.

Sabía de la duración de esa relación por Jamie, ya que Sharon y Maggie rara vez olvidaban que yo estaba en una habitación con ellas y se reservaban la conversación para mejor momento. Aún constituían la oposición más fuerte a mi presencia; las únicas personas cuya forma de ignorarme continuaba siendo agresivamente hostil.

Pregunté a Jamie cómo habían llegado aquí Sharon y Maggie. ¿Habían encontrado a Jeb por su cuenta, anticipándose a Jared y Jamie? Él pareció comprender cuál era la pregunta real: si el último esfuerzo de Melanie por dar con ellas había sido un total desperdicio.

Jamie me dijo que no. Cuando Jared le mostró la última nota de Melanie y le explicó que ella había desaparecido —le llevó un instante lograr articular algo, luego de aquella palabra, y pude ver en su rostro el efecto que ese momento había tenido en ambos— ellos mismos habían salido en busca de Sharon. A punta de espada —una antigua que tenía— Maggie había mantenido a raya a Jared, mientras él intentaba explicarse. Se había salvado por los pelos.

Trabajando juntos, a Maggie y a Jared no les había llevado mucho tiempo descifrar el acertijo de Jeb. Los cuatro habían llegado a las cuevas antes de que yo me desplazara de Chicago a San Diego.

A Jamie y a mí ya no nos resultaba tan difícil hablar de Melanie como antes. Ella siempre formaba parte de estas conversaciones —calmando su dolor, corrigiendo mis torpezas— aunque tenía poco que decir. Ahora ya rara vez me hablaba y cuando lo hacía apenas podía percibirla; de vez en vez no estaba segura de si la había oído o si era simplemente mi propia idea de lo que ella habría pensado. Pero siempre hacía un esfuerzo por Jamie. Cuando solía escucharla era cuando estaba con él. Y aunque no siempre hablara, la sentíamos allí.

—¿Por qué Melanie está ahora tan silenciosa? —me preguntó Jamie, ya tarde por la noche. Por una vez, no me acribillaba a preguntas sobre las Arañas y los Degustadores de fuego. Ambos estábamos cansados: había sido un día muy largo de cosechar zanahorias. La parte baja de mi espalda estaba llena de nudos.

—Le resulta duro hablar, le cuesta mucho más esfuerzo que a ti y a mi. Y no tiene nada que decir que desee tanto como para intentarlo.

—¿Qué *hace* ella todo el tiempo?

—Escucha, creo. La verdad es que no lo sé.

—¿Puedes escucharla ahora?

—No.

Bostecé y él se quedó callado, tanto que pensé que se había dormido. Yo también iba a la deriva hacia el sueño.

—¿Crees que terminará marchándose? ¿Del todo? —susurró repentinamente Jamie. Su voz tembló en la última palabra.

Yo no era mentirosa y aún habiéndolo sido, no creo que le hubiera podido mentir a Jamie. Intenté no pensar en las implicaciones de lo que sentía por él. Porque... ¿qué significado tendría que el amor más grande que había sentido en mis nueve vidas, la primera vez que había experimentado realmente lo que era la familia, el instinto maternal, había sido por una forma de vida alienígena? Aparté la idea.

—No lo sé —le dije, y después añadí, porque era verdad—. Confío en que no.

—¿Ella te agrada tanto como yo? ¿Antes la odiabas, como ella te odiaba a ti?

—Es diferente a como me agradas tú. En realidad, nunca la he odiado, ni siquiera al principio. Le temía mucho y me sentía molesta porque por culpa suya yo no podía ser como los demás.

Pero yo siempre, siempre, he admirado la fuerza y Melanie es la persona más fuerte que he conocido en la vida.

Jamie se echó a reír.

—¿Qué *tú* la temías a *ella*?

—¿No crees que tu hermana puede infundir miedo? ¿Recuerdas aquella vez que te alejaste demasiado por el cañón y cuando regresaste tarde a casa a ella le dio un "ataque de rabiosos siseos", según decía Jared?

Se echó a reír entre dientes ante la evocación. Yo estaba complacida, porque había conseguido distraerlo de su dolorosa pregunta.

Me esforzaba el máximo posible en mantener la paz con todos mis nuevos compañeros. Me creí dispuesta a hacer lo que fuera, sin importar lo duro o asqueroso que pudiese ser, pero resultó que estaba equivocada.

—Pues, he estado pensando —me dijo Jeb un día, quizá un par de semanas después que las cosas se hubieran "calmado".

Empezaba a detestar esa expresión de Jeb.

—¿Te acuerdas de lo que te dije sobre que podrías enseñar un poco aquí?

Mi respuesta fue cortés.

—Sí.

—Bueno, y ¿qué hay con eso?

Ni siquiera lo tuve que pensar.

—No.

Mi rechazo me lanzó un inesperado ramalazo de culpabilidad. Nunca antes había rehusado una Vocación. Me parecía que era egoísta hacerlo. Aunque, obviamente, éste no era el caso. Las almas jamás me hubieran pedido que hiciera algo tan suicida.

Me miró con cara de pocos amigos, frunciendo sus cejas peludas como orugas.

—¿Y por qué no?

—¿Crees que eso le va a hacer alguna gracia a Sharon? —pregunté en tono monocorde. No era más que un ejemplo, pero quizás el de mayor fuerza.

Él asintió, aún con el ceño fruncido, concediéndome razón.

—Pero sería por el bienestar general —gruñó.

Yo resoplé.

—¿El bienestar general? ¿Así es como le llamas a que me disparen?

—Wanda, eso es estrechez de perspectiva —rebatió, como si mi respuesta hubiera sido un serio intento de persuadirlo.

—Lo que tenemos enfrente es una valiosa oportunidad de aprender. Sería un desperdicio no aprovecharla.

—No creo que nadie quiera aprender nada de mí. No me opongo a hablar contigo o con Jamie...

—No importa lo que ellos quieran —insistió Jeb.

—Sino lo que es bueno para ellos. Es como escoger entre el chocolate y el brócoli. Tienen que saber más sobre el universo; por no mencionar a los nuevos propietarios de nuestro planeta.

—¿Y en qué les ayudará eso, Jeb? ¿Acaso crees que sé algo que pudiera destruir a las almas o revertir la situación? Jeb: no hay nada que hacer.

—Siempre habrá algo que hacer mientras sigamos aquí —me contestó sonriendo, de modo que supe que estaba bromeando otra vez.

—No espero que te conviertas en una traidora y nos des una super-arma. Simplemente creo que deberíamos saber más del mundo en que vivimos.

Me encogí ante la palabra *traidor*.

—No podría darte un arma ni aunque quisiera, Jeb. No tenemos grandes debilidades, un talón de Aquiles. No tenemos archienemigos ahí, en el espacio exterior que pudieran venir en su ayuda, ni virus que pudieran hacernos desaparecer y dejarlos a ustedes incólumes. Lo siento.

—No te preocupes —cerró el puño y me dio un golpecillo juguetón en el brazo.

—Aunque, podría sorprenderte. Ya te he dicho que aquí nos aburrimos mucho. A la gente le gustarían tus historias más de lo que tú crees.

Sabía que Jeb no quitaría el dedo del renglón, ¿Sería capaz de darse por vencido? Lo dudaba.

A la hora de la comida me sentaba con Jeb y Jamie, si éste no estaba en la escuela u ocupado en otros menesteres. Ian se sentaba siempre cerca, aunque no realmente con nosotros. No acababa por aceptar la idea de su autonombramiento como mi guardaespaldas. Parecía demasiado bueno para ser cierto y, además, teniendo en cuenta la filosofía humana, tenía que ser falso, evidentemente.

Unos cuantos días después de haberme negado a enseñar a los humanos "por el bienestar general", Doc vino a sentarse junto a mí para la cena.

Sharon se quedó donde estaba, en la esquina más lejana a mi asiento habitual. Hoy estaba sola, sin su madre. No se volvió a observar cómo Doc caminaba hacia mí. Su pelo de color vivo estaba recogido en un moño alto, así que pude ver la rigidez de su cuello y el encorvamiento de sus hombros, signos de tensión e infelicidad. Me dieron ganas de desaparecer de inmediato, antes de que Doc lograse decirme lo que quisiera decirme, a fin de que no se pensara que yo tenía algo que ver en el asunto.

Pero Jamie estaba conmigo y me tomó de la mano cuando advirtió en mis ojos esa familiar mirada de pánico. Estaba desarrollando una habilidad casi sobrenatural para percibir mis momentos de terror. Suspiré y me quedé donde estaba. Probablemente lo que más me molestaba era ser esclava de estos deseos infantiles.

—¿Qué tal van las cosas? —me preguntó Doc en tono de charla ligera, deslizándose sobre el mostrador que tenía junto.

Ian, a unos cuantos pasos de nosotros, volvió el cuerpo de modo que pareciera que formaba parte del grupo.

Me encogí de hombros.

—Hemos estado hirviendo sopa hoy —repuso Jamie.

—Todavía me arden los ojos.

Doc alzó un par de brillantes manos rojas.

—Jabón.

Jamie se echó a reír.

—Tú ganas.

Doc le hizo una reverencia burlona y después se volvió hacia mí.

—Wanda, quería hacerte una pregunta... —sus palabras se fueron desvaneciendo en el aire.

Alcé las cejas.

—Bueno, me preguntaba... de todos los planetas que conoces, ¿qué especie es la más parecida físicamente a la humana?

Pestañeé.

—¿Por qué?

—Únicamente por genuina curiosidad biológica, aunque sé que está pasada de moda. Es que he estado pensando en sus Sanadores... ¿De dónde obtuvieron ellos el conocimiento para curar y no sólo para tratar síntomas, como tú dices? —Doc hablaba en tono más alto de lo necesario y su voz, habitualmente suave, tenía un mayor alcance. Varias personas levantaron la mirada: Trudy y Geoffrey, Lily, Walter...

Me envolví con fuerza con mis propios brazos, intentando ocupar menos espacio.

—Esas son dos preguntas distintas —murmuré.

Doc sonrió e hizo un ademán, invitándome a continuar.

Jamie me apretó la mano.

Suspiré de nuevo.

—Probablemente, los Osos del Planeta de las Nieblas.

—¿Las bestias con garras? —susurró Jamie.

Asentí.

—¿Y en qué se parecen? —me aguijoneó Doc.

Alcé los ojos al cielo, adivinando la mano de Jeb en todo esto, pero seguí.

—Son muy parecidos a los mamíferos en muchos sentidos. Tienen pelo y sangre caliente, y aunque ésta no es exactamente igual a la de ustedes, en lo esencial desempeña un papel parecido. Tienen emociones similares, la misma necesidad de interacción social y de desfogues creativos...

—¿Creativos? —Doc se inclinó hacia delante, fascinado, o al menos fingiendo fascinación.

—¿Y cómo es eso?

Miré a Jamie.

—Tú lo sabes. ¿Por qué no se lo cuentas a Doc?

—Podría equivocarme.

—No lo harás.

Él miró a Doc, quien asintió.

—Bueno, mira, tienen unas manos imponentes —Jamie se entusiasmó casi en seguida, con una especie de articulaciones dobles, que se pueden flexionar en ambos sentidos —torció sus propios dedos, como intentando doblarlos hacia atrás.

—Un lado es suave, como la palma de mi mano, pero el otro ¡tiene navajas! Cortan el hielo y pueden esculpirlo. ¡Construyen ciudades enteras de castillos de hielo que no se derriten nunca! Debe ser bellísimo, ¿o no, Wanda? —se volvió hacia mí para que corroborara.

Yo asentí.

—Ven un espectro de colores distintos, porque el hielo está lleno de arco iris. Sus ciudades son timbre de orgullo para ellos y siempre están intentando embellecerlas. Supe de un Oso al que llamábamos... bueno, algo parecido a Tejedor de Destellos, pero sonaba mejor en su idioma, por la forma en que el hielo parecía saber lo que él deseaba y se modelaba solo en sus sueños. Lo vi una sola vez y conocí sus creaciones. Ése es uno de mis recuerdos más hermosos.

—¿Soñaban? —inquirió Ian en voz baja.

Sonreí irónicamente.

—No de un modo tan vívido como los humanos.

—¿Y cómo adquieren sus Sanadores el conocimiento sobre la fisiología de una nueva especie? Vinieron ya preparados a este planeta. Lo vi desde el comienzo: observé cómo los pacientes terminales salían del hospital completamente... —el ceño fruncido se transformó en una arruga en forma de "v" sobre la estrecha frente de Doc. Él odiaba a los invasores, como todo el mundo, pero, a diferencia de los demás, también los envidiaba.

No quise contestar. Todos nos escuchaban cuando llegamos a este punto, y éste ya no era un bonito cuento de hadas sobre los Osos escultores de hielo. Era la historia de su derrota.

Doc esperó, con gesto torcido.

—Ellos... tomaron muestras —mascullé entre dientes.

Ian sonrió, comprendiendo.

—Las abducciones extraterrestres.

Yo lo ignoré.

Doc frunció los labios.

—Sí, es lógico.

El silencio de la habitación me evocó el de mi primera vez aquí.

—¿Dónde se originó tu especie? —preguntó Doc—, ¿lo recuerdas?, quiero decir como especie, ¿sabes cómo se produjo su evolución?

—El Origen —respondí con un asentimiento.

—Todavía lo habitamos. Allí fue donde... yo nací.

—Y eso la hace bastante especial —añadió Jamie.

—Es raro encontrar a alguien procedente del Origen, ¿o no? La mayoría de las almas intentan quedarse allí, ¿verdad, Wanda?—. Él no esperó a que yo añadiera nada. Empezaba a lamentarme de haber contestado a sus preguntas de manera tan prolija, noche tras noche.

—Así que cuando alguien sale de allí, se convierte en casi... casi ¿una persona famosa? O en algo así como un miembro de familia real.

Sentía que mis mejillas empezaban a calentarse.

—Es un sitio frío —continuó Jamie—. Con muchas nubes que tienen un montón de capas coloreadas. Es el único planeta donde las almas pueden vivir fuera de un huésped durante mucho tiempo, los huéspedes del planeta Origen son muy hermosos también, con una especie de alas y muchos tentáculos y grandes ojos plateados.

Doc se inclinó hacia delante con el rostro entre las manos.

—¿Recuerdan como se gestó la relación huésped-parásito? ¿Cómo comenzó la colonización?

Jamie me miró, encogiéndose de hombros.

—Siempre fuimos así —respondí lentamente, aún con renuencia—, al menos tan pronto como fuimos lo suficientemente inteligentes para conocernos. Nos descubrió otra especie: los Buitres, los llamamos aquí, aunque más por su carácter que por su apariencia. No eran... buenos. Fue entonces cuando descubrimos que podíamos unirnos a ellos, tal como habíamos hecho con nuestros primeros huéspedes. Una vez que los controlamos, aprovechamos su tecnología. Primero tomamos su planeta y después los seguimos al Planeta del dragón y al Mundo de verano, lugares maravillosos donde los Buitres no se habían portado nada bien. Iniciamos la colonización; nuestros huéspedes se reproducían mucho más lentamente que nosotros y sus ciclos vitales eran cortos. Por eso empezamos la exploración del universo...

Mi voz se apagó, consciente de los muchos ojos que estaban fijos en mi rostro. Sólo Sharon continuaba mirando en otra dirección.

—Hablas de esto como si hubieras estado allí —anotó Ian en voz baja—. ¿Hace cuánto tiempo sucedió esto?

—Después de que los dinosaurios vivieran aquí, pero antes de ustedes. Yo no estuve allí, pero me acuerdo de algo de lo que la madre de la madre de mi madre recordaba al respecto.

—¿Cuántos años *tienes*? —inquirió Ian, inclinándose hacia mí con su pentrante mirada azul.

—No sé calcularlos en años terrestres.

—¿Y una estimación aproximada? —me presionó.

—Miles de años, quizás —me encogí de hombros—, he perdido la cuenta de los años que he pasado en hibernación.

Ian se echó hacia atrás, aturdido.

—Guau, eso es ser realmente viejo —jadeó Jamie.

—Pero en un sentido muy real, soy más joven que tú —le susurré—. No tengo ni siquiera un año. Me siento como una criatura casi todo el tiempo.

Sus labios se elevaron ligeramente en las comisuras. Le encantaba la idea de ser más maduro que yo.

—¿Cómo es el proceso de envejecimiento de tu especie? —preguntó Doc—. ¿Cuál es su ciclo vital natural?

—No tenemos ninguno —repuse—, mientras tengamos un huésped sano, podemos vivir para siempre.

Un suave murmullo se elevó en espiral desde los límites de la cueva —¿enojo?, ¿temor?, ¿repugnancia? No podría decirlo—.

Advertí que mi respuesta no había sido oportuna; comprendí lo que esas palabras significarían para ellos.

—Hermoso —la palabra, musitada y preñada de rabia, provenía del punto donde estaba Sharon, pero ella no se había vuelto.

Jamie me apretó la mano, viendo en mis ojos nuevamente el deseo de huir. Esta vez aparté mi mano con dulzura.

—Ya no tengo hambre —susurré, aunque mi pan quedó casi intacto en el mostrador a mi lado. Me levanté de un salto y pegándome a la pared, escapé.

Jamie me siguió de cerca. Me alcanzó en la plaza del huerto grande y me ofreció los restos de mi pan.

—En verdad era interesante, te soy sincero —me dijo—, y no creo que nadie esté demasiado molesto.

—Jeb metió a Doc en esto, ¿o no?

—Es que cuentas buenas historias y una vez que todo el mundo lo sabe, querrán escuchar más. Tal como Jeb y como yo.

—¿Y qué pasa si yo no *quiero* contárselas?

Jamie frunció el ceño.

—Bueno, supongo que... no deberías. Pero parecía que no te importaba contarme esas historias.

—Eso es diferente. Yo te agrado —y bien podría haber añadido, *tú no quieres matarme*, pero las implicaciones lo habrían alterado.

—Una vez que la gente llega a conocerte, les gustas a todos. Como a Ian y a Doc.

—A Ian y Doc no les agrado, Jamie. Sólo sienten una curiosidad morbosa.

—¿Eso crees?

—¡Puf! —gruñí. Ya habíamos llegado a nuestra habitación; aparté el biombo y me arrojé al colchón. Jamie se sentó a mi lado con menos ímpetu y rodeó sus rodillas con los brazos.

—No te enojes —suplicó. —Jeb tiene buena intención.

Volví a gruñir.

—No será tan malo.

—Doc va a hacer esto cada vez que vaya a la cocina, ¿a que sí?

Jamie asintió avergonzado.

—O Ian. O Jeb.

—O tú.

—Todos queremos saber.

Yo suspiré y me puse boca abajo.

—¿Y Jeb siempre tiene que salirse con la suya?

Jamie lo pensó por un momento y asintió.

—Generalmente, sí.

Le dí un mordisco al pan. Cuando terminé de masticar, le dije:

—Creo que de ahora en adelante comeré aquí.

—Ian va a hacerte preguntas mañana, cuando estés deshierbando el plantío de espinacas. Y no es que Jeb esté presionándolo, lo hace porque quiere.

—Bueno: esto es maravilloso.

—Eres buenísima con los sarcasmos. Yo creía que a los parásitos… quiero decir, a las almas, no les gustaba el sentido del humor negro. Sólo ese rollo feliz y demás.

—Aquí se aprende muy rápido, muchacho.

Jamie se echó a reír y me tomó de la mano.

—No odias estar aquí, ¿verdad? No te sientes mal, ¿a que no?

Sus grandes ojos color chocolate lucían preocupados.

Apreté su mano contra mi rostro.

—Estoy bien —le dije y, al menos en ese momento, era la pura verdad.

26

Regreso

Sin estar realmente convencida, me convertí en la profesora que Jeb quería.

Mi "clase" era informal. Contestaba preguntas cada noche, después de la cena. Encontré que en la medida en la que me prestara a ello, Ian, Doc y Jeb me dejaban en paz durante el día, de modo que podía concentrarme en mis tareas. Siempre nos reuníamos en la cocina y me gustaba ayudar a hornear el pan mientras hablaba. Esto me daba una excusa para hacer pausas antes de responder a una pregunta difícil y también un punto donde fijar la mirada, cuando no quería cruzarla con la de alguien. En mi fuero interno, era lo justo: si mis palabras a veces les molestaban, al menos mis acciones eran siempre en beneficio de todos.

Yo no quería concederle la razón a Jamie. Obviamente, no le *gustaba* a la gente. No podía gustarles: yo no era una de ellos. Yo le agradaba a Jamie, pero eso se debía a alguna extraña reacción química que distaba mucho de lo racional. A Jeb también le caía bien, pero él estaba loco. Y el resto no tenía pretexto alguno.

No, no podía gustarles. Pero el hecho fue que las cosas cambiaron cuando comencé a hablar.

La primera vez que lo noté, fue la mañana después de que respondí a las preguntas de Doc en la cena. Estaba en la lóbrega sala de baño, lavando ropa con Trudy, Lily y Jamie.

—¿Podrías pasarme el jabón, por favor, Wanda? —solicitó Trudy, que estaba a mi izquierda.

Una sacudida eléctrica me recorrió todo el cuerpo al sonido de mi nombre en boca de una mujer. Atontada, le pasé el jabón y después me enjuagué la mano para quitarme el picor.

—Gracias —añadió ella.

—De nada —murmuré yo en respuesta. La voz se me rompió en la última sílaba.

Un día después, en el pasillo, de camino a buscar a Jamie antes de la cena, adelanté a Lily.

—Wanda —me saludó con un asentimiento.

—Lily —respondí, con la garganta seca.

Pronto dejaron de ser exclusivamente Doc e Ian los que hacían preguntas por la noche. Me sorprendió que los más entusiastas fueran: el exhausto Walter, cuyo rostro se había adquirido un inquietante color ceniciento, y quien sentía una curiosidad inagotable por los Murciélagos del Mundo Cantante. También Heath, que habitualmente se mantenía callado dejando que Trudy y Geoffrey hablaran por él, se mostraba ahora muy elocuente durante las sesiones. Le fascinaba el Mundo de Fuego y, aunque para mí era una historia poco agradable, me acribillaba a preguntas hasta extraerme el último detalle que yo supiera. Lily estaba interesada en la mecánica de las cosas, y quería saberlo todo sobre las naves que nos transportaban de planeta en planeta, sus pilotos, su combustible. Fue a Lily a la que le hablé de los criotanques, algo que todos habían visto, aunque pocos entendían su propósito. El tímido Wes, que generalmente se sentaba al lado de Lily, no preguntaba sobre otros planetas, sino sobre éste. ¿Cómo funcionaba? Sin dinero, sin recompensa por el trabajo realizado, ¿cómo era que la sociedad de las almas no se venía abajo? Intenté explicarle que no difería tanto de la vida que ellos llevaban en las cuevas. ¿O acaso aquí no trabajábamos sin dinero y compartíamos los productos del trabajo de forma igualitaria?

—Sí —me interrumpió él, sacudiendo la cabeza.—Pero aquí es diferente, porque... Jeb tiene un arma que puede usar contra los vagos.

Todo el mundo se le quedó mirando a Jeb, que guiñó un ojo, y luego todos rompieron a reír.

Jeb se presentaba casi cada tercer noche. No participaba, simplemente se sentaba pensativo al final de la habitación y sonreía ocasionalmente.

Tenía razón respecto al factor entretenimiento; curiosamente, puesto que todos teníamos piernas, la situación me recordaba a la de las Algas. Allí había nombres especiales para los artistas, como *Acomodador*, *Sanador* o *Buscador*. Yo era una *Narradora*, de modo que la transición a enseñar aquí en la Tierra no había implicado un gran cambio, al menos no profesionalmente. Pero era algo muy parecido a estar allí en la cocina al caer el sol, mientras la habitación se llenaba con el olor del humo y del pan cociéndose. Todos estábamos fijos ahí, igual que si nos hubieran plantado. Mis historias eran algo novedoso, daban algo en qué pensar aparte de las cosas habituales —las mismas interminablemente repetitivas y fatigosas tareas; los mismos treinta y cinco rostros; los mismos recuerdos de otras caras que llevaban aparejado el mismo dolor; el mismo miedo y la misma desesperación que por largo tiempo habían sido la compañía familiar de todos. Así que la cocina solía llenarse para mis improvisadas lecciones. Sólo las ausencias de Sharon y Maggie eran notorias y sistemáticas.

Fue aproximadamente en mi cuarta semana como profesor informal cuando la vida volvió a cambiar en las cuevas otra vez.

Como ya era habitual, la cocina estaba abarrotada. Jeb y Doc eran los únicos que faltaban, además de las dos de siempre. En el mostrador junto a mí había una bandeja metálica con obscuros y burdos panecillos, que se habían hinchado al doble de su tamaño primitivo. Ya estaban listos para el horno, tan pronto salieran los que estaban cociéndose. Trudy los controlaba cada pocos minutos, a fin de asegurarse que ninguno de ellos se quemara.

A menudo intentaba que Jamie fuese mi portavoz cuando conocía bien la historia. Me gustaba contemplar el entusiasmo que le iluminaba la cara y la forma en que empleaba las manos para dibujar escenas en el aire. Esa noche, Heidi quería saber más sobre los Delfines, así que le pedí a Jamie que respondiera a sus preguntas lo mejor que pudiera.

Los humanos siempre hablaban con tristeza cuando preguntaban sobre nuestra más reciente adquisición. Los Delfines venían a ser como un espejo de su propia circunstancia en los primeros años de la ocupación. Los obscuros ojos de Heidi —desconcertantes bajo aquel flequillo rubio, casi blanco— se entrecerraban compasivamente mientras planteaba sus preguntas.

—Su aspecto es más parecido a libélulas grandes que a peces, ¿no es así, Wanda? —Jamie casi siempre pedía mi confirmación, aunque nunca aguardaba a mi respuesta.

—Sin embargo, tienen una piel áspera con tres, cuatro o cinco pares de alas, dependiendo de su edad, ¿no? Así que, por así decirlo, pueden volar en el agua, que es más ligera que la de aquí, menos densa. Tienen cinco, siete o nueve patas, dependiendo del sexo ¿verdad, Wanda? y hay tres géneros distintos. Tienen unas manos realmente largas de dedos rudos y fuertes con los que pueden fabricar todo tipo de cosas. Construyen ciudades bajo el agua con las recias plantas que crecen allí, una especie de árboles, aunque no exactamente eso. No están tan evolucionados como nosotros, ¿no, Wanda? Porque jamás han construido naves espaciales o cosas como teléfonos para comunicarse. Los humanos estaban más avanzados.

Trudy sacó la bandeja de panecillos cocidos y yo me incliné a recoger la siguiente de los ya fermentados para introducirlos en el abrasador y humeante agujero. Tuve que hacer unas cuantas maniobras, empujando y equilibrando, para colocar la bandeja en la posición idónea.

Mientras yo sudaba delante del fuego, oí una especie de conmoción fuera de la cocina, que hizo eco a través del corredor principal desde algún punto en las cavernas. Con tantas reverberaciones aleatorias y extraños efectos acústicos era difícil ponderar las distancias.

—¡Eh! —gritó Jamie detrás de mí, y alcancé a volverme para ver la parte trasera de su cabeza cuando saltó en dirección a la puerta.

Me enderecé desde mi postura acuclillada y di un paso detrás de él, obedeciendo el instinto de seguirlo.

—Espera —dijo Ian—, ya volverá. Cuéntanos algo más sobre los Delfines.

Ian estaba sentado delante del mostrador junto al horno —asiento caliente que yo jamás habría elegido—, lo que le permitió acercarse lo suficiente para tocar mi muñeca. Mi brazo se encogió ante el inesperado contacto, pero me quedé donde estaba.

—¿Qué pasa ahí afuera? —pregunté. Aún se escuchaba una especie de extraño farfulleo y creí percibir la emocionada voz de Jamie en aquella confusión.

Ian se encogió de hombros.

—¿Quién sabe? Quizá Jeb... —se encogió de hombros como si no tuviera suficiente interés en molestarse en averiguarlo. Parecía indiferente, pero había una cierta tensión en sus ojos que no pude comprender.

Estaba segura de que lo sabría pronto, así que también me encogí de hombros y comencé a explicar las increíblemente complejas relaciones familiares de los Delfines mientras ayudaba a Trudy a meter el pan caliente en contenedores de plástico.

—Seis de los nueve... abuelos, por llamarlos así, tradicionalmente permanecen con las larvas a través de su primer estadio de desarrollo, mientras los tres padres trabajan con *sus* seis abuelos en la construcción de una nueva ala en la vivienda familiar para que la habiten los jóvenes cuando sean capaces de moverse— seguía explicando con los ojos puestos en los panecillos que tenía en las manos, más que en mi público, como era mi costumbre, cuando escuché un jadeo al fondo de la habitación. Continué con la siguiente frase de forma automática, mientras examinaba a la gente buscando al que se hubiera molestado, —los tres abuelos que quedan, generalmente se ocupan...

Nadie se había incomodado por lo que yo decía. Todas las cabezas se habían vuelto en la misma dirección en la que yo miraba. Mis ojos se enfocaron por arriba de sus nucas hacia la obscura salida.

La primera cosa que vi fue la esbelta figurade Jamie, colgada del brazo de alguien. Alguien tan sucio, de la cabeza a la punta de los pies, que casi se difuminaba sobre la pared de la cueva. Alguien demasiado alto para ser Jeb, y que no podía ser él, puesto que éste estaba justo detrás del hombro de Jamie. Incluso a esta distancia, pude ver que los ojos de Jeb estaban entrecerrados y su nariz arrugada, como si sintiera ansiedad, una rara emoción en él. Por lo que podía ver, el rostro de Jamie brillaba de pura alegría.

—Y allá vamos —murmuró Ian a mi lado, con voz apenas audible sobre el crepitar de las llamas.

El hombre sucio al que Jamie se aferraba dio una paso hacia delante. Una de sus manos se alzó lentamente, como en un reflejo involuntario, y se cerró en un puño.

—¿Qué significa esto, Jeb? —De aquella inmunda figura salió la voz de Jared, monótona, sin la más mínima inflexión alguna.

Se me cerró la garganta. Intenté tragar y encontré el camino bloqueado. Traté de respirar y no tuve éxito. Mi corazón latía irregularmente.

¡Jared!, brotó exultante y estentórea la voz de Melanie, en un silencioso grito de júbilo. Explotó con vitalidad radiante dentro de mi cabeza. *¡Jared ha vuelto a casa!*

—Wanda nos está enseñando cosas sobre el universo —barbotó Jamie animadamente, como si no hubiera captado la cólera de Jared: quizás estaba demasiado emocionado para prestar atención.

—*¿Wanda?* —repitió Jared en un murmullo que fue casi un gruñido.

Otras figuras sucias surgieron detrás de él en el corredor. Sólo me percaté de que estaban allí cuando hicieron eco de aquel gruñido con un murmullo de indignación.

Una cabeza rubia se alzó de entre el petrificado público. Paige luchó por incorporarse.

—¡¿Andy?! —gritó, y tropezó entre quienes se sentaban a su alrededor. Uno de los hombres sucios dio un paso al lado de Jared y la atrapó cuando casi se le venía encima a Wes.

—¡Oh, Andy!— sollozó ella, y su tono me recordó al de Melanie.

Momentáneamente, el arrebato de Paige hizo cambiar la atmósfera. La multitud silenciosa comenzó a murmurar, la mayoría poniéndose en pie. El sonido ahora era de bienvenida como si casi todos fueran a saludar a los viajeros que volvían. Intenté leer las singulares expresiones de sus rostros mientras forzaban sonrisas en sus labios y me miraban de reojo furtivamente. Me percaté, después de un larguísimo y lento segundo —en que el tiempo se congeló en el entorno, paralizándome ahí en mi sitio— que aquella expresión que no comprendía era *culpabilidad.*

—Todo saldrá bien, Wanda —musitó Ian muy quedo.

Lo miré con ojos desorbitados, buscando la huella de esa misma culpa en su rostro. No la encontré, sólo había una tensión defensiva en torno a sus vivaces ojos, al tiempo que miraba a los recién llegados.

—¿Qué demonios pasa aquí, eh? —retumbó una voz nueva.

Kyle, fácilmente identificable por su tamaño a pesar de la mugre, se abría camino alrededor de Jared y se dirigía hacia... mí.

—¿Están dejando que les cuente sus mentiras? ¿Todos se han vuelto locos? ¿O es que ya ha traido a los Buscadores hasta aquí? ¿Se han transformado ya *todos* en parásitos?

Muchas cabezas se agacharon, avergonzadas. Sólo unas cuantas mantuvieron las barbillas rígidamente alzadas y los hombros firmes: Lily, Trudy, Heath, Wes... y el frágil Walter, de entre todos los demás.

—Tranquilízate, Kyle —intervino Walter con su voz débil.

Kyle lo ignoró. Caminó con pasos deliberados hacia mí, con sus ojos —del mismo vivo color cobalto de los de su hermano— encendidos de cólera. No pude sostenerle la mirada, porque los míos se empeñaban en volver hacia la obscura figura de Jared, intentando interpretar su rostro camuflado.

El amor de Melanie fluyó a través de mi como un lago desbordando la represa, distrayéndome aun más de aquel iracundo bárbaro que se aproximaba con rapidez.

Ian se deslizó ante mi vista, colocándose delante de mí. Estiré el cuello hacia un lado para poder seguir mirando a Jared con claridad.

—Las cosas han cambiado mientras estabas fuera, hermano.

Kyle se detuvo, con el rostro flácido de incredulidad.

—Entonces, ¿al final han llegado los Buscadores, Ian?

—Ella no es ningún peligro para nosotros.

Kyle apretó los dientes, y por el rabillo de ojo, le vi sacar algo del bolsillo.

Esto al fin captó mi atención y me encogí, esperando el arma. Las palabras salieron a tropezones de mi lengua en un susurro ahogado.

—No te interpongas, Ian.

Ian no respondió a mi súplica. Me azoraba la tremenda cantidad de ansiedad que esto me producía; el ferviente deseo de que no lo lastimaran por mi causa. No se trataba de algo instintivo: no era aquella *necesidad* protectora que salía de mis huesos cuando se trataba de Jamie o incluso de Jared. Simplemente sabía que Ian no debía recibir daño alguno por tratar de protegerme.

La mano de Kyle salió por fin y una luz brotó de ella. La apuntó al rostro de Ian y la sostuvo allí un momento. Ian no se encogió ante la luminosidad.

—¿Así que entonces, qué? —exigió Kyle, guardando la linterna de nuevo en su bolsillo—. No eres un parásito. ¿Cómo te convenció?

—Tranquilízate, y te lo contaremos.

—No.

La contradicción no provenía de Kyle, sino de alguien detrás de él. Vi a Jared caminar lentamente hacia nosotros, abriéndose paso entre los mudos espectadores. Jamie seguía colgado de su brazo, con expresión de desconcierto, y sólo entonces pude leer su rostro bajo la máscara de polvo. Incluso Melanie —a pesar de su delirante alegría porque hubiera vuelto sano y salvo— no pudo malinterpretar aquel gesto de aversión.

Jeb había desperdiciado sus esfuerzos con la gente equivocada. No importaba que Trudy o Lily me hablaran e incluso que Ian se interpusiera entre su hermano y yo, o que Sharon y Maggie no hicieran ningún gesto de hostilidad contra mí. Al único que había que convencer, finalmente, tomaba una decisión.

—No creo que nadie necesite calmarse —dijo Jared entre dientes.

—Jeb —continuó sin comprobar si éste lo había seguido o no—, dame el arma.

Tras sus palabras se impuso un silencio tan tenso que sentí la presión dentro de mis oídos.

Desde el instante en que pude percibir nítidamente su rostro, supe que todo había terminado. Sabía lo que tenía que hacer ahora y Melanie estaba de acuerdo. Con toda la calma que logré reunir di un paso hacia un lado y ligeramente hacia atrás, de modo que me aparté de Ian. Y cerré los ojos.

—Sucede que no la traigo conmigo —repuso Jeb arrastrando las palabras.

Lo observé con los ojos entrecerrados mientras Jared se giraba para comprobar la veracidad de la afirmación de Jeb.

La respiración de Jared silbaba enfurecida a través de las aletas de su nariz.

—Magnífico —masculló. Avanzó un paso más hacia mí. —Aunque entonces, será más lento. Sería más humanitario si fueras rápido a buscar el arma.

—Por favor, Jared, hablemos —intervino Ian, plantando firmemente los pies mientras hablaba, aunque ya conocía la respuesta.

—Creo que aquí se ha hablado ya demasiado —gruñó Jared. —Jeb dejó esto en mis manos y ya he tomado mi decisión.

Jeb se aclaró la garganta ruidosamente. Jared se vio media vuelta para enfrentarse a él.

—¿Qué?— le exigió. —Fuiste tú quien inventó la regla, Jeb.

—Bueno, sí, eso es verdad.

Jared se volvió otra vez en mi dirección.

—Ian, sal de mi camino.

—Bueno, bueno, espera un momento —continuó Jeb.

—Pero si bien recuerdas, la regla dice que a quien pertenezca el cuerpo le corresponde tomar la decisión.

Una vena pulsaba visiblemente en la frente de Jared.

—¿Y?

—Y me parece que aquí hay alguien más que puede reclamarlo con el mismo derecho que tú, o quizá más.

Jared mantuvo la mirada fija hacia adelante, procesando esto. Después de un interminable momento, la comprensión le arrugó el ceño. Miró hacia el chico que aún colgaba de su brazo.

Toda la alegría había huído del rostro de Jamie, dejándolo pálido y horrorizado.

—No puedes hacer eso, Jared —exclamó entre sofocos.

—No debes. Wanda es buena y ¡es mi amiga! ¡Y Mel! ¿Qué pasa con Mel? ¡No puedes matar a Mel! ¡Por favor! Tienes que... —se le quebró la voz en expresión agónica.

Yo cerré los ojos de nuevo, intentando borrar de mi mente la imagen del chico acongojado. Me resultaba casi imposible no acercarme a él, pero sujeté mis músculos firmemente a su sitio, asegurándome que no le serviría de nada que me moviera ahora.

—Así que, —dijo Jeb, en tono demasiado ligero, teniendo en cuenta la situación—, ya ves que Jamie no está de acuerdo. Y supongo que en este asunto su voto vale tanto como el tuyo.

No hubo respuesta alguna en un prolongado intervalo, tanto que tuve que abrir los ojos de nuevo.

Jared contemplaba el rostro asustado y lleno de angustia de Jamie con su propia dosis de horror.

—¿Cómo has permitido que sucediera esto, Jeb? —susurró.

—Creo que *es necesario* que hablemos —respondió Jeb.

—¿Por qué no te das un respiro primero, eh? Quizá te sientas con más ánimo de conversación cuando te bañes.

Jared miró al viejo con perversidad, con los ojos desbordantes del estupor y la pena de quien ha sido traicionado. Sólo tenía a mano referentes humanos para dicha mirada: César y Bruto, Jesús y Judas.

La insoportable tensión se prolongó otro largo minuto y luego Jared se sacudió del brazo los agarrotados dedos de Jamie.

—Kyle —ladró Jared, volviéndose y saliendo de la habitación.

Kyle le dirigió a su hermano una mueca de despedida y lo siguió.

El resto del polvoriento contingente expedicionario los siguió en silencio, y con ellos Paige, que se cobijaba bajo el brazo de Andy.

La mayoría de los demás humanos, todos los que habían inclinado la cabeza avergonzados por admitirme en su compañía, salieron tras de ellos. A mi lado, sólo Jamie, Jeb y Ian; Trudy, Geoffrey, Heath, Lily, Wes y Walter también se quedaron.

Nadie habló hasta que el eco de sus pasos se desvaneció en el silencio.

—¡Uf! —resopló Ian—. Ha estado bastante cerca. Magnífico razonamiento, Jeb.

—Es la inspiración de la desesperación. Pero aún no hemos salido del atolladero —respondió Jeb.

—¡Como si no lo supiera! No dejaste el arma en ningún lugar a la vista ¿o sí?

—No. Me imaginé que esto iba a ocurrir pronto.

—Pues, menos mal. Ya es algo.

Jamie temblaba; estaba solo en el espacio vacío que había dejado el éxodo. Ahora que únicamente me rodeaban aquellos que podía contar como mis amigos, me sentí capaz de caminar hacia el chico. Me envolvió la cintura con los brazos y yo le palmeé la espalda con manos trémulas.

—Todo está bien —le mentí en susurros.

—Está bien—, sabía que hasta un estúpido percibiría la nota de falsedad en mi voz, y Jamie no era ningún estúpido.

—No te hará daño —repuso Jamie con la voz engrosada, luchando por controlar las lágrimas que veía en sus ojos.

—No se lo permitiré.

—Shh —murmuré.

Estaba consternada —podía sentir que en mi rostro persistían las señales del horror. Y Jared tenía razón— ¿cómo había permitido Jeb que ocurriera esto? Si me hubieran matado el primer día que llegué, incluso antes de que Jamie me hubiera visto... O aquella primera semana, mientras Jared me mantuvo aislada de todos, antes de que Jamie y yo nos hiciéramos amigos... O si yo hubiera mantenido la boca cerrada respecto a Melanie... Pero ya era demasiado tarde para todo. Apreté los brazos con más fuerza en torno al chico.

Melanie estaba igualmente aterrada. *Mi pobre niño.*

Te dije que era mala idea contarle todo, le recordé.

¿Qué le va a pasar ahora, cuando muramos?

Va ser terrible para él... quedará traumatizado, aterrado y devastado.

Melanie me interrumpió. *Ya basta. Lo sé. Lo sé. ¿Pero qué podemos hacer?*

Pues supongo que no morir.

Melanie y yo pensamos en nuestras probabilidades de supervivencia y sentimos desesperación.

Ian le dio un golpe a Jamie en la espalda... Pude sentir la vibración del movimiento a través de nuestros cuerpos.

—No le des más vueltas al asunto, muchacho —le dijo.

—No estás solo en esto.

—Están conmocionados, eso es todo —reconocí la voz de contralto de Trudy detrás de mí.

—En cuanto tengamos oportunidad de explicárselos todo, entrarán en razón.

—¿Entrar en razón? ¿Kyle?— siseó alguien de forma casi ininteligible.

—Sabíamos que esto se veía venir —masculló Jeb.

—Pero todo es cuestión de capearlo. La tormenta pasará.

—Quizá deberías ir a buscar ese rifle —sugirió Lily con calma —, esta noche se nos va a hacer muy larga. Wanda puede quedarse con Heidi y conmigo...

—Creo que será mejor resguardarla a algún otro sitio —la contradijo Ian—. ¿Qué tal los túneles sur? Yo la vigilaré. Jeb, ¿me echas una mano?

—No la buscarán si se queda conmigo —la voz de Walter era apenas un suspiro.

Wes tomó la palabra después de Walter.

—Yo te acompañaré, Ian. Ellos son seis.

—No— logré articular finalmente —No, esto no está bien. No deben pelear entre ustedes. Todos pertenecen a este lugar, todos son una comunidad Y no deben luchar: no por mi causa.

Aparté de mi cintura los brazos de Jaime, sujetándole las muñecas cuando intentó detenerme.

—Sólo necesito que me den un minuto —dije, pasando por alto las miradas que estaban fijas en mi rostro —necesito estar sola—, volví la cabeza, buscando a Jeb. —Y deben tener ocasión de discutir esto sin que yo escuche. No es justo que tengan que discutir estrategias en presencia del enemigo.

—No te pongas así —replicó Jeb.

—Dame un poco de tiempo para pensar, Jeb.

—Me alejé de Jamie, haciendo a un lado sus manos. Una cayó sobre mi hombro y me encogí.

Pero era Ian.

—No es prudente que andes por ahí sola.

Me incliné hacia él e intenté musitar para que Jamie no pudiera esucharme con claridad.

—¿Para qué prolongar lo inevitable? ¿Eso le facilitará o le complicará las cosas a él?

Creía saber la respuesta a mi última pregunta. Me escurrí bajo la mano de Ian y empecé a correr, acelerando en dirección a la salida.

—¡Wanda! —oí que Jamie me llamaba.

Alguien le mandó callar con rapidez. No escuché pisadas tras de mí. Debían haberse dado cuenta de lo sensato de dejarme marchar.

El corredor estaba negro y desierto. Si tenía suerte, podría pasar por el borde de la gran plaza del huerto en la obscuridad sin que me detectaran.

En todo el tiempo que llevaba aquí, la única cosa que nunca encontré fue la salida. Era como si hubiera estado una y otra vez en todos los túneles y nunca hubiera visto una abertura que finalmente no hubiera explorado en busca de una cosa o de la otra. Ahora pensé en ello, mientras me arrastraba por las esquinas más sombrías de la gran cueva. ¿Dónde estaría la salida? Y también pensé: si lograra resolver el rompecabezas ¿sería capaz de marcharme?

No daba con ninguna cosa por la que valiera la pena marcharse; desde luego, no el desierto que me esperaba fuera, pero tampoco la Buscadora, ni el Sanador, ni mi Acomodadora, ni mi vida anterior, que había dejado una impresión tan poco profunda en mí. Todo lo que realmente me importaba estaba aquí: Jamie y, aunque terminara matándome, también Jared. No podía imaginarme alejándome de ninguno de ellos.

Y Jeb. Ian. Ahora tenía amigos: Doc, Trudy, Lily, Wes, Walter, Heath. Unos peculiares humanos que eran capaces de hacer de lado lo que yo era, para ver algo que no tenían porqué asesinar. Quizá sólo era curiosidad y sin embargo, estaban dispuestos a ponerse de mi parte contra el resto de su estrechamente unida familia de supervivientes. Sacudí la cabeza maravillada mientras tanteaba mi ruta sobre la áspera roca.

Podía escuchar a otros en la caverna, en el lado opuesto. No me detuve: aquí no podían verme y justamente acababa de encontrar la grieta que estaba buscando.

Después de todo, sólo había un lugar al que pudiera ir. Y aunque hubiera logrado urdir la manera de escapar, no me habría ido. Me deslicé en la obscuridad más impenetrable que se pudiera imaginar y me apresuré a seguir mi camino.

27

Indecisa

Experimenté el regreso al agujero de mi prisión.

Habían pasado semanas y semanas desde que había estado en este corredor en particular. De hecho no había vuelto desde la mañana siguiente a la partida de Jared, cuando Jeb me liberó. Y ahora me parecía que mientras yo viviera y Jared estuviera en las cuevas, éste era mi lugar.

Esta vez no había ninguna luz mortecina para darme la bienvenida. Estaba casi segura de haber llegado al último ramal, pues los giros y curvas me resultaban vagamente familiares. Mientras avanzaba, dejé que mi mano izquierda repasara la pared tan abajo como fuese posible, buscando la abertura. No estaba decidida a acurrucarme *dentro* del estrecho agujero, pero al menos hallarlo me daría un punto de referencia, mostrándome que estaba donde se suponía que debía estar.

Cuando di con él, no tuve la opción de habitarlo de nuevo.

En el momento en que mis dedos recorrieron el borde irregular de la parte superior del agujero, mi pie topó con un obstáculo y tropecé, cayendo de rodillas. Adelanté las manos para sujetarme y éstas aterrizaron —produciendo un crujido y un sonido de desgarrón— sobre algo que no era roca y que no había estado allí antes.

El ruido me sobresaltó y el inesperado objeto me infundió terror. Tal vez había dado alguna vuelta en la dirección equivocada y no me encontraba en un lugar cercano a mi agujero. Quizás estaba en la habitación de alguien. Repasé mentalmente mi trayecto reciente, preguntándome cómo había podido cometer tal error. En el ínter, escuché atentamente por si se producía alguna reacción a mi estrepitosa caída, permaneciendo totalmente inmóvil en la obscuridad.

No había nada: ni sonido ni reacción. Sólo tinieblas, encierro y humedad, como siempre, y tanto silencio que supe que debía estar completamente sola.

Con cautela, e intentando ser todo lo sigilosa posible, traté de evaluar la situación de mi entorno.

Mis manos estaban atrapadas en algo. Las liberé, siguiendo luego los contornos de lo que se sentía como una caja de cartón —cuya parte superior estaba cubierta con una lámina de plástico delgado y crujiente, que era aquello que habían roto mis manos. Deslicé las manos alrededor de la caja y encontré otra capa más de plástico crujiente, pequeños rectángulos que hacían mucho ruido cuando los manipulaba. Me retiré con rapidez, por miedo a atraer la atención de alguien.

Me acordé de haber creído que había hallado la parte superior del agujero. Así que busqué a mi izquierda y me encontré con más hileras de cuadrados de cartón en aquel lado. Intenté encontrar la parte superior de la pila y para tal fin tuve que ponerme de pie, ya que era tan alta como mi cabeza. Rastreé hasta encontrar la pared, y después el agujero, exactamente donde esperaba que apareciera. Intenté meterme en él para cerciorarme de si realmente era el mismo lugar —sólo un instante en aquel suelo combado disiparía cualquier duda— pero no pude pasar de la abertura. También estaba atiborrado de cajas.

Frustrada, lo exploré con las manos, moviéndome de vuelta hacia el corredor. Me encontré con que no podía ir más allá por el pasadizo, que estaba lleno hasta el tope de los misteriosos cuadrados de cartón.

Mientras rebuscaba por el suelo, intentando comprender, descubrí algo diferente a aquel montón de cajas. Era una tela burda, como arpillera, un saco lleno de algo pesado que al moverse emitía un curioso sonido susurrante si lo apretaba. Amasé el saco con las manos, menos aprensiva por aquel siseo que por el crujido del plástico; parecía improbable que este ruidito pudiera alertar a nadie de mi presencia.

Repentinamente, todo estuvo claro. Fue el olor lo que me lo hizo ver. Mientras jugueteaba con el material arenoso del saco, percibí una inesperada emanación de un aroma familiar. Me llevó de vuelta a mi desmantelada cocina de San Diego, al pequeño gabinete a la izquierda del fregadero. Mentalmente pude ver con nitidez la bolsita de arroz crudo, con la medida de plástico que se usaba para dosificarlo; las hileras de comida enlatada detrás de él...

Una vez que caí en cuenta de que lo que estaba tocando era una bolsa de arroz, comprendí. Después de todo, *estaba* en el sitio correcto. ¿No me había dicho Jeb que este lugar se usaba como almacén? ¿Y no acababa Jared de regresar de una larga expedición de aprovisionamiento? Ahora, todo lo que los expedicionarios habían robado durante las semanas que habían estado fuera se había almacenado en este apartado lugar, hasta que pudiera usarse.

Muchas ideas se agolparon en mi cabeza simultáneamente.

Primero, me di cuenta de que estaba rodeada de comida. No sólo de pan tosco y aguada sopa de cebolla, sino de *comida*. En alguna parte de estas pilas, debía haber mantequilla de cacahuate, galletas con chispas de chocolate, papas fritas, *Cheetos*.

El sólo imaginarme encontrando estas cosas, degustándolas, sintiéndome ahíta por primera vez desde que abandoné la civilización, me hacía sentir culpable. Jared no había arriesgado su vida y pasado semanas escondiéndose y robando para *alimentarme* a mí. Esta comida era para otros.

También me preocupaba que acaso éste no fuera todo el botín. ¿Y si tenían más cajas que almacenar? ¿Serían Jared y Kyle los que lo trajeran? No se necesitaba una gran imaginación para pintarse la escena que se produciría si me encontraban aquí.

Pero ¿no era eso por lo que yo estaba aquí? ¿No era exactamente por eso por lo que necesitaba estar sola para pensar?

Me repantingué contra la pared. La bolsa de arroz hacía las veces de una almohada decente. Cerré los ojos —algo bien superfluo en aquella negrura de ébano— y me puse cómoda para efectuar una consulta.

Vamos, Mel. ¿Qué pasa ahora?

Me agradó ver que estaba despierta y alerta. La oposición le había renovado las fuerzas. Únicamente cuando las cosas iban bien se desvanecía.

Prioridades, decidió ella. *¿Qué es más importante para nosotras? ¿Seguir vivas? ¿o Jamie?*

Yo sabía la respuesta. *Jamie,* afirmé, suspirando con fuerza. El sonido de mi respiración hacía eco en las paredes negras.

De acuerdo. Probablemente podríamos durar un poco más si dejamos que Ian y Jeb nos protejan. ¿Le ayudaría eso?

Quizá. ¿Le dolería más que nos rindiéramos? ¿O si dejamos que esto siga su curso,, sólo para hacer que termine mal, lo cual parece inevitable?

Esto no le gustó nada. Podía sentir cómo se rebullía, buscando la posible alternativa.

¿Y si intentamos escapar?, le sugerí.

Imposible, decidió ella. *Además, ¿qué vamos a hacer ahí fuera? ¿Y qué les vamos a contar?*

Lo imaginamos juntas, ¿cómo íbamos a explicar mis meses de ausencia? Podría mentir, inventar alguna historia alternativa o decir que no me acordaba de nada. Pero pensé en el rostro escéptico de la Buscadora, en sus ojos saltones, relucientes de sospecha, y supe que mis inútiles tentativas de idear un subterfugio estaban condenadas al fracaso.

Ellos pensarán que he tomado el control, admitió Melanie. *Así que te sacarán y la pondrán a ella aquí dentro.*

Me removí —como si adoptar otra posición sobre el suelo rocoso me alejara más de semejante idea— y me estremecí. Y yo proseguí el pensamiento hasta su conclusión natural: *Ella les dirá que existe este lugar y los Buscadores vendrán por Jamie... y Jared.*

El espanto nos sobrecogió.

De acuerdo, continué. *Así que la fuga queda descartada..*

De acuerdo, susurró, aunque la emoción perturbó el pensamiento.

Así que la decisión es... rápido o lento. ¿Qué le dolerá menos?

Parecía que mientras me concentrara en los aspectos prácticos, al menos podría mantener mi participación en la discusión en términos de frío cálculo empresarial. Melanie intentó imitar mi esfuerzo.

No estoy segura. Por un lado, lógicamente, cuanto más tiempo estemos juntos los tres, más difícil será nuestra... separación para él. Pero, si no luchamos, si sencillamente nos rendimos... a él no le gustará. Sentirá que lo hemos traicionado.

Miré las alternativas que me presentaba, intentando sopesarlas en forma racional.

Así que... rápido, ¿pero no tendríamos que esforzarnos por no morir?

Caer luchando, afirmó sombríamente.

Luchar. Fabuloso. Intenté imaginarlo —enfrentar violencia a la violencia. Alzar mi mano para golpear a alguien. Podía llegar a formar las palabras, pero no la imagen mental.

Puedes hacerlo, me animó ella. *Te ayudaré.*

Gracias, pero no. Tiene que haber otra forma.

No te entiendo, Wanda. Has renunciado a los de tu especie por completo, estás dispuesta a morir por mi hermano, estás enamorada del hombre que yo amo, y que va a matarnos, y aun así no eres capaz de abandonar costumbres que aquí no sirven para nada.

Soy quien soy, Mel. No puedo cambiar eso aunque todo lo demás pueda cambiar. Atente a tu forma de ser y déjame que haga lo mismo.

Pero si vamos a...

Habría continuado discutiendo conmigo, pero nos interrumpieron. Un sonido rasposo, como el de un zapato contra la piedra, resonaba desde algún punto del corredor.

Me quedé helada —todas las funciones de mi cuerpo quedaron en suspenso, excepto el corazón, e incluso este latía erráticamente— y escuché. No disponía de mucho tiempo para confiar en que fuese sólo mi imaginación. En unos segundos se oyeron más sigilosas pisadas que provenían de esa dirección.

Melanie mantuvo la sangre fría, mientras yo me dejaba llevar por el pánico.

Ponte de pie, me ordenó ella.

¿Por qué?

No quieres luchar, pero puedes correr. Tenemos que intentar lo que sea... por Jamie.

Volví a respirar, aunque mi respiración era superficial y lenta. Pausadamente me moví hacia delante hasta apoyarme en los talones. La adrenalina recorría mis músculos, haciéndolos hormiguear y doblarse. Sería más rápida que los que intentaran capturarme, pero ¿a dónde iba a huir?

—¿Wanda? —susurró alguien en voz muy baja—, ¿Wanda, estás aquí? Soy yo.

Su voz se quebró, y supe que era él.

—¡Jamie! —siseé.

—¿Qué estás haciendo? Te dije que necesitaba estar sola.

Su voz manifestó un profundo alivio, de modo que subió el volumen.

—Todo mundo te está buscando, bueno, ya sabes, Trudy, Lily, Wes, *esa* gente. Sólo que se supone que no vamos a dejar que nadie sepa que lo estamos haciendo; se supone que nadie debe saber que has desaparecido. Jeb ha recuperado su rifle, Ian está con Doc. Cuando Doc esté libre irá a hablar con Jared y Kyle. Todos lo escuchan, así que no tienes que esconderte. Todos están ocupados ahora y tú seguramente estarás cansada...

Mientras Jamie se explicaba, extendió las manos hasta que encontró mi brazo y después mi mano.

—No me estoy *escondiendo* en realidad, Jamie. Te dije que tenía que pensar.

—Puedes pensar con Jeb delante ¿o no?

—Y ¿a dónde quieres que vaya? ¿Otra vez a la habitación de Jared? Se supone que ahí es donde debo estar.

—Ya no —un conocido matiz de terquedad apareció en su voz.

—¿Por qué está todo el mundo tan ocupado? —le pregunté para distraerlo.

—¿Qué está haciendo Doc?

Mi intentona no tuvo éxito, porque no me contestó.

Después de un minuto de silencio, le toqué la mejilla.

—Mira, deberías estar con Jeb. Dile a los demás que dejen de buscarme. Simplemente me voy a quedar por aquí un tiempo.

—No puedes dormir aquí.

—Ya lo he hecho antes.

Sentí sacudirse su cabeza contra mi mano.

—Te traeré unas mantas y almohadas, por lo menos.

—No necesito más que una.

—No me voy a quedar con Jared mientras se comporte como un imbécil.

Gruñí en mi interior.

—Entonces quédate con Jeb y sus ronquidos. Debes estar con ellos, no conmigo.

—Yo estaré donde yo quiera.

La amenaza de que Kyle me encontrase aquí pesaba en mi mente. Pero ese argumento sólo haría que Jamie se sintiera responsable de mi protección.

—Bien, pero Jeb tiene que darte permiso.

—Luego. No voy a molestar a Jeb esta noche.

—¿Qué está haciendo?

No contestó. Sólo entonces me di cuenta de que deliberadamente no había contestado a mi pregunta anterior. Había algo que no me quería decir. Quizá los otros también estaban ocupados intentando encontrarme.

Tal vez el regreso de Jared a casa de les había hecho retomar su opinión previa sobre mí. O eso me había parecido en la cocina, cuando inclinaron las cabezas y me miraron con furtiva culpabilidad.

—¿Qué está pasando, Jamie? —presioné.

—Se supone que no te lo debo decir —masculló entre dientes.

—Y no voy a hacerlo —sus brazos se apretaron en torno a mi cintura, y ocultó el rostro en mi hombro.

—Todo va a salir bien —me prometió, con la voz quebrada.

Le dí unas palmaditas en la espalda y deslicé los dedos a través de su melena enmarañada.

—Bien —le dije, en aceptación de su silencio. Después de todo yo también tenía mis secretos ¿no?

—No te enfades, Jamie. Sea lo que sea, resultará bien. Tú estarás bien —y al proferir estas palabras deseé que fueran ciertas.

—Ya no sé qué es lo que debo esperar —musitó.

Con la mirada hacia la obscuridad, hacia nada en concreto, y tratando de adivinar aquello que no me quería decir, capté un tenue resplandor en el extremo más lejano del corredor, muy leve, pero notorio en la negrura de la caverna.

—Shh —siseé.

—Viene alguien. Rápido, escóndete detrás de las cajas.

La cabeza de Jamie se inclinó en la dirección de la luz amarilla que aumentaba de intensidad por momentos. Intenté escuchar los pasos que debían acompañarla, pero no oí nada.

—No me voy a esconder —siseó él en respuesta— y ponte detrás de mí, Wanda.

—¡No!

—¡Jamie! —gritó Jared—, ¡sé que has vuelto aquí!

Las piernas se me aflojaron, insensibles. ¿Por qué tenía que ser Jared? Habría sido mucho más fácil para Jamie si el que me matara fuera Kyle.

—¡Vete! —vociferó Jamie.

La luz amarilla adquirió velocidad y se convirtió en un círculo en la pared más lejana.

Jared acechaba al otro lado de la esquina, y la linterna en su mano bailoteaba hacia adelante y hacia atrás recorriendo el pétreo suelo. Estaba limpio otra vez y llevaba una descolorida camisa roja que reconocí porque colgaba en la habitación donde yo había ocupado semanas y era una imagen familiar para mí. Como también lo era su rostro, que tenía exactamente la misma expresión desde el primer momento en que aparecí por aquí.

El rayo de luz cayó sobre mi rostro y me cegó. Sabía que la luz hacía brillar el destello plateado en el fondo de mis ojos, porque sentí que Jamie daba un salto, sólo un pequeño saltito, para luego reafirmarse más aun en su posición.

—¡Apártate de eso! —rugió Jared.

—¡Cierra la boca! —aulló Jamie en respuesta. —¡No la conoces! ¡Déjala en paz!

Se colgó de mí mientras yo intentaba desasirme de sus manos.

Jared embistió como un toro. Agarró la parte de atrás de la camisa de Jamie con una mano y lo arrancó de mi lado. Mantuvo la tela hecha un hatillo mientras sacudía al chico que gritaba.

—¡Estás comportándote como un idiota! ¡No te das cuenta de que te está utilizando?

Instintivamente me interpuse en el corto espacio que había entre los dos. Como lo pretendía, mi avance hizo que soltara a Jamie. Ni quise ni necesitaba que ocurriera lo que tuvo lugar inmediatamente después, la forma en que su reconocible olor asaltó mis sentidos, la forma en que percibí el contorno de su pecho bajo mis manos.

—¡Deja a Jamie en paz! —le recriminé, deseando ser por una vez como Melanie quería que fuera, que mis manos se endurecieran ahora, que mi voz resonara más fuerte.

Me cogió por las muñecas con una sola mano y usó esa sujeción para apartarme de él con un empujón que me proyectó contra la pared. El impacto me tomó por sorpresa y me dejó sin aliento. Reboté contra la pared de piedra y caí al suelo, aterrizando sobre las cajas, y haciéndolas crujir al aplastarles y arrugar el celofán.

Se me disparó el pulso mientras yacía aturdida, doblada sobre las cajas y por un instante, vi pasar luces extrañas frente de mis ojos.

—¡Cobarde! —le gritó Jamie a Jared.

—¡Ella no te haría daño ni por salvar su propia vida! ¿Por qué no la puedes dejar en paz?

Escuché que alguien desplazaba las cajas y sentí las manos de Jamie sobre mi brazo.

—¿Wanda? ¿Estás bien, Wanda?

—Sí, estoy bien —bufé enojada, ignorando el latido de mi cabeza. Pude observar su rostro angustiado cernerse sobre mí en el resplandor de la linterna que se le debía haber caído a Jared. —Tienes que irte ahora, Jamie —le susurré.

—Corre.

Jamie sacudió la cabeza con fiereza.

—¡*Apártate* de esa cosa! —bramó Jared.

Entreví como Jared agarraba a Jamie por los hombros y lo levantaba en vilo. Las cajas se movieron cayendo sobre mí en una pequeña avalancha. Me di la vuelta, cubriéndome la cabeza con los brazos. Una muy pesada me cayó justo entre los omóplatos y grité de dolor.

—¡Deja de hacerle daño! —aulló Jamie.

Se oyó un fuerte crujido y una ahogada exclamación.

Me debatí para salir de debajo de aquel pesado contenedor de cartón y, mareada, me alcé sobre los codos.

Jared tenía una mano sobre su nariz y algo obscuro resbalaba por sus labios. Sus ojos estaban dilatados por la sorpresa. Jamie se le había encarado, con los puños en ristre y un rabioso ceño fruncido.

La cara hosca de Jamie se fue destensando lentamente mientras Jared se le quedaba mirando de fijo, conmocionado. El dolor tomó su lugar: el dolor y una sensación de traición, tan profunda que rivalizaba con la expresión que Jared había mostrado en la cocina.

—No eres el hombre que creí que eras —susurró Jamie. Miraba a Jared como si éste estuviera muy lejos, como si hubiera un muro entre ellos y Jamie se hubiera quedado completamente solo de su lado.

Los ojos de Jamie se anegaron y giró la cabeza avergonzado de mostrar debilidad frente a Jared. Se marchó con movimientos rápidos y firmes.

Lo intentamos, pensó Melanie, con tristeza. Su corazón sufría por el chico, por mucho que ansiara que yo volviera mis ojos hacia el hombre. La complací.

Jared no me estaba mirando. Sus ojos apuntaban hacia la obscuridad que se había tragado a Jamie, y la mano aún cubría su nariz.

—¡Ah, *maldita sea*! —gritó repentinamente.

—¡Jamie! ¡Vuelve aquí!

No hubo respuesta.

Jared me dirigió una mirada sombría y yo me encogí —aunque parecía que su cólera se había esfumado—, recogió la linterna y salió pisando con fuerza detrás de Jamie, pateando una caja que se había atravesado en su camino.

—Lo lamento ¿si? ¡No llores, muchacho! —y siguió gritando indignadas disculpas mientras daba la vuelta a la esquina y me dejaba allí, tendida en la obscuridad.

Durante un buen rato, todo lo que pude hacer fue respirar. Me concentré en que el aire fluyera hacia dentro, luego hacia fuera y otra vez hacia dentro. Cuando supuse que tenía dominado esto, me esforcé en levantarme del suelo. Me llevó unos segundos recordar cómo mover las piernas y aun así las sentía vacilantes: me amenazaban con derrumbarse bajo mi peso. Así que me senté otra vez contra la pared, deslizándome hacia abajo hasta que encontré mi almohada rellena de arroz. Me dejé caer allí mientras pasaba revista a mi condición.

No se había roto nada —excepto quizá la nariz de Jared. Sacudí la cabeza lentamente. Jared y Jamie no deberían haberse peleado. Les estaba causando tanto conflicto y tanta desdicha. Suspiré y volví a mi reconocimiento. Había una amplia zona dolorida en el centro de la espalda y un lado de mi cara, aquel que había golpeado contra la pared, estaba húmedo y en carne viva. Me punzaba al tocarlo y dejaba un fluido tibio entre mis dedos. Aunque eso parecía ser lo peor de todo. Los demás cardenales y rasguños eran superficiales.

Cuando me di cuenta de esto, experimenté una inesperada y abrumadora sensación de alivio.

Estaba viva. Jared había tenido la oportunidad de matarme y no lo había hecho. En vez de eso, se había marchado detrás de Jamie para arreglar las cosas entre ellos. Así que cualquiera que fuera el daño que yo estaba causando en su relación, no parecía ser irreparable.

Había sido un día muy largo; de hecho, ya lo había sido desde antes de que Jared y los otros aparecieran, y eso parecía haber ocurrido hacía eones. Cerré los ojos donde estaba y me quedé dormida sobre el arroz.

28

Equivocada

Me desorientó despertar en medio de la obscuridad. En los meses previos, me había acostumbrado a que el sol me anunciara la mañana. Al principio pensé que sería de noche, pero luego, al sentir el ardor del rostro y el dolor en la espalda, recordé dónde estaba.

A mi lado, escuché el sonido de una respiración suave y acompasada. Eso no me asustó, porque para mí era el sonido más familiar de todos. No me sorprendió que Jamie hubiera vuelto para dormir a mi lado esa noche.

Acaso fue el cambio de ritmo de mi respiración lo que lo despertó, quizá fue simplemente que nuestros ritmos habían terminado acoplándose, pero segundos después de que yo recuperara la conciencia, él hizo lo propio con un pequeño jadeo.

—¿Wanda? —susurró.

—Estoy aquí al lado.

Él suspiró aliviado.

—Está muy obscuro aquí —repuso.

—Sí.

—¿Crees que ya será hora de desayunar?

—No lo sé.

—Tengo hambre. Vayamos a ver.

No le contesté. Él interpretó correctamente mi silencio, como el rechazo que era.

—No tienes porqué esconderte aquí, Wanda —dijo con el corazón en la mano, después de darme unos momentos para que pudiera hablar.

—Hablé con Jared anoche. Va a dejar de meterse contigo, me lo prometió.

Casi me sonrío. Meterse conmigo.

—¿Vendrás conmigo? —me presionó Jamie. Su mano encontró la mía.

—¿Es eso lo que realmente quieres que haga? —pregunté en voz baja.

—Si. Todo será igual que antes.

¿Mel? ¿Esto es lo mejor?

No lo sé. Ella estaba en una encrucijada. Sabía que no podía ser objetiva, porque deseaba ver a Jared.

Eso es una locura, ya lo sabes.

No tanto, si consideramos que tú también lo quieres ver.

—De acuerdo, Jamie —concedí—, pero no te alteres si las cosas no vuelven a ser como antes, ¿bien? Si las cosas se ponen feas... bueno, simplemente, no te sorprendas.

—Todo va a salir bien, ya lo verás.

Lo dejé que me guiara a través de la obscuridad, tirando de mi mano que aún tenía en la suya. Me preparé cuando entramos en la gran caverna del huerto. No estaba segura de la reacción que podía esperarme de los demás hoy. ¿De qué se había hablado mientras yo dormía? Pero estaba desierto, aunque el sol brillaba con fuerza en el cielo matutino; proyectaba su resplandor en los centenares de espejos, que me cegaron en forma momentánea.

Jamie no mostró interés en la cueva vacía. Tenía los ojos clavados en mi rostro e inhaló profundamente a través de los dientes cuando la luz tocó mi mejilla izquierda.

—¡Oh! —jadeó—. ¿Estás bien? ¿Te duele mucho?

Me toqué la cara con cuidado. Tenía la piel áspera, y había arena adherida a las costras. Me latió cuando pasé los dedos por encima.

—Estoy bien —le susurré. La desolada caverna me hacía desconfiar. No quería hablar en voz muy alta—, ¿dónde está todo mundo?

Jamie se encogió de hombros, con los ojos aún entrecerrados mientras observaba mi rostro.

—Ocupados, supongo —él no bajó su tono de voz.

Eso me recordó la noche anterior y el secreto que no me había querido confesar. Se me frunció el entrecejo.

¿Qué crees que es lo que no nos quiere contar?

Tú sabes tanto como yo, Wanda.

Tú eres humana. ¿No se supone que debes tener intuición o algo así?

¿Intuición? Mi intuición me dice que no conocemos este lugar tan bien como creíamos conocerlo, replicó Melanie.

Reflexionamos sobre lo ominoso que sonaba eso.

Fue casi un alivio escuchar los ruidos habituales de la hora de comida que procedían del corredor que daba a la cocina. No quería ver a nadie en particular, descontando, desde luego, aquel deseo malsano de ver a Jared, pero los túneles vacíos, más la certeza de que me ocultaban algo, me pusieron los nervios de punta.

La cocina no estaba ni con mucho medio llena, cosa rara a esta hora del día. Pero apenas lo noté, porque el olor que procedía del horno de piedra anuló cualquier otro pensamiento.

—¡Ohh! —gimió Jamie—. ¡Huevos!

Tiró de mí con fuerza, y no opuse ninguna resistencia a seguirle el paso. Nos aproximamos —con gruñidos estomacales— al mostrador junto al horno, donde Lucina, la madre, estaba de pie cucharón de plástico en la mano. El desayuno generalmente era de autoservicio, pero antes consistía sólo en toscos panecillos.

Ella miró exclusivamente al chico mientras hablaba.

—Estaban mejor hace una hora.

—Estarán igual de buenos ahora —contraatacó Jamie entusiasmado.

—¿Ya han comido todos?

—Casi todos. Creo que le llevaron una bandeja abajo a Doc y al resto... —la voz de Lucina se apagó y sus ojos se movieron hacia mí por primera vez, al igual que los de Jamie. No comprendí la expresión que cruzó por el rostro de Lucina, porque se desvaneció con demasiada rapidez, para ser reemplazada por otra, al inspeccionar las nuevas marcas en mi rostro.

—¿Cuánto queda? —preguntó Jamie. Su entusiasmo parecía ahora algo forzado.

Lucina se volvió y se inclinó, sacando una sartén de metal de entre las piedras calientes del fondo del horno con la cazoleta del cucharón.

—¿Cuánto quieres, Jamie? Hay de sobra —le dijo sin volverse.

—Pues haz de cuenta que soy Kyle —respondió entre risas.

—Aquí tienes: una porción tamaño Kyle —replicó Lucina, pero cuando sonrió sus ojos sólo mostraban tristeza.

Llenó uno de los cuencos de sopa casi hasta el borde, con unos huevos revueltos ligeramente gomosos, se irguió y se lo pasó a Jamie. Me miró de nuevo y comprendí a qué se debía *esa* mirada.

—Sentémonos ahí, Jamie —repuse, empujándolo hacia un mostrador.

Él se me quedó mirando atónito.

—¿No quieres un poco?

—No, yo... —iba a decir nuevamente que me encontraba bien, pero mi estómago rugió insumiso.

—¿Wanda? —me miró y después a Lucina, que estaba cruzada de brazos.

—Sólo tomaré pan —mascullé, intentando apartarlo de allí.

—No. Lucina, ¿cuál es el problema? —la miró expectante, pero ella no se movió.

—Si ya has terminado, ahora me encargaré yo —sugirió, entornando los ojos y plasmando en sus labios una mueca de obstinación.

Lucina se encogió de hombros y dejó el cucharón en el mostrador de piedra. Se fue lentamente sin mirarme siquiera.

—Jamie —murmuré en tono urgente pero casi inaudible.

—Esta comida no es para mí. Jared y los otros han arriesgado sus vidas para que ustedes pudieran desayunar huevos. El pan es suficiente.

—No seas tonta, Wanda —replicó Jamie. Tú vives aquí ahora, igual que el resto de nosotros. Nadie pone la más mínima objeción a que tú laves su ropa o amases su pan. Además, estos huevos no van a durar mucho. Si no te los comes se echarán a perder.

Sentí todos los ojos de la habitación concentrados en mi espalda.

—Eso sería preferible para algunos —le dije aún más quedo, a fin de que nadie, salvo Jamie, pudiera oírlo.

—Olvídalo —gruñó Jamie. Saltó sobre el mostrador y llenó otro bol de huevos y después me los pasó.

—Te lo vas a comer todo, hasta el último bocado —me ordenó con resolución.

Miré el bol. Se me hizo agua la boca, pero empujé los huevos a un lado y me crucé de brazos.

Jamie frunció el entrecejo.

—Muy bien —dijo, y apartó también su bol sobre del mostrador.

—Si tú no comes, yo tampoco —su estómago gruñó audiblemente, y él también se cruzó de brazos.

Nos miramos en mutuo desafío durante dos largos minutos, mientras nuestros estómagos rugían cada vez más al oler los huevos. De vez en cuando, él miraba de soslayo a la comida. Eso fue lo que me venció: la mirada anhelante de sus ojos.

—Perfecto —bufé. Deslicé su bol hacia él y después cogí el mío. Él esperó hasta que yo tomara el primer bocado para empezar con el suyo. Contuve un gemido cuando mi lengua registró el sabor. Sabía que estos huevos gomosos y fríos no eran lo más selecto que había probado en mi vida, pero sin duda eran los que mejor me habían sabido. Este cuerpo vivía para el presente.

Jamie tuvo una reacción parecida. Y comenzó a palear la comida hacia su boca con tanta rapidez que parecía que no le alcanzaba el tiempo para respirar. Lo observé para asegurame de que no iba a ahogarse. Yo comí más despacio, confiando en que podría convencerlo de que se comiera una parte de los míos cuando terminara con su plato.

Sólo cuando terminamos nuestra pequeña diferencia y cuando mi estómago quedó satisfecho, me percaté del ambiente que imperaba en la cocina.

Con la emoción de los huevos para el desayuno, luego de meses de monotonía alimentaria, cabría esperar una atmósfera de fiesta; pero el aire era sombrío y todas las conversaciones se desarrollaban en susurros. ¿Sería consecuencia de lo ocurrido anoche? Escudriñé la habitación, intentando sacar algo en claro.

Había gente que *me miraba*, unos cuantos aquí y allá, aunque no eran los únicos que charlaban en murmullos solemnes; los demás no me prestaban ninguna atención. Además, ninguno lucía irritado, culpable o tenso; ni encontré tampoco en ellos las otras emociones que yo esperaba.

No, simplemente estaban tristes. La desesperación se pintaba en cada rostro de esta habitación.

Sharon fue la última persona que vi, comiendo en una esquina lejana, con su reservado aspecto habitual. Mantenía tan bien la compostura, mientras comía mecánicamente su desayuno, que en un primer momento no advertí que le corrían lágrimas por la cara. Cayeron en su comida, pero igual se la comió, como si no hubiera notado nada.

—¿Le pasa algo a Doc? —le susurré a Jamie, repentinamente asustada. Me pregunté si me estaba volviendo paranoica —cuando acaso nada de esto tenía que ver conmigo. La tristeza que flotaba en la habitación parecía ser parte de algún drama humano del que se me había excluído. ¿Era eso lo que mantenía ocupado a todo el mundo? ¿Había habido algún accidente?

Jamie miró a Sharon y suspiró antes de contestarme.

—No, Doc está bien.

—¿Y la tía Maggie? ¿Está herida?

Él sacudió la cabeza.

—¿Dónde está Walter? —exigí, aún hablando en susurros. Mi ansiedad se incrementaba al pensar que algo malo le pudiera ocurrir a alguno de mis compañeros, aun cuando se tratase de alguien que me odiara.

—No lo sé, está bien, creo.

Me di cuenta ahora de que Jamie estaba tan triste como todos los demás.

—¿Qué es lo que anda mal, Jamie? ¿Por qué estás tan taciturno?

Jamie bajó la vista a su plato, para comer lenta y deliberadamente, y no dijo palabra.

Se terminó sus huevos en silencio. Intenté pasarle lo que quedaba en mi plato, pero me miró con tal indignación que los retiré y me comí el resto sin ofrecer más resistencia.

Añadí nuestros cuencos a una cesta grande de plástico donde poníamos los platos sucios. Estaba llena, así que la retiré del mostrador. No estaba segura de lo que estaba sucediendo hoy en las cuevas, pero al menos los platos parecían una ocupación bastante segura.

Jamie me acompañó, con los ojos alertas. Eso no fue de mi gusto, porque no pensaba permitirle que hiciera de mi guardaespaldas, llegado el caso. Pero justo cuando bordeábamos el campo grande, mi guardaespaldas habitual nos encontró, de modo que el punto quedó pendiente de discusión.

Ian estaba inmundo: recubierto de pies a cabeza de un fino polvo café, más obscuro en las partes empapadas de sudor. Las líneas pardas que manchaban su rostro no conseguían disimular su agotamiento. No me llamó la atención verlo tan abatido como los demás. Sin embargo, esa tierra espoleó mi curiosidad, ya que no se trataba del ordinario polvo color púrpura de las cuevas. Ian había salido esta mañana.

—Aquí estás —musitó al alcanzarnos. Caminaba con rapidez y sus largas piernas acortaban la distancia con zancadas nerviosas. Cuando nos alcanzó no aminoró el paso, sino que me tomó bajo el codo y me hizo avanzar más rápido.

—Entremos aquí un minuto.

Me empujó hacia el estrecho túnel que conducía al campo oriental, donde el maíz estaba ya casi maduro. No me introdujo mucho, sólo a un punto donde la obscuridad nos protegiese y nos ocultase de la vista desde la habitación principal. Sentí la mano de Jamie posarse suavemente en mi otro brazo.

Después de treinta segundos, unas voces profundas hicieron eco en las paredes de la gran caverna. No eran bulliciosas, sino sombrías, tan deprimidas como las caras que había visto esa mañana. Las voces pasaron junto a nosotros, cerca de la grieta donde nos escondíamos, y la mano de Ian se tensó en mi codo; sus dedos se clavaron en los puntos suaves arriba del hueso. Reconocí las voces de Jared y Kyle. Melanie luchó contra mi control, que de cualquier manera hoy no era muy firma. Ambas queríamos ver su rostro, por suerte, Ian nos sujetó.

—... No sé porqué dejamos que continue intentándolo. Cuando se acaba, se acaba —iba diciendo Jared.

—Creía que esta vez sí lo tenía. Estaba tan seguro... Bueno, está bien. Valdrá la pena si lo resuelve alguna vez —le contrariaba Kyle.

—Si —bufó Jared.

—Supongo que hemos corrido con suerte al encontrar ese brandy. Al ritmo que va, Doc se va a soplar toda la caja para esta noche.

—Dentro de poco perderá el sentido —replicó Kyle, mientras su voz comenzaba a desvanecerse en la distancia.

—Ojalá Sharon hubiera... —y después ya no se entendió nada.

Ian esperó hasta que las voces dejaron de oírse por completo y después, aguardó unos minutos más antes de soltar finalmente mi brazo.

—Jared lo prometió —le murmuró Jamie.

—Ah, sí, pero Kyle, no —respondió Ian.

Salieron de nuevo a la luz, yo los seguí lentamente, sin tener certeza alguna sobre mis sentimientos.

Ian se dio cuenta por primera vez de lo que yo llevaba.

—Nada de platos por ahora —me dijo.

—Démosles una oportunidad de que se laven y se quiten de enmedio.

Pensé en preguntarle porqué estaba tan sucio, pero con toda probabilidad se negaría a contestar, igual que Jamie. Me asomé al túnel que conducía a las corrientes de agua, conjeturando.

Ian hizo una exclamación de molestia.

Me volví hacia él, asustada, y comprendí qué era lo que le perturbaba. Sencillamente, había visto mi cara.

Elevó la mano como si fuera a alzarme la barbilla, pero yo me aparté y él dejó caer la mano.

—Esto me revuelve las tripas —dijo, y su voz sonó realmente como si tuviera náuseas.

—Y lo peor de todo es saber que, si no me hubiera quedado yo podría haber sido el que hiciera esto...

Sacudí la cabeza.

—No es nada, Ian.

—No estoy de acuerdo con eso —mascullló y después se volvió para dirigirse a Jamie—. Sería mejor que fueras a la escuela: cuanto antes vuelva todo a la normalidad, mejor.

Jamie rezongó.

—Sharon será hoy una auténtica *pesadilla*.

Ian le devolvió una gran sonrisa.—Es hora de hacer algo por el equipo. No te envidio, chico.

Jamie suspiró y dio una patada al polvo del suelo.

—Échale un ojo a Wanda.

—Lo haré.

Jamie se fue arrastrando los pies y lanzándonos miradas sobre el hombro a cada paso, hasta que desapareció por otro túnel.

—Anda, dame eso —dijo Ian, quitándome la cesta de platos antes de que pudiera decir ni una palabra.

—Si no pesan nada —comenté.

Él sonrió de nuevo.

—Me siento como un tonto aquí, con los brazos vacíos, mientras tú los llevas de un lado para otro. Anótame un punto en galantería. Ven, vamos a descansar en algún sitio discreto hasta que la costa quede libre.

Sus palabras me inquietaron y lo seguí en silencio. ¿Por qué tendría que ser objeto de galantería?

Caminamos hasta el maizal y lo atravesamos, pisando en la parta más baja del surco, entre los tallos. Lo seguí hasta que detuvo en algún punto a mitad del campo; dejó los platos a un lado y se dejó caer sobre la tierra.

—Bueno, aquí nos hemos quitado de en medio —indiqué mientras me acomodaba a su lado, cruzando las piernas.

—Pero, ¿no deberíamos estar trabajando?

—Trabajas demasiado, Wanda. Eres la única que jamás se toma un día de descanso.

—Me da algo que hacer —murmuré entre dientes.

—Hoy todo el mundo se está tomando el día, así que tú también deberías hacerlo.

Lo miré con curiosidad. La luz de los espejos proyectaba sombras dobles a través de los tallos de maíz, que se entrecruzaban sobre él como las franjas de una cebra. Bajo aquellas rayas y el polvo, su rostro pálido lucía cansado.

—Parece como si hubieras estado trabajando.

Tenía los ojos entrecerrados.

—Pero ahora estoy descansando.

—Jamie no me ha dicho lo que está pasando —murmuré.

—No, y yo tampoco —suspiró.

—De cualquier modo, no es nada que te gustaría saber.

Me quedé mirando fijamente al suelo, aquella tierra café-púrpura obscuro, mientras mi estómago se retorcía y revolvía. No podía pensar en una situación peor que la ignorancia, pero quizá simplemente hoy me faltaba imaginación.

—Sé que no es justo —dijo Ian después de un rato de silencio— considerando que no voy a contestar a tu pregunta, pero ¿te importaría si yo te hago una?

Me sentó bien la distracción.

—Adelante.

No habló de inmediato, así que volví la mirada hacia él para saber el motivo de sus titubeos. Sus ojos se orientaban hacia abajo, fijando la vista en la tierra que ensuciaba el dorso de sus manos.

—Ya sé que no sabes mentir. Eso lo tengo claro —dijo en voz baja.

—Te creeré, sea cual fuere tu respuesta.

Esperé otra vez mientras él seguía mirando con fijeza el polvo que cubría su piel.

—Antes no me creía la historia de Jeb, pero él y Doc están bastante convencidos... ¿Wanda? —me preguntó, levantando la mirada bruscamente.

—¿Todavía está ella aquí contigo? ¿La chica en cuyo cuerpo estás tú?

Ése ya no era mi secreto: tanto Jamie como Jeb sabían la verdad. Ni era el secreto lo que realmente importaba.

De cualquier manera, confiaba en que Ian no iría por ahí cuchicheándoselo a cualquiera que pudiera matarme por ello.

—Sí —le contesté—. Melanie aun está aquí.

Él asintió lentamente.

—¿Y cómo es? ¿Para ti? ¿Para ella?

—Es... frustrante, para ambas. Al principio, hubiera dado casi cualquier cosa por que ella desapareciera; como debería haber hecho. Pero ahora... me he acostumbrado —le sonreí irónicamente.

—Algunas veces es agradable tener compañía. Pero es más difícil para ella. En muchos sentidos, es como una prisionera, ahí encerrada en mi mente. Aunque, naturalmente, ella prefiere esa cautividad a desaparecer.

—No sabía que había alguna posibilidad de quedarse.

—No la hubo, al menos no al principio. Sólo hasta que los de tu especie descubrieron lo que estaba pasando comenzó la resistencia. Ésa parece ser la clave: saber lo que va a ocurrir. Los humanos que fueron tomados por sorpresa no tuvieron ocasión de luchar.

—¿Y qué pasaría si me atrapan?

Valoré su expresión de ferocidad, y el fuego de sus ojos brillantes.

—Dudo que desaparecieras. Está claro que las cosas han cambiado. Ahora, cuando capturan seres humanos maduros, no los ofrecen como huéspedes. Ocasionan demasiados problemas —sonreí de nuevo, a medias.

—Problemas como *yo*. Ablandándome, mostrándome comprensiva con mi huésped, perdiendo el camino...

Remolió eso durante un buen rato; de vez en vez me miraba a la cara, otras a los tallos de maíz y algunas más, a ninguna parte.

—Y entonces ¿qué me harían a mí, si me capturan? —preguntó al final.

—Creo que harían una inserción de todos modos, para tratar de conseguir información. Probablemente te pondrían dentro a un Buscador—. Él se estremeció.

—Pero no te mantendrían como huésped. Independientemente de que obtuvieran o no la información, serías... descartado—. Era una palabra difícil de decir, porque la sola idea me ponía enferma. Curioso, porque solían ser las cosas humanas las que me enfermaban, aunque, por supuesto, jamás las había considerado desde el punto de vista de un cuerpo; ningún otro planeta me había forzado a ello. Un cuerpo que no funcionaba bien solía ser eliminado rápidamente y sin dolor, porque resultaba tan inútil como un coche que no anda. ¿Qué sentido tenía conservarlo? También había condiciones psicológicas que inutilizaban a un cuerpo, como peligrosas adicciones mentales, anhelos malévolos, cosas que no podían curarse y que hacían que el cuerpo resultara inseguro para otros. O, desde luego, una mente demasiado fuerte para ser suprimida. Y esa anomalía sólo se localizaba en este planeta.

Nunca había visto la fealdad de considerar a un espíritu indomeñable como un defecto, tan claramente como lo veía ahora, al mirar los ojos de Ian.

—¿Y si te atrapan *a ti*? —inquirió él.

—Si se dan cuenta de quién soy... si alguien aún continúa tras de mi rastro... —pensé en mi Buscadora y me estremecí como él lo hizo antes.

—Me sacarían y me pondrían en otro huésped. Alguien joven, tratable. Confiarían en que lograra ser yo misma otra vez. O quizá me embarcarían para sacarme del planeta... y apartarme de las malas influencias.

—¿Serías otra vez tú?

Me encontré con su mirada.

—Yo *soy* yo. No he perdido mi identidad a favor de la de Melanie. Me sentiría igual que me siento ahora, aun como un Oso o una Flor.

—¿Y a ti no te *descartarían*?

—No a un alma. No hay penas capitales para nuestra especie, ni realmente castigo de ningún tipo. Cualquier cosa que hicieran, sería por salvarme. Yo solía pensar que no era necesario que las cosas fueran de otra forma, pero ahora me tengo a mí misma como prueba en contra de esa teoría. Probablemente, lo mejor sería que me descartaran. Soy una traidora, ¿no?

Ian frunció los labios.

—Yo diría que eres más bien una expatriada. No te has vuelto contra ellos, simplemente has abandonado su sociedad.

Nos quedamos callados de nuevo. Quería creer que era verdad lo que él decía. Medité sobre la palabra "expatriada", intentando convencerme de que no era nada peor que eso.

Ian exhaló tan ruidosamente que me sobresaltó.

—Cuando Doc recupere la sobriedad, le diremos que le eche un vistazo a tu cara —alzó la mano y la puso bajo mi barbilla, pero esta vez no se la aparté. Giró mi rostro de lado para examinar la herida.

—No tiene importancia, estoy segura de que se ve más grave de lo que es.

—Eso espero, porque luce horrible —suspiró y luego se estiró. —Supongo que ya nos hemos escondido el tiempo suficiente para que Kyle esté limpio e inconsciente. ¿Quieres que te ayude con los platos?

Ian no me dejó lavarlos en la corriente de agua como yo lo hacía habitualmente. Insistió en que entráramos en la obscura habitación del baño, donde nadie me vería. Refregué los platos en la obscuridad en la parte menos profunda de la negra piscina, mientras él se lavaba la tierra procedente de sus misteriosas ocupaciones. Después me ayudó con los últimos cuencos sucios.

Cuando terminamos, me escoltó de vuelta a la cocina, que estaba empezando a abarrotarse de gente que venía a comer. Había más alimentos perecederos en el menú: rebanadas de suave pan blanco, trozos de fuerte queso cheddar y rosadas rodajitas de lozana mortadela. La gente se zampaba con gusto estos manjares, aunque la desazón aún se percibía en sus hombros caídos y en la ausencia de sonrisas y carcajadas.

Como siempre, Jamie me esperaba en nuestro sitio habitual. Había dos pilas dobles de sandwiches delante de él, pero no estaba comiendo. Estaba cruzado de brazos mientras me aguardaba. Ian observó su expresión con curiosidad, pero se marchó por su propia comida, sin hacer preguntas.

Yo miré al techo ante la tozudez de Jamie y probé un bocado. Jamie comenzó tan pronto me vio masticando. Ian volvió de inmediato y todos comimos en silencio. La comida era tan buen que se dificultaba encontrar un tema de conversación, o cualquier otra cosa que distrajera nuestras bocas.

Yo me conformé con dos raciones, pero Ian y Jamie comieron hasta casi reventar. Parecía que Ian estaba al borde del desmayo y sus ojos luchaban para mantenerse abiertos.

—Vuelve a la escuela, muchacho —le dijo a Jamie.

Éste probó suerte.

—Quizá hoy podría saltármela...

—Vete a la escuela —insistí yo de inmediato. Quería que este día Jamie se mantuviera a una distancia prudente de mí.

—Te veré luego ¿bien? No te preocupes por... por nada.

—Seguro —mentir en una sola palabra le restaba obviedad. O quizá simplemente era que volvía a ser sarcástica.

Una vez que Jamie se fue, me volví hacia el soñoliento Ian.

—Vete y descansa un poco. Yo estaré bien... me buscaré algún sitio donde pase inadvertida. En medio del maizal o donde sea.

—¿Dónde dormiste anoche? —me preguntó él, con los ojos sorprendentemente alertas bajo sus párpados medio cerrados.

—¿Por qué?

—Porque yo puedo dormir ahí esta noche y así pasarás inadvertida a mi lado.

Estábamos murmurando apenas, pero bajamos las voces a un susurro casi inaudible. Nadie nos prestó atención.

—No puedes estar vigilándome todo el tiempo.

—¿Apostarías?

Me encogí de hombros, rindiéndome.

—Regresé otra vez... al agujero. Donde me pusieron al principio.

Ian torció el gesto: aquello no le gustó. Pero se levantó y encabezó la marcha rumbo al corredor de almacenaje. La plaza principal bullía ahora de gente ocupada, que se movía alrededor del huerto, todos con rostros graves y las miradas fijas en los pies.

Cuando estuvimos a solas en el túnel negro, intenté razonar con él nuevamente.

—Ian, pero, ¿qué sentido tiene esto? Cuanto más viva yo, más difícil será para Jamie. Después de todo, ¿no sería mejor para él si...?

—No pienses así, Wanda. No somos animales. Tu muerte no es algo inevitable.

—Yo no creo que tú seas un animal —le dije con serenidad.

—Gracias. Aunque no lo dije como acusación. Pero no te culparía si lo hicieras.

Ése fue el final de nuestra conversación; ése fue el instante en que vimos la pálida luz azul que apenas se reflejaba en el umbral del siguiente túnel.

—Shh —siseó Ian—, espera aquí.

Me oprimió el hombro con delicadeza, intentando retenerme donde estaba. Luego avanzó a zancadas, sin intentar disimular el sonido de sus pasos, hasta que desapareció por la esquina.

—¿Jared? —lo escuché decir, fingiendo sorpresa.

El corazón se me transformó en pesado plomo; una sensación más dolorosa que de temor.

—Sé que está contigo —respondió Jared. Alzó la voz de modo que pudiera escucharlo cualquiera que se encontrara entre este punto y la plaza principal.

—Sal, sal de ahí, estés donde estés —me llamó, con voz áspera y burlona.

29

Traicionada

Quizá debí haber corrido en dirección contraria. Pero ya nadie me retenía, y aunque su voz sonaba fría y colérica, Jared me estaba llamando. Melanie aun estaba más dispuesta que yo cuando avancé despacio, doblando la esquina rumbo a la luz azul y allí me detuve, titubeante.

Ian se quedó a un par de pasos de distancia de mí, apoyado en sus talones, preparado para cualquier gesto amenazador que Jared hiciera en contra mía.

Jared se sentó sobre una de las colchonetas que Jamie y yo habíamos dejado allí. Parecía tan fatigado como Ian, aunque sus ojos también estaban alertas, pese a que su postura revelaba cansancio.

—Tranquilízate —le dijo a Ian—, sólo quiero hablar con *eso*. Se lo prometí al chico y cumpliré mi promesa.

—¿Dónde está Kyle? —exigió Ian.

—Roncando. Tu cueva bien podría derrumbarse con la vibración.

Ian no se movió.

—No estoy mintiendo, Ian. Y no voy a matar a la cosa esta. Jeb tiene razón; no importa lo embrollado de esta estúpida situación: Jamie tiene tanto que decir en este asunto como yo mismo, y esta cosa lo tiene totalmente embaucado, así que dudo mucho que vaya a darme su consentimiento, al menos pronto.

—Nadie ha sido embaucado —protestó Ian.

Jared hizo un gesto despectivo con la mano, desdeñando el desacuerdo respecto de la terminología.

—La cuestión es que no corre peligro conmigo —por primera vez me miró, valorando el modo en que me pegaba a la pared más distante y observando mis manos trémulas.

—No volveré a hacerte daño —me dijo.

Di un pequeño paso hacia delante.

—No tienes que hablar con él si no quieres, Wanda —intervino Ian con rapidez—. No es un deber o una tarea que tengas que hacer. No es obligatorio. Puedes elegir.

Las cejas de Jared descendieron sobre sus ojos: las palabras de Ian lo confundían.

—No —susurré.

—Hablaré con él —y di otro pasito hacia adelante. Jared volvió hacia arriba la palma de su mano y flexionó los dedos un par de veces, animándome a avanzar.

Yo caminé despacio, cada paso un movimiento independiente, seguido de una pausa, sin que llegara convertirse en un avance continuado. Me paré a casi un metro de él. Ian imitó cada uno de mis pasos, manteniéndose cerca de mi costado.

—Me gustaría hablar con la cosa a solas, si no te importa —le dijo Jared.

Ian se plantó.

—Pues me importa.

—No, Ian, no pasa nada. Ve y duerme algo. Estaré bien —lo empujé suavemente del brazo.

Ian examinó detenidamente mi rostro, con expresión de duda.

—¿Esto no es ningún impulso de morir? ¿Para ahorrarle el trago al chico? —me presionó.

—No, Jared no le mentiría a Jamie en este asunto.

Jared puso cara de pocos amigos cuando pronuncié su nombre en tono de plena confianza.

—Por favor, Ian —le supliqué.

—Quiero hablar con él.

Ian me miró durante un buen rato y después se volvió con expresión hosca a Jared. Ladró cada frase, como si fueran órdenes.

—Su nombre es *Wanda*, no *cosa*. Y no te atrevas a tocarla. Si le dejas alguna marca, yo te dejaré el doble en ese inútil pellejo tuyo.

Pestañeé ante la amenaza. Ian se volvió bruscamente y con firmes pisadas se perdió en la obscuridad.

Hubo un largo y silencioso intervalo, durante el cual ambos miramos el espacio vacío por donde Ian había desaparecido. Yo fui la primera en mirar la cara de Jared, mientras él seguía con los ojos clavados en las tinieblas que engulleron a Ian. Cuando se volvió para encontrarse con mi mirada, yo bajé los ojos.

—Guau. Se lo ha tomado en serio, ¿eh? —apuntó Jared.

Yo la consideré una pregunta retórica.

—¿Por qué no te sientas? —preguntó, palmeando la colchoneta a su lado.

Deliberé por un instante y luego fui a sentarme al borde de la misma pared, pero cerca del agujero, dejando entre ambos toda la extensión de la colchoneta. A Melanie le disgustó esto: quería estar cerca de él, para que yo percibiera su olor y sentiera la calidez de su cuerpo junto a mí.

No era ése mi deseo, y no porque temiera que me lastimara, ya que no parecía estar enojado en ese momento, sólo cansado y cauteloso. Era sólo que no quería estar más cerca de él: tenerlo tan próximo, percibir su odio a tan corta distancia, me hacía sentir un cierto dolor en el pecho.

Me observó, con la cabeza inclinada. Sólo pude encontrarme con sus ojos fugazmente, antes de apartar mi mirada hacia otro lado.

—Lamento lo de anoche... lo de tu cara. No debí haberlo hecho.

Me miré las manos, dos puños sobre mi regazo.

—No debes temerme.

Yo asentí, pero sin mirarlo. Él gruñó.

—¿No dijiste que hablarías conmigo?

Me encogí de hombros. No lograba encontrarme la voz, bajo el peso de ese antagonismo que gravitaba en el aire entre nosotros.

Lo escuché moverse. Se deslizó por la colchoneta hasta que se sentó justo a mi lado, tal como Melanie deseaba. Demasiado cerca —era difícil pensar con claridad y respirar bien— pero no fui capaz de apartarme. Curiosamente, porque esto era lo que Melanie había querido desde el principio, ahora se mostraba repentinamente irritada.

¿Qué?, le pregunté, asustada por la intensidad de su emoción.

No quiero que esté tan cerca de ti. No me parece bien. No me gusta que quieras que esté a tu lado. Por primera vez desde que abandonamos la civilización juntas, sentí que de ella emanaban oleadas de hostilidad. Me sentí conmocionada. No era justo.

—Tengo una sola pregunta —me dijo Jared, interrumpiéndonos.

Me encontré con su mirada y aparté la mía, retrocediendo tanto de sus ojos duros como del resentimiento de Melanie.

—Probablemente adivinas de qué se trata. Jeb y Jamie se pasaron toda la noche insistiéndome en lo mismo…

Esperé la pregunta, mirando por el lóbrego corredor hacia el saco de arroz, que me había servido de almohada anoche. Con la visión periférica llegué a percibir como se alzaba su mano y me pegué contra la pared.

—No te voy a hacer daño —repitió impaciente, y acunó mi barbilla en su áspera mano, girándome el rostro para obligarme a enfrentar a su mirada.

Mi corazón se desbocó con su contacto y de súbito mis ojos se llenaron de humedad. Pestañeé intentando aclararlos.

—Wanda —pronunció mi nombre despacio, a regañadientes diría yo, aunque su voz era tersa y monocorde.

—¿Melanie sigue viva... es todavía parte de ti? Dime la verdad.

Melanie me atacó con la fuerza bruta de una bola de demolición. Me causaba dolor físico, como la repentina punzada de una migraña, alli donde intentaba forzar su salida.

¡Deténte! ¿Es que no lo ves?

Era evidente: en la postura de sus labios, en aquellas tensas líneas en torno a sus ojos. No importaba lo que yo dijera o lo que dijera ella.

Para él no soy sino una mentirosa, le recordé. *Él no desea saber la verdad; simplemente quiere una evidencia, alguna manera de probarles a Jeb y a Jamie que soy una embustera, una Buscadora, de modo que lo autoricen para matarme.*

Melanie se negó a contestar o creerme. Tuve que luchar para mantenerla en silencio.

Jared observó la gota de sudor en mi frente, el extraño temblor que recorrió mi columna vertebral, y sus ojos se entrecerraron. Mantuvo sujeta mi barbilla, impidiéndome que le ocultara el rostro.

Jared, te amo, intentaba gritar ella. *Estoy aquí.*

Mis labios no temblaron, pero me sorprendió que él no pudiera leer las palabras que claramente decían mis ojos.

El tiempo pasó lentamente mientras él esperaba mi respuesta. Era angustioso, tener que mirarlo a los ojos y ver en ellos su repulsión. Y como si no fuera bastante, la ira de Melanie continuaba destrozándome por dentro. Sus celos crecieron hasta convertirse en una marea amarga que me recorrió el cuerpo y lo dejó contaminado.

Transcurrió más tiempo aún, y las lágrimas se siguieron agolpando hasta que ya no pude contenerlas más en mis ojos. Se derramaron por mis mejillas y rodaron silenciosas hasta la palma de la mano de Jared. Su expresión no cambió.

Por fin, tuve suficiente. Cerré los ojos y aparté violentamente mi cabeza, inclinándola. En vez de hacerme daño, él bajó la mano.

Suspiró, frustrado.

Creí que se iría. Me miré las manos de nuevo, esperando que lo hiciera. Los latidos de mi corazón cronometraron los minutos siguientes. Pero él no se movió y yo tampoco. Parecía tallado en la piedra allí a mi lado. Le iba bien esa inmovilidad pétrea. Era congruente con su nueva y dura expresión, con el pedernal que había en sus ojos.

Melanie sopesó a este Jared, comparándolo con el hombre que solía ser. Recordaba un día cualquiera del tiempo en el que huía...

—¡Argh! Jared y Jamie rugen juntos.

Jared holgazanea en el sofá de cuero y Jamie está despatarrado sobre el tapete frente a él. Miran un partido de baloncesto en la gran pantalla de TV. Los parásitos que habitan esta casa están trabajando y ya hemos llenado el jeep con todo lo que podía cargar. Tenemos horas para descansar, antes de que sea necesario desaparecer nuevamente.

En la pantalla, dos jugadores discuten muy educadamente en la línea de la cancha. El camarógrafo está cerca; podemos escuchar lo que dicen.

—Creo que fui el último en tocarlo, así que el balón es tuyo

—No estoy seguro. No quisiera tomar ninguna ventaja ilícita. Sería mejor que los árbitros revisaran la grabación.

Los jugadores se estrechan la mano y se dan palmaditas en los hombros.

—Esto es ridículo —gruñe Jared.

—No puedo soportarlo —conviene Jamie, imitando a la perfección el tono de Jared. Cada día suena más como él: una de las muchas formas que ha adoptado su culto al héroe.

—¿Habrá algo más en la tele?

Jared pasa por unos cuantos canales más hasta dar con un encuentro de pista y campo. Los parásitos están celebrando ahora los Juegos Olímpicos en Haití. Por lo que podemos apreciar, todos los alienígenas están emocionados con esto. Muchos pusieron banderas olímpicas afuera de sus casas. Aunque no es lo mismo. Todos los que participan obtienen medalla. Patético.

Pero en realidad, no pueden joder la justa de los cien metros. Los deportes individuales de los parásitos son muchísimo más entretenidos que aquellos en los que intentan competir contra otros directamente. Se desempeñan mejor en carriles separados.

—Mel, ven. Relájate— me llama Jared.

Estoy de pie en la puerta trasera, por hábito, no porque me esté preparando para huir, ni porque esté asustada. Una simple costumbre, nada más.

Me acerco a Jared. Me sienta en su regazo y arropa mi cabeza bajo su barbilla.

—¿Estás cómoda? — pregunta.

—Sí —respondo, porque, realmente, verdaderamente, estoy del todo cómoda. Aquí, en la casa de un alienígena.

Papá solía decir un montón de cosas curiosas, como si en ocasiones, hablara su propio lenguaje: veintitrés-trineo de motor, días de ensalada, metomentodo, recién sacado de la caja redonda, el asiento del pájaro gato-gris, tetera de chocolate y algo acerca de que la abuela chupaba huevos. Una de sus favoritas era *seguro como las casas*.

Al enseñarme a montar en bicicleta, mi madre se paraba en la puerta, preocupada:

—*Tranquila, Linda, esta calle es segura como las casas*—. Al convencer a Jamie de que durmiera con la luz apagada:

—*Aquí es seguro como las casas, hijo, no hay un monstruo en kilómetros*—.

De repente el mundo se transformó en una espantosa pesadilla y la frase se convirtió para Jamie y para mí en un chiste de humor negro. Las casas eran los sitios más peligrosos que conocíamos.

Esconderse en un macizo de frondosos pinos, vigilar a un coche que sale del garage de una casa aislada, decidir si hacer la incursión por comida o si resulta demasiado riesgoso.

—*¿Crees que los parásitos estarán fuera bastante tiempo?*

—*Nones, este lugar es seguro como las casas. Larguémonos de aquí*—.

Y ahora, puedo sentarme aquí y ver TV, como si fuera cinco años atrás y papá y mamá estuviesen en el otro cuarto; como si nunca hubiera pasado una noche escondida en una alcantarilla, con Jamie, y un montón de ratas, mientras los ladrones de cuerpos buscan con linternas a los rateros que habían huído con una bolsa de frijoles secos y un plato de spaghetti frío.

Sé que aunque Jamie y yo sobreviviéramos solos durante veinte años, jamás lograríamos encontrar esta sensación por nosotros mismos. La sensación de seguridad. Más que seguridad, incluso, felicidad. Seguros y felices, dos cosas que creí no volvería a experimentar nunca más.

Jared nos hace sentir así sin pretenderlo, sólo siendo Jared.

Respiro el aroma de su piel y siento el calor de su cuerpo bajo el mío.

Jared hace que todo sea seguro, que todo sea feliz. Incluso las casas.

Aún me hace sentir segura, se percata Melanie, al sentir el calor de su brazo, que está a dos centímetros del mío. *Aunque ni siquiera sepa que estoy aquí.*

Yo no me sentía segura. Amar a Jared me hacía sentir menos segura que cualquier otra cosa que pudiera recordar.

Me pregunté si Melanie y yo habríamos amado a Jared si él hubiera sido siempre como era ahora, distinto al sonriente Jared de nuestros recuerdos, al que había llegado hasta Melanie con las manos llenas de esperanza y de milagros. ¿Lo habría seguido si hubiera sido siempre tan duro y tan cínico? Si la pérdida de su padre, aquel que siempre estaba riendo, y de sus revoltosos hermanos mayores no lo habían convertido en hielo, sí lo había hecho la pérdida de Melanie.

Por supuesto, Melanie tenía certeza cabal. *Yo amaría a Jared fuera como fuese. Incluso así, me pertenece..*

Yo me pregunté si esto valía lo mismo para mí. ¿Lo amaría igual si hubiera sido así en sus recuerdos?

Y luego me interrumpieron. Sin ninguna señal o advertencia previa que yo hubiera percibido, Jared se puso a hablar, como si estuviera en mitad de una conversación.

—Y así, por causa tuya, Jeb y Jamie están convencidos de que es posible mantener algún tipo de conciencia después... de ser capturados. Ambos están seguros de que Mel aún sigue peleando por ahí.

Me dio un ligero golpecito con el puño en la cabeza. Yo me aparté de él y él cruzó los brazos.

—Jamie cree que ella habla con él —elevó sus ojos al techo.

—Y no me parece un juego limpio que hagas eso con el chico, pero claro, eso sería dar por hecho un sentido de la ética que, evidentemente, no se da en este caso.

Me envolví en mis propios brazos.

—Sin embargo, Jeb tiene razón en algo, ¡que es justamente lo que me está matando! ¿*Qué* es lo que estás persiguiendo? El rastreo de la Buscadora no estaba bien orientado y ni siquiera era... sospechoso. Únicamente parecían buscarte a ti: no a nosotros. Asi que, quizás después de todo no sabían qué te proponías. ¿Acaso vas por tu propia cuenta? A lo mejor alguna operación secreta. O...

Era más fácil ignorarlo mientras conjeturaba tan estúpidamente. Me concentré en mis rodillas, que estaban sucias, como siempre, púrpuras y negras.

—Quizá después de todo tengan razón en ese asunto de matarte o no.

De forma inesperada, sus dedos acariciaron ligeramente la carne de gallina que se me había levantado en el brazo a causa de sus palabras. Su voz se había dulcificado, cuando volvió a hablar.

—Nadie va a hacerte daño ahora. Mientras no causes ningún problema... —se encogió de hombros—, puedo entender su punto de vista, y quizás, de algún modo extraño, *eso* estaría mal, como ellos dicen. Quizá al final no hay ninguna razón que justifique que... Salvo que Jamie...

Alcé la cabeza. Sus ojos eran penetrantes, escrutaban mi reacción. Me arrepentí de haber mostrado algún interés y volví a observar mis rodillas.

—Me asusta ver cuán ligado está a ti —murmuró Jared.

—No debería haberlo dejado. Nunca imaginé... Y ahora no sé que hacer con eso. Él cree que Mel está viva ahí dentro. ¿Qué sentirá cuando...?

Noté que había dicho *cuando*, no *si*. No importaba qué promesas hubiera hecho, no pensaba que yo fuera a durar mucho.

—Me asombra cómo has conseguido echarte a la bolsa a Jeb —reflexionó, cambiando de tema.

—Es un viejo de lo más astuto; adivina el engaño con gran facilidad. Hasta ahora.

Pensó en ello durante un minuto.

—No charlas mucho, ¿verdad?

Hubo otro largo silencio.

Sus palabras surgieron entonces en una ráfaga repentina.

—La parte que me sigue torturando es ¿y si al final tuvieran razón? ¿Cómo demonios voy a saberlo? Odio la lógica que tiene aquello que dicen. Tiene que haber alguna otra explicación.

Melanie luchó nuevamente por hablar, pero no con tanta violencia como antes; esta vez sin esperanza de conseguirlo. Mantuve los brazos y los labios cerrados.

Jared se movió, cambiando de posición contra la pared de modo que su cuerpo se giró hacia mí. Observé ese cambio con el rabillo del ojo.

—¿Por qué estás aquí? —susurró.

Clavé la mirada en su rostro, que ahora era gentil, amable, casi igual a aquel que Melanie recordaba. Sentí que perdía el control y mi labio comenzó a temblar. Mantener los brazos bien sujetos requería de todo mi control. Deseaba tocar su cara. Era yo, quien quería hacerlo. Y a Melanie esto no le gustaba en lo más mínimo.

Si no me dejaste, al menos mantén las manos quietas, siseó.

Eso estoy intentando. Lo siento. Y lo lamentaba de verdad, porque esto le estaba haciendo daño a ella. En realidad, nos dañaba a las dos, aunque el daño fuera distinto. Y en este momento, era difícil saber cuál de las dos llevaba la peor parte.

Jared me observó con curiosidad mientras mis ojos se anegaban de nuevo.

—¿Por qué? —preguntó en voz baja— ...tiene Jeb esa loca idea de que viniste aquí por Jamie y por mí. ¿No es eso una chifladura?

Abrí la boca a medias, pero me mordí el labio con rapidez.

Jared se inclinó hacia delante lentamente y tomó mi rostro entre ambas manos. Yo cerré los ojos.

—¿No me lo vas a decir?

Sacudí la cabeza sólo una vez, rápido. No estaba segura de quién era el gesto. ¿Era yo la que decía "no, no lo haré" o Melanie diciendo que ella no podía?

Sus manos se tensaron bajo mi mandíbula. Abrí los ojos y vi su rostro a escasos centímetros del mío. Mi corazón se llenó de mariposas y el estómago me cayó a los pies. Intenté respirar, pero mis pulmones no obedecieron.

Reconocí la intención en sus ojos. Sabía exactamente cómo se movería, y cómo se sentirían sus labios. Y aun así, todo era nuevo para mí, una primera vez más impresionante que cualquier otra, cuando sus boca se oprimió contra la mía. Creí que sólo pretendía posar suavemente sus labios sobre los míos, pero las cosas cambiaron cuando nuestra piel entró en contacto. De súbito, su boca se tornó dura y ruda y sus manos presionaron mi rostro contra el suyo, al tiempo que sus labios movían los míos con ansiedad desconocida. Era muy distinto a los recuerdos, y desde luego, mucho más fuerte. Mi cabeza empezó a girar sin rumbo.

Mi cuerpo se sublevó. Perdí su control y ahora él me dominaba. No era Melanie, no; el cuerpo era ahora más fuerte que ninguna de las dos. Nuestra respiración se movía al unísono, la mía, salvaje y jadeante, y la suya feroz, casi como un rugido.

Perdí el dominio de mis brazos. Mi mano izquierda se alzó hacia su rostro, a su pelo, y enredó los dedos en él.

Mi mano derecha fue más rápida. Porque no era mía.

El puño de Melanie lo golpeó la mandíbula, apartando su rostro del mío con un ruido sordo. Carne contra carne, duro e indignado.

Esa fuerza no bastó para desplazarlo hacia un lado, pero en cuanto nuestros labios dejaron de estar en contacto, él saltó hacia atrás, jadeando y con ojos horrorizados vio mi propia expresión de horror.

Contemplé el puño aún cerrado, tan asqueada como si hubiera descubierto un escorpión creciéndome al final del brazo. Una exclamación de horror se abrió camino por mi garganta. Me agarré la muñeca derecha con la mano izquierda, desesperada por evitar que Melanie usara mi cuerpo nuevamente para ejercer la violencia.

Miré otra vez a Jared. Él también observaba el puño que yo tenía sujeto, y su horror fue cediendo paso a la sorpresa. En ese instante, su expresión era de total indefensión. Podía leer fácilmente sus pensamientos mientras desfilaban por su rostro inerme.

Eso no era lo que él había esperado. Y era obvio que ciertamente tenía expectativas. Se trataba de una prueba, que él creyó podría evaluar. Una prueba cuyos resultados había previsto con autosuficiencia. Pero el sorprendido había sido él.

¿Significaba esto que yo había aprobado o fracasado?

El dolor que sentía en el pecho no era ninguna sorpresa. Ya sabía que un corazón roto era algo más que una simple exageración.

Ante la disyuntiva de luchar o huir, jamás habría dudado: invariablemente optaría por la fuga. Pero como Jared se interponía entre mi y la obscuridad del túnel de escape, me lancé con todas mis fuerzas dentro del agujero repleto de cajas.

Éstas crujieron, chirriaron y se desgarraron cuando mi peso las aplastó contra la pared o contra el suelo. Intenté abrirme paso en aquel espacio imposible, retorciéndome junto a los ángulos más duros y rompiendo otros. Sentí que sus dedos me arañaban el pie mientras intentaba asirme del tobillo y pateé una de las cajas más sólidas que había entre nosotros. Él gruñó y las manos invisibles de la desesperación me atenazaron la garganta. No había querido golpearlo ni lastimarlo otra vez. Sólo estaba intentando escapar.

No escuché mis propios y estridentes sollozos, hasta que ya no pude introducirme más en aquel agujero atestado y se detuvo el sonido de mi forcejeo. Cuando logré oírme a mí misma, escuché unos gimoteos agónicos, desgarrados, que me mortificaban.

Tan mortificada, tan humillada. Estaba horrorizada de mí misma por haber permitido, inconscientemente o no, que la violencia se adueñara de mi cuerpo; pero no era eso por lo que sollozaba. Lloraba porque me habían puesto una prueba, y siendo una criatura emocionalmente estúpida, estúpida y estúpida, habría deseado que fuera algo real.

Melanie se retorcía de sufrimiento en mi interior y era difícil sobrellevar aquel doble dolor. Yo me sentía morir porque aquello no había sido real; ella se sentía morir porque, para ella, había resultado demasiado real. Pese a todo lo que había perdido desde que su mundo se vino abajo, hacía ya tanto tiempo, nunca antes se había sentido traicionada. Cuando su padre trajo a los Buscadores para que persiguieran a sus propios hijos, ella sabía que no era *él*. Ahí no había traición, sino solo dolor. Su padre estaba muerto. Pero Jared estaba vivo, seguía siendo él mismo y la había traicionado.

Nadie te ha traicionado, estúpida, le increpé. Yo deseaba que dejara de sufrir: ya era demasiado el peso añadido de su dolor. Con el mío tenía bastante.

¿Cómo ha podido hacerlo? ¿Cómo?, despotricaba ella, ignorándome.

Ambas llorábamos, fuera de control.

Una palabra nos rescató del borde de la histeria.

Desde la boca del agujero, el susurro de la grave voz de Jared —rota y con un timbre extrañamente infantil— preguntó:

—¿Mel?

30

Reducida

—¿Mel? —inquirió de nuevo—. Y su tono tenía el color de aquella esperanza que no deseaba sentir.

Mi aliento salió en otro sollozo, como una réplica.

—Sabes que ha sido por ti, Mel. Lo *sabes*. Y no por el... esa cosa. Tú sabes que no la besaba.

Mi siguiente sollozo fue aun más fuerte, como un alarido. ¿Por qué no podía callar? Intenté contener el aliento.

—Si estás ahí, Mel... —hizo una pausa.

Melanie aborrecía ese "si". Un nuevo sollozo reventaba en mis pulmones y jadeé en busca de aire.

—Te quiero —dijo Jared.

—Aun cuando no estés ahí; aun cuando no puedas escucharme, te quiero.

Contuve nuevamente el aliento, mordiéndome el labio hasta que sangró, pero el dolor físico no me distrajo tanto como hubiera deseado.

Había silencio fuera del agujero y también había silencio dentro, cuando me empecé a poner azul. Escuché con mucho interés, concentrándome sólo en lo que pudiera oír. No pensaría. No se oía nada.

Estaba contorsionada en la más complicada de las posturas. Mi cabeza se ubicaba en el punto inferior; el lado derecho de mi rostro se apretaba contra el áspero suelo de piedra. Mis hombros se inclinaban sobre una caja aplastada, y el derecho estaba más arriba que el izquierdo. Mis caderas tomaban el ángulo contrario, pues mi pantorrilla izquierda presionaba contra el techo. La lucha con las cajas me había dejado moretones, podía sentir cómo se formaban.

Sabía que tendría que encontrar alguna manera de explicarles a Ian y a Jamie que me había hecho esto yo sola, pero ¿cómo? ¿Qué les iba a decir? ¿Cómo podía contarles que Jared me había puesto a prueba besándome, como cuando le das una descarga eléctrica a una rata de laboratorio para observar su reacción? ¿Y cuanto tiempo iba a poder mantener esta posición? No quería hacer ningún ruido, pero tenía la impresión de que la columna vertebral se me iba a partir en cualquier momento.

Cada segundo el dolor se hacía más difícil de soportar, y tampoco podría tolerarlo en silencio mucho más, porque un gemido ya comenzaba a surgir en mi garganta.

Melanie no tenía nada que decirme. En silencio, trabajaba con su propia rabia y su propio alivio. Jared le había hablado, finalmente había reconocido su existencia. Le había dicho que la amaba, pero me había besado a mí. Estaba intentando convencerse a sí misma de que no había razón para sentirse herida por esto, intentando creer todas las buenas razones por las que no debería sentirse así. Y en verdad trataba, pero aún con poco éxito. Yo podía escucharlo todo, pero todo se dirigía a su interior. No estaba hablando conmigo —en el sentido más infantil y mezquino de la palabra— en definitiva: me estaba haciendo el vacío. Sentí una insólita ira en contra de ella.

No era como la del principio cuando la temía y deseaba erradicarla de mi mente. No; ahora yo también me sentía traicionada en cierto sentido. ¿Cómo podía estar tan molesta *conmigo* por lo que había ocurrido? ¿Por qué? ¿Cómo podía ser mi culpa que me hubiera enamorado a causa de los recuerdos que *ella* me había impuesto y que luego me hubiera subyugado este cuerpo insumiso? Me preocupaba que ella sufriera, aunque mi propia pena no significara nada para ella. Y ella la estaba disfrutando. Despiadado ser humano.

Las lágrimas, mucho más débiles que las anteriores, comenzaron a fluir silenciosamente por mis mejillas. Su hostilidad hacia mi hervía a fuego lento en mi mente.

De pronto, el dolor de mi espalda tundida y contorsionada fue demasiado. La gota que derrama el vaso.

—Ugh —gruñí, empujando contra piedra y cartón, hasta que me impulsé hacia atrás.

Ya no me preocupaba hacer ruido. Quería salir. Me juré a mí misma que nunca más volvería a cruzar el umbral de aquel maldito agujero. Primero muerta, literalmente.

Resultó mucho más difícil reptar hacia afuera de lo que había sido lanzarse hacia adentro. Me contoneé y retorcí hasta que me di cuenta de que sólo estaba consiguiendo empeorar las cosas, pues ahora estaba doblada como un *pretzel.* Comencé a llorar de nuevo, como una criatura, temerosa de no poder salir jamás.

Melanie suspiró. *Engancha tu pie al borde del agujero e impúlsate hacia afuera,* me sugirió.

Yo la ignoré, luchando por hacer pasar mi torso a través de una esquina particularmente aguzada. La punta se me clavó justo debajo de las costillas.

No seas infantil, me gruñó.

Muy gracioso, viniendo de tí.

Ya lo sé. Dudó y después se rindió. *Bien, lo lamento. Es culpa mía. Mira, soy humana. A veces es muy difícil ser justo. No siempre sentimos lo correcto, no siempre hacemos lo correcto*. Aún seguía resentida, pero estaba intentando perdonar y olvidar lo que yo acababa de hacer con su gran amor, o al menos así lo veía ella.

Enganché el pie en el borde y me impulsé hacia fuera. La rodilla chocó contra el suelo y utilicé ese punto de apoyo para sacar mis costillas del sitio donde estaban. Luego resultó más fácil sacar el otro pie y volver a impulsarme con él. Finalmente, mis manos encontraron el piso y me abrí camino a través de una especie de canal de parto, cayendo sobre la colchoneta verde obscuro. Me quedé allí tumbada un momento, con el rostro boca abajo, recuperando la respiración. Para entonces estaba segura de que hacía un buen rato que Jared se había marchado, pero no lo comprobé.

Sólo dejé entrar y salir el aire hasta que me sentí preparada para alzar la cabeza.

Sí, estaba sola. Intenté concentrame en el alivio que esto me procuraba y olvidarme de la pena que traía aparejada. Mejor estar sola, era menos humillante.

Me acurruqué en la colchoneta, apretando el rostro contra la tela que olía a moho. No tenía sueño, pero estaba cansada. El aplastante peso del rechazo de Jared era tan grande que me había dejado exhausta. Cerré los ojos e intenté pensar en cosas que provocaran nuevo llanto a mis ojos escocidos. Cualquier cosa, salvo la mirada consternada de Jared al apartarse de mí...

¿Qué estaría haciendo Jamie ahora? ¿Sabía que estaba aquí o me estaba buscando? Ian ya llevaría dormido mucho tiempo, porque lucía agotado. ¿Se despertaría pronto Kyle y vendría a buscarme? ¿Dónde estaba Jeb? No le había visto en todo el día. ¿Realmente estaba bebiendo Doc hasta quedar inconsciente? No parecía propio de él...

Desperté muy lentamente, alertada por mi estómago, que gruñía. Me quedé allí quieta algunos mintuos, en la silente obscuridad intentando orientarme. ¿Era de día o de noche? ¿Cuánto tiempo había estado durmiendo aquí sola? Sin embargo, no podría desatender mi estómago por mucho, y me di la vuelta para ponerme sobre mis rodillas. Debía haber dormido durante un buen rato para sentir un hambre así: debía haberme perdido una comida o dos. Consideré la idea de comer algo de la dotación del agujero; como fuese, debía haber causado bastantes estropicios en ella y acaso destrozado alguna parte. Pero eso sólo incrementó mis sentimientos de culpa en cuanto a la idea de tomar algo. Podía ir a robarme algunos panecillos de la cocina.

Me sentía algo dolida —encima de mi gran dolor— de que en todo este tiempo nadie huibera venido a echarme siquiera un vistazo. Qué actitud vanidosa ¿por qué habría de importarle a alguien lo que me ocurriera? Pero me apacigué y sentí alivio al encontrar a Jamie sentado en la grieta de acceso al gran huerto, con la espalda vuelta hacia el mundo de los humanos, indudablemente aguardando por mí.

Los ojos me destellaron, igual que los suyos. Se incorporó de un brinco y el alivio recorió sus facciones.

—Estás bien —dijo, y yo deseé que tuviera razón. Comenzó a divagar.

—Quiero decir, que no creí que Jared estuviera mintiendo, pero dijo que pensaba que querías estar sola y Jeb me dijo que no podía ir a ver cómo estabas y que tenía que quedarme aquí, donde él pudiera asegurarse de que no andaba molestándote, pero aun cuando yo no *creyera* que estabas herida, era duro no poder comprobarlo, ¿sabes?

—Estoy bien —insistí, pero extendí los brazos, buscando consuelo. Él se lanzó para abrazar mi cintura y me impresionó el hecho de que su cabeza ya lograba descansar justo en mi hombro mientras estábamos de pie.

—Tienes los ojos rojos —me susurró.

—¿Se portó mal contigo?

—No —después de todo, la gente no era deliberadamente cruel con las ratas de laboratorio.

—Simplemente estaba intentando obtener información.

—Sea lo que fuese lo que le hayas dicho, estoy seguro de que ahora nos cree. Quiero decir, en cuanto a lo de Mel. ¿Qué tal está ella?

—Está contenta por eso.

Él asintió, complacido.

—¿Y qué tal tú?

Yo dudé, buscando una respuesta ajustada a los hechos. —Decir la verdad me ha resultado más fácil que intentar ocultarla.

Mi respuesta evasiva pareció satisfacer su curiosidad.

En el huerto tras de él, la luz rojiza se iba desvaneciendo. El sol casi se había puesto ya en el desierto.

—Tengo hambre —le dije y solté nuestro abrazo.

—Supe que la tendrías y te guardé algo bueno.

Suspiré.

—Con el pan es suficiente.

—Ya basta, Wanda. Ian dice que tu autosacrificio es excesivo para tu bienestar.

Torcí el gesto.

—Y creo que tiene razón —murmuró Jamie.

—Por mucho que todos te queramos aquí, no serás parte de esto hasta que no lo decidas tú también.

—Nunca podré pertenecer a este lugar. Y nadie me quiere aquí realmente, Jamie.

—Yo sí.

No quise argumentar con él, pero estaba equivocado. No mentía, porque él creía lo que me decía. Pero él a quien realmente quería era a Melanie y no era capaz de distinguirnos como debería.

Trudy y Heidi estaban horneando pan en la cocina y compartían una brillante y jugosa manzana verde. Se turnaban para darle bocados.

—Qué gusto verte, Wanda —me dijo Trudy con sinceridad, cubriéndose la boca con la mano al hablar, porque aún estaba masticando el último bocado. Heidi asintió para saludarme, con los dientes clavados en la manzana. Jamie me empujó, intentando pasar inadvertido e indicándome que la gente sí me quería. Pasaba por alto que no era sino cortesía, común y corriente.

—¿Le guardaron la cena? —preguntó con interés.

—Sí —repuso Trudy. Se inclinó debajo del horno y sacó una bandeja metálica—. Lo puse en el horno para que se mantuviera caliente. Probablemente ya no está tan bueno, pero siempre será mejor que lo habitual.

En la bandeja había un trozo bastante grande de carne roja. Se me empezó a hacer agua la boca, aunque rechacé la porción que me habían asignado.

—Es demasiado.

—Tenemos que comernos todos los alimentos perecederos en el primer día —me animó Jamie—. Todos comemos hasta ponernos enfermos, es la tradición.

—Necesitas proteinas —añadió Trudy—. Hemos dependido durante demasiado tiempo de la comida de la cueva. Me sorprende que no estemos en peor forma.

Me comí mis proteínas mientras Jamie observaba con ojos de halcón cada bocado que viajaba de la bandeja a mi boca. Lo comí todo para complacerlo, aunque luego mi estómago se quejó por los excesos.

La cocina empezó a llenarse otra vez cuando ya estaba casi acabando. Algunos llevaban manzanas en las manos y todos las compartían con alguien más. Ciertos ojos curiosos contemplaron la parte magullada de mi rostro.

—¿Por qué vienen todos aquí? —le murmuré a Jamie. Ya estaba obscuro y hacía mucho que había pasado la hora de la cena.

Jamie me miró sin comprenderme.

—Pues, para escuchar lo que tienes que enseñarles —en su voz iban implícitas las palabras: "por supuesto".

—¿Te estás burlando de mí?

—Ya te dije que nada cambiaría.

Me quedé mirando fijamente hacia la angosta habitación. No estaban todos. Ni Doc, ni ninguno de los expedicionarios que habían regresado, lo cual significaba que Paige tampoco estaba. Ni Jeb, ni Ian, ni Walter. También faltaban unos cuantos: Travis, Carol, Ruth Ann. Pero había muchos más de los que yo habría esperado, si hubiera llegado a considerar que alguien siguiese la rutina normal después de un día tan anormal.

—¿Podemos volver a los Delfines, donde nos habíamos quedado? —pidió Wes, interrumpiendo mi inspección del espacio. Percibí que él tomaba sobre sus hombros la resposabilidad de poner nuevamente las cosas en marcha, porque no creía que tuviera particular interés en los vínculos de parentesco de un planeta alienígena.

Todo mundo me miró expectante. Aparentemente, la vida no había cambiado tanto como yo suponía. Tomé una bandeja de panecillos de manos de Heidi y comencé a acomodarlos en el horno de piedra. Empecé a hablar aún de espaldas a mi público.

—Así... humm... mmm, el... ehh... el tercer conjunto de abuelos... Tradicionalmente sirven a la comunidad, desde su punto de vista. En la Tierra, ellos serían el sostén de la familia, los que salen del hogar para traer el sustento. En su mayoría, son granjeros. Cultivan una especie que crece como planta y que cultivan por su savia...

Y así, la vida continuó.

Jamie intentó disuadirme de que durmiera en el corredor de almacenaje, pero fue un intento poco convincente. La verdad es que no había ningún otro lugar para mí. Terco, como siempre, insistió en compartir mi habitación. Me imaginé que a Jared no le gustaría la idea; pero como no lo vi esa noche ni al día siguiente, no pude corroborar mi teoría.

Al retornar a mis tareas habituales sentía incomodidad porque, con los seis expedicionarios ya de vuelta, todo volvió a ser exactamente como antes de que Jeb me forzara a integrarme a la comunidad. Miradas hostiles, silencios contrariados. Aunque resultaba más difícil para ellos que para mí, pues yo estaba acostumbrada. Y, por otro lado, el trato que me daba todo mundo era insual para ellos. Por ejemplo, cuando ayudé a cosechar el maíz y Lily me dio las gracias por pasarle una cesta limpia, a Andy casi se le saltaron los ojos de las órbitas. O cuando esperaba para entrar al baño con Trudy y Heidi y ésta empezó a jugar con mi pelo; me había crecido y se me venía sobre los ojos todo el tiempo, así que estaba considerando cortármelo de nuevo. Heidi trataba de encontrar un corte apropiado para mí y probaba a acomodar los mechones de distintas formas. Brandt y Aaron —este último el hombre de más edad que había ido a la expedición y alguien a quien no recordaba haber visto antes— salió y nos vio allí, mientras Trudy se reía de algún loco diseño que Heidi ensayaba en la coronilla de mi cabeza. Ambos hombres avinagraron el gesto y pasaron a nuestro lado pisando fuerte.

Naturalmente, esas minucias carecían de importancia. Pero ahora Kyle deambulaba por las cuevas y, aunque obviamente tenía órdenes de dejarme en paz, su expresión me dejaba en claro que repudiaba semejante mandato. Yo siempre estaba con otros cuando me cruzaba en su camino y me pregunté si ésa sería la única razón por la que se limitaba a fulminarme con la mirada y a curvar inconscientemente sus gruesos dedos en garras. Esto revivió todo el pánico que había experimentado durante mis primeras semanas aquí, y bien pude haber sucumbido a él —es decir, a empezar a esconderme de nuevo y a evitar las áreas comunes— pero algo mucho más importante que aquellas miradas asesinas de Kyle llamó mi atención en la segunda noche.

La cocina se llenó de nuevo; aunque no estoy segura de cuanto interés real había por mis historias y cuánto por las barras de chocolate que Jeb nos daba. Yo declinaba tomar las mías, explicándole a un contrariado Jamie que me era imposible hablar y comer al mismo tiempo. Con todo, siendo tan obstinado como era, sospechaba que me guardaría alguna. Ian había vuelto a su asiento habitual, junto al fuego, y Andy se encontraba allí, con ojos cautelosos, al lado de Paige. Desde luego, ninguno de los demás expedicionarios, incluyendo a Jared, prestaba atención. Doc no estaba allí y me preguntaba si aún seguía ebrio o si tenía resaca. Y una vez más, Walter estaba ausente.

Geoffrey, el marido de Trudy, me interrogaba por vez primera esta noche. Aunque yo intentaba disimularlo, me sentía complacida porque aparentemente se había sumado al grupo de los que me toleraban. Pero no podía dar respuesta cabal a sus preguntas, lo cual era bastante malo. Sus interrogantes eran como las de Doc.

—Es que realmente yo no se nada de Sanación —admití.

—Nunca acudí a un Sanador después... después de venir aquí. Jamás he estado enferma. Todo lo que sé es que nunca habríamos elegido un planeta a menos de que fuéramos capaces de mantener perfectamente a los cuerpos de los huéspedes. No hay nada que no podamos curar, desde una simple cortada o un hueso roto, hasta una enfermedad. Por ahora la única causa de muerte es la vejez. Ni siquiera los cuerpos humanos más sanos están diseñados para vivir mucho. Y luego, supongo que también están los accidentes, aunque estos no les ocurren tanto a las almas. Somos prudentes.

—Los seres humanos armados no son precisamente un accidente —masculló alguien. Estaba volteando unos panecillos calientes, así que no vi quién hablaba y no reconocí la voz.

—Sí, es verdad —admití con tono neutral.

—¿Así que no sabes qué usan para curar las enfermedades? —presionó Geoffrey.

—¿Qué contienen sus medicinas?

Sacudí la cabeza.

—Lo siento, no lo sé. No es algo en lo que estuviera muy interesada, cuando tenía acceso a la información. Me temo que lo daba por hecho. La buena salud siempre ha sido una garantía en los planetas en los que he vivido.

Las coloradas mejillas de Geoffrey se sonrojaron aun más. Bajó los ojos con un rictus mohino en la boca. ¿Qué había dicho que pudiera ofenderlo?

Heath, sentado al lado de Geoffrey, le dio unas palmaditas en el brazo. Había un silencio elocuente en la habitación.

—Uh... en cuanto a los Buitres... —dijo Ian, en un forzado intento por cambiar de tema.

—No sé si me perdí esa parte, pero no recuerdo si alguna vez explicaste algo sobre la razón de su "crueldad"...

No era algo que *hubiera* explicado, pero estaba convencida de que a él realmente no le interesaba el asunto, sino que sólo había sido la primera pregunta que se le había ocurrido.

Mi clase informal terminó más temprano que de costumbre. Las preguntas se plantearon más lentamente y la mayoría fueron suministradas por Ian y Jamie. Las interrogantes de Geoffrey habían dejado preocupados a todos.

—Bueno, mañana tendremos que madrugar para arrancar los tallos... —intervino Jeb después de otro incómodo silencio, haciendo de sus palabras la señal de despedida. La gente se levantó y se estiró, hablando en voz excesivamente baja para una charla trivial.

—¿Qué es lo que dije mal? —le susurré a Ian.

—Nada. Tienen muy presente la mortalidad —suspiró.

Mi cerebro humano dio uno de esos saltos de comprensión que llamaban intuición.

—¿Dónde está Walter? —exigí, aunque seguía hablando en susurros.

Ian suspiró de nuevo. —Está en el ala sur. Él no se encuentra... bien.

—¿Por qué no me lo ha dicho nadie?

—Las cosas han sido algo... difíciles para tí estos días, así que...

Sacudí la cabeza con impaciencia ante la idea.

—¿Y qué le pasa?

Jamie, que estaba a mi lado, me tomó la mano.

—Algunas fracturas de huesos... los tiene tan frágiles —dijo muy quedo.

—Doc está seguro de que es cáncer... terminal, según dice.

—Walt ha debido soportar el dolor en silencio durante mucho tiempo —añadió Ian sombríamente.

Hice un gesto de congoja.

—¿Y no hay nada que podamos hacer? ¿Nada en absoluto?

Ian sacudió la cabeza, manteniendo sus brillantes ojos sobre los míos.

—Nosotros, no. Aun cuando no estuviésemos estando encerrados aquí, no tendríamos con qué ayudarle. Nunca hemos curado el cáncer.

Me mordí el labio para no sugerir aquello que tenía en la punta de la lengua. Desde luego, no había nada que hacer por Walter. Cualquiera de estos humano preferiría morir lenta y dolorosamente antes que negociar su mente por la curación de su cuerpo. Y eso podía entenderlo... ahora.

—Ha estado preguntando por tí —continuó Ian.

—Bueno, dice tu nombre algunas veces... Es difícil saber qué lo que quiere decir... Doc lo mantiene ebrio para ahorrarle el dolor.

—Y Doc también se siente muy mal por lo que él mismo ha bebido —añadió Jamie.

—Desgraciadas coincidencias por todos lados.

—¿Puedo verlo? —pregunté.

—¿O les sentaría mal a los demás?

Ian frunció el ceño y resopló.

—¿Y no crees que si así fuera se lo estarían tomando demasiado a pecho? —sacudió la cabeza—. Además, ¿a quién le importa? Si ése es el último deseo de Walt...

—De acuerdo —admití. La palabra *último* me había anegado los ojos.

—Si lo que Walt quiere es verme, supongo que no importa lo que piensen, o si les molesta a los demás.

—Despreocúpate por eso: no voy a dejar que nadie te acose —los labios de Ian se tensaron en una fina línea.

Sentí ansiedad, como si deseara mirar un reloj. Para mí, el tiempo había perdido gran parte de su significado, y de repente sentía el peso de una fecha límite.

—¿Será demasiado tarde si vamos esta noche? ¿Lo molestaremos?

—No está durmiendo a horas regulares, así que podemos ir a ver.

Me puse en marcha de inmediato, arrastrando a Jamie, que seguía aferrado a mi mano. El sentido del paso del tiempo, del fin y de la temporalidad, me impelían hacia adelante. Ian nos alcanzó pronto con sus largas zancadas. En la caverna del huerto, bañada por la luz de la luna, pasamos junto a otros que, en su gran mayoría, no nos prestaron atención. Tan a menudo iba en compañía de Ian y Jamie, que ya no despertaba curiosidad, por mucho que ahora anduviésemos en túneles que frecuentábamos poco.

La única excepción fue Kyle. Se quedó quieto a mitad de un paso cuando vio a su hermano a mi lado. Sus ojos se dirigieron con rapidez a la mano de Jamie que reposaba en la mía. Frunció los labios para gruñir.

Ian enderezó los hombros mientras acusaba recibo de la reacción de su hermano —torció la boca imitando a Kyle— y deliberadamente extendió una mano para tomar la que me quedaba libre. Kyle hizo una exclamación de náusea y nos dio la espalda.

En medio de la obscuridad del largo túnel sur intenté soltar su mano, pero Ian la apretó más fuerte.

—Me gustaría que dejaras de provocarlo —murmuré.

—Kyle está equivocado; pero eso es lo de costumbre en él. Sobreponerse a esto le costará mucho más que a los otros, aunque esto no significa que debamos tenerle consideraciones.

—Me asusta —admití con un susurro.

—No quiero darle más motivos para odiarme.

Ian y Jamie me apretaron las manos y hablaron simultáneamente.

—No tengas miedo —dijo Jamie.

—La resolución de Jeb fue muy clara —intervino Ian.

—¿Qué quieres decir? —le pregunté a Ian.

—Que si Kyle no puede aceptar las reglas de Jeb, no es bienvenido aquí.

—Pero eso está mal. Kyle pertenece a esta comunidad.

Ian gruñó.

—Si quiere quedarse... tendrá que aprender a aceptar ciertas cosas.

No volvimos a hablar durante el resto del largo camino. Me sentía culpable: lo que parecía ser el estado emocional permanente en este sitio: culpa, miedo, y corazones destrozados. ¿Por qué había venido?

Porque tú también perteneces a este lugar, por raro que suene, susurró Melanie. Ella era muy consciente de la calidez de las manos de Ian y Jamie, que envolvían y se entrelazaban con las mías. *¿Dónde has tenido tú algo como esto en ningún otro sitio?*

En ninguno, confesé, sintiéndome un poco más deprimida. *Pero eso no me integra a este lugar. No de la manera en que tú perteneces a él.*

Las dos venimos en el mismo paquete, Wanda.

Como si hiciera falta que me lo recordaras...

Me sorprendía escucharla con tanta nitidez. Había estado en silencio los últimos dos días, expectante, inquieta, deseosa de ver a Jared otra vez. Desde luego, yo había estado ocupada en lo mismo.

Quizás esté con Walter. Tal vez ahí es donde ha estado, pensó Melanie, esperanzada.

Ése no es el motivo por el que vamos a ver a Walter.

No, claro que no. Su tono era de arrepentimiento, pero advertí que para ella Walter no significaba tanto como para mí. Naturalmente, le entristecía que se estuviera muriendo, pero era un desenlace que ella había aceptado desde el principio. Por el contrario, yo no era capaz de hacerlo, ni siquiera ahora. Walter era mi amigo, no el suyo, pues era a mí a quien había defendido...

Nos recibió una de esas mortecinas luces azules cuando nos aproximamos al hospital (ahora sabía que tales linternas estaban alimentadas por luz solar; que se dejaban durante el dia en sitios soleados para que se cargaran). Todos nos movíamos silenciosamente, deteniéndonos a la vez sin necesidad de ponernos de acuerdo.

Aborrecía esta habitación. Su obscuridad y esas extrañas sombras que proyectaba el débil resplandor la hacían más amenazadora. Había un nuevo olor en el ambiente: hedía a podredumbre lenta, a alcohol y a bilis.

Dos de los catres estaban ocupados. Los pies de Doc colgaban de la orilla de uno: reconocí su ligero ronquido. En la otra, deplorablemente consumido y maltrecho, Walter nos observaba avanzar hacia él.

—¿Estás de ánimo para visitas, Walt? —susurró Ian cuando sus ojos se movieron en su dirección.

—Ugg —gimió él. En su rostro flácido las comisuras de sus labios se plegaban hacia abajo y su piel brillaba de humedad bajo la luz tenue.

—Necesitas algo? —murmuré. Liberé mis manos, que revolotearon sin saber qué hacer entre el espacio que mediaba entre Walter y yo.

Sus ojos perdidos buscaban algo en la obscuridad. Di un paso hacia delante.

—¿Hay algo que podamos hacer por ti? ¿Cualquier cosa?

Su mirada deambuló un poco más antes de encontrar mi rostro. De súbito logró enfocarla a través del estupor de la ebriedad y del dolor.

—Por fin —jadeó. Respiraba con dificultad y su aliento silbaba.

—Sabía que llegarías si esperaba lo suficiente. ¡Oh, Gladys, tengo tantas cosas que contarte...!

31

Necesaria

Me quedé inmóvil y luego eché un vistazo sobre mi hombro para ver si había alguien detrás de mí.

—Gladys era su esposa —Jamie musitó muy quedo.

—Ella no logró escapar.

—Gladys —insistió Walter, haciendo caso omiso de mi reacción.

¿Puedes creer que me dio cáncer? Cómo es el destino ¿verdad? Jamás en la vida me tomé un día por enfermedad... —su voz se fue desvaneciendo hasta que ya no pude oírla, aunque sus labios siguieron moviéndose. Estaba demasiado débil para alzar la mano; sus dedos se arrastaron hacia el borde del catre, hacia mí.

Ian me empujó hacia adelante.

—¿Qué debo hacer? —respiré. El sudor que me perlaba la frente no tenía nada que ver con el calor húmedo.

—...El abuelo vivió ciento un años —resolló Walter, cuya voz volvía a ser audible.

—Nadie ha tenido cáncer en mi familia, ni los primos. ¿No fue tu tía Regan la que tuvo cáncer de piel?

Me miró confiadamente, esperando una respuesta. Ian me pinchó la espalda.

—Mmm... —murmuré.

—Quizá fue aquella tía de Bill —me facilitó Walter.

Lancé una mirada de pánico a Ian, que se encogió de hombros. —Ayúdame —gesticulé con los labios.

Me dirigió la mano hasta tomar los dedos de Walter, que me buscaban. La piel de Walter era traslúcida y del color de la cal. Pude ver la débil circulación en las azuladas venas del dorso de sus manos. Levanté su mano con cuidado, preocupada por aquellos delgados huesos, de cuya fragilidad me había advetido Jamie. Sentí su extrema levedad, parecían huecos.

—Ah, Gladdie, qué duro ha sido todo esto sin ti. Éste es un sitio bonito, te agradará, aunque yo ya no esté aquí. Hay mucha gente para charlar; sé cuánta falta te hace la conversación... —el volumen de su voz se vino abajo hasta que ya no logré percibirla, pero sus labios no dejaban de formar las palabras que deseaba compartir con su esposa. Su boca continuó moviéndose, incluso cuando cerró los ojos y su cabeza cayó hacia un lado.

Ian encontró un paño mojado y comenzó a limpiar el brillante rostro de Walter.

—No sirvo de mucho para esto de... engañar —susurré, observando que los labios de Walter siguieran farfullando para asegurarme de que no me escuchaba.

—No quiero que se altere.

—No tienes que decirle nada —me aseguró Ian—, no está lo suficientemente lúcido para que tengas que preocuparte.

—¿Me parezco a ella?

—En nada. He visto su foto, era una pelirroja baja y fornida.

—Bien, déjame que haga yo eso.

Ian me dio el trapo y limpié el sudor que resbalaba por el cuello de Walter. Tener las manos ocupadas hacía que me sintiera mejor. Él continuaba mascullando algo. Pensé que le había oído decir: "Gracias, Gladdie, es agradable."

No me di cuenta de que Doc ya no roncaba. Su familiar voz surgió de pronto a mis espaldas, pero era demasiado amable como para sobresaltarme.

—¿Cómo está?

—Delirando —susurró Ian.

—¿Es el brandy o el dolor?

—Yo diría que es más el dolor. Daría mi brazo derecho por un poco de morfina.

—Quizá Jared pueda conseguir otro milagro —sugirió Ian.

—Ojalá —suspiró Doc.

Seguí enjugando la pálida faz de Walter, escuchando ahora con más intención, pero no volvieron a hablar de Jared.

No está aquí, susurró Melanie.

Está buscando ayuda para Walter, admití.

Solo, añadió ella.

Pensé en la última vez que lo había visto, en el beso, en la suposición... *quizá desee tener un tiempo para sí mismo.*

Espero que no ande por ahí convenciéndose de nuevo del gran talento que tienes como actriz, guión, Buscadora...

Pues es posible, claro.

Melanie gimió silenciosamente.

Ian y Doc murmuraban quedo sobre cosas sin importancia; básicamente Ian estaba poniendo a Doc al tanto de lo que sucedía en las cavernas.

—¿Qué le ha pasado a Wanda en la cara? —susurró Doc, pero lo pude oír fácilmente.

—Más de lo mismo —replicó Ian con voz tensa.

Doc profirió un suave lamento y luego chasqueó la lengua.

Ian le habló un poco sobre la incómoda clase de esta noche y sobre las preguntas de Geoffrey.

—Qué bien nos habría venido que Melanie hubiera caído en manos de un Sanador —reflexionó Doc.

Yo me estremecí pero como se encontraban a mis espaldas, probablemente no se dieron cuenta.

—Hemos tenido suerte de que fuera Wanda —murmuró Ian en mi defensa—, ningún otro...

—Lo sé —interrumpió Doc, con su habitual tono bondadoso.

—En realidad lo que quería decir es que es una pena que Wanda no tuviera más interés en la medicina.

—Lo siento —susurré. *Había sido* negligente al cosechar los beneficios de una salud perfecta sin sentir curiosidad por la causa.

Una mano se posó sobre mi hombro.

—No tienes que disculparte por eso —comentó Ian.

Jamie estaba muy callado. Miré a mi alrededor y vi que se había acurrucado en el catre donde Doc había descabezado un sueñecito.

—Es muy tarde —anotó Doc—, y Walter no va a ir a ninguna parte esta noche. Deberían ir a dormir un poco.

—Vendremos mañana —prometió Ian.

—Dínos que quieres que te traigamos, a ti o a él.

Bajé la mano de Walter, palmeándola con cuidado. De pronto abrió los ojo, y pareció estar más consciente que antes.

—¿Te vas? —preguntó casi sin aliento—. ¿Te tienes que ir tan pronto?

De inmediato, le tome la mano otra vez.

—No, no tengo que irme.

Él sonrió y entornó los ojos de nuevo. Sus dedos se cerraron alrededor de los míos con fuerte crispación.

Ian suspiró.

—Puedes irte —le dije—, no me importa. Y llévate a Jamie a la cama.

Ian echó un vistazo en torno.

—Aguarda un segundo —dijo, y echó mano al catre que tenía más cerca. No era muy pesado, así que lo levantó fácilmente deslizándolo hasta colocarlo justo al lado del enfermo. Estiré mi brazo hasta el límite, intentando no molestar a Walter, de modo que Ian pudiera pasar el catre debajo. Luego me cargó con la misma facilidad y me instaló sobre él. Los ojos de Walter no se movieron. Yo hice un suavísimo aspaviento, por la naturalidad con la que Ian me había puesto las manos encima... como si fuera humana.

Ian apuntó con su barbilla hacia la mano de Walter que se cerraba sobre la mía.

—¿Crees que vas poder dormir así?

—Sí, seguro que puedo.

—Entonces, que duermas bien —me sonrió, se volvió y alzó a Jamie del otro catre.

—Vámonos, chico —murmuró, cargando con el muchacho sin mayor esfuerzo que si se tratase de un bebé. Los silenciosos pasos de Ian se desvanecieron a la distancia hasta que dejé de escucharlos.

Doc bostezó y se fue a sentar detrás del escritorio que se había improvisado con cajas de madera y una puerta de aluminio, llevándose la lámparilla consigo. El rostro de Walter estaba demasiado sumido en la penumbra para que pudiera verlo y eso me ponía nerviosa. Era como si ya se hubiera ido. Me consolaban sus dedos, aún rígidamente aferrados a los míos.

Doc empezó a trasegar papeles, canturreando apenas para sí mismo. Me dejé llevar por el sonido de su dulce tararear.

En la manaña Walter me reconoció.

No despertó hasta que apareció Ian para escoltarme de vuelta al trabajo. El maizal estaba a punto para ser deshierbado. Le prometí a Doc traerle el desayuno antes de irme a trabajar. La última cosa que hice fue soltar cuidadosamente mis entumecidos dedos, liberándolos de la mano de Walter.

Abrió los ojos.

—Wanda —susurró.

—¿Walter? —no estaba segura de por cuánto tiempo me reconocería, o si guardaría algún recuerdo de la noche pasada. Su mano se cerró en el aire, así que le di la izquierda, la única que aún estaba entera.

—Has venido a verme y eso ha sido muy gentil. Ya sé... que con los otros de vuelta... no debe ser fácil... para ti... tu rostro...

Parecía tener dificultades para articular con los labios y sus ojos se enfocaban y desenfocaban. Y era tan bueno, que las primeras palabras que me dedicó fueron para manifestar su interés por mí.

—Todo está bien, Walter. ¿Cómo te encuentras?

—¡Ah! —gimió suavemente.

—No muy... ¿Doc?

—Estoy aquí —murmuró Doc, muy cerca de mí.

—¿Tienes un poco más de licor? —jadeó él.

—Por supuesto.

Doc ya estaba preparado. Sostuvo la botella de grueso cristal pegada a los flácidos labios de Walter y cuidadosamente vertió en su boca el líquido dorado obscuro, en un goteo pausado. Walter hacía un gesto de dolor cada vez que se quemaba la garganta con un sorbo. El líquido escurrió algo por un lado de su boca y cayó en la almohada. El olor me picó la nariz.

—¿Mejor? —preguntó Doc después de un buen rato de verter el licor.

Walter gruñó en algo que no era un asentimiento. Y cerró los ojos.

—¿Más? —preguntó Doc.

Walter hizo una mueca de dolor y gimió.

Doc maldijo entre dientes.

—¿Dónde está Jared? —murmuró.

Me envaré al oír el nombre. Melanie se agitó y luego se fue a la deriva.

El rostro de Walter se hundió. Giró la cabeza de lado.

—¿Walter? —susurré.

—Le duele demasiado para permanecer consciente. Déjalo —dijo Doc.

Sentí que se me inflamaba la garganta.

—¿Qué puedo hacer?

La voz de Doc sonaba desolada.

—Lo mismo que yo, o sea nada. Soy un inútil.

—No te lo tomes así, Doc —le oí murmurar a Ian.

—No es culpa tuya. El mundo ya no funciona como antes. Nadie espera más de ti.

Mis hombros se contrajeron hacia adentro. No: su mundo ya no funcionaba de la misma manera.

Un dedo golpeteó suavemente mi brazo.

—Vámonos —musitó Ian.

Asentí y comencé a liberar mi mano de nuevo.

Los ojos de Walter se abrieron, pero no veían nada.

—¿Gladdie? ¿Estás ahí? —imploró.

—Hum... estoy aquí —dije con inseguridad, dejando que sus dedos se cerraran sobre los míos.

Ian se encogió de hombros.

—Les traeré algo de comer —susurró y luego se fue.

Esperé su regreso con ansiedad, la confusión de Walter me ponía nerviosa. Una y otra vez murmuraba el nombre de Gladys, pero no parecia necesitar nada de mí, de lo cual me sentía agradecida. Después de un rato, quizás una media hora, comencé a oír los pasos de Ian por el túnel, preguntándome que lo podía retrasar tanto.

Doc estuvo al lado de su escritorio todo el tiempo, mirando hacia la nada con los hombros caídos. Evidentemente, se sentía inútil.

Y entonces escuché algo, pero no era una pisada.

—¿Qué es eso? —le pregunté a Doc en un susurro.

—Walter estaba tranquilo otra vez, quizá inconsciente y no quería molestarlo.

Doc se volvió a mirarme, ladeando la cabeza al mismo tiempo para escuchar con más atención.

El ruido era un curioso redoble, un golpe rápido, suave. Y ya me parecía algo más fuerte, cuando se alejó de nuevo.

—Qué extraño —dijo Doc.

—Suena casi como un... —hizo una pausa con la frente fruncida, concentrado, mientras aquel sonido inusual se alejaba.

Estuvimos escuchando con atención, de modo que oímos las pisadas venir desde muy lejos. No coincidían con el esperado y uniforme paso de Ian. Quien fuese venía corriendo; no, volando a toda velocidad.

Doc reaccionó de forma inmediata al sonido que parecía anunciar problemas. Salió corriendo a su vez para encontrarse con Ian. Yo también quería averiguar qué es lo que estaba mal, pero no quería perturbar a Walter con un nuevo intento de liberar mi mano. Escuché tan atentamente como pude.

—¿Brandt? —oí exclamar a Doc, sorprendido.

—¿Dónde está esa cosa? ¿*Dónde está*? —exigió el hombre casi sin aliento. El ruido de pasos precipitados se detuvo apenas un segundo y luego reanudó, aunque ya no tan rápido.

—¿De qué estás hablando? —preguntó Doc, en respuesta.

—¡El parásito! —siseó Brandt impaciente, alterado, mientras se precipitaba por el arco de entrada.

Brandt no era un hombre grande como Kyle o Ian. Apenas unos cuantos centímetros más alto que yo, pero grueso y sólido como un rinoceronte. Sus ojos barrieron la habitación y su mirada penetrante se concentró en mi rostro durante un instante, antes de reparar en el cuerpo yacente de Walter, para hacer luego el recorrido inverso y detenerse de nuevo en mí.

Doc lo alcanzó y sus largos dedos lo retuvieron del hombro cuando dio el primer paso en mi dirección.

—¿Qué estás haciendo? —preguntó Doc, con una voz próxima al rugido que jamás había escuchado.

Antes de que Brandt contestara, el extraño sonido regresó, pasando de suave a fuerte, para luego atenuarse otra vez, y tan súbitamente que nos dejó paralizados. Los golpes sordos se sucedían unos a otros, sacudiendo el aire cuando sonaban fuerte.

—¿Qué es eso... un helicóptero? —inquirió Doc, susurrando.

—Sí —murmuró Brandt en réplica—, es la Buscadora, la misma de antes, la que estaba buscando a la *cosa* —y me señaló con la barbilla.

Se me estrechó la garganta de tal manera, que las escasas y superficiales inspiraciones que lograban pasar no me bastaban. Me sentía mareada.

No. Ahora no. Por favor.

¿Pero qué problema *tiene ésa?*, gruñó Mel en mi cabeza. *¿Por qué no nos deja en paz?*

¡No podemos dejar que les haga daño!

¿Y cómo vamos a detenerla?

No lo sé. ¡Todo esto es por mi culpa!

Y también por la mía, Wanda. Es de las dos.

—¿Estás seguro? —preguntó Doc.

—Kyle la vio con toda claridad a través de los binoculares mientras sobrevolaba. Es la misma que había visto antes.

—¿Y está buscando *aquí*? —Doc estaba repentinamente aterrado. Casi se dio la vuelta, sus ojos se dirigían hacia la salida—. ¿Dónde está Sharon? —Brandt sacudió la cabeza.

—Sólo está haciendo recorridos en barrida. Comienza en Picacho, luego se abre en ángulos. No parece concentrarse en nada que tengamos cerca. Hizo algunos vuelos en círculo donde abandonamos el coche.

—¿Y Sharon? —insistió Doc.

—Está con los niños y Lucina. Están bien. Los chicos están empacando cosas por si tenemos que marcharnos esta noche, pero Jeb dice que no será necesario.

Doc exhaló y después paseó hasta su escritorio. Se recostó contra él; daba la impresión de haber corrido un buen rato.

—Así que en realidad no hay nada nuevo —murmuró.

—No. Sólo tenemos que tomárnoslo con calma unos cuantos días —lo tranquilizó Brandt. Sus ojos vagaban por la habitación otra vez, posándose en mí de continuo.

—¿Tienes alguna cuerda a mano? —preguntó, y levantó el borde de la sábana de un catre vacío, examinándolo.

—¿Cuerda? —repitió Doc sin entender.

—Para el parásito. Kyle me envió para atarla.

Mis músculos se contrajeron involuntariamente; mis manos apretaron los dedos de Walter con demasiada fuerza y él gimió. Intenté obligarla a relajarse, mientras mantenía la mirada sobre el rostro endurecido de Brandt. Éste esperaba la respuesta de Doc, expectante.

—¿Que estás aquí para atar a Wanda? —reiteró, con tono ríspido.

—¿Y qué te hace pensar que eso es necesario?

—Vamos, Doc. No seas estúpido. Por aquí tienes unos cuantos ductos de ventilación grandes y un montón de metal reflejante.

Brandt gesticuló en dirección a un archivador que había contra la pared más lejana.

—En el medio minuto que te distraigas, le enviará señales a la Buscadora.

Horrorizada, aspiré bruscamente y se escuchó con fuerza en la silenciosa habitación.

—¿Lo ves? —dijo Brandt—, acabo de adivinar sus planes.

Habría deseado meterme debajo de un monolito para ocultarme de los ojos saltones e implacables de mi Buscadora, y él se imaginaba que yo pretendía guiarla hasta aquí. Traerla para que matara a Jamie, Jared, Jeb, Ian... sentí los espasmos del vómito.

—Puedes irte, Brandt —le indicó Doc en tono gélido, —yo la vigilaré.

Brandt alzó una ceja.

—¿Pero qué les pasa, chicos? A ti, a Ian, a Trudy y a los demás. Es como si todos estuvieran hipnotizados. Si tus ojos no tuvieran un aspecto normal, tendría que preguntarme...

—Adelante, pregúntate todo lo que quieras, Brandt. Pero hazlo fuera.

Brandt sacudió la cabeza.

—Tengo un trabajo que hacer.

Doc caminó hacia Brandt, deteniéndose entre él y yo. Se cruzó de brazos.

—No vas a tocarla.

Las aspas del helicóptero zumbaron a la distancia. Todos nos quedamos quietos, prácticamente sin respirar, hasta que desapareció.

Cuando todo quedó de nuevo en calma, Brandt sacudió la cabeza. No habló, simplemente fue hacia el escritorio y tomó la silla de Doc. La llevó hasta la pared del archivador, la apoyó en el suelo de un golpe y luego se sentó con brusquedad, haciendo chirriar las patas metálicas. Se inclinó hacia delante, con las manos en las rodillas y me miró. Un buitre a la espera que la liebre moribunda dejara de moverse.

La mandíbula de Doc se tensó con un ligero sonido, como un chasquido.

—Gladys —murmuró Walter, despertando de su sueño alucinado—, estás aquí.

Demasiado nerviosa para hablar bajo la vigilancia de Brandt, simplemente, le palmeé la mano. Sus ojos nublados buscaron mi rostro, encontrando en él facciones inexistentes.

—Duele mucho, Gladdie. Duele muchísimo.

—Lo sé —murmuré—. ¿Doc?

Él ya estaba allí, con el brandy en la mano.

—Abre la boca, Walter.

El sonido del helicóptero volvió a zumbar en la lejanía, pero aún así, inquietantemente cerca. Doc se estremeció y unas cuantas gotas de Brandy se derramaron sobre mi brazo.

Fue un día horrible. El peor de mi vida en este planeta, incluyendo mi primero en las cuevas y el último, ardiente y seco, en el desierto, a escasas horas de la muerte.

El helicóptero dio vueltas y más vueltas. Algunas veces transcurrió más de una hora sin que lo oyera y creí que ya se había marchado. Pero el sonido regresaba, y veía en mi mente el rostro obstinado de la Buscadora, escudriñando el desierto con sus ojos prominentes en busca de algún signo de ocupación humana. Intenté que mi voluntad la alejara, concentrándome intensamente en mis recuerdos de la llanura descolorida y monótona del desierto, como si así pudiera asegurarme de que no viera nada más, como si así pudiera aburrirla hasta que se fuera.

Brandt no apartó su mirada suspicaz de mí. Siempre podía sentirla ahí, aunque lo mirara raramente. Las cosas mejoraron cuando Ian volvió con el desayuno y la comida a la vez. Estaba muy sucio por el trabajo de embalarlo todo por si teníamos que evacuar, cualquier cosa que eso significara, porque ¿en realidad había a dónde ir? Cuando Brandt explicó con frases entrecortadas el motivo de su presencia, el gesto torvo de Ian me hizo recordar al de Kyle. Arrastró otro catre vacío y lo puso junto al mío, sentándose en la línea de visión de Brandt para bloquearle el panorama.

El helicóptero y la recelosa guardia de Brandt realmente no me resultaron tan malas. En un día normal —si es que alguna vez había habido tal cosa—, cualquiera de ellos me habría parecido insoportable. Hoy, carecían de importancia.

Para el mediodía, Doc le había dado a Walter lo que quedaba del brandy. En lo que apenas nos parecieron unos minutos más tarde, Walter estaba retorciéndose, gimiendo, y jadeando en busca de aire. Sus dedos apretaron los míos hasta aplastarlos y hacerme cardenales, pero si intentaba retirarlos, sus gemidos se convertían en agudos chillidos. Salí un momento para usar la letrina; Brandt me siguió, lo que hizo que también Ian fuera detrás. Cuando regresamos, después de haber recorrido todo el camino a paso veloz, los gritos de Walter apenas si sonaban humanos. El sufrimiento hundía el rostro de Doc, como si hiciera eco del enfermo. Walter se tranquilizó después de que le hablara un momento, haciéndole creer que su esposa estaba allí. Fue una mentira fácil, por compasión. Brandt hacía pequeños ruidos de irritación, pero yo sabía que hacía mal enojándose. Nada importaba, salvo del dolor de Walter.

Sin embargo, los gemidos y los espasmos continuaron y Brandt se fue al otro extremo de la habitación, a pasear de un lado a otro, intentando alejarse lo más posible de los gritos.

Cuando la luz adquiría un tono naranja sobre el techo, Jamie vino a buscarme y trajo comida suficiente para los cuatro. Yo no quería que se quedara aquí; pedí a Ian que se lo llevara a comer a la cocina y le hice prometer que lo vigilaría toda la noche para que no pudiera regresar. Walter no podía evitar gritar cuando, al retorcerse, se movía su pierna fracturada y el alarido resultaba insoportable. No quería que Jamie se llevara impresa en la mente el recuerdo de esta noche, tal como quedaría en la de Doc y en la mía. Quizá también en la de Brandt, aunque él hacía lo posible por ignorar a Walter, tapándose los oídos y tarareando un aire disonante.

Doc no intentó distanciarse del espantoso sufrimiento de Walter. Lejos de ello, sufría con él. Cada grito de Walter tallaba una línea profunda en su rostro, como si fueran una garra clavándose en su piel. Se diría que las lágrimas que corrían por sus mejillas eran la sangre que se derramaba de esos mismos arañazos.

Era extraño ver tal profundidad de compasión en un ser humano, particularmente en Doc. Ya jamás lo consideraría de la misma manera, luego de verlo vivir el dolor de Walter. Era tan grande su misericordia que parecía sangrar internamente con él. Mientras lo observaba, me pareció imposible creer que Doc fuera una persona cruel; este hombre sencillamente no podía ser un torturador. Intenté recordar que se había dicho para dar fundamento a mis conjeturas, ¿o alguien había hecho esa acusación directamente? No lo creía. Debió ser mi propio terror el que me llevó a la falsa conclusión.

Dudé de que pudiera volver a desconfiar de Doc después de este día de pesadilla. Sin embargo, su hospital siempre me parecería un lugar terrible.

Con el último rayo de sol, también desapareció el helicóptero. Nos sentamos en la obscuridad, sin atrevernos a encender siquiera la débil luz azul. Nos llevó algunas horas convencernos de que la caza había finalizado. Brandt fue el primero en aceptarlo; de todas formas, ya estaba harto del hospital.

—Es lógico que se haya rendido —murmuró, dirigiéndose a la salida.

—De noche no se puede ver. Pero me llevaré tu luz, Doc, para que la mascota-parásito de Jeb no pueda levantarse a hacer nada y me largaré.

Doc no le respondió, y ni siquiera volteó a ver a aquel hombre huraño cuando se marchó.

—¡Haz que pare, Gladdie, haz que pare! —me suplicaba Walter. Le limpié el sudor del rostro mientras me aplastaba la mano.

El tiempo pareció transcurrir más lento y detenerse; aquella noche obscura parecía interminable. Los gritos de Walter eran cada vez más frecuentes, y más y más atroces.

Melanie estaba muy lejos, sabiendo que no podía hacer nada útil ahora. Yo también me habría escondido, si Walter no me hubiera necesitado. Estaba completamente sola en el interior de mi cabeza, exactamente como lo había deseado alguna vez. Pero me sentía perdida. Finalmente, una tenue claridad grisácea comenzó a penetrar por los altos conductos de ventilación del techo. Yo rondaba los límites del sueño, porque los gemidos y gritos de Walter me impedían sumirme profundamente en él. Podía oír a Doc roncando a mi espalda. Estaba contenta de que hubiera podido evadirse por un rato.

No oí acercarse Jared. Yo murmuraba vagas frases de aliento, apenas coherentes, intentando calmar a Walter.

—Estoy aquí, estoy aquí —musité mientras él gritaba el nombre de su mujer—. Shh, todo va bien —las palabras carecían de sentido. Se trataba simplemente de decir algo, pues parecía que mi voz calmaba lo peor de sus gritos.

No sé cuanto tiempo estuvo Jared observándome con Walter, antes de que me diera cuenta de que estaba allí. Debió ser un buen rato, porque estaba segura de que su primera reacción habría sido de cólera, pero cuando lo oí hablar, su voz era tranquila.

—Doc —dijo, y sentí removerse el catre que estaba detrás de mí—. Doc, levántate.

Tiré de mi mano para liberarla, girando desorientada, a fin de ver el rostro que acompañaba a esa voz inconfundible.

Sus ojos me veían, cuando sacudía el hombro de Doc, que dormía. Me era imposible leerlos en esta luz tenue, aunque su rostro carecía de expresión.

Melanie saltó a la conciencia. Estudió minuciosamente sus facciones intentando descifrar los pensamientos que había detrás de esa máscara.

—¡Gladdie, no te vayas! ¡No! —el chillido de Walter hizo que Doc se incorporara de un salto, casi volcando su catre.

Yo me volví hacia Walter, deslizando mi mano dolorida entre sus dedos que me buscaban.

—Shhh, shhh, Walter, estoy aquí. No me voy a ir. No me voy, te lo prometo.

Él se tranquilizó, gimoteando como un niño pequeño. Volví a pasar el trapo húmedo por su frente y el sollozo se transformó en un suspiro.

—¿De qué se trata? —murmuró Jared a mis espaldas.

—Ella es el mejor analgésico que he podido encontrar —dijo Doc con cansancio.

—Bueno, pues te he encontrado algo mejor que una dócil Buscadora.

El estómago se me anudó y Melanie siseó en mi mente. *¡Pero qué terco más estúpido y más ciego!*, gruñó. *No te creería aunque le dijeras que el sol se pone por el oeste.*

Pero Doc no estaba para preocuparse por el desaire de que yo había sido objeto.

—¡Encontraste algo!

—Morfina, aunque no hay mucha. La habría traído antes si la Buscadora no me hubiera mantenido alejado de aquí.

Doc se puso instantáneamente en acción. Lo escuché manipulando algo que sonaba como papel y luego cacareó de felicidad.

—¡Jared, eres el hombre de los milagros!

—Doc, dame un segun...

Pero Doc ya estaba a mi lado, con su demacrado rostro iluminado por la expectativa. Tenía las manos ocupadas con una jeringa, y clavó la pequeña aguja en el pliegue del codo de Walter, en el brazo que tenía aferrado a mi mano. Volví el rostro en otra dirección. Me parecía tan terriblemente invasivo clavar algo en su piel.

Sin embargo, los resultados eran irrebatibles. En menos de medio minuto, todo el cuerpo de Walter se relajó, fundiéndose en una pila de carne floja sobre el delgado colchón. Su respiración cambió, de áspera y acelerada a sibilante y regular. Su mano se aflojó también, liberando la mía.

Me masajeé la mano izquierda con la derecha, intentando que la sangre volviera a circular hasta la punta de los dedos. Cuando el flujo se restableció sentí un hormigueo bajo la piel.

—Es que, Doc, no hay suficiente para eso —murmuró Jared.

Miré al semblante de Walter, en paz por fin. Jared me daba la espalda, pero pude ver la sorpresa en el rostro de Doc.

—¿Suficiente para qué? No voy a ahorrar nada para otro día, Jared. Estoy seguro de que desearíamos disponer de más, y pronto, pero ¡no voy a dejar que Walter aúlle de dolor mientras tenga una manera de ayudarle!

—No es eso lo que quiero decir —repuso Jared. Hablaba en la forma en que lo hacía cuando había reflexionado largo y tendido sobre algo. Lento y muy sereno, como la respiración de Walter.

Doc frunció el ceño, confundido.

—Hay bastante para controlar el dolor quizá por tres o cuatro días, eso es todo —continuó Jared— si se lo vas administrando en dosis.

No entendía a qué se refería Jared, pero Doc sí.

—Ah —suspiró. Se volvió a mirar de nuevo a Walter, y vi un reborde de lágrimas que comenzaba a acumularse en sus párpados inferiores. Abrió la boca para hablar, pero no salió nada.

Quería saber de lo que estaban hablando, pero la presencia de Jared me imponía silencio y me devolvía a esa actitud reservada de la que ya apenas si sentía la necesidad.

—No puedes salvarlo. Sólo puedes ahorrarle el dolor, Doc.

—Lo sé —replicó Doc, pero su voz se quebró, como si estuviera conteniendo un sollozo—. Tienes razón.

¿Qué está pasando?, pregunté. Y en tanto Melanie anduviera por ahí, lo mejor que podía hacer era aprovecharla.

Van a matar a Walter, me dijo con toda naturalidad. *Hay suficiente morfina para darle una sobredosis.*

Mi jadeo de espanto resonó en la silenciosa habitación, pero en realidad era apenas una inspiración. No levanté la mirada para ver cómo reaccionarían aquellos dos hombres sanos. Las que se agolparon fueron mis propias lágrimas, cuando me incliné sobre la almohada de Walter.

No, pensé, *no. No, todavía, no. No.*

¿Y preferirías que muriera gritando?

Yo no... no puedo soportar... el final de todo. Es total, absoluto. No volveré a ver a mi amigo jamás.

¿Y a cuántos de tus demás amigos has regresado a visitar, Viajera?

Nunca antes he tenido amigos como éstos.

Mi amigos de otros planetas se fundían todos en una confusa mancha en mi mente; las almas eran tan similares; en cierto sentido, casi intercambiables. Pero Walter era distinto, en sí mismo. Cuando él se fuera, no habría nadie que pudiera ocupar su lugar.

Acuné la cabeza de Walter entre mis brazos, y dejé que mis lágrimas bañaran su piel. Intenté contener mi llanto, pero brotó sin remedio, más como un lamento que como un sollozo.

Ya lo sé. Otra primera vez, susurró Melanie, y había compasión en su voz. Compasión por mí: eso también era una primera vez.

—¿Wanda? —preguntó Doc.

Únicamente sacudí la cabeza, incapaz de responder.

—Creo que llevas aquí demasiado tiempo —comentó. Sentí su mano, ligera y cálida en mi hombro—, debes darte un respiro.

Sacudí la cabeza de nuevo, aún lamentándome con suavidad.

—Estás molida —insistió.

—Ve a lavarte, estira las piernas. Come algo.

Le dirigí una mirada hostil.

—¿Estará Walter aún aquí cuando yo vuelva? —mascullé entre lágrimas.

Sus ojos se entrecerraron con ansiedad.

—¿Es eso lo que quieres?

—Quiero tener la oportunidad de despedirme. Es mi amigo.

Me dio una palmadita en el brazo.

—Lo sé, Wanda, lo sé. Yo también. No tengo prisa. Ve a que te de el aire y vuelve después. Walter estará durmiendo un rato.

Leí su rostro desgastado y creí en la sinceridad que había allí. Asentí y volví a depositar la cabeza de Walter cuidadosamente en la almohada. Quizá si me marchaba un rato de aquí, encontraría una manera de enfrentarme a esto. No estaba segura de cómo, porque no tenía experiencia en despedidas verdaderas.

Y porque lo amaba, sin importar que fuese a regañadientes, tuve que mirar a Jared antes de irme. Mel también quería verlo, pero ella habría deseado excluirme del proceso en alguna forma.

Él me miraba fijamente. Tenía la sensación de que sus ojos habían estado posados en mí durante mucho tiempo. Había recompuesto su semblante cuidadosamente, pero otra vez había en él sorpresa y suspicacia. Me produjo cansancio. ¿Qué sentido tendría ahora continuar con una farsa, aun cuando yo fuese una mentirosa de gran talento? Walter nunca volvería a ponerse en pie a mi lado. Ya no podía *embaucarlo*.

Me encontré con la mirada de Jared durante un segundo largo y después me apresuré por el corredor de color negro ébano que, incluso así, me pareció más alegre que su expresión.

32

Emboscada

Las cuevas estaban en silencio; el sol aún no había salido. En la gran plaza, los espejos reflejaban el gris pálido del despuntar del alba.

Mi escasa ropa estaba en la habitación de Jamie y Jared. Entré a hurtadillas, contenta de saber dónde se encontraba Jared.

Jamie estaba profundamente dormido, hecho un ovillo en la esquina superior del colchón. Generalmente no solía dormir tan acurrucado, pero ahora tenía una buena razón: Ian estaba despatarrado en el resto del espacio, con los pies y las manos fuera del borde del colchón, cada extremidad pendiendo por uno de los cuatro lados.

Por alguna razón, esto me provocó una hilaridad histérica. Tuve que ponerme un puño en la boca para reprimir la carcajada mientras recogía mi vieja camiseta, teñida por la tierra, y mis pantalones cortos. Me di prisa para salir al corredor, todavía conteniendo las risitas.

Estás un poco tocada, me dijo Melanie. *Necesitas dormir un poco.*

Ya dormiré más tarde. Cuando... no pude terminar la idea. Recuperé la seriedad de forma instantánea y todo volvió a estar en silencio otra vez.

Aún iba de prisa cuando me dirigí hacia el baño. Confiaba en Doc, pero... Quizá podría cambiar de idea. Tal vez Jared se opondría a mis pretensiones. No podía estar por allí todo el día.

Creí escuchar algo detrás de mí cuando llegué a la intersección en forma de pulpo en el sitio donde confluían los corredores. Miré hacia atrás, pero no pude ver a nadie en la penumbra de la caverna. La gente empezaba a circular. Pronto sería hora del desayuno y de un nuevo día de trabajo. Cuando hubieran terminado de deshierbar, habría que arar los campos del este. Quizá podría encontrar algo de tiempo para echarles una mano, pero... más tarde...

Seguí la conocida ruta hasta las corrientes subterráneas, con la mente puesta en un millón de otras cosas. No parecía ser capaz de concentrarme en nada en particular. Cada vez que intentaba detenerme en algo: Walter, Jared, el desayuno, las tareas, los baños, instantáneamente un nuevo pensamiento me apartaba. Melanie tenía razón, necesitaba dormir. Ella estaba igualmente confundida. Todos sus pensamientos giraban en torno a Jared, pero tampoco podía transformarlos en una línea coherente.

Ya estaba acostumbrada a la habitación del baño. Las tinieblas que la envolvían no me perturbaban más: era tal la abundancia de rincones negros. La mitad de las horas del día las pasaba en la obscuridad. Había estado aquí ya tantas veces y nunca había sentido nada acechándome bajo la superficie del agua, esperando para arrastrarme hacia el fondo.

Sabía que no disponía de tiempo para remojarme. Los demás se levantarían pronto, y a algunos preferían comenzar el día limpios. Tenía que poner manos a la obra, lavándome yo primero y luego la ropa. Froté la camisa con fuerza, deseando borrar con ello el recuerdo de las últimas dos noches.

Cuando terminé me dolían las manos, y lo que más me escocía eran las grietas resecas en los nudillos. Las enjuagué profusamente en el agua, pero no percibí gran diferencia. Suspiré y salí para vestirme.

Había dejado mis prendas secas en las rocas sueltas de la esquina más lejana. Por error pisé un pedrusco y lastimé el pie desnudo. La piedra repiqueteó ruidosamente por la habitación, golpeando la pared y cayendo con un golpe y un gorgoteo en la piscina. El sonido me sobresaltó, aunque ni de lejos se aproximaba al estruendoso rugido del cálido torrente de la habitación exterior.

Estaba metiendo los pies en los desgastados zapatos de tenis cuando mi suerte cambió.

—Toc, toc —exclamó una voz familiar desde la obscura entrada.

—Buenos días, Ian —contesté.

—Acabo de terminar. ¿Dormiste bien?

—Ian aún está durmiendo —respondió la voz—. Y como estoy seguro de que eso no va a durar para siempre, es mejor que terminemos con esto de una buena vez.

Unas astillas de hielo se me clavaron en las articulaciones, impidiéndome todo movimiento. Tampoco podía respirar.

Ya antes lo había advertido, pero lo había olvidado durante las largas semanas de la ausencia de Kyle: Ian y Kyle no sólo tenían un gran parecido físico, sino que, en las raras ocasiones en que Kyle hablaba a volumen normal, sus voces resultaban idénticas. El aire se resistía a entrar.

Estaba atrapada en ese agujero negro con Kyle a la puerta y no había escape posible.

¡Silencio!, gritó Melanie en mi cabeza.

Eso sí que podía hacerlo. No lograba inahalar aire para poder gritar.

¡Escucha!

La obedecí, intentando concentrarme a través del miedo que me atravesaba la garganta con un millón de finísimas agujas de hielo.

No podía oír nada. ¿Kyle estaba en espera de una respuesta? ¿Se estaba deslizando sigilosamente por la habitación? Escuché con más atención, pero el ruido de la corriente de agua anulaba los demás sonidos.

¡Rápido, recoge una piedra!, ordenó Melanie.

¿Por qué?

Me imaginé estrellando una piedra irregular contra la cabeza de Kyle.

¡No puedo hacer eso!

¡Entonces vamos a morir!, vociferó en respuesta. *¡Yo sí puedo hacerlo! ¡Déjame!*

Tiene que haber alguna otra forma, gemí yo, pero forcé a mis paralizadas rodillas a que se doblaran. Tantée en la obscuridad y encontré una piedra larga, afilada, y un puñado de guijarros.

Luchar o huír.

Desesperada, intenté liberar a Melanie, dejarla salir, pero no encontraba la manera, y mis manos continuaron siendo mías, inútilmente cerradas en torno a unos objetos que jamás podría usar como armas.

Un ruido. Un ligero chapoteo, como si algo hubiera entrado en la corriente que drenaba el estanque hacia la habitación de la letrina, apenas a unos metros de distancia de mí.

¡Dame mis manos!

¡No sé cómo hacerlo! ¡Tómalas!

Comencé a arrastrarme hacia afuera, pegada a la pared, rumbo a la salida. Melanie luchaba por encontrar la forma de salir de mi cabeza, pero desde su lado, tampoco podía encontrar la puerta.

Otro sonido, pero esta vez no en la corriente lejana, sino un aliento cerca de la salida. Me quedé inmóvil donde estaba.

¿Dónde está él?

¡No lo sé!

Y, nuevamente, no lograba escuchar otra cosa que no fuera el río. ¿Estaba Kyle solo? ¿Alguien más acechaba en la puerta para atraparme cuando él me empujara en esa dirección al acosarme desde la piscina? ¿Estaba más cerca Kyle ahora?

Los vellos de brazos y piernas se me erizaron. Había en el aire ciertos cambios de presión, como si pudiera sentir sus movimientos silenciosos. La entrada. Me di media vuelta, apresurándome en la dirección por la que había venido, lejos de donde había oído la respiración.

Él no podría aguardar ahí para siempre. Lo poco que había dicho revelaba que tenía prisa. Alguien podría aparecer en cualquier momento, aunque las probabilidades estaban a su favor. Serían pocos los que intentarían detenerlo, comparados con los que pensaban que esto era lo mejor que podría pasar. E incluso aquellos que se opusieran, tampoco tendrían muchas oportunidades de conseguirlo. Sólo Jeb y su arma podrían marcar alguna diferencia. Jared era por lo menos tan fuerte como Kyle, pero éste estaba más motivado. Y, muy probablemente, Jared no lucharía con él.

Otro ruido. ¿Escuché una pisada al lado de la puerta o era sólo una jugarreta de mi imaginación? ¿Cuánto había durado este silencioso compás de espera? Era incapaz de calcular cuántos minutos o segundos habían transcurrido.

Prepárate. Melanie sabía que la cacería se aproximaba a su fin. Quería que sujetara la piedra con más fuerza.

Pero primero quería darle una oportunidad a la perspectiva de huir. No resultaría una luchadora efectiva, ni aun cuando fuese capaz de intentarlo. Además, Kyle me doblaba el peso y, desde luego, su un alcance era mucho mayor.

Alcé las manos con los guijarros y apunté hacia el pasaje de atrás que daba a la letrina. Quizás pudiera hacerle creer que intentaría esconderme y esperar a que me rescataran. Lancé un puñado de piedras pequeñas y me alejé del ruido cuando repicaron contra la pared de roca.

De nuevo una respiración en la puerta, el sonido de un paso ligero, en dirección a mi señuelo. Me pegué contra la pared lo más sigilosamente que pude.

¿Y qué hacemos si son dos?

No lo sé.

Casi había llegado a la salida. Si lograba alcanzar el túnel, creía que podría correr más rápido que él. Era más ligera y más veloz...

Escuché un paso —esta vez con gran claridad— que irrumpió en la corriente al fondo de la habitación. Gatée tan rápido como pude.

Un formidable chapoteo hizo añicos la tensa espera. El agua me roció la piel, haciendome jadear. Salpicó contra el muro, en una oleada de sonido húmedo.

¡Viene por la piscina! ¡Corre!

Vacilé durante un precioso segundo. Unos dedos enormes atenazaron mi pantorrilla y mi tobillo. Yo me debatí contra la presión, arrastrándome hacia adelante. Tropecé y el impulso de mi caída me desprendió de sus dedos, así que aferró mi zapato. Yo me lo quité de una patada y se le quedó en la mano.

Estaba derribada, pero él también. Eso me dio tiempo suficiente para levantarme con dificultad, raspándome las rodillas contra la piedra rugosa.

Kyle rugió, y su mano volvió a agarrar mi talón desnudo. No había nada a lo que pudiera asirse y me solté de nuevo. Me lancé otra vez hacia adelante, forzando mis pies y con la cabeza baja, arriesgándome a caer de nuevo porque mi cuerpo se movía casi paralelo al suelo. Logré mantener el equilibrio sólo apelando a un gran esfuerzo de voluntad.

No había nadie más. Nadie que pudiera atraparme en la salida del cuarto exterior. Salí como una exhalación; la esperanza y la adrenalina se incrementaban en mis venas. Irrumpí a toda velocidad en la habitación del río, con la sola idea de llegar al túnel. Podía escuchar la pesada respiración de Kyle a mis espaldas, muy cerca, pero no lo suficiente. Cada zancada me impulsaba con fuerza en el piso, alejándome de él.

Un dolor lacerante me recorría la pierna, contrayéndola.

Sobre el borboteo del río, escuché primero el golpe y luego el rodamiento de dos piedras pesadas; una la que yo estaba sujetando y otra, la que él había arrojado para derribarme. Mi pierna cedió y me hizo caer de espaldas; de inmediato él se me vino encima.

Su peso me proyectó la cabeza contra la roca en estruendoso golpe, y me me mantuvo aplastada contra el suelo. No tenía palancas.

¡Grita!

Y mi grito fue como un ulular de sirena que nos tomó por sorpresa a todos. Mi alarido sin palabras resultó más fuerte de lo que esperaba: alguien tendría que haberlo escuchado. Rogué por que ese alguien fuera Jeb. Por favor: que trajera el rifle.

—¡Uff!— protestó Kyle. Su mano era lo bastante grande para cubrir casi todo mi rostro. Su palma se aplastó contra mi boca, cortando de tajo el grito.

Luego se giró, pero el movimiento me tomó tan de sorpresa que no tuve tiempo de sacar ventaja de él. Me asió con fuerza y me alzó por encima de su cuerpo, bajándome de nuevo. Estaba mareada y confundida, la cabeza me daba vueltas y no comprendí nada hasta que mi rostro impactó contra el agua.

Me aferró la nuca y me obligó a sumergir la cara en la corriente de agua fresca que se abría camino hacia el estanque del baño. Era demasiado tarde para retener el aliento: ya había aspirado un gran trago de agua.

Mi cuerpo se llenó de pánico cuando el líquido entró a los pulmones. Me debatí con más fuerza de la que él hubiera esperado; mis extremidades se sacudían y agitaban en todas direcciones y su tenaza resbaló de mi cuello. Intentó sujetarme mejor, pero algún instinto me obligó a empujarlo más que a apartarme, como él esperaba que hiciera. Sólo pude acercarme unos centímetros a él, pero con ello conseguí sacar la barbilla del agua y vomitar parte de la que había tragado, además de inhalar una buena bocanada de aire.

Él luchaba para meterme a la corriente pero me retorcí y me encajé debajo de él, de modo que su propio peso comenzó a trabajar en contra de su objetivo. Todavía seguía reaccionando al agua que me había entrado en los pulmones con tos y espasmos descontrolados.

—¡Ya basta! —gruñó Kyle.

Se apartó de mí y yo intenté arrastrarme lejos.

—¡Oh, no, no lo *harás*! —escupió entre dientes.

Todo había terminado y yo lo sabía.

Algo le ocurría a mi pierna herida. La sentía adormecida y reacia a obedecer. Sólo podía impulsarme en el suelo con los brazos y la pierna sana. Pero seguía tosiendo mucho y eso me impedía hacerlo adecuadamente. Tampoco me permitía gritar de nuevo.

Kyle me cogió de la muñeca y me levantó del suelo. El peso de mi cuerpo hizo que me fallara la pierna y me derrumbé contra él.

Entonces, me asió ambas muñecas con una mano y con el otro brazo me rodeó la cintura. Me levantó del suelo y me sujetó contra su costado, como si fuera un engorroso saco de harina. Me retorcí y pateé el aire con la pierna ilesa.

—Acabemos ya de una vez.

De una zancada saltó la corriente pequeña y me condujo hacia el sumidero más cercano. El vapor del caliente manantial me bañó la cara.

Me iba a arrojar por aquel agujero ardiente y obscuro, y dejaría que el agua hirviente me arrastrara hacia abajo mientras me cocía.

—¡No, no! —grité, con voz demasiado tenue y ronca para ser escuchada.

Me revolví frenéticamente. Mi rodilla tropezó con una de las viscosas columnas de roca y trabé el pie en ella, buscando asidero para liberarme de su tenaza. Él me arrancó de un tirón con un gruñido impaciente.

Al menos con esto había conseguido algo de holgura para poder moverme. Y como había funcionado antes, lo intenté de nuevo. En vez de procurar soltarme, me retorcí y envolví su cintura con mis piernas, enganchando el tobillo herido con el sano e intentando ignorar el dolor para que la llave fuera efectiva.

—¡Suéltame, tú...! —luchó por soltarme a golpes y con ello liberé una de mis muñecas. Enlacé su cuello con ese brazo y me aferré a su grueso cabello. Si habría que caer en aquel negro río, él me acompañaría.

Kyle siseó y dejó de tironear mi pierna, lo necesario para golpearme el costado.

Jadeé de dolor, pero entonces le agarré el pelo también con la otra mano.

Me envolvió con ambos brazos, como si en vez de estar trenzados en una lucha a muerte, estuviéramos abrazándonos. Luego me rodeó la cintura con los brazos y tiró con todas sus fuerzas para soltarme.

Comencé a quedarme con mechones de pelo entre las manos, pero él sólo rugía y tiraba con mayor ímpetu.

Podía oír el agua hirviente que corría muy cerca, al parecer justo debajo de mí. El vapor se elevaba en una nube espesa y por un instante no pude ver nada, salvo el rostro de Kyle, rabiosamente contraído, bestial, despiadado.

Sentí cómo cedía mi pierna herida. Intenté apretarme a él como pude, pero su fuerza bruta estaba ganándole terreno a mi desesperación. Conseguiría liberarse de mí en un momento y yo caería en aquel torrente en ebullición para desaparecer.

¡Jared!, ¡Jamie!, el pensamiento, la agonía, procedían de ambas: de mí y de Melanie. Jamás sabrían lo que me había ocurrido. Ni Ian, ni Jeb, ni Doc, ni Walter; no podría despedirme de ellos.

Repentinamente, Kyle dio un salto en el aire y cayó con un golpe seco. El impacto surtió el efecto deseado: mis piernas se soltaron.

Pero antes de que pudiera sacar ventaja, el golpe trajo otras consecuencias.

El crujido fue ensordecedor. Creí que la caverna entera se venía abajo, y el suelo tembló bajo nosotros.

Kyle jadeó y saltó hacia atrás, llevándome consigo, pues mis dedos aún aferraban sus cabellos. Crujiendo y retumbando, el suelo de roca bajo sus pies se empezó a desmoronar.

Nuestro peso combinado había roto el frágil reborde del agujero. Mientras Kyle trastabillaba, la grieta seguía sus pesados pies, corriendo con mayor rapidez que él.

Un trozo del piso desapareció debajo de uno de sus talones y él cayó con golpe sordo. Mi peso lo empujó aun más atrás y su cabeza se estrelló limpiamente contra un pilar de piedra. Se desvaneció y sus brazos, laxos, se separaron de mí.

El agrietamiento del piso se detuvo con un crujido sostenido. Pude sentirlo retemblar bajo el cuerpo de Kyle.

Yo yacía sobre su pecho. Nuestras piernas pendían sobre el vacío y el vapor se condensaba en nuestra piel en miríadas de gotas.

—¿Kyle?

No hubo respuesta.

Tenía miedo de moverme.

Tienes que bajarte de él. Juntos pesan demasiado. Con cuidado... usa el pilar. Y apártate del agujero.

Lloriqueando de miedo, demasiado aterrorizada para pensar por mí misma, hice lo que Melanie me ordenaba. Liberé mis dedos del pelo de Kyle y me arrastré con cautela sobre su cuerpo inconsciente, utilizando el pilar como anclaje para impulsarme hacia adelante. Me sentía bastante afianzada, aunque el suelo aún retumbaba bajo nosotros.

Me impulsé más allá del pilar, hacia el terreno detrás de él. El suelo permanecía firme bajo mis manos y rodillas, pero todavía repté más lejos, hacia la seguridad del túnel de salida.

Hubo otro crujido y eché un vistazo hacia atrás. Una de las piernas de Kyle se hundió un poco más al ceder la roca que la apoyaba. Escuché el chapoteo cuando el trozo cayó al río. El suelo se cimbró bajo el peso de Kyle.

Se va a caer, comprendí.

Magnífico, gruñó Melanie.

Pero...

Si cae, no podrá matarnos, Wanda. Si no cae, volverá a intentarlo.

Es que no puedo...

Sí, claro que puedes. Vete ya. ¿No quieres vivir?

Desde luego que sí: quería vivir.

Kyle podría desaparecer y cuando eso sucediera, cabría la posibilidad de que nadie volviera a atentar contra mí jamás. Al menos, no la gente que había aquí. Aún quedaba la Buscadora, pero quizá ella se daría por vencida algún día, y entonces podría quedarme indefinidamente entre los humanos que amaba...

La pierna me punzaba y el dolor comenzaba a reemplazar al entumecimiento. Un tibio fluido me goteaba en los labios. Sin pensarlo lo probé, y me di cuenta de que era mi propia sangre.

Aléjate, Viajera. Deseo vivir. Y también quiero elegir.

Desde mi sitio podía sentir la tierra estremecerse. Otro trozo del piso chapoteó en el río. El peso de Kyle se desplazó, aproximándose unos centímetros más al agujero.

Deja que se hunda..

Melanie sabía de lo que hablaba; más que yo. Éste era su mundo. Eran sus reglas.

Me quedé mirando fijamente el rostro del hombre que iba a morir: aquel que quería verme muerta. Sumido en la inconsciencia, el rostro de Kyle ya no era el de un furioso animal. Estaba relajado, casi en paz.

El parecido con su hermano era más que evidente.

¡No!, protestó Melanie.

Me arrastré hacia él sobre manos y rodillas, lentamente, probando el suelo con cautela antes de avanzar cada centímetro. Estaba demasiado asustada para ir más allá del pilar, de modo que afiancé en él mi pierna sana, nuevamente a modo de ancla, y me tendí en torno a él, para pasar las manos bajo los brazos de Kyle y abrazar su pecho.

Tiré con fuerza tal, que sentí desprender mis brazos, pero él no se movió. Escuché un sonido siseante, como el de un reloj de arena, mientras el terreno seguía desmoronándose en trozos menudos.

Di otro tirón, pero el único resultado fue que la velocidad del correr de arenisca se incrementó. Desplazar su peso desintegraba el suelo con mayor celeridad.

Justo cuando pensé en esto, un gran pedazo de roca se precipitó al río y el precario equilibrio de Kyle se rompió. Comenzó a caer.

—*¡No!* —grité y otra vez la sirena ululó en mi garganta. Me aplasté contra la columna y me las ingenié para apoyarlo contra el otro lado, apresando su amplio pecho con mis manos. Me dolían los brazos.

—¡Ayúdenme! —grité—. ¡Socorro!, ¡Ayuda!

33

En duda

Otro chapoteo. El peso de Kyle me torturaba los brazos.

—¿Wanda? ¡Wanda!

—¡Ayúdame! ¡Kyle! ¡El suelo! ¡Ayuda!

Mi rostro se aplastaba contra la piedra y mis ojos apuntaban a la entrada de la cueva. La luz brillaba a plenitud sobre mi cabeza ahora que amanecía. Contuve el aliento. Mis brazos gritaban.

—¡Wanda! ¿Dónde estás?

Ian se precipitó por la puerta con el rifle en las manos, en posición de disparo. Su rostro era la máscara iracunda que poco antes había visto en su hermano.

—¡Ten cuidado! —le grité—. ¡El suelo se está hundiendo! ¡No voy a poder sujetarlo por mucho más tiempo!

Apenas le llevó dos segundos procesar la situación, cuyo aspecto resultó diametralmente distinto al que esperaba, o sea, ver a Kyle intentando matarme. Aquella que se había dado en los instantes previos.

Arrojó el arma al suelo y avanzó hacia mi con grandes zancadas.

—¡Tírate al suelo, reparte el peso de tu cuerpo!

Se tumbó y se arrastró hacia mí, con los ojos llameando a la luz del alba.

—No lo sueltes —me previno.

Yo gemí de dolor.

Él evaluó las circunstancias durante un segundo más y luego deslizó su cuerpo detrás del mío, empujándome más contra la roca. Sus brazos eran más largos, pues aunque yo me interponía entre ambos, logró envolver a su hermano en un abrazo.

—Un, dos, tres —gruñó.

Apoyó a Kyle contra la roca, con mayor firmeza que aquella con la que yo lo había sujetado. Su movimiento me restregó la cara contra el pilar. Y, encima, por la parte herida, aunque a estas alturas ya no tenía espacio para otra cicatriz.

—Voy a levantarlo de este lado. ¿Puedes salir escurriéndote?

—Lo intentaré.

Solté a Kyle, sintiendo en mis hombros un doloroso alivio, una vez que estuve segura de que Ian lo tenía. Me deslicé entre Ian y la roca, muy cuidadosamente, para no tocar ningún trozo quebradizo de suelo. Me arrastré hacia atrás unos cuantos pasos en dirección a la puerta, preparada para asir a Ian si comenzaba a deslizarse.

Ian alzó a su hermano inerte por un lado del pilar, arrastándolo a tirones, un paso a la vez. Otras porciones del piso crujieron, pero el cimiento del pilar permaneció intacto. Se había formado un nuevo reborde a casi un metro de la columna.

Ian se arrastró de espaldas del mismo modo que lo había hecho yo, acarreando a su hermano consigo, en cortos empujes de músculo y voluntad. En menos de un minuto estábamos los tres en la boca del corredor, Ian y yo jadeando.

—¿Qué... demonios... es lo que ha... pasado?

—Pesábamos... demasiado... Y el suelo... cedió.

—¿Qué estabas haciendo... ahí, al borde... con Kyle?

Incliné la cabeza y me concentré en mi respiración.

Vamos, díselo.

¿Y qué ocurrirá entonces?

Ya sabes lo que pasará. Kyle ha violado las reglas. Jeb le disparará o lo echarán de aquí. Quizá Ian le saque primero los mocos a golpes. Y eso sí que sería divertido verlo.

En realidad, Melanie no quería decir eso, o al menos yo suponía que no pretendía decirlo. Sencillamente estaba muy molesta conmigo por haber arriesgado nuestras vidas para salvar a nuestro potencial asesino.

Exactamente, le contesté. *Y si lo echan por mi causa... o lo matan...,* me estremecí. *Bueno, ¿no te das cuenta de lo absurdo que es eso? Él es uno de ustedes.*

Nosotras tenemos aquí una vida, Wanda. Y tú la estás poniendo en peligro.

También es la mía. Y bueno yo... Yo soy yo.

Melanie gruñó en repulsa.

—¿Wanda? —insistió Ian.

—Nada —murmuré.

—Como mentirosa resultas fatal. Lo sabes, ¿verdad?

Mantuve la cabeza agachada y seguí respirando.

—¿Qué te hizo?

—Nada —mentí. Y bastante mal por cierto.

Ian puso la mano bajo mi barbilla para alzarme el rostro.

—Te está sangrando la nariz —me volvió la cara en otra dirección—. Y tienes más sangre en el pelo.

—Me... me golpeé la cabeza cuando se hundió el suelo.

—¿Por ambos lados?

Me encogí de hombros.

Ian me miró largo y tendido. La obscuridad del túnel atenuaba el brillo de sus ojos.

—Tenemos que llevar a Kyle con Doc. Se dio un buen golpe en la cabeza al caer.

—¿Por qué lo proteges? Intentó matarte —era la afirmación de un hecho, no una pregunta. Su expresión de cólera se fundió lentamente, pasando al horror. Se estaba imaginando lo que había ocurrido en esa inestable cornisa; pude verlo todo en sus ojos. Como no respondí, siguió hablando en susurros.

—Iba a arrojarte al río... —un extraño temblor le sacudió el cuerpo.

Ian tenía un brazo en torno a Kyle —así había caído y estaba tan agotado que no se había movido. Ahora apartó bruscamente a su desvanecido hermano, deslizándose a un lado con evidente repugnancia. Se me acercó y me pasó los brazos por los hombros, me apretó contra su pecho. Sentí su respiración entrar y salir, más agitada de lo normal.

Me sentía rara.

—Debería hacerlo rodar de vuelta y arrojarlo por el borde de una patada.

Sacudí la cabeza frenéticamente, incrementando el dolor.

—No.

—Para ahorrar tiempo. Jeb estableció reglas muy claras. Si intentas hacerle daño a alguien, habrá castigos. Habrá un tribunal...

Intenté apartarlo de mí, pero él me apretó con más fuerza. No me asustaba, no era la forma en que Kyle me había aferrado. Pero era perturbador y me sacaba de balance.

—No. No puedes hacer eso, porque aquí nadie ha violado las reglas. El suelo se hundió, eso es todo.

—Wanda...

—Él es tu hermano.

—Sabía perfectamene lo que estaba haciendo. Él es mi hermano, sí, pero ha hecho lo que ha hecho y tú eres... tú eres... mi amiga.

—Él no ha hecho nada. Es un ser humano —le susurré—. Éste es su lugar, no el mío.

—No vamos a discutirlo otra vez. Tu definición de "humano" no es la misma que la mía. Para ti, significa algo... negativo. Para mí, es un cumplido y según esa definición tú eres humana y él, no. No después de esto.

—La palabra "humano" no tiene una connotación negativa para mí. No ahora que los conozco. Pero Ian: él es tu hermano.

—Un hecho que me avergüenza.

Suspiré y lo empujé otra vez para apartarme. Y esta vez, él me lo permitió. Debió tener que ver con el gemido de dolor que se me escapó de los labios cuando moví la pierna.

—¿Estás bien?

—Eso creo. Tendremos que ir por Doc, pero no sé si podré caminar. Me... me golpeé la pierna cuando caí.

Un gruñido se ahogó en su garganta.

—¿Qué pierna? Déjame ver.

Intenté estirar la pierna herida, la derecha, y gemí de nuevo. Sus manos comenzaron por explorar mi tobillo, revisando los huesos, las articulaciones. Me giró el tobillo con precaución.

—Aquí, más arriba —le coloqué la mano en la parte trasera del muslo, justo por encima de la rodilla. Gemí de nuevo cuando presionó la zona afectada.

—No está rota ni nada parecido, o al menos eso creo. Sólo muy magullada.

—Una profunda lesión muscular, como mínimo —mascullló. —¿Y cómo te hiciste eso?

—Debo haberme... golpeado contra una roca cuando me caí.

Él suspiró.

—Vamos, voy a llevarte con Doc.

—Kyle lo necesita más que yo.

—Tenemos que ir por Doc de todos modos, o buscar ayuda. No puedo cargar a Kyle tan lejos, pero sí te puedo llevar a ti. Auupa... espérame.

Se volvió bruscamente y se internó de nuevo en la habitación del río. Decidí que no quería discutir con él. Deseaba ver a Walter antes de que... Doc prometió que me esperaría. ¿Se le pasaría pronto esa dosis de analgésico? Me bailaba la cabeza. Había tantas cosas por que preocuparse y yo me sentía tan cansada. Cuando me bajó la adrenalina, me sentí vacía.

Ian regresó con el arma. Fruncí el ceño, porque esto me recordó cuánto había deseado que apareciera antes. Y no me gustaba la idea.

—Vámonos.

Sin pensarlo, me alargó el rifle. Yo lo dejé caer sobre las palmas abiertas de mis manos pero no lo empuñé. Resolví que ya era bastante castigo, tener que cargar con esa cosa.

Ian se echó a reír.

—No sé como alguien puede tenerte miedo... —masculló para sí.

Me alzó con facilidad y ya estábamos en marcha antes de que me hubiera acomodado. Intenté mantener a buen recaudo las zonas más afectadas, la parte trasera de mi cabeza y la de la pierna, evitando que golpearan sobre él.

—¿Y cómo se empapó tu ropa? —me preguntó. Pasábamos debajo de uno de los tragaluces en forma de puño y pude ver la sombra de una sonrisa triste en sus pálidos labios.

—No lo sé —murmuré—. ¿Sería el vapor?

Volvimos a entrar en un área obscura.

—Te falta un zapato.

—Oh.

Atravesamos un nuevo rayo de luz y sus ojos lanzaron un destello de color zafiro. Ahora estaban serios, fijos en mi rostro.

—Estoy... *muy* contento de que no te haya pasado nada, Wanda. O al menos de que no salieras malherida, quería decir.

No respondí. Me atemorizaba darle elementos que pudiera usar en contra de Kyle.

Jeb nos encontró justo antes de que entráramos en la cueva grande. La luz era suficiente para percibir la aguda chispa de curiosidad en sus ojos cuando me vio en brazos de Ian, con el rostro ensangrentado y el arma descansando con cautela en mis manos abiertas.

—Entonces, tenías razón— adivinó Jeb. Sentía mucha curiosidad, pero el tono acerado de su voz era aún más notorio. Su mandíbula lucía tensa bajo el abanico de la barba blanca. —No he oído ningún disparo ¿y Kyle?

—Está inconsciente —hablé en forma apresurada—, tienes que alertar a todo mundo, porque parte del suelo se ha hundido en la habitación del baño. No sé si es sea estable ahora. Kyle se golpeó muy fuerte la cabeza intentando salir de allí, y necesita a Doc.

Jeb elevó tanto una ceja que casi pareció tocar la banda descolorida que llevaba atada en la línea de nacimiento del cabello.

—Ésa es la historia que cuenta— intervino Ian, sin esforzarse en disimular la duda en su tono. —Y ella parece querer sostenerla a toda costa.

Jeb se echó a reír.

—Deja que te quite esto —me dijo.

Le entregué el arma gustosamente, y rompió a reír otra vez ante la expresión de alivio de mi rostro.

—Buscaré a Andy y a Brandt para que me echen una mano con Kyle. Los seguiremos.

—Mantenlo bien vigilado cuando despierte —le dijo Ian en tono ríspido.

—Eso haré.

Jeb se marchó, en busca de ayuda. Ian se apresuró a llevarme a la cueva del hospital.

—Kyle puede estar malherido... Jeb debería darse prisa.

—La cabeza de Kyle es más dura que cualquier roca de las cavernas.

El túnel me pareció más largo que nunca. ¿Estaría Kyle muriéndose, a pesar de mis esfuerzos? ¿Estaría consciente de nuevo y buscándome? ¿Cómo estaría Walter? ¿Estaría dormido... o se habría ido ya? ¿Habría abandonado ya la Buscadora su cacería, o regresaría ahora que volvía a haber luz?

¿Estará Jared aún con Doc?, añadió Melanie a mis otras preguntas. *¿Seguirá estando molesto cuando te vea? ¿Me reconocerá de nuevo?*

Cuando llegamos a la cueva sur, bañada de sol, Jared y Doc no parecían haberse movido gran cosa. Estaban reclinados, costado con costado, contra el escritorio hechizo de Doc. Todo estaba en silencio cuando arribamos. No hablaban, simplemente contemplaban el sueño de Walter.

Se pusieron en movimiento, con los ojos como platos, en cuanto Ian me llevó hacia la luz y me depositó en el catre inmediato al de Walter. Me extendió la pierna derecha con sumo cuidado.

Walter estaba roncando. El sonido relajó parte de mi tensión.

—¿Qué pasó ahora? —preguntó Doc visiblemente enojado. Tan pronto como le salieron las palabras, se inclinó sobre mí para restañar la sangre de mi mejilla.

El rostro de Jared se paralizó de sorpresa. Estaba procurando que su expresión no dejara traslucir nada más.

—Kyle —respondió Ian al mismo tiempo que yo decía:

—El suelo... —Doc nos miró a uno y a otro, confundido.

Ian suspiró y puso los ojos en blanco. De forma ausente, dejó caer con suavidad su mano sobre mi frente.

—El suelo que rodea al primer agujero del río se hundió. Kyle cayó de espaldas y se golpeó con una roca. Wanda salvó su inútil vida. Ella también asegura haberse caído cuando se desplomó el piso —Ian le dirigió a Doc una mirada significativa.

—*Algo* —apuntó con sarcasmo —le tundió con fuerza la parte trasera de la cabeza. Y luego comenzó a hacer recuento del resto, —le sangra la nariz, pero no está rota, o al menos no lo creo. Tiene lesionado este músculo —me tocó la parte dolorida—, también tiene las rodillas desolladas y otra contusión más en la cara, aunque bien puede que yo se le hiciera al intentar sacar a Kyle del agujero. No debería haberme molestado —Ian casi masculló entre dientes la última parte.

—¿Algo más? —preguntó Doc. Justo entonces, sus dedos, que me palpaban el costado, llegaron al lugar donde Kyle me había propinado el puñetazo. Gemí.

Doc me levantó la camiseta y escuché el siseo de Ian y Jared cuando lo vieron.

—Déjame adivinar —dijo Ian con voz helada—, te caíste sobre una roca.

—Correcto —admití, aún sin aliento. Doc aún estaba reconociéndome el costado y yo seguía intentando contener mis quejidos.

—Puede que tenga rota una costilla, no lo sé de cierto —murmuró Doc.

—Me gustaría poder darte algo para el dolor...

—No te preocupes por eso, Doc —jadeé pesadamente.

—Estoy bien. ¿Cómo sigue Walter? ¿Se despertó?

—No, la dosis le durará todavía un tiempo —dijo Doc. Me tomó la mano y comenzó a mover la muñeca y el codo en todas direcciones.

—Estoy bien.

Sus ojos amables mostraron dulzura al cruzarse con mi mirada.

—Lo estarás. Sólo tienes que descansar un poco. Te mantendré vigilada. A ver, vuelve la cabeza. Hice lo que me pedía y me estremecí cuando me examinó la herida.

—Aquí no —murmuró Ian.

No pude ver a Doc, pero Jared le lanzó a Ian una mirada penetrante.

—Kyle viene en camino, pero no quiero que estén en la misma habitación.

Doc asintió.

—Sí, probablemente resulta sensato.

—Acondicionaré un sitio para ella. Necesito que mantengan a Kyle aquí hasta... hasta que decidamos qué haremos con él.

Yo intenté hablar, pero Ian me puso los dedos en los labios.

—De acuerdo —asintió Doc—, lo ataré aquí si hace falta.

—Si no hay más remedio. ¿Habría algún problema en moverla?— Ian lanzó una mirada hacia el túnel, con rostro ansioso.

Doc titubeó.

—No —susurré yo, con los dedos de Ian aún sobre mi boca—. Walter. Quiero estar aquí al lado de Walter.

—Ya has salvado todas las vidas que podías salvar hoy, Wanda —repuso Ian con voz gentil y triste.

—Quiero decirle... decirle... adiós.

Ian asintió. Después se volvió a mirar a Jared.

—¿Puedo confiar en tí?

El rostro de Jared se ruborizó de ira. Ian alzó la mano.

—No quiero dejarla aquí desprotegida mientras le encuentro un lugar más seguro —afirmó Ian.

—No sé si Kyle estará consciente cuando llegue. Y si Jeb le dispara ella pasará un trago amargo. Pero entre tú y Doc pueden mantenerlo a raya. No quiero que Doc se quede aquí solo y que Jeb se vea obligado a acutar.

Jared habló entre los dientes apretados.

—Doc no estará solo.

Ian dudó.

—Ella ha pasado un verdadero infierno en estos dos últimos días. Recuérdalo.

Jared asintió una vez, con los dientes todavía fuertemente apretados.

—Yo estaré aquí —le recordó Doc a Ian.

Ambos se miraron durante un minuto.

—Bien —se inclinó sobre mí y sus ojos luminosos sostuvieron mi mirada.

—Regresaré pronto, no tengas miedo.

—No lo tengo.

Se inclinó aún más y tocó mi frente con sus labios.

Nadie se quedó más sorprendida que yo, aunque escuché una ligera exclamación de Jared. Me quedé boquiabierta mientras Ian se daba la vuelta y salía prácticamente corriendo de la habitación. Escuché que Doc aspiró entre dientes, en algo que sonó como un leve silbido.

—Vaya —fue su comentario.

Ambos se quedaron mirándome un rato. Yo estaba tan cansada y maltrecha, que apenas si me importaba lo que pudieran pensar.

—Doc... —Jared comenzó a decir algo en tono perentorio, pero un clamor proveniente del túnel lo interrumpió.

Cinco hombres luchaban para abrirse paso por la abertura. Jeb que iba al frente, tenía la pierna izquierda de Kyle entre los brazos. Wes llevaba la derecha y detrás de ellos, Andy y Aaron sudaban la gota gorda para sujetarle el torso. La cabeza de Kyle descansaba sobre el hombro de Andy.

—Cielos, vaya que pesa —gruñó Jeb.

Jared y Doc saltaron para ayudarles. Luego de algunos minutos de maldiciones y gruñidos, Kyle yacía en una catre a escasos metros de mí.

—¿Cuánto tiempo ha estado desmayado, Wanda? —me preguntó Doc. Abrió los párpados a Kyle, dejando que la luz del sol se reflejara en sus pupilas.

—Umm.. —pensé con rapidez.

—Todo el tiempo que he estado aquí, más los diez minutos o así que le llevó a Ian traerme, y tal vez unos cinco minutos más antes de eso.

—O sea, ¿que unos veinte minutos, dirías tú?

—Sí, algo así.

Mientras transcurrían las consultas, Jeb elaboraba su propio diagnóstico. Nadie le prestó atención cuando se aproximó a la cabecera de Kyle. Y nadie le hizo caso hasta que vertió una botella de agua sobre la cabeza de Kyle.

—Jeb —se quejó Doc, apartándole la mano.

Pero Kyle escupió y pestañeó, y después gruñó.

—¿Qué pasó? ¿A dónde se fue la cosa? —se empezó a mover, cambiando de posición para poder mirar alrededor.

—El suelo... se mueve...

A la voz de Kyle mis dedos se clavaron a los lados de mi catre y el pánico me recorrió de arriba abajo. Me dolía la pierna. ¿Podría saltar de aquí? Si lo hacía despacio, quizás...

—Todo está bien —murmuró alguien. Bueno, no alguien. Siempre reconocería esa voz.

Jared avanzó para interponerse entre mi catre y el de Kyle, dándome la espalda y con los ojos fijos en el hombretón. Kyle movía la cabeza de un lado a otro gruñendo.

—Estás a salvo —me dijo en voz baja, pero no me miró.

—No temas.

Inhalé profundamente.

Melanie quería tocarlo. Su mano estaba cerca de la mía, descansando al borde del catre.

Por favor, no, le pedí. *¡Ya así la cara me duele bastante!!*

No te va a golpear ahora.

Eso es lo que tú crees. No estoy dispuesta a correr el riesgo..

Melanie suspiró; ansiaba acercarse a él. Y no sería tan difícil de soportar si yo no lo hubiera deseado también.

Dale su tiempo, le supliqué. *Deja que se acostumbre a nosotras. Espera a que realmente crea..*

Ella volvió a suspirar.

—¡Ah, no demonios! —Kyle gruñó. Mi mirada rehuyó la suya cuando escuché su voz. Acababa de ver que sus ojos brillantes se enfocaban en mí por detrás del codo de Jared.

—¡No se cayó! —fue su queja.

34

El entierro

Jared se lanzó hacia adelante, alejándose de mí. Su puño hizo un sonoro impacto sobre la mandíbula de Kyle.

Los ojos de éste quedaron en blanco y su boca abierta, suelta. Se hizo un profundo y breve silencio en la habitación.

—Hum —dijo Doc, en voz baja—, desde el punto de vista médico, no creo que eso fuera lo más conveniente para su condición.

—Pero *yo* sí me siento mucho mejor —replicó Jared, ceñudo.

Doc esbozó una sonrisa imperceptible.

—Bueno, supongo que unos minutos más de inconsciencia no lo matarán.

Volvió a levantarle los párpados a Kyle y a tomarle el pulso...

—¿Qué sucedió? —junto a mi cabecera, Wes hablaba en murmullos.

—Kyle intentó matar a eso —respondió Jared, antes de que yo pudiera hacerlo—. ¿Te sorprende?

—No fue así —murmuré.

Wes miró a Jared.

—Está claro que a esta cosa se le da mucho mejor el altruismo que la mentira.

—¿Qué pretendes: fastidiarme? —acusé. Mi paciencia ya no estaba en el límite: había desaparecido por completo. ¿Cuánto tiempo llevaba sin dormir? Lo único que me dolía más que la pierna era la cabeza. A cada inspiración equivalía a una punzada en el costado y con cierta sorpresa, descubrí que estaba de muy mal humor.

—Porque si ésa es tu intención, quédate tranquilo: lo has conseguido."

Jared y Wes me miraron atónitos. Tuve la certeza de que, si hubiera podido ver a los demás, su expresión habría sido la misma. Acaso no la de Jeb. Era el maestro del disimulo.

—Mi género es el femenino —me quejé.

—Me pone los nervios de punta que todo el tiempo me estén llamando "eso" o "cosa".

Jared parpadeó, sorprendido. Luego su cara cambió y endureció la expresión.

—¿Sólo por el cuerpo que ocupas?

Wes lo fulminó con la mirada.

—No: es por *mí* misma —siseé.

—¿Según definición de quién?

—¿Qué tal según la tuya? En mi especie soy yo la que tiene bebés. ¿No te parece suficientemente femenino?

Eso lo paró en seco. Casi me sentí soberbia.

Muy bien dicho, aprobó Melanie. *Él está equivocado y, además, se comporta como un cerdo.*

Gracias.

Es que las mujeres tenemos que apoyarnos entre nosotras.

—Eso es algo que no nos habías contado antes murmuró Wes, mientras Jared se esforzaba para contraargumentar

—¿Cómo funciona?

La cara olivácea de Wes se ensombreció, como si acabara de caer en la cuenta de que había hablado en voz alta.

—Oye… no tienes por qué responderme, si te ha parecido una indiscreción.

Me eché a reír. Mi humor cambiaba a bandazos, descontrolado. Estaba "tocada", como había dicho Mel.

—No, no has preguntado nada… indecoroso. Nuestro… método no es tan complejo y… elaborado como el de su especie —rompí a reír otra vez y luego sentí que me ruborizaba. Recordaba con demasiada claridad lo elaborado que podía ser.

Deja de pensar en porquerías.

Es tu mente, no la mía, le recordé.

—¿Y bien? —preguntó Wes.

Suspiré.

—Sólo unas cuantas entre nosotros tenemos la capacidad de ser… madres. Bueno, madres, no. Nos llaman así, pero en realidad sólo tenemos el potencial de serlo... —al pensarlo recobré la serenidad. No había madres, madres que sobrevivieran, sólo el recuerdo de ellas.

—¿Y tú tienes esa *capacidad*? —inquirió Jared, con cierta rigidez.

Yo sabía que los otros estaban prestando atención. Hasta Doc había dejado de apoyar la oreja contra el pecho de Kyle.

No respondí a su pregunta.

—Somos… más o menos como sus colmenas de abejas o sus hormigas. La mayoría de los miembros de la familia carece de sexo y luego, la reina...

—¿Reina? —repitió Wes, mirándome con expresión extraña.

—No exactamente eso. Es que hay una sola madre por cada cinco o diez mil de mi especie. A veces menos. No hay reglas fijas al respecto.

—¿Y cuántos zánganos? —quiso saber Wes.

—No, no, no hay zánganos. Como les he dicho, es algo bastante más sencillo.

Esperaban una explicación. Tragué saliva. Había hecho mal en mencionar el tema, porque no quería seguir hablando de esto. ¿En verdad era para tanto que Jared me llamara "cosa"?

Siguieron aguardando. Torcí el gesto, pero empecé a hablar. Finalmente, yo me lo había buscado.

—Las madres… se dividen. Cada… célula, supongo que podríamos llamarla así, aunque nuestra estructura no es como la de ustedes… se convierte en un alma nueva. Cada alma nueva conserva algo de la memoria de la madre, un trozo de ella que permanece vivo.

—¿Cuántas células son en total? —preguntó Doc, curioso—. ¿Cuántas crías generan?

Me encogí de hombros.

—Un millón o dos.

Los ojos que tenía a la vista se dilataron, con un aspecto algo alarmado. Traté de no sentirme ofendida cuando Wes se encogió para apartarse de mí.

Doc silbó por lo bajo. Era el único que aún sentía interés por saber más. Aaron y Andy reflejaban una expresión cautelosa, de inquietud. Éstos jamás me habían visto dar clases, ni hablar tanto.

—¿Cuándo sucede eso? ¿Hay algún tipo de catalizador? —preguntó Doc.

—Es una decisión. Una decisión voluntaria —le dije. Es la única manera en que decidimos morir voluntariamente. Un trueque por una generación nueva.

—¿Podrías decidir, ahora mismo, dividir todas tus células, así como así?

—No exactamente, pero sí.

—¿Es complicado?

—La decisión, sí. El proceso es… doloroso.

—¿Doloroso?

¿Por qué se sorprendía tanto? ¿Acaso no lo era también para su especie?

¡Hombres!, resopló Mel.

—Penosísimo —confirmé.

—Todos recordamos la experiencia de nuestras madres.

Doc se acariciaba el mentón, como en trance.

—Me gustaría saber cuál sería el proceso evolutivo… que produjo una sociedad de colmenas y reinas suicidas… —Se había perdido en otro plano de pensamiento.

—El altruismo —murmuró Wes.

—Hummm —musitó el médico.

—Sí, claro, eso es.

Cerré los ojos, lamentando haber abierto la boca. Me sentía mareada. ¿Era sólo cansancio o se debía a la herida de la cabeza?

—Oh —murmuró Doc.

—Has dormido aun menos que yo, ¿verdad, Wanda? Deberíamos dejar que descansaras un poco.

—Estoy bien —murmuré, aunque sin abrir los ojos.

—Esto es genial —masculló alguien, por lo bajo.

—Ahora tenemos una maldita *reina madre alienígena* viviendo con nosotros. Podría estallar en un millón de sabandijas más en cualquier momento.

—Chisssst…

—No podrían hacerte daño —le aclaré al que había hablado, fuera quien fuese, sin abrir los ojos. —Sin cuerpos huéspedes morirían pronto.— Hice una mueca al imaginar el inconcebible dolor. Un millón de pequeñas almas indefensas, diminutos bebés plateados, marchitándose…

Nadie me respondió, pero percibí en el aire el alivio general.

¡Qué cansada estaba! No me importó que Kyle estuviera a un metro de mí. No me importó que dos de los hombres ahí presentes pudieran aliarse con él si volvía a visitarme. Todo me daba igual, salvo dormir.

Y por supuesto, éste fue el momento que Walter escogió para despertar.

—Uuuh —gruñó, apenas en un murmullo. —¿Gladdie?

Gruñendo yo también, me volví hacia él. El dolor de la pierna me arrancó una mueca, pero no podía girar el torso, así que me estiré hasta él para tomar su mano.

—Estoy aquí —susurré.

—Ahh —suspiró Walter, aliviado.

Doc acalló a los hombres que comenzaban a protestar.

—Wanda lleva ya dos días renunciando al descanso y a la tranquilidad para ayudarlo a soportar el dolor. Tiene las manos amoratadas de tanto estrechar la de Walter. ¿Qué es lo que han hecho ustedes por él?

El moribundo volvió a gemir. El sonido comenzó grave y gutural, pero pronto se convirtió en una queja aguda y penetrante.

Doc hizo una mueca de sufrimiento.

—Aaron, Andy, Wes… ¿podrían… eh… traerme a Sharon, por favor?

—¿Los tres?

—Lárguense —tradujo Jeb.

La única respuesta fue su arrastrar de pies al salir.

—Wanda —susurró Doc, a mi oído.

—Está sufriendo. No puedo permitir que empiece todo de nuevo.

Traté de respirar con regularidad.

—Será más fácil si no me reconoce. Dejémosle creer que Gladdie está aquí.

Abrí los ojos. Jeb estaba junto a Walter, que aún parecía dormir.

—Adiós, Walt —dijo Jeb—. Nos encontraremos al otro lado.

Y dio un paso atrás.

—Eres un buen hombre. Te extrañaremos —murmuró Jared.

Doc estaba trasegando otra vez en la caja de morfina y se oía el crujir del papel.

—¿Gladdie? —sollozó Walt—. Duele.

—Chisssst. No te va a doler por mucho tiempo. Doc hará que se te pase.

—¿Gladdie?

—¿Sí?

—Te quiero, Gladdie. Te he amado durante toda mi vida.

—Lo sé. Walter. Yo... también te quiero. Sabes cuánto te amo.

Walter suspiró.

Cerré los ojos cuando Doc se inclinó sobre él con la jeringa.

—Que duermas bien, amigo —murmuró Doc.

Los dedos de Walter se relajaron, flojos. Seguí estrechándolos: ahora era yo quien me aferraba a él.

Pasaron los minutos; todo estaba en silencio, salvo mi respiración, que se entrecortaba en sollozos mudos.

Alguien me dio unas palmaditas en el hombro.

—Se ha ido, Wanda —dijo el médico, con voz ronca.

—Ya ha dejado de sufrir.

Liberó mi mano y me hizo girar con cuidado, desde mi incómoda posición a otra que resultara menos penosa. Pero sirvió de poco. Ahora que sabía que no podría molestar a Walter, mis sollozos dejaron de ser discretos. Me apreté el costado que palpitaba.

—Adelante. No estarás bien de otro modo —murmuró Jared, en tono gruñón. Traté de abrir los ojos, pero no pude.

Algo me aguijoneó el brazo. No recordaba haberme hecho daño allí y menos en un sitio tan raro, justo en la cara interna del codo.

Morfina, suspiró Melanie.

Ya íbamos a la deriva. Traté de ponerme en guardia, pero no pude. Me estaba yendo por minutos.

Nadie me ha dicho adiós, pensé torpemente. No cabía esperar que Jared... pero Jeb... Doc... Ian no estaba allí...

Nadie va a morir, me aseguró. *De momento sólo vamos a dormir...*

Cuando desperté, el techo sobre mí era obscuro, iluminado por las estrellas. Era de noche. Había tantas estrellas. Me pregunté dónde estaría. No había negras obstrucciones ni fragmentos de techo a la vista. Sólo estrellas y más estrellas. El viento me abanicaba la cara. Olía a... polvo y a... algo que no llegaba a identificar. Echaba algo de menos: el olor a moho había desaparecido y también el de azufre; todo estaba muy seco.

—¿Wanda? —susurró alguien, tocándome la mejilla sana.

Mis ojos toparon con la cara de Ian, blanca a la luz de las estrellas e inclinada sobre mí. Sentí su mano contra mi piel, más fresca que la brisa, pero el aire era tan seco que no resultaba incómodo ¿Dónde estaba?

—¿Wanda? ¿Estás despierta? No pueden esperar mucho más.

Le respondí entre susurros, tal como él lo hacía.

—¿Qué?

—Ya han comenzado. He pensado que querrías estar presente.

—¿Ya reacciona? —preguntó la voz de Jeb.

—¿Qué es lo que ha comenzado? —pregunté.

—El funeral de Walter.

Traté de incorporarme, pero mi cuerpo parecía de goma. Ian movió su mano a mi frente para mantenerme acostada.

Torcí la cabeza bajo su mano, tratando de ver...

Estaba fuera.

Fuera.

A mi izquierda, un burdo montón de cantos rodados formaba una montaña en miniatura, con maleza y todo. A mi derecha se extendía la planicie desértica, hasta desaparecer en la obscuridad. Miré hacia abajo, más allá de mis pies, y vi al grupo de humanos, inquietos por estar a la intemperie. Sabía exactamente cómo se sentían. Vulnerables.

Una vez más traté de incorporarme. Quería acercarme, para ver... La mano de Ian me retuvo.

—Tranquila —dijo—. No trates de levantarte.

—Ayúdame —supliqué.

—¿Wanda?

Oí la voz de Jamie y en seguida lo vi; el pelo se le agitaba al correr hacia donde yo yacía.

Seguí con la punta de los dedos los bordes de la colchoneta que tenía debajo. ¿Cómo había llegado aquí, a dormir bajo las estrellas?

—No han esperado —dijo Jamie a Ian—. Acabará pronto.

—Ayúdenme a levantarme —pedí.

Jamie quiso tomarme de la mano, pero Ian meneó la cabeza.

—Yo la llevaré.

Deslizó los brazos bajo mi cuerpo, con sumo cuidado para evitar las partes más doloridas. Cuando me separó del suelo la cabeza me dio vueltas, como si fuera un barco a punto de zozobrar. Gemí.

—¿Qué me hizo Doc?

—Te dio un poco de la morfina que quedaba, para examinarte sin hacerte daño. De cualquier manera necesitabas dormir.

Fruncí el entrecejo en gesto reprobatorio.

—¿No habrá quien necesite esa medicina más que yo?

—Chissst —dijo él y en ese momento escuché una voz que hablaba quedo, así que giré la cabeza en esa dirección.

Una vez más distinguí al grupo de humanos. Estaban de pie ante la boca de una obscura oquedad, tallada por el viento bajo aquel inestable montón de cantos rodados. Se apiñaban sin orden frente a la gruta sombría.

Reconocí la voz de Trudy.

—Walter siempre vio el lado bueno de las cosas. Era capaz de ver el lado luminoso de un agujero negro. Algo que echaré de menos.

Una silueta se adelantó un paso y, al moverse, vi el balanceo de su trenza gris-negro, mientras Trudy arrojaba un puñado de algo en la obscuridad. La arena escurrió de sus dedos, cayendo al suelo con un leve siseo.

Luego volvió junto a su esposo, Geoffrey, quien se apartó de ella para acercarse a su vez al negro hueco.

—Ahora encontrará a su Gladys. Donde quiera que esté, es más feliz —dijo, arrojando su puñado de tierra.

Ian me llevó a la derecha de la fila de gente, lo bastante cerca como para ver el interior de aquella gruta umbría. Frente a nosotros había un área más obscura en el suelo, grande y oblonga, en torno a la cual se había concentrado todo el grupo de humanos, en un amplio medio círculo.

Todos estaban allí… Todos.

Kyle dio un paso adelante.

Me eché a temblar e Ian me estrechó con suavidad.

Kyle no miró en nuestra dirección. Vi su perfil; su ojo derecho estaba casi cerrado por la tumefacción.

—Walter murió siendo humano —dijo.

—Ninguno de nosotros podría pedir más —arrojó un puñado de polvo que cayó en aquella formación obscura del terreno.

Kyle volvió a reunirse con el grupo.

A su lado estaba Jared. Dio algunos pasos y se detuvo al borde de la tumba de Walter.

—Walter fue bueno en todos los sentidos. Ninguno de nosotros podrá igualarlo. —Y arrojó también su puñado de arena.

Jamie se adelantó a su vez y cuando se cruzó con Jared, éste le dio unas palmadas en el hombro.

—Walter era valiente —dijo Jamie.

—No tenía miedo de morir, no tenía miedo de vivir y… no tenía miedo de *creer*. Tomaba sus propias decisiones y eran buenas—. Después de arrojar su puñado, se volvió para regresar y en todo el trayecto mantuvo los ojos fijos en los míos.

—Te toca a ti —susurró, cuando llegó a mi lado.

Andy ya se adelantaba con una pala en las manos.

—Espera —dijo Jamie; su voz, aunque queda, resonó en el silencio—. Ian y Wanda no han dicho nada.

Se alzó un murmullo reprobatorio a mi alrededor. El cerebro me subía y me bajaba dentro del cráneo.

—Un poco de respeto —dijo Jeb, en tono bastante más alto que Jamie. Demasiado alto, para mi gusto.

Mi primer impulso fue hacer señas a Andy para que continuara y pedirle a Ian que me apartara de allí. Eran los humanos quienes estaban de duelo, no yo.

Pero lo cierto es que yo también estaba de duelo. Y sí: tenía algo que decir.

—Ayúdame a tomar un poco de arena, Ian.

Él se inclinó para que yo pudiera tomar un puñado de gravilla suelta que estaba a nuestros pies, apoyando luego mi peso sobre la rodilla para tomar su propia porción. Luego se enderezó y me llevó hasta el borde de la tumba.

No podía ver el interior del agujero. Estaba muy obscuro bajo la saliente rocosa y la sepultura parecía muy profunda.

Ian comenzó a hablar antes de que yo pudiera hacerlo.

—Walter fue el mejor y el más brillante ejemplo de lo que es un ser humano —dijo. Y esparció su arena en el hoyo. Parecería haber caído por largo tiempo antes de que me llegara el siseo que produjo al tocar fondo.

Luego bajó la vista hacia mí.

Reinaba un silencio absoluto en la noche iluminada por las estrellas. Incluso el viento estaba en calma. Hablé en susurros, pero sabía que mi voz llegaría a todos.

—No había odio en tu corazón —murmuré— y el que tú existieras es la prueba que nos equivocamos. No teníamos derecho a quitarte tu mundo, Walter. Espero que tus cuentos de hadas sean reales. Espero que encuentres a tu Gladdie.

Dejé que la gravilla escapara entre mis dedos y aguardé hasta oírla caer, con un suave repiqueteo, contra el cuerpo de Walter, oculto en aquella tumba profunda y obscura.

En cuanto Ian dio el primer paso atrás Andy puso manos a la obra, paleando hacia la gruta aquel montón de tierra descolorida y reseca, acumulada un par de metros más allá. La carga de la pala no caía en un siseo, sino en golpe sordo. Me encogí de espanto.

Aaron pasó junto a nosotros con otra pala. Ian se giró con lentitud y me apartó de allí para abrirles espacio. Las paletadas de tierra hacían eco a nuestras espaldas. Se elevó un suave murmullo de voces y oí las pisadas de la gente, que se movía y congregaba para comentar el entierro.

Por primera vez, miré de verdad a Ian, mientras volvíamos hacia la colchoneta obscura donde yo había estado tendida a cielo abierto, fuera de lugar, ajena. Su rostro estaba sucio de polvo blanquecino, su expresión era de cansancio. Ya le había visto esa cara antes. No logré fijar el recuerdo antes de que Ian me depositara de nuevo en la colchoneta y me distraje. ¿Qué se supone que hacía allí, a cielo abierto? ¿Dormir? Doc estaba justo detrás de nosotros; él y Ian se arrodillaron sobre el suelo, a mi lado.

—¿Cómo te sientes? —preguntó el Doc, al tiempo que me palpaba el costado.

Quise incorporarme, pero Ian me retuvo por el hombro.

—Estoy bien. Creo que podría caminar…

—No hay porqué forzarla. Dejemos descansar esta pierna unos cuantos días, ¿bien? —Doc me levantó distraídamente el párpado izquierdo y apuntó a la pupila con un rayo diminuto de luz. Mi ojo derecho vio el reflejo brillante que le bailaba en la cara. La luz le hizo bizquear y retirarse un poco. La mano de Ian, contra mi hombro, no aflojaba, cosa que me sorprendió.

—Hummm, así no se puede hacer un buen diagnóstico, ¿verdad? ¿Cómo está esa cabeza? —preguntó Doc.

—Algo mareada. Pero creo que no es por la herida, sino por la droga que me diste. No me gustan… Creo que preferiría el dolor.

Él hizo una mueca de pesar y también Ian.

—¿Qué pasa? —interpelé.

—Tendré que dormirte otra vez, Wanda. Lo siento.

—Pero… ¿por qué? —susurré—. No estoy tan mal, de verdad. No quiero…

—Tenemos que llevarte de nuevo adentro —me interrumpió Ian bajando la voz, como si no quisiera que llegara hasta los otros. Desde atrás me llegaban los murmullos de los demás que levantaban suaves ecos contra las rocas—. Les hemos prometido... que no estarías consciente.

—Pueden volver a vendarme los ojos.

Doc sacó la jeringa del bolsillo, cuyo émbolo ya estaba bajo, porque sólo quedaba un cuarto. Me acerqué más a Ian para huir de ella, pero me sujetó apretando su mano contra mi hombro.

—Conoces demasiado bien las cuevas —murmuró Doc—. No quieren que tengas oportunidad de adivinar...

—Pero ¿a dónde podría ir? —susurré, frenética—. Aunque supiera cómo salir, ¿para qué me iba a ir ahora?

—Que más da, si esto los tranquiliza... —explicó Ian.

Doc me tomó la muñeca sin que me resistiera, pero cuando la aguja se me clavó en la piel, aparté la vista y la dirigí hacia Ian. Sus ojos eran como la medianoche en la obscuridad y los cerró con fuerza cuando vio en los míos una mirada que acusaba su traición.

—Lo siento —murmuró y eso fue lo último que oí.

35

El juicio

Gemí. Mi cabeza, desconectada, giraba en remolinos. Las vueltas de mi estómago me provocaron náuseas.

—Al fin —murmuró alguien, con alivio. Era Ian, por supuesto—. ¿Tienes hambre?

Lo pensé y luego me salió un involuntario sonido de arcadas.

—Oh. No importa. Lo siento. Nuevamente... pero es que teníamos que hacerlo. Toda la gente se puso... paranoica cuando te sacamos.

—No pasa nada —suspiré.

—¿Quieres agua?

—No.

Abrí los ojos y traté de enfocarlos en la obscuridad. A través de las grietas del techo, pude ver dos estrellas. Aún era de noche o era de noche otra vez, ¿cómo saberlo?

—¿Dónde estoy? —pregunté. Las formas de las grietas me eran desconocida. Habría jurado que era la primera vez que veía ese techo.

—En tu habitación —respondió Ian.

Busqué su cara en la penumbra, pero sólo pude divisar la negra silueta de su cabeza. Examiné con los dedos la superficie donde yacía, que era un colchón de verdad y tenía una almohada bajo la cabeza. Mi mano, en su búsqueda, se encontró con la suya y antes de que pudiera retirarla me sujetó los dedos.

—¿A quién pertenece esta habitación realmente?

—A ti.

—Ian…

—Antes era nuestra… mía y de Kyle. Ahora él está… retenido en el ala de hospital, hasta que se tome una decisión. Yo puedo alojarme con Wes.

—No voy a privarte de tu cuarto. ¿Y qué significa eso de "hasta que se tome una decisión?"

—Te dije que habría un tribunal.

—¿Cuándo?

—¿Para qué quieres saberlo?

—Porque si van a seguir con eso, quiero estar allí…para dar mi propia explicación.

—Más bien tu mentira.

—¿Cuándo será? —volví a preguntar.

—Con las primeras luces, pero no cuentes con que te lleve.

—Pues entonces iré sola. Podré andar sin problemas en cuanto la cabeza deje de darme vueltas.

—Lo vas a hacer, ¿verdad?

—Sí. No es justo que no me permitan hablar.

Ian, con un suspiro, me soltó la mano y se puso de pie, poco a poco. Me llegó el crujido de sus articulaciones. ¿Cuánto tiempo llevaba allí, sentado a obscuras, esperando a que yo despertara?

—Volveré pronto. Aunque tú no tengas hambre, yo estoy famélico.

—Ha sido una noche muy larga para tí.

—Sí.

—Si amanece, no me voy a quedar aquí esperándote.

Soltó una risita desganada.

—No lo pongo en duda. Pero volveré antes y te ayudaré a llegar a donde quieres ir.

Retiró una de las puertas de la entrada a su cueva, salió, y la colocó de nuevo en su lugar. Fruncí el entrecejo. Me resultaría difícil hacer eso con una sola pierna. Ojalá que Ian volviera de verdad.

Mientras lo esperaba, fijé los ojos en las dos estrellas que tenía a la vista y dejé que mi cabeza recobrara, poco a poco, la estabilidad. Las drogas humanas no me gustaban ni pizca. Uf. El cuerpo me dolía, pero lo peor eran los bandazos que daba mi cabeza.

El tiempo pasaba con lentitud, pero no me dormí. Había dormido durante la mayor parte de las últimas veinticuatro horas. Quizá, después de todo, sí tenía hambre, pero, para asegurarme, tendría que esperar hasta que mi estómago se asentara.

Ian regresó antes de las primeras luces, tal como había prometido.

—¿Te sientes mejor? —preguntó al franquear la puerta.

—Creo que sí, aunque todavía no he movido la cabeza.

—¿Crees que eres *tú* la que reacciona así a la morfina, o es el cuerpo de Melanie?

—Es Mel. La mayoría de los calmantes le sientan mal. Lo descubrió cuando le salió la muela del juicio a los doce años.

Él reflexionó durante un momento.

—Qué… extraño, tratar con dos personas al mismo tiempo.

—Es extraño, sí —acordé.

—¿Ya tienes apetito?

Sonreí.

—Me parece que huele a pan. Sí, creo que mi estómago ya superó lo peor.

—Esperaba que dijeras eso.

Su sombra se desplegó a mi lado. Me buscó la mano y, después de abrirme los dedos, me puso en ella una forma redondeada, conocida.

—¿Me ayudas a incorporarme? —le pedí.

Él me rodeó cuidadosamente los hombros con un brazo y me dobló hacia arriba en un solo movimiento, para reducir al mínimo el dolor del costado. Sentía algo raro allí, en la piel, algo apretado y rígido.

—Gracias —le dije, casi sin aliento. Mi cabeza giraba más despacio. Me toqué el costado con la mano libre, donde tenía algo adherido a la piel, bajo la camiseta.

—¿Entonces sí me rompí las costillas?

—Doc no está seguro. Hizo lo que estaba a su alcance.

—Se esfuerza tanto…

—Es verdad.

—Me siento mal... porque no lo soportaba —admití.

Ian se echó a reír.

—Naturalmente. Lo que me sorprende es que alguno de nosotros te caiga bien.

—Lo has entendido justo al revés —murmuré, antes de clavar los dientes en aquel panecillo duro. Mastiqué mecánicamente y tragué, esperando a que el pan me llegara al estómago para comprobar cómo me sentaba.

—No es muy apetitoso, ya lo sé —reconoció Ian.

Me encogí de hombros.

—Sólo estaba probando... para ver si el mareo se me pasó del todo.

—Tal vez con algo más tentador…

Lo miré con curiosidad, pero no podía verle la cara. Oí un crujido, luego un ruido de papel rasgado… y al percibir el olor comprendí.

—¡Cheetos! —exclamé—. ¿De verdad? ¿Son para mí?

Algo me tocó el labio y le hundí el diente al manjar que me ofrecía.

—Soñaba con esto —suspiré, mientras masticaba.

Eso lo hizo reír y depositó el paquete en mis manos.

Despaché rápidamente el contenido de la bolsa, que era pequeña, y después me acabé el panecillo, aderezado con el sabor a queso que aún me quedaba en el paladar. Antes de que llegara a pedírsela, me entregó una botella de agua.

—Gracias. No sólo por los Cheetos. Tú me entiendes: por tantas cosas.

—No hay nada qué agradecer, Wanda. *Al contrario*.

Miré al fondo de aquellos ojos de un azul obscuro, tratando de descifrar lo que expresaba aquella frase; en sus palabras parecía haber algo más que una mera cortesía. Y entonces caí en la cuenta de que alcanzaba a distinguir el color de sus ojos, así que elevé una rápida mirada a las grietas. Las estrellas habían desaparecido y el cielo se estaba tornando gris pálido. Se acercaba el amanecer y éstas eran sus primeras luces..

—¿Estás segura de tener que hacer esto? —preguntó Ian, con las manos ya extendidas como para levantarme.

Hice un gesto afirmativo.

—No es necesario que me lleves. Creo que mis piernas están mejor.

—Ya veremos.

Me ayudó a ponerme de pie pasándome un brazo por la cintura y luego hizo que le pasara el otro en torno al cuello.

—Cuidado. ¿Cómo vas?

Di un paso adelante, tanteando. Me dolía, pero creía que iba a poder hacerlo.

—Estupendo. Vamos.

Creo que le gustas demasiado a Ian.

¿Demasiado? Me sorprendió oír a Melanie, y con tanta claridad. Últimamente sólo hablaba así cuando Jared andaba cerca.

Yo también estoy aquí. ¿Es que eso no le importa?

Claro que sí. Cree en nosotras más que nadie, aparte de Jamie y Jeb.

No me refiero a eso.

¿Y a qué te refieres, entonces?

Pero ya había desaparecido.

Nos llevó un buen rato y me sorprendió que tuviéramos que andar tanto. Yo había supuesto que iríamos a la plaza grande o a la cocina, que era donde la gente se reunía habitualmente, pero atravesamos el campo del este y continuamos caminando hasta llegar, por fin, a la gran cueva, negra y profunda, que Jeb denominaba "el recreativo". No había vuelto por allí desde aquella primera vuelta turística que hice con él, cuando me recibió el olor penetrante del manantial sulfuroso, como ahora. A diferencia de casi todas las cavernas, la sala de juegos era mucho más ancha que alta, cosa que noté en ese momento, pues las tenues luces azules pendían de lo alto en vez de descansar en el suelo. El techo estaba unos cuantos palmos por encima de mi cabeza, a la altura de un cielo raso normal. Los muros, en cambio, estaban tan lejos de las luces que no llegaba siquiera a verlos. Tampoco veía el hediondo manantial, escondido en algún rincón lejano, aunque lo oía borbotear.

Kyle estaba sentado en el sitio más iluminado, ciñéndose las piernas con los largos brazos. Su rostro se había transformado en una máscara rígida y no levantó la vista cuando entré cojeando, ayudada por Ian.

Lo flanqueaban Jared y Doc, ambos de pie y con los brazos caídos a los costados, listos. Como si fueran… guardias.

De pie junto a Jared, Jeb cargaba el rifle al hombro. Parecía relajado, pero yo sabía cuan rápido podía modificarse eso. Jamie lo tenía tomado de la mano libre… pero no, era Jeb quien tenía la mano en torno a la muñeca de Jamie, cosa que a éste parecía no gustarle. No obstante, cuando me vio entrar me saludó agitando la otra mano, sonriente. Luego inspiró hondo y miró a Jeb intencionadamente, hasta que le soltó la muñeca.

Junto a Doc estaba Sharon, con la tía Maggie al otro lado.

Ian me arrastró hacia el límite de la penumbra que rodeaba la escena. No estábamos solos allí, porque pude distinguir las siluetas de varias personas más, aunque no sus rostros.

Era extraño; al atravesar las cuevas Ian había cargado casi todo mi peso con facilidad. Ahora, en cambio, parecía fatigado. El brazo que me rodeaba la cintura se había aflojado. Tuve que avanzar arrastrando la pierna y dando brincos como pude, hasta que ocupamos el sitio que él deseaba. Cuando me hubo depositado en el suelo, se sentó a mi lado.

—Ay —oí que susurraba alguien.

Al girarme reconocí a Trudy, que se nos acercó un poco más. Geoffrey la imitó y luego, Heath.

—Qué mal te ves —me dijo ella. —¿Fueron heridas graves?

Me encogí de hombros.

—Estoy bien.

Comenzaba a preguntarme si Ian me habría hecho forcejear sólo para exhibir mis lesiones: mi tácito testimonio en contra de Kyle. Frunci el seño ante su expresión de inocencia.

Entonces llegaron Wes y Lilly, que vinieron a sentarse con mi pequeño grupo de aliados. Pocos segundos después entró Brandt, seguido de Heidi y luego detrás, Andy y Paige. El último fue Aaron.

—Ya estamos todos —dijo—. Lucina se queda con los niños. No quiere que vengan y ha dicho que procedamos sin ella.

Aaron se sentó junto a Andy y se hizo un corto silencio.

—Perfecto —dijo Jeb en voz alta, como para que todos lo oyeran—. Les diré lo que vamos a hacer. Será una votación por mayoría simple. Como de costumbre, si no estoy de acuerdo con la mayoría tomaré mi propia decisión, porque ésta...

—...es mi casa —completaron a coro varias voces. Alguien rió entre dientes, pero se calló en seguida. No era cosa de broma, puesto que se juzgaba a un ser humano por haber intentado matar a una alienígena. Debía ser un día horrendo para todos.

—¿Quién declara contra Kyle? —preguntó Jeb.

Ian, a mi lado, comenzó a incorporarse.

—¡No! —susurré, tirándolo del codo.

Pero él se liberó de mí para ponerse de pie.

—Esto es bastante simple— dijo. Yo habría querido levantarme de un salto y taparle la boca con la mano, pero no creía poder hacerlo sin ayuda. —Mi hermano ya estaba advertido. No tenía ninguna duda de cuáles eran las normas de Jeb respecto a este asunto. Wanda es una más en nuestra comunidad y, por tanto, se le aplican la misma protección y las mismas reglas que a cualquiera de nosotros. Jeb le dijo a Kyle, con toda claridad, que si no podía vivir aquí, con ella, tendría que marcharse, pero él decidió quedarse. Sabía entonces, como lo sabe ahora, cuál es el castigo por asesinato en este lugar.

—Ella sigue viva —gruñó su hermano.

—De ahí que no pida la pena de muerte para ti —le espetó Ian. —Pero no puedes continuar viviendo aquí, no, si en el fondo eres un asesino.

Ian miró a su hermano durante un minuto más y después volvió a sentarse, a mi lado.

—Pero y si llegaran a atraparlo, no nos enteraríamos —protestó Brandt, mientras se ponía de pie— él los traería hasta aquí y nos tomarían desprevenidos...

Un murmullo recorrió la habitación. Kyle lo fulminó con la mirada.

—Jamás me atraparán con vida.

—Pues entonces, de cualquier manera es sentencia de muerte —musitó alguien, al tiempo que Andy replicaba:

—Eso no se puede asegurar.

—Uno a la vez —advirtió Jeb.

—No será la primera vez que sobreviva allá afuera —repuso Kyle, indignado.

Surgió otra voz de la obscuridad.

—Pero es un riesgo—. No pude saber de quiénes eran las voces, no eran más que susurros y siseos.

Y entonces se oyó otra:

—¿Qué mal ha hecho Kyle? Ninguno.

Jeb dio un paso hacia la voz, ceñudo.

—Mis reglas.

—Ella no es de los nuestros —protestó alguien más.

Ian iba a levantarse otra vez.

—¡Eh! —estalló Jared. Su voz de un tono tal que todos dimos un respingo—. ¡No es a Wanda a quien estamos juzgando! ¿Alguien tiene alguna queja concreta contra ella? ¿Contra Wanda en persona? Pues que pida otro tribunal, pero todos sabemos que no le ha causado daño a nadie. De hecho, le salvó la vida —remató mientras apuntaba con un dedo hacia la espalda de Kyle, que encorvó los hombros, como si hubiera sentido la punzada.

—Apenas unos segundos después de que él intentara arrojarla al río, ella arriesgó su propia vida para rescatarlo de esa misma y espantosa muerte. Sin duda sabía que, si lo dejaba caer, viviría más segura en este sitio, pero aun así lo salvó. ¿Alguno de ustedes habría hecho eso? ¿Rescatar a su enemigo? ¡Él trató de matarla y ella ni siquiera lo ha acusado!

Sentí en la cara todas las miradas de esa habitación obscura, mientras Jared alargaba una mano hacia mí, con la palma hacia arriba.

—¿*Quieres* acusarlo, Wanda?

Lo miré con los ojos dilatados, atónita al ver que hablaba en mi favor, que se dirigía a mí, que utilizaba mi nombre. También Melanie estaba conmocionada, partida en dos. Le llenaba de alegría la expresión bondadosa con la que Jared nos miraba, la ternura de sus ojos que había extrañado durante tanto tiempo, pero como era *mi* nombre el que había pronunciado...

Tardé en recuperar la voz.

—Todo esto es un malentendido —susurré—. Los dos caímos al hundirse el suelo. No sucedió nada más. Esperaba que, al hablar en murmullos, les resultara más difícil percibir la falsedad en mi voz, pero en cuanto acabé, Ian se echó a reír entre dientes. Le asesté un codazo, pero eso no bastó.

Jared incluso me sonreía.

—Ya lo ven. Hasta intenta mentir para defenderlo.

—Lo intenta: nunca mejor dicho —apuntó Ian.

—¿Quién dice que es mentira? ¿Quién puede demostrarlo? —preguntó ásperamente Maggie, adelantándose para ocupar el espacio vacío junto a Kyle—. ¿Quién puede probar que eso no es verdad, sino que simplemente suena falso en sus labios?

—Mag... —comenzó Jeb.

—Callate, Jebediah, que estoy hablando yo. No hay motivo para que estemos aquí, porque no se ha atacado a ningún ser humano y esa intrusa insidiosa no presenta ninguna queja. Todos estamos perdiendo el tiempo.

—Apoyo la moción —añadió Sharon, en voz clara y fuerte.

Doc la miró con ojos doloridos.

Trudy se puso en pie de un salto.

—¡No podemos convivir con un asesino y esperar tranquilos a que un día tenga éxito!

—La palabra "asesinato" es un término bastante subjetivo —siseó Maggie—. Considero que sólo hay asesinato cuando es un ser humano el que muere.

Sentí el brazo de Ian ceñirme con fuerza el hombro y no me di cuenta de que estaba temblando hasta que percibí su cuerpo inmóvil contra el mío.

—*Humano* también es un término subjetivo, Magnolia —intervino Jared, mirándola ceñudo.

—Y yo suponía que tal definición entrañaba *algo* de compasión, una pizca de misericordia.

—Votemos —repuso a su vez Sharon antes de que su madre pudiera contestarle.

—Alcen la mano si creen que Kyle debe quedarse aquí, sin recibir ningún de castigo por el... malentendido —lanzó una mirada en mi dirección, pero no recayó en mí, sino en Ian que estaba a mi lado, aunque ella se había servido de la palabra que yo empleara antes.

Las manos comenzaron a levantarse. Observé el rostro de Jared, cuyas facciones se contraían de indignación.

Luché por levantar la mano, pero Ian me tenía fuertemente abrazada y resopló molesto por la nariz. Alcé mi palma tanto como pude. Pero, al final, mi voto no fue necesario.

Jeb contaba en voz alta.

—Diez... quince... veinte... veintitrés. Bien, hay una clara mayoría.

No miré en torno para ver cómo había votado cada uno. Me bastaba con que en mi pequeña esquina todos los brazos estuvieran firmemente cruzados sobre el pecho de sus dueños y que todos los ojos miraran a Jeb expectantes.

Jamie se apartó de Jeb para colarse entre Trudy y yo. También me pasó el brazo por el hombro, debajo del de Ian.

—Quizás ustedes, las almas, tengan razón respecto a nosotros, después de todo —dijo, a fin de que todos escucharan su voz, alta y cortante—. La mayoría no es mejor que...

—¡Chistt! —le siseé.

—Bien —dijo Jeb. Todos callaron. Él bajó los ojos para mirar a Kyle, luego, a mí y finalmente, a Jared—. Bien. En este caso me inclino por la opinión de la mayoría.

—Jeb... —dijeron Jared y Ian, simultáneamente.

—Es mi casa, y éstas son mis reglas— les recordó Jeb. —Nunca lo olviden. Así que escúchame, Kyle, y creo que será mejor que tú también me escuches, Magnolia. La próxima vez que alguien trate de hacerle daño a Wanda no habrá otro juicio, sino un funeral. —Y le dio una palmada a la culata de su pistola, para subrayar lo dicho.

Me encogí con un gesto de miedo.

Magnolia clavó en su hermano una mirada cargada de odio.

Kyle asintió con la cabeza, como si aceptara los términos que le habían impuesto.

Jeb recorrió con la vista a ese público distribuido de manera tan desigual y trabó la mirada con cada uno de sus miembros, salvo en los del pequeño grupo que me acompañaba.

—El tribunal se ha acabado —anunció—. ¿Quién quiere jugar un partido?

36

Confianza

La tensión del grupo se relajó y corrió un murmullo más animado por todo el semicírculo.

Miré a Jamie, que tenía los labios apretados y se encogía de hombros.

—Jeb sólo trata de que todo vuelva a la normalidad. Hemos pasado un par de días bastante malos. El entierro de Walter...

Hice un gesto de dolor.

Noté que Jeb miraba sonriente a Jared. Tras resistirse unos momentos, suspiró y elevó los ojos al techo ante aquel peculiar anciano. Luego le volvió la espalda y salió de la cueva a grandes zancadas.

—¿Que Jared ha conseguido un balón nuevo? —preguntó alguien.

—Qué bien —dijo Wes, a mi lado.

—¡Mira que ponerse a jugar! —murmuró Trudy, meneando la cabeza.

—Si, sirve para aliviar la tensión... —respondió Lily por lo bajo, mientras se encogía de hombros.

Hablaban quedo, cerca de mí, pero también se oían otras voces más altas.

—Tranquilo con el balón esta vez —le dijo Aaron a Kyle, deteniéndose a su lado para ofrecerle la mano.

Kyle se aferró a la mano extendida y se levantó poco a poco. Erguido casi golpeaba las lámparas del techo con la cabeza.

—La última pelota fue floja —respondió al anciano, muy sonriente—. Mal lanzada.

—Propongo a Andy como capitán —gritó alguien.

—Yo propongo a Lily —anunció Wes mientras se levantaba, desperezándose.

—Andy y Lily.

—Eso es, Andy y Lily.

—Quiero a Kyle —dijo Andy, de inmediato.

—Pues entonces yo quiero a Ian —contraatacó Lily.

—Jared.

—Brandt.

Jamie se puso en pie y luego de puntillas, intentando parecer más alto.

—Paige.

—Heidi.

—Aaron.

—Wes.

Continuó la formación de los equipos. Jamie se alegró mucho ya que Lily lo escogió cuando aún quedaba la mitad de los adultos. Hasta Maggie y Jeb fueron elegidos para formar parte de los equipos. Los números iban a la par hasta que Lucina regresó con Jared, seguida por sus dos hijos pequeños, que brincaban de entusiasmo. Jared traía en la mano un flamante balón de fútbol. La mostró en alto e Isaiah, el mayor de los niños, saltaba una y otra vez en el intento de tirárselo de la mano.

—¿Wanda? —invitó Lily.

Hice un gesto negativo con la cabeza y señalé mi pierna.

—Es verdad. Disculpa.

Juego bien al fútbol, rezongó Mel. *Es decir, jugaba bien.*

Es que apenas si puedo andar, le recordé.

—Creo que esta vez declino —decidió Ian.

—No —se quejó Wes—. Ellos tienen a Kyle y a Jared. Sin ti estamos perdidos.

—Juega —le dije—. Yo… yo llevaré el marcador.

Me miró con los labios apretados en una línea fina y rígida.

—La verdad es que no estoy de humor para juegos.

—Pero te necesitan.

Él resopló.

—Vamos, Ian —le instó Jamie.

—Quiero observar —aduje— pero si uno de los equipos lleva demasiada ventaja será… aburrido.

—Wanda —suspiró Ian— no conozco a nadie que mienta tan mal como tú.

Pero se levantó y comenzó a estirarse con Wes.

Paige colocó las porterías, que eran cuatro lámparas más.

Traté de levantarme, pues estaba justo en medio del campo de juego. En aquella penumbra nadie reparaba en mí. Ahora el ambiente era de animación general, cargado de expectación. Jeb estaba en lo cierto: por extraño que me pareciera, esto era lo que necesitaban.

Pude incorporarme sobre manos y rodillas y luego adelanté la pierna sana, de modo que me quedé arrodillada sobre la mala. Me dolía bastante. De aquí intenté levantarme apoyándome sobre la buena, pero no lograba equilibrarme, por el incómodo peso de la pierna dolorida.

Unas manos fuertes me sujetaron antes de que cayera de bruces. Levanté la vista, algo melancólica, para darle las gracias a Ian.

Las palabras se me atascaron en la garganta al ver que era Jared quien me sostenía en sus brazos.

—Podrías haber pedido ayuda —dijo, como para entablar conversación.

—Yo… —carraspeé—. Debería haberlo hecho, pero no quería…

—¿Llamar la atención? —lo dijo como si su curiosidad fuera auténtica. Sus palabras no constituían una acusación. Me ayudó a cojear hacia la entrada de la cueva.

Sacudí negativamente la cabeza una sola vez..

—No quería… que, por cortesía, nadie se sintiera obligado a hacer lo que no deseaba.

No lo había explicado del todo bien, pero él pareció comprender lo que intentaba decir.

—No creo que a Jamie o a Ian les hubiera costado echarte una mano.

Me volví y los miré por encima del hombro. En aquella luz tan débil, ninguno de los dos había notado aún mi partida. Estaban haciendo botar el balón con la cabeza y se echaron a reír cuando a Wes le dio en plena cara.

—Es que la están pasando bien. No me gustaría interrumpirlos.

Jared sometió mi rostro a un intenso escrutinio y en ese momento me di cuenta de que me sonreía con afecto.

—Te preocupas mucho por ese chico —observó él.

—Sí.

Asintió.

—¿Y por el hombre?

—Ian es... él me cree. Cuida de mí. Y es tan bondadoso... para ser humano.

Habría querido añadir que parecía casi un alma, pero eso no habría sonado como el cumplido que era a los oídos que me escuchaban.

Jared resopló.

—Para ser humano. Es una precisión más importante de lo que yo había pensado en mi vida.

Me dejó al borde de la entrada que formaba un banco de poca altura, más cómodo que el suelo plano.

—Gracias —le dije—. Jeb hizo lo correcto, ¿sabes?

—Yo no pienso lo mismo —su tono era más suave que sus palabras.

—También te agradezco... lo de antes. No tenías por qué defenderme.

—Todo lo que he dicho era la pura verdad.

Bajé la vista al suelo.

—Es verdad que yo sería incapaz de hacerle mal a cualquiera de ustedes. No deliberadamente, jamás. Perdóname por haberte hecho daño a mi llegada. Y a Jamie. Lo siento mucho.

Él se sentó a mi lado, con expresión pensativa.

—Francamente... —vaciló—. Desde tu llegada el chico está mejor. Casi había olvidado el sonido de su risa.

Los dos la escuchamos de nuevo, resonando por encima del timbre más grave de las risas adultas.

—Gracias por decírmelo. Era... mi mayor preocupación. Tenía la esperanza de no haber causado ningún daño irreversible.

—¿Por qué?

Levanté los ojos hacia él, confundida.

—¿Por qué lo quieres tanto? —me preguntó él, con voz curiosa pero no intensa .

Me mordí el labio.

—Puedes decírmelo. Estoy... He... —al no hallar palabras para explicarse, insistió:

—Puedes decírmelo.

Respondí con la vista clavada en mis zapatos.

—En parte es porque Melanie lo quiere —no me volví para comprobar si el nombre lo hacía retroceder—. Recordarlo como lo hace ella... es un poderoso sentimiento. Y además, cuando lo conocí personalmente... —me encogí de hombros—. Me sería imposible no quererlo. Quererlo es parte de mi... de la constitución de estas células. Hasta ahora no había notado cuánta influencia tenía un huésped sobre mí. Tal vez sólo sean los cuerpos humanos. O quizá se deba a Melanie.

—¿Habla contigo? —su voz se mantuvo uniforme, pero ahora se percibía la tensión.

—Sí.

—¿Con qué frecuencia?

—Cuando ella quiere. Cuando siente interés por algo.

—¿Como esta noche?

—No, no tanto. Está... como molesta conmigo.

Soltó una carcajada de sorpresa.

—¿Que está molesta? ¿Por qué?

—Porque... —¿no había un doble riesgo en esto?—. Por nada.

Nuevamente advirtió que mentía y asoció ideas.

—Ah, por lo de Kyle. Quería que se lo llevaran por delante. —Rió otra vez—. Muy propio de ella.

—A veces se comporta de un modo... violento —admití, pero luego sonreí para suavizar lo ofensivo.

Aunque para él no había ofensa alguna.

—¿Ah, sí? ¿Y cómo?

—Quiere que yo me defienda, que luche. Pero yo… yo no puedo hacer eso. No soy una luchadora.

—Eso lo tengo claro —me tocó la maltrecha faz con la punta de un dedo—. Lo siento.

—No. Cualquiera habría hecho lo mismo. Comprendo lo que debiste sentir.

—Tú no habrías…

—Si fuera humana, sí. Además no estaba pensando en eso... me estaba acordando de la Buscadora.

Él se envaró, pero yo sonreí otra vez y se relajó un poco.

—Mel quería que la estrangulara. ¡Cómo detesta a esa Buscadora! Y yo no puedo… reprochárselo.

—Aún sigue buscándote. Pero según parece, al menos ha tenido que devolver el helicóptero.

Cerré los ojos, apreté los puños y durante varios segundos me concentré en respirar.

—Antes no le temía —susurré—. No sé por qué ahora me asusta tanto. ¿Dónde está?

—No te preocupes. Ayer subía y bajaba por la autopista. No te encontrará.

Asentí con la cabeza, deseando creerle.

—¿Puedes… puedes oír ahora a Mel? —murmuró.

Mantuve los ojos cerrados.

—La… Capto su presencia. Está escuchando con mucha atención.

—¿Qué piensa? —la voz de Jared era sólo un susurro.

Aquí tienes la oportunidad que querías, le dije a Melanie. *¿Qué quieres que le cuente?*

Por una vez se mostró cauta, ya que la invitación la había puesto nerviosa. *¿Por qué? ¿Por qué te cree ahora?*

Al abrir los ojos lo encontré observando mi rostro; el aliento contenido.

—Quiere saber qué ha pasado para que ahora… te comportes de forma diferente. ¿Qué te ha hecho creernos?

Él reflexionó un instante.

—Pues... una acumulación de cosas. Fuiste tan... buena con Walter. Descontando a Doc no he conocido a nadie tan compasivo. Y le salvaste la vida a Kyle, cuando la mayoría de nosotros lo habría dejado caer sólo para protegernos, y eso sin considerar su tentativa de asesinato. Además, eres tan mala para mentir...

Se le escapó una carcajada.

—Intenté considerar todas esas cosas como pruebas de alguna gran conspiración. Quizá mañana, cuando me despierte, vuelva a verlo de esa manera.

Mel y yo hicimos un gesto de dolor.

—Pero hoy, cuando empezaron a atacarte... bueno, no pude más. Pude ver en ellos todo lo que no debía haber habido en mi interior. He comprendido que realmente te creía, que sólo era una cuestión de obstinación. Y de crueldad, también. Me parece que te he creído desde... pues... desde un poco antes, desde aquella primera noche, cuando te pusiste delante de mí para *salvarme* de Kyle.

Rió como si no creyera en absoluto que Kyle representase un peligro.

—Pero yo miento mucho mejor que tú, hasta me puedo mentir a mí mismo.

—Ella espera que no cambies de idea, pero teme que lo hagas.

Él cerró los ojos.

—Mel.

El corazón me latía más deprisa en el pecho. Pero la alegría era de ella, no la mía. Él debía de haber adivinado cuánto lo amaba yo. Luego de sus preguntas sobre Jamie, tenía que haberlo comprendido.

—Dile... que eso no sucederá.

—Ella te oye.

—¿Hasta qué punto es... directa, esa conexión?

—Ella oye lo que yo oigo, ve lo que yo veo.

—¿Y siente lo que tú sientes?

—Sí.

Arrugó la nariz. Luego me tocó otra vez la cara con suavidad, en una caricia.

—No sabes cuánto lo siento.

Sentí la piel más caliente allí donde él la había tocado, era un calor agradable, pero sus palabras me llegaron más adentro que su tacto. Naturalmente, lamentaba más haber herido a Melanie. Por supuesto. Y eso no debería molestarme.

—¡Vamos, Jared! ¡Vamos!

Levantamos la vista. Kyle le llamaba y se le veía completamente tranquilo, como si hoy su vida no hubiera dependido del resultado de un juicio. Quizá sabía que todo acabaría bien para él, o quizá estaba acostumbrado a superarlo todo. No parecía darse cuenta de que yo estaba allí, al lado de Jared.

Pero me di cuenta, por vez primera, de que los otros sí habían tomado nota.

Jamie nos observaba con una sonrisa de satisfacción dibujada en el rostro. Esto seguramente le parecía algo positivo, pero, ¿lo era?

¿Qué quieres decir?

¿Qué es lo que ve cuando nos mira? ¿Su familia, reunida otra vez?

¿Y no es eso? ¿ o algo parecido?

Con un agregado algo desagradable.

Pero las cosas están mejor que ayer.

Sin embargo, yo creo...

Ya lo sé, admitió ella. *Me alegra que Jared sepa que estoy aquí... pero no me gusta que te toque.*

Y a mí me gusta demasiado. Me cosquilleaba la cara donde había sentido el roce de los dedos de Jared. *Lo siento.*

No te culpo. O al menos sé que no debería.

Gracias.

Jamie no era el único que nos observaba.

Jeb parecía sentir curiosidad, y mostraba aquella sonrisilla suya que le fruncía las comisuras de la barba.

Sharon y Maggie miraban también, pero con fuego en los ojos. Sus expresiones eran tan parecidas, que la piel juvenil y el pelo brillante de la muchacha, no la hacían más joven que su encanecida madre.

Ian estaba preocupado. Tenía los ojos entrecerrados y parecía a punto de acudir a mi lado para protegerme otra vez, para asegurarse de que Jared no me estuviera molestando. Sonreí para tranquilizarlo, pero él no me devolvió la sonrisa, sino que inspiró hondo.

No creo que sea eso lo que le preocupa, comentó Mel.

—¿La estás escuchando en este momento? —Jared se había puesto de pie, pero aún me observaba.

Su pregunta me distrajo antes de que pudiera preguntar a Melanie qué había querido decirme.

—Sí.

—¿Qué dice?

—Nos hemos dado cuenta de que los otros también tienen algo que decir de tu... cambio de actitud. —Señalé con la cabeza a la tía y a la prima de mi huésped. Ellas me volvieron la espalda como si estuvieran sincronizadas.

—Son huesos duros de roer —reconoció él.

—Pues bien —tronó Kyle, girando el cuerpo hacia la pelota, que esperaba en el punto más iluminado—. Ganaremos sin ti.

—¡Ya voy!— Jared me dirigió —nos dirigió— una mirada nostálgica y corrió para incorporarse al juego.

No era precisamente muy hábil para llevar el marcador. El sitio estaba demasiado obscuro para que el balón pudiera verse con claridad desde mi sitio. Estaba demasiado obscuro incluso para ver bien a los jugadores, a menos que estuvieran directamente bajo las lámparas. Comencé a contar basándome en las reacciones de Jamie, en su grito de victoria cuando su equipo anotaba un gol, y en su lamento cuando lo hacía el otro equipo. Era claro que los lamentos superaban a los gritos.

Jugó todo el mundo. Magnolia era guardameta del equipo de Andy y Jeb del de Lily. Ambos eran sorprendentemente buenos. Podía ver sus siluetas a la luz de las lámparas que servían de porterías, moviéndose con tanta agilidad como si tuvieran decenas de años menos. Jeb no temía arrojarse al suelo para evitar un gol, pero Magnolia era más eficaz, sin tener que recurrir a tales extremos. Era como un imán para ese balón invisible. Cada vez que Ian o Wes disparaban, ¡zunc!, caía en sus manos.

Pasada media hora, poco más o menos, Trudy y Paige se retiraron del juego y al salir pasaron a mi lado, parloteando animadas. Parecía imposible que hubiéramos comenzado la mañana con un juicio; me sentía reconfortada de que las cosas hubieran cambiado tan drásticamente.

Las mujeres no tardaron mucho en volver, con los brazos cargados de cajas. Barritas de granola, de las rellenas de fruta. El juego se interrumpió. Jeb anunció el medio tiempo y todos corrieron a desayunar.

Las provisiones se repartieron en la línea central y en un primer momento aquello se convirtió en una escena caótica.

—Aquí tienes, Wanda —dijo Jamie, apartándose del grupo. Traía las manos llenas de barras, y botellas de agua sujetas bajo los brazos.

—Gracias. ¿Te estás divirtiendo?

—¡Sí! Lástima que no puedas jugar.

—La próxima vez —repuse.

—Para ti... —Allí estaba Ian, también con las manos llenas de barritas.

—Te gané —le dijo Jamie.

—¡Oh, vaya! —Jared había aparecido al otro lado de Jamie, también con las manos llenas, demasiadas barritas para una sola persona.

Ian y Jared intercambiaron una larga mirada.

—¿Quién se llevó toda la comida? —exigió Kyle. De pie ante una caja vacía, giraba la cabeza hacia todos lados, en busca del culpable.

—Toma —le replicó Jared y le arrojó las barritas una a una, con fuerza, como si fueran cuchillos.

Kyle las atrapó en el aire con facilidad, luego se acercó al trote para ver si Jared le estaba birlando algo.

—Aquí tienes —dijo Ian y le encajó a su hermano la mitad de su carga sin mirarlo siquiera—. Ahora vete.

Kyle lo ignoró. Por primera vez en el día me clavó la mirada, bajando los ojos hasta donde yo estaba. La luz, detrás de él, hacía que sus pupilas parecieran negras. No pude interpretar su expresión, pero me eché hacia atrás y la protesta de mis costillas me dejó sin aliento.

Jared e Ian cerraron filas delante de mí, como si se hubiera corrido el telón de un teatro.

—Ya oíste —dijo Jared.

—¿Puedo decir algo, antes de largarme? —preguntó él, mientras espiaba por el espacio abierto entre ellos.

Ellos no le respondieron.

—No me voy a disculpar —me endosó Kyle.

—Todavía creo que era lo que había que hacer.

Ian lo empujó y su hermano retrocedió tambaleándose, pero de inmediato volvió a dar un paso adelante.

—Espera, que aún no he terminado.

—Oh, sí, por supuesto que sí —replicó Jared, que tenía los puños apretados, la piel blanca sobre los nudillos.

Todo mundo se dio cuenta. Se hizo el silencio en la habitación y se disipó la atmósfera festiva del juego.

—No, aún no —Kyle alzó las manos en un gesto de rendición y se dirigió nuevamente a mí—. No creo que estuviera equivocado, pero la verdad es que me salvaste la vida. No sé por qué, pero así fue. Así que creo que será... vida por vida. Renunciaré a matarte y de ese modo saldaré mi deuda.

—Pedazo de animal —le recriminó Ian.

—¿Quién es el que está loco por un gusano, hermanito? ¿Y te atreves a llamarme a *mí* animal?

Ian se inclinó hacia delante con los puños en alto.

—Te diré porqué —le contesté, elevando la voz más de lo que deseaba, pero era la única forma de conseguir mi propósito. Ian, Jared y Kyle se volvieron a mirarme, olvidando la pelea de momento.

Eso me puso nerviosa y me tuve que aclarar la garganta.

—No te dejé caer porque... porque no soy *como* tú. No quiero decir que no sea como... los humanos, porque aquí hay otros que habrían hecho lo mismo. Aquí hay buena gente, de buen corazón, gente como tu hermano, como Jeb y como Trudy... Lo que digo es que no soy como tú, en tanto *persona*.

Kyle me miró fijamente durante un minuto y después se rió entre dientes.

—Aug— dijo, sin dejar de reír. Luego, y puesto que ya había transmitido su mensaje, nos volvió la espalda y se fue en busca de agua.

—Una vida por otra —repitió por encima del hombro.

No estaba segura de creerle. En absoluto. Los humanos eran buenos mentirosos.

37

Aceptada

Las victorias respondían a un mismo patrón. Si Jared y Kyle jugaban juntos, ganaban. Si Jared jugaba con Ian, su equipo tenía probabilidades de ganar. Empezó a parecerme que Jared era imposible de vencer hasta que vi a los hermanos jugar juntos.

Al principio, formar equipo con Kyle parecía ser una situación tensa, al menos para Ian. Pero después de unos cuantos minutos de correr en la penumbra ambos regresaron a un estilo familiar, un esquema que ya existía mucho antes de que yo llegara a este planeta.

Kyle adivinaba lo que Ian haría antes de que éste actuara, y viceversa. Sin necesidad de hablar se lo decían todo. Aunque Jared se llevara a los mejores jugadores a su bando (Brandt, Andy, Wes, Aaron y Lily, además de Magnolia como portera), Kyle e Ian conseguían el triunfo.

—Bien, bien —dijo Jeb, deteniendo con una mano el intento de Aaron de tirar a gol y metiéndose la pelota bajo el brazo—. Creo que todos sabemos quiénes ganaron. Ahora bien, no me gusta ser aguafiestas, pero el trabajo espera... y siendo sincero, estoy molido.

Hubo unas cuantas tibias protestas y uno que otro lamento, pero las risas fueron más. Nadie parecía muy afligido por el término de la diversión. El que algunos se sentaran de inmediato, allí donde estaban, y pusieran la cabeza entre las rodillas para recuperar el aliento, dejaba en claro que Jeb no era el único agotado.

La gente empezó a salir en grupos de dos o de tres. Yo me pegué hacia un costado de la boca del corredor cediéndoles el paso, ya que probablemente iban hacia la cocina. Debía haber pasado ya la hora de comer, aunque en ese agujero negro resultaba difícil medir el tiempo. Por entre los huecos de la fila de humanos que salían, observé a Kyle y a Ian.

Al acabar el partido Kyle había alzado la mano para palmear la de su hermano, pero este pasó a su lado sin hacerle caso. Entonces Kyle lo tomó por el hombro y lo hizo girar en redondo. Ian le apartó la mano con un golpe. Me puse tensa, esperando una pelea... y en el primer momento pareció que iba a iniciarse, pero Kyle amagó un puñetazo al estómago de su hermano, que Ian esquivó con tal facilidad que comprendí que no llevaba fuerza alguna. Kyle se echó a reír y aprovechó la mayor longitud de sus brazos para frotar el cuero cabelludo de Ian con su puño, que éste volvió a apartar pero ahora sonriendo a medias.

—Buen juego, hermanito —dijo Kyle—. Aún tienes madera.

—Qué idiota eres, Kyle —replicó Ian.

—Tú tienes cerebro y yo soy guapo. Es lo justo, ¿no?.

Kyle tiró otro golpe sin fuerza. Esta vez Ian le atrapó el puño y retorció a su hermano en una llave de lucha. Ahora sonreía francamente y el otro mezclaba risas y maldiciones al mismo tiempo.

Todo eso me pareció muy violento y entorné los ojos, tensa, al ver esa escena. Pero al mismo tiempo me vino a la mente uno de los recuerdos de Melanie: tres cachorros rodando por la hierba, entre ladridos furiosos, mostrándose los dientes como si su único deseo fuera desgarrarse la garganta unos a otros.

Están jugando, sí, confirmó Melanie. *Los lazos fraternales son muy hondos.*

A mí me parece bien, es algo bueno. Y mejor aún si Kyle, de verdad, no nos mata.

Sí..., repitió Melanie melancólica.

—¿Tienes hambre?

Levanté la vista. Mi corazón dejó de latir por un doloroso instante. Aparentemente, Jared seguía creyendo en nosotras.

Sacudí la cabeza. Eso me concedió el momento que necesitaba para sentirme capaz de hablarle. —No sé bien porqué, puesto que no he hecho más que estar aquí sentada, pero me siento cansada.

Él alargó la mano.

Domínate, me advirtió Melanie. *Sólo quiere ser cortés.*

¿Crees que no lo tengo claro?

Alargué la mano hacia la suya, tratando de que no me temblara. Él me puso cuidadosamente en pie, más bien sobre un único pie. Me mantuve en equilibrio sobre la pierna sana, sin saber cómo actuar. Él también estaba confundido. Aún sostenía mi mano, pero entre nosotros había un amplio espacio. Pensé en lo ridícula que me vería saltando por las cuevas y sentí que el cuello se me acaloraba. Mis dedos se curvaron alrededor de los suyos, aunque ciertamente no me estaba apoyando en él.

—¿A dónde vamos?

—Ah... —fruncí el entrecejo—. En realidad, no lo sé. Supongo que aún habrá una colchoneta junto al agu... en la zona de almacenamiento...

Él imitó mi gesto; la idea parecía disgustarle tanto como a mí.

En ese momento un brazo fuerte pasó bajo los míos y sostuvo mi peso.

—Yo la llevaré a donde tenga que ir —dijo Ian.

La expresión de Jared era cauta: la forma en que me miraba cuando no quería dejarme adivinar lo que estaba pensando. Pero ahora veía a Ian.

—Justamente discutíamos a dónde iría. Está cansada. ¿Quizá al hospital..?

Sacudí la cabeza al mismo tiempo que Ian. Luego de los días horribles que había pasado allí, no creía poder soportar esa habitación que alguna vez, erróneamente, me había inspirado tanto miedo. Ahora, ahí estaría la cama vacía de Walter...

—Tengo un sitio mejor para ella —comentó Ian—. Esos catres son duros como piedra y está tan lastimada.

Jared no me había soltado la mano. ¿No se daba cuenta de la fuerza con que me la apretaba? La presión empezaba a tornarse molesta, pero él no parecía percatarse. Y, ciertamente, yo no iba a quejarme.

—¿Por qué no te vas a almorzar? —sugirió Jared a Ian—. Luces hambriento. Yo la llevaré a donde lo hayas planeado...

Ian se echó a reír entre dientes, con un sonido grave, sombrío.

—Estoy bien. Y francamente, Jared, como ayuda Wanda necesita algo más que una mano. No sé si te sientes... lo bastante cómodo con la situación como para ofrecerle lo que necesite. Verás...

Hizo una pausa para inclinarse y me levantó rápidamente en brazos. Ahogué una exclamación, porque el movimiento me dio un tirón en el costado. Jared seguía sin soltarme la mano. La punta de los dedos se me estaba poniendo roja.

—... por hoy creo que ya ha hecho suficiente ejercicio. Así que tú adelántate a la cocina.

Se miraron fijamente, mientras mis dedos pasaban al púrpura.

—Yo puedo llevarla —dijo al fin Jared, en voz baja.

—¿Ah, sí? —le desafió Ian. Y me tendió hacia delante, apartándome de su cuerpo.

Como una ofrenda.

Jared clavó la vista en mi rostro durante un minuto largo, pero luego suspiró y me soltó la mano.

¡Ay, eso duele!, se quejó Melanie. No refiriéndose al retorno de la sangre a mis dedos, sino a la súbita punzada que me atravesó el pecho.

Perdona. ¿Y qué es lo que quieres que haga yo?

Él no te pertenece.

Sí. Eso ya lo sé.

Ay.

Lo siento.

—Creo que los acompañaré —dijo Jared, mientras Ian, con una pequeña sonrisa triunfal rondándole las comisuras de la boca, giraba y se dirigía hacia la salida—. Hay algo que quiero discutir contigo.

—Como quieras.

Sin embargo, Jared no abrió la boca en absoluto mientras recorríamos aquel túnel obscuro. Iba tan callado que dudé de que aún viniera con nosotros. Pero cuando salimos nuevamente a la luz donde estaba el maizal, él seguía allí, a nuestro lado.

No dijo nada hasta que hubimos cruzado la plaza grande, donde no había nadie, sólo nosotros tres.

—¿Podrás encargarte de Kyle? —preguntó a Ian.

Ian bufó. —Él se precia de ser un hombre de palabra. Por lo general, una promesa suya me merece confianza. Pero en esta situación... no pienso perderla a ella de vista.

—Bien.

—No pasará nada, Ian —dije—. No tengo miedo.

—Es que no tienes nada que temer. Te prometo que nadie volverá a hacerte una cosa como esta jamás. Aquí *estarás* segura.

Era difícil apartar la vista de sus ojos cuando relampagueaban de esta manera. Difícil dudar de cualquier cosa que dijera.

—Sí —coincidió Jared. —Estarás segura.

Caminaba algo detrás del hombro de Ian, de modo que no pude ver su expresión.

—Gracias —susurré.

Nadie volvió a hablar hasta que Ian se detuvo ante las puertas roja y gris que se inclinaban contra la entrada de su cueva.

—¿Te importaría apartar eso? —le pidió a Jared, señalando las puertas con un asentimiento de la cabeza.

Jared no se movió. Ian se giró para que ambos pudiéramos verlo; de nuevo su expresión era cautelosa.

—¿A *tu* habitación? ¿Y éste te parece el mejor lugar? —su voz estaba llena de escepticismo.

—A partir de ahora será la de ella.

Me mordí el labio. Quería decirle a Ian que, desde luego, ésta no era mi habitación, pero no tuve ocasión de hacerlo porque Jared hizo una pregunta.

—¿Y a dónde se va ir Kyle?

—Con Wes, por ahora.

—¿Y tú?

—Aún no lo he decidido.

Se miraron fijamente de nuevo, estudiándose durante un buen rato.

—Oye, Ian, esto es... —comencé a decir.

—Ah —me interrumpió él, como si acabara de acordarse de mi presencia... y como si mi peso fuera tan insignificante que se hubiera olvidado de que me tenía en brazos—. Estás agotada, ¿verdad que sí? Jared, ¿quieres abrir la puerta, por favor?

El otro, sin decir palabra, tiró de la puerta de madera hacia atrás con demasiada fuerza y la apoyó contra la gris.

Entonces por vez primera pude ver a mis anchas la habitación de Ian, iluminada por el sol de mediodía que se filtraba por las estrechas rendijas del techo. No era tan luminosa como la de Jamie y Jared, ni tan alta, sino más pequeña y proporcionada. Era casi circular, como mi agujero, sólo que diez veces más grande. En el suelo había dos colchones iguales, uno contra cada pared, colocados de modo que dejaran un pasillo estrecho en el centro. Contra la pared del fondo había un armarito de madera, largo y bajo, sobre cuyo lado izquierdo se apilaban unas prendas dobladas, dos libros y un mazo de naipes, además de una colección de pequeñas figuritas rojizas. El lado derecho estaba completamente vacío, aunque se veían siluetas en el polvo, indicativas de que eran recientes.

Ian me depositó cuidadosamente en el colchón de la derecha, acomodándome la pierna, y enderezándome la almohada bajo la cabeza. Jared permaneció de pie en la entrada, mirando hacia el pasillo.

—¿Estás cómoda? —preguntó Ian.

—Sí.

—Tienes cara de cansancio.

—No sé por qué. Últimamente no he hecho más que dormir.

—Tu cuerpo necesita dormir para curarse.

Asentí. No podía negar que me era difícil mantener los ojos abiertos.

—Más tarde te traeré de comer... No te preocupes por nada.

—Gracias. Oye, Ian...

—¿Sí?

—Esta habitación es tuya —murmuré —. Espero que duermas aquí.

—¿No te importa?

—¿Por qué tendría que importarme?

—Probablemente es una buena idea, y desde luego, la mejor para poder vigilarte. Duerme un poco.

—Bien.

Tenía los ojos cerrados ya. Él me dio una palmadita en la mano y luego lo escuché ponerse de pie. Pocos segundos más tarde la puerta de madera golpeteó contra la piedra.

¿Qué es lo que crees que estás haciendo?, siseó Melanie en mis pensamientos.

¿Qué? ¿Y ahora qué es lo que he hecho?

Wanda, eres... humana ahora, en su mayor parte. Debes comprender cómo podría interpretar Ian esa invitación tuya.

¿Qué invitación? Entonces vi hacia dónde iban sus pensamientos. *No se trata de eso. Esta habitación es suya, aquí hay dos camas y no hay suficientes dormitorios en este lugar como para que yo tenga mi propio cuarto. Es razonable que lo compartamos. Ian lo sabe de sobra.*

¿Eso crees? Abre los ojos, Wanda. Él comienza a... ¿cómo te lo puedo explicar de forma que lo entiendas correctamente? A sentir por ti... lo que tú sientes por Jared. ¿No te das cuenta?

No supe qué responder durante al menos dos latidos.

Eso es imposible, respondí finalmente.

—¿No crees que lo de esta mañana influirá en Aaron o Brandt?— preguntó Ian en voz baja, al otro lado de las puertas.

—¿Te refieres a que Kyle haya desistido?

—Sí, a eso. Antes no tenían por qué... *hacer* nada. No cuando lo más probable era que Kyle lo hiciera por ellos.

—Ya veo por donde vas. Hablaré con ellos.

—¿Te parece que con eso bastará —preguntó Ian.

—Les he salvado la vida a los dos en más de una ocasión. Están en deuda conmigo. Si les pido algo lo harán.

—¿Apostarías la vida de ella a que sí?

Se hizo un silencio.

—No la perderemos de vista —comentó Jared, al fin.

Otro largo silencio.

—¿No vas a irte a comer? —inquirió Jared.

—Creo que me quedaré un rato por aquí... ¿Y tú qué?

Jared no respondió.

—¿Qué pasa? —preguntó Ian—. ¿Hay algo que quieras decirme, Jared?

—La chica que lleva dentro... —empezó él, con lentitud.

—¿Sí?

—Ese cuerpo no le pertenece.

—¿A dónde quieres ir a parar?

La voz de Jared sonó dura cuando respondió.

—Mantén las manos bien lejos de ella.

Ian dejó escapar una risita baja.

—¿Celoso, Howe?

—Eso no viene al caso.

—Vaya.. —ahora Ian se mostraba sarcástico.

—Wanda parece estar cooperando, más o menos, con Melanie. Se diría que tienen casi... una relación de amistad. Pero obviamente es Wanda quien toma las decisiones. Imagina que te pasara a ti. ¿Cómo te sentirías si fueras Melanie? ¿Si hubieras sido tú a quien hubieran... invadido así? ¿Qué tal te sentirías si estuvieras atrapado y alguien le dijera a tu cuerpo lo que tiene que hacer, sin que tú pudieras hablar por ti mismo? ¿No querrías que se respetaran tus deseos, hasta donde se les pudiera conocer? ¿Que los otros humanos, cuanto menos, los respetaran?

—Bien, bien. Entiendo. Lo tendré en cuenta.

—¿Qué significa eso de que *lo tendrás en cuenta*? —le interpeló Jared.

—Significa que lo pensaré.

—No hay nada qué pensar —insistió Jared. Por el sonido de su voz adiviné su expresión, con los dientes apretados y la mandíbula tensa—. El cuerpo y la persona encerrada dentro de él me pertenecen a *mí*.

—¿Estás seguro de que Melanie aún siente lo...?

—Melanie siempre será mía. Y yo siempre seré suyo. *Siempre.*

De pronto Melanie y yo nos encontrábamos en los extremos opuestos del espectro. Ella estaba como volando, eufórica. Yo... no.

Ambas esperamos, ansiosas, a que acabara el silencio siguiente.

—Pero ¿y si te hubiera ocurrido a tí? —adujo Ian, en un tono algo más alto que un susurro—. ¿Qué tal si te hubieran metido en un cuerpo humano y te hubieran soltado en este planeta, y terminaras encontrándote perdido entre los de tu propia especie? ¿Y cómo te sentirías si fueras tan buena... persona que trataras de salvar la vida de aquel a quien se la quitaste hasta el punto de que casi murieras en el intento de devolverle a su familia? ¿Y cómo te sentirías si te encontraras rodeado de alienígenas violentos que te odiaran, te hicieran daño y trataran de asesinarte, una y otra vez?

Por un momento se le quebró la voz.

—¿Y qué tal si tú, a pesar de todo, siguieras haciendo todo lo posible por salvar y curar a esa gente? ¿No merecerías también tener tu propia vida? ¿No te habrías ganado eso al menos?

Jared no respondió. Sentí como se me humedecían los ojos. ¿Tan buena opinión tenía Ian de mí? ¿Era verdad que pensaba que me había ganado el derecho de disfrutar de una vida aquí?

—¿Entiendes lo que quiero decir? —presionó él.

—Yo... tendría pensarlo.

—Hazlo.

—Pero aun así...

Ian le interrumpió con un suspiro.

—No te hagas mala sangre. Wanda no es exactamente humana, a pesar del cuerpo. No parece reaccionar al... contacto físico tal como lo haría un humano.

Entonces Jared se echó a reír.

—¿Ésa es tu teoría?

—¿Qué tiene de graciosa?

—Que ella es muy capaz de reaccionar al contacto físico —le informó él, poniéndose repentinamente serio de nuevo—. Es lo bastante humana como para eso. O en todo caso su cuerpo, al menos.

Me ardía la cara.

Ian guardó silencio.

—¿Celoso, O'Shea?

—En realidad... sí, y me sorprende —la voz de Ian sonó tensa—. ¿Y cómo sabes eso?

Ante eso Jared vaciló.

—Fue... una especie de experimento.

—¿Un *experimento*?

—No salió como yo esperaba. Mel me dio un bofetón— percibí que sonreía ante el recuerdo y en mi mente visualicé las pequeñas arrugas que formaban un abanico en torno de sus ojos, moteados de puntos dorados...

—¿Que Melanie... te dio... una bofetada?

—No fue Wanda, con toda seguridad. Tendrías que haberle visto la cara ¿Qué pasa? ¡Eh, tranquilo, hombre!

—¿Te paraste por un momento a pensar qué efecto pudo haberle causado eso a ella? —siseó Ian.

—¿A Mel?

—¡No, pedazo de estúpido, a Wanda!

—¿A Wanda? ¿Qué? —preguntó Jared, como si la idea le desconcertara.

—Oh, vamos, lárgate de aquí. Vete a comer algo. Y no te me acerques en unas cuantas horas por lo menos.

Ian no le dio oportunidad de contestar, retiró la puerta con brusquedad, aunque sin hacer ruido, y se deslizó al interior de la habitación, colocando otra vez la puerta en su sitio.

Se dio la vuelta y se encontró con mi mirada. A juzgar por su expresión, le sorprendía encontrarme despierta. Le sorprendía y le mortificaba. El fuego de sus ojos llameó y luego se apagó poco a poco. Frunció los labios.

Inclinó la cabeza hacia un lado, escuchando. Yo también lo hice, pero Jared no hizo ningún sonido al marcharse. Ian esperó un momento más de lo necesario y después, con un suspiro, se dejó caer en el borde de su colchón, enfrente de mí.

—Tengo la sensación de que no hemos hablado tan bajo como yo creía —dijo.

—El sonido retumba mucho en estas cuevas —susurré.

Él asintió.

—Muy bien —dijo al fin—, ¿y qué opinas tú?

38

Contacto

—¿Qué opino sobre qué?

—De lo que... discutíamos allí fuera —aclaró Ian.

¿Qué opinaba yo de eso? No tenía ni idea.

De algún modo, Ian era capaz de mirar la situación desde mi perspectiva, mi perspectiva de *alienígena*. Y opinaba que yo me había ganado el derecho de vivir.

Pero estaba... ¿celoso? ¿De Jared?

Él sabía qué era yo. Sabía que era apenas una diminuta criatura metida en la parte de atrás del cerebro de Melanie. Un gusano, como había dicho Kyle. No obstante, hasta Kyle sabía que Ian estaba "enamorado" de mí. ¿De *mí*? No era posible.

¿O es que quería saber qué pensaba yo de Jared? ¿Quería saber cuales eran mis sentimientos respecto al experimento? ¿Más detalles sobre mis reacciones al contacto físico? Me estremecí.

¿O lo que yo pensaba de Melanie? ¿Qué pensaba Melanie sobre aquel diálogo entre ellos? ¿Si yo estaba de acuerdo con Jared sobre los derechos de mi huésped?

Yo no sabía qué pensar. De nada.

—La verdad es que no lo sé —confesé.

Él asintió, pensativo.

—Es comprensible.

—Sólo porque tú eres muy comprensivo.

Me sonrió. Era extraño que sus ojos pudieran quemar y entibiar a la vez, sobre todo con ese color, más parecido al hielo que al fuego... En ese momento eran muy cálidos.

—Me gustas mucho, Wanda.

—Me cuesta hacerme a la idea. Me temo que soy un poco lenta.

—A mí también me ha tomado por sorpresa.

Los dos nos quedamos pensativos. Él frunció los labios.

—Y... supongo que... ¿ese es uno de los temas sobre los que no sabes qué pensar?

—No. Es decir, sí, yo... no sé. Yo... Yo...

—No pasa nada. No has tenido mucho tiempo para reflexionar. Y seguro que te parece... extraño.

Asentí.

—Sí. Más que extraño. Imposible.

—Quiero preguntarte algo —dijo él, pasado un momento.

—Si sé la respuesta...

—No es un pregunta difícil.

No la formuló de inmediato. En cambio alargó una mano a través del estrecho pasillo para tomar la mía. Por un instante la sostuvo entre las suyas y después deslizó los dedos de la izquierda por el brazo, lentamente, desde la muñeca hasta el hombro. Con la misma lentitud los llevó de nuevo hacia abajo. No me observaba la cara, sino la piel del brazo, que se erizaba en el trayecto de sus dedos.

—¿Esto es agradable o desagradable para ti? —preguntó.

Desagradable, aseguró Melanie.

¡Pero si no duele!, protesté.

Eso no es lo que está preguntando. Cuando dice "agradable"... ¡Oh, es como hablar con una criatura!

Es que aún no he cumplido ni el año, ¿sabes? ¿O ya lo he cumplido? Me distraje tratando de calcular la fecha.

Melanie no se distraía. *Cuando dice "agradable" se refiere a lo que sentimos cuando Jared nos toca.* El recuerdo que ella proporcionó provenía, no de las cuevas, sino de aquel mágico cañón, al atardecer. Jared estaba detrás de ella y le recorría con las manos el contorno de los brazos, desde los hombros a las muñecas. El placer de ese simple contacto me estremeció. *Así.*

Oh.

—¿Wanda?

—Melanie dice que es desagradable —susurré.

—¿Y qué dices *tú*?

—Que... no lo sé.

Cuando pude mirarlo a los ojos los encontré más cálidos de lo que esperaba.

—No puedo imaginar siquiera lo confuso que ha de ser todo esto para ti.

Era reconfortante que me entendiera.

—Sí. Estoy confundida.

Me recorrió otra vez el brazo con los dedos.

—¿Preferirías que dejara de hacer esto?

Vacilé.

—Sí —decidí. Esto... lo que estás haciendo... me resulta difícil pensar cuando lo haces. Y Melanie... está enfadada conmigo. Eso también hace que pensar sea difícil.

No estoy enfadada contigo. *Dile que se vaya.*

Ian es amigo mío. No quiero que se vaya.

Él se apartó y se cruzó de brazos.

—¿Supongo que no nos dejaría estar a solas un minuto?

Me eché a reír.

—No funciona de esa manera. Está conmigo solo cuando quiere.

Ian inclinó la cabeza a un lado, con expresión pensativa.

—¿Melanie Stryder?— pronunció, dirigiéndose a ella.

Las dos dimos un respingo al oír el nombre. Ian prosiguió.

—Me gustaría tener la oportunidad de hablar con Wanda en privado, si no te importa. ¿Podemos buscar la manera?

¡Pero qué descarado! ¡Dile de mi parte que bajo ningún concepto! Este tipo no me gusta nada.

Arrugué la nariz.

—¿Qué dijo?

—Ha dicho que no.

Traté de repetir sus palabras con toda la suavidad posible.

—Y que no... no le gustas.

Ian se echó a reír.

—Dile que lo respeto. Y que a ella también. Bueno, valía la pena intentarlo. —Suspiró—. Esto de tener público te enfría bastante.

¿Qué es lo que enfría?, gruñó Mel.

Hice una mueca. No me gustaba percibir su enojo. Tenía un genio mucho peor que el mío.

Pues ya puedes ir acostumbrándote.

Ian me apoyó una mano en la cara.

—Te dejaré para que lo pienses, ¿bien? Para que puedas ver qué es lo que sientes.

Traté de ser objetiva con respecto a esa mano. Era suave, al sentirla contra la piel. Era... agradable. No tenía nada que ver con el tacto de Jared y también era diferente de los abrazos de Jamie. Era una cosa distinta.

—Quizá me lleve un poco de tiempo. Nada de esto tiene sentido para mí, ¿sabes?— le expliqué.

Él sonrió de oreja a oreja.

—Ya lo sé.

En ese momento, al verle sonreír, caí en la cuenta de que deseaba gustarle. Del resto... de su mano contra mi cara, de sus dedos recorriéndome el brazo... aún no estaba segura en absoluto. Pero deseaba agradarle y que él pensara bien de mí. Por eso era tan difícil decirle la verdad.

—En realidad, lo que sientes no es por mí, ya lo sabes— susurré. —Es por este cuerpo... Ella es bonita, ¿verdad?

Él asintió.

—Sí que lo es. Melanie es una chica muy guapa. Incluso hermosa.— Alargó la mano para tocarme la mejilla herida, para acariciar con dedos sutiles la piel áspera, donde se iba formando la cicatriz. —A pesar de lo que le he hecho a su cara.

En una situación normal, yo habría negado eso automáticamente, le habría recordado que las heridas de mi cara no eran culpa suya. Pero me sentía tan confundida que la cabeza me daba vueltas y no era capaz de concebir una frase coherente.

¿Por qué me molestaba que Melanie le pareciera hermosa?

Qué pena me das. Mis sentimientos eran tan poco claros para ella como para mí.

Ian me apartó el pelo de la frente.

—Pero por guapa que sea, para mí es una extraña. No es ella la que... la que me importa.

Eso me hizo sentir mejor. Lo cual era aun más confuso.

—Ian, tú no... aquí nadie nos *diferencia* como debería. Ni tú, ni Jamie, ni Jeb.— La verdad surgió como una ráfaga, más apasionada de lo que yo habría querido. —No puedes quererme a mí. Si me tuvieras en la mano sentirías asco. Me arrojarías al suelo y me aplastarías de un pisotón.

Su frente pálida se arrugó al juntarse las negras cejas.

—Yo... no lo haría si supiera que eras tú.

Me reí sin ganas.

—¿Y cómo lo sabrías? Si no puedes distinguirnos.

Torció la boca hacia abajo.

—Es sólo el cuerpo —repetí.

—Eso no es verdad, en absoluto —me contradijo—. No es el rostro, sino sus expresiones. No es la voz, sino lo que dices. No es cómo te sienta ese cuerpo, sino las cosas que haces con él. Eres *tú* quien es hermosa.

Mientras lo decía avanzó hasta arrodillarse junto a la cama donde yo descansaba y volvió a tomar una de mis manos entre las suyas.

—Nunca he conocido a nadie como tú.

Suspiré

—Ian, ¿y si hubiera llegado aquí en el cuerpo de Magnolia, qué?

Hizo una mueca y luego se echó a reír.

—Bien. Ésa sí que es una buena pregunta. No lo sé.

—¿O en el de Wes?

—Pero tú eres de género femenino. Tú, tú misma.

—Y siempre solicito el equivalente disponible en cada planeta. Me parece más... correcto. Pero me podrían haber puesto en el cuerpo de un hombre y también podría funcionar perfectamente.

—Pero no estás en el cuerpo de un hombre.

—¿Ves? Eso es lo que trato de decirte. Cuerpo y alma. Dos cosas diferentes, en mi caso.

—Sin ti no querría el cuerpo.

—Y sin él no me querrías a *mí*.

Volvió a tocarme la mejilla y dejó la mano allí, con el pulgar bajo la mandíbula.

—Pero este cuerpo es también parte de ti. Forma parte de lo que eres. Y a menos que cambies de idea y nos delates a todos, es lo que serás para siempre.

¡Ah, qué definitivo sonaba! En efecto, moriría en este cuerpo. La muerte final.

Y yo jamás volveré a vivir en él, susurró Melanie.

Ni tú ni yo planeamos el futuro de esa manera, ¿no es cierto?

No. Ninguna de las dos planeó no tener ningún futuro.

—¿Otra conversación interior?— adivinó Ian.

—Pensábamos en nuestra mortalidad.

—Si nos dejaras podrías vivir eternamente.

—Sí, así es.— Suspiré. —Mira, los humanos tienen la vida más breve de todas las especies en las que yo he habitado, a excepción de las arañas. Tienen tan poco tiempo...

—¿No crees, entonces...?— Ian hizo una pausa y se inclinó más hacia mí, hasta que fui incapaz de ver nada que no fuera su rostro, todo nieve, zafiro y tinta. —¿No crees que deberías aprovechar al máximo el tiempo del que dispones? ¿Que deberías *vivir* mientras estés viva?

A diferencia de lo que había sucedido con Jared, esta vez no lo vi venir. Ian no me era tan conocido, pero Melanie sí se dio cuenta antes que yo de lo que iba a hacer, apenas un segundo antes de que sus labios tocaran los míos.

¡No!

No fue como besar a Jared. Con Jared no hubo pensamiento, sólo deseo, sin control. Como cuando una chispa cae sobre gasolina: algo inevitable. Con Ian no supe siquiera lo que sentía. Todo era borroso, confuso.

Sus labios eran dulces y cálidos. Los oprimió apenas contra los míos y después los deslizó suavemente a lo largo de mi boca.

—¿Te agrada o no?— preguntó en un susurro contra mis labios.

¡No! ¡No, no, me agrada!

—Yo... no puedo pensar.— Cuando los moví para hablar, él acompañó el movimiento con los suyos.

—Eso suena... bastante bien.

Entonces su boca presionó con más fuerza. Me sujetó el labio inferior entre los suyos y tiró de él con suavidad.

Melanie quería pegarle, mucho más de lo que había querido golpear a Jared. Quería apartarlo de un empellón y luego darle una patada en la cara. La imagen era horrible y entraba en abierto conflicto con la sensación que me provocaba el beso de Ian.

—Por favor —susurré.

—¿Sí?

—Dejalo, por favor. No puedo pensar. Por favor.

Él se apartó de inmediato y cruzó las manos frente a sí.

—Bien —dijo, cauto el tono.

Me apreté la cara con las manos, lamentando no poder deshacerme de la ira de Melanie.

—Bueno, al menos nadie me ha pegado.— Él sonreía de oreja a oreja.

—Ella quería hacer algo mucho peor. Aj, no me gusta que se enfurezca tanto. Me da dolor de cabeza. La ira es tan... tan fea...

—¿Y por qué no lo hizo?

—Porque yo no he perdido el control. Sólo se libera cuando estoy... abrumada.

Él me observó mientras yo me masajeaba la frente.

Cálmate, imploraba yo. *No me está tocando ya.*

¿Cómo ha podido olvidar que yo estoy aquí? ¿Es que no le importa? ¡Ésta soy yo, soy yo!

He intentado explicárselo.

¿Y qué me dices de ti? ¿Te olvidaste de Jared?

Me arrojó los recuerdos como solía hacerlo al principio, sólo que esta vez eran como golpes. Mil golpes con la sonrisa de Jared, sus ojos, sus labios contra los míos, sus manos sobre mi piel...

No, claro que no. Y tú ¿te olvidaste de que no quieres que lo ame?

—Te está hablando.

—Me está gritando —corregí.

—Ahora me doy cuenta. Veo que te concentras en la conversación. Hasta ahora no me percataba.

—Ella no suele ser tan explícita como ahora.

—Lo siento de verdad, Melanie —dijo Ian—. Comprendo que para ti esto debe ser insoportable.

Una vez más ella se visualizó aplastando de un puntapié esa nariz cincelada, que quedaría torcida como la de Kyle. *Dile que no acepto sus disculpas.*

Hice una mueca dolorida. Ian esbozó una sonrisa apenada, casi una mueca.

—No lo acepta, ¿verdad?

Meneé la cabeza.

—¿Conque puede liberarse? ¿Cuando estás abrumada?

Me encogí de hombros.

—A veces, si me toma desprevenida y me encuentro en un estado de ánimo... emotivo. Las emociones hacen que me cueste concentrarme. Pero últimamente le resulta más difícil. Es como si la puerta entre nosotras estuviera cerrada con llave y no sé por qué. Traté de *soltarla* cuando Kyle... —callé abruptamente, con los dientes apretados.

—Cuando Kyle intentó matarte —completó él, como quien no quiere la cosa—. ¿Querías soltarla? ¿Por qué?

Me limité a mirarlo con fijeza.

—¿Para que luchara contra él? —adivinó.

No respondí. Él suspiró.

—Bien, no me lo digas. ¿Por qué crees tú que... puede haberse cerrado esa puerta?

Fruncí el entrecejo.

—No lo sé. Quizá porque el tiempo pasa... Eso nos preocupa.

—Pero ella se soltó una vez, para golpear a Jared.

—Sí.— me estremecí al recordar aquel choque de mi puño contra su mandíbula.

—¿Porque estabas abrumada y emotiva?

—Sí.

—¿Qué hizo él? ¿Sólo te besó?— asentí con la cabeza.

Ian arrugó la cara y entrecerró los ojos.

—¿Qué? —inquirí—. ¿Qué pasa?

—Cuando Jared te besa, tú... la emoción te abruma.

Le clavé la mirada, preocupada por su expresión. Melanie estaba disfrutando *¡Ahí lo tienes!*

Él suspiró.

—Y cuando te beso yo... no estás segura de si te gusta o no. No te sientes... abrumada.

—Oh. —Ian estaba celoso. Qué extraño era este mundo.

—Lo siento.

—No tienes por qué. Te he dicho que te daría tiempo y no me importa esperar a que lo veas todo claro. No me molesta en absoluto.

—¿Qué es lo que te molesta, pues?— porque no cabía duda de que había algo que le importunaba mucho.

Inspiró hondo y soltó el aire poco a poco. —Vi como querías a Jamie, eso siempre lo he tenido muy claro. Supongo que debería haberme dado cuenta también de que amabas a Jared. Acaso es que no quise verlo. Es lógico. Regresaste por ellos dos. Porque los amas, tal como los ama Melanie. A Jamie, como a un hermano. Y a Jared...

Había desviado la vista, y ahora miraba fijamente la pared, por encima de mi cabeza. Yo también tuve que apartar los ojos. La clavé en la luz del sol, allí donde tocaba la puerta roja.

—¿Cuánto de todo eso corresponde a Melanie?— quiso saber.

—No lo sé. ¿Tiene alguna importancia?

Su respuesta fue apenas audible.

—Sí. Para mí es importante.— Sin mirarme, sin que pareciera reparar en lo que hacía, volvió a tomarme la mano.

Por un minuto hubo un gran silencio. Hasta Melanie permanecía callada, lo cual me parecía fantástico.

Luego, como si alguien hubiera movido un interruptor, Ian volvió a la normalidad. Se echó a reír.

—El tiempo está de mi parte —dijo, con una gran sonrisa—. Disponemos del resto de nuestra vida aquí. Algún día te preguntarás qué pudiste ver en Jared.

Ni lo sueñes.

Reí con él, feliz de oírle bromear otra vez.

—¿Wanda? Wanda, ¿puedo pasar?

La voz de Jamie se oía por el corredor acompañada por el sonido de sus pasos a la carrera y acabó junto a la puerta.

—Claro que sí, Jamie.

Antes de que él apartara la puerta hacia un lado ya había extendido mi mano hacia él. Últimamente no lo veía con bastante frecuencia. Como estaba o bien inconsciente o baldada, no tenía posibilidades de estar con él.

—Hola, Wanda. Hola, Ian—. Era todo sonrisas y su pelo revuelto oscilaba a cada movimiento. Tomó mi mano extendida, pero como Ian le estorbaba el paso, se conformó con sentarse en el borde de mi colchón y me apoyó una mano en el pie.

—¿Cómo te sientes?

—Mejor.

—¿Todavía tienes hambre? ¡Hay cecina y mazorcas de maíz! Podría traerte un poco.

—Por ahora no hace falta. ¿Cómo estás tú? En estos días te he visto poco.

Jamie torció el gesto.

—Es que Sharon me ha tenido castigado.

Yo sonreí.

—¿Qué fue lo que hiciste?

—Nada. Me tendieron una trampa.

Su expresión de inocencia era algo exagerada y cambió de tema con rapidez.

—¿A que no sabes? Durante la comida Jared decía que no le parece justo que hayas tenido que abandonar la habitación a la que estabas acostumbrada. Dijo que no estábamos actuando como corresponde a unos buenos huéspedes. ¡Que deberías volver allí conmigo! ¿No te parece sensacional? Le pregunté si podía venir a decírtelo corriendo y le pareció buena idea. Me dijo que te encontraría aquí.

—Ya lo creo que te lo ha dicho —murmuró Ian.

—Pues bien, ¿qué opinas, Wanda? ¡Volveremos a ser compañeros de habitación otra vez!

—Pero escucha, Jamie, ¿y Jared adónde se irá?

—Espera, déjame adivinar —interrumpió Ian—. Dijo que en la habitación había sitio para tres, ¿a que sí?

—Sí, claro. Pero ¿cómo sabías?

—Golpe de suerte.

—Está bien, ¿no, Wanda? Será como antes de que viniéramos aquí.

Hice una mueca de dolor. Oír aquello era como si se me deslizara una navaja entre las costillas, un dolor tan claro y preciso como el que produce un golpe o una fractura.

Jamie se alarmó al observar mi expresión atormentada.

—Ay, no. He querido decir, que contigo también. Estaremos muy bien, los cuatro juntos, ¿no crees?

Traté de reír a pesar del dolor. No fue peor que no reír.

Ian me estrechó la mano.

—Los cuatro juntos —murmuré—. Qué maravilla.

Jamie gateó por el colchón, dando un rodeo para evitar a Ian, y me echó los brazos al cuello.

—Lo siento. No te pongas triste.

—No te preocupes.

—Sabes que a ti también te quiero.

Qué intensas, qué penetrantes, las emociones de este planeta. Hasta entonces Jamie nunca me había dicho esas palabras. La temperatura de todo mi cuerpo pareció aumentar súbitamente unos cuantos grados.

Qué intensas, concordó Melanie, acusando su propio dolor.

—¿Volverás? —rogó el chico, contra mi hombro.

En ese momento aún no podía responderle.

—¿Qué quiere Mel? —preguntó Jamie.

—Ella quiere vivir contigo —susurré. Eso lo sabía sin consultarla.

—Y tú ¿qué quieres?

—¿Te gustaría que viviera contigo?

—Ya sabes que sí, Wanda. Por favor.

Yo vacilé.

—¿Por favor?

—Bien, Jamie. Si eso es lo que quieres.

—¡Yujúu! —aulló el chico junto a mi oído—. ¡Fantástico! Voy a decírselo a Jared. Y te traeré un poco de comida también, ¿bien?

Ya estaba de pie, sacudiendo tanto el colchón que lo sentí en las costillas.

—Bien.

—¿Quieres tú algo, Ian?

—Pues sí, chico. Que le digas a Jared que es un desvergonzado.

—¿Eh?

—Déjalo. Ve a traer algo de comer para Wanda.

—Bien. Y le pediré a Wes que nos preste esa cama que le sobra. Así Kyle puede volver aquí y todo quedará estupendo.

—Perfecto —dijo Ian. Aunque no lo miraba a la cara, adiviné que había puesto los ojos en blanco.

—Perfecto —susurré a mi vez. Y sentí nuevamente el filo de la navaja.

39

Preocupación

"Perfecto", gruñí para mis adentros. "Sencillamente perfecto."

Ian venía a comer conmigo, con una gran sonrisa pegada en el rostro, intentando levantarme el ánimo... de nuevo.

Me parece que últimamente estás exagerando con el sarcasmo, me acusó Melanie.

Lo tendré en cuenta.

Durante esa semana no había sabido mucho de ella. A últimas fechas ni ella ni yo éramos buena compañía. Era preferible evitar los contactos sociales, incluso entre nosotras.

—Hola, Wanda —me saludó Ian, mientras daba un brinco para sentarse en el mostrador, a mi lado. Traía en la mano un tazón de sopa de tomate, aún humeante. Yo tenía junto el mío, medio lleno y casi frío, y jugueteaba con un panecillo que iba deshaciendo en trozos diminutos.

No le contesté.

—Oh, vamos —me apoyó una mano en la rodilla. La reacción de molestia de Melanie fue aletargada. Ya estaba tan habituada a este tipo de cosas que le costaba montar una buena un pataleta—. Regresarán hoy mismo. Sin duda, antes del anochecer.

—Lo mismo dijiste hace tres días, y antes de ayer, y ayer de nuevo —le recordé.

—Pero hoy tengo una corazonada. No te enfurruñes: es tan humano... —bromeó.

—No estoy enfurruñada. Déjame en paz —no me había enfurruñado. Estaba tan preocupada, que apenas podía pensar con claridad. Y esto me dejaba sin energías para hacer cualquier otra cosa.

—No es la primera vez que Jamie participa en una expedición.

—No sabes cómo me tranquiliza saberlo —otra vez el sarcasmo. Melanie tenía razón: realmente estaba abusando de él.

—Está con Jared, Geoffrey y Trudy. Y Kyle está *aquí*.

Ian soltó una carcajada.

—Así es muy difícil que puedan meterse en problemas.

—No quiero hablar de eso.

—Bien.

Concentró su atención en la comida y me dejó cocerme en mi propio jugo. En ese aspecto Ian era estupendo, siempre intentaba darme lo que yo deseaba, aunque lo que yo deseaba no siempre estuviera claro para ninguno de los dos. La excepción, desde luego, eran estos reiterados intentos suyos por distraerme de mi presente estado de ansiedad. Pero esto *sí* que estaba segura de no quererlo. Quería preocuparme: era lo único que podía hacer.

Había pasado un mes desde que yo volviera a instalarme en la habitación de Jamie y Jared. Y de ese tiempo, tres semanas las habíamos vivido juntos, los cuatro. Jared dormía en un colchón, apretujado sobre la cabecera de la cama que yo compartía con Jamie.

Me había acostumbrado a eso, al menos a dormir así, de modo que ahora me costaba conciliar el sueño en la habitación vacía. Echaba de menos el sonido de la respiración de otros dos cuerpos.

Aún no me había habituado a despertar, cada mañana, en presencia de Jared. Todavía me llevaba un segundo de más responder a su saludo matinal. Él tampoco estaba a sus anchas, pero siempre se mostraba cortés. Ambos éramos muy corteses.

A este respecto había casi un guión preestablecido.

"*Buenos días, Wanda. ¿Cómo dormiste?*"

"*Muy bien, gracias, ¿y tú?*"

"*Muy bien, gracias.*"

"¿Y... Mel?"

"Ella también, gracias."

El continuo estado euforia de Jamie y su alegre cháchara, impedía que la tensión se tornara excesiva. Él hablaba a menudo de Melanie, y se dirigía a ella, hasta que su nombre dejó de ser la fuente de nerviosismo que había sido antes, en presencia de Jared. Cada día resultaba un poco más cómodo; cada día la rutina de mi existencia aquí se volvía un poco más agradable. Én cierto modo...éramos felices. Tanto Melanie como yo. Y luego, una semana atrás, Jared había salido para una corta expedición, sobre todo para reemplazar las herramientas rotas, y se había llevado a Jamie con él.

—¿Estás cansada? —preguntó Ian.

Caí en la cuenta de que me estaba frotando los ojos.

—No mucho.

—Sigues durmiendo mal.

—Es por tanto silencio.

—¿Quieres que vaya a dormir contigo? Oh, tranquilízate, Melanie. Ya sabes a lo que me refiero.

Ian siempre se percataba cuando la hostilidad de Melanie me hería en lo vivo.

—Creía que habías dicho que volverían hoy —lo desafié.

—Tienes razón. Supongo que entonces no hace falta reorganizar nada.

Suspiré.

—Quizá deberías tomarte la tarde libre.

—No seas tonto —le dije—. Me sobran energías para trabajar.

Sonrió ampliamente, como si yo hubiera dicho algo que le complaciera, algo que él hubiera estado esperando que dijera.

—Magnífico. Tengo un proyecto para el que me vendría bien contar con ayuda.

—¿Qué proyecto es ése?

—Te lo mostraré. ¿Terminaste ya?

Asentí con un gesto. Él me tomó de la mano para sacarme de la cocina. Una vez más, aquello era tan normal que Melanie apenas protestó.

—¿Por qué vamos por aquí? —el campo del lado este ya no necesitaba atención. Precisamente esa mañana habíamos formado parte del grupo encargado de irrigarlo.

Ian no respondió. Seguía muy sonriente. Me llevó por el túnel oriental, pasando el campo y hacia el pasillo que sólo conducía a un sitio. En cuanto estuvimos en ese túnel oí un resonar de voces y un esporádico *tum, tum* que tardé un momento en identificar. El olor sulfuroso, rancio y amargo, me ayudó a vincular el ruido con el recuerdo.

—Ian, no estoy de humor para esto.

—Dijiste que te sobraban energías.

—Para trabajar. No para jugar fútbol.

—Pero Lily y Wes se van a llevar una tremenda desilusión. Les prometí un partido de dos contra dos. Se han esforzado tanto esta mañana para tener la tarde libre...

—No intentes hacerme sentir culpable —dije, mientras dábamos la vuelta a la última curva. Vi la luz azul de varias lámparas y las sombras que parpadeaban delante de ellas.

—¿Verdad que funciona? —bromeó él—. Vamos, Wanda, te vendrá bien.

Me arrastró hacia el salón de juegos, donde Lily y Wes se pasaban mutuamente la pelota de extremo a extremo del campo.

—Hola, Wanda. Hola, Ian —nos saludó Lily.

—Éste es mío, O'Shea —advirtió Wes a Ian.

—No permitirás que Wes me gane, ¿verdad? —murmuró mi acompañante.

—Tú puedes con ellos, solo.

—Que va, aun podría perder y jamás sobreviviría a eso.

Suspiré.

—Está bien, *bien*. Como quieras —Ian me abrazó con un entusiasmo que a Melanie le pareció innecesario.

—Eres mi favorita entre todas las personas del universo conocido.

—Gracias —murmuré con sequedad.

—¿Lista para la humillación, Wanda? —me provocó Wes—. Puede que hayan ocupado el planeta, pero vas a perder este partido.

Ian se echó a reír, aunque yo no respondí. Esa broma me inquietaba. ¿Cómo podía Wes bromear sobre eso? Los humanos no cesaban de sorprenderme.

Incluida Melanie. Hacía un rato estaba de un humor tan abatido como el mío, pero ahora parecía repentinamente entusiasmada.

La vez anterior no pudimos jugar, explicó. Sentí que se moría por correr, pero esta vez no por miedo, sino por placer. Era algo que siempre le había encantado. *Ellos no volverán antes porque los esperemos sin hacer nada. Nos vendrá bien un poco de distracción.* Ya estaba ideando estrategias y evaluando a nuestros adversarios.

—¿Conoces las reglas? —me preguntó Lily.

Asentí con la cabeza.

—Las recuerdo, sí.

Flexioné distraídamente la rodilla y tomé mi tobillo por detrás para tirar de él, a fin de estirar los músculos. Era una posición que mi cuerpo reconocía. Estiré la otra pierna y me complació sentir que estaba en forma. El cardenal de la cara posterior del muslo se había decolorado hasta el amarillo e iba desapareciendo. El costado estaba bien, lo cual me hacía pensar que la costilla no había llegado a fracturarse. Dos semanas antes, mientras limpiaba espejos, me había visto la cara. En la mejilla se me estaba formando una cicatriz de color rojo obscuro, tan grande como la palma de mi mano, con una docena de puntas melladas en torno del borde. A mí me preocupaba menos que a Melanie.

—Yo me pondré en la portería —me dijo Ian, mientras Lily retrocedía y Wes se paseaba junto a la pelota. Había una clara desigualdad, pero a Melanie le gustaba. Le atraía la competencia.

Desde el momento en que se inició el partido Wes retrasó el balón hacia Lily y luego corrió adelante para esquivarme y recibir su pase —hubo muy poco tiempo para pensar. Sólo para reaccionar y sentir. Ver a Lily cambiar de posición y calcular la dirección en que enviaría la pelota. Cortar el paso a Wes —ah, pero qué sorpresa la suya al descubrir mi velocidad—, lanzar la pelota a Ian y avanzar por el campo. Lily jugaba demasiado a la vanguardia. La seguí hacia el poste de la lámpara y le gané. Ian me mandó un pase perfecto y marqué el primer gol.

Aquello era agradable: las distensiones y contracciones de los músculos, el sudor del esfuerzo, y no del mero calor, el trabajo de equipo con Ian. Nos compenetrábamos bien. Yo era veloz y él tenía una puntería mortífera. Las pullas de Wes se marchitaron antes de que mi compañero anotara el tercer gol.

Cuando llegamos a veintiuno Lily dio el juego por terminado. Estaba jadeando. Yo no, me sentía bien, con los músculos calientes y ágiles.

Wes quería jugar otro partido, pero Lily estaba exhausta.

—Reconócelo: ellos son mejores.

—Nos hicieron trampa.

—Nadie dijo que ella no supiera jugar.

—Pero tampoco que fuera profesional, ¿o si?

Eso me gustó, tanto, que me hizo sonreír.

—No seas mal perdedor —dijo Lily, mientras alargaba una mano para hacerle cosquillas en el vientre, juguetona. Él la tomó por los dedos para acercarla más. Ella intentó zafarse entre risas, pero Wes la atrajo hacia sí y plantó un sonoro beso en aquella boca que reía.

Ian y yo intercambiamos una rápida mirada, sorprendidos.

—Sólo por ti perderé con elegancia —dijo Wes a su compañera y después la soltó. La piel suave y acaramelada de Lily se había sonrojado un poco en las mejillas y en el cuello. Nos miró, a Ian y a mí, para valorar nuestra reacción.

—Y ahora —continuó Wes— voy a buscar refuerzos. Ya veremos cómo se desempeña tu pequeña doble contra Kyle, Ian. Y arrojó la pelota al rincón más obscuro de la cueva, donde la oí chapotear en el manantial.

Ian se alejó al trote para recuperarla, mientras yo continuaba observando a Lily con curiosidad.

Mi expresión la hizo reír con cierta timidez, nada habitual en ella.

—Ya lo sé, ya lo sé.

—¿Desde cuándo... empezaron? —pregunté.

Ella hizo una mueca.

—Perdón. No es asunto mío.

—No importa. No es ningún secreto. Al fin y al cabo, ¿quién puede guardar un secreto en este sitio? Es que... para mí es algo nuevo. En cierto modo ha sido culpa tuya —añadió, sonriendo para demostrar que bromeaba.

Aun así me sentí algo culpable. Y confundida.

—¿Mía? ¿Qué es lo que he hecho?

—Nada— me aseguró—. Pero me sorprendió que Wes... reaccionara ante ti de ese modo. No sabía que fuera una persona de sentimientos tan profundos. En realidad, hasta entonces no le había prestado mucha atención. Vamos, sí... es demasiado joven para mí, pero ¿qué importa eso, aquí donde estamos? —volvió a reírse—. Es extraño que la vida y el amor puedan continuar así. No me lo esperaba.

—Sí. Es curioso cómo pasan estas cosas —concordó Ian. Yo no lo había oído regresar cuando me pasó un brazo sobre los hombros—. Pero es fantástico, de todas formas. Supongo que sabes que Wes estuvo encaprichado contigo desde que llegó, ¿verdad?

—Es lo que él dice. Yo no me había dado cuenta —Ian rió—. Entonces debes haber sido la única. Oye, Wanda, ¿quieres que juguemos un uno contra uno mientras esperamos?

Percibí el mudo entusiasmo de Melanie.

—Bien.

Me cedió el primer turno con la pelota, retrocediendo y cubriendo la meta. Mi primer tiro pasó entre él y el poste y fue anotación. Lo apremié cuando hizo la patada de salida y recuperé el balón. Marqué otro gol.

Nos está dejando ganar, rezongó Mel.

—¡Vamos, Ian! ¡Juega!

—Pero si estoy jugando.

Dile que está jugando como una chica.

—Juegas como una chica.

Él se echó a reír y yo volví a quitarle la pelota. La pulla no fue suficiente. Entonces tuve un rapto de inspiración, así que disparé a su portería, sospechando que sería mi última oportunidad de hacerlo.

Mel objetó: *Esa idea no me gusta.*

Pues verás cómo funciona.

Puse nuevamente el balón en el centro del campo.

—Si ganas, te dejaré dormir en mi habitación hasta que ellos vuelvan —necesitaba dormir bien una noche entera.

—Gana el primero que llegue a diez.

Con un gruñido, lanzó la pelota con tanta fuerza que pasó a mi lado, rebotó contra la invisible pared de atrás de mi portería y volvió hacia nosotros.

Miré a Lily.

—¿No pasó por fuera?

—No, para mí que dio justo en el centro.

—Uno a tres —anunció Ian.

Tardó quince minutos en ganar, pero al menos me hizo trabajar de verdad. Me las arreglé para meter un gol más, de lo cual me sentí orgullosa. Mientras luchaba para introducir aire en mis pulmones, él me robó la pelota una vez más y la hizo pasar entre mis postes por última vez.

No le faltaba el aliento en absoluto.

—Diez a cuatro, he ganado.

—Bien jugado —resoplé.

—¿Cansada? —preguntó, exagerando un poco su tono de inocencia. Qué gracioso. Se estiró.

—Creo que ya estoy listo para irme a la cama —su sonrisa fue melodramáticamente lasciva.

Torcí el gesto.

—Vamos, Mel, ya sabes que es broma. Sé buena.

Lily nos echó una mirada de desconcierto.

—La Melanie de Jared me pone reparos —le explicó Ian, mientras le guiñaba un ojo. Ella enarcó las cejas.

—Qué... interesante.

—¿Dónde se ha metido Wes, que tarda tanto? —murmuró Ian, sin darse cuenta de la reacción de Lily.

—¿Vamos a ver que pasa? Me vendría bien un poco de agua.

—A mí también —admití.

—Traigan un poco.

Lily seguía medio despatarrada en el suelo, sin moverse.

Cuando entramos en el estrecho túnel Ian me rodeó la cintura con un brazo.

—Sabes —comentó— no es justo que Melanie te haga sufrir cuando en realidad está enojada conmigo.

—¿Y desde cuándo son justos, los humanos?

—Bien dicho.

—Además a ella le encantaría hacerte sufrir, si yo se lo permitiera.

Se echó a reír.

—Qué bien, lo de Wes y Lily, ¿no crees? —dijo.

—Sí. Se les ve muy felices. Eso me gusta.

—También a mí. Al final, Wes consiguió a su chica. Eso me da esperanzas —me guiñó el ojo.

—¿Crees que Melanie te haría pasar un mal rato si yo te besara ahora mismo?

Me envaré durante un segundo y después inspiré hondo.

—Es probable.

Ya lo creo.

—Decididamente, sí.

Ian suspiró.

Al mismo tiempo oímos el grito de Wes. Su voz provenía desde el extremo del túnel y se acercaba a cada palabra.

—¡Han regresado! ¡Han regresado, Wanda!

Tardé menos de un segundo en procesar aquello e inmediatamente partí a toda carrera. Ian, detrás de mí, murmuraba algo sobre el esfuerzo malgastado.

Estuve a punto de derribar a Wes.

—¿Dónde? —jadeé.

—En la plaza.

Y salí disparada otra vez. Volé hacia el gran salón-jardín, buscándolos con la mirada. No fue difícil encontrarlos. Jamie estaba de pie ante un grupo de gente reunido junto a la entrada del túnel meridional.

—¡Hola, Wanda! —gritó, agitando la mano.

Trudy lo aferró por el brazo, como para impedir que corriera a mi encuentro, mientras yo aceleraba en torno al sembradío.

Lo así por los hombros con ambas manos para estrecharlo contra mí.

—¡Oh, Jamie!

—¿Me echabas de menos?

—Sólo un poco. ¿Dónde están los otros? ¿Regresaron todos? ¿Todos están bien?—. Aparte de Jamie, y de todos los que debían volver de la expedición, sólo estaba presente Trudy. El resto del grupo —Lucina, Ruth Ann, Kyle, Travis, Violetta, Reid— estaban allí para recibirlos.

—Hemos vuelto todos y estamos bien —me aseguró ella.

Recorrí con los ojos la gran caverna.

—¿Dónde están los demás?

—Pues... fueron a lavarse, a dejar la carga...

Quería ofrecerme para ayudar, para hacer cualquier cosa que me acercara a Jared, para comprobar con mis propios ojos que estuviera sano y salvo, pero sabía que no se me permitiría ver dónde se estaba guardando aquella mercancía.

—Creo que necesitas un baño —le dije a Jamie, mientras le revolvía el pelo sucio y enredado, sin soltarlo aún.

—Pero si tiene que ir a acostarse —observó la mujer.

—*Trudy* —murmuró el chico, mirándola ceñudo.

Ella me echó un vistazo y apartó rápidamente sus ojos.

—¿Que debes irte a la cama? —me aparté de Jamie para observarlo bien. No parecía cansado; tenía los ojos brillantes y las mejillas arreboladas bajo el bronceado. Lo recorrí con una sola mirada y entonces los ojos se me quedaron clavados en su pierna derecha.

—¡Jamie! ¿qué te pasó?

—Gracias, Trudy.

—Se iba a dar cuenta de todos modos. Vamos, podemos ir charlando mientras cojeas.

Trudy puso un brazo bajo el suyo, y le ayudó a avanzar a un salto lento cada vez, cargando el peso sobre la pierna izquierda. Tenía un desgarrón en los *jeans*, unos cuantos centímetros por encima de la rodilla. La tela del contorno era de un pardo rojizo y ese color ominoso se derramaba en una larga mancha hasta el final de la pernera.

Sangre, reconoció Melanie, horrorizada.

—¡Jamie! ¡Dime qué te pasó! —lo rodeé con un brazo desde el otro lado, tratando de cargar su peso hasta donde me fuera posible.

—Fue una estupidez y todo por mi culpa. *Y* podría haberme sucedido aquí mismo.

—Dime.

Él suspiró.

—Tenía un cuchillo en la mano y tropecé.

Me estremecí.

—¿No deberíamos llevarte hacia el lado opuesto? Tiene que verte Doc.

—De allí vengo. Hemos ido inmediatamente.

—¿Y qué dijo Doc?

—Que estoy bien. Me la limpió, vendó y dijo que vaya a acostarme.

—Pero ¿por qué caminaste hasta aquí? ¿Por qué no te quedaste en el hospital?

Jamie puso mala cara y levantó la vista hacia Trudy, como si estuviera buscando una respuesta.

—En su cama estará más cómodo —sugirió ella.

—Sí —acordó él, de inmediato—. ¿Quién puede descansar en esos catres horrorosos?

Los miré primero a ellos y luego eché una ojeada a mi espalda. La gente se había ido. Me llegó el eco de sus voces, que se alejaban por el corredor sur.

¿De qué se trata todo esto?, se preguntó Mel, cautelosa. Entonces caí en la cuenta de pronto de que Trudy no era mucho más hábil que yo para las mentiras. Al decir que los otros habían ido a lavarse y a descargar, su voz había sonado falsa. Me pareció recordar que había desviado los ojos hacia la derecha, en dirección al túnel.

—¡Hola, chico! ¡Hola, Trudy! —Ian acababa de alcanzarnos.

—Hola, Ian —lo saludaron ellos, al mismo tiempo.

—¿Qué te pasó?

—Me caí sobre un cuchillo —gruñó el chico, con la cabeza gacha.

Él soltó una carcajada.

—No le veo la gracia —le dije, con voz tensa. En mi cabeza Melanie, frenética de preocupación, se imaginaba abofeteándolo. La ignoré.

—Esto le puede pasar a cualquiera —dijo Ian, asestando un leve golpe con el puño al brazo de Jamie.

—Desde luego —murmuró él.

—¿Dónde están todo el mundo?

Mientras Trudy respondía la observé por el rabillo del ojo.

—Tenían que... eh... acabar con la descarga.

Esta vez sus ojos se movieron con mucha determinación hacia el túnel del sur, Ian endureció la expresión y pareció irritado durante medio segundo. En ese momento Trudy me devolvió la mirada y me sorprendió observando.

Distráelos, susurró Melanie.

De inmediato bajé la vista a Jamie.

—¿Tienes hambre? —le pregunté.

—Ah, claro.

—¿Y cuándo no tienes tú hambre? —bromeó Ian. Su cara había vuelto a relajarse. Era más hábil que Trudy para el engaño.

Cuando llegamos a nuestra habitación el chico se dejó caer en el amplio colchón, agradecido.

—¿Estás seguro de que estás bien? —verifiqué.

—Esto no es nada. De verdad. Dice Doc que me pondré bien en unos cuantos días.

Asentí con la cabeza, aunque no estaba del todo convencida.

—Voy a lavarme —murmuró Trudy. Y se marchó.

Ian se apoyó contra la pared, con pinta de no ir a ninguna parte.

Cuando mientas mantén la cabeza gacha, aconsejó Melanie.

—¿Ian? —yo miraba atentamente la pierna ensangrentada de Jamie—. ¿Te molestaría traernos algo de comer? Yo también tengo hambre.

—Ah, sí, tráenos algo bueno.

Sentí los ojos de Ian sobre mí, pero no levanté la vista.

—Bien —accedió él—. Volveré en un segundo —hizo hincapié en lo breve del tiempo.

Yo mantuve la mirada gacha, como si examinara la herida, hasta que dejé de oír el ruido de sus pisadas.

—¿No estás enojada conmigo? —preguntó Jamie.

—Claro que no.

—Pero no querías que fuera.

—Ahora estás a salvo y eso es lo único que importa —le di unas palmaditas distraídas en el brazo. Al levantarme dejé que el pelo, que ya me llegaba al mentón, cayera hacia adelante, ocultándome la cara.

—Vuelvo en seguida. Olvidé decirle algo a Ian.

—¿Qué? —preguntó él, confundido por mi tono.

—¿No te importa quedarte solo?

—No, desde luego —replicó, desconcertado.

Me deslicé al otro lado de la mampara antes de que pudiera preguntar nada más.

El corredor estaba desierto y no se veía a Ian por ninguna parte. Debía darme prisa, pues él ya sospechaba. Había notado que no me había pasado inadvertido lo torpe y forzado de la explicación de Trudy, así que su ausencia no duraría mucho.

A paso rápido, pero sin correr, crucé la plaza grande. Con firmeza, como si fuera a alguna diligencia. Allí había sólo unas cuantas personas, Reid, que iba hacia el pasillo que conducía a la piscina del baño, Ruth Ann y Heidi, que se habían detenido a charlar junto al corredor oriental, Lily y Wes, que estaban tomados de la mano, de espaldas a mí. Nadie me prestó atención. Mantuve la vista hacia adelante como si no tuviera ningún interés en el túnel sur y sólo giré en esa dirección en el último instante.

En cuanto estuve en la negrura del corredor aceleré el paso, al trote, por aquel camino familiar.

El instinto me decía que todo era lo mismo, una repetición de la última vez que Jared y los otros habían vuelto de una expedición, cuando todo el mundo se había puesto triste, Doc se había emborrachado y nadie respondía a mis preguntas. Ahora volvía a suceder aquello de lo que yo no debía enterarme, fuera lo que fuese. Lo que no me convenía saber, según Ian. Sentí que se me erizaba el pelo de la nuca. Acaso realmente no *querría* saberlo.

Claro que sí. Las dos queremos enterarnos.

Tengo miedo.

Yo también.

Corrí por aquel túnel obscuro, tan silenciosamente como pude.

40

Horrorizada

Aminoré el paso, cuando escuché unas voces que se acercaban. No estaba lo bastante cerca del hospital para que fuese Doc. Eran otros los que regresaban de allí. Apreté la espalda contra el muro de roca para continuar avanzando, tratando de no hacer ruido. Mi respiración estaba agitada por la carrera. Me cubrí la boca con la mano para sofocar el ruido.

—... por qué continuamos haciendo esto —se quejó alguien.

No sabía con certeza de quién era esa voz, pero era de alguien que yo no conocía bien. ¿Tal vez Violetta? Reconocí el mismo tono depresivo de antes. Eso me borró cualquier duda que tuviera de estar imaginando cosas.

—Doc no quería hacerlo. Esta vez fue idea de Jared.

Sin duda era Geoffrey quien hablaba ahora, aunque su voz sonaba algo alterada por la repulsión contenida. Naturalmente, él quien había acompañado a Trudy en la expedición, porque lo hacían todo juntos.

—Yo pensaba que era quien más se oponía a este asunto.

Ése era Travis, supuse.

—Ahora está más... motivado —respondió Geoffrey. Su voz sonaba tranquila, pero diría que parecía enojado por algo.

Pasaron a un palmo escaso de donde yo estaba, apretada contra la roca, inmóvil y conteniendo el aliento.

—Me parece malsano —murmuró Violetta—. Asqueroso. Jamás dará resultado.

Caminaron lentamente, con pesados pasos de desaliento.

Nadie le respondió. Nadie volvió a hablar al alcance de mi oído. Aguardé inmóvil hasta que sus pisadas se alejaron un poco, pero no podía esperar a que el sonido desapareciera por completo. Era posible que Ian ya viniera tras de mí.

Me escurrí hacia delante tan deprisa como me fue posible y cuando me pareció que no había peligro volví a trotar.

Capté el destello de las primeras y débiles evidencias de luz diurna al otro lado del ondulante túnel, y adopté un paso largo, más silencioso, pero que me permitiera avanzar con rapidez. Sabía que, cuando dejara atrás ese arco abocinado, podría ver la entrada al reino de Doc. Seguí el recodo y la luz se tornó más brillante.

Ahora avanzaba con cautela, apoyando cada pie con sigilo y prudencia. Todo estaba muy tranquilo. Por un momento pensé que tal vez estaba equivocada y que allí no había absolutamente nadie. Pero cuando la entrada irregular apareció a la vista, proyectando un bloque de blanca luz solar contra la pared opuesta, oí que alguien sollozaba quedamente.

Me acerqué de puntillas hasta el borde de la abertura y me detuve a escuchar.

Los sollozos continuaban. Otro sonido, un golpeteo sordo, suave y rítmico, le seguía el compás.

—Bueno, bueno —era la voz de Jeb, enronquecida por alguna emoción—. Tranquilo, tranquilo, Doc. No te lo tomes tan a pecho.

El ruido sofocado de las pisadas de dos o más personas, iban y venían por la habitación. Un susurro de telas. Un roce. Parecían ruidos de limpieza.

Percibí un olor que estaba fuera de lugar en aquel sitio. Extraño... no exactamente metálico, pero tampoco comparable a otra cosa. No me era conocido, estaba segura de no haberlo sentido nunca. Sin embargo, tenía la extraña sensación de que habría debido resultarme familiar.

Tenía miedo de darle la vuelta a ese recodo.

¿Qué es lo peor que pueden hacernos?, señaló Mel. *¿Echarnos de aquí?*

Tienes razón.

Definitivamente, mucho habían cambiado las cosas si esto era lo peor que ahora podía temer de los humanos.

Inspiré hondo —advirtiendo otra vez ese extraño olor a algo malo, del todo ajeno a este lugar— y rodeé el borde rocoso para entrar en el hospital.

Nadie reparó en mí.

Doc estaba arrodillado en el suelo, con la cara entre las manos y los hombros convulsos. Jeb, inclinado hacia él, le daba palmaditas en la espalda.

Jared y Kyle habían extendido una tosca camilla al lado de uno de los dos catres situados en el centro de la habitación. La expresión de Jared era dura: la máscara había regresado durante su ausencia.

Los catres no estaban vacíos como de costumbre. Había algo oculto bajo sendas mantas de color verde obscuro que los cubría de punta a punta. Eran largos e irregulares, con curvas y ángulos que me eran familiares...

A la cabecera de los catres, en el sitio más iluminado, habían instalado la mesa de Doc, de fabricación casera. En ella centelleaba una serie de objetos plateados, entre ellos relucientes bisturíes y una colección de anticuados instrumentos médicos, cuyos nombres yo desconocía.

Pero más que ellos brillaban otras cosas plateadas. Había relucientes segmentos de plata estirados por toda la mesa, retorcidos y torturados... diminutas hebras argentinas, desnudas y esparcidas... salpicaduras de plata líquida que manchaban la mesa, la manta, los muros...

Mi alarido hizo trizas el silencio de la habitación. El cuarto entero se hizo trizas. Giró raudamente y se sacudió ante el sonido, se arremolinó a mi alrededor, impidiéndome encontrar la salida. Las paredes, esas paredes manchadas de plata, se elevaban para bloquearme la huida en cualquier dirección que me volviera.

Alguien gritó mi nombre, pero no supe de quién era la voz. Los alaridos eran tan fuertes que me hacían daño en la cabeza. El muro de piedra, rezumando plata, se estrelló contra mí y caí al suelo. Unas manos pesadas me inmovilizaron allí.

—¡Socorro, Doc!

—¿Qué le pasa?

—¿Le ha dado un ataque de algo?

—¿Qué ha visto?

—Nada, nada. ¡Los cadáveres estaban cubiertos.

¡Eso era mentira! Los cadáveres estaban horrorosamente descubiertos, esparcidos en contorsiones obscenas por toda esa mesa reluciente. Cadáveres mutilados, desmembrados, torturados, deshechos en jirones grotescos.

Había visto con claridad los restos de las antenas, aun adheridos a la sección anterior de una criatura. ¡Era apenas una criatura! ¡Un bebé! Un bebé arrojado de cualquier manera, en trozos cercenados, desperdigado por toda la mesa manchada con su propia sangre...

El estómago me daba vueltas, al igual que las paredes, y el ácido me trepó como una garra hasta la garganta.

—¿Wanda? ¿Me oyes?

—¿Está consciente?

—Creo que va a vomitar.

La última voz estaba en lo cierto. Unas manos callosas me sostuvieron la cabeza, en tanto el ácido de mi estómago salía con violencia.

—¿Qué hacemos, Doc?

—Sujétenla. No permitan que se haga daño.

Tosí y empecé a retorcerme, tratando de escapar. Mi garganta se despejó.

—¡Súeltenme! —pude al fin decir, medio sofocada. Las palabras sonaban casi incomprensibles—. ¡No me toquen! ¡No me toquen! ¡Son unos monstruos! ¡Unos torturadores!

Volví a chillar sin palabras, contorsionándome contra los brazos que me retenían.

—¡Cálmate, Wanda! ¡Calla! ¡Todo está bien! —era la voz de Jared. Por una vez no me importó que fuera él.

—¡Monstruo! —aullé.

—Está histérica —le dijo Doc. —Sujétala.

Un golpe seco, doloroso, me cruzó la cara.

Hubo una exclamación ahogada, lejos del caos inmediato.

—¡Qué estás haciendo! —rugió Ian.

—La cosa tiene un ataque o algo así, Ian. Doc intenta hacerla reaccionar.

Me silbaban los oídos, pero no por la bofetada. Era el olor, el olor de la sangre plateada que goteaba por las paredes, el olor de la sangre de las almas. La habitación se retorcía a mi alrededor como si estuviera viva. La luz creaba dibujos extraños, se curvaba adoptando la forma de los monstruos de mi pasado. Un Buitre desplegó sus alas... una bestia con garras movió sus pesadas pinzas hacia mi rostro... Doc, sonriente, alargó una mano hacia mí, goteando plata por la punta de los dedos...

La habitación giró una vez más, lentamente, y se hizo la obscuridad.

La inconsciencia no me retuvo durante mucho tiempo. Debieron de pasar sólo unos segundos antes de que se me despejara la cabeza. Estaba demasiado lúcida, y habría preferido seguir ausente un rato más. Me movía en un balanceo, hacia atrás y hacia delante, y todo estaba tan negro que no se veía nada. Misericordiosamente, aquel olor horrible había desaparecido. El aire húmedo y mohoso de las cuevas se me antojó perfume.

La sensación de ser transportada, acunada, me era familiar. Aquella primera semana, después del ataque de Kyle, había ido a muchos sitios en brazos de Ian.

—... supuse que ella habría adivinado lo que nos traíamos entre manos. Pero parece que me equivoqué —murmuraba Jared.

—¿Eso es lo que crees que pasó? —la endurecida voz de Ian cortó el silencio del túnel—. ¿Que se asustó al ver que Doc estaba tratando de retirar a las otras almas? ¿Que tuvo miedo por sí misma?

Su compañero tardó un minuto en responder.

—¿Tú dirías que no?

Ian emitió un ruido desde el fondo de la garganta.

—Claro que no. Por mucho que me disguste que traigan más... víctimas para Doc, ¡traerlas ahora...! Por mucho que eso me revuelva el estómago, no es eso lo que la trastornó. ¿Cómo puedes estar tan ciego? ¿No imaginas como ha visto ella esa escena?

—Estoy seguro de que ya habíamos cubierto los cadáveres cuando...

—¡Pero eran los *cadáveres equivocados*, Jared! Oh, claro que Wanda se trastornaría si viera un cadáver humano, siendo tan sensible como es y más aún teniendo en cuenta que la violencia y la muerte no forman parte de su mundo normal. Pero imagina lo que representa para ella aquello que había en la mesa.

Él tardó todavía un minuto.

—Oh.

—Sí. Si tú o yo nos hubiéramos topado con una vivisección humana, con cuerpos desgarrados y salpicaduras de sangre por todas partes, no nos habríamos impresionado tanto como ella. Ya lo hemos visto todo, aun desde antes de la invasión, cuando menos, en las películas de terror. Pero ella no debe haberse visto expuesta nunca a algo así, en ninguna de sus existencias.

Empezaba a marearme otra vez. Sus palabras me lo recordaban todo otra vez. La escena. El olor.

—Suéltame —susurré—. Déjame en el suelo.

—No quería despertarte, lo siento —esas últimas palabras sonaron intencionadas, porque se estaba disculpando por algo más que por haberme despertado.

—Suéltame.

—No te encuentras bien. Te voy a llevar a tu habitación.

—No. Bájame ahora mismo.

—Wanda...

—¡Ahora mismo! —grité. Empujé contra su pecho, al tiempo que pataleaba para liberar las piernas. La ferocidad de mi forcejeo lo tomó por sorpresa, de modo que pude soltarme. Caí al suelo, medio agazapada, me incorporé de un brinco y eché a correr.

—¡Wanda!

—Déjala.

—No me toques. ¡Wanda, regresa!

Parecían estar peleando allí detrás, pero no aminoré el paso. Era natural que pelearan. Eran humanos. Para ellos la violencia era un placer. No me detuve cuando me encontré de nuevo bajo la luz. Crucé a paso rápido la caverna grande, sin mirar a ninguno de los monstruos que allí estaban. Sentí sus miradas sobre mí y no me importó.

Tampoco me importaba a dónde iba. Sólo quería un sitio donde pudiera estar sola. Evité los túneles donde hubiera gente y eché a correr por el primero que encontré desierto.

Era otra vez el túnel oriental. Esta era la segunda vez en el día que corría por ese pasillo. La vez anterior lo había hecho llena de alegría, ahora, iba horrorizada. Me costaba recordar lo que había sentido esta tarde, al saber que los exploradores habían regresado de nuevo a casa. Ahora todo se había vuelto tenebroso y horrible, incluido su regreso. Hasta las piedras mismas parecían destilar algo maligno.

No obstante, este pasillo era el más conveniente para mí. Nadie tenía motivos para utilizarlo y estaba vacío.

Corrí hasta el final del túnel, a la noche profunda del salón de juegos, ahora desierta. ¿Era posible que yo hubiera jugado allí con ellos, hacía tan poco tiempo? Cómo podía haber dejado que me sedujeran sus sonrisas, sin percatarme que bajo ellas se ocultaban unas bestias...

Me desplacé hacia delante hasta que tropecé con las aguas oleosas del obscuro manantial. Retrocedí con la mano extendida en busca de una pared. Al encontrar una áspera cornisa rocosa —que ofrecía un borde afilado bajo mis dedos— me adentré en la depresión formada por la saliente y me acurruqué allí, en el suelo, hecha un ovillo.

Aquello no fue lo que creímos. Doc no quería hacer daño a nadie a propósito. Sólo estaba intentando salvar...

¡SAL DE MI CABEZA!, grité.

Mientras la arrojaba fuera de mí —amordazándola para no tener que soportar sus justificaciones —caí en la cuenta de lo mucho que se había debilitado en todos aquellos meses de amistad. Hasta qué punto yo había sido permisiva, alentadora.

Acallarla ahora resultó demasiado fácil, tanto como habría debido serlo desde el principio.

Ahora sólo quedaba yo. Sólo yo, el dolor, el horror del que jamás escaparía. Jamás dejaría de tener esa imagen en la cabeza. Jamás me libraría de ella. Formaba parte de mí, para siempre.

No sabía cómo se guardaba luto en este planeta. No podía llorar a la manera humana por esas almas perdidas, cuyos nombres ya no sabría nunca. Ni tampoco por la criatura destrozada de la mesa.

En el Origen nunca había tenido que vivir un duelo. Ignoraba cómo se hacía allí, en el verdadero hogar de mi especie. Por lo tanto, me conformé con el duelo de los Murciélagos. Parecía apropiado estar aquí, donde la obscuridad era como estar ciego. Los Murciélagos vivían su luto en silencio, sin cantar durante varias semanas seguidas y no finalizaba hasta que el dolor de la nada que ocasionaba la falta de música era peor que el dolor por haber perdido a un alma. Allí yo había conocido la pérdida. Un amigo murió en un accidente absurdo, al caer un árbol por la noche; lo encontraron demasiado tarde para rescatarlo del cuerpo aplastado de su huésped. Espiral... Ascenso... Armonía, esas eran las palabras que habrían compuesto su nombre en esta lengua. Si no con exactitud, al menos con bastante aproximación. En su muerte no hubo horror, únicamente pena. Sólo había sido un accidente.

El burbujeo del arroyo resultaba demasiado cacofónico como para recordarme nuestras canciones. No podía lamentarme de forma apropiada junto a ese estruendo tan inarmónico.

Me ceñí los hombros con los brazos y lloré por la criatura, por la otra alma que había muerto con ella. Mis hermanos. Mi familia. Si hubiera hallado un modo de escapar de ese sitio, si hubiera advertido a los Buscadores, a estas horas sus restos no estarían en aquella habitanción sangrienta, indiferentemente mutilados y revueltos.

Quería llorar, gemir de angustia. Pero así era como lo hacían los humanos. Así que cerré mis labios con fuerza y acurrucada en la obscuridad, contuve el dolor en mi interior.

Pero mi silencio, mi duelo, me fueron robados.

Les llevó unas cuantas horas. Oí que buscaban, oí sus voces resonantes y deformadas por los largos tubos de aire. Me llamaban, esperando una respuesta. Como no la hubo, trajeron luces, no aquellas tenues lámparas azules, que quizá no habrían podido revelar mi escondrijo, sepultado bajo tanta negrura, sino las penetrantes luces amarillas de las linternas. Se balanceaban de un lado a otro, como péndulos de luz. Aun con las linternas no me encontraron hasta que no recorrieron el salón por tercera vez. ¿Por qué no me dejaban vivir mi duelo en paz?

Cuando los rayos al fin me desenterraron hubo una exclamación de alivio.

—¡La encontré! Di a los otros que vuelvan adentro. ¡Estaba aquí, después de todo!

Yo conocía la voz, pero no le puse nombre alguno. Era sólo un monstruo más.

—¿Wanda? Wanda, ¿estás bien?

No levanté la cabeza ni abrí los ojos. Estaba llorando a mis muertos.

—¿Dónde está Ian?

—¿No crees que deberíamos traer a Jamie?

—No le conviene mover la pierna.

Jamie. El nombre me estremeció. Mi Jamie. Pero él también era un monstruo. Igual que los otros. Mi Jamie. Pensar en él me provocaba un auténtico dolor físico.

—¿Dónde está?

—Aquí, Jared. Pero... no reacciona.

—No la hemos tocado.

—Vamos, dame la linterna —dijo Jared—. Ustedes, los demás, lárguense. Se acabó la emergencia. Déjenle espacio, ¿bien?

Hubo un arrastrar de pies que no se alejó mucho.

—De verdad. Así no nos ayudan. Márchense. Fuera.

El ruido tardó en recomenzar, pero luego pareció más efectivo. Logré escuchar multitud de pasos desvanecerse en la lejanía y luego desaparecer por completo.

Jared aguardó a que todo volviera a quedar en silencio.

—Bueno, Wanda, ahora estamos solos, tú y yo.

Esperaba algún tipo de respuesta.

—Mira, comprendo que debe haberte parecido bastante... mal. No queríamos que vieras eso. Lo siento.

¿Que lo sentía? Geoffrey había dicho que la idea había sido suya. Quería arrancarme, cortarme en trocitos, salpicar mi sangre contra la pared. Habría mutilado lentamente a un millón de Wandas, si hubiera hallado la manera de conservar vivo y junto a sí a su monstruo favorito. Nos habría hecho añicos a todos.

Calló durante un rato bastante largo, todavía esperando a que yo reaccionara.

—Parece que quieres estar sola. Lo comprendo. Puedo mantenerlos a todos a distancia, si eso es lo que prefieres.

No me moví.

Algo me tocó el hombro. Me aparté con un movimiento convulso, apretándome contra las piedras afiladas.

—Perdona —murmuró.

Oí que se ponía de pie y la luz, que se percibía roja tras mis ojos cerrados, fue desapareciendo a medida que él se alejaba.

A la boca de la salida se encontró con alguien.

—¿Dónde está?

—Quiere estar sola. Déjala.

—No vuelvas a estorbarme el paso, Howe.

—¿Acaso crees que ella querrá tu consuelo? ¿El consuelo de un humano?

—Yo no he participado en ese...

Jared respondió en voz más baja, pero me llegaron los ecos de su voz.

—*Esta* vez no. Tú eres uno de nosotros, Ian. Su enemigo. ¿No oíste lo que decía allí dentro? "Monstruos", gritaba. Así es como ella nos ve ahora. No querrá tu consuelo.

—Dame la linterna.

No volvieron a hablar. Pasado un minuto oí las lentas pisadas de una sola persona, que avanzaba por los bordes de la habitación. Finalmente la luz volvió a recorrerme y a teñirme los párpados de rojo.

Me acurruqué aun más, pensando que él me tocaría.

Hubo un suspiro quedo y luego oí que se sentaba en la piedra, no tan cerca como yo temía.

La luz desapareció con un chasquido.

Durante un buen rato, en silencio, aguardé a que él hablara, pero siguió tan callado como yo.

Por fin dejé de esperar y volví a mi duelo. Ian no lo interrumpió. Sentada en la negrura de ese gran hoyo en la tierra, yo sufría por las almas perdidas, con un humano a mi lado.

41

Desaparición

Ian permaneció a mi lado, sentado en la obscuridad, durante tres días.

Sólo se marchaba unos cuantos minutos de vez en cuando para traer comida y agua para los dos. Al principio él comía y bebía, aunque yo no lo hiciera. Más adelante, al comprender que no era la falta de apetito el motivo por el cual yo dejaba mi bandeja intacta, él también dejó de comer.

Yo aprovechaba sus breves ausencias para atender las necesidades físicas que no podía ignorar, agradecida por la cercanía de ese arroyo maloliente. Al prolongarse mi ayuno esas necesidades desaparecieron.

No podía evitar el sueño, pero no me hacía sentirme mejor. El primer día, al despertar, me encontré con la cabeza y los hombros acunados en el regazo de Ian. Me aparté de él con un espasmo tan violento que él no repitió el gesto. De ahí en adelante dormí tirada contra las piedras, allí donde estaba y cuando me despertaba, volvía a convertirme en un mudo ovillo.

—Por favor —susurró Ian, al tercer día, o en el que yo creía ser el tercer día, dado que en ese sitio silente y tenebroso no había modo de saber con certeza en tiempo transcurrido. Era la primera vez que él me hablaba.

Me di cuenta de que había una bandeja con comida frente a mí. Él la acercó un poco más, hasta que me tocó la pierna. Me aparté con un gesto de miedo.

—Por favor, Wanda. Por favor, come un poco.

Me puso una mano en el brazo, pero la retiró de inmediato al ver que yo me encogía.

—Por favor, no me odies. Lo siento tanto. Si me hubiera enterado... lo habría impedido. No permitiré que vuelva a suceder.

Él no podría detenerlos. Era sólo uno entre muchos. Y tal como había dicho Jared, hasta entonces no había puesto objeciones. Yo era el enemigo. Incluso entre los más compasivos, la limitada misericordia de la humanidad quedaba reservada para los de su especie.

Yo sabía que Doc no era capaz de hacer sufrir deliberadamente a otra persona, dudaba de que fuera capaz siquiera de presenciar algo así, tan grande era su sensibilidad. Pero ¿un gusano, un ciempiés? ¿Qué podía importarle el tormento de una extraña criatura alienígena? ¿Por qué tendría que molestarle asesinar a un bebé —lentamente, trinchándolo trozo a trozo— si éste no tenía boca humana con la cual gritar?

—Debería habértelo dicho —susurró Ian.

¿Habría sido diferente si me lo hubieran dicho, en vez de haber visto yo misma esos despojos torturados? ¿el dolor habría sido menos fuerte?

—Come, por favor.

El silencio retornó y nos mantuvimos así durante un buen rato, quizá una hora.

Ian se levantó para alejarse sin hacer ruido.

Yo no le encontraba sentido a mis emociones. En ese momento odiaba el cuerpo al que estaba amarrada. ¿Cómo explicar que la ausencia de ese hombre me deprimiera? ¿Por qué me dolía la soledad que ansiaba? Quería que el monstruo regresara. Y eso estaba mal, obviamente. No pasé mucho tiempo sola. No sabría decir si Ian fue a buscarlo o si él había estado esperando a que mi compañero se marchara, pero reconocí el silbido pensativo de Jeb, conforme se acercaba en la obscuridad.

Los silbidos se detuvieron a un par de metros de mí y se oyó un chasquido potente. Un rayo de luz amarilla me quemó los ojos y parpadeé para rechazarlo.

Jeb dejó la linterna en el suelo, con la bombilla hacia arriba. Arrojaba un círculo de luz contra el techo bajo, formando en torno de nosotros una esfera luminosa más amplia y difusa.

Él se apoyó contra el muro, a mi lado.

—¿Entonces, te vas a dejar morir de hambre? ¿Es eso lo que buscas?

Clavé la mirada en el suelo rocoso.

Siendo sincera conmigo misma, sabía que mi duelo había terminado. Había llorado por la muerte de aquella criatura y de la otra alma que no conocía y que había visto por primera vez en esa cueva de los horrores. No podía llorar eternamente la pérdida de dos desconocidos. No; ahora era distinto: estaba enojada.

—Si quieres morir, hay maneras más fáciles y rápidas.

Como si yo no fuera consciente de *eso*.

—Pues bien, entrégame a Doc —grazné.

Jeb no se sorprendió de oírme hablar. Asintió como para sí, como si hubiera sabido exactamente qué palabras saldrían de mi boca.

—¿Pretendías que nos diéramos por vencidos sin más, Viajera? —su voz sonó más severa, más seria de lo que nunca la había oído—. Nuestro instinto de supervivencia es demasiado fuerte para eso. Desde luego que deseamos hallar el modo de recuperar nuestras mentes. Un día de éstos podría tocarle a cualquiera de nosotros y ya hemos perdido a muchos de nuestros seres queridos.

Esto no es fácil. Doc se siente morir cada vez que fracasa, ya lo has visto. Pero ésta es nuestra realidad, Wanda. Éste es nuestro mundo. Hemos perdido una guerra y estamos a punto de extinguirnos: estamos tratando de hallar maneras de salvarnos.

Por primera vez Jeb me hablaba como a un alma, no como a un ser humano. No obstante, tuve la sensación de que siempre había tenido las diferencias bien claras. Simplemente, era un monstruo cortés.

Me era imposible negar la verdad de lo que me decía, porque tenía sentido. El efecto del impacto emocional había pasado y yo volvía a ser la de siempre. Ser justa formaba parte de mi carácter.

Algunos de estos humanos podían ver las cosas desde mi punto de vista, al menos, Ian. Y yo también podía verlas desde la perspectiva de ellos. Eran monstruos, pero monstruos que tenían motivos para hacer lo que estaban haciendo.

Naturalmente, pensaban que la solución era la violencia. No eran capaces de imaginar ninguna otra. ¿Podía yo juzgarlos, si su programación genética restringía de tal suerte sus facultades para la solución de problemas?

Carraspeé, pero mi voz aún sonaba ronca por la falta de uso.

—Destrozando bebés no salvarán a nadie, Jeb. Sólo han conseguido que mueran *todos*.

Por un momento guardó silencio.

—Es que no podemos distinguir a las crías de los adultos.

—No. Ya lo sé.

—Y los de tu especie tampoco perdonan a nuestros bebés.

—Pero no los torturamos. Nunca haríamos sufrir intencionalmente a nadie.

—Hacen algo peor: los hacen desaparecer.

—Y ustedes ambas cosas.

—Es cierto, sí, porque tenemos que intentarlo. Debemos continuar luchando y ésta es la única forma que conocemos. Se trata de continuar intentándolo o ponernos de cara a la pared y morir —me miró con una ceja enarcada.

Eso debía parecer lo que yo estaba haciendo.

Con un suspiro, tomé la botella de agua que Ian había dejado cerca de mi pie. La vacié de un largo trago y después me aclaré la garganta de nuevo.

—No servirá de nada, Jeb. Por mucho que nos corten en pedazos, no harán sino asesinar a más seres sensibles de ambas especies. No matamos porque nos guste, pero tampoco tenemos un cuerpo débil. Nuestros ligamentos pueden parecer suaves cabellos de plata, pero son más fuertes que sus órganos. Eso es lo que está sucediendo, ¿verdad? Doc parte a trozos a *mi familia*, pero sus extremidades desgarran los cerebros de la *tuya*.

—Como si fueran de requesón —confirmó él.

Hice una arcada, estremecida por la imagen.

—A mí también me dan ganas de vomitar —admitió él—. Y a Doc lo deja trastornado. Cada vez que cree haberlo resuelto, se le escurre otra vez. Ha probado todo lo imaginable, pero no puede evitar que se le conviertan en papilla. Sus almas no responden a las inyecciones sedantes... ni al veneno.

Mi voz sonó ríspida ante aquella nueva atrocidad.

—¡Por supuesto que no! Nuestra composición química es muy diferente.

—Cierta vez, uno de los tuyos pareció adivinar lo que iba a suceder. Antes de que Doc pudiera dormir al humano, esa cosita plateada desgarró el cerebro por dentro. No nos enteramos hasta que Doc lo abrió, claro, pero el tipo aquel se derrumbó sin más.

Quedé sorprendida, extrañamente impresionada. Esa alma debió de ser muy valiente. Yo no habría tenido el valor de dar ese paso, ni siquiera al principio, cuando temí que intentaran torturarme para conseguir esa misma respuesta. No imaginaba que tratarían de sacarla a hachazos por sí mismos, porque ese procedimiento estaba tan obviamente condenado al fracaso, que no se me habría ocurrido nunca.

—Somos seres relativamente pequeños, Jeb, y dependemos por completo de huéspedes involuntarios. Si no tuviéramos nuestras defensas no habríamos durado mucho tiempo.

—No niego que tu especie tenga derecho a esas defensas. Sólo te digo que continuaremos resistiendo, sea como fuere. Y con eso no quiero decir que hagamos sufrir a nadie por gusto. Vamos improvisando sobre la marcha, pero *no* dejaremos de luchar.

Nos miramos cara a cara.

—En ese caso, tal vez será mejor que *me* hagas trinchar por Doc. ¿Para qué otra cosa puedo servir?

—Calma, calma. No seas tonta, Wanda. Los humanos no somos tan lógicos. Nuestro espectro del bien y del mal es más amplio que el suyo. Vaya... y acaso mayor el del mal...

Al oírle asentí. Pero él continuó sin prestarme atención.

—Nosotros valoramos al individuo por encima de todo. Y llegado el caso, probablemente hacemos *demasiado* hincapié en el individuo. ¿A cuánta gente, en abstracto, sacrificaría... Paige, digamos... a cuánta gente sacrificaría ella por mantener con vida a su Andy? Si consideras que toda la humanidad está compuesta por seres iguales, la respuesta no tendría ninguna lógica.

El modo en que a ti se te valora aquí... bueno, tampoco tiene mucho sentido si lo miras desde el punto de vista de la humanidad. Pero hay quienes te valoran por encima de otro humano en abstracto. Debo admitir que yo mismo me incluyo en ese grupo. Te considero amiga mía, Wanda. Desde luego, no serviría de nada si me odias.

—No te odio, Jeb. Pero...

—¿Qué?

—Es que no veo la manera de continuar viviendo aquí. ¿Cómo, mientras ustedes masacran a mi familia en la habitación vecina? Y tampoco puedo marcharme, obviamente. ¿Comprendes lo que quiero decir? ¿Qué otra cosa puedo esperar aquí, sino la inútil carnicería de Doc? —me estremecí.

Él asintió, serio.

—En eso tienes toda la razón. No es justo pedirte que cargues con eso.

El estómago se me cayó a los pies.

—Si pudiera elegir, preferiría que me mataran de un balazo —susurré.

Jeb se echó a reír.

—Tómatelo con calma, cariño Nadie va a matar a mis amigos, ni a tiros ni con un bisturí en la mano. Sé que no mientes, Wanda. Si dices que nuestro método no funcionará, tendremos que pensarlo mejor. Diré a los chicos que de momento no traigan más almas. Además, creo que Doc tiene los nervios deshechos. No podrá seguir soportando esto.

—Podrías estar mintiéndome —le recordé— y yo no me daría cuenta.

—Pues entonces tendrás que confiar en mí. Porque no voy a matarte. Y tampoco dejaré que te mates de hambre. Come algo, hija. Es una orden.

Inspiré profundamente, tratando de pensar. No sabía con certeza si habíamos llegado a un acuerdo o no. En este cuerpo nada tenía sentido. Aquella gente me gustaba demasiado. Eran amigos. Amigos monstruosos, que yo no podía ver bajo la luz correcta mientras las emociones me dominaran.

Jeb tomó una gruesa rebanada de pan de maíz, rezumante de miel de contrabando, y me la plantó en la mano. Se desmoronó allí, en trocitos viscosos que se me pegaron a los dedos. Con otro suspiro, comencé a quitármelos con la lengua.

—¡Buena chica! Superaremos este mal momento y saldremos del paso, ya lo verás. Trata de tener ideas positivas.

—Ideas positivas —murmuré con la boca llena, mientras meneaba la cabeza en un gesto de incredulidad. Sólo Jeb...

En ese momento regresó Ian. Cuando entró en nuestro círculo de luz y vio la comida que yo tenía en la mano, la expresión que se extendió por su cara me llenó de remordimientos. Era una mirada de jubiloso alivio.

No, yo nunca habría causado intencionalmente a nadie un dolor físico, pero había herido profundamente a Ian sólo al dañarme a mí misma. Las vidas humanas estaban tan increíblemente enmarañadas... Qué desastre.

—Estabas aquí, Jeb —dijo en voz queda mientras se sentaba frente a nosotros, algo más cerca de su amigo—. Tal como suponía Jared.

Me arrastré un palmo hacia él con los brazos doloridos después de una inmovilidad tan prolongada y apoyé una mano sobre la suya.

—Perdona —susurré.

Él giró la mano hacia arriba para estrechar la mía.

—No te disculpes.

—Debería haberlo entendido. Jeb tiene razón. Es lógico que resistan. ¿Cómo podría culparlos por eso?

—Contigo aquí es diferente. Deberíamos haberlo suspendido.

Pero mi presencia allí, simplemente había hecho más urgente darle solución al problema: cómo deshacerse de mí y conservar a Melanie. Cómo hacerme desaparecer para traerla a ella de regreso.

—Todo se vale en la guerra —murmuré, tratando de sonreír.

Él respondió con otra sonrisa débil.

—Y en el amor. No olvides esa parte.

—Bien, vayamos al grano —masculló Jeb— que aún no he terminado.

Lo miré con curiosidad. ¿Qué faltaba?

—Bien. —Inspiró hondo—. Intenta que no te de otro ataque ¿si? —pidió, mirándome.

Me quedé inmóvil, aferrada a la mano de Ian con más fuerza aún. Él lanzó hacia Jeb una mirada llena de ansiedad.

—¿Vas a decírselo? —preguntó.

—¿Y ahora qué? —exclamé—. ¿Qué es lo que pasa, ahora?

Jeb tenía puesta su indescifrable máscara.

—Es Jamie.

Esas tres palabras volvieron a ponerme el mundo patas arriba.

Por tres largos días había sido Viajera, un alma entre humanos. De pronto era nuevamente Wanda, un alma muy confundida, con emociones humanas tan poderosas que escapaban a mi control.

Me levanté de un salto, arrastrando a Ian conmigo porque mi mano se había aferrado a la suya como si estuviera atornillada, pero me tambaleé con la cabeza dándome vueltas.

—Chist, te pedí que no enloquezcas, Wanda. Jamie está bien, aunque muy preocupado por ti. Se enteró de lo que había sucedido y no deja de preguntar por ti. El chico no puede con la inquietud y dudo que eso le haga bien. Vine a pedirte que vayas a verlo. Pero no puedes ir así, tienes un aspecto horrible. No harías más que angustiarlo sin motivo. Siéntate y come un poco más.

—¿La pierna? —inquirí.

—Hay una pequeña infección —murmuró Ian—. Doc le ordenó reposo, si no ya habría venido por ti hace mucho tiempo. En realidad, habría venido igual, si no fuera porque Jared lo tiene prácticamente atado a la cama.

Jeb asintió.

—Ese hombre ha estado a punto de venir a llevarte por la fuerza, pero le pedí que antes me permitiera hablar contigo. Al muchacho no le haría ningún bien verte así, catatónica.

Era como si la sangre se me hubiera convertido en agua helada. Sólo mi imaginación, sin duda.

—¿Qué le hicieron?

Jeb se encogió de hombros. —No hay nada que hacer. El chico es fuerte y lo superará.

—¿Cómo que no hay nada que hacer? ¿Qué significa eso?

—Es una infección bacteriana —dijo Ian—. Ya no tenemos antibióticos.

—Porque no sirven para nada, las bacterias son más listas que sus medicamentos. Tiene que haber algo mejor, alguna otra cosa.

—Bien, pero aquí no tenemos nada más —dijo Jeb—. El chico está sano. Bastará con dejar que las cosas sigan su curso.

—¿Que sigan... su curso? —Murmuré las palabras como aturdida.

—Come algo —me instó Ian—. Si te ve así se va a preocupar mucho más.

Me froté los ojos, tratando de ordenar mis pensamientos.

Jamie estaba enfermo y aquí no tenían nada con qué tratarlo. No había más opción que esperar a ver si su cuerpo lograba curarse solo. Y si no...

—No —exclamé.

Me sentía como si estuviera nuevamente de pie ante la tumba de Walter, escuchando el sonido de la arena que caía en la obscuridad.

—No —gemí, luchando contra el recuerdo.

Me giré mecánicamente y caminé, a largas y rígidas zancadas, rumbo a la salida.

—Espera —dijo Ian. Pero no tiró hacia atrás de la mano que aún sujetaba, sino que acomodó su paso al mío.

Jeb me alcanzó por el otro lado y me puso más comida en la mano libre.

—Come —dijo—. Hazlo por el muchacho.

Mordí sin saborear, mastiqué sin pensar, tragué sin sentir que la comida bajara.

—Ya sabía yo que iba a reaccionar de forma exagerada —gruñó Jeb.

—¿Entonces, por qué se lo dijiste? —preguntó Ian, con frustración.

Jeb no respondió. Me pregunté porqué no lo hacía. ¿Acaso el asunto era peor de lo que yo imaginaba?

—¿Está en el hospital? —pregunté, con voz sin emociones, sin inflexión.

—No, no —me aseguró Ian, de prisa—. Está en su habitación.

Ni siquiera llegué a sentir alivio. Estaba demasiado aturdida como para eso.

Sólo por Jamie habría entrado de nuevo a aquel cuarto, aun cuando todavía estuviese chorreando sangre.

No reparé en las conocidas cuevas por las que caminaba. Apenas noté que era de día. No pude mirar a los ojos a ninguno de los humanos que se detuvieron a observarme. Sólo podía poner un pie delante del otro, hasta que al fin llegué al pasillo.

Frente a la séptima cueva se congregaban unas cuantas personas. El biombo de seda estaba replegado contra un costado y todos estiraban el cuello para mirar hacia el interior de la habitación de Jared. Todos me eran conocidos, gente que yo consideraba amigos y amigos de Jamie, también. ¿Por qué estaban allí? ¿Acaso la condición del chico era tan crítica que creían necesario vigilarlo a menudo?

—Wanda —jadeó alguien. Heidi—. Aquí está Wanda.

—Déjenla pasar —pidió Wes, mientras daba una palmada a Jeb en la espalda—. Buen trabajo.

Atravesé el pequeño grupo sin mirar a nadie. Me abrieron paso, pero si no lo hubieran hecho, los habría arrollado. No podía concentrarme en otra cosa que en avanzar.

La habitación de techo alto estaba bien iluminada. Dentro no había mucha gente. Doc o Jared habían mantenido fuera a la multitud. Reparé vagamente en la presencia de Jared, que estaba apoyado contra la pared opuesta, con las manos cruzadas a la espalda, postura que sólo asumía cuando estaba preocupado de verdad. Doc permanecía arrodillado junto a la gran cama donde yacía Jamie, exactamente donde yo lo había dejado.

¿Por qué lo había dejado?

Tenía la cara enrojecida y sudorosa. Le habían cortado la pernera derecha de los pantalones y retirado el vendaje de la herida. No era tan grande como yo esperaba, ni tan horrible como habría imaginado. Sólo un corte de cinco centímetros, con bordes nítidos. Pero esos bordes mostraban un matiz de rojo que daba miedo y la piel, alrededor del corte, estaba hinchada y brillante.

—Wanda —exhaló al verme—. Ah, estás bien. Ay. —inspiró profundamente.

Tropecé y caí de rodillas a su lado, arrastrando a Ian conmigo. Al tocar la cara de Jamie sentí que la piel me quemaba la mano. Mi codo rozó el de Doc, pero apenas me di cuenta. Él se apartó y no pude ver qué emoción mostraba su cara, si aversión o culpa.

—Jamie, pequeño, ¿cómo estás?

—Soy un estúpido —respondió, con una gran sonrisa—. Pero estúpido de verdad. ¿Puedes creer que tenga tan mala suerte? —señaló la pierna con un gesto.

Vi un paño mojado en la almohada y se lo pasé por la frente.

—Te vas a poner bien —le prometí. Me sorprendió la ferocidad de mi tono.

—Por supuesto. No es nada. Pero Jared no me permitía ir a hablar contigo. — De pronto puso cara de ansiedad—. Me dijeron lo de... ya sabes, Wanda, que yo...

—Chist. No pienses en ello para nada. Si hubiera sospechado que estabas enfermo habría venido antes.

—No es que esté enfermo, es sólo una estúpida infección. Pero me alegra que hayas venido. No me gustaba ni pizca no saber cómo estabas.

No podía tragar por el nudo que tenía en la garganta. ¿Un monstruo, mi Jamie? Imposible.

—Me contaron que le diste una buena lección a Wes, el día en que regresamos —dijo él, cambiando de tema con una gran sonrisa—. ¡Lo que hubiera dado por ver eso! Seguro que a Melanie le encantó.

—Pues sí, así es.

—¿Está bien, ella? ¿No estará muy preocupada?

—Claro que esta preocupada —murmuré, mientras contemplaba el trapo que se movía por su frente como si lo moviera una mano ajena.

Melanie.

¿Dónde estaba?

Busqué en mi cabeza aquella consabida voz. No había otra cosa que silencio. ¿Por qué no estaba allí? La piel de Jamie ardía bajo el contacto de mis dedos. Esa sensación, ese calor enfermizo, le habría provocado tanto pánico como a mí.

—¿Te sientes bien? —preguntó Jamie—. ¿Wanda?

—Estoy... cansada. Lo siento, Jamie. Apenas... acabo de sobreponerme.

Él me observó con atención.

—No tienes buen aspecto.

¿Qué había hecho?

—Es que... llevo un tiempo sin lavarme.

—Yo estoy bien, ¿sabes? Deberías ir a comer o algo así. Estás pálida.

—No te preocupes por mí.

—Te traeré algo de comer —decidió Ian—. ¿Tienes hambre, hijo?

—Eh... a decir verdad, no.

Volví rápidamente la mirada hacia Jamie. Siempre tenía hambre.

—Que vaya otro —dije a Ian, estrechándole la mano con más fuerza.

—Bien —su cara permaneció serena, pero percibír la sorpresa y la preocupación—. Wes, ¿podrías traer algo de comer? Para Jamie también. De seguro cuando regreses ya se le habrá despertado el apetito.

Evalué la cara de Jamie. Estaba arrebolado, pero con los ojos brillantes. No pasaría nada si lo dejaba allí por unos pocos minutos.

—¿Te importa que vaya a lavarme la cara, Jamie? Me siento un poco... sucia.

Él frunció el entrecejo al detectar la nota falsa en mi voz.

—Claro, ve.

Me incorporé, nuevamente arrastrando a Ian conmigo.

—Volveré en seguida. Esta vez va en serio.

Ese tonto chiste mío lo hizo sonreír.

Al salir de la habitación sentía un par de ojos clavados en mí. Los de Jared o los de Doc, no lo sabía ni me importaba.

Sólo Jeb permanecía aún en el pasillo, los otros se habían ido, quizá tranquilizados al ver que Jamie estaba bien. La cabeza de Jeb se inclinaba hacia un lado, con curiosidad, como si tratara de entender qué era lo que yo hacía. Le sorprendió que yo me separara de Jamie tan pronto y tan abruptamente. Él también había percibido lo falso de mi excusa.

Dejé atrás su mirada inquisitiva, siempre remolcando a Ian.

Lo arrastré de nuevo a través de la habitación donde se encontraban todos los túneles que conducían a los alojamientos, en una gran maraña de corredores obscuros, y escogí uno al azar. Estaba desierto.

—Wanda, ¿qué...?

—Necesito que me ayudes, Ian —mi voz sonaba tensa, frenética.

—Lo que quieras. Ya lo sabes.

Le tomé la cara entre las manos y lo miré a los ojos. En la obscuridad se distinguía apenas un destello de su color azul.

—Necesito que me beses, Ian. Ahora mismo. Por favor.

42

Forzada

Ian se quedó boquiabierto.

—Que te... ¿qué?

—Te lo explicaré en un minuto. No es justo para ti, pero... por favor. Bésame.

—¿No te disgustará? ¿No hará que Melanie te moleste?

—¡Ian! —me quejé—. ¡Por favor!

Todavía confundido, me tomó de la cintura para arrimar mi cuerpo al suyo. Su expresión mostraba tanta preocupación que me pregunté si aquello funcionaría. Yo no necesitaba ningún tipo de atmósfera romántica, pero tal vez él sí.

Cerró los ojos al inclinar su rostro hacia el mío, un gesto automático. Sus labios presionaron apenas contra los míos, una sola vez y luego se apartó para mirarme con la misma mirada inquieta.

Nada.

—No, Ian. *Bésame* de verdad. Como... como si quisieras que te abofeteara. ¿Comprendes?

—No. Dime qué es lo que anda mal. Primero explícame qué pasa.

Le rodeé el cuello con los brazos. Me sentía extraña, porque no estaba en absoluto segura de saber hacerlo bien. Me puse de puntillas y al mismo tiempo, le bajé la cabeza hasta que pude alcanzar sus labios con los míos. Con otra especie eso no habría funcionado. Otras mentes no se dejaban dominar tan fácilmente por el cuerpo. Sin duda, las demás especies tenían sus prioridades jerarquizadas con mejor criterio, pero Ian era humano y su cuerpo respondió.

Aplasté mi boca contra la suya y le ceñí el cuello con más fuerza con los brazos, pues su primera reacción fue apartarme. Recordaba cómo había movido él la boca contra la mía la vez anterior, y traté de imitar el mismo movimiento. Sus labios se abrieron con los míos y sentí un extraño estremecimiento de triunfo ante mi éxito. Le atrapé el labio inferior entre los dientes y la sorpresa hizo brotar de su garganta un sonido grave, salvaje. Luego de eso ya no tuve que esforzarme más. Ian me atrapó la cara con una mano mientras con la otra me ceñía la parte baja de la espalda, apretándome tanto contra él que me resultó difícil introducir aire en mi pecho constreñido. Yo jadeaba, pero él también cuando su aliento se mezcló con el mío. Sentí que el muro de piedra me tocaba la espalda, la presionaba. Él lo aprovechó para estrecharme aun más. No había parte alguna de mi cuerpo que no se hubiera fundido ya con una parte suya.

Sólo existíamos los dos, tan unidos que apenas contábamos por dos.

Sólo nosotros.

Nadie más.

Solos.

Cuando me di por vencida él lo percibió. Debía de estar esperando ese momento: y no tan dominado por su cuerpo como yo supondría. En cuanto aflojé los brazos él se retiró hacia atrás, pero mantuvo su rostro junto al mío, tocándome la punta de la nariz con la suya.

Dejé caer los brazos y él inspiró profundamente. Aflojó las manos poco a poco y luego me las apoyó, ligeras, en los hombros.

—Explícate —dijo.

—Ella no está aquí —susurré, todavía jadeante—. No la encuentro. Ni siquiera ahora.

—¿Melanie?

—¡No la oigo! ¿Cómo puedo volver ahora con Jamie, Ian? ¡Él sabrá que estoy mintiendo! ¿Cómo voy a decirle *ahora* que he perdido a su hermana? ¡Está enfermo, Ian! ¡No puedo decirle eso! Se afligirá y le será más difícil restablecerse. Yo...

Ian me presionó los labios con los dedos.

—Chisst, chisst. Bien. Pensemos un poco. ¿Cuándo fue la última vez que la oíste?

—¡Ay, Ian! Fue inmediatamente después de ver... en el hospital. Y ella trató de defenderlos... y yo le grité y... ¡Hice que se marchara! Desde entonces no la he oído. ¡No puedo encontrarla!

—Chisst —repitió—. Tranquila. Bien. Ahora dime ¿qué es lo que realmente deseas? Sé que no quieres alterar a Jamie, pero de cualquier manera él se va a poner bien. Y si lo piensas bien, ¿no sería mejor, sólo para ti, que...?

—¡No! ¡No puedo deshacerme de Melanie! ¡No puedo! ¡Eso estaría muy mal! ¡Eso me convertiría también en un monstruo!

—¡Bien, bien! Bien. Chisst. Así que, ¿tenemos que encontrarla?

Asentí vigorosamente.

Él inspiró profundamente otra vez.

—Para eso necesitas... sentirte abrumada por completo, ¿verdad?

—No sé a qué te refieres.

Pero me temía que sí, lo sabía.

Una cosa era besar a Ian —incluso me habría parecido agradable, si no me hubiera sentido tan agobiada por la preocupación— pero algo más... complejo... ¿Podría yo...? Mel se pondría furiosa si yo usaba su cuerpo de esa manera. ¿Era eso lo que debía hacer para hallarla? Pero ¿y qué pasaba con Ian? Para él sería tremendamente injusto.

—Vuelvo en un momento —prometió.

—No te muevas de aquí.

Volvió a apretarme contra la pared para ser más explícito, y luego agachó la cabeza para adentrarse en el pasillo.

Obedecer resultaba difícil. Quería seguirlo, ver qué estaba haciendo y a dónde iba. Teníamos que discutir el asunto: yo necesitaba pensarlo bien. Pero no había tiempo. Jamie me estaba esperando, con preguntas a las que yo no podía responder con mentiras. No, no me esperaba a mí, sino a Melanie. ¿Cómo había podido yo hacer algo así? ¿Y si ella hubiera desaparecido para siempre?

¡Mel, Mel, Mel, vuelve! Jamie te necesita, Melanie. Te necesita a ti, no a mí. Está enfermo, Mel. ¿Me has oído? ¡Jamie está enfermo!

Hablaba conmigo misma. Nadie me escuchaba.

Me temblaban las manos de miedo y nerviosismo. No podría esperar allí durante mucho más tiempo. Era como si la ansiedad estuviera creciendo en mi interior hasta hacerme estallar.

Por fin oí pisadas y voces. Ian no venía solo. Me invadió la confusión.

—Piensa que sólo es... un experimento —decía Ian.

—¿Estás loco? —objetó Jared—. ¿Qué clase de chiste malo es éste?

El estómago se me cayó hasta el suelo.

Abrumada. A *esto* se refería.

La sangre me ardía en la cara, que se puso tan caliente como la fiebre de Jaime. ¿Qué me iba a hacer Ian? Sentí deseos de huir, de esconderme en algún lugar mejor que el último, un sitio donde nadie pudiera encontrarme jamás, por muchas linternas que utilizaran. Pero me temblaban las piernas y no podía moverme.

Ian y Jared aparecieron a la vista en la habitación donde confluían los túneles. El rostro de Ian carecía de expresión; guiaba a Jared con la mano sobre su hombro, más que guiarlo parecía empujarlo hacia adelante. Éste lo miraba a la cara con gesto indignado y dubitativo.

—Por aquí —lo alentó Ian, impulsándolo hacia mí.

Apreté la espalda contra la roca.

Jared me vio y, al reparar en mi faz mortificada, se detuvo.

—Wanda, ¿de qué se trata esto?

Le lancé a Ian una ardiente mirada de reproche y luego intenté mirar a Jared a los ojos.

No podía hacerlo. Así que bajé la vista a sus pies.

—Perdí a Melanie —susurré.

—¿Que la *perdiste*?

Asentí, abatida.

—¿Cómo?

—No estoy segura. La obligué a callar... aunque ella siempre regresa...siempre lo hizo... y ahora no la oigo... Y Jamie...

—¿Se fue? —había muda agonía en su voz.

—No lo sé. No logro encontrarla.

Una inspiración profunda.

—¿Por qué dice Ian que debo besarte?

—A mí no —corregí, en voz tan débil que apenas la oía yo misma—. A ella. Nunca se ha molestado tanto como cuando nos besaste... la vez anterior. Nada la atrae tanto a la superficie como eso. Quizá... No, no tienes por qué hacerlo. Intentaré encontrarla yo sola. Como aún tenía la vista fija en sus pies, vi que avanzaba hacia mí.

—¿Crees que si la beso...?

Ni siquiera pude asentir con la cabeza. Traté de tragar saliva.

Sus manos, que me eran tan familiares, me rozaron el cuello, descendiendo hasta los hombros. El corazón me palpitaba con tanta fuerza que me pregunté si él podría oírlo.

Me abochornaba obligarlo a tocarme así. ¿Y si pensaba que era una treta, que era una idea mía y no de Ian?

Me preguntaba si Ian todavía estaba allí, observando, ¿cuánto sufriría con eso?

Una de sus manos continuó descendiendo por el brazo hasta la muñeca, tal como yo esperaba, dejando un rastro de fuego tras de sí. Con la otra me acunó la mandíbula, como sabría que haría, para levantarme la cara.

Su mejilla se apretó contra la mía, y la piel me ardió donde entramos en contacto.

—Melanie —susurró a mi oído—, sé que estás ahí. Vuelve a mí.

Deslizó lentamente la mejilla hacia atrás e inclinó el mentón hacia un lado, hasta que su boca cubrió la mía.

Trató de besarme con suavidad. Me di cuenta de que lo intentaba, pero sus intenciones se hicieron humo, como había ocurrido la otra vez.

Había fuego *por todas partes*, porque él estaba en todas partes. Sus manos se deslizaron por mi piel, quemándola. Sus labios saborearon cada centímetro de mi cara. La pared de roca se estrelló contra mi espalda, pero no sentí dolor, porque ya no sentía nada, salvo el fuego.

Anudé las manos en su pelo, arrimándolo más a mí, como si fuera posible estar más cerca de lo que ya estábamos.

Le envolví la cintura con las piernas, tomando el muro como punto de apoyo. Su lengua se enredó con la mía y no quedó parte alguna en mi mente que no fuera invadida por el deseo demencial que me poseía.

Él liberó la boca para apretar nuevamente sus labios contra mi oreja.

—¡Melanie Stryder! —el gruñido sonó tan fuerte en mi oído como si fuese un grito. —No me abandonarás. ¿No me amas? ¡Pues demuéstralo! ¡*Demuéstralo*! ¡Maldita sea, Mel, regresa!

Y sus labios volvieron a atacarme la boca.

Ahhhh, gruñó ella en mi cabeza, débilmente.

No se me ocurrió saludarla. Estaba en llamas.

El fuego se abrió paso hasta ella, hasta el diminuto rincón donde se había dejado caer, casi sin vida.

Mis puños se enredaron en la tela de su camiseta y tiraron hacia arriba, Esta idea era ya de ellos, porque yo no les indicaba qué debían hacer. Las manos de Jared me quemaban la piel de la espalda.

¿Jared?, susurró ella. Intentaba orientarse, pero la mente que compartíamos estaba extraviada.

Sentí los músculos del vientre de Jared bajo las palmas, porque mis manos estaban atrapadas, aplastadas en el espacio inexistente que había entre nosotros.

¿Qué? ¿Dónde...? Melanie se debatía.

Me aparté de su boca para respirar y sus labios me chamuscaron el cuello en su camino hacia abajo. Escondí la cara entre su pelo para inhalar su aroma.

¡Jared! ¡Jared! ¡NO!

Dejé que ella fluyera por mis brazos, en la certeza de que eso era lo que yo deseaba, aunque en ese instante apenas si ponía atención. Las manos apoyadas en el vientre de él se tornaron duras, furibundas. Los dedos le arañaron la piel y después lo empujaron con toda su fuerza.

—¡No! —gritó ella, a través de mis labios.

Jared le sujetó las manos y luego me apoyó a mí contra la pared para que no me cayera. Mi cuerpo se aflojó, confundido por las órdenes contradictorias que estaba recibiendo.

—¿Mel? ¡Mel!

¿Qué es lo que estás *haciendo*?

Él lanzó un gruñido de alivio.

—¡Estaba seguro de que podrías hacerlo! ¡Ah, Mel!

Él la besó de nuevo, besó los labios que ahora controlaba ella y las dos probamos el sabor de las lágrimas que le corrían por la cara.

Ella lo mordió.

Jared saltó hacia atrás y yo me deslicé hasta el suelo, donde aterricé desmadejada y lánguido.

Él comenzó a reírse.

—¡Ésta es mi chica! Aún la tienes, ¿Wanda?

—Sí —jadeé.

¿Qué demonios haces?, Wanda!, me gritó.

¿Dónde estabas? ¿Tienes idea de las que me has hecho pasar mientras te buscaba?

Sí, ya veo cómo has sufrido.

Pues sí que sufriré, le prometí. Ya lo sentía venir. Igual que antes...

Ella estaba ojeando mis pensamientos a toda prisa. *¿Y Jamie?*

Eso es lo que he estado tratando de decirte. Él te necesita.

¿Y por qué no estamos con él?

Porque creo que aún no está en edad de presenciar este tipo de cosas.

Ella rebuscó un poco más. *¡Guau, con Ian también! Me alegro de haberme perdido esa parte.*

Estaba preocupadísima. No sabía qué hacer.

Bien, vamos. En marcha

—¿Mel? —preguntó Jared.

—Está aquí. Y furiosa. Quiere ver a Jamie.

Me rodeó con un brazo y me ayudó a levantarme. Enójate todo lo que quieras, Mel, pero quédate por aquí.

¿Cuánto tiempo estuve ausente?

Tres días en total.

De pronto su voz sonó algo más tenue. *¿Y dónde estaba?*

¿Es que no lo sabes?

No puedo recordar... nada.

Nos estremecimos.

—¿Te sientes bien? —preguntó Jared.

—Más o menos.

—¿Era ella la que me hablaba antes? ¿A gritos?

—Sí.

—¿Puede ella... puedes permitirle que vuelva a hacerlo?

Suspiré, ya estaba agotada.

—Lo intentaré —cerré los ojos.

¿Puedes pasar a través de mí y hablar con él?, pregunté a Melanie.

Yo... ¿Cómo? ¿Dónde?

Intenté replegarme hacia el interior de mi cabeza.

—Vamos —murmuré—. Por aquí.

Melanie forcejeó, pero no encontraba la salida.

Los labios de Jared cayeron con fuerza sobre los míos. Mis ojos se abrieron de golpe, espantados. Aquellos ojos moteados de oro también estaban abiertos, a un centímetro de distancia.

Ella apartó bruscamente nuestra cabeza.

—¡*Basta* ya! ¡No la toques!

Él sonrió; las arruguitas se desplegaron en torno a sus ojos. —Hola, nena.

No le veo la gracia.

Traté de volver a respirar.

—Ella no lo encuentra gracioso.

Jared apartó el brazo lejos de mí. De nosotras. Caminamos hacia la unión de los túneles, pero allí no había nadie. Ian no estaba.

—Te lo advierto, Mel —dijo él, siempre con aquella amplia sonrisa. Bromeando.

—Será mejor que te quedes donde estás. No voy a darte ninguna seguridad sobre lo que haré o no haré para recuperarte.

Sentí temblores en el estómago.

Dile que lo estrangularé si vuelve a tocarte de ese modo. Pero su amenaza también era una broma.

—En este momento amenaza con atentar contra tu vida —dije—, pero creo que se está divirtiendo.

Él rió, borracho de alivio.

—Qué seria eres siempre, Wanda.

—Tus chistes no me hacen gracia —murmuré. A mí, desde luego, no.

Jared volvió a reír.

Ah, dijo Melanie. *Estás sufriendo.*

Intentaré que Jamie no se dé cuenta.

Gracias por hacerme regresar.

No te haré desaparecer, Melanie. Y siento no poder ofrecerte más que esto.

Gracias.

—¿Qué dice?

—Sólo estamos... haciendo las paces.

—¿Por qué no podía hablar antes, cuando tú querías que lo hiciera?

—No lo sé, Jared. En realidad, aquí no hay suficiente espacio para las dos. Al parecer, no logro quitarme de en medio por completo. Es como... no exactamente como contener el aliento; más bien, como tratar de detener los latidos del corazón. No puedo forzarme a no existir. No sé cómo.

Él no respondió y el pecho me palpitaba de dolor. ¡Qué contento se pondría si yo *encontrara* la manera de desaparecer!

Melanie quería... no contradecirme, sino hacer que me sintiera mejor. Luchaba por hallar palabras para aliviar mi tormento y no daba con las adecuadas.

Pero para Ian sería devastador. Y para Jamie. Jeb también te echaría de menos. Aquí tienes tantos amigos...

Gracias.

Ahora me alegraba estar de nuevo en nuestra habitación. Necesitaba pensar en alguna otra cosa para no echarme a llorar. No era buen momento para la autocompasión. Había cuestiones más importantes que mi corazón: roto una vez más.

43

Frenesí

Imaginaba que desde fuera se me vería tan inmóvil como una estatua. Tenía las manos cruzadas frente al cuerpo y la cara, inexpresiva. Mi respiración era tan superficial que ni siquiera movía el pecho.

Por dentro me estaba desintegrando, como si las partículas de mis átomos hubieran invertido su polaridad y se repelieran mutuamente.

Traer de vuelta a Melanie no había salvado al chico. Lo que había podido hacer no era suficiente.

El pasillo frente a nuestra habitación estaba abarrotado. Jared, Kyle e Ian habían regresado de su desesperada expedición con las manos vacías. Un refrigerador que contenía hielo, eso era todo lo que habían encontrado después de tres días de arriesgar sus vidas. Trudy estaba haciendo compresas que aplicaba a Jamie en la frente, en la cara posterior del cuello, en el pecho.

Aunque el hielo le bajara esa fiebre —que ardía fuera de control—. ¿Cuánto tardaría en derretirse todo? ¿Una hora? ¿Más, menos? ¿Cuánto tiempo quedaba hasta que volviera a entrar en dolorosa agonía?

Habría debido ser yo quien le aplicara el hielo, pero no podía moverme. Si lo hacía me desintegraría en trocitos microscópicos.

—¿Nada? —murmuró Doc.

—¿Han buscado en...?

—En todos los sitios que se nos ocurrieron— interrumpió Kyle. —Si se tratara de calmantes o drogas... mucha gente tenía motivos para esconderlos. Pero los antibióticos siempre estuvieron a la vista. Ya no hay más, Doc.

Jared no hacía más que contemplar la arrebolada cara del chico, sin decir nada.

Ian estaba a mi lado.

—No pongas esa cara —me susurró—. Es fuerte. Saldrá de ésta, ya lo verás.

No pude responder. En realidad, apenas si llegué a escuchar las palabras.

Doc se arrodilló junto a Trudy y tiró del mentón de Jamie hacia abajo. Con un cuenco retomó algo del agua helada del refrigerador y se la echó a gotas en la boca. Todos oímos el sonido ronco y penoso con que Jaime tragaba, pero no abrió los ojos.

Me sentía como si jamás fuera a moverme de nuevo. Como si me hubiera fundido con la piedra del muro. Hubiera querido convertirme en piedra.

Si cavaban un hoyo para Jamie en el vasto desierto, tendrían que ponerme en él a mí también.

Con eso no basta, gruñó Melanie.

Yo estaba desesperada, pero ella rezumaba rabia.

Han hecho lo que podían.

Con intentarlo no se resuelve nada. Jamie no morirá. *Tendrán que volver a salir.*

¿Con qué fin? Aun si consiguieran un poco de sus antiguos antibióticos, lo más probable es que ya hubieran caducado. Y de cualquier manera, en la mitad de los casos no servían de nada. Son de calidad inferior. Él no necesita tu medicina. Necesita algo más, algo realmente efectivo...

Mi respiración se aceleró y se hizo más profunda: ahora lo veía claro.

Necesita los míos, comprendí.

Tanto Mel como yo quedamos sobrecogidas ante la obviedad de la idea. Ante su simplicidad.

Mis labios de piedra se resquebrajaron.

—Jamie necesita medicamentos de verdad. Los que usan las almas. Tendremos que conseguirlos.

Doc me miró ceñudo.

—Si no sabemos siquiera qué efecto tienen, cómo funcionan...

—¿Y qué importa eso? —parte de la ira de Melanie se filtraba en mi voz—. Funcionan y pueden salvarlo.

Jared me miró con fijeza. Sentía también sobre mí los ojos de Ian, los de Kyle, los de todos los demás en la habitación. Pero yo sólo veía a Jared.

—No podemos conseguirlos, Wanda —observó Jeb, en tono derrotista, dándose por vencido—. Sólo podemos entrar en lugares vacíos. En un hospital siempre hay un montón de los tuyos. Las veinticuatro horas del día; demasiados ojos. De poco le serviremos a Jamie, si nos atrapan.

—Eso está claro —apoyó Kyle, con voz dura—. Cuando los ciempiés nos descubran allí estarán encantados de curarle el cuerpo. Y luego lo convertirán en uno de ellos. ¿Es eso lo que pretendes?

Me volví para endilgarle una mirada asesina al burlón gigante. Mi cuerpo, tenso, se inclinó hacia adelante. Ian me apoyó una mano en el hombro, como para contenerme. Yo habría negado que tuviera intenciones de agredir a Kyle, pero tal vez me equivocaba, estaba tan lejos de mi personalidad normal...

Cuando hablé mi voz sonó impávida, sin inflexiones.

—Tiene que haber alguna manera.

Jared movía la cabeza en señal afirmativa.

—Tal vez algún lugar pequeño. La pistola haría demasiado ruido, pero si fuéramos en número suficiente como para dominarlos podríamos utilizar cuchillos.

—No —descrucé los brazos. La impresión me hizo abrir las manos—. No me refería a eso. Nada de matar...

Nadie me escuchaba. Jeb discutía con Jared.

—No hay manera, muchacho. Alguien llamaría a los Buscadores. Aunque actuáramos muy deprisa, algo así haría que cayeran en tropel sobre nosotros. Nos sería muy difícil escapar. Y nos seguirían...

—Espera. ¿No pueden...?

Seguían sin escucharme.

—Yo tampoco quiero que el chico muera, pero no podemos arriesgar la vida de todos por una sola persona— objetó Kyle. —No es raro que alguien muera aquí. No podemos volvernos locos solo por salvar a un chico.

Yo habría querido estrangularlo, cortarle el aliento para que dejara de pronunciar esas palabras con tal desenfado. Yo, no Melanie. Era *yo* quien quería ver amoratarse su cara. Melanie se sentía igual, aunque yo podía distinguir qué proporción de esa violencia provenía directamente de mí.

—Tenemos que salvarlo— dije, ya en voz más alta.

Jeb me miró.

—Querida, no es cosa de entrar allí y pedirlo, simplemente.

En ese momento se me ocurrió otra verdad simple y obvia.

—Ustedes, no. Pero yo sí.

En la habitación se hizo un silencio mortal.

Quedé atrapada en la belleza del plan que iba tomando forma en mi cabeza. En su perfección. Hablé principalmente para mis adentros y para Melanie. Ella estaba impresionada. Aquello sería efectivo y podríamos salvar a Jamie.

—Ellos no son *desconfiados*. En absoluto. Por muy mal que yo mienta, jamás sospecharán de mí. No esperarán que les mienta. ¡Claro que no! Porque soy una de ellos. Harían cualquier cosa por ayudarme. Les diré que me lesioné mientras hacía montañismo o algo así. Luego buscaré la manera de quedarme sola y tomaré tantos medicamentos como pueda esconder. ¡Piensen! Podría traer lo suficiente para curarlos a todos. Y podría durar años. ¡Y Jamie se aliviaría! ¿Cómo no se me ocurrió antes? Tal vez habríamos llegado a tiempo incluso en el caso de Walter...

Entonces levanté la vista, con los ojos brillantes. ¡La idea era perfecta!

Era una idea tan perfecta, tan adecuada, tan obvia para mí que tardé una eternidad en comprender las expresiones que había en sus rostros. Si la de Kyle no hubiera sido tan explícita habría tardado aun más.

Odio. Suspicacia. Miedo.

Ni siquiera el rostro impasible de Jeb era suficiente. Sus ojos se entrecerraban con desconfianza.

Todas las caras decían que no.

Pero ¿están locos? ¿No entienden que esto nos beneficiaría a todos?

No me creen. Creen que les voy a hacer daño, ¡que le haría daño a Jamie!

—Por favor —susurré—. Es la única manera de salvarlo.

—Qué paciente, ¿verdad? —escupió Kyle—. Ha sabido esperar bien su oportunidad, ¿no les parece?

Otra vez debí luchar contra el deseo de estrangularlo.

—¿Doc?— supliqué.

No me miró a los ojos.

—Aun si hubiera alguna manera de que pudiéramos permitirte salir, Wanda... yo no confiaría en drogas que no conozco. Jamie es un chico fuerte. Su organismo se defenderá...

—Volveremos a salir, Wanda —murmuró Ian—. Y encontraremos algo. No volveremos hasta que hayamos conseguido algo.

—Con eso no basta— se me agolparon las lágrimas en los ojos. Miré a la única persona que tal vez sufría tanto como yo. —Jared, tú lo sabes. Tú *sabes* que yo jamás dejaría que le hicieran daño a Jamie. Tú sabes que puedo hacer esto. Por favor.

Me sostuvo la mirada durante un largo instante. Luego recorrió con la vista la habitación, los demás rostros. Los de Jeb, Doc, Kyle, Ian, Trudy. Los del silencioso público de la puerta, cuyas expresiones repetían, hacían eco de la de Kyle: Sharon, Violetta, Lucina, Reid, Geoffrey, Heath, Heidi, Andy, Aaron, Wes, Lily, Carol. Mis amigos, mezclados con mis enemigos, todos ellos con la misma cara de Kyle. Miró hacia la hilera que había detrás, que yo no veía desde donde estaba. Y luego bajó la vista hacia Jamie. En toda la habitación no se oía ni siquiera respirar.

—No, Wanda —dijo en voz baja—. No.

El suspiro de alivio del resto barrió la habitación.

Se me aflojaron las rodillas, me caí hacia delante y cuando Ian quiso levantarme, me liberé de sus manos. Me arrastré hacia Jamie y aparté a Trudy de un codazo. Los presentes me observaron en silencio. Retiré la compresa de su frente para reponer el hielo derretido. No me enfrenté a las miradas que sentía sobre mi piel. De cualquier manera no veía nada, las lágrimas me anegaban los ojos.

—Jamie, Jamie, Jamie —arrullé.

—Jamie, Jamie, Jamie.

No podía hacer otra cosa que sollozar su nombre y tocar una y otra vez los envoltorios de hielo, aguardando el momento de cambiarlos.

Los oí marcharse, unos cuantos cada vez. Oí que sus voces, en su mayoría molestas, se alejaban por los corredores. Pero no encontré sentido alguno a sus palabras.

Jamie, Jamie, Jamie.

—Jamie, Jamie, Jamie...

Cuando la habitación quedó casi vacía, Ian se arrodilló a mi lado.

—Ya sé que tú no... pero si lo intentas te matarán, Wanda —susurró—. Después de lo que pasó... en el hospital, tienen miedo de que tengas buenos motivos para querer destruirnos. De cualquier manera, él se pondrá bien. Tienes que tener confianza.

Aparté la cara hacia otro lado y él se alejó.

—Lo siento, chica —murmuró Jeb, al salir.

Jared se marchó. No lo oí marcharse, pero noté su ausencia. Esto me pareció correcto, porque él no amaba a Jamie como nosotras. Lo había demostrado. Que se fuera.

Doc permanecía allí y me observaba, impotente. Yo no lo miré.

La luz del sol se esfumó poco a poco, tiñéndose de anaranjado y luego, de gris. El hielo se fue derritiendo hasta desaparecer. Jamie comenzaba a quemarse vivo bajo mis manos.

—Jamie, Jamie, Jamie... —mi voz ya sonaba quebrada y ronca, pero no podía callar.

—Jamie, Jamie, Jamie...

La habitación quedó a obscuras. Ya no veía la cara del muchacho. ¿Se iría durante la noche? ¿Ya había visto su rostro, su rostro en vida, por última vez?

Ahora su nombre era apenas un susurro en mis labios, lo bastante quedo como para oír los leves ronquidos de Doc.

Le pasaba sin cesar el paño tibio por el cuerpo. El agua, al secarse, lo refrescaba un poquito. La temperatura descendió un poco. Empecé a creer que no moriría esa misma noche. Pero me sería imposible retenerlo allí para siempre. Acabaría por escapárseme entre los dedos. Mañana o dentro de dos días. Y entonces yo también moriría. No podría vivir sin Jamie.

Jamie, Jamie, Jamie..., gemía Melanie.

Jared no nos ha creído. El lamento fue de las dos. Lo pensamos al mismo tiempo.

Aún reinaba el silencio. No oí nada. Nada nos puso sobre aviso.

De pronto Doc gritó, y sonó extrañamente apagado, como si gritara contra una almohada.

Al principio no encontré sentido a las siluetas que veía en la obscuridad. Doc se sacudía de manera rara. Y parecía demasiado grande, como si tuviera demasiados brazos. Era terrorífico. Me incliné hacia la forma inerte de Jamie para protegerlo de lo que estaba sucediendo, fuera lo que fuese. No podía huir y dejarlo allí, indefenso. El corazón me golpeaba contra las costillas.

De pronto aquellos brazos agitados quedaron inmóviles. Se reinició el ronquido de Doc, más audible y más grave que antes. Quedó tendido en tierra y la forma se dividió en dos. Una segunda silueta se apartó de él, erguida en la obscuridad.

—Vamonos —susurró Jared—. No tenemos tiempo que perder.

Mi corazón estaba punto de estallar.

¡Sí que cree!

Me levanté de un salto, obligando a mis rodillas rígidas a desplegarse.

—¿Qué hiciste con Doc?

—Cloroformo. No dudará mucho.

Giré de prisa y vertí el agua caliente sobre Jamie, empapándole la ropa y el colchón, pero no se movió. Tal vez así se mantuviera fresco hasta que Doc despertara.

—Sígueme.

Obedecí, pisándole los talones. Avanzamos en silencio, casi tocándonos, casi corriendo, aunque no mucho. Jared se pegaba a las paredes y yo hacía lo mismo.

Se detuvo al llegar a la sala-jardín, reluciente a la luz de la luna. Estaba desierta y silenciosa.

Por primera vez vi a Jared con claridad. Tenía el arma colgada a la espalda y un cuchillo envainado a la cintura. Alargó las manos y en ellas llevaba una tira de paño obscuro. Comprendí de inmediato.

Las palabras salieron disparadas de mi boca, en un susurro.—Sí, véndame los ojos.

Él asintió. Cerré los ojos para que él atara la tela, aunque de todas maneras los mantendría cerrados.

El nudo fue rápido y apretado. Cuando él terminó yo misma giré en un círculo veloz... una vez, dos...

Sus manos me detuvieron.

—Ya está bien —dijo. Luego me asió con más fuerza y me alzó en vilo. Lancé una exclamación de sorpresa al sentir que me cargaba sobre su hombro. Quedé doblada allí, con la cabeza y el pecho colgando sobre su espalda, junto al arma. Con los brazos me sujeté las piernas contra su pecho, ya estaba en movimiento y su trote me hacía rebotar, con mi rostro rozando su camiseta a cada zancada.

No me orientaba respecto de hacía dónde íbamos, tampoco traté de adivinarlo ni de pensar ni sentir. Me concentré sólo en su marcha elástica, en contar sus pasos. Veinte, veintiuno, veintidós, veintitrés...

Sentí que se inclinaba cuando el sendero lo llevaba hacia abajo, luego hacia arriba. Intenté no pensar en eso.

Cuatrocientos doce, cuatrocientos trece, cuatrocientos catorce...

Supe en qué momento salimos, pues olí la brisa limpia y seca del desierto. El aire estaba caliente, aunque debía de ser cerca de medianoche.

Me descargó en el suelo, de pie.

—El terreno es llano. ¿Podrás correr con los ojos vendados?

—Sí.

Me sujetó con fuerza por el codo y partió a paso vigoroso. No era fácil. Una y otra vez tuvo que sostenerme para que no cayera. Al cabo de un rato comencé a habituarme y a mantener mejor el equilibrio, a pesar de las pequeñas depresiones y los montículos. Corrimos hasta quedar jadeantes.

—Si podemos.. llegar al jeep... estaremos fuera... de peligro.

¿Al jeep?, sentí una extraña oleada de nostalgia. Mel no había vuelto a ver ese vehículo desde la primera etapa de su desastroso viaje a Chicago e ignoraba que hubiera sobrevivido.

—¿Y si no... podemos? —pregunté.

—Nos atraparán... Te matarán. En eso... Ian tiene... razón.

Traté de correr más de prisa. No por salvar mi vida, sino porque era la única que podía salvar la de Jamie. Y volví a tropezar.

—Te voy a quitar... la venda. Así correrás... más deprisa.

—¿Estás seguro?

—No mires... alrededor... ¿bien?

—Te lo prometo.

Tironeó de los nudos atados detrás de mi cabeza. Cuando la tela se apartó de mis ojos los fijé sólo en la tierra, a mis pies.

Así las cosas eran muy diferentes. La luz de la luna era intensa y la arena, muy lisa y clara. Jared dejó caer el brazo e inició un paso más rápido. Ahora yo podía seguirle con facilidad. Mi cuerpo estaba familiarizado con la carrera de larga distancia. Busqué mi ritmo preferido, algo menos de doscientos setenta metros por minuto, según calculé. No podría mantener ese paso eternamente, pero lo intentaría hasta que me hundiera en la tierra.

—¿Oyes... algo? —preguntó él.

Escuché. Sólo dos pares de pies corriendo por la arena.

—No.

Él gruñó en señal de aprobación.

Supuse que ése era el motivo por el que había robado el arma. Sin ella no podrían detenernos a la distancia.

El camino nos llevó al menos otra hora. Para entonces yo comenzaba a aminorar la marcha y él también. Me ardía la boca por falta de agua.

Puesto que no había apartado la vista del suelo, me sobresaltó que él me cubriera los ojos con una mano. Vacilé y él redujo la marcha a una caminata.

—Ya no hay peligro. Estamos llegando...

Sin apartar la mano de mis ojos, tironeó de mí hacia delante. Noté que nuestras pisadas resonaban contra algo. Allí el desierto no era tan llano.

—Entra.

Sus manos desaparecieron.

La obscuridad era casi tan intensa como si aún tuviera los ojos tapados. Otra cueva aunque no tan profunda como las otras. Si me giraba podría ver el exterior, pero no me di la vuelta.

El jeep estaba encarado hacia la obscuridad. Parecía ser el mismo que yo recordaba, ese vehículo que en realidad nunca había visto. Me lancé al asiento por encima de la portezuela.

Jared, que ya estaba en su sitio, se inclinó para atarme nuevamente la venda sobre los ojos. Para facilitarle la tarea, no me moví.

El ruido del motor me sobresaltó. Parecía demasiado peligroso, porque ahora había mucha gente que no debía encontrarnos.

Por un momento circulamos marcha atrás pero luego el viento volvió a castigarme la cara. Se oía un ruido extraño detrás del jeep, algo que no concordaba con los recuerdos de Melanie.

—Vamos a Tucson —me dijo él—. No hemos ido allí nunca de expedición, porque está demasiado cerca. Pero tampoco hay tiempo para otra cosa. Sé dónde hay un pequeño hospital, no demasiado cerca del centro.

—¿No será el de Saint Mary, por casualidad?

Él percibió la alarma en mi voz. —No. ¿Por qué?

—Porque allí tengo un conocido.

Él calló por un minuto.

—¿No te reconocerán?

—No. Nadie conoce mi cara. Entre nosotros no hay... prófugos que se busquen. No es como entre ustedes.

—Bien.

Pero me había puesto ahora a pensar en mi aspecto. Antes de que pudiera expresar mis preocupaciones, él me tomó la mano para cerrármela en torno de algo muy pequeño.

—Guarda esto y tenlo a mano.

—¿Qué es?

—Si descubren que estás... con nosotros, si quieren poner a otro... en el cuerpo de Mel, métete eso en la boca y muérdelo con fuerza.

—¿Es veneno?

—Sí.

Reflexioné por un momento. Y luego me eché a reír. No pude evitarlo. Tenía los nervios deshechos por la inquietud.

—No es broma, Wanda —dijo él, molesto—. Si no puedes hacerlo tendré que llevarte de regreso.

—No, no, claro que puedo. —Traté de dominarme.

—Estoy segura. Por eso me estaba riendo.

Su voz sonó áspera.

—No entiendo. ¿Cuál es el chiste?

—¿No te das cuenta? No he sido capaz de hacer eso por millones de seres de mi propia especie. Ni siquiera por mis propios... hijos. Siempre he tenido demasiado miedo de morir cuando llegaba el momento. Pero parece ser que si puedo hacerlo por un niño de otra especie —reí otra vez—. No tiene ningún sentido. Pero no te preocupes, no me importa morir por proteger a Jamie.

—Confío en que lo hagas.

Si hizo un silencio durante un momento, pero luego recordé la cuestión de mi aspecto.

—Oye, Jared, así como estoy no puedo entrar en un hospital.

—Tenemos ropa buena guardada en los... vehículos menos llamativos. Hacia allí vamos. Serán cinco minutos más.

No me refería a eso, pero él tenía razón, esta ropa no serviría. Antes de decirle el resto, aguardé. Antes debía mirarme un poco.

El jeep se detuvo y él me quitó la venda.

—No hace falta que mantengas la vista baja —me dijo, al ver que yo inclinaba automáticamente la cabeza. —Aquí no hay nada que pueda denunciarnos, incluso si alguna vez descubrieran este sitio.

No era una cueva, sino un deslizamiento rocoso donde se habían excavado cuidadosamente algunas de las piedras más grandes. Nadie sospecharía que ocultaban otra cosa que polvo y guijarros en los obscuros espacios abiertos debajo de ellas.

El jeep ya estaba estacionado en un sitio muy estrecho. Me encontré tan pegada a la roca que debí salir descolgándome por la parte trasera. Había algo raro sujeto al parachoques: cadenas y dos telas embreadas, muy sucias y desgarradas.

—Por aquí —dijo Jared. Y me guió hacia una grieta sombreada, casi de su misma altura. Después de apartar una polvorienta lona impermeabilizada, del color de la tierra, revolvió en la pila de cosas que ocultaba. De allí sacó una camiseta suave y limpia, con las etiquetas aún puestas. Las arrancó antes de arrojarme la prenda. Luego escarbó hasta hallar un par de pantalones caqui. Una vez que hubo comprobado la talla, me los pasó también.

—Póntelos.

Vacilé por un momento mientras él esperaba, sin saber dónde estaba el problema. Por fin le volví la espalda, ruborizada; después de quitarme la raída camisa por la cabeza, la reemplacé con tanta celeridad como permitieron mis torpes dedos.

Oí que él carraspeaba.

—Ah. Voy a... eh... traer el coche. Sus pisadas se alejaron.

Me quité los pantalones de deporte, harapientos y con las perneras cortadas, para reemplazarlos por los nuevos, flamantes y bien planchados. Mis zapatos estaban muy mal, pero no llamaban tanto la atención. Además no siempre era fácil conseguir calzado cómodo. Podía fingir que estaba encariñada con ese par...

Se puso en marcha otro motor, menos ruidoso que el del jeep. Al girar vi un sedán modesto, nada llamativo, que salía de una sombra intensa, bajo un enorme canto rodado. Jared se apeó para encadenar las telas embreadas del jeep al parachoques trasero de ese otro coche. Luego condujo hasta donde yo estaba. Al ver que esos pesados hules iban borrando del polvo las huellas de las ruedas comprendí, por fin, para qué servían.

Jared se estiró para abrir la portezuela del pasajero. En el asiento había una mochila aplanada, vacía. Asentí para mis adentros: sí, me haría falta.

—Vamos.

—Espera —dije.

Me agaché para mirarme en el espejo lateral. No estaba bien. Me cubrí la mejilla con el pelo, que me llegaba hasta el mentón, pero eso no bastaba. Me mordí el labio.

—Oye, Jared, no puedo entrar con esta cara —señalé la herida larga y mellada que me cruzaba la mejilla.

—¿Por qué? —interpeló.

—Porque ningún alma tendría una herida así. Se la habrían tratado. Llamará la atención. Me harán preguntas.

Él dilató los ojos; luego los entornó.

—Podrías haberlo pensado antes de salir. Ahora, si te llevo de vuelta, pensarán que fue una treta tuya para descubrir la salida.

—No volveremos sin llevar los remedios para Jamie —mi voz sonó más dura que la de él.

Jared endureció la suya para igualarla.

—¿Y qué propones que hagamos, Wanda?

—Necesito una piedra —suspiré—. Tendrás que golpearme con ella.

44

Curación

—Wanda... No tenemos tiempo. Lo haría yo misma, pero no lograría el ángulo adecuado. No hay otra cosa que podamos.

—No creo poder... hacer eso.

—¿Ni siquiera por Jamie? —apreté el costado sano de la cara contra el reposacabezas del asiento del pasajero, tan firmemente como pude, y cerré los ojos.

Jared tenía en la mano la tosca piedra que yo había retomado, del tamaño de un puño, y llevaba cinco minutos sopesándola.

—Bastará con que arranques las primeras capas de piel. Es sólo para ocultar la cicatriz. Vamos, Jared. Tenemos que darnos prisa. Jamie...

Dile que yo le ordeno hacerlo inmediatamente. Y que lo haga bien.

—Dice Mel que lo hagas inmediatamente. Y que pongas fuerza. Tienes que hacerlo a la primera.

Silencio.

—¡Venga, Jared!

Inspiró profundamente, con una exclamación ahogada. Al sentir que el aire se movía apreté los ojos con más fuerza. Hubo un ruido líquido y un golpe sordo. Fue lo primero que noté. El entumecimiento del golpe pasó en seguida; entonces lo sentí.

—Aug—gemí—. No habría querido hacerlo, por no empeorar las cosas para él. Pero en este cuerpo muchas cosas eran involuntarias. Se me saltaron las lágrimas y tuve que toser para disimular el sollozo. Me resonaba la cabeza, vibrante por el impacto.

—¿Wanda? ¿Mel? ¡Lo siento!

Nos envolvió con sus brazos, nos estrechó contra su pecho.

—Está bien —gimoteé—. Estamos bien. ¿Quitaste todo?

Él me tocó el mentón para hacerme girar la cabeza.

—Ahhh —exclamó, horrorizado—, te arranqué media cara. Lo siento tanto...

—No, no, está bien. Así está bien. Vamos.

—Bueno —su voz aún sonaba débil, pero me reclinó contra el asiento, acomodándome con cuidado. Luego el coche rugió bajo nosotros.

Una ráfaga helada me sopló en la cara por sorpresa y me hizo arder la mejilla despellejada. Había olvidado cómo era el aire acondicionado.

Abrí los ojos. Descendíamos por una suave pendiente, más suave de lo que habría debido ser, prudentemente alterada. Se alejaba de nosotros, serpenteando entre la maleza. No era mucho lo que se veía hacia delante.

Bajé la visera para abrir el espejo. A la luz tenue de la luna mi cara se veía en blanco y negro. Lo negro cubría todo el costado derecho, manaba por el mentón y goteaba por el cuello, hasta acabar absorbido por el cuello de la camiseta limpia y nueva.

Me dio un vuelco el estómago.

—Buen trabajo —susurré.

—¿Te duele mucho?

—No, no mucho —mentí—. De cualquier manera no me va a doler durante mucho tiempo. ¿Cuánto falta para llegar a Tucson?

Justo en ese momento llegamos al asfalto. Fue extraño, pero al verlo se me aceleró el corazón, presa de pánico. Jared se detuvo, cuidando de esconder el coche en la maleza, y se bajó para retirar las lonas impermeabilizadas y las cadenas del parachoques. Después de guardarlas en el maletero volvió a subir y siguió conduciendo, inspeccionando cautelosamente la autopista para asegurarse de que estuviera desierta. Al ver que estaba por encender los faros, le susurré:

—Espera —susurré porque no podía subir la voz. Allí me sentía muy vulnerable—. Deja que conduzca yo.

Se volvió a mirarme.

—No puedo decir que llegué al hospital a pie, en mi estado. Demasiadas preguntas. Es necesario que maneje yo. Tú te escondes en la parte de atrás y me indicas el camino. ¿Tienes algo con que cubrirte?

—Bien —aceptó él, lentamente. Marchó en reversa para volver a lo más denso de la maleza—. Bien, me esconderé. Pero si no vas a donde yo te indique...

¡Oh! Sus dudas hirieron a Melanie tanto como a mí.

Mi voz sonó inexpresiva.

—Me disparas.

Él, sin contestar, se bajó del vehículo, dejando el motor en marcha. Me deslicé por encima de los sujetavasos hasta su asiento. La tapa del maletero se cerró con un golpe seco.

Jared subió al asiento trasero, con una gruesa manta escocesa bajo el brazo.

—Toma la carretera a la derecha —ordenó.

El automóvil tenía caja automática de cambios, pero yo llevaba mucho tiempo sin conducir y me sentía insegura tras el volante. Avancé con cautela, complacida al ver que aún sabía hacerlo. La autopista continuaba desierta. Salí a la carretera y mi corazón volvió a reaccionar ante el espacio abierto.

—Las luces —dijo Jared. Su voz venía desde abajo, desde el asiento posterior.

Busqué hasta encontrar la perilla y las encendí. Me parecieron horrorosamente intensas.

No estábamos lejos de Tucson ya que se veía un resplandor amarillento contra el cielo, que debían ser las luces de la ciudad, allá adelante.

—Podrías conducir un poco más deprisa.

—Estoy justo en el límite —protesté.

Él hizo una pausa.

—¿Las almas no corren?

Mi risa sonó apenas un poquito histérica.

—Obedecemos todas las leyes, incluidas las de tránsito.

Las luces ya eran más que un resplandor y se habían convertido en puntos luminosos individuales. Unos letreros verdes me informaron las opciones de salida.

—Toma Ina Road.

Seguí sus instrucciones. Él mantenía la voz queda, aunque así, aislados como estábamos, podríamos haber hablado a gritos.

Me resultaba difícil encontrarme en esa ciudad desconocida. Ver casas, apartamentos, tiendas con letreros encendidos. Saberme rodeada, superada en número. Imaginé cómo debía de sentirse Jared. Su voz sonaba notablemente serena. Claro que él había hecho aquello muchas veces.

Ahora había otros coches en la carretera. Cada vez que barrían mi parabrisas con sus luces yo me encogía de terror.

Ahora no vayas a derrumbarte, Wanda. Debes ser fuerte por el bien de Jamie. Si no puedes, esto no servirá de nada.

Puedo. Sí que puedo.

Me concentré en Jamie y mis manos se afirmaron sobre el volante.

Jared me fue guiando a través de la ciudad que dormía. El centro de sanación era un sitio pequeño. En otros tiempos debió ser un edificio de servicios médicos, una unidad de consultorios, más que un verdadero hospital. Había luces potentes en la mayoría de las ventanas y en la fachada de cristal. Vi un escritorio de recepción y detrás de él, una mujer. La luz de mis faros no la hizo levantar la vista. Conduje hasta el rincón más obscuro del estacionamiento.

Deslicé los brazos por las correas de la mochila. No era nueva, pero estaba en buenas condiciones. Perfecto. Sólo me quedaba una cosa por hacer.

—Rápido. Dame el cuchillo.

—Wanda... Ya sé que quieres mucho a Jamie, pero no creo que pudieras usarlo. Tú no eres una luchadora.

—No es para ellos, Jared. Necesito una herida.

Ahogó una exclamación.

—Ya tienes una herida ¡con esa basta!

—Necesito una como la de Jamie. No sé lo suficiente sobre curaciones. Necesito ver exactamente cómo se hace. Lo habría hecho antes, pero no estaba segura de poder manejar.

—¡No! ¡Otra vez no!

—Anda, dámelo. Si tardo en entrar llamaré la atención.

Jared reflexionó deprisa. No había otro mejor, como había dicho Jeb, pues era capaz de ver con claridad lo que había que hacer y de hacerlo inmediatamente. Hasta mí llegó el ruido acerado del cuchillo al salir de la vaina.

—Ten cuidado. Que no sea demasiado profunda.

—¿Quieres hacerlo tú?

Inspiró bruscamente.

—No.

—Bien.

Tomé el feo puñal. Tenía una empuñadura pesada y era muy afilado; terminaba en una punta ahusada. No me permití pensar mucho, por no dar tiempo a acobardarme. La pierna no, el brazo, eso fue todo lo que me detuve a decidir. Tenía cicatrices en las rodillas y no quería tener que dar explicaciones también por eso. Alargué el brazo izquierdo, me temblaba la mano. Después de afirmarlo contra la portezuela, torcí la cabeza para poder clavar los dientes en el respaldo. Sujeté el mango del cuchillo en la mano derecha, torpemente, pero con fuerza. Apreté la punta contra la piel del antebrazo, a fin de no fallar, y cerré los ojos.

Jared tenía la respiración demasiado agitada. Si no actuaba de prisa él me impediría hacerlo.

Sólo tienes que pensar que es una pala roturando la tierra, me dije.

Y me hundí el puñal en el brazo.

El reposacabezas apagó mi alarido, pero aun así sonó demasiado potente. El cuchillo se me cayó de la mano —saltó de forma asquerosa fuera del músculo— hasta caer ruidosamente contra el suelo.

—¡Wanda! —exclamó Jared.

Aún no podía responderle. Intenté sofocar los demás gritos que pugnaban por salir. Había acertado al no hacer esto antes de ponerme al volante.

—¡Déjame ver!

—Quédate donde estás —jadeé— no te muevas.

A pesar de mi advertencia, la manta se agitó detrás de mí. Apreté el brazo izquierdo contra el cuerpo y abrí la portezuela con la mano derecha. Mientras me dejaba caer fuera, la mano de Jared me rozó la espalda. No para detenerme sino para darme consuelo.

—Volveré en seguida —tosí y cerré la portezuela de una patada.

Crucé a tropezones el estacionamiento, luchando contra la náusea y el pánico. Ambos parecían compensarse mutuamente: cada uno impedía que el otro asumiera el mando de mi cuerpo. El dolor no era muy intenso... o quizá ya no lo sentía tanto. Estaba entrando en estado de shock. Demasiados tipos de dolor, demasiado seguidos. Un líquido caliente me corría por la mano, goteando contra el asfalto. Me pregunté si podría mover los dedos. Tuve miedo de intentarlo.

La mujer del escritorio de recepción —madura, de piel color chocolate obscuro y con unas cuantas hebras plateadas en el negro pelo— se levantó de un brinco al verme cruzar, tambaleante, las puertas automáticas.

—¡Ay, no! ¡Ay, querida! —levantó un micrófono y sus siguientes palabras retumbaron contra el techo, amplificadas—. ¡Sanadora Tejido! ¡La necesito en recepción! ¡Tenemos una emergencia!

—No —traté de hablar con calma, pero me tambaleaba—. Estoy bien. Fue un simple accidente.

Ella dejó el micrófono para acercárseme precipitadamente. Me rodeó la cintura con un brazo.

—Ay, cariño, ¿qué te pasó?

—Fue un descuido mío —murmuré—. Soy excursionista... y me caí por unas piedras. Estaba... recogiendo los trastos de la cena. Tenía un cuchillo en la mano...

Debió de atribuir mis vacilaciones al choque emocional. No me miraba con desconfianza, ni con gesto divertido, como solía hacerlo Ian cuando yo mentía. Sólo con preocupación.

—¡Pobrecita mía! ¿Cómo te llamas?

—Agujas de Cristal —le dije, utilizando un nombre bastante común del miembro de un rebaño, en el tiempo que pasé con los Osos.

—Bien, Agujas de Cristal. Aquí viene la sanadora. En un momento estarás curada.

Ya no sentía pánico alguno. Aquella bondadosa mujer me dio unas palmaditas en la espalda. Tan suave, tan afectuosa. Ella jamás me haría daño.

La Sanadora era joven. Tenía el pelo, la cara y los ojos del mismo tono café claro. Eso le daba un aspecto extrañamente monocromo. La ropa de cirugía, de color tostado, no hacía sino aumentar esa impresión.

—Guau —dijo—. Soy la sanadora Tejido de Fuego. Te curaré en seguida. ¿Qué te pasó?

En tanto repetía mi cuento, las dos mujeres me condujeron por un pasillo y me hicieron entrar por la primera puerta. Allí me acosté en una cama cubierta de papel.

La habitación me resultaba conocida. Sólo una vez había estado en un sitio así, pero la niñez de Melanie estaba llena de recuerdos similares. La breve hilera de armarios dobles, el fregadero donde la sanadora se estaba lavando las manos, las paredes blancas, limpias y brillantes...

—Lo primero es lo primero —dijo alegremente Tejido de Fuego, mientras abría un armario. Traté de enfocar la vista, pues sabía que eso era importante. El armario estaba lleno de hileras y más hileras de cilindros blancos apilados. Ella echó mano a uno, sin buscarlo porque sabía lo que necesitaba. El pequeño envase tenía un rótulo, pero no llegué a leerlo.

—Un poco de Sin-dolor te vendrá bien, ¿no crees?

Mientras ella desenroscaba la tapa vi otra vez el rótulo. Dos palabras breves. "¿Sin-dolor?" ¿Era eso lo que decía?

—Abre la boca, Agujas de Cristal.

Obedecí. Ella tomó un cuadrado pequeño y delgado —parecía papel de china— y me lo puso en la lengua. Se disolvió de inmediato. No tenía sabor alguno. Tragué automáticamente.

—¿Mejor? —preguntó la Sanadora.

—Sí.

Era verdad. Mi voz ya sonaba más clara mientras se me despejaba la cabeza. Podía concentrarme sin dificultad. El dolor se había derretido con ese diminuto cuadrado. Ya no estaba. Parpadeé, asombrada.

—Sé que ahora te sientes bien, pero no te muevas, por favor. Aún no te he atendido las lesiones.

—Desde luego.

—Cerúlea, ¿puedes traernos un poco de agua? Creo que tiene la boca seca.

—Al momento, sanadora Tejido.

La otra mujer salió de la habitación. La sanadora volvió a sus armarios; en esta oportunidad abrió otro, también lleno de envases blancos.

—Esto —retiró uno de la parte alta; luego, otro del costado.

Casi como si tratara de ayudarme a cumplir con mi misión, fue leyendo los nombres según los tomaba.

—Limpiador-interior y exterior... Cicatrizante... Sellador...¿Y dónde está...? Ah, Alisador. No queremos una cicatriz en esa cara tan bonita, ¿verdad?

—Eh... no.

—No te preocupes: quedarás perfecta.

—Gracias.

—Es un placer.

Se inclinó hacia mí con otro cilindro blanco. La parte superior se desprendió con un chasquido, debajo había una boquilla de aerosol. Primero me roció el antebrazo, cubriendo la herida con una bruma transparente e inodora.

—La sanación ha de ser una profesión muy satisfactoria —mi tono era el correcto, porque mostraba interés, pero no excesivo.

—Desde la inserción no había estado en ningún centro de éstos. Es muy interesante.

—Sí, me gusta.

Comenzó a rociarme la cara.

—¿Qué estás haciendo ahora?

Sonrió. Supuse que yo no era la primera alma curiosa.

—Esto es un Limpiador, se ocupará de que no quede en la herida ningún cuerpo extraño. Mata todos los microbios que puedan causar una infección.

—Limpiador —repetí para mis adentros.

—Y aquí, Limpieza Interior, por si acaso hubiera penetrado algo en tu organismo. Inhala, por favor.

Tenía en la mano un cilindro blanco diferente: un frasco más delgado, con una bomba en vez de una boquilla de aerosol. Lanzó al aire una nube de rocío por encima de mi cara. Inspiré bruscamente. La bruma sabía a menta.

—Y esto es Cicatrizante —continuó Tejido de Fuego; al retirar la tapa del envase siguiente dejó al descubierto un pequeño gotero dosificador—. Favorece la unión de los tejidos y su crecimiento correcto.

Hizo correr un poquito de ese líquido transparente en el ancho corte de mi brazo; luego juntó los bordes de la herida. Yo sentía su contacto, pero no había dolor alguno.

—Antes de continuar sellaré esto —abrió otro envase, éste era un tubo flexible, y lo apretó para ponerse en el dedo una línea de gelatina espesa y clara.

—Es como la cola —me dijo.

—Lo sostiene todo unido y permite que el Cicatrizante haga su tarea—. Me lo untó en el brazo con una pasada rápida.

—Bueno, ya puedes mover ese brazo. Ha quedado muy bien.

Lo alcé para mirar. Bajo la gelatina brillante se veía una débil línea rosada. La sangre que me manchaba el brazo aún estaba húmeda, pero ya no fluía de ninguna parte. Ante mis ojos, la Sanadora me limpió la piel con un rápido pase de una toalla mojada.

—Gira la cara hacia aquí, por favor. Hummm, parece que te has dado un golpe terrible con esas rocas. Qué desastre.

—Sí. Fue una mala caída.

—Bueno, gracias al cielo has podido conducir hasta aquí.

Me estaba mojando la mejilla con Cicatrizador, que luego distribuía con la punta de los dedos.

—Ah, me encanta ver el efecto que produce. Esto ya tiene un aspecto mucho mejor. Ahora... alrededor de los bordes —sonrió para sus adentros—. ¿Otra capa? Sí, será mejor. Quiero que esto desaparezca.

Trabajó durante un minuto más.

— Muy bien.

—Aquí tienes un poco de agua —dijo la otra mujer, que entraba por la puerta.

—Gracias, Cerúlea.

—Si necesitan algo más, bastará con que llamen. Estaré allá adelante.

—Gracias.

Cerúlea se fue. Me pregunté si sería del Planeta de las Flores. Las flores azules eran raras, por lo cual resultaba apropiado como nombre.

—Ya puedes incorporarte. ¿Cómo te sientes?

Me senté.

—Perfectamente —y era verdad, hacía mucho tiempo que no me sentía tan saludable. El brusco paso del dolor a la comodidad acentuaba la sensación.

—Así es como debe ser. Bien, empolvaremos esto con un poco de Alisador.

Desenroscó la tapa del último cilindro y lo sacudió para verter un polvo iridiscente contra su mano. Me lo aplicó a la mejilla con unos toquecitos y luego repitió la operación en mi brazo.

—Te quedará una pequeña línea —se disculpó—. En el cuello también. La herida era profunda.

Se encogió de hombros. Luego, distraída, me apartó el pelo del cuello para examinar la cicatriz.

—Éste fue un buen trabajo. ¿Quién te sanó?

—Hum... Cara al Sol —respondí, tomando el nombre de uno de mis antiguos alumnos—. Estaba en... Eureka, Montana. Como no me gustaba el frío, me vine al sur.

Cuántas mentiras. Sentía un nudo de ansiedad en el estómago.

—Yo comencé en Maine —dijo ella, sin notar nada raro en mi voz. Mientras hablaba me iba limpiando la sangre del cuello—. Para mí también era un clima demasiado frío. ¿Cuál es tu vocación?

—Hum... Atiendo mesas. En un restaurante mexicano de... Phoenix. Me gusta la comida picante.

—A mí también —no me miraba con extrañeza. Había empezado a limpiarme la mejilla.

—Muy bien. No tienes por qué preocuparte, Agujas de Cristal. La cara te ha quedado estupenda.

—Gracias sanadora.

—Bien. ¿Quieres un poco de agua?

—Sí, por favor —me controlé con esfuerzo. No debía vaciar el vaso de un solo trago, como era mi deseo. Aun así, no pude evitar el bebérmelo todo. Sabía demasiado bien.

—¿Quieres más?

—Eh... sí, por favor. Gracias.

—Volveré en seguida.

En cuanto ella estuvo al otro lado de la puerta me deslicé fuera del colchón. El crepitar del papel hizo que me petrificara allí donde estaba. Ella no volvería demasiado pronto. Disponía de unos cuantos segundos. Cerúlea había tardado algunos minutos en traer el agua. Tal vez la sanadora tardaría lo mismo. Tal vez el agua fresca y pura se guardaba lejos de esa habitación. Quizás.

Me quité precipitadamente la mochila y la abrí tironeando los cordeles. Comencé por el segundo armario. Allí estaba la pila de Cicatrizante. La tomé entera y dejé que cayera con un leve repiqueteo contra el fondo de mi mochila.

¿Qué diría ella si me sorprendía? ¿Qué mentira podría inventar?

A continuación tomé del primer armario las dos clases de Limpiador. Detrás de cada pila había otra, de las cuales tomé la mitad. Luego, el Sin-dolor, los dos montones. Estaba por girar hacia el Sellador cuando me llamó la atención el rótulo de la siguiente hilera de cilindros.

Refrescante ¿Para fiebres? No había instrucciones: sólo el rótulo. Tomé toda la pila. Nada de lo que había allí haría daño a un cuerpo humano, de eso estaba segura.

Tomé todo el Sellador y dos envases de Alisador. No podía abusar más de mi suerte. Después de cerrar sin ruido los armarios, volví a pasar los brazos por las correas de de la mochila y me recliné contra el colchón, provocando más crujidos. Traté de adoptar una actitud relajada.

Ella no regresaba.

Miré el reloj. Había pasado un minuto. ¿A qué distancia estaría el agua?

Dos minutos.

Tres minutos.

¿Acaso mis mentiras le habían resultado tan obvias como me sonaban a mí?

El sudor comenzaba a formar gotas en mi frente. Me lo enjugué de prisa.

¿Y si ella volvía con un Buscador?

Pensé en la pequeña píldora que tenía en el bolsillo. Me temblaban las manos, pero podría hacerlo. Por Jamie.

Entonces oí un suave rumor de pisadas. Dos pares de pies venían por el pasillo.

45

Triunfo

Tejido de Fuego y Cerúlea entraron juntas por la puerta. La sanadora me entregó un alto vaso de agua. No lo sentí tan frío como el primero, puesto que ahora tenía los dedos helados por el miedo. La morena también tenía algo para mí, me entregó un rectángulo plano con un asa.

—Pensé que querrías verte —dijo Tejido de Fuego, con una cálida sonrisa.

La tensión me abandonó en un torrente. No había sospecha ni miedo. Sólo más amabilidad de esas almas que habían dedicado la vida a curar.

Cerúlea me había dado un espejo.

Al levantarlo tuve que sofocar una exclamación.

Mi cara tenía el mismo aspecto que en San Diego. La cara que allí había pensado que tendría para siempre. La piel del pómulo derecho estaba lisa y aterciopelada. Si miraba con atención, el color era un poco más claro y más rosado que el bronceado de la otra mejilla.

Era el rostro que pertenecía a Viajera, el alma. Su sitio estaba allí, en ese lugar civilizado, libre de violencia y horror.

Comprendí entonces porqué era tan fácil mentir a esas gentiles criaturas. Porque hablar con ellas era bueno, porque yo comprendía sus reglas y su manera de comunicarse. Las mentiras podían ser... tal vez debían ser verdad. Yo habría debido estar cumpliendo con mi vocación en algún lugar, ya fuese enseñando en la universidad o atendiendo las mesas de un restaurante. Una vida fácil y apacible, que contribuyera al bien común.

—¿Qué te parece? —preguntó la sanadora.

—¡Estoy perfecta! Gracias.

—Sanarte ha sido un placer.

Volví a mirarme y detecté ciertos detalles más allá de la perfección. Tenía el pelo mal cortado, sucio, con las puntas disparejas y sin brillo. La culpa era del jabón hecho en casa y de la mala nutrición. Aunque la sanadora me había limpiado la sangre del cuello, aún se veían las manchas del polvo purpúreo.

—Creo que es hora de acabar con estas acampadas mías. Necesito lavarme —murmuré.

—¿Sales a menudo de acampada?

—Últimamente, cada vez que tengo tiempo libre. No puedo... no puedo alejarme del desierto.

—Debes de ser valiente. Yo me siento mucho más a gusto en la ciudad.

—No es que sea valiente. Sólo... diferente.

Mis ojos, en el espejo, eran los círculos de color avellana que me eran tan familiares. Gris obscuro por fuera, un círculo de verde musgo y luego, otro círculo café acaramelado en torno de la pupila. Para subrayarlo todo, un leve resplandor de plata que reflejaría la luz, intensificándola.

¿Jamie?, preguntó Mel con urgencia. Empezaba a ponerse nerviosa. Yo estaba demasiado a mis anchas allí. Ella podía ver la lógica del otro sendero que se extendía ante mí y eso la asustaba.

Sé quién soy, le dije.

Parpadeé. Luego volví a mirar aquellas caras amistosas que tenía a mi lado.

—Gracias —repetí a la sanadora—. Será mejor que me ponga en marcha.

—Es muy tarde. Si quieres, puedes dormir aquí.

—No estoy cansada. Me siento... perfectamente.

La sanadora sonrió de oreja a oreja.

—Es obra del Sin-dolor.

Cerúlea me acompañó hasta la zona de recepción. Cuando crucé el umbral me puso una mano en el hombro.

Se me aceleró el corazón. ¿Acaso habría notado que mi mochila, antes plana, estaba ahora muy abultada?

—Pon más cuidado, cariño —me dijo. Y me dio unas palmaditas en el brazo.

—Sí. Se acabaron las caminatas en la obscuridad.

Con una sonrisa, volvió a su escritorio.

Crucé el estacionamiento a paso sereno, aunque habría querido echar a correr. ¿Y si la sanadora abría sus armarios? ¿Cuánto tardaría en comprender porqué estaban medio vacíos?

El coche seguía allí, en la bolsa de obscuridad creada por la distancia entre dos lámparas de alumbrado público. Parecía estar vacío. Mi respiración se tornó rápida y desigual. Era natural que pareciera vacío. Era lo que se buscaba. Pero mis pulmones no se calmaron sino cuando divisé una vaga silueta bajo la manta del asiento trasero.

Abrí la portezuela para dejar la mochila en el asiento del pasajero, donde se asentó con un repiqueteo tranquilizador; luego subí y cerré, sofrenando mi impulso de poner los seguros, ya que no había motivo para hacerlo.

—¿Estás bien? —susurró Jared, en cuanto la portezuela estuvo cerrada. Su voz era un siseo tenso y ansioso.

—Chisst —dije, tratando de mover los labios lo menos posible—. Espera.

Al cruzar frente al vestíbulo iluminado, Cerúlea agitó la mano y yo respondí con el mismo gesto.

—¿Hiciste amigos?

Estábamos en la carretera obscura. Ya nadie me observaba. Me encorvé en el asiento. Me temblaron las manos. Ahora que todo había pasado podía permitírmelo. Ahora que había triunfado.

—Todas las almas somos amigas —respondí, con voz normal.

—¿Estás bien? —volvió a preguntar.

—Me sanaron.

—Déjame ver.

Estiré el brazo izquierdo frente al cuerpo, para que él viera la leve línea rosada.

Ahogó una exclamación de sorpresa.

Con un roce de la manta, se incorporó y pasó hacia adelante por el espacio abierto entre los asientos. Empujó la mochila para apartarla, pero luego se la puso en el regazo y probó su peso.

Cuando pasamos bajo una lámpara levantó la vista hacia mí y lanzó otra exclamación.

—¡Tu cara!

—También está curada. Por supuesto.

Alzó una mano y la sostuvo en el aire, cerca de mi mejilla, inseguro.

—¿Duele?

—No, desde luego que no. Es como si nunca le hubiera sucedido nada.

Sus dedos rozaron la piel nueva. Sentí un cosquilleo, pero era sólo por su contacto. De inmediato él volvió a lo importante.

—¿Sospecharon algo? ¿Crees que llamarán a los Buscadores?

—No. Te dije que no sospecharían. Ni siquiera me verificaron los ojos. Como estaba herida, me curaron —me encogí de hombros.

—¿Qué conseguiste? —preguntó, mientras abría los cordones de la mochila.

—Lo que Jamie necesita... si es que llegamos a tiempo —eché una mirada automática al reloj del tablero, aunque las horas que marcaba no tenían sentido.

—Y más, para el futuro. Sólo traje lo que conozco.

—Llegaremos a tiempo —aseguró.

Estaba examinando los envases blancos.

—¿Alisador?

—No es imprescindible, pero como ahora sé para qué sirve...

Con un gesto de asentimiento, continuó revolviendo el contenido de la bolsa y murmurando los nombres para sus adentros.

—¿Sin-dolor? ¿Es efectivo?

Reí.

—Es asombroso. Si te clavas un puñal te haré una demostración... Oye: es una broma.

—Ya lo sé.

Me miraba con una expresión que no comprendí. Tenía los ojos dilatados, como si algo le hubiera sorprendido profundamente.

—¿Qué pasa? —Después de todo mi broma no había sido *tan* mala.

—Lo conseguiste —su tono era maravillado.

—¿No era ésa la idea?

—Sí, pero... En el fondo no creí que lo lográramos.

—¿No? ¿Y entonces por qué...? ¿Por qué me permitiste intentarlo?

Respondió con voz suave, casi un susurro.

—Me pareció preferible morir intentándolo que vivir sin el chico.

Por un momento la emoción me provocó un nudo en la garganta. Mel también estaba demasiado abrumada como para hablar. En ese único instante éramos una familia. Todos.

Carraspeé. No había necesidad de sentir cosas que no llegarían a nada.

—Ha sido muy fácil. Probablemente cualquiera de ustedes podría haberlo hecho, si actuara con naturalidad. Eso sí: me miró el cuello —me lo toqué, pensativa—. Tu cicatriz es demasiado casera, pero con los medicamentos que llevo Doc podría arreglártela.

—Dudo que ninguno de nosotros pudiera actuar con tanta naturalidad.

Asentí.

—Sí. Para mí es fácil. Sé qué es lo que ellos esperan — reí brevemente para mis adentros—. Soy una de ellos. Si confiaras en mi, creo que podría conseguirte todo lo que necesitaras —volví a reír.

Era sólo el relajamiento de la tensión, que me embriagaba. Pero me parecía gracioso. ¿Sabía él que yo haría exactamente lo mismo por él? Absolutamente cualquier cosa que él quisiera.

—Es que confío en ti —susurró—. Te he confiado la vida de todos.

Era cierto: me había confiado todas las vidas humanas. La suya, la de Jamie, la de todos los demás.

—Gracias —susurré a mi vez.

—Lo conseguiste —repitió, maravillado.

—Lo salvaremos.

Jamie vivirá, se regocijó Mel. *Gracias, Wanda.*

Por ellos, cualquier cosa, le dije. Y luego suspiré, pues era muy cierto.

Cuando llegamos a la pendiente Jared ató nuevamente las lonas impermeabilizadas y tomó el volante. Estaba familiarizado con el camino y conducía a mayor velocidad que yo. Me hizo bajar antes de meter el coche en su escondrijo, increíblemente pequeño, bajo el deslizamiento rocoso. Yo esperaba oír un ruido de piedra contra metal, pero él halló la manera de meterlo.

Y ya estábamos de nuevo en el jeep, volando a través de la noche. Mientras nos bamboleábamos por el desierto Jared rió triunfalmente; el viento se llevó su voz.

—¿No vas a vendarme los ojos? —pregunté.

—¿Para qué?

Lo miré.

—Si hubieras querido denunciarnos, Wanda, tuviste la oportunidad. Ahora nadie puede negar que eres una de nosotros.

Me quedé pensativa.

—Creo que algunos todavía podrían. Les haría sentirse mejor.

—Esos *algunos* tendrán que superarlo.

Yo meneaba la cabeza al imaginar cómo nos recibirían.

—No será fácil regresar ahora. Imagina lo que están pensando en estos momentos. Lo que están esperando...

Él entrecerró los ojos sin contestar.

—Jared, si... si no quieren escuchar... si no esperan... —empecé a hablar más de prisa, bajo una súbita presión que me impulsaba a darle toda la información antes de que fuera demasiado tarde.

—Primero debes darle a Jamie el Sin-dolor, pónselo en la lengua. Luego, el rocío de Limpieza interior, basta con que lo inhale. Doc tendrá que...

—¡Oye, oye: serás tú quien dé las instrucciones!

—Pero deja que te diga cómo...

—No, Wanda. No voy a dejar que las cosas lleguen hasta ahí. Si alguien te toca, dispararé contra quien sea.

—Jared...

—No te asustes. Apuntaré hacia abajo. Después podrás usar todo eso para curarlos.

—Si eso es un chiste, no le veo la gracia.

—No es broma, Wanda.

—¿Dónde pusiste la venda?

Él apretó los labios.

Pero yo tenía mi vieja y raída camisa —herencia de Jeb— que me serviría igual de bien.

—Así les será un poquito más fácil dejarnos entrar —dije, mientras la plegaba formando una banda gruesa—. Y eso equivale a llegar antes a Jamie — me la até sobre los ojos.

Por un rato hubo silencio. El jeep se bamboleaba por un territorio escarpado. Recordé otras noches como ésa, con Melanie como pasajera...

—Iremos directamente a las cuevas. Allí hay un lugar donde se puede esconder el jeep por un par de días. Así ahorraremos tiempo.

Asentí. Ahora el tiempo era vital.

—Ya casi llegamos —dijo él, después de un minuto. Y exhaló—. Nos están esperando.

Estaba moviendo algo a mi lado y se oyó un chasquido metálico cuando sacó el arma de su espalda.

—No hieras a nadie.

—No te prometo nada.

—¡Alto! —gritó alguien. La voz resonó en el aire del desierto.

El jeep aminoró la marcha y el motor quedó sólo andando.

—Somos sólo nosotros —dijo Jared—. Sí, sí, mira, ¿ves? Sigo siendo yo mismo.

Al otro lado hubo cierta vacilación.

—Mira, voy a ocultar el jeep, ¿bien? Traemos medicamentos para Jamie y tenemos prisa. Me importa un rábano lo que piensen pero esta noche no me estorbarán el paso.

El jeep se adelantó con una sacudida. El sonido cambió y se llenó de ecos; había encontrado el escondrijo.

—Bueno, Wanda, todo está bien. Vamos.

Ya tenía la mochila sobre los hombros. Bajé del jeep con cautela, pues no sabía dónde estaba el muro. Jared me tomó las manos extendidas.

—Aúpa —me dijo. Y volvió a cargarme sobre su hombro.

No me sentía tan segura como antes. Él me sostenía con un solo brazo. En la otra mano debía de tener el arma. Eso no me gustó.

Pero también estaba preocupada y, al oír que alguien se acercaba a la carrera, agradecí que tuviera el arma.

—¡Jared, pedazo de idiota! —gritó Kyle—. ¿En qué estabas pensando?

—Tranquilo, Kyle —dijo Jeb.

—¿Está herida? —inquirió Ian.

—Quítense de en medio —ordenó Jared, con voz serena. —Llevo prisa. Wanda está perfectamente bien, pero insistió en que le vendara los ojos. ¿Cómo está Jamie?

—Está ardiendo —dijo Jeb.

—Wanda trae lo que necesitamos —ahora avanzaba de prisa, deslizándose pendiente abajo.

—Puedo llevarla yo. —Ese era Ian, por supuesto.

—Está muy bien donde está.

—Estoy bien, de verdad —dije a Ian, con la voz entrecortada por el movimiento de Jared.

Caminó colina arriba otra vez, a un trote uniforme a pesar de mi peso. Oí que los otros corrían con nosotros.

Supe que habíamos llegado a la caverna principal porque se alzó un rabioso siseo de voces en torno a nosotros, convertido luego en un clamor.

—Quítense de en medio —rugió Jared, por encima de todas las voces—. ¿Doc está con Jamie?

No entendí la respuesta. Jared podría haberme dejado en el suelo, pero tenía demasiada prisa como para detenerse en ese momento.

Detrás de nosotros resonaban voces coléricas, pero el sonido disminuyó cuando entramos en el túnel más pequeño. Ahora sabía dónde estábamos, iba siguiendo mentalmente los giros en tanto cruzábamos a toda velocidad la confluencia, rumbo al tercer dormitorio. Casi podía contar las puertas que pasaban invisiblemente a mi lado.

Jared se detuvo bruscamente y me dejó deslizar hacia abajo desde su hombro. Mis pies tocaron el suelo y él me arrancó la venda de los ojos. Nuestra habitación estaba iluminada por varias de aquellas tenues lámparas azules. Doc estaba de pie, rígido, como si acabara de saltar del asiento. A su lado, de rodillas, Sharon sostenía aún un paño mojado contra la frente de Jamie. Su cara estaba tan contraída por la rabia que apenas pude reconocerla. Maggie hacía esfuerzos por levantarse, al otro lado de Jamie.

El chico aún yacía laxo y enrojecido, con los ojos cerrados y su pecho apenas se movía para inspirar el aire.

—¡Tú! —escupió Sharon. Y saltó desde su posición para arrojarse hacia Jared como un gato, buscándole la cara con las uñas.

Jared le sujetó las manos. De inmediato la apartó de sí, retorciéndole los brazos a la espalda.

Parecía que Maggie estuviera dispuesta a ir en ayuda de su hija, pero Jeb dio un paso delante de Jared y de Sharon, que luchaba para soltarse, y se puso frente a ella.

—¡Suéltala! —grito Doc.

Jared lo ignoró.

—Wanda, ¡cúralo!

Doc se colocó entre Jamie y yo.

—Doc —supliqué con voz estrangulada. La violencia que tenía lugar en la habitación, girando en torno a la forma inmóvil de Jamie, me asustó—. Necesito tu ayuda. Por favor. Hazlo por Jamie.

Doc no se movió, con los ojos fijos en Sharon y Jared.

—Vamos, Doc —le instó Ian. La habitación estaba abarrotada de gente, claustrofóbica, cuando Ian vino a mi lado y me puso una mano en el hombro—. ¿Vas a dejar que el chico muera por culpa de tu orgullo?

—No es cuestión de orgullo. ¡No sé qué es lo que esas sustancias extrañas pueden hacerle!

—Ya no puede empeorar, ¿no te parece?

—Doc —insistí—. Mírame la cara.

Doc no fue el único en responder a mi petición. Jeb, Ian e incluso Maggie miraron y después volvieron a mirar de nuevo. Maggie desvió rápidamente los ojos, enfadada por haber demostrado algún tipo de interés.

—¿Cómo ha sido eso?

—Te lo enseñaré. Por favor. Jamie no tiene porqué seguir sufriendo.

Doc vaciló, mirándome fijamente a la cara y luego dejó salir un gran suspiro.

—Ian tiene razón, la verdad es que no puede estar peor. Si esto lo mata... —se encogió de hombros y sus hombros luego se hundieron. Después dio un paso atrás.

—No —siseó Sharon.

Nadie le prestó atención.

Mientras me arrodillaba junto a Jamie, me quité la mochila de los hombros y tironeé para abrirla. Buscaba a tientas el Sindolor. Una luz intensa se encendió a mi lado, apuntada a la cara de Jamie.

—¿Agua, Ian?

Giré la tapa para quitarla y retiré uno de aquellos pequeños cuadrados de tejido. Al tomar el mentón de Jamie para abrirle la boca sentí que su piel quemaba. Le puse el cuadrado en la lengua. Luego alargué la mano sin levantar la vista. Ian me puso el cuenco de agua en la palma.

Con mucho cuidado, dejé caer un poco de agua en la boca del chico, para que el remedio descendiera por su garganta. Tragó con un ruido seco, penoso.

Busqué frenéticamente el spray, una botella más delgada. En cuanto la encontré, lo destapé y esparcí el rocío en el aire, por sobre él, en un solo movimiento. Luego esperé, observándole el pecho, hasta que lo vi inhalar.

Le toqué la cara. ¡Cómo ardía! busqué a tientas el Refrescante, rogando que fuera fácil de usar. Al retirar la tapa descubrí que el cilindro estaba lleno de cuadrados de papel fino pero éstos eran de color azul claro. Con un suspiro de alivio, le puse uno en la lengua y tomé nuevamente el cuenco para echar otro sorbo de agua entre sus labios resecos.

Esta vez tragó en seguida y con más facilidad.

Otra mano le tocó la cara. Reconocí los dedos largos y huesudos de Doc.

—¿Tienes un cuchillo afilado, Doc?

—Tengo un bisturí. ¿Quieres que abra la herida?

—Sí, para limpiarla.

—Pensaba intentarlo... drenarla. Pero el dolor...

—Ahora no sentirá nada.

—Mírenle la cara —susurró Ian, inclinándose a mi lado.

Ya no estaba enrojecida, sino que lucía su saludable bronceado natural. Aún le brillaba el sudor en la frente, pero comprendí que eran sólo remanentes. Doc y yo le tocamos la frente al mismo tiempo.

Es efectivo. ¡Sí! La exaltación nos invadía, a Mel y a mí.

—Es sorprendente —exclamó Doc.

—La fiebre ha bajado, pero es posible que la pierna siga infectada. Ayúdame con la herida, Doc.

—Sharon, ¿podrías darme...? —comenyó él, distraído. Luego levantó la vista. —Ah. Eh... Kyle, ¿te molestaría traerme esa bolsa que está junto a tu pie?

Me deslicé hasta quedar junto a la herida roja e hinchada. Ian apuntó la luz para que pudiera verla bien. Doc y yo revolvimos simultáneamente el contenido de nuestras bolsas. Él sacó un bisturí plateado, cuya aparición me provocó un estremecimiento de zozobra a lo largo de la columna. Sin prestarle atención, preparé el rociador de Limpieza.

—¿No sentirá nada? —verificó Doc, vacilante.

—Eh —gritó Jamie. Sus ojos, bien abiertos, recorrieron la habitación hasta encontrar mi cara—. Eh, Wanda, ¿qué pasa? ¿Qué hacen todos aquí?

46

Rodeada

Jamie comenzó a incorporarse.

—Quieto ahí, chico. ¿Cómo te sientes? —Ian le sujetó los hombros contra el colchón.

—Me siento... Muy bien. ¿Por qué estan todos aquí? No recuerdo...

—Has estado enfermo. Quédate quieto para que acabemos de curarte.

—¿Puedes darme agua?

—Claro, chico. Toma.

Doc miraba a Jamie con ojos incrédulos. Yo tenía la garganta tan anudada por la alegría que apenas podía hablar.

—Es el Sin-dolor —murmuré—. Te hace sentir de maravilla.

—¿Qué pasó, por qué Jared tiene a Sharon inmovilizada? —susurró el muchacho a Ian.

—Es que está de mal humor —explicó Ian, en un murmullo teatral.

—Quédate muy quieto, Jamie —advirtió Doc—. Vamos a... limpiarte la herida, ¿bien?

—Bien —aceptó él, con voz débil. Había visto el escalpelo en la mano del médico y lo observaba con desconfianza.

—Dime si sientes esto —pidió Doc.

—Si duele —corregí.

Con la destreza de la práctica, el doctor deslizó suavemente el bisturí a través de la piel enferma, en un movimiento veloz. Los dos echamos un vistazo a Jamie. Mantenía los ojos fijos en el techo obscuro.

—Es una sensación rara —dijo—, pero no duele.

Doc asintió para sus adentros y bajó otra vez el escalpelo para hacer un corte cruzado. Por la abertura brotaron sangre roja y una descarga de pus amarillo obscuro. En cuanto Doc retiró la mano rocié aquella sangrienta X con Limpieza. En cuanto el líquido tocó la secreción, aquel amarillo enfermizo pareció hervir sin ruido y comenzó a retirarse. Casi como la espuma alcanzada por un chorro de agua. Se fundió. Doc, a mi lado, respiraba de prisa.

—¡Mira eso!

Por si acaso, rocié la zona dos veces. La piel de Jamie ya no tenía ese rojo obscuro. Sólo quedaba el color normal de la sangre humana que seguía fluyendo.

—Bien. Ahora, Cicatrizante —murmuré.

Busqué el envase correcto e incliné la pequeña boquilla sobre los cortes. El líquido claro cubrió la carne viva y quedó allí, reluciente, deteniendo el sangrado. Vertí en la herida la mitad del contenido; sin duda era el doble de lo necesario.

—Bien. Júntame los bordes, Doc.

A esta altura el médico estaba mudo, aunque la boca le colgaba, bien abierta. Tal como yo le pedía, cerró los dos cortes con ambas manos.

Jamie soltó la risa.

—Me haces cosquillas.

Doc dilató los ojos.

Unté la X con un chorro de Sellador y vi, con honda satisfacción, que los bordes se fundían y se borraban en una línea rosada.

—¿Puedo mirar? —preguntó Jamie.

—Deja que se incorpore, Ian. Ya casi hemos terminado.

El chico se alzó sobre los codos, los ojos brillantes y llenos de curiosidad. El pelo sudoroso y sucio se le había pegado a la cabeza. Ahora contrastaba contra el lustre saludable de su piel.

—Mira, te pongo esto —expliqué, aplicando un puñado de polvo brillante a los cortes—, y la cicatriz se borrará casi por completo. Así —le mostré la de mi brazo.

Él se echó a reír.

—Pero las cicatrices impresionan a las chicas, ¿verdad? ¿De dónde has sacado todo esto, Wanda? Parece cosa de magia.

—Jared me llevó de expedición por ahí.

—¿De verdad? ¡Es *asombroso*!

Doc tocó el residuo de polvo chispeante que me quedaba en la mano y se llevó los dedos a la nariz.

—Tendrían que haberla visto —comentó Jared.

—Ha estado increíble.

Me sorprendió oír su voz tan cerca de mí. Busqué automáticamente a Sharon y alcancé a ver la llamarada de su pelo, que salía de la habitación. Maggie iba pisándole los talones.

Qué triste, qué terrorífico, estar tan llena de odio que no pudieras alegrarte con la curación de un chico. ¿Cómo era posible llegar a ese punto?

—Caminó derecho hacia el hospital, se dirigió hacia la alienígena de la puerta y le pidió que le atendieran las heridas, audaz como nadie. Luego, en cuanto ellas volvieron la espalda, ¡les robó todo esto!

Contado por Jared aquello sonaba a aventura. Jamie estaba disfrutando también, su sonrisa era enorme. Me miró auténticamente maravillado.

—Salió de allí con tal cantidad de medicamentos que nos servirán a todos durante mucho tiempo. ¡Y cuando ya nos marchábamos, ¡tendrían que haberla visto agitar la mano para despedirse del bicho que estaba en recepción! —concluyó Jared, riendo.

Yo no hubiera podido hacer esto por ellos, dijo Melanie, súbitamente entristecida. *Tú tienes más valor para ellos que yo.*

Calla, le dije. No era momento para ponerse triste o celosa, sólo para estar alegre. *Sin ti yo no estaría aquí para ayudarlos. Tú también los has salvado.*

Jamie me miraba con los ojos dilatados.

—No ha sido tan emocionante, a decir verdad —le dije. Él me tomó la mano y yo se la estreché, con el corazón henchido de amor y gratitud—. Ha sido muy fácil. Al fin y al cabo yo también soy un bicho.

—No he querido decir... —Jared empezó a disculparse.

Descarté su protesta con un gesto y una sonrisa.

—¿Cómo explicaste la cicatriz que tenías en la cara? —preguntó Doc—. ¿No les extrañó que no te hubieran...?

—Tenía que ir con heridas recientes, desde luego. Puse cuidado en no dejar nada que despertara sospechas. Les dije que me había caído con un cuchillo en la mano —di un codazo a Jamie—. Algo que le puede suceder a cualquiera.

Ahora estaba en las nubes. Todo parecía refulgir desde dentro: las telas, las caras, hasta los muros. El gentío, dentro y fuera de la habitación, comenzaba a murmurar y hacer preguntas, pero ese ruido era sólo como un silbido en mis oídos, como el efecto que perdura después de tañer una campana. Una reverberación en el aire. Nada parecía real fuera del pequeño círculo de mis seres queridos. Jamie, Jared, Ian y Jeb. Hasta el mismo Doc formaba parte de ese momento perfecto.

—¿Heridas recientes? —preguntó Ian, con voz inexpresiva.

Le miré con fijeza, me sorprendió el enfado que veía en sus ojos.

—Era necesario. Tenía que disimular la cicatriz y aprender cómo debía curar a Jamie.

Jared me tomó la muñeca izquierda para deslizar un dedo sobre la leve línea rosada, pocos centímetros más arriba.

—Fue horroroso —dijo. De pronto, de su voz sombría había desaparecido todo el humor—. Poco ha faltado para que se amputara la mano. Pensé que no iba a poder volver a moverla.

El chico dilató los ojos, espantado.

—¿Te cortaste tú misma?

Volví a estrecharle la mano.

—No te pongas nervioso, que no fue para tanto. Además estaba segura de que me la curarían en seguida.

—¡Si la hubieran visto! —repitió Jared, en voz baja, sin dejar de acariciarme el brazo.

Los dedos de Ian me rozaron la mejilla. Aquello me gustó; me apoyé en la mano que él había dejado allí. No sabía si era efecto del Sin-dolor o la felicidad de haber salvado a Jamie, pero todo parecía cálido y refulgente.

—Basta de expediciones para ti —murmuró Ian.

—Por supuesto que saldrá de nuevo —objetó Jared, alzando la voz de modo sorpresivo— Ian, lo ha hecho fenomenal, de verdad. Hay que verla para comprender. Apenas comienzo a imaginar todas las posibilidades...

—¿Qué posibilidades? —Ian me deslizó la mano por el cuello hacia abajo, hasta el hombro, y me acercó a su costado, apartándome de Jared. —¿Cuál será el costo para ella? ¿*Has* dejado que casi se *amputara* la mano?— Con cada inflexión de voz, sus dedos se curvaban en torno a mi brazo.

La molestia no era compatible con el fulgor.

—No, Ian, no fue así —objeté—. La idea fue mía. Era necesario.

—Tenía que ser idea tuya, desde luego —gruñó él—. Eres capaz de cualquier cosa... cuando se trata de estos dos no tienes límites. Pero Jared no debió habértelo permitido...

—¿Qué otra cosa podíamos hacer, Ian? —adujo el interpelado. —¿Tenías algún plan mejor? ¿Crees que ella sería más feliz si estuviera indemne y Jamie hubiera muerto?

Hice un gesto de horror ante aquella idea espantosa.

Ian respondió con voz menos hostil.

—No. Pero no entiendo que hayas podido quedarte cruzado de brazos mientras ella se hacía eso —meneó la cabeza, disgustado y en respuesta los hombros de Jared se hundieron—. ¿Qué clase de hombre...?

—Uno práctico —le interrumpió Jeb.

Todos levantamos la vista. Allí estaba él, con una gran caja de cartón en los brazos.

—Por eso Jared es el mejor cuando se trata de conseguir lo que necesitamos, porque siempre hace lo que sea necesario. O vigila para que se haga. A veces, eso es más difícil que hacerlo. Ahora bien, ya sé que estamos más cerca del desayuno que de la cena, pero creo que algunos, aquí, llevan mucho tiempo sin comer

—prosiguió Jeb, cambiando de tema sin gran sutileza—. ¿Tienes hambre, chico?

—Eh... no estoy seguro —admitió Jamie—. Siento un hueco aquí, pero no es... desagradable.

—Eso es por el Sin-dolor —expliqué—. Deberías comer.

—Y beber —añadió Doc—. Necesitas líquidos.

Jeb dejó caer la incómoda caja en el colchón.

—He pensado que no vendría mal una pequeña celebración. Metan la mano.

—¡Hum, qué rico! —exclamó Jamie, manoteando en la caja de comida deshidratada, de las que solían usar los excursionistas. —Spaghetti. Excelente.

—Me reservo el pollo al ajillo —dijo Jeb—. Extraño mucho el ajo... aunque no creo que los demás lo echen de menos en mi aliento —rió entre dientes.

Venía preparado, con botellas de agua y varias estufillas portátiles. La gente comenzó a reunirse al rededor, agolpándose en aquel espacio pequeño. Apretada entre Jared y Ian, me senté a Jamie en el regazo. Aunque ya era demasiado grande para eso, no protestó. Debió de percibir lo mucho que las dos necesitábamos hacerlo, tanto Mel como yo teníamos que sentirlo vivo, sano y en nuestros brazos.

El resplandeciente círculo pareció ampliarse abarcar a todos para esa cena tardía, convirtiéndolos en parte de la familia. Todos aguardaron, satisfechos y sin prisa, a que Jeb preparara aquel inesperado festín. El miedo había sido reemplazado por el alivio y las buenas noticias. Ni siquiera Kyle, comprimido en un pequeño espacio, al otro lado de su hermano, fue mal recibido en el grupo.

Melanie suspiró de contento. Tenía una conciencia vibrante del calor del niño en nuestro regazo y del contacto del hombre que aún me acariciaba el brazo. Ni siquiera le molestaba que Ian me rodeara los hombros con un brazo.

A ti también te afecta el Sin-dolor, bromeé.

No creo que sea por el Sin-dolor. Para ninguna de las dos.

No, si tienes razón. Esto es más de lo que nunca he tenido.

Y es mucho de lo que yo he perdido.

¿Qué era lo que hacía que el amor humano me pareciera más deseable que el amor de los de mi propia especie? ¿Quizá porque era exclusivo y caprichoso? Las almas ofrecíamos a todos afecto y aceptación. ¿Acaso yo ansiaba un desafío mayor? Este amor era taimado, no obedecía a reglas firmes y claras. Se le podía recibir gratis, como me había pasado con Jamie, o ser conquistado con el tiempo y el duro esfuerzo, como con Ian, o podía ser completa, desoladoramente inalcanzable, como con Jared.

¿O acaso era simplemente mejor, en algún sentido? Puesto que los humanos podían odiar con tanta furia, ¿sería el otro lado del espectro que pudieran amar con más corazón, celo y fuego?

Yo ignoraba porqué lo había ansiado con tanta desesperación. Sólo sabía que ahora, al tenerlo, valía cada pizca del peligro y del tormento que me había costado. Era mejor de lo que nunca imaginé.

Lo era todo para mí.

Cuando acabaron los preparativos y la comida se consumió, lo tardío —antes bien, lo temprano— de la hora nos venció a todos. La gente salió a trompicones de esa habitación atestada, cada uno rumbo a su cama. Cuando se marcharon quedó más espacio.

Quienes permanecimos allí nos tendimos en cualquier sitio disponible. Poco a poco nos fuimos dejando caer en el lugar donde estábamos, hasta quedar horizontales. Mi cabeza acabó recostada contra el vientre de Jared, quien me acariciaba de vez en cuando el pelo. Jamie tenía la cara contra mi pecho y los brazos en torno a mi cuello. Yo le ceñía los hombros con un brazo. Mi vientre servía de almohada a la cabeza de Ian, que me sujetaba la otra mano contra su cara. Sentía la larga pierna de Doc estirada junto a la mía y su zapato junto a la cadera. Se había quedado dormido porque se le oía roncar. Y hasta es posible que alguna parte de mí estuviera en contacto con Kyle.

Jeb se había despatarrado en la cama. Un eructo suyo hizo que Kyle riera por lo bajo.

—Una noche mucho mejor de lo que yo había planeado. Qué gusto, cuando el pesimismo sale perdiendo —musitó Jeb—. Gracias, Wanda.

—Hum... —suspiré, medio dormida.

—La próxima vez que ella salga de expedición... —dijo Kyle, desde el otro lado de Jared. Un gran bostezo le interrumpió la frase—. La próxima vez que ella salga de expedición quiero ir yo también.

—Ella no va a ir a ninguna parte —replicó Ian, con el cuerpo tenso. Le rocé la cara con la mano, tratando de serenarlo.

—Claro que no —le murmuré—. No tengo que ir a ninguna parte, a menos que se me necesite. No me importa quedarme aquí...

—No hablo de retenerte prisionera, Wanda —explicó él, irritado—. En lo que a mí concierne, puedes ir a donde quieras. A correr por la autopista, si se te antoja. Pero de expediciones, nada. Hablo de mantenerte fuera de peligro.

—La necesitamos —dijo Jared. Su voz sonó más dura de lo que yo hubiera querido oír.

—Antes nos arreglábamos muy bien sin ella.

—¿Eso crees? Sin ella Jamie habría muerto. Puede conseguir cosas que están fuera de nuestro alcance.

—No es una herramienta, Jared. Es una persona.

—Ya lo sé. No he dicho que...

—Eso depende de Wanda, me parece —Jeb interrumpió la discusión justo cuando yo estaba por hacerlo. Ahora mi mano sujetaba a Ian contra el suelo. Sentí que Jared movía el cuerpo bajo mi cabeza, como si se dispusiera a levantarse. Las palabras de Jeb los inmovilizaron a ambos.

—No puedes dejar que ella decida, Jeb —protestó Ian.

—¿Por qué no? Parece que ella piensa por sí sola. ¿Desde cuándo te encargas de decidir por ella?

—Ya verás por qué no —gruñó él—. ¿Wanda?

—¿Qué, Ian?

—¿Quieres ir de expedición?

—Si puedo ser útil, claro que debo ir.

—No es eso lo que te he preguntado, Wanda.

Por un momento guardé silencio; recordaba su pregunta, tratando de ver en qué me había equivocado al interpretarla.

—¿Ves, Jeb? Ella nunca toma en cuenta sus propios deseos, ni su propia felicidad, ni siquiera su propia salud. Haría cualquier cosa que le pidiéramos, aunque eso le costara la vida. No es justo pedirle cosas tal como nos las pedimos unos a otros. Nosotros sí, aquí cada uno piensa en sí mismo. Ella no.

Se hizo el silencio. Nadie le respondió. La pausa se prolongó hasta que me sentí obligada a expresarme.

—Eso no es verdad —dije—. Siempre pienso en mí misma. Y... quiero ayudar. ¿Eso no cuenta? Ayudar a Jamie, esta noche, me ha hecho muy feliz. ¿No puedo buscar la felicidad de la manera que yo quiero?

Ian suspiró.

—¿Lo ven? Tal como les decía.

—Pues mira, si ella quiere ir, no puedo impedírselo —observó Jeb—. Ya no es una prisionera.

—Pero no debemos pedírselo.

Durante todo este diálogo Jared había guardado silencio. Jamie también, pero yo estaba casi segura de que él dormía y Jared no: su mano trazaba dibujos al azar en el costado de mi cara. Dibujos ardientes, brillantes.

—No hace falta que lo pidan —dije—. Me ofrezco como voluntaria. En realidad esto... no me ha dado miedo. En absoluto. Las otras almas son muy bondadosas. No les temo. Ha sido casi demasiado fácil.

—¿Fácil? ¡Pero si te cortaste la...!

Me apresuré a interrumpir a Ian.

—Esto ha sido una emergencia. En adelante no será necesario —una pausa de un segundo—. ¿Verdad? —verifiqué.

Ian gruñó.—Si ella va, yo también —dijo en tono patético—. Alguien tiene que protegerla de sí misma.

—Y yo iré también, para protegernos a todos de ella —agregó Kyle, riendo entre dientes. Luego, se le escapó un gemido: —Ay.

Me sentía tan exhausta que no levanté la cabeza para averiguar quién le había golpeado, esta vez.

—Y yo iré para traerlos a todos de regreso, sanos y salvos —murmuró Jared.

47

Útil

—Es demasiado fácil. Ya ni siquiera resulta divertido —se quejó Kyle.

—Fuiste tú quien quiso venir —le recordó Ian.

Ian y él estaban en la parte trasera —y sin ventanas— de la camioneta, examinando los alimentos no perecederos y los artículos de aseo que yo acababa de traer de la tienda. Era mediodía y el sol brillaba sobre Wichita. No hacía tanto calor como en el desierto de Arizona, pero había más humedad. En el aire pululaban minúsculos insectos voladores.

Jared condujo hacia la autopista de salida de la ciudad, manteniéndose cuidadosamente por debajo del límite de velocidad. Algo que seguía poniéndolo de muy mal humor.

—¿No te cansas de comprar, Wanda? —me preguntó Ian.

—No. No me importa.

—Siempre dices lo mismo. ¿No hay *nada* que te importe?

—Me importa… estar lejos de Jamie. Y me importa, un poco, estar fuera. De día, especialmente. Es lo opuesto a la claustrofobia y me pasa en los espacios abiertos. ¿Eso también te molesta a ti?

—A veces, pero no salimos mucho de día.

—Al menos, ella estira las piernas —susurró Kyle—. No sé por qué quieres oir *sus* quejas..

—Porque son poco corrientes, lo que difiere bastante de escuchar las *tuyas*.

Dejé de prestarles atención. Cuando Ian y Kyle empezaban, solían seguir durante un buen rato. Consulté el mapa.

—¿Oklahoma City es la siguiente? —pregunté a Jared.

—También hay unos cuantos pueblecillos en el camino, si estás dispuesta —respondió, con los ojos fijos en la carretera.

—Lo estoy.

Jared raramente se desconcentraba cuando íbamos de expedición. No se abandonaba a las bromas como hacíamos Ian, Kyle y yo cada vez que llevábamos a buen término una misión. Me hacía sonreír que usaran la palabra "misión". Sonaba como algo formidable, cuando en realidad, todo se limitaba a visitar tiendas. Como lo había hecho un millar de veces en San Diego, cuando sólo me alimentaba a mí misma.

Como decía Kyle, resultaba demasiado fácil para ser emocionante. Empujaba el carrito por los pasillos y sonreía a las personas que me sonreían, y llenaba el carrito con cosas duraderas. Normalmente tomaba algo perecedero para los hombres ocultos en la parte de atrás de la camioneta. Sandwiches preparados en el *delikatessen* y cosas así, para nuestras comidas. Y ocasionalmente un par de regalos. Ian tenía debilidad por el helado de chocolate y menta. Kyle adoraba los caramelos. Jared comía cualquier cosa que se le ofreciera; parecería haber renunciado a estos placeres hace muchos años, cuando adoptó una vida en la que los caprichos resultaban inapropiados e incluso las necesidades eran cuidadosamente evaluadas desde antes de experimentarlas. Ésa era una más de las razones de su aptitud para esta forma de vida. Las prioridades no se contaminaban con sus deseos personales.

A veces, en los pueblos pequeños, alguien se fijaba en mí y me hablaba. Me había aprendido tan bien mis parlamentos que, para entonces, incluso podía engañar a un ser humano.

—Hola. ¿Eres nueva en la ciudad?

—Sí. Recién llegada.

—¿Y qué te trae a Byers?

Siempre procuraba consultar el mapa antes de salir de la camioneta, a fin de estar familiarizada con el nombre de la población.

—Mi novio viaja mucho. Es fotógrafo.

—¡Fantástico! un artista. Bueno, la verdad es que hay muchos paisajes bonitos por aquí.

En un principio, yo era la artista. Pero me dí cuenta de que dejar creer que ya tenía compromiso me ahorraba algún tiempo cuando hablaba con varones.

—Muchas gracias por tu ayuda.

—De nada. Y vuelve pronto.

Sólo tuve que hablar con un farmacéutico una vez, en Salt Lake City. Después de aquello, ya sabía qué buscar.

Una sonrisa tímida.

—No estoy segura de que mi nutrición sea la adecuada. Parece que no puedo evitar la comida chatarra. Este cuerpo es muy goloso...

—Tienes que ser prudente, Mil pétalos. *Sé que es fácil caer en las tentaciones, pero tienes que pensar en lo que te llevas a la boca. Mientras tanto, deberías tomar un complemento.*

Salud. Con un nombre tan obvio en la etiqueta, me sentí idiota al preguntar.

—¿Prefieres los de sabor a fresa o los de chocolate?

—¿Puedo probar los dos?

Y aquella complaciente alma, llamada Nacido en la Tierra, me dio dos frascos grandes.

Ciertamente, no había retos. El único miedo o sensación de peligro que llegué a experimentar fue el pensar en la pequeña píldora de cianuro, que siempre guardaba en un bolsillo fácilmente accesible. Sólo por si acaso.

—Deberías comprar ropa nueva en la próxima ciudad —dijo Jared.

—¿Otra vez?

—Ésa está un poco arrugada.

—Bien —dije. No me gustaba el exceso, pero la creciente pila de ropa sucia no sería ningún desperdicio, porque Lily, Heidi y Paige eran aproximadamente de mi talla y agradecerían disponer de algo nuevo que ponerse. Los hombres raramente se preocupaban de cosas como la ropa cuando salían de expedición. Se jugaban la vida en cada incursión, así que las prendas no eran prioritarias. Como tampoco los jabones suaves y los champús que tomaba en cada tienda.

—También deberías asearte —dijo Jared con un suspiro—. Imagino que eso significa hotel para esta noche.

Mantener las apariencias no era algo por lo que se hubiesen inquietado antes. Por supuesto, yo era la única que, vista de cerca, debía lucir como miembro de la civilización. Los hombres llevaban jeans y camisetas obscuras, ropa que no dejara ver la suciedad ni llamara la atención en los breves momentos en los que pudieran ser vistos.

Todos detestaban dormir en los moteles de carretera, sucumbir a la inconsciencia en la boca del enemigo. Eso los asustaba más que cualquier otra cosa que hiciéramos. Ian decía que prefería enfrentarse a un Buscador armado.

Kyle, simplemente, se negaba en redondo. Solía dormir en la camioneta durante el día y permanecía sentado allí por la noche, ejerciendo de centinela.

Para mí era tan fácil como comprar en las tiendas. Nos registrábamos, entablaba conversación con el empleado y contaba la historia de mi novio fotógrafo y el amigo que viajaba con nosotros (y eso sólo en el caso de que nos vieran a los tres entrar en la habitación). Usaba nombres genéricos procedentes de planetas poco conocidos. A veces, éramos Murciélagos: Hombre de palabra, Canta la canción del huevo y Palo del cielo. Otras, éramos Algas: Ojos bizcos, Mira la superficie y Segundo amanecer. Cambiaba de nombres cada vez para que nadie pudiera rastrearnos, simplemente porque a Melanie le proporcionaba mayor seguridad. Y además, le permitía sentirse personaje de una película humana de espías.

La parte difícil, la que realmente me importaba —y que nunca admitiría ante Kyle, que no tenía reparo en dudar de mis intenciones— era tomar algo sin devolver nada. Nunca me molestó comprar en San Diego, porque tomaba lo que necesitaba y nada más. Pero en aquel entonces dedicaba mi tiempo a la universidad, compartiendo mis conocimientos, que era mi forma de devolverle algo a la comunidad. No era una vocación demandante, pero me la tomaba en serio. Y también tomaba mis turnos en las tareas menos agradables. Cumplía con mi día de retomar basura y limpiar las calles. Todos lo hacíamos.

Pero ahora tomaba muchísimo más y no daba nada a cambio, lo que me hacía sentir mal, y también egoísta.

No es para ti, es para otros, me recordaba Mel cuando me deprimía.

Aun así está mal. A tí también te parece, ¿o no?

No pienses en ello, fue su solución.

Me alegraba que estuviéramos en el último tramo de aquella larga expedición. Al día siguiente visitaríamos nuestro creciente cargamento —en un camión que teníamos oculto a un día de camino— y limpiaríamos la camioneta por última vez. Sólo unas cuantas ciudades más, algunos días más, hacia Oklahoma, después a Nuevo México y luego una travesía directa y sin escalas hasta Arizona.

En casa otra vez. Al fin.

Cuando dormíamos en hoteles y no en la abarrotada camioneta, solíamos registrarnos al anochecer y marcharnos antes del alba, a fin de que las almas no pudieran vernos bien. No hacía falta.

Jared e Ian empezaban a darse cuenta de esto. Como habíamos tenido un buen día —la camioneta estaba llena, lo cual significaba que Kyle dispondría de poco espacio— y como Ian creía que yo parecía cansada, paramos temprano esa noche. El sol aún no se había puesto cuando volví a la camioneta con la tarjeta de plástico.

No había mucha actividad en el pequeño hotel. Estacionamos cerca de nuestra habitación; Jared e Ian fueron directamente de la camioneta a la habitación en cuestión de cinco o seis pasos y mirando al suelo. Las débiles y pequeñas líneas rosadas del cuello los camuflaban. Jared llevaba una maleta semivacía. Nadie nos miró, ni a ellos ni a mí.

Una vez dentro, corrimos las cortinas, se obscureció la habitación y los hombres se relajaron un poco.

Ian se tiró sobre la cama que compartiría con Jared y encendió la televisión. Jared dejó la maleta en la mesa, sacó la cena —las frías y grasientas milanesas de pollo que yo había ordenado en el *delikatesen* de la útima tienda— y nos las pasó. Me senté en la ventana, mirando desde aquel rincón la puesta del sol mientras comía.

—Tienes que admitir, Wanda, que los humanos sabemos divertirnos mejor —bromeó Ian.

En la pantalla, dos almas decían sus diálogos con claridad, manteniendo el cuerpo en una postura correcta. No era difícil tomar el hilo de la historia, porque no había mucha variedad en los guiones que escribían las almas. En ésta, dos de ellas restablecían contacto tras una prolongada ausencia. El largo periodo que el alma masculina había pasado con las Algas los había separado, pero él había decidido ser humano porque supuso que llevarían a su compañera del Planeta de las Nieblas a estos huéspedes de sangre caliente. Y, milagro de milagros, la había encontrado allí...

Todas las historias tenían finales felices.

—Es que tienen que considerar el público al que van dirigidas.

—Cierto. Ojalá transmitieran programas humanos otra vez —cambió de canal varias veces y frunció el ceño—. Todavía quedaba alguno por aquí...

—Eran demasiado inquietantes. Tuvieron que reemplazarlos por cosas que no fueran tan... violentas.

—¿La tribu de los Brady?

Me reí. Había visto esa serie en San Diego y Melanie la conocía de cuando era una niña.

—Justificaba la violencia. Recuerdo que una vez un niño pequeño le pegaba a un perdonavidas, y aquello se proponía como una acción correcta. Había sangre.

Ian sacudió la cabeza, incrédulo, pero volvió al programa de las Algas. Se reía en los momentos equivocados, en las partes que se suponía eran más emotivas.

Yo miré por la ventana, observando algo mucho más interesante que la predecible historia de la televisión.

Al otro lado de la carretera de doble sentido había un pequeño parque, rodeado, por un lado, por una escuela y, por otro, por un campo donde pastaban las vacas. Había unos cuantos arbolitos y un arenero, un tobogán, un laberinto de barras y uno de esos carruseles a los que había que empujar. Un anticuado patio de juegos. Por supuesto, también había columpios, que era lo único que se estaba utilizando en este momento.

Una pequeña familia aprovechaba la creciente frescura del aire nocturno. El padre tenía el cabello obscuro, las sienes encanecidas, y la madre parecía mucho más joven. Se había retomado el pelo cobrizo en una cola de caballo que se balanceaba cada vez que se movía. Tenían un hijo pequeño, no mayor de un año. El padre empujaba al niño en el columpio mientras la madre esperaba adelante, inclinándose para besarle la frente cuando se acercaba a ella, haciéndolo reír tanto que su carita regordeta se sonrojaba. Esto la hacía reír a ella, ya que podía ver las sacudidas de su cuerpo y el bailoteo de su pelo.

—¿Qué estás mirando, Wanda?

La pregunta de Jared no mostraba alarma, porque yo sonreía con suavidad ante la asombrosa escena.

—Algo que no he visto jamás en todas mis vidas. Estoy mirando... la esperanza.

Jared se colocó detrás de mí, observando sobre mi hombro.

—¿Qué quieres decir? —sus ojos barrieron los edificios y la carretera, sin reparar en la familia que jugaba.

Lo tomé de la barbilla y dirigí su cara en la dirección correcta. No se apartó ante mi inesperado contacto, lo que me produjo un extraño golpe de calidez en la boca del estómago.

—Mira —le dije.

—¿Qué debo mirar?

—La única esperanza de supervivencia que jamás he visto en una especie huésped.

—¿Dónde? —preguntó desconcertado.

Notaba a Ian cerca de nosotros, escuchando en silencio.

—¿Ves? —señalé a la madre, que reía—. ¿Ves cómo quiere a su niño humano?

En ese momento, la mujer sacó al niño del columpio y lo envolvió en un estrecho abrazo, cubriéndole la cara de besos. Él se arrulló y movió los brazos, como haría cualquier bebé, y no como el adulto en miniatura que habría sido si llevara a uno de los de mi especie.

Jared jadeó.

—¿Que el bebé es *humano*? ¿Cómo?, ¿por qué?, ¿durante cuánto tiempo?

Me encogí de hombros.

—Jamás había visto esto antes: no lo sé. La madre no lo ha entregado para convertirlo en un huésped. No puedo imaginar que la... obligaran. Entre mi especie, no existe cosa alguna como el culto a la maternidad. Si ella no está dispuesta... —sacudí la cabeza—. No tengo ni idea de cómo lo manejarán; esto no pasa en otros sitios. Las emociones de estos cuerpos son mucho más fuertes que la lógica.

Levanté la mirada hacia Jared e Ian. Los dos miraban boquiabiertos a la familia del parque, compuesta de ambas especies

—No —murmuré para mí misma—. Nadie forzaría a los padres, si quisieran al niño. Sólo *mírenlos.*

El padre rodeaba con sus brazos a la madre y al niño. Miraba al hijo biológico de su cuerpo huésped con una asombrosa ternura en los ojos.

—Aparte del nuestro, éste es el primer planeta que yo sepa donde se producen nacimientos vivíparos... Aunque el suyo no es un sistema precisamente prolífico. Me pregunto si ahí radica la diferencia... o en la vulnerabilidad de sus infantes. En cualquier otro sitio, la reproducción se da mediante huevos o semillas. Muchos padres ni siquiera conocen a sus hijos. Me pregunto... —mi voz se fue desvaneciendo, mientras mi mente se llenaba de conjeturas.

La madre levantó la cara hacia su compañero, y él la besó en los labios. El niño humano gorjeó encantado.

—Mmm... Puede que algún día algunos de mi raza y algunos de la suya vivan en paz. ¿No sería eso... extraño?

Ninguno de ellos podía arrancar los ojos del milagro que estábamos presenciando.

La familia se marchaba. La madre se sacudió la arena de los *jeans,* mientras el padre cargaba al niño. Luego, tomándose de las manos y balanceándolas, las almas caminaron hacia los departamentos con su bebé humano.

Ian tragó saliva audiblemente.

Ya no hablamos durante el resto de la noche, cada uno se quedó procesando mentalmente aquello que habíamos visto. Nos fuimos a dormir temprano para poder madrugar y volver al trabajo.

Dormí sola, en la cama más alejada de la puerta, lo que me hacía sentir incómoda. Aquellos hombretones no cabían fácilmente en la otra cama. Ian tendía a despatarrarse cuando estaba profundamente dormido, y Jared no se quedaba corto, propinando puñetazos cuando eso ocurría. Ambos estarían más cómodos si yo compartiera la cama. Ahora dormía hecha un ovillo; puede que fueran los espacios demasiado abiertos en los que me movía durante el día los que hacían que me encogiera sobre mí misma durante la noche, o puede que estuviera tan acostumbrada a contraerme para dormir en el pequeño espacio que había detrás del asiento del pasajero en el suelo de la camioneta; el caso es que se me había olvidado cómo dormir estirada.

Pero conocía la razón de que nadie me pidiera compartir la cama. La primera noche en que los hombres se dieron cuenta de que, desgraciadamente, necesitaba la ducha de un hotel, había oído a Ian y Jared hablar al respecto, sobre el zumbido del ventilador del baño.

—... es injusto pedirle que escoja —decía Ian. Hablaba quedo, pero el ruido del ventilador no era lo suficientemente alto para encubrirlo. La habitación de hotel era muy pequeña.

—¿Por qué no? ¿O resultaría mejor *decirle* dónde va a dormir? ¿No sería más educado por parte nuestra?

—Con otra persona, quizás. Wanda se sentirá fatal por esto. Intentará complacernos a los dos,y ella se sentirá muy mal.

—¿Otra vez celoso?

—No, esta vez no. Es que, simplemente, sé cómo piensa.

Se hizo un silencio. Ian tenía razón. *Sabía* cómo pensaba. Probablemente ya había previsto que si Jared soltaba una levísima indirecta de lo que habría preferido, yo habría elegido dormir con Jared, y luego me habría pasado las noches despierta, preocupada por si lo habría hecho sentir infeliz estando ahí y, además, por si habría herido los sentimientos de Ian con ese acuerdo.

—Bien —replicó Jared con brusquedad—. Pero si intentas abrazarme esta noche... que Dios nos ayude, O`Shea.

Ian se echó a reír entre dientes.

—No quiero sonar arrogante, pero para serte franco, Jared, si tuviera semejante inclinación, creo que haría mucho más que eso.

A pesar de sentirme un poco culpable por desperdiciar un espacio que hacía tanta falta, probablemente lo mejor es que durmiera sola.

Ya no fue necesario recurrir a ningún otro hotel. Los días pasaron más de prisa, como si inclusive los segundos estuvieran intentado llegar antes a casa. Podía sentir en mi cuerpo una extraña atracción por el oeste. Estábamos ansiosos de volver a nuestro obscuro y atestado refugio.

Aun Jared bajó la guardia.

Era tarde, la luz había desaparecido tras las montañas del oeste. Detrás de nosotros, Ian y Kyle se turnaban para conducir el gran camión, cargado con nuestro botín, así como Jared y yo lo hacíamos con la camioneta. Tenían que manejar el pesado vehículo más cuidadosamente que Jared. Los faros se perdieron lentamente en la distancia hasta que desaparecieron tras una curva muy abierta.

Estábamos cerca de casa. Tucson estaba a nuestra espalda. En unas cuantas horas, vería a Jamie. Descargaríamos las ansiadas provisiones rodeados de caras sonrientes. Un verdadero retorno a casa.

Me dí cuenta de que sería la primera para mí.

Por una vez, la vuelta no traería sino alegría. Esta vez no llevábamos rehenes condenados.

No prestaba atención a nada, salvo a la emoción que anticipaba al regreso. No parecía que el avance por carretera fuese muy rápido, de hecho, en lo que a mí se refería, no podía ir con la suficiente celeridad.

Los faros del camión reaparecieron detras de nosotros.

—Kyle debe ir al volante —murmuré—. Nos están alcanzando.

Y justo entonces, las luces rojas y azules aparecieron a nuestra espalda en mitad de la obscura noche. Se reflejaban en todos los espejos, lanzando manchas de colores por el techo, los asientos, nuestras caras paralizadas y el tablero, donde el velocímetro nos indicaba que viajábamos a treinta kilómetros por encima del límite de velocidad.

El sonido de una sirena taladró la calma del desierto.

48

Detenidos

Las luces rojas y azules giraban al ritmo del ulular de la sirena. Antes de que las almas llegaran a este lugar, estas luces y sonidos tenían un único significado. La ley, los vigilantes de la paz, el castigo de los delincuentes.

Ahora, nuevamente, los centellantes colores y el espeluznante aullido tenían un único significado. Uno muy similar. Aún se trataba de los vigilantes de la paz. Los represores.

Los Buscadores.

Pero ya no eran tan ordinarios como lo había sido antes. La fuerza de policía sólo se requería para ayudar en caso de accidente u otras emergencias, no para hacer cumplir las leyes. La mayoría de los agentes civiles no tenían vehículos con sirena, a menos que fueran ambulancias o camiones de bomberos.

El elegante y veloz coche que nos seguía no estaba allí a causa de ningún accidente. Era un vehículo hecho para perseguir. Nunca había visto nada como aquello antes, pero sabía exactamente lo que significaba.

Jared se había quedado helado, aún pisando el pedal del acelerador. Podía ver que intentaba encontrar una solución, una forma de dejarlos atrás en su desvencijada camioneta o de evitarlos —para esconder nuestro enorme y blanco perfil en la exigua maleza del desierto— sin guiarlos hacia los demás. Sin dejar a nadie en la estacada. Estábamos tan cerca de los demás, ahora. Todos ellos dormían profundamente, en la ignorancia...

Cuando se dio por vencido, tras dos segundos de frenético pensamiento, suspiró.

—Lo siento mucho, Wanda —susurró—. He metido la pata.

—¿Jared?

Buscó mi mano y bajó la velocidad. El coche empezó a ir más despacio.

—¿Tienes la píldora? —farfulló.

—Sí —susurré.

—¿Mel puede oírme?

Sí. El pensamiento fue un sollozo.

—Sí —cuando mi voz logró surgir tampoco era muy distinta a un sollozo.

—Te quiero, Mel. Lo siento.

—Ella te quiere. Más que a nada en el mundo.

Se hizo un breve y penoso silencio.

—Wanda, yo... también lo siento por ti. Eres una buena persona, Wanda, te mereces algo mejor de lo que te he dado, mucho más que esto, desde luego.

Él tenía algo pequeño entre los dedos, demasiado pequeño para ser tan letal.

—Espera —jadeé.

Él no podía morir.

—Wanda, no hay alternativa. No podemos dejarlos atrás, no en este cacharro. Si intentamos huír, un millar de ellos vendrá tras nosotros. Piensa en Jamie.

La camioneta desaceleraba, acercándose al arcén.

—Concédeme una oportunidad —supliqué. Hurgué rápidamente el bolsillo en busca de la píldora. La tomé entre el pulgar y el índice y la alcé. —Dejame intentar sacarnos de ésta. Me la tragaré inmediatamente, si algo va mal.

—¡Jamás podrás mentirle a un Buscador!

—Déjame intentarlo. ¡Rápido! —solté mi cinturón de seguridad y me agaché tras él, soltando el suyo— cambiemos de sitio. Rápido, antes de que estén demasiado cerca.

—Wanda...

—Es un intento. ¡Date prisa!

Él era el mejor tomando decisiones de último minuto. Con un movimiento suave y rápido salió del asiento del conductor y pasó por encima de mi cuerpo. Me coloqué en su asiento en cuanto ocupó el mío.

—El cinturón —le ordené lacónica—. Cierra los ojos. Y echa la cabeza a un lado.

Hizo lo que le dije. Estaba demasiado obscuro para verlo, pero sabía que su nueva y suave cicatriz rosada sería visible desde este ángulo.

Me abroché el cinturón de seguridad y eché la cabeza hacia atrás.

Mentir con el cuerpo, ésa era la clave. Era una cuestión de movimientos correctos. Imitación. Como los actores del programa de televisión, pero mejor. Como un humano.

—Ayúdame, Mel —murmuré.

No puedo ayudarte a que seas un alma mejor, Wanda, pero tú puedes hacer esto. Sálvalo. Sé que puedes.

Un alma mejor. Sólo tenía que ser yo misma.

Era tarde. Estaba cansada. Eso no tendría que fingirlo.

Dejé caer los párpados, hundirse el cuerpo en el asiento.

Disgusto. Podía fingir disgusto. Podía sentirlo.

Mi boca se torció en una mueca avergonzada.

El coche de los Buscadores no se estacionó detrás de nosotros, como sentí que Mel esperaría. Se detuvo, atravesado en el arcén, en sentido contrario al tránsito del carril. Una luz deslumbrante destelló desde la ventana del auto. Pestañeé, levantando la mano para cubrirme los ojos con deliberada lentitud. Débilmente, pasado el deslumbramiento del foco, vi el brillo de mis propios ojos rebotar en la carretera al bajar la mirada. Oí cerrarse la puerta de un coche. Una serie de pasos avanzó con ruidos sordos: alguien cruzaba la carretera. No se oía el crepitar de polvo o grava, de modo que el Buscador debía haber salido del asiento del pasajero. Por lo menos serían dos, pero sólo uno venía a interrogarme. Era una buena señal, una señal de comodidad y confianza.

Los ojos brillantes eran un talismán. Una brújula infalible: tan incuestionable como la estrella polar.

En realidad, la clave *no* era mentir con mi cuerpo: bastaba con decir la verdad con él. Tenía algo en común con el bebé humano del parque: nunca antes había existido algo como yo.

El cuerpo del Buscador bloqueó la luz y pude ver otra vez.

Era un hombre. De mediana edad, probablemente, aunque sus rasgos se contradecían entre sí, dificultando la valoración. Tenía el pelo completamente blanco, pero su cara era tersa, sin arrugas. Llevaba camiseta y pantalones cortos y una pistola compacta totalmente visible en la cadera. Una mano descansaba en la culata del arma. En la otra llevaba una linterna apagada, que no encendió.

—¿Algún problema, señorita? —preguntó a unos pasos de distancia—. Iba mucho más deprisa de lo que se considera seguro.

Sus ojos estaban inquietos. Evaluaron con rapidez mi expresión —que, con algo de suerte, era somnolienta— y recorrieron la camioneta a todo lo largo, desapareciendo en la obscuridad detrás de nosotros, luego se alejaron hacia la autopista y volvieron de nuevo a mi rostro. Después repitieron el mismo recorrido otra vez.

Estaba nervioso. Saberlo hacía que me sudaran las manos, pero intenté alejar el pánico de mi voz.

—Lo siento mucho— me disculpé en un susurro. Miré a Jared, como si comprobara si nuestras palabras lo habían despertado—. Creo... bueno, puede que me haya dormido. No me había dado cuenta de que estaba tan cansada.

Intenté sonreir con remordimiento. Sonaba forzada, como los actores sobreactuados de la televisión.

Los ojos del Buscador hicieron su recorrido una vez más, posándose esta vez en Jared. El corazón me latía dolorosamente entre las costillas. Apreté la píldora con más fuerza en mi mano.

—Ha sido muy irresponsable de mi parte conducir durante tanto tiempo sin dormir —dije rápidamente, intentando sonreír otra vez—. Pensaba que podríamos llegar a Phoenix antes de necesitar un descanso. Lo siento mucho.

—¿Cómo se llama, señorita?

Su voz no era dura, pero tampoco amable. Sin embargo, la mantuvo en tono sereno, siguiendo mi historia.

—Hojas arriba —contesté, usando el nombre proporcionado en el último hotel. ¿Desearía comprobar mi historia? Necesitaría algún lugar al cual referirme.

—¿Una flor bocabajo? —preguntó, con un pestañeo, mientras sus ojos seguían mirando de un lado a otro.

—Sí, eso fuí.

—También mi compañera. ¿Estuvo usted en la isla?

—No —repuse rápidamente —en el continente, entre los grandes ríos.

Asintió, y puede que un poco decepcionado.

—¿Tengo que volver a Tucson? —pregunté—. Creo que ahora estoy bastante despierta. Igual debería echar una siesta aquí primero…

—¡No! —me interrumpió, elevando la voz.

Di un respingo, asustada, y la píldora se me deslizó entre los dedos. Chocó contra el suelo de metal con un débil, pero audible, cliqueteo. Noté que la sangre abandonaba mi cara, como si hubieran destapado un desagüe.

—No pretendía asustarla —se disculpó rápidamente, mientras sus ojos seguían haciendo el mismo recorrido con nerviosismo—, pero no debería andar por aquí…

—¿Por qué? —susurré con esfuerzo. Mis dedos se retorcían nerviosos en el aire.

—Ha habido… una desaparición hace poco.

—No entiendo. ¿Una desaparición?

—Podría haber sido un accidente… pero podría haber… —vaciló, renuente a pronunciar la palabra—, …puede que haya humanos en esta zona.

—¿Humanos? —chillé, demasiado alto. Notó el miedo en mi voz y lo interpretó de la única forma posible.

—No tenemos pruebas, Hojas arriba. Nadie los ha visto, no se preocupe. Pero debería dirigirse a Phoenix sin demoras innecesarias.

—Por supuesto. ¿O Tucson? Está más cerca…

—No hay peligro. Puede seguir con su plan.

—Si está seguro, Buscador…

—Estoy bastante seguro. Bastará con que no se adentre en el desierto, Flor —sonrió, lo que confería calidez a su cara, la hacía amable. Como a todas las otras almas a las que me había enfrentado. No estaba preocupado *por mí*, sino por *mi seguridad*. No estaba alerta por si le mentía, y probablemente no reconocería las mentiras, aunque las buscara. Era tan sólo un alma más.

—No planeaba hacerlo —le devolví la sonrisa—. Tendré más cuidado y ahora sé que ya no me quedaré dormida —miré hacia el desierto por la ventana de Jared con una expresión cautelosa, para que el Buscador creyera que el miedo me hacía estar en guardia. Pero mi expresión se congeló en cuanto vi un par de luces reflejadas en el retrovisor.

Al mismo tiempo, la columna de Jared se tensó, pero no cambió de postura. Parecía totalmente alerta.

Volví a mirar al Buscador.

—Puedo brindarle algo de ayuda para eso —dijo, aun sonriente, pero mirando hacia abajo mientras rebuscaba algo en el bolsillo.

No había advertido el cambio en mi rostro. Intenté controlar los músculos de las mejillas para que se relajaran, pero no pude concentrarme lo suficiente para lograrlo.

En el retrovisor, las luces se acercaron.

—No debería usar esto a menudo —continuó el Buscador, buscando en el otro bolsillo. —No hace daño, claro, o los sanadores no los hubieran repartido. Pero si los usa a menudo, alterarán su ciclo de sueño... Ah, aquí está. Despertar.

Las luces redujeron la marcha a medida que se acercaban.

Sigue conduciendo —rogué en mi interior—. *No pares, no pares, no pares.*

Que Kyle esté al volante, añadió Melanie, pensando las palabras como si fueran una plegaria.

No pares. Conduce. No pares. Conduce.

—¿Señorita?

Pestañeé, intentando enfocar.

—¡Ah!, Despertar, ya.

—Aspire esto, Hojas arriba.

Tenía un pequeño y blanco bote de aerosol en la mano. Atomizó un poco de rocío en el aire, frente a mi cara. Me acerqué obediente y aspiré, mirando al retrovisor al mismo tiempo.

—Esencia de toronja —dijo el Buscador—. Muy agradable, ¿no le parece?

—Mucho —mi cerebro, de repente, estaba despierto, concentrado.

El gran camión que se acercaba redujo la velocidad y se detuvo en la carretera, detrás de nosotros.

¡No!, gritamos Mel y yo a la vez. Miré hacia el suelo medio segundo, depositando todas mis esperanzas en la aparición de la pequeña píldora, pero ni siquiera podía mover los pies.

El Buscador miró despreocupadamente el camión e hizo señas con la mano.

Yo también miré el camión, con una sonrisa forzada en la cara. No pude ver quién conducía. Mis ojos reflejaban los faros, brillando levemente por sí mismos.

El camión vaciló.

El Buscador hizo señas nuevamente, con más ímpetu esta vez.

—Adelante —se dijo a sí mismo.

¡Conduce! ¡Conduce! ¡Conduce!

A mi lado, la mano de Jared se había cerrado en un puño.

Lentamente, el camión metió primera y avanzó hacia el espacio que había entre el vehículo del Buscador y el nuestro. El faro del Buscador dibujó dos siluetas, dos perfiles obscuros que miraban al frente. El del asiento del conductor tenía la nariz torcida.

Mel y yo suspiramos de alivio.

—¿Cómo se siente?

—Bien despierta —le dije al Buscador.

—El efecto desaparecerá en unas cuatro horas.

—Gracias.

El Buscador se echó a reír.

—Gracias a usted, Hojas Arriba. Cuando los vimos correr por la carretera, pensamos que podríamos tener que vérnoslas con unos humanos. ¡Estaba sudando, pero no por el calor!

Me estremecí.

—No se preocupe, todo va bien. Si quiere, los podemos seguir hasta Phoenix…

—Estoy bien. No tiene que molestarse.

—Un placer conocerla. Será fantástico acabar el turno e ir a casa, a decirle a mi compañera que me encontré con otra Primera Flor verde. Se emocionará.

—Mmm… y dígale "que tenga el sol más brillante y el día más largo" de mi parte —dije, dándole la traducción terrestre al saludo y despedida del Planeta de las Flores.

—Claro. Que tengan un buen viaje.

—Y usted una noche tranquila.

Dio un paso atrás y el foco me dio en los ojos otra vez. Parpadeé con mucha fuerza.

—Apágalo, Hank —dijo el Buscador, cubriéndose los ojos mientras se volvía hacia el auto. La noche se vistió nuevamente de negro y forcé otra sonrisa hacia el invisible Buscador llamado Hank.

Encendí el motor con manos temblorosas.

Los buscadores fueron más rápidos. El pequeño coche negro y su anacrónica barra de luces superiores cobró vida. Derrapó y no pude ver más que sus luces traseras. Desparecieron en la noche con celeridad.

Volví a la carretera, mientras el corazón lanzaba sangre por mis venas a tropezones. Podía sentir el pulso latiendo furioso a través de las puntas de mis dedos.

—Se han ido —susurré, entre unos dientes que de repente empezaron a castañetear.

Oí que Jared tragaba saliva.

—Ha estado… cerca —dijo.

—Pensaba que Kyle iba a parar.

—Yo también.

Ninguno de los dos podía más que susurrar.

—El Buscador se lo tragó —aún le chirriaban los dientes por la ansiedad.

—Sí.

—Yo no lo habría hecho. Tu actuación no ha mejorado mucho.

Me encogí de hombros. Mi cuerpo estaba tan rígido, que se movió todo junto.

—No pueden dejar de creerme. Lo que soy... bueno, es imposible. Algo que no debería ocurrir.

—Algo increíble —admitió—. Algo maravilloso.

Su elogio derritió parte del hielo de mi estómago, de mis venas.

—Los Buscadores no son tan diferentes del resto —murmuré—. Nada a lo que haya que temer especialmente.

Movió lentamente la cabeza, de atrás hacia adelante.

—No hay nada que no puedas hacer, ¿no?

No estaba segura de cómo responder a eso.

—Tenerte con nosotros va a cambiarlo todo —continuó, entre dientes, como hablándose a sí mismo.

Podía sentir cómo entristecían a Melanie estas palabras, pero esta vez no estaba enfadada. Estaba resignada.

Puedes ayudarlos. Puedes protegerlos mejor que yo, suspiró.

No me asustaron esas luces traseras que se desplazaban lentamente cuando aparecieron en la carretera, delante de nosotros. Eran familiares, eran un alivio. Aceleré, sólo un poco, aún a unos pocos kilómetros por debajo del límite, para adelantarlos.

Jared sacó una linterna de la guantera. Comprendí que su intención era tranquilizarlos.

Dirigió la luz a sus propios ojos cuando pasamos frente a la cabina del camión. Miré a través de su ventanilla. Kyle asintió una vez mirando a Jared e inspiró profundamente. Ian se inclinaba ansioso hacia él, con sus obscuros ojos puestos en mí. Le hice un gesto con la mano, y él esbozó una mueca.

Nos acercábamos a la nuestra entrada oculta.

—¿Debería seguirme hasta Phoenix?

Jared lo pensó.

—No. Podrían vernos a la vuelta y volver a pararnos. No creo que nos sigan, estaban pendientes de la carretera.

—No, no nos seguirán —estaba segura.

—Entonces, vamos a casa.

—A casa —repetí, con todo mi corazón.

Apagamos las luces y lo mismo hizo Kyle a nuestra espalda.

Llevaríamos el camión a las cuevas y lo vaciaríamos con rapidez para esconderlo antes del amanecer, pues el pequeño saliente de la entrada no lo ocultaría de la vista.

Puse los ojos en blanco mientras pensaba en el camino de entrada y salida a las cuevas. El *gran misterio* que no había sido capaz de resolver por mí misma. Jeb era tan astuto.

Astuto, como las instrucciones que le había dado a Mel, las líneas que grabó en la parte trasera de su álbum de fotos, que no conducirían a nadie a esas cuevas escondidas. No, aunque alguien las siguiera y pasara una y otra vez por delante de su lugar secreto, dándole tiempo más que suficiente para decidir si lo invitaba dentro.

—¿Qué crees que pasó? —preguntó Jared, interrumpiendo mis pensamientos.

—¿A qué te refieres?

—La reciente desaparición que mencionó el Buscador.

Miré al frente, inexpresiva. —¿No seré yo?

—No creo que cuentes como algo *reciente*, Wanda. Además, no vigilaban la carretera antes de que nos fuéramos. Eso es nuevo. Nos estaban buscando. Aquí.

Entrecerró los ojos, y los míos se abrieron.

—¿Qué han estado haciendo? —explotó de repente Jared, golpeando el tablero con la mano. Yo pegué un salto.

—¿Crees que Jed y los demás han hecho algo?

No me respondió; se quedó mirando el desierto estrellado con expresión iracunda.

No lo entendía. ¿Por qué buscarían humanos sólo porque alguien hubiera desaparecido en el desierto? Los accidentes ocurren. ¿por qué llegarían a esa conclusión en particular?

Y, ¿por qué se había enojado Jared? Nuestra familia de las cuevas no haría nada para atraer la atención sobre sí misma. Sabían muy bien lo que se traían entre manos. No saldrían a menos que hubiera algún tipo de emergencia...

O algo que *creyeron* que era urgente. Necesario.

¿Se habían aprovechado Doc y Jeb de mi ausencia?

Jeb sólo había aceptado dejar de matar humanos y almas mientras yo estuviera bajo el mismo techo. ¿Acaso su compromiso consistía sólo en eso?

—¿Estás bien? —preguntó Jared de improviso.

Tenía la garganta demasiado seca para responder. Sacudí la cabeza. Se me derramaban las lágrimas por las mejillas y caían desde la barbilla hasta mi regazo.

—Será mejor que conduzca yo.

Sacudí la cabeza otra vez, veía lo suficiente.

No discutió conmigo.

Aún lloraba en silencio cuando llegamos a la pequeña montaña que escondía nuestro sistema de cuevas. No era más que una colina —un insignificante montón de roca volcánica como tantos otros, escasamente decorado con larguiruchas gobernadoras y nopaleras de hojas planas. Los miles de respiraderos eran invisibles, perdidos en el revolitjo de desperdigadas rocas púrpuras. Por algún sitio saldría humo, negro contra negro.

Bajé de la camioneta y me dirigí hacia la puerta, secándome los ojos. Jared vino detrás de mí. Vaciló al poner una mano sobre mi hombro.

—Lo siento. No sabía que planeaban esto, no tenía ni idea. No deberían haberlo hecho...

Pero él sólo pensaba eso porque, de alguna manera, los habían descubierto.

El camión se detuvo detrás de nosotros. Oí que se cerraban dos puertas y que dos pares de pies corrían en nuestra dirección.

—¿Qué pasó? —preguntó Kyle, el primero en llegar.

Ian estaba justo detrás de él. Echó una ojeada a mi expresión y a las lágrimas que aún corrían por mis mejillas, y a la mano de Jared sobre mi hombro, y entonces se adelantó con rapidez y me atomó en sus brazos. Me estrechó contra su pecho. Sin saber por qué, esto me hizo llorar con más fuerza. Me agarré a él, mientras las lágrimas goteaban sobre su camisa.

—Está bien, hiciste bien. Ya pasó.

—Los Buscadores no han sido el problema, Ian —dijo Jared con la voz tensa, con su mano aún tocándome, aunque tuvo que inclinarse hacia adelante para mantener ese punto de contacto.

—¿Cómo?

—Vigilaban la carretera por una razón. Parece que Doc ha estado… trabajando durante nuestra ausencia.

Me estremecí y, por un momento, recordé de forma muy viva el olor de la sangre.

—¡¿Por qué, esos…?! —La furia de Ian le dejó sin habla y no pudo terminar la frase.

—Estupendo —añadió Kyle con un cierto tono de disgusto en la voz—. Qué idiotas. Nos vamos unas semanas y sacan a patrullar a los Buscadores. Sólo tenían que habernos pedido…

—Cállate, Kyle —replicó Jared con sequedad—. No es ni el momento ni el lugar. Tenemos que descargar todo esto con rapidez. ¿Quién sabe cuántos nos estarán buscando? Tomemos la carga y consigamos más manos.

Me quité a Ian de encima, para poder ayudar. Las lágrimas no cesaban, pero eran silenciosas. Ian se quedó cerca de mí, tomando la pesada carga de una caja de sopa enlatada que yo había levantado y reemplazándola por otra grande, pero ligera, de pasta.

Empezamos a bajar la inclinada senda, con Jared a la cabeza. La obscuridad absoluta no me molestaba. No conocía del todo bien el camino, pero no era complicado. Derecho hacia abajo y luego hacia arriba.

Estábamos a medio camino cuando una voz conocida gritó en la distancia. El eco la repitió en el túnel, quebrándola.

—¡Han v… v… vuelto! —gritaba Jamie.

Intenté secarme las lágrimas contra el hombro, pero no pude eliminar todas.

Se acercaba una luz azul, brincando mientras su portador corría. Jamie dio la vuelta en una esquina.

Su cara me desconcertó.

Intentaba recomponerme para saludarlo, dando por hecho que estaría contento, sin intención de asustarlo. Pero Jamie ya estaba asustado. Su cara estaba blanca y tensa, y tenía los ojos enrojecidos. Las líneas dejadas por las lágrimas hacían dibujos en sus mejillas sucias.

—¿Jamie? —dijimos a la vez Jared y yo, dejando caer las cajas al suelo.

Jamie corrió directamente hacia mí y proyectó sus brazos en torno a mi cintura.

—¡Oh, Wanda! ¡Oh, Jared! —sollozó—. ¡Wes está muerto! ¡Está *muerto*! ¡Lo mató la Buscadora!

49

Interrogada

Yo había matado a Wes. Mis manos, arañadas, magulladas y manchadas de polvo púrpura a causa de la frenética descarga, podían muy bien estar teñidas del rojo de su sangre.

Wes estaba muerto y yo era tan culpable de ello como si yo misma hubiera apretado el gatillo.

Cuando acabamos de descargar el camión, todos menos cinco nos reunimos en la cocina a comer algunos de los alimentos perecederos que habíamos retomado en la última salida —queso, pan fresco y leche— y escuchando a Jeb y Doc explicarlo todo a Jared, Ian y Kyle.

Me senté un poco alejada de los demás, con la cabeza en las manos, demasiado paralizada por la pena y la culpa como para hacer preguntas como ellos. Jamie se sentó conmigo, dándome palmaditas en la espalda de vez en cuando.

Wes había sido enterrado en la gruta trasera, al lado de Walter. Hacía cuatro días que había muerto, la noche que Jared, Ian y yo nos sentamos a observar a la familia del parque. Nunca volvería a ver a mi amigo, nunca escucharía su voz…

Las lágrimas goteaban sobre la piedra, a mis pies, y las palmaditas se Jamie aceleraron su ritmo.

Andy y Paige no estaban. Habían llevado el camión y la camioneta de vuelta a sus escondites. Llevarían el jeep a su tosco garage habitual y volverían caminando a casa. Estarían de vuelta antes del amanecer.

Lily no estaba.

—No lo está... llevando bien —había murmurado Jamie cuando me descubrieron buscándola por toda la habitación. Yo no quise saber más, porque podía imaginármelo perfectamente.

Aaron y Brandt no estaban.

Brandt ahora llevaba una suave, redonda y rosada cicatriz en el hueco bajo de la clavícula izquierda. Por un pelo, la bala no había tocado el corazón ni los pulmones y se había alojado a medio camino del omóplato, en el intento de salir. Doc había usado la mayor parte del bote Curación tratando de sacársela, pero ya se encontraba bien.

La bala de Wes tuvo más puntería. Había entrado por su amplia y aceitunada frente, reventandole la parte de atrás de la cabeza. Aun estando con ellos y con una tonelada de Curación a su disposición, Doc no habría podido hacer nada.

Brandt, que ahora llevaba en la cadera una pistolera con el pesado trofeo de su encuentro, estaba con Aaron. Se encontraban en el túnel en el que deberíamos haber dejado el botín, si ahora no hubiera estado ocupado, ya que nuevamente servía de prisión.

Como si perder a Wes no fuera suficiente.

Me parecía horrible que los números no hubieran variado. Treinta y cinco cuerpos con vida, exactamente igual que antes de venir a las cuevas. Wes y Walter se habían ido, pero yo estaba aquí.

Y ahora también la Buscadora.

Mi Buscadora.

Ojalá me hubiese ido a Tucson directamente. Ojalá me hubiera quedado en San Diego. Si hubiera abandonado este planeta y me hubiese ido a algún sitio completamente distinto. Si me hubiera entregado como Madre: como habría hecho cualquiera después de cinco o seis planetas. Si, si, si... Si no hubiera venido, si no le hubiera dado a la Buscadora las pistas necesarias para que me siguiera: entonces, Wes estaría vivo. Le había llevado más tiempo que a mí identificarlas, pero, cuando lo hizo, no había tenido que seguirlas con cautela. Había avanzado a través del desierto en un SUV doble-tracción, dejando cicatrices a lo largo y ancho del frágil paisaje del desierto, acercándose más a cada paso...

Tenían que hacer algo. Tenían que detenerla.

Yo había matado a Wes.

Fue a mi a la que atraparon primero, Wanda. Yo los traje hasta aquí, no tú.

Me sentía demasiado mal como para responder.

Además, si no hubiéramos venido, Jamie estaría muerto. Y puede que también Jared. Sin ti, habría muerto esta noche.

Muertos por todas partes. Muertos allá donde mirara.

¿Por qué tenía que seguirme?, gemí en mi interior. *Aquí en realidad no perjudico a las otras almas. Puede que hasta esté salvando algunas de sus vidas al estar aquí, manteniendo a Doc alejado de sus inútiles experimentos. ¿Por qué tenía que seguirme?*

¿Por qué la han mantenido con vida?, siseó Mel. *¿Por qué no la mataron inmediatamente? O poco a poco, ¡no me importa cómo!. ¿Por qué sigue viva?*

El miedo revoloteó en mi estómago. La Buscadora estaba viva y se encontraba aquí.

No debía haberle tenido miedo.

Desde luego, lo que sí tenía sentido era temer que su desaparición nos echara encima a los otros Buscadores. A todo mundo le preocupaba eso. Al espiarla, cuando buscaba mi cuerpo, los humanos se habían percatado de lo explícita que era ella respecto de sus convicciones. Había intentado convencer a los otros Buscadores de que había humanos escondidos en este páramo del desierto. No pareció que la tomaran en serio. Se habían ido a casa, y ella fue la única que se quedó a observar.

Pero ahora había desaparecido a media búsqueda, y eso lo cambiaba todo.

Habían llevado lejos su vehículo y lo habían dejado en el desierto, al otro lado de Tucson. Parecía que hubiera desaparecido de la misma forma en la que creían que había desaparecido yo: habían dejado partes de su bolso rotas y retorcidas por ahí y los tentempiés que llevaba con ella fueron abiertos y desperdigados. ¿Lo tomarían las otras almas como una coincidencia?

Ya sabíamos que no, o al menos no del todo. Estaban buscando. ¿Se reforzaría la búsqueda?

Pero tenerle miedo a la propia Buscadora... parecía absurdo. Era físicamente insignificante, probablemente más pequeña que Jamie. Yo era más fuerte y más rápida. Estaba rodeada de amigos y aliados y ella estaba totalmente sola. En estas cuevas, al menos. Dos armas, el rifle y su propia Glock —la misma arma que Ian había envidiado una vez, la que había matado a mi amigo Wes— le apuntaban en todo momento. Sólo una cosa la había mantenido viva hasta ahora, pero no la salvaría durante mucho más tiempo.

Jeb había pensado que querría hablar con ella. Eso era todo.

Ahora que había vuelto, estaba condenada a morir en pocas horas, tanto si hablaba con ella como si no.

Así que, ¿por qué me sentía en desventaja? ¿A qué venía la extraña premonición de que sería ella la que saldría indemne de nuestro enfrentamiento?

Yo no había decidido si quería hablar con ella o no. Eso es lo que le dije a Jeb, al menos.

Pero, la verdad es que no quería hacerlo. Me aterraba ver su cara otra vez, una cara que no podía imaginar asustada, por mucho que lo intentara.

Si les decía que no tenía ganas de hablar con ella, Aaron le dispararía. Sería como si les hubiera dado la orden de disparar, como si hubiera apretado el gatillo.

O peor, Doc intentaría sacarla de su cuerpo humano. Me estremeció el recuerdo de la sangre plateada ensuciando las manos de mi amigo.

Melanie se revolvió inquieta, intentando evitar mi tormento interno.

¿Wanda? Sólo van a dispararle. No te aterres.

¿Pero esto me consolaba de algún modo? No podía escapar de ese panorama imaginario. Aaron con el arma de la Buscadora en la mano y el cuerpo de ella entomado en el suelo, con la roja sangre encharcándose a su alrededor...

No tienes que mirar.

Eso no evitaría que pasara.

Los pensamientos de Melanie se volvieron algo frenéticos.

Pero queremos que muera, ¿no? ¡Mató a Wes! Además, no puede seguir viva. Da igual.

Tenía razón en todo, por supuesto.

Era verdad que no había forma de que la Buscadora siguiera con vida. Cautiva, intentaría escapar continuamente. Liberada, en poco tiempo supondría la muerte para toda mi familia.

Era verdad que había matado a Wes. Era tan joven, tan querido. Su muerte hizo que el velorio fuera una escena de dolor ardiente. Entendía la demanda de justicia humana que pedía su vida a cambio.

También era verdad que yo quería que muriese.

—¿Wanda? ¿Wanda?

Jamie me sacudió el brazo. Me llevó un momento darme cuenta de que alguien me llamaba, y que probablemente ya lo había hecho muchas veces.

—¿Wanda? —preguntó de nuevo la voz de Jeb.

Levanté la mirada. Estaba inclinado hacia mí, inexpresivo, y el simbolismo de esa blanca fachada decía que lo atenazaba una gran emoción. Su indescifrable máscara.

—Los chicos quieren saber si tienes alguna pregunta para la Buscadora.

Me puse una mano en la frente, intentando bloquear las imágenes que había dentro.

—¿Y si no la tengo?

—Quieren acabar con el asunto durante el turno de guardia. Es un momento difícil y preferirían estar con sus amigos en este momento.

Yo asentí.

—Bien. Supongo que lo mejor será… ir y verla ya, entonces.

Me empujé a mí misma lejos del muro, para ponerme en pie. Me temblaban las manos de miedo, así que las convertí en puños.

No tienes ninguna pregunta.

Ya pensaré alguna.

¿Por qué prolongar lo inevitable?

No tengo ni idea.

Estás intentando salvarla, me acusó Melanie, indignada.

No hay forma de hacer eso.

No, no la hay. Y tú quieres que muera, de todas formas. Así que deja que le disparen.

Yo me encogí.

—¿Estás bien? —preguntó Jamie.

Asentí, sin confiar lo suficiente en mi voz como para hablar.

—No tienes que hacerlo —me dijo Jeb, con los ojos clavados en mi rostro.

—Estoy bien —susurré.

La mano de Jamie envolvió la mía, pero la aparté con una sacudida.

—Quédate aquí, Jamie.

—Iré contigo.

Mi voz sonó ahora más firme.

—No, no lo harás.

Nos quedamos mirándonos por un momento y, por una vez, gané la discusión. Adelantó la barbilla con testarudez, pero volvió a sentarse contra la pared.

Ian también parecía querer seguirme fuera de la cocina, pero lo detuve en seco con una sola mirada. Jared me observó ir con una expresión insondable.

—Es una quejumbrosa —me dijo Jeb en voz baja mientras volvíamos al agujero—, no como tú, que siempre estabas tranquila. Se pasa todo el tiempo preguntando por qué no la hemos matado aún. Y también amenaza mucho, "¡Los buscadores los capturarán a todos!", y todo eso. Ha sido especialmente duro con Brandt, y ha llevado su resistencia al límite.

Asentí. No me sorprendía en absoluto.

—Y sin embargo, no ha intentado escapar. Mucho ruido y pocas nueces. En cuanto aparecen armas, recula.

Retrocedí.

—Me pregunto porqué está tan desesperada por sobrevivir —Jeb murmuró para sí.

—¿Estás seguro que éste... es el lugar más seguro para retenerla? —le pregunté mientras empezábamos a bajar por el negro y serpenteante túnel.

Jeb se echó a reír.

—Tú no encontraste la salida —me recordó—. A veces, el mejor escondite es el que está a simple vista.

—Ella está más motivada que yo —fue mi simple respuesta.

—Los chicos la están vigilando. No hay nada de qué preocuparse.

Casi habíamos llegado ya, donde el túnel giraba en una aguda V. ¿Cuántas veces había rodeado esa esquina, con la mano rozando el interior del zigzagueante camino, como ahora? Nunca lo había hecho por la pared exterior. Era irregular, con rocas que sobresalían de pronto, que podrían magullarme y hacer que tropezara. Dentro había que caminar menos, de todas maneras...

Cuando me enseñaron por primera vez que la V no era una V, sino una Y —con dos brazos bifurcándose desde otro túnel, *el* túnel—, me sentí bastante estúpida. Como dijo Jeb, esconder cosas a la vista era, a veces, lo más acertado. Las pocas veces que había estado lo suficientemente desesperada como para considerar escaparme de las cuevas, mi mente había pasado totalmente por alto este lugar. Era el agujero, la prisión. En mi cabeza, era el más obscuro y profundo pozo de las cuevas. Aquí me habían enterrado.

Incluso Mel, más perspicaz que yo, ni en sueños habría imaginado que me tendrían cautiva a pocos metros de la salida.

Y ni siquiera era la única salida. Pero la otra era pequeña y estrecha, por donde sólo se podía gatear. No la había encontrado porque había entrado erguida en los túneles. No había buscado ese tipo de túnel. Además, jamás había explorado los límites del hospital de Doc, lo había evitado incluso antes de saber porqué me asustaba realmente.

La voz, familiar pese a ser parte de lo que me parecía otra vida diferente, interrumpió mis pensamientos.

—Me preguntó cómo continúan vivos, comiendo así. ¡Puaj!

Algo que sonó a plástico chocó contra las rocas.

Pude ver la luz azul mientras dábamos la vuelta a la última esquina.

—No sabía que los humanos tenían la paciencia para matar a alguien de hambre. Parece un plan demasiado complejo para la comprensión de unas criaturas de tan cortos alcances.

Jeb se echó a reír.

—Tengo que decir que estos chicos me han impresionado. Me sorprende que hayan podido soportar tanto.

Entramos en el iluminado túnel sin salida. Brandt y Aaron estaban armados y se sentaban tan lejos como podían del fondo del túnel, donde paseaba impaciente la Buscadora. Suspiraron con alivio cuando nos vieron aproximarnos.

—Por fin —murmuró Brandt. En su rostro estaban plasmados los surcos de la pena.

La Buscadora dejó de pasear.

Me sorprendió ver las condiciones en las que se encontraba allí. No la habían metido en el pequeño y estrecho agujero, sino que estaba más o menos libre, caminando de un extremo a otro del angosto túnel. En el suelo, contra la pared plana del fonfo, había una colchoneta y una almohada. Había una bandeja de plástico volcada en ángulo a media cueva; había algunos trozos dispersos de jícama y un cuenco de sopa derramada cerca de ella. Había más restos sopa un poco más lejos, lo que explicaba el ruido que acababa de oír, porque ella había tirado la comida. De todos modos, se diría que antes se había comido la mayor parte de ella.

Observé aquel relativamente humano aposento y sentí un extraño dolor en el estómago.

¿A quién hemos matado?, murmuró, hosca, Melanie. Ella también estaba inquieta.

—¿Quieres estar un rato con ella? —me preguntó Brandt, y el dolor me atenazó de nuevo. ¿Alguna vez se había referido Brandt a mí utilizando un pronombre femenino? No me habría sorprendido que lo hubiese hecho Jeb, pero, ¿alguien más?

—Sí —susurré.

—Cuidado —me previno Aaron—, es una cosilla de pocas pulgas.

Asentí con la cabeza.

Me costaba levantar la mirada y encontrar la suya, que podía sentir como si unos dedos fríos me presionaran el rostro.

La Buscadora me observaba con una mueca irónica deformando sus facciones. Nunca había visto a un alma utilizar esa expresión.

—Bueno, aquí estás, *Melanie* —se burló—. ¿Por qué te ha costado tanto venir a visitarme?

No respondí. Avancé lentamente hacia ella, intentando creer con todas mis fuerzas que el odio que recorría mi cuerpo no me pertenecía.

—¿Tus amiguitos creen que voy a hablar contigo? ¿Que voy a contar todos mis secretos porque tienes un alma lobotomizada y amordazada en la cabeza que se refleja en tus ojos? —se rió mordaz.

Me detuve a dos zancadas de ella, con el cuerpo preparado para huír. No había hecho ningún gesto de ataque en contra mía, pero no podía relajar los músculos. No era como encontrarme con el otro Buscador en la carretera, porque no tenía esa habitual sensación de seguridad al estar con otros amables miembros de mi especie. De nuevo, me recorrió la extraña convicción de que ella viviría mucho después de que yo hubiera desaparecido.

No seas ridícula. Haz tus preguntas. ¿Has preparado alguna?

—Bien, ¿qué quieres? ¿Has pedido permiso para matarme personalmente, Melanie? —Siseó la Buscadora.

—Aquí me llaman Wanda —dije.

Se estremeció levemente cuando abrí los labios para hablar, como si esperara que le gritara. Mi voz suave y serena parecía alterarla más que el grito que ella esperaba.

Examiné su cara mientras me miraba rabiosa con sus ojos saltones. Estaba sucia, manchada de polvo púrpura y sudor seco. Aparte de eso, no había una sola marca en ella, y esto me produjo un extraño dolor.

—Wanda —repitió con voz uniforme—. Bueno, ¿y qué estás esperando? ¿No te han dado el permiso? ¿Has planeado usar las manos desnudas o mi arma?

—No he venido a matarte.

Sonrió con sorna.

—¿A interrogarme, entonces? ¿Dónde están tus instrumentos de tortura, humana?

Di un respingo.

—No voy a hacerte daño.

Su cara se cubrió con un velo de inseguridad que rápidamente se transformó sarcasmo.

—¿Y para qué me tienen aquí? ¿creen que pueden domesticarme, volverme un alma mascota, como tú?

—No. Ellos... ellos no querían matarte... sin consultarme. Por si quería hablar contigo antes.

Sus párpados descendieron, estrechando sus ojos protuberantes.

—¿Y tienes algo que decirme?

Tragué saliva.

—Me preguntaba... —sólo había una pregunta que no era capaz de responder por mí misma —¿Por qué?. ¿Por qué no podías darme por muerta, como los demás? ¿Por qué esa determinación en perseguirme? No quería hacerle daño a nadie, sólo quería... seguir mi propio camino.

Se alzó sobre los dedos de los pies, acercando su cara a la mía. Alguien se movió detrás de mí, pero no pude oír nada más, ya que me estaba gritando a la cara.

—¡Porque yo tenía razón! —aulló—. ¡Sobradísima razón! ¡Míralos! ¡Un vil nido de asesinos merodeando a la espera! Tal como había creído, ¡sólo que mucho peor! ¡Y yo sabía que estabas aquí con ellos! ¡Como una más entre ellos! ¡Les dije que era peligroso! ¡Se los dije!

Paró, jadeando, y retrocedió un paso, mirando por encima de mi hombro. No me volví a mirar qué le había hecho retroceder. Asumí que era algo que tenía que ver con lo que me acababa de decir Jeb —*en cuanto aparecen armas, recula*—. Analicé su expresión durante un momento, mientras su pesada respiración se tranquilizaba.

—Pero no te escucharon y viniste tú sola por nosotros.

La Buscadora no respondió. Retrocedió otro paso con rapidez, quizá con algo de duda en su expresión. Pareció extrañamente vulnerable durante un segundo, como si mis palabras hubieran apartado el escudo tras el que se había escondido.

—Te buscarán, pero, en el fondo, nunca te creyeron del todo, ¿verdad? —le dije, observando si confirmaba cada palabra en sus ojos desesperados. Esto me hizo sentirme muy segura—. Así que no buscarán mucho más. Cuando no te encuentren, perderán el interés. Seremos cuidadosos, como siempre. Y no nos encontrarán.

Por vez primera pude advertir un miedo genuino en sus ojos. La terrible certeza —para ella— de que yo tenía razón. Y me sentí mejor por mi nido de humanos, por mi pequeña familia. *Tenía* razón; estarían seguros. Sí, pero resultaba incongruente que esto no me hiciera sentir mejor en cuanto a mí misma.

No tenía más preguntas para la Buscadora. Moriría en cuanto me fuera. ¿Esperarían a que estuviese lo suficientemente lejos como para no oír el disparo? ¿Había algún lugar en las cuevas lo suficientemente lejano?

Observé su feroz y amedrentada cara, y supe cuánto la odiaba. Cuánto no deseaba volver a ver su rostro nunca más, en todas las vidas que me quedaran.

El odio que me impedía permitir que ella muriera.

—No sé cómo salvarte —susurré, demasiado quedo como para lo oyeran los humanos. ¿Por qué sonaba como una mentira a mis oídos?

—No puedo encontrar la manera...

—¿Por qué querrías hacerlo? ¡Eres una de ellos! —Pero un espasmo de esperanza brilló en sus ojos. Jeb tenía razón. Los gritos, las amenazas... deseaba fervientemente seguir viva.

Asentí ante su acusación, un poco ausente porque estaba pensando mucho y rápido.

—Pero aun así yo... —murmuré—. No quiero... no quiero...

¿Cómo acabar esa frase? ¿No quería... que muriera la Buscadora? No. Eso no era verdad.

¿No quería… odiar a la Buscadora? Odiarla tanto como para desear que muriese. Que muriera mientras la odiaba. Casi como si fuese a morir *debido* a mi odio.

Si en verdad no quería su muerte, ¿sería capaz de buscar una forma de salvarla? ¿Era mi odio lo que bloqueaba la respuesta? ¿Sería responsable de su muerte?

¿Estás loca?, protestó Melanie.

Había matado a mi amigo, ella le había disparado en el desierto, había roto el corazón de Lily. Había puesto a mi familia en peligro. Sería un peligro para ellos —Ian, Jamie, Jared— mientras estuviese viva. Haría todo lo que estuviera en su poder para verlos muertos.

Sí, eso está mucho más cerca de la verdad, comentó Melanie, aprobando esta nueva línea de pensamiento.

Pero, si muere y yo hubiera podido salvarla de haber querido… ¿Quién soy, entonces?

Tienes que ser práctica, Wanda, esto es una guerra. ¿De qué lado estás?

Ya sabes la respuesta.

Lo sé. Y esa es quien eres tú, Wanda.

Pero… ¿y si puedo hacer las dos cosas? ¿Y si puedo salvar su vida y hacer que todos estén seguros, al mismo tiempo?

Una ola de náusea se izó en mi estómago cuando supe la respuesta que había intentado creer que no existía.

El único muro que había construído entre Melanie y yo se convirtió en polvo.

¡No!, jadeó Mel. Y luego gritó, *¡NO!*

La respuesta que debía haber sabido que encontraría. La respuesta que explicaba mi extraña premonición. Porque podía salvar a la Buscadora. Claro que podía. Pero me costaría. Un intercambio. ¿Qué había dicho Kyle? Vida por vida.

La Buscadora me observaba con sus ojos obscuros llenos de veneno.

50

Sacrificio

Los ojos de la Buscadora escrutaban mi rostro mientras luchaba con Mel.

¡No, Wanda, no!

No seas estúpida, Mel. De entre toda la gente, debieras ser tú quien viese el potencial de esta elección. ¿No es eso lo que quieres?

Pero cada vez que yo intentaba contemplar el final feliz, no podía escapar al horror de la elección. Ése era el secreto por cuya protección habría dado la vida. La información que había intentado desesperadamente mantener a salvo, a despecho de las terrible torturas a que me hubieran podido someter.

Ésta no era la clase de tortura que esperaba; una crisis personal de conciencia, confundida y complicada por el amor a mi familia humana. Y, además, muy dolorosa.

Si hacía esto, ya no podría decirse que fuera una expatriada. No: sería simplemente una traidora.

¡Por ella no, Wanda, por ella no!, aulló Mel.

¿Debería esperar? ¿Esperar a que capturasen otra alma? ¿Un alma inocente a la que no tendría razón para odiar? Tendría que decidirme en algún momento.

¡Ahora no! ¡Espera! ¡Piénsalo!

El estómago se me encogió otra vez, y tuve que inclinar el cuerpo hacia adelante y respirar hondo. Intenté no vomitar.

—¿Wanda? —Me llamó Jeb, preocupado.

Puedo hacerlo, Mel. Podría justificar dejarla morir si fuera un alma inocente. Podría dejar que la mataran, en ese caso. Podría confiar en estar tomando una decisión objetiva.

¡Pero ella es horrible, Wanda! ¡La odiamos!

Exacto. Y por eso no puedo confiar en mí misma. Date cuenta de que ese fue el motivo por el que no podía ver la respuesta…

—Wanda, ¿estás bien?

La Buscadora miró fijamente más allá de mí, hacia la voz de Jeb.

—Sí, Jeb —articulé. Mi voz parecía forzada, jadeante. Me sorprendí de lo mal que sonaba.

Los obscuros ojos de la Buscadora pestañearon entre nosotros, inseguros. Retrocedió, encogiéndose contra el muro. Reconocí la postura, porque recordaba exactamente lo que se sentía al adoptarla.

Una mano amable se colocó en mi hombro y me hizo girar.

—¿Qué te pasa, cielo? —preguntó Jeb.

—Necesito un minuto —le dije sin aliento. Miré directamente a sus deslavados ojos azules y le dije algo que no era del todo mentira—. Tengo una pregunta más, pero necesito un minuto. ¿Podrían... esperar?

—Claro, podemos esperar un poco más. Tómate un respiro.

Asentí y salí de la prisión tan rápido como pude. Al principio, el terror paralizaba mis piernas, pero recuperé el paso en cuanto me salí de ahí. Para cuando pasé por delante de Aarón y Brandt, ya casi corría.

—¿Qué sucedió? —oí que Aaron susurraba a Brandt, desconcertado.

No estaba segura de dónde podría esconderme para reflexionar. Mis pies —como transporte con piloto automático— me llevaron por los pasillos hasta mi habitación. Esperaba que estuviese vacía.

Estaba obscuro, levemente iluminado por la luz de las estrellas que se colaba por el agrietado techo. No vi a Lily hasta que choqué con ella en la obscuridad.

Casi no reconocí su cara hinchada por las lágrimas. Estaba hecha una bola apretada en el suelo en mitad del pasillo. Tenía los ojos abiertos, pero no parecía saber del todo quién era yo.

—¿Por qué? —me preguntó.

La miré, sin palabras.

—Dije que la vida y el amor siguen siempre adelante, pero ¿realmente es así? No deberían. Ya no. ¿Qué sentido tiene?

—No lo sé, Lily. No estoy segura de cuál es el fin.

—¿Por qué? —volvió a preguntar, sin dirigirse a mí. Sus ojos vidriosos miraban a través de mí.

Pasé de largo a su lado con cuidado y corrí hacia mi habitación. Tenía mi propia pregunta que responder.

Para mi gran alivio, la habitación estaba vacía. Me tiré boca abajo sobre el colchón donde dormíamos Jamie y yo.

Cuando le dije a Jeb que tenía una pregunta más, decía la verdad. Pero la pregunta no era para la Buscadora, sino para mí.

La pregunta no era si *podría* hacerlo: era si lo *haría.*

Podía salvar la vida de la Buscadora. Sabía cómo hacerlo, sin poner en peligro ninguna vida de los quienes estaban aquí, excepto la mía. Eso era lo que tendría que intercambiar.

No, Melanie intentaba permanecer firme a través del pánico.

Déjame pensar, por favor.

No.

Es lo correcto, Mel. Es inevitable, de todos modos; ahora puedo verlo. Debería haberlo visto hace mucho tiempo, es tan obvio.

No, no lo es.

Recordé nuestra conversación cuando Jamie estaba enfermo. Cuando nos estábamos adaptando. Le había dicho que no la haría desaparecer y que sentía no poder darle más que eso.

No era tanto una mentira como una frase inacabada. No podía darle más que eso..., y seguir yo con vida.

La mentira en realidad se la había dicho a Jared. Le había dicho, sólo unos segundos más tarde, que no sabía cómo hacerme desaparecer. En el contexto de la discusión, era verdad. No sabía cómo hacerlo, con Melanie dentro. Pero me sorprendía no haber oído entonces una mentira tan obvia, porque no podía ver entonces lo que veía ahora. Por supuesto, sabía cómo hacerme desaparecer. Era sólo que nunca había considerado viable esa opción. La última traición, que es lo que sería.

¡No, Wanda!

¿No quieres ser libre?

Se hizo una larga pausa.

Yo no te pediría eso, dijo ella finalmente, *no lo haría por ti. ¡Y te aseguro que no lo haría por la Buscadora ni de lejos!*

No tienes que pedirlo. Creo que me habría presentado de voluntaria… al final.

¿Por qué piensas eso?, exigió saber, el tono de su voz convertido casi en un sollozo y eso me conmovió. Esperaba que estuviera eufórica.

Por ellos, en parte. Jared y Jamie. Les daría el mundo entero, todo lo que quisieran. Puedo darles a ti. Probablemente, me habría dado cuenta de eso... algún día, ¿quién sabe? Quizá Jared podía haberlo pedido. Y sabes que no le habría dicho que no.

Ian tiene razón, te sacrificas demasiado. No tienes límites. ¡Tienes que ponerte límites, Wanda!

Ah, Ian, gemí y sentí un nuevo dolor, sorprendentemente cerca del corazón.

Será como si le arrebataras el mundo entero. Todo lo que él quiere.

Nunca funcionaría con Ian. No en este cuerpo, aunque él lo ame… Este cuerpo no lo quiere.

Wanda, yo…, Melanie buscaba las palabras adecuadas, y la alegría que esperaba de su parte no apareció. Nuevamente me sentí conmovida. *No creo que pueda dejarte hacerlo. Tú eres más importante. En términos generales, tú eres mucho más valiosa para ellos que yo. Puedes ayudarlos y puedes salvarlos. Yo no puedo hacer nada de eso, tienes que quedarte.*

No veo otra manera, Mel. Me pregunto cómo no lo vi antes, parece tan absolutamente obvio. Por supuesto que tengo que irme. Por supuesto que tengo que hacer que vuelvas. Ya sabía que las almas se equivocaban al venir aquí, así que tengo que hacer lo correcto y marcharme. Todos sobrevivieron sin mí antes, y lo harán otra vez. Has aprendido mucho sobre las almas a través de mí, y podrás ayudarlos. ¿No lo ves? Éste es el final feliz, es lo que todo el mundo necesita para que esta historia termine bien. Puedo darles esperanza,... no un futuro, puede que eso no. Pero daré tanto como pueda. Todo lo que pueda.

No, Wanda, no.

Estaba llorando y se volvía incoherente. Su pena me llenó los ojos de lágrimas. No tenía ni idea de que se preocupara tanto por mí. Casi tanto como lo que yo me preocupaba por ella. No me había dado cuenta de que nos queríamos.

Aunque Jared no me lo hubiera pedido, incluso aunque Jared no existiera... Una vez que se me había ocurrido la idea, tenía que llevarla a cabo. La quería hasta ese punto.

No me extrañaba ahora que el índice de ocupaciones exitosas de estos resistentes huéspedes fuera tan bajo aquí en la Tierra. Una vez que aprendemos a amar a nuestro huésped humano, ¿qué esperanza tienen las almas? No podemos existir a expensas de quien amamos. No un alma. Un alma no podía vivir así.

Me giré y observé mi cuerpo a la luz de las estrellas.

Tenía las manos sucias y arañadas, pero eran hermosas bajo las imperfecciones superficiales. La piel tenía un bonito color bronceado. Era hermoso incluso blanqueado por la luz. Las uñas eran cortas, pero aun así de un saludable color rosado con pequeñas medias lunas blancas en la base. Agité los dedos y observé los músculos empujar con gracia los huesos, creando curiosos dibujos. Los dejé danzar sobre mí allí donde se volvían negras y fluídas sombras contra las estrellas. Me los pasé por el pelo, que me llegaba casi a los hombros. A Mel le gustaría así. Luego de unas cuantas semanas de usar champú en duchas de hotel y de tomar vitaminas, estaba brillante y suave otra vez.

Estiré los brazos tan lejos como pude, tirando de los tendones hasta que algunas articulaciones crujieron. Los sentía fuertes. Podían subirme por una ladera, llevar una carga pesada o arar un campo, pero también eran suaves. Podían cargar a un niño, consolar a un amigo, amar... pero eso no era para mí.

Inspiré profundamente y de mis ojos manaron lágrimas que me rodaron por las sienes y se introdujeron entre el pelo.

Tensé los músculos de las piernas, sentí de inmediato su fuerza y velocidad. Quería correr, tener un campo abierto que cruzar sólo para ver lo rápido que podía ir. Quería hacerlo descalza para sentir la tierra bajo los pies. Quería sentir el viento volar a través del pelo. Quería que lloviera para poder olerlo en el aire mientras corría.

Encogía y estiraba los pies al ritmo de mi respiración. Dentro y fuera, entoma y estira. Era agradable.

Me toqué la cara con las yemas de los dedos. Los sentía cálidos contra mi suave y bonita piel. Me alegraba poder devolverle la cara a Melanie tal y como había sido. Cerré los ojos y acaricié mis párpados.

Había vivido en muchos cuerpos, pero nunca había amado a ninguno así. Nunca lo había ansiado tanto. Por supuesto, éste sería el que tendría que abandonar.

La ironía me hizo reír, y me concentré en sentir el aire que pasaba en pequeñas burbujas desde el pecho y a través de la garganta. La risa era como una brisa fresca, que limpiaba todo en su camino a través del cuerpo, haciendo que todo estuviera bien. ¿Qué otras especies tenían un Sanador tan simple? No recordaba ninguna.

Me toqué los labios y recordé lo que se sentía al besar a Jared, y al besar a Ian. Nadie había conseguido besar tantos cuerpos hermosos. Habían sido unos cuantos incluso en un tiempo tan corto.

¡Pero era demasiado corto! Puede que un año, no estaba segura del todo. Una rápida revolución de un planeta verde y azul alrededor de una excepcional estrella amarilla. La vida más corta que había vivido hasta ahora.

La vida más corta, la más importante, la que más me había roto el corazón de todas. La que me definiría para siempre. La vida que al final me ataría a una estrella, a un planeta, a una pequeña familia de extraños.

Solo un poco más de tiempo… ¿sería eso mucho pedir?

No, susurró Mel. *Tómate más tiempo.*

Nunca se sabe cuánto tiempo queda, le contesté.

Pero lo hice. Sabía exactamente cuánto tiempo tenía, no podía tomarme más. Mi tiempo se había acabado.

Me iba a ir, de todos modos. Tenía que hacer lo correcto, ser yo misma, durante el tiempo que me quedara.

Con un suspiro que parecía venir de las plantas de los pies y las palmas de las manos, me levanté.

Aaron y Brandt no estarían siempre esperando. Y ahora tenía unas cuantas preguntas que necesitaban ser respondidas. En esta ocasión, las preguntas eran para Doc.

Las cuevas estaban llenas de miradas tristes y entornadas, era muy fácil deslizarse ante ellas sin ser detenida. Nadie se preguntaba qué estaba haciendo, excepto quizá Jeb, Brandt y Aaron, y no estaban aquí.

No tenía un campo abierto y lluvioso, pero al menos tenía el largo túnel del sur. Era demasiado obscuro para correr como quería, pero mantuve un ritmo constante todo el camino. Me sentía bien a medida que los músculos se calentaban.

Esperaba encontrar a Doc allí, pero lo esperaría, si tenía que hacerlo. Estaría solo. Pobre Doc, eso era algo habitual ahora.

Doc había dormido solo en el hospital desde la noche que salvamos la vida de Jamie. Sharon había retomado sus cosas de la habitación y las había llevado a la de su madre, y Doc no iba a dormir en la habitación vacía.

Cuánto odio. Sharon preferiría acabar con su propia felicidad y la de Doc antes que perdonarlo por haberme dejado curar a Jamie.

Sharon y Maggie eran poco más que una presencia en las cuevas. Nadie las miraba, del mismo modo que ellas no me habían mirado antes. Me pregunté si eso cambiaría cuando me hubiera ido, o si seguirían tan apegadas a su rencor que fuera ya demasiado tarde para que pudieran cambiar.

Qué forma tan extaordinariamente estúpida de perder el tiempo.

Por vez primera, el túnel del sur se me hizo corto. Cuando pensaba que apenas había recorrido la mitad, pude ver la luz de Doc brillando tenuemente desde el basto arco que tenía delante. Él estaba en casa.

Dejé de correr y tomé un ritmo de paseo antes de interrumpirlo. No quería asustarlo, hacerle pensar que era una emergencia.

Pero se asustó cuando aparecí, sin aliento, en la entrada de piedra.

Saltó detrás de su escritorio. El libro que estaba leyendo se le cayó de las manos.

—¿Wanda? ¿Pasa algo malo?

—No, Doc —lo tranquilicé—. Todo está bien.

—¿Alguien me necesita?

—Sólo yo —le sonreí débilmente.

Rodeó el escritorio para acercarse, con la mirada dilatada, llena de curiosidad. Se detuvo a medio paso y levantó una ceja.

Su cara alargada tenía una expresión dulce, nada alarmante. Me costaba recordar que antes me había parecido un monstruo.

—Eres hombre de palabra —comencé.

Asintió y abrió la boca para hablar, pero lo detuve, levantando la mano.

—Nadie comprobará eso más que yo ahora —le advertí.

Esperó, con una expresión en los ojos confusa y cautelosa.

Inhalé aire, lo sentí expandirse por los pulmones...

—Sé cómo hacer lo que a ti te está costando tantas vidas descubrir. Sé cómo sacar a las almas de sus cuerpos sin dañar a nadie. Claro que lo sé. Todos debemos saberlo, en caso de emergencia. Incluso una vez tuve que poner en marcha el procedimiento de emergencia, cuando era un Oso.

Los ojos de Doc se agrandaron mientras su expresión se congelaba. Le devolví la mirada esperando una respuesta. Le llevó un tiempo y sus ojos se tornaban más desesperados a cada momento.

—¿Por qué me dices esto? —jadeó al fin.

—Porque... porque voy a darte el conocimiento que necesitas —levanté la mano otra vez—, pero sólo si me das lo que quiero a cambio. Te lo advierto desde ahora: no será más fácil para ti darme lo que yo quiero, que obtener tú lo que quieres.

Su rostro adquirió una fiereza que nunca le había visto.

—Dime tus condiciones.

—No puedes matar a las almas que extraigas. Dame tu palabra, prométeme, júrame... que las llevarás seguras a otra vida. Esto supone correr algún peligro; tendrás que disponer de criotanques y llevar a las almas a los transbordadores que las sacarán del planeta. Tendrás que enviarlas a otro mundo para que puedan vivir, pero no podrán hacerte daño. Para cuando lleguen a su próximo planeta, tus nietos estarán muertos.

¿Mitigarían mis condiciones mi culpabilidad en este asunto? Sólo si Doc era de confianza. Estaba muy concentrado mientras yo hablaba. Observaba su cara, para ver qué decidía. No parecía enojado, pero sus ojos aún ardían.

—¿No quieres que matemos a la Buscadora? —adivinó.

No respondí a su pregunta porque no habría entendido la respuesta; en realidad, sí quería que la mataran. Pero en eso consistía todo el problema. Así que sólo seguí explicando.

—Ella será la primera, la prueba. Quiero asegurarme, mientras aún esté yo aquí, de que seguirás mis instrucciones. Yo misma haré la separación. Cuando ella esté segura, te enseñaré cómo se hace.

—¿Con quién?

—Tomaremos rehenes, igual que antes. No puedo garantizarte que vuelvan las mentes humanas, no sé si pueden volver una vez que han desaparecido. Lo comprobaremos con la Buscadora.

Doc pestañeó, procesando algo en su mente.

—¿A qué te refieres con "mientras estés aquí"? ¿Es que... te vas?

Lo miré fijamente durante un momento, esperando que comprendiera, pero me devolvió la mirada, sin haber entendido nada.

—¿No ves lo que te estoy dando? —susurré.

Finalmente, la comprensión alcanzó su rostro y jadeó.

Hablé enseguida, antes de que lo hiciera él.

—Hay algo más que quiero pedirte, Doc. No quiero... *no seré* enviada a otro planeta. Éste es mi planeta, el sitio donde quiero estar, aunque realmente no haya lugar para mí aquí. Así que... sé que podría... ofender a algunos. No se los digas, si crees que no lo permitirían. Miente, si tienes que hacerlo, pero me gustaría ser enterrada con Walt y Wes. ¿Puedes hacer eso por mí? No ocuparé mucho espacio —sonreí débilmente otra vez.

¡NO!, gritó Melanie. No lo había visto venir, no había sentido lo definitivo de mi decisión.

—No, Wanda —objetó también Doc, conmocionado.

—Por favor, Doc —susurré, haciendo una mueca contra la protesta de mi mente, cada vez más alta. —No creo que a Wes o Walt les importe.

—¡No estoy diciendo eso! No puedo matarte, Wanda. Estoy tan cansado de la muerte, tan cansado de matar a mis propios amigos...— su voz se apagó en un sollozo.

Le puse la mano en el brazo y lo acaricié.

—La gente se muere. Eso sucede —Kyle había dicho algo así. Era curioso, ya había citado a Kyle dos veces esa noche.

—¿Y qué hay con Jared y Jamie? —preguntó Doc con voz ahogada.

—Ellos tendrán a Melanie. Estarán bien.

—¿Ian?

—Estará mejor sin mí —mascullé entre dientes.

Doc sacudió la cabeza, frotándose los ojos.

—Necesito pensarlo, Wanda.

—No tenemos tiempo, no esperarán mucho antes de matar a la Buscadora.

—No me importa esa parte, acepto tus condiciones. Pero no creo que pueda matarte...

—Es todo o nada, Doc, tienes que decidirte ahora. Y... —me di cuenta de que quería pedir algo más— no puedes decirle nada a nadie sobre la última parte de nuestro acuerdo. A nadie. Ésas son mis condiciones, las tomas o las dejas. ¿Quieres saber cómo extraer un alma de un cuerpo humano?

Doc sacudió la cabeza otra vez.

—Déjame que lo piense

—Ya sabes la respuesta, Doc. Esto es lo que has estado buscando.

Sacudía la cabeza despacio de un lado a otro.

Ignoré ese signo de negación porque ambos sabíamos que él ya se había decidido.

—Me llevaré a Jared —dije— haremos una expedición rápida para buscar criotanques. Tú aguanta a los demás. Diles… diles la verdad; diles que voy a ayudarte a sacar a la Buscadora de ese cuerpo.

51

Preparados

Encontré a Jared y a Jamie esperándome en nuestra habitación, ambos preocupados. Jared debía de haber hablado con Jeb.

—¿Estás bien? —me preguntó Jared, mientras Jamie saltaba y me rodeaba la cintura con los brazos.

No estaba segura de cómo responder a esa pregunta. Porque no conocía la respuesta.

—Jared, necesito tu ayuda.

Jared estaba de pie antes de que hubiera terminado de hablar y Jamie se inclinó hacia atrás para mirarme. No le devolví la mirada. No estaba segura de poder soportarlo.

—¿Qué necesitas que haga? —preguntó Jared.

—Voy a buscar algo, podría necesitar... músculos extra.

—¿Qué vamos a buscar? —se puso serio, transformándose en cabeza de misiones.

—Te lo explicaré por el camino, no tenemos mucho tiempo.

—¿Puedo ir? —dijo Jamie.

—¡No! —respondimos Jared y yo a la vez.

Jamie hizo una mueca y me soltó, dejándose caer en la colchoneta y cruzando las piernas. Puso las manos sobre la cara y refunfuñó. No pude mirarlo directamente hasta que salí de la habitación. Deseaba sentarme a su lado, abrazarlo fuerte y olvidar todo este lío. Jared me siguió mientras desandaba mi camino por el túnel sur.

—¿Por qué por aquí? —preguntó.

—Eh... —él sabría si intentaba mentir o evadir la pregunta—. No quiero encontrarme con nadie. Con Jeb, Aaron o Brandt, especialmente.

—¿Por qué?

—No quiero tener que darles explicaciones. Aún no.

Estaba callado, intentando encontrarle sentido a mi respuesta. Cambié de tema.

—¿Sabes dónde está Lily? No creo que deba estar sola. Parece...

—Está con Ian.

—Bien, es el más cariñoso de los hombres.

Ian ayudaría a Lily que era exactamente lo que ella necesitaba. ¿Quién ayudaría a Ian cuando...? Sacudí la cabeza y expulsé de ella ese sentimiento.

—¿Qué es lo que tenemos tanta prisa por encontrar? —me preguntó Jared. Tomé aire antes de responderle—. Criotanques.

El túnel sur estaba obscuro y no podía verle la cara. Sus pisadas no vacilaron a mi espalda y no dijo nada durante un rato. Cuando volvió a hablar, pude ver que estaba concentrado en la expedición, resuelto, dejando a un lado la curiosidad hasta que la misión quedara planeada a su gusto.

—¿Dónde podemos conseguirlos?

—Los criotanques vacíos se almacenan en el exterior de las instalaciones de Sanación hasta que los necesitan. Con más almas viniendo que yéndose, habrá un excedente. Nadie los vigilará ni se dará cuenta de que falta alguno.

—¿Estás segura? ¿Dónde has conseguido esa información?

—Los vi en Chicago, montones y montones. Incluso la pequeña instalación a la que fuimos en Tucson tenía un pequeño almacén de tanques metidos en cajas fuera en la zona de reparto.

—Si estaban en cajas, ¿cómo puedes estar segura...?

—¿No te has fijado en nuestra afición por las etiquetas?

—No dudo de ti —dijo—. Sólo quiero estar seguro de que lo has pensado bien.

Noté el doble sentido de sus palabras.

—Lo he hecho.

—Entonces, cuanto antes esté hecho mejor.

Doc ya se había ido con Jeb, porque no nos lo habíamos encontrado en el camino. Tenía que haberse ido justo detrás de mí. Me preguntaba cómo se estarían tomando la noticia. Esperaba que no fueran tan estúpidos como para discutirlo delante de la Buscadora. ¿Destrozaría ella el cerebro de su huésped humano, si adivinara lo que yo estaba haciendo? ¿Asumiría que me había convertido en una traidora cabal; que les daría a los humanos lo que necesitaban, sin restricción alguna?

¿No era eso lo que iba a hacer, de todos modos? Cuando me hubiese ido, ¿mantendría Doc su palabra?

Sí, al menos lo *intentaría*. Estaba segura. Tenía que creerlo. Pero no podría hacerlo él solo y, ¿quién iba a ayudarlo?

Trepamos por la estrecha y negra apertura que se abría a la cara sur de la colina rocosa, a medio camino del pico más bajo. El borde oriental del horizonte se estaba volviendo gris, con una pequeña mancha rosa derramándose entre el cielo y la roca.

Tenía los ojos fijos en los pies mientras subía. Era necesario, porque no había camino y las resbaladizas rocas hacían que andar fuera peligroso. Pero, aunque el camino hubiera sido liso y llano, dudo que hubiera sido capaz de levantar la mirada. Mis hombros también parecían atrapados en un tobogán.

Traidora. Ni inadaptada ni viajera, solo una traidora. Estaba poniendo las vidas de mis dulces hermanos y hermanas en las irritadas y diligentes manos de mi familia humana de adopción.

Mis humanos tenían todo el derecho a odiar a las almas. Esto era una guerra y les estaba dando un arma, un modo de matar con impunidad.

Lo consideré mientras atravesábamos corriendo el desierto bajo la luz creciente del amanecer, porque, con los Buscadores al acecho, no deberíamos haber salido de día.

Visto así, es decir, tomando mi opción no como un sacrificio, sino como un arma que concedía a los humanos a cambio de la vida de la Buscadora, me daba cuenta de que era algo incorrecto desde muchos puntos de vista. Si mi única intención con esto era salvar a la Buscadora, ése era el momento en el que debía cambiar de opinión y dar la vuelta. Ella no valía la traición a los demás y hasta ella misma estaría de acuerdo con eso.

¿O sí?, me pregunté de repente. La Buscadora no parecía ser tan… ¿qué palabra había utilizado Jared?… altruista. Tan altruista como nosotros. Puede que apreciara su propia vida más que las vidas de los otros.

Pero era demasiado tarde para cambiar de opinión. Ya mis pensamientos habían trascendido al simple salvamento de la Buscadora. Y también había algo que tener en cuenta: el hecho de que esto ocurriría otra vez. Los humanos matarían a cualquier alma que cayera en sus manos, a menos que les diera una alternativa. Más aun, iba a salvar a Melanie, y por eso valía la pena el sacrificio. También salvaría a Jared y a Jamie. Y ya que estaba en esto, también podría salvar a la repugnante Buscadora.

Las almas se equivocaban al estar aquí. Los humanos tenían derecho a su mundo. No podía devolvérselo, pero sí podía darles esto. Si pudiera estar segura de que no serían crueles. Tenía que confiar en Doc y alentar esperanzas. Y quizá también debería arrancar la promesa a algún amigo más, sólo por si acaso.

Me preguntaba cuántas vidas humanas salvaría, y cuántas almas de las que vivían dentro de sus huéspedes *podría* salvar. La única que no podría salvar ahora era la mía.

Suspiré profundamente y Jared lo oyó, a pesar del sonido de nuestra respiración forzada. Con mi visión periférica, vi que volvía la cara, sentí sus ojos observándome, pero no le devolví la mirada. Miré al suelo.

Llegamos al escondite del jeep antes de que el sol hubiera rebasado los picos orientales, aunque el cielo ya era de color azul claro. Entramos agachados en una cueva poco profunda en cuanto los primeros rayos bañaron de oro la arena del desierto.

Jared tomó dos botellas de agua del asiento de atrás, me pasó una y se apoyó en la pared. Bebió media botella de una sentada y se secó la boca con el dorso de la mano antes de hablar.

—Imagino que tienes prisa por salir de aquí, pero tenemos que esperar a que esté obscuro, si planeas un robo relámpago.

Bebí un trago de agua.

—Está bien. Estoy segura de que ahora nos esperarán.

Me escrutó el rostro con la mirada.

—He visto a tu Buscadora —me dijo, observando mi reacción—. Es... enérgica.

Asentí.

—Y hablantina

Sonrió y puso los ojos en blanco.

—No parece disfrutar del alojamiento que le hemos proporcionado.

Clavé la mirada en el suelo.

—Podría ser peor —murmuré. Los extraños celos que ya había sentido antes se deslizaron en mis palabras sin haber recibido invitación para ello.

—Es verdad —admitió en voz repentinamente queda.

—¿Por qué son tan amables con ella? —susurré—. Ella asesinó a Wes.

—Bueno, eso es culpa tuya.

Lo miré, sorprendida al ver como se alzaba ligeramente una de las comisuras de sus labios. Se estaba burlando de mí.

—¿Mía?

Su discreta sonrisa vaciló.

—No querían sentirse como monstruos. Otra vez no. Están intentando reparar el desaguisado, aunque sea un poco tarde y lo hagan con el alma equivocada. No me percaté de que eso... heriría tus sentimientos. Habría pensado que lo preferirías así.

—Así es, no quería que le hicieran daño a nadie más. Siempre es mejor ser amable. Yo sólo... —tomé aliento—. Me alegra saber la razón.

La gentileza que le mostaron se debía a mí, no a ella. Se me quitó un peso de encima.

—No es un sentimiento agradable, saber que en justicia te mereces el título de *monstruo*. Es preferible ser amable que sentirse culpable —sonrió de nuevo y bostezó, contagiándome.

—Ha sido una noche larga —dijo— y nos espera otra igual. Deberíamos dormir.

Me alegraba que lo hubiera sugerido. Sabía que tenía infinidad de preguntas sobre el motivo de esta expedición. Y también que ya habría encajado algunas cosas con otras. Yo no quería discutir ninguna de ellas.

Me estiré en la suave capa de arena que al lado del jeep. Para mi sorpresa, Jared se tumbó a mi lado, pegado a mí, adaptándose a la curva de mi espalda.

—Ven— dijo, y se estiró hasta deslizar sus dedos bajo mi cara. Levantó mi cabeza del suelo y colocó debajo su otro brazo, haciéndome una almohada. Después me la soltó y puso el brazo libre sobre mi cintura.

Me llevó unos segundos ser capaz de responderle.

—Gracias.

Bostezó. Sentí su aliento cálido en el cuello.

—Descansa un poco, Wanda.

Sujetándome en lo que sólo podía ser considerado como un abrazo, Jared se durmió enseguida, como siempre había hecho. Intenté relajarme pero, con su brazo a mi alrededor, pero me llevó un buen rato. Su abrazo hacía que me preguntara cuánto habría adivinado. Mi mente cansada hacía que mis pensamientos serpentearan y se confundiesen. Jared tenía razón, había sido una noche muy larga, pero no duraría ni la mitad de lo que habría deseado. El resto de mis días y noches pasarían ante mis ojos cual si fuesen minutos...

Lo siguiente que supe fue que Jared me sacudía para despertarme. La tenue luz de la pequeña cueva era anaranjada. Se ponía el sol.

Jared me levantó y me dio una barrita de comida para excursionistas —el tipo de comida que guardaban en el jeep. Comimos y bebimos el resto del agua en silencio. La cara de Jared estaba seria y concentrada.

—¿Aún tienes prisa? —preguntó mientras subíamos al jeep.

No. Quería que el tiempo se alargase indefinidamente...

—Sí —¿qué sentido tenía aplazarlo? La Buscadora y su cuerpo morirían si esperábamos demasiado, y aún así no me quedaría otra opción.

—Entonces, demos el golpe en Phoenix. Lo más lógico es que no perciban esta expedición como tal. Para los humanos no tendría sentido robarse sus tanques de almacenamiento en frio. ¿Qué uso les íbamos a dar?

La pregunta no era retórica en absoluto y de nuevo podía sentirlo mirándome. Pero fijé la mirada en las rocas y no dije nada.

Ya hacía rato que había oscurecido cuando cambiamos de vehículo y entramos en la autopista. Cauteloso, Jared esperó unos cuantos minutos con el motor apagado del discreto sedán. Conté diez coches pasar ante nosotros. Cuando se alargó el intervalo entre los faros, Jared salió a la carretera.

El viaje a Phoenix fue muy corto, aunque Jared mantuvo escrupulosamente la velocidad por debajo del límite. El tiempo corría como si la Tierra, de repente, girara más de prisa, empujada por el sol.

Nos introdujimos en el flujo continuo del tránsito de la autopista que rodeaba la llana y extensa ciudad. Desde la carretara vi el hospital. Seguimos a otro coche por la rampa de salida, en avance uniforme pero sin apresurarnos.

Jared giró hacia el estacionamiento principal.

—Y ahora, ¿a dónde? —preguntó, tenso.

—Vamos a ver si esta calle continúa por la parte de atrás. Los tanques estarán cerca de un área de carga.

Jared condujo despacio. Había muchas almas entrando y saliendo de las instalaciones, y algunas en grupos. Sanadores. Nadie nos prestó especial atención.

La calle abrazaba la acera y luego giraba hacia la parte norte del complejo de edificios.

—Mira, camiones de transporte. Ve por allí.

Pasamos entre un ala de edificios de poca altura y un garage. Una fila de camiones —suministros médicos, sin duda— entraban de reversa en los portones de recibo. Observé las cajas que había en la plataforma, todas etiquetadas.

—Sigue... aunque puede que tengamos que tomar algunos de ésos a la vuelta. Mira... Curación... Frescor... ¿Tranquilidad? me pregunto para qué será ése.

Me gustaba que los suministros estuvieran etiquetados y sin vigilancia. Mi familia no podría salir adelante sin lo necesario cuando yo me hubiera ido. *Cuando me hubiera ido*; parecía que esa frase aparecía en todos mis pensamientos. Rodeamos la parte trasera de otro edificio. Jared aceleró y mantuvo los ojos fijos en el frente —había gente aquí, cuatro personas, descargando un camión en la puerta de desembarque. Llevaban overoles de trabajo para no ensuciar su ropa, y guantes para protegerse las manos...

Fue la perfección de sus movimientos lo que captó mi atención. No manejaban con brusquedad las cajas pequeñas. Por el contrario: las asentaban con infinito cuidado en un reborde de hormigón que les llegaba a la cintura..

Realmente, no me hacía falta la confirmación de una etiqueta, pero justamente en ese momento, uno de los trabajadores giró su caja y pude ver las letras negras.

—Éste es el lugar. Ahora están descargando contenedores llenos, los vacíos no estarán lejos... ¡ah! Allí, al otro lado. Ese cobertizo está medio lleno. Apuesto a que todos los cobertizos cerrados están hasta los topes.

Jared siguió conduciendo a la misma velocidad cautelosa, girando en la esquina hasta situarse al lado del edificio.

Resopló en silencio.

—¿Qué? —Pregunté.

—Imagínatelo ¿ves?

Señaló con la barbilla al letrero que había a un lado del edificio. Era el ala de maternidad.

—Ah —dije—. Bueno, ahora siempre sabrás dónde tienes que buscar, ¿no?

Me miró durante un segundo cuando dije eso, y luego volvió los ojos a la carretera.

—Tendremos que esperar un poco. Parecía que estaban acabando.

Jared volvió a rodear el hospital y se detuvo en la parte trasera del estacionamiento más grande, lejos de las luces.

Apagó el motor y se recostó en el asiento. Buscó mi mano y la tomó. Sabía qué iba a preguntar e intenté prepararme para ello.

—¿Wanda?

—¿Sí?

—Vas a salvar a la Buscadora, ¿verdad?

—Sí.

—¿Porque es lo correcto? —intentó adivinar.

—Ésa es una de las razones.

Estuvo callado un momento.

—¿Sabes cómo sacar el alma sin hacer daño al cuerpo?

Mi corazón dio un brinco doloroso, y tuve que tragar saliva antes de poder responder.

—Sí, lo he hecho antes. En una emergencia, no aquí.

—¿Dónde? —preguntó—. ¿Cuál era la emergencia?

Era una historia que nunca les había contado, por razones obvias. Era una de las mejores, con mucha acción. A Jamie le habría encantado. Suspiré y empecé a hablar en voz baja.

—En el planeta de las Nieblas. Estaba con mi amigo Luminoso Arnés y un guía... no recuerdo su nombre. Me llamaban allí Moradora de las Estrellas. Ya tenía por entonces una cierta reputación.

Jared soltó una breve carcajada.

—Íbamos en peregrinación, a través del cuarto de los enormes campos de hielo, para ver una de las más famosas ciudades de cristal. Se suponía que era una ruta segura y por eso íbamos sólo tres... A las bestias con garras les gusta cavar pozos y enterrarse en la nieve. Ya sabes, camuflaje, para montar trampas.

No había nada aparte de la interminable llanura nevada y, un segundo después, pareció como si todo aquel campo blanco explotara hacia el cielo.

El volumen de un Oso adulto promedio es el de un búfalo, pero una bestia con garras completamente desarrollada se acerca más al tamaño de una ballena azul, y ésa era más grande que la mayoría. No podía ver al guía. La bestia con garras había aparecido entre nosotros, frente a Luminoso Arnés y a mí. Los Osos son más rápidos que ellas, pero ésta tenía la ventaja de la emboscada. Sus enormes pinzas pétreas cayeron en picada y partieron a Luminoso Arnés por la mitad antes de que yo supiera qué estaba pasando.

Un coche descendió despacio por el estacionamiento y permanecimos en silencio hasta que hubo pasado.

—Vacilé. Debería haber echado a correr, pero mi amigo se estaba muriendo en el hielo. Yo también debía haber muerto a causa de ese titubeo, si la bestia con garras no hubiese estado distraída. Descubrí más tarde que nuestro guía —¡ojalá pudiera recordar su nombre!— había atacado la cola de la bestia, con la esperanza de darnos una oportunidad de salir huyendo. El ataque de la bestia con garras había levantado tanta nieve que aquello parecía una ventisca. La falta de visibilidad nos ayudaría a escapar. Él no sabía que ya era demasiado tarde para que Luminoso arnés escapara.

La bestia con garras se volvió hacia el guía y su segunda pata izquierda nos golpeó, mándandome por los aires. La parte superior del cuerpo de Luminoso Arnés cayó a mi lado y su sangre derritió la nieve...

Paré y me estremecí.

—Mi siguiente acción no tenía sentido, porque carecía de cuerpo alguno para Luminoso Arnés. Estábamos a medio camino de cualquier ciudad, y demasiado alejados para correr hacia ninguna. Probablemente era cruel sacarlo sin analgésicos, pero no podía quedarme ahí, para verlo morir en aquella mitad destrozada de su Oso huésped.

Usé el dorso de la mano, el lado de cortar hielo. Era más grueso que una cuchilla y causaba mucho daño. Sólo podía confiar en que el desvanecimiento de Luminoso Arnés le impidiese padecer el dolor adicional.

Con la parte interior de los dedos saqué a Luminoso arnés del cerebro del Oso.

Aún estaba vivo. Me detuve lo mínimo para cerciorarme. Lo metí en el receptáculo para huevos que había en el centro de mi cuerpo, entre los dos corazones más calientes, a fin de que no muriera de frío. Pero sin un cuerpo sólo dudaría unos cuantos minutos. ¿Dónde iba a encontrar un cuerpo huésped en aquel páramo?

Pensé que podía intentar compartir a mi huésped, pero dudaba lograr mantener la conciencia durante el procedimiento de introducción a mi cabeza. Además, sin medicinas, moriría en seguida. Con todos aquellos corazones, los osos se desangraban rápidamente.

La bestia con garras rugió y yo sentí que el suelo retumbaba con cada golpe de sus enormes patas. No sabía dónde estaba nuestro guía, ni siquiera si aún estaba vivo. Tampoco sabía cuánto le costaría a la bestia con garras encontrarnos, medio enterrados en la nieve. Yo estaba al lado del Oso destrozado por lo que el brillo de la sangre atraería los ojos del monstruo.

Y entonces se me ocurrió una idea estúpida.

Hice una pausa para reírme en silencio.

No tenía un Oso huésped para Luminoso arnés y no podía usar mi cuerpo; el guía estaba muerto o había huído... pero había *otro* cuerpo sobre aquel suelo congelado.

Era una locura, pero en lo único que podía pensar era en Luminoso Arnés. Ni siquiera éramos amigos íntimos, pero yo sabía que estaba agonizando lentamente entre mis corazones y no podía soportarlo. Oí rugir a la rabiosa bestia con garras y corrí hacia ese sonido. Pronto vi su dura y blanca piel. Corrí hacia su tercera pata izquierda y me lancé sobre ella tan alto como pude. Era una buena saltadora. Usé mis seis manos por el lado cortante para avanzar por el costado de la bestia. Rugía y giraba, pero eso no le servia de nada. Imagina un perro persiguiendo su cola. Las bestias con garras tienen cerebros muy pequeños y una inteligencia muy limitada.

Llegué a la espalda de la bestia y subí la doble columna, aferrándome allí con mis cuchillas para que no pudiera desprenderse de mí sacudiéndose.

Sólo me llevó unos segundos llegar a la cabeza de la bestia, aunque ahí residía la mayor dificultad. Mis cuchillas de hielo eran apenas... tan largas como tu antebrazo, quizá, y la piel de la bestia unas dos veces más gruesa. Impulsé la cuchilla tan fuerte como pude, cortando la primera capa de piel y membrana. La bestia con garras gritó y se levantó sobre las últimas de sus patas traseras. Estuve a punto de caer.

Fijé cuatro de mis manos en su piel, mientras la bestia gritaba y se sacudía, y con las otras dos corté más profundamente dentro de la herida que ya había practicado. La piel era tan gruesa y dura que no sabía si podría aserrarla.

La bestia enloqueció. Se sacudía con tanta fuerza que lo único que podía hacer era sujetarme, pero el tiempo de Luminoso Arnés se acababa. Empujé las manos en el agujero e intenté desgarrarlo.

Entonces, la bestia con garras se lanzó boca arriba sobre el hielo.

Si no hubiéramos estado sobre su guarida —la fosa que había cavado para enterrarse— me habría aplastado. Pero, aun así, aunque me aturdió, la caída finalmente resultó útil. Como mis cuchillas ya estaban en su cuello cuando caí al suelo, el peso de la bestia las hundió más profundo de lo que necesitaba.

Ambos estábamos atontados y yo, medio asfixiada. Sabía que tenía que hacer algo en seguida, pero no podía recordar qué. La bestia empezó a rodar, mareada. El aire fresco aclaró mi cabeza y recordé a Luminoso Arnés.

Protegiéndolo del frío tanto como pude, lo saqué de mi bolsillo de huevos y lo introduje en el cuello de la bestia.

Ésta se paró de manos y corcoveó de nuevo. Entonces salí volando, porque había dejado de sujetarme para introducir a Luminoso Arnés. La bestia con garras estaba enfurecida. La herida de su cabeza no la mataría, pero sí le molestaba.

La nieve se había asentado lo suficiente para que yo fuera perceptible a simple vista, sobre todo porque estaba cubierta con la sangre de la bestia. Era de un color muy brillante, un color que no no existe aquí. Levantó las pinzas y las lanzó contra mí. Pensé que ahí se acababa todo, pero estaba tranquila porque al menos había muerto intentándolo.

Entonces, las pinzas se clavaron en la nieve, a mi lado. ¡No podía creer que hubiera fallado!. Me quedé mirando aquella cara enorme y atroz y estuve a punto de... bueno, no de reír, porque los osos no se ríen, pero esa era la sensación. Porque aquel feo rostro se había llenado de confusión, sorpresa y disgusto. Ninguna bestia con garras había tenido una expresión así antes.

A Luminoso Arnés le había llevado unos minutos acomodarse a la bestia con garras: era un área muy extensa y había tenido que estirarse mucho. Pero ya tenía el control. Se sentía torpe y lento, porque el cerbro con el que tenía que trabajar no era muy grande, pero bastaba con que supiera que yo era su amiga.

Tuve que montarlo hasta la ciudad de cristal para mantener cerrada la herida del cuello hasta que encontráramos un Sanador, lo que causó algo de revuelo. Por un tiempo, me llamaron Jinete de la Bestia, cosa que no me gustaba. Los obligué a que me llamaran de nuevo por mi otro nombre.

Mientras contaba la historia, había estado mirando al frente, hacia las luces del hospital y las figuras de las almas cruzándose frente a ellas. Ahora me giré para mirar a Jared por vez primera. Estaba boquiabierto, con los ojos clavados en mi rostro, abiertos como platos.

Realmente, era una de mis mejores historias. Tenía que obtener de Mel la promesa de que se la contaría a Jamie, cuando…

—Puede que ya hayan terminado de descargar, ¿no crees? —dije rápidamente—. Acabemos con esto y volvamos a casa.

Siguió mirándome durante un minuto y sacudió lentamente la cabeza.

—Sí, acabemos esto, Viajera, Moradora de las Estrellas, Jinete de la Bestia. Robar unas cuantas cajas sin vigilancia no supone un desafío muy grande para ti, ¿o si?

52

Separadas

Llevamos el botín por el respiradero sur, aunque esto supusiera trasladar el jeep antes del amanecer. Mi mayor preocupación al usar la entrada más grande era que la Buscadora pudiera escuchar la conmoción que seguramente causaría nuestra llegada. No tenía certeza alguna sobre si ella sospechaba lo que yo iba a hacer, pero no quería darle ninguna razón para que se matara a sí misma y a su huésped. Me atormentaba la historia que Jeb me había contado sobre un cautivo, aquel hombre que se había desplomado, sin dejar la más mínima evidencia externa del destrozo en el interior de su cráneo.

El hospital no estaba vacío. Mientras me escurría a través de la última burbuja de espacio en la sala principal, encontré a Doc preparándose para la operación. Su escritorio estaba listo. Sobre él había una lámpara de propano —la máxima iluminación de la que disponíamos— esperando para encenderse. Los escalpelos brillaban en la tenue luz azul de la lámpara solar.

Sabía que Doc aceptaría mis condiciones, pero verlo atareado de esta guisa me provocó náuseas nerviosas. O puede que lo que enfermara fuera el recuerdo de aquel día; el día que descubrí la sangre en sus manos...

—Has vuelto —dijo con alivio. Me di cuenta de que se había preocupado por nosotros, como cualquiera cuando alguien abandonaba la seguridad de las cuevas.

—Te hemos traido un regalo —dijo Jared mientras aparecía detrás de mí. Se enderezó aliviado y se volvió para retomar una caja. La alzó con un floreo, mostrando la etiqueta.

—¡Curación! —exclamó Doc—. ¿Cuánta conseguieron?

—Dos cajas. Y encontramos una manera mejor de renovar nuestros almacenes, sin tener a Wanda todo el tiempo apuñalándose a sí misma.

Doc no festejó el chiste de Jared, sino que se volvió hacia mí con mirada penetrante. Ambos debimos pensar lo mismo: *Muy conveniente, cuando Wanda ya no esté.*

—¿Han traido los criotanques? —preguntó, en tono sombrío.

Jared notó la mirada y la tensión. Me miró con una expresión incomprensible.

—Sí —respondí—. Diez. Era todo lo que podía llevar el coche.

Mientras hablaba, Jared tiró de la cuerda que había detrás de él. Con un estrépito de roca suelta, la segunda caja de Curación y los tanques cayeron al suelo a su espalda. Los tanques hicieron un ruido metálico, aunque estaban hechos de un material que no existía en este planeta. Le había dicho que no había problema en manejar los criotanques con brusquedad ya que estaban construidos para soportar un maltrato mayor que el simple arrastre por un camino de piedra. Destellaban sobre el suelo, relucientes, prístinos.

Doc retomó uno, lo liberó de la cuerda y le dió vueltas en las manos.

—¿Diez? —el número pareció sorprenderlo. ¿Creía que eran demasiados? ¿O muy pocos?

—¿Son difíciles de usar?

—No, muy fáciles. Te enseñaré cómo hacerlo.

Doc asintió, examinando la construcción alienígena. Podía sentir a Jared observándome, pero mantenía la mirada fija en Doc.

—¿Qué dijeron los demás? —pregunté.

Doc levantó la mirada y ésta se cruzó con la mía.

—Ellos... aceptan tus condiciones.

Yo asentí, no muy convencida.

—No te enseñaré hasta no creerlo.

—Me parece bien.

Jared nos miraba, confuso y frustrado.

—¿Qué les contaste? —me preguntó Doc, cauto.

—Sólo que iba a salvar a la Buscadora —me volví para mirar en dirección a Jared, pero sin encontrarme con su mirada—. Doc me ha prometido que, si le enseño cómo hacer la separación, ustedes darán a las almas liberadas el salvoconducto para la vida en otro planeta. Sin aniquilarlas.

Jared asintió pensativo, mirándonos a Doc y a mí alternativamente.

—Yo también puedo aceptar esas condiciones, y puedo garantizar que el resto las cumplirá. Asumo que tienes un plan para sacarlas del planeta, ¿no?.

—No será más peligroso que lo que hicimos esta noche. Sólo que será justo lo contrario, porque se trataría de añadirlas al montón, más que tomarlas de él.

—Bien.

—¿Tienes… un horario en mente? —preguntó Doc. Intentó sonar despreocupado, pero pude oír la impaciencia en su voz.

Traté de decirme a mí misma que él sólo quería la respuesta que se le había ocultado durante tanto tiempo. Y que no tenía ninguna prisa por matarme.

—Tengo que devolver el jeep, ¿pueden esperar? Me gustaría ver esto.

—Claro, Jared —dijo Doc.

—No me llevará mucho —prometió Jared mientras volvía a introducirse en el respiradero.

De eso estaba segura. No le llevaría el tiempo suficiente.

Doc y yo no hablamos hasta que el sonido que hizo Jared a su marcha no se hubo disipado.

—¿No le has hablado sobre… Melanie? —preguntó con suavidad.

Sacudí la cabeza.

—Creo que él ve a dónde lleva esto. Debe de haber adivinado mi plan.

—No del todo. No permitirá...

—No dirá ni una palabra —lo interrumpí con severidad—. Todo o nada, Doc.

Doc suspiró. Después de un momento de silencio, se estiró y miró por la salida principal.

—Voy a hablar con Jeb, para preparar las cosas.

Tomó una botella de la mesa. Cloroformo. Estaba segura de que las almas tenían algo mejor. Antes de irme, debí haber intentado conseguírselo a Doc.

—¿Quién sabe algo de esto?

—Jeb, Aaron y Brandt. Todos quieren verlo.

No me sorprendió; Aaron y Brandt tendrían sospechas.

—No se lo digas a nadie más. No esta noche.

Doc volvió a suspirar y asintió; luego desapareció en el obscuro pasillo.

Me senté contra la pared, tan lejos como pude de la camilla preparada para la intervención. El turno para ocuparla me llegaría demasiado pronto.

Tratando de pensar en algo distinto a las sombrías perspectivas, me di cuenta de que no había sabido nada de Melanie desde... ¿cuándo me había hablado por última vez? ¿Al hacer el trato con Doc? Con demorada sorpresa me percaté de que el acomodo para dormir junto al jeep el día de hoy no hacia sucitado ninguna respuesta suya.

¿Mel?

No hubo respuesta.

No era como antes, así que no entré en pánico. Podía sentirla en la cabeza con claridad, pero... ¿me ignoraba? ¿Qué estaba haciendo?

¿Mel? ¿Qué pasa?

Ninguna respuesta.

¿Estás enojada conmigo? Siento lo de antes, al lado del jeep. Yo no he hecho nada, ya lo sabes, así que no es justo...

Me interrumpió, exasperada.

Oh, déjalo ya, no estoy enfadada contigo. Déjame en paz.

¿Por qué?

No respondió.

Presioné un poco, esperando captar en qué dirección iban sus pensamientos. Intentó evitarme, levantar aquel muro negro a su alrededor pero, debido a la falta de costumbre, era demasiado débil. Vi su plan.

Intenté mantener un tono mental equilibrado.

¿Te has vuelto loca?

Es una forma de decirlo, se burló con desgana.

¿Crees que si logras hacerte desaparecer, me detendré?

¿Qué otra cosa puedo hacer para detenerte? Si tienes una idea mejor, házmela saber.

No lo entiendo, Melanie, ¿no quieres tenerlos de vuelta? ¿No quieres estar otra vez con Jared? ¿Con Jamie?

Se retorció, luchando contra la obviedad de la respuesta.

Sí, pero… no puedo…, se tomó un momento para calmarse. *No puedo convertirme en la causa de tu muerte, Wanda, no puedo soportarlo.*

Sentí la profundidad de su dolor y los ojos se me llenaron de lágrimas.

Yo también te quiero, Mel. Pero aquí no hay sitio para las dos. En este cuerpo, en la cueva, en sus vidas…

No estoy de acuerdo.

Mira, deja de intentar aniquilarte a tí misma, ¿bien? Porque, como piense que tengas la más mínima oportunidad, haré que Doc me saque hoy mismo. O se lo diré a Jared. Imagina lo que haría...

Lo imaginé en su lugar, sonriendo a través de las lágrimas.

¿Recuerdas? Dijo que no había garantías acerca de lo que haría o no haría para tenerte aquí.

Pensé en aquellos ardientes besos en el pasillo… pensé en otros besos y otras noches en sus recuerdos. Se me acaloró el rostro al sonrojarme.

Juegas sucio.

Puedes apostar a que sí.

No me voy a rendir.

Estás advertida. No me administres más el tratamiento del silencio.

Entonces nos dedicamos a pensar en otras cosas, cosas que no dolieran. Como el lugar al que enviaríamos a la Buscadora. Mel estaba de acuerdo en enviarla al Planeta de las Nieblas después de haber escuchado mi historia, pero yo creía que el Planeta de las Flores era más adecuado. No había un planeta más apacible en todo el universo. La Buscadora necesitaba un encantador y prolongado ciclo vital aliméntandose del sol.

Pensamos en mis recuerdos, en los bonitos. Los castillos de hielo y la música nocturna y los soles de colores. Eran como cuentos de hadas para ella, que también me contó otros. Zapatos de cristal, manzanas envenenadas, doncellas que querían salvar almas...

Por supuesto, no tuvimos tiempo de contarnos muchas historias.

Regresaron todos juntos. Jared había vuelto por la entrada principal. Había tardado muy poco, porque probablemente había llevado el jeep a la parte norte y lo había escondido a toda prisa bajo el alero.

Oí acercarse sus voces, contenidas, serias, susurrantes, y supe por su tono que la Buscadora estaba con ellos. Supe que había llegado la hora del primer paso para la puesta en escena de mi muerte.

No.

Presta atención, vas a tener que ayudarlos a hacerlo cuando...

¡No!

No protestaba por las instrucciones, sino por la conclusión de mi pensamiento.

Era Jared quien traía en brazos a la Buscadora y la introdujo en la habitación. Entró él primero, seguido por los demás. Aaron y Brandt tenían preparadas las armas, por si acaso ella estuviera sólo fingiendo e intentara atacarlos con sus pequeñas manos. Jeb y Doc entraron los últimos y supe que los astutos ojos de Jeb estarían fijos en mi cara. ¿Cuánto había averiguado ya, con su loca, pero sagaz intuición?

Me concentré en lo que tenía que hacer.

Jared depositó el cuerpo inerte de la Buscadora con excepcional dulzura. Esto me habría molestado antes, pero ahora me conmovió. Entendía que lo hacía por mí y hubiera deseado que me tratara así al principio.

—Doc, ¿dónde está el Sin-dolor?

—Te lo traeré —murmuró.

Fijé los ojos en el rostro de la Buscadora mientras esperaba, preguntándome qué aspecto tendría cuando su huésped fuese liberada. ¿Quedaría algo? ¿Se quedaría el huésped vacío o se reafirmaría el legítimo propietario? ¿Sería su cara menos repulsiva cuando otra conciencia asomara por sus ojos?

—Aquí tienes —Doc puso el bote en mi mano.

—Gracias.

Saqué un delgado cuadradito y le devolví el bote.

Estaba reacia a tocar a la Buscadora, pero hice que mis manos se movieran con suavidad y determinación, mientras empujaba su barbilla hacia abajo y le ponía el Sin-dolor en la lengua. Su cara era tan pequeña que, comparativamente, mis manos parecían grandes. Su pequeña talla siempre me confundía, porque parecía inapropiada.

Volví a cerrarle la boca. Estaba húmeda, lo que haría que la medicina se disolviese con rapidez.

—Jared, ¿puedes ponerla boca abajo? —le pedí.

Él lo hizo, otra vez con gentileza. Entonces, la lámpara de propano cobró vida. De subito, la cueva relumbró, como si fuera de día. Miré hacia arriba instintivamente, y por primera vez vi que Doc había cubierto los agujeros del techo con lona para que no se escapara la luz. Había trabajado mucho en nuestra ausencia.

Todo estaba en silencio. Podía oír la tranquila respiración de la Buscadora y la respiración rápida y ansiosa de los hombres ahí presentes. Alguien cambió el peso de un pie a otro y la arena crujió contra la roca bajo su tacón. Sus miradas caían sobre mi piel con un peso casi físico.

Tragué saliva, esperando que mi voz sonara normal.

—Doc, necesito Curación, Limpieza, Sellado y Alisador.

—Ten.

Aparté el basto pelo negro de la Buscadora, mostrando la pequeña línea rosácea en la base de su cráneo. Me quedé mirando su piel bronceada y dudé.

—¿Cortas tú, Doc? Yo no... no quiero hacerlo.

—No hay problema, Wanda.

No podía ver otra cosa que no fueran sus manos mientras se acercaba para ponerse a mi lado. Preparó una pequeña fila de cilindros blancos sobre la camilla, al lado del hombro de la Buscadora. El escalpelo relampagueó bajo la luz brillante, iluminándome la cara.

—Apártale el pelo.

Usé las dos manos para despejarle el cuello.

—Me hubiera gustado lavarme a fondo antes —dijo Doc para sí mismo, sintiéndose inadecuadamente preparado.

—En realidad no es necesario. Tenemos Limpiador.

—Lo sé —suspiró. Lo que quería era la rutina, la tranquilidad mental que los viejos hábitos le habían inculcado.

—¿Cuánto espacio necesitas? —preguntó, dudando con la punta del bisturí a unos centímetros de su piel.

Podía sentir el calor de los otros cuerpos detrás de mí, apretándose para ver mejor, aunque tenían cuidado de no rozarnos a ninguno de los dos.

—La misma extensión de la cicatriz. Con eso bastará.

Pero no parecía suficiente para él.

—¿Estás segura?

—Sí. ¡Oh, espera!

Doc se echó hacia atrás.

Me di cuenta de que lo estaba haciendo al revés. No era Sanadora; no estaba hecha para esto. Me temblaban las manos, parecía que no podía mirar más allá del cuerpo de la Buscadora.

—Jared, ¿puedes darme uno de esos tanques?

—Claro.

Le oí alejarse unos pasos, oí el sordo y metálico sonido del tanque que había tomado al chocar contra los otros.

—¿Y ahora?

—Hay un círculo en la parte de arriba. Presiónalo.

Oí el sordo zumbido del criotanque al abrirse. Los hombres murmuraron y arrastraron los pies, alejándose.

—Bien, debería haber un interruptor a un lado… tiene el aspecto de un dial, más bien. ¿Lo ves?

—Sí.

—Gíralo totalmente hacia abajo.

—Bien.

—¿De qué color es la luz que hay en la parte superior del tanque?

—Es… está pasando de púrpura a… azul intenso. Ahora se ha puesto azul claro.

Inhalé profundamente. Al menos, los tanques funcionaban.

—Magnífico. Quita la tapa y espérame.

—¿Cómo?

—Hay un pestillo bajo el borde.

—Hecho —oí el click y el zumbido del mecanismo—. ¡Está *frío*!

—De eso se trata.

—¿Cómo funciona? ¿Cuál es la fuente de energía?

Suspiré.

—Sabía las respuestas cuando era una Araña, pero ahora no tengo ni idea. Doc, puedes empezar, estoy lista.

—Allá vamos —susurró Doc mientras deslizaba hábil, casi graciosamente, el escalpelo a través de la piel. La sangre se derramó por el cuello, empapando la toalla que Doc le había colocado debajo.

—Un poco más profundo. Justo debajo del borde...

—Sí, ya veo —Doc respiraba con rapidez, excitado.

La plata relumbró contra el rojo.

—Bien. Ahora, sujeta tú el pelo.

Doc cambió de sitio conmigo con un movimiento suave y rápido. Era muy bueno en su profesión, habría sido un estupendo Sanador. No intenté ocultarle lo que hacía. Los movimientos eran demasiado imperceptibles como para que pudiera verlos. No sería capaz de hacerlo a menos que se lo explicara.

Deslicé cuidadosamente la yema de uno de mis dedos por la protuberancia trasera de la pequeña criatura plateada hasta que el dedo estuvo completamente inmerso en la cálida entrada de la base del cuello del cuerpo del huésped. Localicé el camino de acceso de la antena de la parte delantera, sintiendo las tirantes líneas de los amarres que se extendían tensos como cuerdas de arpa hacia lo más recóndito de su cabeza.

Giré el dedo alrededor de la parte inferior del cuerpo del alma, desde el primer segmento hasta la otra línea de amarres, tan rígidos y abundantes como los dientes de un peine.

Toqué con cuidado lo que unía todas esas tensas cuerdas, las pequeñas articulaciones, no mayores que una cabeza de alfiler. Me abrí camino hacia abajo, hasta un tercio aproximadamente. Podía haber contado, pero me habría llevado mucho tiempo. Era la conexión número doscientos diecisiete, pero había otra forma de encontrarla. Ahí estaba, la pequeña cresta que hacía la articulación un poco mayor, que parecía un perlita, más que una cabeza de alfiler. Era suave al tacto.

La presioné suavemente, masajeándola con ternura. La amabilidad —jamás la violencia— era siempre la clave para las almas.

—Relájate —susurré.

Y, aunque el alma no podía oírme, obedeció. Las cuerdas en forma de arpa se aflojaron, se soltaron. Podía sentirlas deslizándose mientras se retiraban, así como la ligera hinchazón del cuerpo a medida que las absorbía. El proceso no llevó más que unos pocos latidos de mi corazón. Contuve el aliento hasta que sentí que el alma ondeaba al tacto y se retorcía, libre.

Dejé que serpenteara un poco más y curvé los dedos alrededor del pequeño y frágil cuerpo. Lo levanté, plateado y brillante, mojado con la sangre que se derramaba por su suave superficie y y lo acuné en mi mano.

Era hermosa. El alma cuyo nombre nunca sabría ondeaba como una ola plateada en mi mano… como un plumoso y bello listón.

Así no podía odiar a la Buscadora. Me invadió un amor casi maternal.

—Que duermas bien, pequeña —le susurré.

Me giré hacia el leve zumbido del criotanque, a mi izquierda. Jared lo sujetaba inclinado, para que me fuera fácil introducir el alma en el aire increíblemente frío que salía de la apertura. Dejé que se deslizara en el pequeño espacio y con cuidado cerré la tapa.

Tomé el criotanque, liberándolo, más que tirando de él, moviéndolo con suavidad hasta que estuvo vertical, y lo estreché contra mi pecho. La superficie exterior del tanque estaba a la misma temperatura templada de la habitación. Lo acuné contra mi cuerpo, protectora como cualquier madre.

Volví la mirada al cuerpo de la extraña que estaba en la camilla. Doc ya estaba espolvoreando Alisador sobre la herida cerrada. Hacíamos un buen equipo, uno atendiendo al alma, el otro al cuerpo. Todos recibían cuidados.

Doc me miró con los ojos llenos de alegría y asombro.

—Sorprendente —murmuró—. Ha sido increíble.

—Buen trabajó —le susurré en respuesta.

—¿Cuándo crees que despertará? —preguntó Doc.

—Depende de cuánto cloroformo haya inhalado.

—No mucho.

—Y si todavía está ahí. Tendremos que esperar para ver.

Antes de que pudiera pedirlo, Jared tomó suavemente a la anónima mujer de la camilla, le levantó la cabeza y la acostó en un lugar más limpio. Su cuidado ya no me conmovió. Su ternura era para la humana, para Melanie…

Doc fue con él, tomando el pulso a la mujer y mirando bajo de sus párpados. Dirigió una luz hacia sus ojos inconscientes y vió cómo se contraían las pupilas. No se reflejó ninguna luz que lo deslumbrara. Jared y él intercambiaron una larga mirada.

—Lo ha conseguido, de verdad —dijo Jared en voz baja.

—Sí —coincidió Doc.

No oí a Jeb acercarse a mí.

—Muy hábil, chica —murmuró.

Me encogí de hombros.

—¿Esto no te causa algún conflicto interno?

No respondí.

—Sí, a mí también, cariño, a mí también.

Aaron y Brandt hablaban a mí espalda. Sus voces se elevaban animadas, respondiendo mutuamente a sus pensamientos antes de que las preguntas se pronunciaran.

Ahí no había ningún conflicto.

—¡Verás cuando el resto lo sepa!

—Piensa en…

—Deberíamos ir por…

—¡Vamos ya, estoy listo…!

—Espera— interrumpió Jeb a Brandt—. Nada de rehenes hasta que el criotanque esté seguro y de camino al espacio exterior. ¿De acuerdo, Wanda?

—De acuerdo —dije con voz firme, estrechando el tanque contra mi pecho.

Brandt y Aaron intercambiaron una mirada de fastidio.

Iba a necesitar más aliados. Jared, Jeb y Doc sólo eran tres, aunque fueran los más influyentes. Necesitarían ayuda, de todas formas.

Sabía lo que eso significada.

Significaba hablar con Ian.

Con los demás también, claro, pero Ian tenía que ser uno de ellos. Mi corazón parecía latir con menos fuerza en mi pecho, encogiéndose débilmente sobre sí mismo. Había hecho muchas cosas que no había querido hacer desde que estaba con los humanos, pero no podía recordar ninguna tan tremenda ni tan terriblemente dolorosa. Ni el haber decidido cambiar mi vida por la de la Buscadora, que sin duda era un pena terrible, una herida inmensa, un gran mundo de dolor, pero casi manejable porque tenía sentido en una perspectiva mayor. Decirle adiós a Ian era como el agudo pinchazo de una puñalada, hacía que el contexto se desdibujara. Deseaba que hubiera alguna manera, cualquiera, de ahorrarle ese mismo dolor. Pero no la había.

La única cosa peor sería decirle adiós a Jared. Pero eso quemaría y ulceraría mi herida. Porque a él no le dolería. Su felicidad pesaría más que cualquier pequeña pena que pudiera sentir por mí.

Y Jamie... bueno, no planeaba en absoluto encarar ese adiós.

—¡Wanda! —la voz de Doc era perentoria.

Corrí a la cama junto a la que estaba Doc. Antes de llegar, pude ver la manita aceitunada abriendo y cerrando el puño que colgaba en el borde de la camilla.

—Ah— la familiar voz de la Buscadora gimió desde el cuerpo humano. —Ah.

La habitación quedó en profundo silencio. Todos me miraban, como si yo fuera la experta en humanos.

Le di un codazo a Doc, con las manos aún aferradas al tanque.

—Háblale —susurré.

—Eh... ¿hola? ¿Puede oírme... señorita? Está a salvo. ¿Me entiende?

—Ah —gruñó. Parpadeó y enfocó con rapidez el rostro de Doc. No había incomodidad en su expresión. Naturalmente, el Sin-dolor la hacía sentir bien. Sus ojos eran ónices negros que se deslizaron por la habitación hasta encontrarme y el reconocimiento fue rápidamente seguido por un fruncimiento de ceño. Apartó la mirada, de vuelta a Doc.

—Es estupendo que me hayan devuelto mi cabeza —dijo en voz alta y clara—. Gracias.

53

Condenada

El cuerpo huésped de la Buscadora se llamaba Lacey; un nombre delicado, suave y femenino. Lacey. En mi opinión, tan inapropiado como su tamaño. Era como llamar "Pelusita" a un perro pit-bull.

Lacey hablaba al mismo volumen que la Buscadora y también era una quejumbrosa.

—Tienen que perdonarme por hablar sin parar —insistió, sin dejarnos otra opción—. He estado gritando ahí dentro durante años y nunca he podido hablar por mí misma. He tenido un montón de cosas allí guardadas que tengo que decir.

Qué afortunados éramos. Casi me alegraba tener que irme.

En respuesta a la pregunta que yo me había hecho, no, la cara no resultaba menos repugnante con una conciencia diferente detrás ella. Porque, al fin y al cabo, esta conciencia no era muy diferente.

—Por eso no nos agradas —me dijo la primera noche, sin cambiar el tiempo verbal presente ni el pronombre plural—. Cuando se dio cuenta de que escuchabas a Melanie como ella me escuchaba a mí, se asustó. Pensó que podrías descubrirlo. Yo era su más obscuro secreto —soltó una risa chirriante— pero no podía hacerme callar. Por eso se convirtió en Buscadora, porque esperaba descubrir alguna manera mejor para enfrentarse a los huéspedes reacios. Entonces pidió que la asignaran a ti, para observar cómo lo habías hecho. Tenía celos de ti, ¿no es patético? Quería ser tan fuerte como tú. Para ella fue un duro golpe creer que Melanie había ganado, aunque imagino que no fue así. Imagino que lo hiciste tú. Así que, ¿por qué viniste? ¿Por qué ayudas a los rebeldes?

Le expliqué, de mala gana, que Melanie y yo éramos amigas. No le gustó.

—¿Por qué? —exigió respuesta.

—Ella es buena persona.

—Pero, ¿por qué le agradas?

Por la misma razón.

—Ella dice que por la misma razón.

Lacey resopló.

—Le has lavado el cerebro, ¿eh?

Buf, ésta es peor que la anterior.

Ya, admití. *Ahora veo porqué la Buscadora era tan odiosa. ¿Te imaginas como sería tener eso en la cabeza todo el tiempo?*

Aquéllo no era lo único a lo que Lacey ponía objeciones.

—¿Es que no tienen algún sitio para vivir mejor que estas cuevas? Está todo tan sucio. ¿No hay una casa por ahí, a lo mejor...? ¿Qué quiere decir con que tenemos que compartir habitación? ¿Qué hay un horario de tareas? No lo entiendo, ¿tengo que trabajar? No creo que entendieran…

Jeb le había enseñado todo al día siguiente, intentando explicarle —entre sus apretados dientes— cómo vivíamos. Cuando pasaron delante de mí —mientras comía en la cocina con Ian y Jamie—, él me lanzó una mirada que preguntaba a las claras porqué no había dejado que Aaron le disparase cuando eso aún era una opción.

Su paseo estuvo más concurrido que el mío. Todos querían ver el milagro por sí mismos. A la mayoría no parecía importarles que ella fuera… tan difícil. Era bienvenida. Más que eso. Me sentí un poco celosa otra vez, pero eso era una tontería: ella era humana. Representaba la esperanza y pertenecía a este lugar. Ella seguiría aquí mucho después de que yo me hubiese ido.

Qué suerte tienes, me susurró Mel, sarcástica.

Hablar con Ian y Jamie sobre lo que había pasado no era tan difícil ni tan doloroso como había imaginado.

Y era así porque, por diferentes razones, no tenían ni la más remota idea de lo que estaba ocurriendo. Ninguno se dio cuenta de que esa certeza significaba que tenía que irme.

Con Jamie supe por qué. Más que ningún otro, nos había aceptado a Mel y a mí como un paquete. Gracias a su mente joven y abierta, era capaz de comprender la realidad de nuestras personalidades. Nos trataba como a dos personas, más que como una. Mel era real y estaba presente para él, del mismo modo que lo era para mí. Él no la echaba de menos porque ya la tenía con él, no veía la necesidad de nuestra separación.

No estaba segura de que Ian no lo hubiera entendido. ¿Le importaba demasiado ese potencial, los cambios que esto supondría para la sociedad humana? Estaban alucinados por la idea de que ser atrapados —el final— ya no era un final absoluto. Había una forma de regresar. Le parecía natural que yo hubiese actuado para salvar a la Buscadora, confirmaba la idea que tenía de mi personalidad. Puede que eso fuera lo más lejos a lo que él había llegado.

O puede que Ian no tuviera la oportunidad de pensarlo, de ver la evidente consecuencia de todo ello antes de que lo distrajeran. Y de que lo enfurecieran.

—Debería haberlo matado hace años —despotricaba Ian mientras tomábamos lo que necesario para nuestra misión. Mi última misión. Intenté no pensar en ello—. No, nuestra madre tenía que haberlo ahogado al nacer.

—Es tu hermano.

—No sé por qué sigues diciendo eso. ¿Intentas hacer que me sienta peor?

Todo el mundo estaba furioso con Kyle. Los labios de Jared se habían fundido en una tensa línea de rabia, y Jeb acariciaba su arma más de lo ordinario.

Jeb había estado emocionadísimo porque planeaba unírsenos en esta expedición histórica: su primera desde que yo vivía aquí. Sobre todo, tenía ganas de ver de cerca el puerto de transbordadores. Pero ahora, con Kyle poniéndonos a todos en peligro, sentía que tenía que quedarse, por si acaso. Y que las cosas no salieran a su modo ponía a Jeb de muy mal humor.

—Y tener que quedarme pegado a esta criatura —murmuró para sí, frotando otra vez el cañón del rifle. No le hacía gracia el nuevo miembro de la comunidad.

—Perdiéndome la diversión —escupió al suelo.

Todos sabíamos dónde estaba Kyle. Tan pronto como comprendió que la Buscadora-gusano se había transformado mágicamente, durante la noche, en la humana Lacey, se escabulló por la parte trasera. Yo habría esperado que encabezara el grupo en demanda de la muerte de la Buscadora (razón por la cual yo siempre tenía el criotanque en los brazos y dormía un sueño ligero con la mano siempre encima de su superficie suave), pero no había forma de encontrarlo por ninguna parte y, sin él presente, Jeb acalló con facilidad la resistencia.

Jared fue el que se dio cuenta de que faltaba el jeep. E Ian había sido el que había relacionado las dos ausencias.

—Ha ido por Jodi —gruñó Ian—. ¿A qué, si no?

Esperanza y desesperación. Yo les había dado una, Kyle la otra. ¿Traicionaría él a todos antes de que pudieran hacer uso de la esperanza?

Jared y Jeb querían aplazar la expedición hasta que supiéramos si Kyle tenía éxito en la suya: que le llevaría tres días, en el mejor de los casos, *si* su Jodi aún vivía en Oregón. Y si podía encontrarla allí.

Había otro lugar, otra cueva a la que podíamos evacuar a todo el mundo. Un sitio mucho más pequeño, sin agua, así que no nos podríamos esconder allí durante mucho tiempo. Debatieron si debían mudar a todos o esperar.

Pero yo tenía prisa. Había visto la forma en la que los otros miraban el tanque plateado. Había oído los susurros. Cuanto más tiempo retuviese aquí a la Buscadora, más ocasiones tendría alguien de matarla. Tras haber conocido a Lacey, había empezado a compadecerme de la Buscadora. Se merecía una vida tranquila y apacible con las Flores.

Irónicamente, era Ian quien se había puesto de mi lado y había ayudado a meterles prisa. Él todavía no veía adónde nos llevaría esto.

Pero estaba agradecida de que me hubiera ayudado a convencer a Jared de que había tiempo para realizar la expedición y volver antes de tomar una decisión acerca de Kyle. Me sentía agradecida también de que hubiera vuelto a hacer el papel de guardaespaldas. Sabía que podía confiarle a Ian el brillante criotanque, más que a cualquier otra persona. Era el único al que podía dejárselo cuando necesitaba usar mis brazos. El único que podía ver, en la forma de un pequeño contenedor, una vida a la que había que proteger. Podía pensar en aquella forma como en un amigo, en algo que podía ser amado. Era el mejor aliado de todos. Estaba muy agradecida por Ian y por la ignorancia que lo había salvado, hasta ese momento, del dolor.

Teníamos que darnos prisa, en caso de que Kyle lo arruinara todo. Volvimos a Phoenix, a una de las muchas comunidades que se habían expandido a partir del centro. Había un gran puerto espacial al sudeste, en una ciudad llamada Mesa, con varias instalaciones de Sanación cerca. Era lo que yo quería: les daría todo lo que pudiera antes de irme. Si, además, tomábamos a un rehén sanador, podríamos conservar su memoria en el cuerpo huésped. Alguien que entendiera de las medicinas que usaban, del modo en que lo hacían y que también supiera formas para llegar a los depósitos desatendidos. A Doc le encantaría. Podía imaginar todas las preguntas que se moría por hacer.

Primero, el puerto espacial. Me entristecía que Jeb se lo perdiera, pero tendría muchas más oportunidades en el futuro. Aunque estaba obscuro, una larga línea de pequeños y chatos transbordadores tomaban tierra mientras otros despegaban continuamente.

Yo conducía la vieja camioneta mientras que los otros iban detrás, con Ian a cargo del tanque, por supuesto. Rodeé la zona, manteniéndome a distancia de la ajetreada terminal. Era sencillo localizar las enormes y blancas naves de líneas elegantes que abandonaban el planeta. No salían con tanta frecuencia como las naves más pequeñas. Todas las que vi estaban atracadas, y ninguna estaba preparada para salir inmediatamente.

—Todo está etiquetado —informé a los demás, invisibles en la obscura parte trasera—. Ahora, y esto es importante, hay que evitar las naves de los Murciélagos, y en especial las de las Algas. Las Algas no están a más de un sistema de distancia, y sólo lleva una década hacer el viaje completo: es demasiado poco. Las Flores son las más lejanas; y los Delfines, los Osos y las Arañas están al menos a un siglo de distancia. Sólo envíen el tanque a uno de éstos.

Conduje despacio, cerca de las naves.

—Será fácil. Tienen todo tipo de vehículos de reparto, nos mezclaremos con ellos. ¡Eh, mira, ahí tienes un camión cargado de tanques! Es como el que les vimos descargar en el hospital, Jared. Los tanques que están iluminados son los que están a punto de partir. Hay un hombre que cuida de los montones... ah, no, los está colocando en un aerodeslizador. Va a cargarlos... —conduje aún más despacio, intentando ver bien—. Sí, en *esta* nave, por la escotilla abierta. Daré la vuelta y haré el movimiento cuando él esté en la nave.

Pasé de largo, examinando la escena por los retrovisores. Había una señal luminosa al lado del tubo que conectaba la cabeza de la nave a la terminal. Sonreí mientras leía las palabras que tenía en la parte de atrás. La nave se dirigía a las Flores. Así tenía que ser. Giré suavemente cuando el hombre desapareció dentro del casco.

—Prepárense —susurré mientras avanzaba hacia la sombra que proyectaba la enorme ala cilíndrica de la nave más cercana. Estaba a tres o cuatro metros del camión de los tanques. Había algunos técnicos trabajando cerca de la parte delantera de la nave que iría a las Flores y otros un poco más lejos, en la vieja pista. Yo no sería más que otra figura en la noche.

Apagué el motor y me bajé del asiento del conductor intentando parecer normal, como si estuviera haciendo mi trabajo. Rodeé la parte trasera de la camioneta y entreabrí la puerta. El tanque estaba en el borde, con su luz superior de color rojo encendida, lo que quería decir que estaba ocupado. Lo levanté con cuidado y cerré la puerta.

Avancé a paso tranquilo y cimbreante hacia la parte trasera abierta del camión, pero la respiración se me aceleró. Esto era más peligroso que el hospital, y me preocupaba. ¿Podía esperar que mis humanos arriesgaran su vida así en el futuro?

Yo estaré allí. Lo haré yo misma, como sé que harías tú. Si lamentablemente te vas, claro.

Gracias, Mel.

Tuve que obligarme a no mirar por encima del hombro hacia la escotilla abierta. Coloqué el tanque con cuidado en lo alto de la columna más cercana. Un tanque más, uno entre cientos, no se notaría.

—Adiós —susurré—. Que tengas más suerte con tu próximo huésped.

Volví a la camioneta tan despacio como pude.

Todo estaba en silencio cuando me aparté en reversa de debajo de la gran nave. Empecé a desandar nuestro camino, con el corazón latiendo a toda velocidad. Seguí vigilando la escotilla por los retrovisores pero permanecía vacía. No vi al hombre emerger antes de que la nave se perdiera de vista.

Ian se colocó en el asiento del pasajero.

—No parece demasiado difícil.

—Hemos tenido mucha suerte con la oportunidad que se ha presentado. Puede que tengan que esperar algo más la próxima vez.

Ian se estiró para tomarme la mano.

—Tú eres el hechizo de la buena suerte.

No respondí.

—¿Te sientes mejor ahora que está a salvo?

—Sí.

Vi su cabeza girar con rapidez al oír el inesperado tono de mentira en mi voz. No le devolví la mirada.

—Vamos a capturar algunos Sanadores —mascullé entre dientes.

Ian estuvo callado y pensativo cuando recorrimos la corta distancia hasta las pequeñas instalaciones de Sanación.

Había pensado que en la segunda tarea estaría el desafío, el peligro. El plan consistía en que, si las condiciones y el número eran correctos, yo sacaría a uno o dos Sanadores con el pretexto de que llevaba a un amigo herido en la camioneta. Un viejo truco, que sólo funcionaría con los confiados Sanadores, tan poco suspicaces.

Tal como se desarrollaron las cosas, ni siquiera necesité truco alguno. Me detuve en el estacionamiento, justo cuando dos Sanadores de mediana edad —un hombre y una mujer que vestían overoles de color púrpura— entraban en un coche. Habían terminado su turno y se iban a casa. El coche lo tenían a la vuelta a la esquina respecto de la entrada, y no había nadie a la vista.

Ian asintió tenso.

Detuve la camioneta precisamente detrás de su coche y ellos alzaron la mirada, sorprendidos.

Abrí la puerta y me bajé. La voz se me llenó de lágrimas y mi expresión se deformó por el remordimiento. Lo que me ayudó a engañarlos.

—¡Mi amigo está en la parte trasera, ¡no sé qué le pasa!

Respondieron con el rápido interés que sabía mostrarían. Corrí a abrir las puertas traseras y ellos me siguieron. Ian se acercó por el otro lado. Jared tenía listo el cloroformo.

No miré.

Sólo nos llevó unos segundos. Jared arrastró los cuerpos inconscientes a la parte trasera de la camioneta, e Ian cerró las puertas. Ian miró mis ojos llenos de lágrimas durante un segundo y se sentó en el asiento del conductor.

Me senté en el asiento del acompañante y él me tomó de la mano otra vez.

—Lo siento, Wanda. Sé que es duro para ti.

—Sí —él no tenía ni idea de cuán duro era, y por muchas diferentes razones.

Estrechó mis dedos.

—Pero al menos todo ha ido bien. Eres un hechizo de los mejores.

Demasiado bueno. Las dos misiones habían salido demasiado perfectas, demasiado rápidas. El destino me urgía.

Condujo de vuelta por la autopista. Después de unos pocos minutos, vi una brillante señal familiar en la distancia. Inhalé profundamente y me froté los ojos.

—Ian ¿puedo pedirte un favor?

—Lo que quieras.

—Quiero cómida rápida.

Se echó a reír. —No hay problema.

Cambiamos de asiento en el estacionamiento, y manejé hasta la zona de pedidos.

—¿Qué quieres? —pregunté a Ian.

—Nada. Estoy deleitándome sólo de verte hacer algo para ti misma. Alguna vez tenía que ser la primera.

No sonreí ante su chiste. Para mí, esto era una especie de última cena: el último deseo que se concede a un condenado. Ya no volvería a salir de las cuevas otra vez.

—¿Y tú, Jared?

—Dos de lo que sea que vayas a comer tú.

Así que pedí tres hamburguesas con queso, tres bolsas de patatas fritas y tres malteadas de fresa.

Cuando tomé la comida, Ian y yo volvimos a cambiarnos de asiento para que yo pudiera comer mientras él conducía.

—Puaj —dijo, observándome mojar las patatas fritas en la malteada.

—Deberías probarlo, está rico —le ofrecí una patata empapada.

Se encogió de hombros y la tomó. Se la metió en la boca y la masticó.

—Interesante.

Me reí.

—Melanie también piensa que es asqueroso —por eso lo había convertido en un hábito, al principio. Me hacía gracia pensar cómo había abandonado mi costumbre de molestarla.

En realidad, no tenía hambre. Sólo quería probar una vez más algunos de los sabores que recordaba en particular. Ian se terminó la mitad de mi hamburguesa cuando me llené.

Volvimos a casa sin incidentes. No vimos señales de vigilancia por parte de los Buscadores. Tal vez habían aceptado la coincidencia. Puede que pensaran que era inevitable, que al vagabundear sola por un desierto tan grande, acabara por pasarte algo malo.

En el Planeta de las Nieblas teníamos un refrán para eso: "Quien cruza demasiados campos de hielo a solas, será la cena de una bestia con garras". La traducción era burda: sonaba mejor en la lengua de los Osos.

Había mucha gente esperándonos.

Sonreí sin mucha convicción a mis amigos: Trudy, Geoffrey, Heath y Heidi. Mis verdaderos amigos escaseaban. Ya no estaban ni Walter ni Wes. No sabía dónde estaba Lily, y eso me entristeció. Tal vez yo no quería seguir viviendo en este planeta, donde había tanta muerte. Acaso la nada fuera mejor.

Por mezquino que fuese, también me entristeció ver a Lucina junto a Lacey, con Reid y Violetta al otro lado. Hablaban animadamente, hacían preguntas, o eso parecía. Lacey llevaba a Libertad sobre la cadera. Él no parecía especialmente emocionado con ello, pero estaba tan feliz de tomar parte en la conversación adulta que no se bajó.

Nunca me habían dejado acercarme al niño, pero Lacey ya era uno de ellos. Confiaban en ella.

Con Jared e Ian avanzando con dificultad bajo el peso de los Sanadores, nos dirigimos directamente al túnel sur. Ian llevaba al más pesado, el hombre, y su cara estaba empapada en sudor. Jeb echó a los otros de la entrada del túnel y nos siguió.

Doc nos esperaba en el hospital, frotándose las manos con aire ausente, como si se las estuviese lavando.

El tiempo continuaba su marcha acelerada. La lámpara más luminosa ya estaba encendida. Se les dio Sin-dolor a los Sanadores y los tendieron boca abajo en las camillas. Jared le enseñó a Ian a activar los tanques. Los prepararon mientras Ian le hizo un gesto al sorprendente frío. Doc se colocó ante la mujer, con el escalpelo en la mano y las medicinas dispuestas en fila.

—¿Wanda? —Dijo.

Mi corazón se encogió dolorosamente.

—¿Lo juras, Doc? ¿*Todas* mis condiciones? ¿Me lo juras por tu vida?

—Sí. Cumpliré tus condiciones, Wanda. Lo juro.

—¿Jared?

—Sí. Ni una sola muerte, nunca jamás.

—¿Ian?

—Los protegeré con mi propia vida, Wanda.

—¿Jeb?

—Es mi casa. El que no cumpla este acuerdo tendrá que irse.

Asentí, con los ojos llenos de lágrimas.

—Bien. Manos a la obra, entonces.

Doc, de nuevo nervioso, cortó a la Sanadora hasta que pudo ver un brillo plateado. Sacó con rapidez el escalpelo.

—Y ahora, ¿qué?

Puse mis manos sobre la suya.

—Localiza la cresta. ¿Puedes sentirla? Siente la forma de los segmentos. Se empequeñecen hacia la sección anterior. Bien. Al final, deberías sentir tres cosas pequeñas... y gruesas ¿Notas algo de lo que te estoy diciendo?

—Sí —jadeó.

—Bien. Ésas son las antenas anteriores, empieza ahí. Ahora, suavemente, desliza los dedos bajo el cuerpo, busca la linea de acoplamientos. Los notarás tensos como cables.

Asintió.

Le guié hasta un tercio del camino, le dije cómo contar, si no estaba seguro. No tuvimos tiempo de contar, debido a la cantidad de sangre que fluía. Estaba segura de que el cuerpo de la Sanadora podría ayudarnos, si volvía. Le ayudé a encontrar el nódulo más grande.

—Ahora, presiónalo con suavidad contra el cuerpo. Masajéalo levemente.

—Se mueve —la voz de un nervioso Doc había subido de tono.

—Eso es bueno; significa que lo estás haciendo bien. Dále tiempo a que se retire. Espera a que se repliegue un poco y entonces lo tomas con la mano.

—Bien —le tembló la voz.

Me volví hacia Ian.

—Dame la mano.

Sentí la mano de Ian alrededor de la mía. Le di la vuelta, se la curvé en forma de copa y la acerqué al lugar de operación de Doc.

—Dale el alma a Ian. Con suavidad, por favor.

Ian sería el ayudante perfecto. Cuando me hubiera ido, ¿quién más tendría tanto cuidado con mis pequeños parientes?

Doc pasó el alma a la mano de Ian, y se volvió a curar el cuerpo humano.

Ian miraba el plateado lazo de su mano con una cara no de repulsión, sino absolutamente maravillada . Sentí calor en mi pecho al observar su reacción.

—Es precioso —me susurró.

—Eso pienso yo también. Déjalo deslizarse en el tanque.

Ian sostuvo el alma acunada en su mano durante un segundo más, como si memorizara la forma y el tacto. Y entonces, con delicadeza, lo introdujo en el frío.

Jared le enseñó a sellar la tapa.

Sentí que me quitaban un peso de los hombros.

Había acabado. Ya era demasiado tarde para cambiar de opinión. No era tan horrible como había creído, porque me sentía segura de que estos cuatro humanos se preocuparían de las almas tanto como yo. Cuando me hubiera ido.

—¡Cuidado! —gritó, de repente, Jeb. Alzó el arma entre las manos, apuntando más allá de nosotros.

Nos giramos hacia el peligro y el tanque de Jared cayó al suelo cuando él saltó hacia el Sanador, que estaba arrodillado en la camilla, mirándonos sorprendido.

Ian tuvo la presencia de ánimo de abrazarse a su tanque.

—Cloroformo —gritó Jared mientras derribaba al Sanador, inmovilizándolo en la camilla. Pero era demasiado tarde.

El Sanador me miró directamente a mí con una expresión infantil llena de desconcierto. Sabía por qué me miraba: los rayos de la linterna danzaban en nuestros ojos, dibujando diseños diamantinos en la pared.

—¿Por qué? —me preguntó.

Entonces, su cara perdió la expresión y su cuerpo cayó, inconsciente y sin resistirse en la camilla. Dos estelas de sangre fluyeron lentamente de su nariz.

—*¡No!* —grité, avanzando a tumbos hacia su forma inerte, sabiendo que era demasiado tarde—. ¡No!

54

Olvidada

—¿Elizabeth? —pregunté—. ¿Anne? ¿Karen? ¿Cómo te llamas? Vamos, sé que lo sabes.

El cuerpo de la Sanadora aún yacía sin fuerzas sobre la camilla. Había pasado mucho tiempo, no estaba segura de cuánto. Horas y horas. Yo no había dormido, aunque el sol había salido hacía mucho. Doc había ido a la montaña a quitar las lonas y el sol caía por los agujeros del techo, calentándome la piel. Había movido a la mujer sin nombre para que la luz no le diera en la cara.

Le toqué el rostro con ligereza, apartándole el suave pelo castaño veteado de canas de la cara.

—¿Julie? ¿Brittany? ¿Ángela? ¿Patricia? ¿Me estoy acercando? Háblame. ¿Por favor?

Todos menos Doc —que roncaba suavemente en una camilla en la esquina más obscura del hospital— se habían ido hacía ya horas. Algunos, a enterrar el cuerpo huésped que habíamos perdido. Me encogí al pensar en su desconcertada pregunta y la repentina forma en la que su cara se había quedado sin vida.

¿Por qué? —me había preguntado.

Deseaba tanto que el alma hubiera esperado una respuesta porque así habría intentado explicárselo. Puede que lo hubiera entendido. Después de todo, ¿que era más importante, al final, que el amor? Para un alma, ¿no era eso el centro de todo? El amor habría sido mi respuesta.

Quizá, si hubiera esperado, habría visto la verdad de aquello. Si lo hubiese entendido, estaba segura de que habría dejado vivir al cuerpo humano.

Sin embargo, la petición no habría tenido mucho sentido para él. El cuerpo era *su* cuerpo, no una entidad separada. Su suicidio no era más que eso para él. No era un asesinato, sólo una vida que había acabado. Y puede que tuviera razón.

Al menos, las almas habían sobrevivido. La luz del tanque del Sanador brillaba en color rojo mate junto a la del tanque de ella. No podía pedir a mis humanos prueba mayor de su compromiso: habían salvado la vida de él.

—¿Mary? ¿Margaret? ¿Susan? ¿Jill?

Aunque Doc dormía y yo estaba sola, podía sentir el eco de la tensión que los otros habían dejado tras de sí. Aún estaba en el aire. La tensión perduraba porque la mujer no se había despertado cuando el cloroformo dejó de hacer efecto. No se había movido. Aún respiraba, su corazón aún latía, pero no había respondido a ninguno de los esfuerzos que había hecho Doc por revivirla.

¿Era demasiado tarde? ¿Estaba perdida? ¿Se había ido ya? ¿Estaba tan muerta como el cuerpo del hombre?

¿Había pasado esto con todos los demás? ¿Sería sólo unos pocos —como Lacey, la huésped de la Buscadora, y Melanie, que gritaban y se resistían— a los que podíamos traer de vuelta? ¿Todos los demás se habían ido ya?

¿Era Lacey una anomalía? ¿Volvería Melanie como había hecho ella...? Quizá eso también era cuestionable.

No me has perdido. Estoy aquí, pero la voz mental de Melanie estaba a la defensiva. Ella también estaba preocupada.

Sí, estás aquí. Y aquí te quedarás, le prometí.

Suspirando, volví a intentarlo. ¿Lo intentaba en vano?

—Sé que tienes un nombre —le dije a la mujer—. ¿Es Rebeca? ¿Alexandria? ¿Olivia? ¿O algo más simple, como… Jane? ¿Jean? ¿Joan?

Era mejor que nada, pensé desanimada. Al menos, les había dado un modo de defenderse, si alguna vez los atrapaban. Ayudaría a la resistencia, si no podía ayudar a nadie más.

Pero no me parecía suficiente.

—No me das mucho con qué trabajar —murmuré. Tomé su mano entre las mías y la acaricié con suavidad—. Estaría bien que te esforzaras un poco. Mis amigos ya estarán bastante deprimidos, no les vendría mal tener buenas noticias. Además, con Kyle aún ausente... será difícil evacuar a todos sin tener que cargar contigo. Sé que quieres ayudar. Ésta es tu familia, ¿sabes? son de tu especie. Son muy simpáticos, la mayoría de ellos. Te gustarán.

El rostro de líneas dulces se mantuvo inexpresivo por la inconsciencia. Su belleza que no llamaba la atención: un rostro oval con rasgos muy simétricos. Cuarenta y cinco años, puede que algunos menos, puede que algunos más. Era difícil decirlo al mirar su cara inanimada.

—Ellos te necesitan —continué, suplicando—, puedes ayudarlos. Sabes tantas cosas de las que yo no tengo ni idea. Doc hace tantos esfuerzos, que merece algo de ayuda. Es un buen hombre. Has sido una Sanadora durante bastante tiempo, y algo de la preocupación por el bienestar de los demás tiene que habérsete pegado. Creo que eres como Doc. ¿Te llamas Sarah? ¿Emily? ¿Kristin?

Le acaricié la mejilla, pero no hubo respuesta, así que volví a tomar su floja mano entre las mías. Miré el cielo azul a través de los agujeros del techo. Mi mente empezó a divagar.

—Me pregunto qué harán si Kyle no vuelve. ¿Cuánto tiempo se esconderán? ¿Tendrán que encontrar un nuevo hogar en algún otro sitio? Son tantos... No será fácil. Ojalá pudiera ayudarlos; pero, aunque me pudiera quedar, no tengo respuestas... Puede que se las arreglen para quedarse, de alguna manera. Puede que Kyle no lo eche todo a perder— me reí sin convicción, pensando en las probabilidades. Kyle no era un hombre cuidadoso. De cualquier modo, hasta que esa situación se solucionara, me necesitarían... Puede que necesitaran mis infalibles ojos, si había Buscadores cerca. Podía llevar mucho tiempo, y eso me hacía sentir más calidez que el sol sobre mi piel. Hacía que me sintiera agradecida de que Kyle fuera impetuoso y egoísta. ¿Cuánto tiempo pasaría hasta que estuviéramos seguros de estar a salvo? Me pregunto cómo es esto cuando hace frío. Casi no me acuerdo de sentir frío. ¿Y si llueve? No ha llovido en bastante tiempo, ¿no? Con todos estos agujeros en el techo, se tiene que mojar todo. ¿Dónde dormiremos entonces? —suspiré—. Puede que tenga que averiguarlo, aunque no debería apostar por ello. ¿No sientes nada de curiosidad? Es divertido imaginar que cambian las cosas… me imagino que el verano no dura para siempre.

Sus dedos se agitaron en mi mano durante un segundo.

Me tomó por sorpresa, porque mi mente se había alejado de la mujer de la camilla y había empezado a hundirse en la melancolía tan presente esos días.

La miré. Ningún cambio: su mano seguía floja, su expresión ausente. Puede que lo hubiera imaginado.

—¿He dicho algo que te interese? ¿De qué estaba hablando? —pensé con rapidez, observándola—. ¿Ha sido la lluvia? ¿O la idea del cambio? ¿El cambio? Tienes muchos de esos cambios por delante, ¿verdad? Pero tienes que despertarte primero.

Su cara estaba vacía, su mano inmóvil.

—Así que no te importa cambiar. No te culpo, yo tampoco quise cambiar para venir. ¿Eres como yo? ¿Te gustaría que el verano se alargara?

Si no hubiese estado observando su cara con tanta atención, no habría visto el pequeño temblor de sus párpados.

—Te gusta el verano, ¿verdad? —pregunté esperanzada.

Su labios se movieron.

—¿El verano?

Su mano tembló.

—¿Te llamas así, Verano? ¿Verano? Es un nombre muy bonito.

Su mano se cerró en un puño y sus labios se separaron.

—Vuelve, Verano, sé que puedes hacerlo. ¿Verano? Escúchame. Abre los ojos, Verano.

Sus ojos parpadearon con rapidez.

—¡Doc! —grité por encima del hombro—. ¡Doc, despierta!

—¿Eh?

—¡Creo que vuelve! —me volví a la mujer—. Vamos, Verano, puedes hacerlo. Sé que es duro. Verano, Verano, Verano, abre los ojos.

Su cara hizo una mueca. ¿Sentía dolor?

—Trae el Sin-dolor, Doc. Deprisa.

La mujer me estrechó la mano y abrió los ojos. Al principio no enfocaban, simplemente vagaron por la cueva llena de luz. Qué extraña e inesperada visión tenía que ser este lugar para ella.

—Te pondrás bien, Verano, te pondrás bien. ¿Puedes oírme, Verano?

Sus ojos giraron hasta mi cara y sus pupilas se contrajeron. Me miró, absorbiendo la imagen de mi rostro. Entonces se encogió y retorció en la camilla, intentando escapar. Un quedo y ronco grito de pánico surgió de sus labios.

—No, no —gimió—, no más.

—¡Doc!

Ahí estaba, al otro lado de la camilla, como antes, cuando estábamos operando.

—Todo está bien, señora —le aseguró—. Nadie va a hacerle daño.

La mujer tenía los ojos cerrados y se encogió sobre el fino colchón.

—Creo que se llama Verano.

Me miró y puso una cara extraña.

—Tus ojos, Wanda —suspiró.

Parpadeé y me di cuenta de que el sol aún me daba en la cara.

—Oh —liberé la mano de la mujer.

—Por favor, no —suplicó—. No otra vez.

—Ssssh —murmuró Doc—. ¿Verano? La gente me llama Doc. Nadie va a hacerte nada, vas a estar bien.

Me alejé de ella, hacia las sombras.

—¡No me llames así! —sollozó la mujer—. ¡Ese no es mi nombre! ¡Es el suyo, el suyo! ¡No lo vuelvas a decir!

Había conseguido el nombre equivocado. Mel no estaba de acuerdo con la culpa que sentía dentro de mí.

No es culpa tuya. Verano también es un nombre humano.

—Claro que no —le aseguró Doc—. ¿Cómo te llamas?

—¡N… n… no lo sé! —lloró—. ¿Qué ha pasado? ¿Quién era yo? No me obliguen a volver a ser otra persona.

Se retorció sobre la camilla.

—Cálmate, todo va a estar bien, te lo prometo. Nadie va a hacer que seas otra que no seas tú, y vas a recordar tu nombre. Ya volverá.

—¿Quién eres? —preguntó—. ¿Y quién es ella? Es como… es como era yo. ¡He visto sus ojos!

—Soy Doc, y soy humano, como tú. ¿Lo ves? —movió la cara hacia la luz y parpadeó ante la mujer—. Somos nosotros mismos. Hay muchos humanos aquí, y se alegrarán de conocerte.

Ella se encogió otra vez.

—¡Humanos! Temo a los humanos.

—No, no es verdad. La… persona que solía estar en tu cuerpo temía a los humanos. Era una alma, ¿recuerdas? ¿Recuerdas antes de eso, antes de que ella estuviera ahí? Eras humana entonces y ahora lo eres otra vez.

—No puedo recordar mi nombre —dijo con la voz llena de pánico.

—Ya lo sé, pero volverá.

—¿Eres médico?

—Sí.

—Yo… ella también. Una... Sanadora, algo parecido a un médico. Se llamaba Canción de verano. ¿Quién soy yo?

—Lo descubriremos. Te lo prometo.

Me dirigí a la salida. Trudy trabajaría bien con Doc. O Heidi, tal vez, alguien con un rostro tranquilizador.

—¡Ella no es humana! —le susurró con urgencia a Doc, al ver que me movía.

—Es una amiga, no te preocupes. Me ha ayudado a traerte de vuelta.

—¿Dónde está Canción de verano? Estaba asustada; había humanos…

Salí mientras estaba distraida.

Oí a Doc responder a su pregunta detrás de mí.

—Se va a otro planeta. ¿Recuerdas dónde estaba ella antes de que viniera?

Por el nombre, pude adivinar cuál sería su respuesta.

—Era… ¿un murciélago? Podía volar… y cantar… Lo recuerdo, pero yo... no estaba... allí. ¿Dónde estoy?

Me apresuré por el pasillo buscando ayuda para Doc. Me sorprendí al ver la luz de la gran caverna más adelante. Me sorprendí porque todo estaba demasiado tranquilo. Normalmente, podías oir voces antes de ver la luz. Era mediodía. Debería haber habido alguien en la habitación del gran jardín, aunque sólo estuviera pasando por ella.

Caminé hacia la brillante luz del mediodía y vi que la gran estancia estaba vacía.

Los zarcillos nuevos del melón eran de color verde obscuro, más obscuros que la tierra seca en la que crecían. La tierra estaba demasiado seca y para remediarlo, el barril de riego estaba listo, con las mangueras dispuestas, pero nadie manejaba aquella máquina primitiva. Estaba allí, abandonada, en el lado occidental de la estancia.

Me quedé muy quieta, intentando oir algo. La gran caverna estaba en silencio y era un silencio siniestro. ¿Dónde estaba todo el mundo?

¿Los habían evacuado sin mí? Una repentina punzada de miedo y dolor me atravesó. Pero no se habrían ido sin Doc, por supuesto. Nunca lo dejarían atrás. Quería volver por el largo túnel y asegurarme de que Doc tampoco había desaparecido.

Tampoco se irían sin nosotras, tonta. Jared, Ian y Jamie no nos dejarían atrás.

Tienes razón, tienes razón. ¿Y si… indagamos en la cocina?

Corrí por el silencioso pasillo, cada vez más ansiosa a porque el silencio persistía. Puede que fuera mi imaginación y el golpear del pulso en los oídos. Por supuesto, tendría que oírse algo. Si me calmaba y disminuía el ritmo de mi respiración, podría oír voces.

Pero llegué a la cocina y también estaba vacía. No había nadie. Había platos a medio comer en las mesas. Mantequilla de cacahuate en la última rebanada de pan fresco. Manzanas y latas de refresco calientes. El estómago me recordó que no había comido en todo el día, pero apenas noté el dolor del hambre. El pánico era mucho más fuerte.

Y si... ¿Y si no hemos hecho la evacuación a tiempo?

¡No!, jadeó Mel. *No, habríamos oído algo. Alguien habría... o debería haber... Aún están aquí, buscándonos. No se rendirían hasta haber revisado todo. Así que eso no puede ser.*

A menos que nos estén buscando ahora...

Me volví hacia la puerta, intentando penetrar las sombras con los ojos.

Tenía que ir a prevenir a Doc. Teníamos que salir de aquí, si éramos los dos últimos.

¡No! ¡No pueden haberse ido!, Jamie, Jared... veía sus caras tan nítidamente como las tuviera grabadas en las partes internas de mis párpados.

Y la cara de Ian, como si hubiera añadido mis imágenes a las de Mel. Jeb, Trudy, Lily, Heath, Geoffrey.

Los traeremos de vuelta, juré. *Los perseguiremos uno a uno y los traeremos de vuelta. ¡No dejaré que atrapen a mi familia!*

Si alguna vez había tenido alguna duda sobre el lado del que estaba, esto la habría despejado por completo. En ninguna de mis vidas me había sentido tan enojada. Apreté los dientes, que chasquearon al juntarse.

Y entonces, el ruido, el murmullo de voces que tan ansiosamente había esperado escuchar, llegó con el eco por el pasillo y me hizo contener la respiración. Me deslicé silenciosamente contra la pared y esperé en las sombras, escuchando.

El gran jardín. Puedes oírlo en el eco.

Suena como un grupo grande.

Sí, pero, ¿tuyo o mío?

Nuestro o suyo, me corrigió.

Avancé por el pasillo, siempre pegada a las sombras más obscuras. Podíamos oir las voces con mayor claridad, y algunas de ellas me eran familiares. ¿Significaba eso algo? ¿Cuánto tiempo les llevaría a los Buscadores entrenados practicar una inserción?

Mientras llegaba a la entrada de la gran cueva, los sonidos se hicieron aún más nítidos y sentí un gran alivio, porque las voces eran las mismas que había oído el primer día que estuve aquí. Peligrosamente irritadas.

Tenían que ser voces humanas.

Kyle debía de haber vuelto.

El alivio luchó con el dolor mientras corría hacia la brillante luz para ver qué pasaba. Alivio porque mis humanos estaban a salvo. Y dolor porque, si Kyle había vuelto sano y salvo, entonces...

Aún te necesitan, Wanda. Mucho más que a mí.

Estoy segura de que siempre podría encontrar excusas, Mel. Siempre habrá alguna razón.

Entonces, quédate.

¿Contigo como prisionera?

Dejamos de discutir mientras valorábamos la conmoción de la caverna.

Kyle había vuelto. El más fácil de señalar, el más alto entre la multitud, el único que se enfrentaba a mí. La multitud lo tenía inmovilizado contra la pared. Aunque él era la causa del furioso clamor, no era él el que lo producía. Su rostro era conciliador, suplicante. Los brazos le colgaban a ambos lados con las palmas vueltas, como si hubiera algo detrás de él que estuviera intentando proteger.

—Cálmense, ¿si? —oí su voz grave sobre la cacofonía—. ¡Atrás, Jared, la estás asustando!

Tras de su codo vi un destello de pelo negro —alguien desconocido, de grandes y aterrorizados ojos negros, que miraban de reojo a la multitud.

Jared era el más cercano a Kyle. Podía ver su nuca, muy roja. Jamie lo tomó de un brazo, sujetándolo. Ian estaba al otro lado, con los brazos cruzados y los músculos de los hombros tensos. Tras ellos, todos los humanos, excepto Doc, formaban una encolerizada multitud. Permanecían detrás de Jared e Ian, gritando, airados, sus preguntas.

—¿En qué estabas pensando?

—¿Cómo te has atrevido?

—¿Por qué has vuelto?

Jeb estaba en la esquina más lejana, simplemente observando.

El pelo brillante de Sharon me llamó la atención. Me sorprendía verla al lado de Maggie, en medio de la multitud. Ninguna de las dos se había dejado ver mucho desde que Doc y yo curamos a Jamie. Nunca estaban en medio de nada.

Es la lucha, dijo Mel. *No estaban cómodas con la felicidad, pero se sienten en casa cuando hay furia.*

Pensé que, probablemente, tenía razón. Qué... inquietante.

Había oído una voz aguda formular algunas de las preguntas, y me di cuenta de que Lacey también estaba entre la multitud.

—¿Wanda? —la voz de Kyle se abrió paso entre el ruido, y levanté la mirada para encontrar sus profundos ojos azules fijos en mí—. ¡Ahí estás! ¿Puedes venir y ayudarme un poco, por favor?

55

Ligada

Jeb me abrió camino, apartando a la gente con su rifle como si fueran ovejas y el arma un cayado de pastor.

—Ya basta —gruñó a los que se quejaban—. Tendrán oportunidad de ponerlo a parir más tarde. Todos lo haremos, pero primero vamos a solucionar esto, ¿si? Déjenme pasar.

Por el rabillo del ojo vi a Sharon y Maggie dirigirse hacia la parte de atrás del grupo, huyendo del restablecimiento de la razón. De mi participación, en realidad, más que de cualquier otra cosa, porque ambas apretaron los labios y continuaron mirando a Kyle con mala cara.

Jared e Ian fueron los últimos a los que Jeb empujó. Rocé sus brazos al pasar, esperando que eso ayudara a calmarlos.

—Bien, Kyle —dijo Jeb, golpeando la culata del arma contra la palma de la mano— no intentes disculparte, porque no tienes excusa. Estoy dudando entre darte una paliza o dispararte.

La pequeña cara, pálida bajo el profundo tono bronceado de su piel y enmarcada en una larga y negra melena rizada, volvió a aparecer tras el codo de Kyle. La boca de la chica estaba abierta, horrorizada, y sus obscuros ojos desesperados. Creía haber atisbado en ellos un leve reflejo, una estela de plata tras el color negro.

—Ahora, vamos a calmarnos —Jeb se giró con el arma cruzada ante su cuerpo, y de repente parecía que protegía a Kyle y a la pequeña cara detrás de él. Miró con mal talante a la multitud—. Kyle tiene una invitada y ustedes la están asustando. Creo que todos podrían mostrar mejores modales. Ahora me voy a llevar a Kyle y a su invitada conmigo y quiero que se vayan y que trabajen en algo útil. Mis melones se están secando. Que alguien haga algo al respecto, ¿si? Esperó a que la vocinglera multitud desapareciera lentamente. Ahora que podía ver sus rostros, diría que ya lo estaban superando o, en todo caso, la mayoría. Y eso no era tan malo, no después de lo que habían estado temiendo los últimos días. Sí: Kyle era un idiota que vivía ensimismado consigo mismo, parecían decir sus caras, pero al menos había vuelto, y no había causado ningún daño. No había evacuación, ni había que preocuparse de los Buscadores. Nada fuera de lo normal, de todas formas. Había traído otro gusano, pero, ¿es que no se habían llenado de ellos las cuevas estos días?

No era era tan espantoso como parecía al principio.

Muchos volvieron a su almuerzo interrumpido, otros regresaron al barril de regadío, otros a sus habitaciones. Pronto fueron Jared, Ian y Jamie los únicos que quedaron a mi lado. Jeb los miró con una expresión malhumorada. Tenía la boca abierta, pero antes de que pudiera echarlos, Ian me tomó una mano y Jamie hizo lo mismo con la otra. Sentí otra mano en la muñeca, sobre la mano de Jamie. Jared.

Jeb puso los ojos en blanco al ver cómo se habían unido a mí para evitar su expulsión y nos dio la espalda.

—Gracias, Jeb —dijo Kyle.

—Demonios, cierra la boca, Kyle. Mantén *cerrada* esa bocaza. Hablo totalmente en serio cuando digo lo de dispararte, gusano inútil.

Se oyó un débil quejido detrás de Kyle.

—Bien, Jeb. Pero, ¿podrías ahorrarte las amenazas de muerte hasta que estemos solos? Ya está bastante aterrorizada. Recuerda cómo sacan de sus casillas esas cosas a Wanda —Kyle me sonrió, y sentí cómo reaccionaba mi cara quedándose estupefacta. Y luego se volvió a la chica que se escondía tras de él con la expresión más tierna que jamás haya visto en su rostro—. ¿Ves, Sol? Ésta es Wanda, te he hablado de ella. Nos ayudará. No dejará que nadie te haga daño, lo mismo que yo.

La chica ¿o mujer? era pequeña, pero su curvilínea complexión sugería una madurez mayor de la que mostraba su tamaño, y me miraba con ojos llenos de miedo. Kyle le rodeó la cintura con los brazos y ella dejó que él la acercara a su costado. Se colgó de él como si fuera un ancla, su pilar de salvación.

—Kyle tiene razón —nunca pensé que diría eso—. No dejaré que nadie te haga daño. ¿Te llamas Sol? —Le pregunté con suavidad.

Los ojos de la mujer volaron hacia el rostro de Kyle.

—Está bien. No tienes nada que temer de Wanda, es como tú —se volvió a mí—. Su verdadero nombre es más largo, de algo sobre el hielo.

—Luz del Sol sobre el hielo —me susurró ella.

Vi que los ojos de Jeb brillaban de curiosidad.

—No le importa que le llamen Sol, dice que está bien —me aseguró Kyle.

Sol asintió. Sus ojos pasaron de mi cara a la de Kyle y volvieron a mí otra vez. Los otros hombres estaban en silencio, completamente inmóviles. El pequeño círculo de calma la tranquilizó un poco. Debía de haber sentido el cambio en el ambiente. No había hostilidad hacia ella, en absoluto.

—Yo también fui un Oso, Sol —le dije, intentando hacer que se sintiera un poco más cómoda—. Entonces me llamaban Moradora de las estrellas. Aquí, soy Viajera.

—Moradora de las estrellas —susurró, mientras sus ojos se agrandaban hasta casi lo imposible—. ¡Jinete de la bestia!.

Ahogué un gemido.

—Vivías en la segunda ciudad de cristal, supongo.

—Sí. He escuchado la historia tantas veces…

—¿Te gustó ser un Oso, Sol? —le pregunté con rapidez. En realidad, no quería adentrarme demasiado en mi historia—. ¿Eras feliz allí?

Su cara hizo una mueca ante mis preguntas. Sus ojos se fijaron en los de Kyle y se llenaron de lágrimas.

—Lo siento —me disculpé, mirando a Kyle también a la espera de una explicación.

Él le palmeó el brazo.

—No te preocupes, no te harán daño. Te lo he prometido.

Casi no pude oír el susurro que fue su respuesta.

—Pero me gusta estar aquí, quiero quedarme.

Sus palabras crearon un repentino nudo en mi garganta.

—Lo sé, Sol, lo sé —Kyle le puso la mano en la nuca y, con un gesto tan tierno que hizo que me escocieran los ojos, apretó el rostro de ella contra su pecho.

Jeb carraspeó y Sol se encogió y se apretó contra el costado de Kyle. Era fácil imaginar el crispado estado de nervios en el que debía de estar. Las almas no estaban diseñadas para manejar la violencia y el terror. Recordé que hace tiempo, cuando Jared me interrogaba, me preguntó si yo era como las otras almas. No lo era, como tampoco lo era aquella alma con la que habían tratado, la Buscadora. Sol, de todas formas, plasmaba la esencia de mi tímida y amable especie. Sólo éramos poderosos cuando éramos muchos.

—Lo siento, Sol —repuso Jeb—, no quería asustarte. Quizá sea mejor que salgamos de aquí— sus ojos vagaron por la cueva, en cuyas salidas quedaban unas cuantas personas. Miró con mala cara a Reid y Lucina, que se pronto tomaron el corredor hacia la cocina.

—Probablemente deberíamos ir con Doc —dijo Jeb en un suspiro, mirando con melancolía a la asustada mujer. Imaginé que le entristecía perderse las nuevas historias.

—Bien —dijo Kyle. Mantuvo su brazo firme alrededor de la cintura de Sol y la llevó con él hacia el túnel sur.

Los seguí de cerca remolcando a los otros, que aún no me habían soltado.

Jeb se detuvo y todos nos detuvimos con él. Dio varios empujoncitos con la culata del arma a la cadera de Jamie.

—¿No tienes clase, chico?

—Oh, tío Jeb, por favor. ¿Por favor? No quiero perderme...

—Vuelve a clase.

Jamie me clavó una mirada herida, pero Jeb tenía razón, de todas todas. No había nada que Jamie tuviera que ver. Sacudí la cabeza en su dirección.

—¿Puedes llamar a Trudy? —le pedí—, Doc la necesita.

Jamie dejó caer los hombros y me soltó la mano. La de Jared se deslizó por la muñeca para ocupar su puesto.

—Me lo pierdo *todo* —se quejó Jamie mientras se alejaba.

—Gracias, Jeb —le susurré cuando Jamie no podía oírnos.

—Está bien.

El largo túnel parecía más obscuro que antes porque ahora podía sentir el miedo que irradiaba la mujer que tenía delante.

—Está bien —le murmuró Kyle—. No hay nada que pueda hacerte daño, y yo estoy aquí.

Me pregunté quién era ese extraño, el que había vuelto en el lugar de Kyle. ¿Habían observado sus ojos? No podía creer que cupiera tanta amabilidad dentro de ese cuerpo tan grande y lleno de ira. Tenía que ser por haber traído de vuelta a Jodi, por estar tan cerca de lo que quería. Incluso sabiendo que ése era el cuerpo de Jodi, me sorprendía que pudiera expresar tanta amabilidad por el alma que llevaba dentro. Había pensado que esa compasión no era compatible con él.

—¿Cómo está la Sanadora? —me preguntó Jared.

—Se despertó justo antes de que fuera a buscarlos —dije.

Escuché más de un suspiro de alivio en la obscuridad.

—Está desorientada y muy asustada —les advertí—. No puede recordar su nombre. Doc está trabajando con ella. Va a asustarse mucho más cuando los vea a todos. Intenten estar en silencio y moverse despacio, ¿de acuerdo?

—Sí, sí —susurraron las voces en la obscuridad.

—Jeb, ¿crees que podrías esconder el arma? Aún tiene un poco de miedo a los humanos.

—Eh… sí —respondió Jeb.

—¿Miedo a los humanos? —murmuró Kyle.

—Somos los chicos malos —le recordó Ian, estrechándome la mano.

Le devolví el apretón, contenta por la calidez de su tacto, la presión de sus dedos. ¿Cuándo volvería a sentir una mano cálida alrededor de la mía? ¿Cuándo sería la última vez que avanzaría por ese túnel? ¿Era ésta?

No. Aún no, susurró Mel.

De repente, me puse a temblar. La mano de Ian se tensó de nuevo, y lo mismo hizo la de Jared.

Caminamos en silencio durante un rato.

—¿Kyle? —dijo la tímida voz de Sol.

—¿Sí?

—No quiero volver con los Osos.

—No tienes que hacerlo, puedes ir a cualquier otro sitio.

—Pero, ¿no puedo quedarme aquí?

—No. Lo siento, Sol.

Una pequeña objeción se dejó sentir en su respiración. Me alegré de que estuviera obscuro, para que nadie pudiera ver las lágrimas rodar por mis mejillas. No tenía ninguna mano libre para limpiármelas, así que dejé que cayeran sobre mi camisa.

Al fin llegamos al extremo del túnel. La luz del sol se derramaba desde la entrada del hospital, haciendo brillar las motas de polvo que danzaban en el aire. Oía a Doc murmurar en voz muy baja allí dentro.

—Eso está muy bien —decía.

—Sigue pensando en los detalles. Conoces tu vieja dirección, así que tu nombre no puede estar muy lejos, ¿no? ¿Cómo te sientes? ¿No te molesta?

—Con cuidado —susurré.

Kyle se detuvo en el borde del arco, con Sol pegada a su costado, y se apartó para que yo entrara primero.

Inhalé profundo y entré a pie lento en los dominios de Doc. Anuncié mi presencia en voz baja.

—Hola.

La huésped de la Sanadora se asustó y ahogó un pequeño grito.

—Soy yo otra vez —dije, tranquilizadora.

—Es Wanda —le recordó Doc.

La mujer estaba sentada y Doc se había sentado a su lado y tenía la mano en su brazo.

—Ésa es el alma —le susurró a Doc, ansiosa, la mujer.

—Sí, pero es una amiga.

La mujer me miró desconfiada.

—¿Doc? Tienes más visitantes. ¿Todo va bien?

Doc miró a la mujer.

—Todos son amigos, ¿de acuerdo? Más humanos que viven aquí conmigo. Nadie piensa hacerte daño. ¿Pueden entrar?

La mujer dudó y asintió con precaución.

—Bien —susurró.

—Éste es Ian, —dije, haciéndolo entrar— y Jared y Jeb —uno a uno, entraron en la habitación y se colocaron a mi lado—. Y éste es Kyle y… Sol.

Los ojos de Doc se agrandaron cuando Kyle, con Sol pegada a él, entró en la habitación.

—¿Hay más? —murmuró la mujer.

Doc se aclaró la garganta, intentando recomponerse.

—Sí, hay mucha gente que vive aquí. Todos… bueno, la mayoría son humanos —añadió, mirando a Sol.

—Trudy está de camino —le dije a Doc.

—Quizá Trudy pueda… —miré a Sol y a Kyle —encontrar una habitación... para que descanse allí.

Doc asintió, aún sorprendido.

—Puede que sea una buena idea.

—¿Quién es Trudy? —murmuró la mujer.

—Es muy simpática, ella te cuidará.

—¿Es humana o es como ésa? —sacudió la cabeza en mi dirección.

—Es humana.

Eso pareció tranquilizar a la mujer.

—Oh —jadeó Sol detrás de mí.

Me volví para ver cómo miraba los criotanques que contenían a los Sanadores. Estaban cuidadosamente colocados sobre el escritorio de Doc, con las luces rojas superiores encendidas. En el suelo, frente al escritorio, los siete tanques vacíos que quedaban estaban apilados de forma descuidada. Las lágrimas volvieron a llenar los ojos de Sol, y ella hundió su cara en el pecho de Kyle.

—No quiero irme, quiero quedarme contigo —gimió al hombretón en el que parecía confiar totalmente.

—Lo sé, Sol. Lo siento.

Ella rompió a llorar en sollozos.

Parpadeé rápidamente, intentando que las lágrimas no regresaran a mis ojos. Crucé el pequeño espacio hasta donde estaba Sol y le acaricié el mullido pelo negro.

—Tengo que hablar con ella un minuto, Kyle —murmuré.

Él asintió con preocupación en el rostro, y apartó a la chica de su lado.

—No, no —suplicó.

—Estarás bien —le prometí— él no va a ninguna parte. Sólo quiero hacerte algunas preguntas.

Kyle le dio la vuelta para ponerla de cara a mi, y los brazos de la chica se cerraron en torno a mí. La llevé a la esquina más alejada de la habitación, tan lejos de la mujer sin nombre como podía. No quería que nuestra conversación confundiera o asustara aún más a la huésped de la Sanadora de lo que ya estaba. Kyle nos siguió a unos palmos de distancia. Nos sentamos en el suelo, mirando hacia la pared.

—Dios —murmuró Kyle—. No creía que sería así. Menudo fastidio.

—¿Cómo la encontraste? ¿Y cómo la trajiste? —pregunté. La chica no reaccionó mientras le hacía preguntas a él, sino que siguió llorando en mi hombro—. ¿Qué pasó? ¿Por qué está así?

—Bueno, pensé que podía estar en Las Vegas... Fui allí antes de dirigirme a Portland. Mira, Jodi estaba muy unida a su madre y allí es donde Doris vivía. Pensé, viendo lo que sentías por Jared y por el niño, que podría haber ido allí, aunque ella ya no fuera Jodi. Y tenía razón. Todos estaban en la misma vieja casa, la casa de Doris: Doris, su marido Warren —tenían otros nombres, pero no los oí bien— y Sol. Los estuve observando todo el día, hasta que se hizo de noche. Sol estaba en la antigua habitación de Jodi, sola. Entré cuando todos llevaban horas durmiendo. Tomé a Sol, la cargué sobre los hombros y salté por la ventana. Pensaba que iba a empezar a gritar, así que puede decirse que volaba en dirección al jeep. Entonces me preocupé porque no gritaba, ¡estaba tan callada! Me preocupaba que... ya sabes, como el tipo al que atrapamos aquella vez. Hice una mueca de dolor, porque tenía un recuerdo más reciente de ese asunto, el Sanador, justo la noche anterior.

—Así que la bajé de los hombros y estaba viva. Me miraba con los ojos muy abiertos, pero no gritaba. La llevé al jeep. Había planeado atarla, pero... no parecía alterada en absoluto. Al menos no iba a intentar huir. Así que la senté y empecé a conducir. Me observó durante mucho rato y, al final, dijo: "Eres Kyle", y yo dije: "Sí, ¿quién eres tú?" y me dijo su nombre. ¿Cómo era?

—Luz De Sol Sobre El Hielo —susurró Sol con la voz rota. —Pero me gusta Sol. Es bonito.

—De todas formas —siguió Kyle, después de aclararse la garganta—, no le importaba hablarme, no estaba tan asustada como pensé que estaría. Así que hablamos —se quedó callado durante un minuto—. Se alegraba de verme.

—Soñaba con él todo el tiempo —me susurró Sol—. Todas las noches. Esperaba que los Buscadores lo encontraran, lo echaba tanto de menos... Cuando lo vi, pensé que estaba soñando.

Tragué saliva de forma audible.

Kyle se acercó y puso su mano en la mejilla de la chica.

—Es buena chica, Wanda. ¿No podemos enviarla a algún sitio bonito?

—Eso es lo que quería preguntarle. ¿Dónde has vivido, Sol?

Era vagamente consciente de las atenuadas voces de los demás, que se animaban por la llegada de Trudy. Les dábamos la espalda. Quería ver qué pasaba, pero me alegraba no tener esa distracción. Intenté concentrarme en el alma que estaba llorando.

—Aquí y con los Osos. Estuve allí cinco vidas, pero esto me gusta más. ¡Ni siquiera he vivido un cuarto del ciclo vital de aquí!

—Lo sé. Créeme, lo entiendo. Pero, ¿hay algún sitio al que hayas querido ir alguna vez? ¿Las Flores? Es bonito, yo estuve allí.

—No quiero ser una planta —replicó, apoyada en mi hombro.

—Las Arañas... —comencé, pero dejé que mi voz se apagara. Las Arañas no eran el sitio apropiado para Sol.

—Estoy cansada del frío. Y me gustan los colores.

—Lo sé —suspiré—. No he sido un Delfín, pero he oído que allí se está muy bien. Hay colores, movilidad, familia...

—Pero están tan lejos. Para cuando yo haya llegado allí, Kyle habrá... él se... —hipó y empezó a llorar otra vez.

—¿No hay otras opciones? —preguntó Kyle, ansioso—. ¿No hay más lugares por ahí fuera?

Podía oir a Trudy hablando con la huésped de la Sanadora, pero no identificaba las palabras con claridad. Dejé que los humanos se ocuparan de sí mismos, de momento.

—No hay otros sitios a los que vayan las naves que hay aquí —le contesté, sacudiendo la cabeza—. Hay muchos mundos, pero sólo unos pocos, los más nuevos, están abiertos a la colonización. Lo siento, Sol, pero tengo que enviarte lejos. Los Buscadores quieren encontrar a mis amigos y te traerían de vuelta, si pudieran, para que les mostraras el camino.

—Si ni siquiera sé el camino —sollozó. Tenía el hombro empapado en sus lágrimas—, él me tapó los ojos.

Kyle me miró, como si pudiera obrar algún tipo de milagro para hacer que todo saliera bien. Tal como la medicina que había traido, alguna especie de magia. Pero sabía que no ya no me quedaban ni magia ni finales felices, al menos para la parte de las almas.

Le devolví una mirada desesperanzada a Kyle.

—Sólo tenemos los Osos, las Flores y los Delfines —le dije—. No voy a mandarla al Planeta de Fuego.

La mujercita se estremeció al oir ese nombre.

—No te preocupes, Sol. Te gustarán los Delfines, son estupendos. Verás que bien vas a estar allí.

Sollozó con más fuerza.

Suspiré y continué.

—Sol, tengo que preguntarte por Jodi.

Kyle se envaró a mi lado.

—¿Qué pasa con ella? —murmuró Sol.

—¿Está... ahí contigo? ¿Puedes oírla?

Sol sorbió las lágrimas y me miró.

—No entiendo a que te refieres.

—¿Te habla alguna vez? ¿Eres consciente de sus pensamientos?

—¿Los de... mi cuerpo? ¿Sus pensamientos? No tiene ninguno. Yo estoy aquí ahora.

Asentí lentamente.

—¿Eso es malo? —susurró Kyle.

—No sé lo suficiente para decírtelo. Aunque puede que no sea bueno.

Los ojos de Kyle se entrecerraron.

—¿Cuánto tiempo llevas aquí, Sol?

Frunció el ceño, pensando.

—¿Cuánto tiempo ha sido, Kyle? ¿Cinco años? ¿Seis? Desapareciste antes de que llegara a casa...

—Seis —replicó él.

—¿Cuántos años tienes? —le pregunté.

—Veintisiete.

Eso me sorprendió. Era tan poquita cosa, parecía tan joven. No podía creer que tuviera seis años más que Melanie.

—¿Qué importancia tiene eso? —preguntó Kyle.

—No estoy segura. Parece que, cuanto más tiempo ha pasado alguien siendo humano antes de convertirse en un alma, más oportunidades tiene de recuperarse. Cuanto mayor sea el porcentaje de años vividos como humano, los recuerdos, las conexiones, más años respondiendo al mismo nombre... no lo sé.

—¿Veintiún años son suficientes? —preguntó, con desesperación en la voz.

—Tendremos que descubrirlo.

—¡No es justo! —gritó Sol, de repente—. ¿Por qué te quedas tú? ¿Por qué no puedo quedarme, si tú puedes?

Tragué saliva con dificultad.

—No, no sería justo, ¿verdad? Pero no me voy a quedar, Sol. Yo también tengo que irme, muy pronto. Puede que nos vayamos juntas —tal vez se sintiera más contenta si creyera que me iba a los Delfines con ella. Para cuando supiera la verdad, Sol tendría otro huésped con otras emociones y ninguna atadura al humano que estaba a mi lado. Quizá. De todas maneras, sería demasiado tarde.

—Tengo que irme, Sol, como tú. Yo también tengo que devolver mi cuerpo.

Y entonces, justo detrás de nosotros, contundente y dura, la voz de Ian rompió la calma como el restallido de un látigo.

—¿Qué?

56

Soldada

Ian nos miró a los tres con tal rabia, que Sol tembló de miedo. Era algo raro, como si Kyle e Ian hubieran intercambiado sus caras. Pero la faz de Ian aún era perfecta. Bella, aunque estuviera colérica.

—¿Ian? —preguntó Kyle, desconcertado.

—¿Cuál es el problema?

Ian habló con los dientes apretados.

—Wanda —gruñó, y me tendió la mano. Parecía que le costaba trabajo mantener la mano abierta y no cerrarla en un puño.

Oh-oh, pensó Mel.

Me llené de pena. No quería decirle adiós a Ian y ahora sabía que tenía que hacerlo. Claro que tenía que hacerlo. Estaría mal huir en mitad de la noche como un ladrón y dejar todas mis despedidas en manos de Melanie.

Ian, cansado de esperar, me tomó del brazo y me levantó del suelo. Cuando parecía que Sol venía conmigo, Ian me sacudió hasta que ella cayó.

—¿Qué *te* pasa? —exigió Kyle.

Ian echó su rodilla hacia atrás y con el pie descargó un golpe en la cara de Kyle.

—¡Ian! —protesté.

Sol se arrojó sobre Kyle —que se cubría la nariz con la mano e intentaba ponerse de pie— y trató de cubrirlo con su pequeño cuerpo. Esto lo hizo perder el equilibrio y volvió a caer, gruñendo.

—Vamos —rugió Ian, alejándome de ellos a rastras sin mirar atrás.

—Ian…

Siguió tirando vigorosamente de mi, impidiéndome hablar. Resultaba preferible, porque yo no sabía qué decir.

De pasada y en una escena difusa, vi los atónitos semblantes de todos. Me preocupaba asustar a la mujer sin nombre. Ella no estaba acostumbrada a la furia ni a la violencia.

De pronto, nos detuvimos en seco. Jared bloqueaba la salida.

—¿Has perdido la cabeza, Ian? —preguntó, desconcertado e indignado—. ¿Qué vas a hacer con ella?

—¿Tú sabías algo de esto? —le gritó Ian, empujándome hacia Jared y sacudiéndome ante él. Detrás de nosotros se oyó un gemido. Los estaba asustando.

—¡Vas a hacerle daño!

—¿Sabías lo que planeaba? —bramó Ian.

Jared le miró con súbita impavidez y no respondió.

Eso fue suficiente para Ian.

El primer puñetazo que Ian lanzó a Jared fue tan rápido que no lo vi. Sólo sentí el movimiento de su cuerpo y vi a Jared retroceder en el obscuro pasillo.

—Ian, deténte —supliqué.

—*Tú* detente —me rugió.

Tiró de mí por el arco, rumbo al túnel y me arrastró hacia el norte. Casi tenía que correr para seguir sus largas zancadas.

—¡O'Shea! —gritó Jared a nuestra espalda.

—¿Soy yo el que va a hacerle daño? —rugió Ian sobre su hombro, sin detenerse—. ¿Yo soy? *¡Cerdo hipócrita!*

Detrás de nosotros no había sino silencio y tinieblas. Tropecé en la obscuridad, intentando seguirlo.

Sólo entonces empecé a sentir la fuerza con que me asía Ian. Como si fuera un torniquete, su mano oprimía la parte superior de mi brazo; sus largos dedos formaban un círculo y se cerraban sobre sí mismos. Se me estaba durmiendo la mano.

Me dio un tirón para que avanzara más rápido y la respiración se me quebró en un gemido, casi un grito de dolor.

El sonido hizo que Ian se detuviera. Su respiración se agitaba en la obscuridad.

—Ian, Ian, yo...— me ahogué, incapaz de terminar. No supe qué decir al ver su rostro contraído de rabia.

Sus brazos me tomaron bruscamente, alzándome del suelo y atrapándome por los hombros para que no me pudiera caer. Luego empezó a correr otra vez, llevándome en brazos. Sus manos no eran rudas como antes, sino que me acunaban contra su pecho.

Atravesó a todo correr la gran plaza, ignorando aquellos rostros desconcertados e incluso suspicaces. Últimamente acontecían demasiadas cosas extrañas e incómodas en las cuevas. Los humanos —Violetta, Geoffrey, Andy, Paige, Aaron, Brandt y algunos más que no logré ver bien— recelaban. Les preocupaba ver a un Ian de colérico semblante que pasaba como una exhalación entre ellos y me llevaba en brazos.

Los dejamos atrás. Ian no se detuvo hasta que llegamos a las puertas que cerraban la habitación que compartía con Kyle. Apartó la roja de una patada —que golpeó el suelo con reverberante estrépito— y me dejó en el colchón sobre el piso.

Ian se quedó de pie, con el pecho agitado por el esfuerzo y la furia. Se volvió durante un segundo y colocó la puerta en su sitio con rápido movimiento. Me miró ceñudo.

Aspiré profundamente y me arrodillé, con las manos extendidas, las palmas hacia arriba, deseando que algo mágico apareciera en ellas. Algo que pudiera darle, algo que pudiera decir. Pero mis manos estaban vacías.

—Tú. No. Me. Vas. A. Dejar —sus ojos ardían, más brillantes de lo que nunca había visto, como llamaradas azules.

—Ian —susurré—, tienes que entenderlo... No me puedo quedar. *Tienes* que entenderlo.

—*¡No!* —me gritó.

Retrocedí y, abruptamente, él se echó hacia adelante, cayendo de rodillas junto a mí. Enterró la cabeza en mi abdomen y me rodeó la cintura con los brazos. Temblaba violentamente, con grandes sacudidas, mientras unos sollozos desesperados rasgaban su pecho.

—No, Ian, no —le supliqué. Eso era mucho peor que su ira—. Por favor, no. Por favor.

—Wanda —gimió.

—Ian, por favor, no te pongas así. Lo siento tanto. Por favor.

Yo también lloraba y temblaba, aunque bien pudiera ser él quien me estuviera sacudiendo.

—No puedes irte.

—Tengo que hacerlo —sollocé.

Lloramos sin decir una palabra durante largo rato.

Sus lágrimas se secaron antes que las mías. Se incorporó y me abrazó. Esperó a que pudiera hablar.

—Lo siento —susurró—. He sido un miserable.

—No, no, yo lo lamento. Tendría que habértelo dicho, al ver que no lo adivinabas. Pero… no pude. No quería decírtelo para hacerte… para hacerme daño. He sido una egoísta…

—Tenemos que hablar de esto, Wanda. No es un trato cerrado, no puede ser.

—Lo es.

Sacudió la cabeza y apretó los dientes.

—¿Cuánto… hace cuánto que planeas esto?

—Desde lo de la Buscadora —susurré.

Asintió, como si esperara esa respuesta.

—Y pensaste que tenías que entregar tu secreto para salvarla. Puedo entenderlo, pero eso no significa que tengas que irte a ningún sitio. Que el Doc lo sepa ahora… no *significa* nada. Si hubiera pensado por un solo minuto, que una acción suponía la otra, no me habría quedado tan tranquilo dejando que le enseñaras. ¡Nadie va a obligarte a que te tiendas en esa maldita camilla! ¡Le romperé las manos, si intenta tocarte!

—Ian, por favor.

—¡No pueden hacerte eso, Wanda! ¿Me oyes? —volvía a gritar airadamente.

—Nadie me está obligando. No le enseñé a Doc a hacer la separación exclusivamente para salvar a la Buscadora —susurré—. Que la Buscadora estuviera ahí sólo hizo que me decidiera… antes. Lo hice para salvar a Mel, Ian.

Resopló por la nariz y no dijo nada.

—Está atrapada aquí, Ian. Es como una prisión... peor que eso. Ni siquiera puedo describirlo. Es como un fantasma y yo puedo liberarla. Yo puedo hacer que vuelva.

—Tú también mereces una vida, Wanda. Mereces quedarte.

—Pero yo la *quiero*, Ian.

Cerró los ojos y sus labios pálidos se pusieron completamente blancos.

—Pero yo te quiero —susurró—. ¿Eso no importa?

—Claro que importa. Y mucho ¿no lo ves? Eso sólo lo hace... más necesario.

Sus ojos se abrieron como platos.

—¿Te resulta tan insoportable que te quiera tanto? ¿Es eso? Puedo mantener la boca cerrada, Wanda. No volveré a decir nada más. Puedes quedarte con Jared, si eso es lo que quieres. Quédate con él.

—¡No, Ian! —tomé su cara entre mis manos. Sentí su piel dura, tensa sobre los huesos—. ¡No! Yo... yo también te quiero. Yo, el pequeño gusano plateado de la parte trasera de su cabeza. Pero mi cuerpo no te quiere; no puede amarte. Nunca podría amarte en este cuerpo, Ian. Me parte en dos. Es intolerable.

Quizás habría podido soportarlo, pero, ¿verlo sufrir por las limitaciones de mi cuerpo? No, eso no.

Volvió a cerrar los ojos. Sus espesas pestañas negras estaban empapadas en lágrimas. Veía cómo brillaban.

Oh, adelante , suspiró Mel, *haz lo que tengas que hacer. Yo... me iré a la otra habitación*, añadió secamente.

Gracias.

Le aferré el rostro con más fuerza entre las manos y me alcé dentro de sus brazos hasta que nuestros labios se tocaron.

Él me rodeó con sus brazos, estrechándome con mayor fuerza contra su pecho. Nuestros labios se movieron a la vez, fusionándose como si nunca fueran a separarse, como si eso no fuera algo inevitable, y saboreé la sal de nuestras lágrimas. Las suyas y las mías.

Pero algo empezó a cambiar.

Cuando el cuerpo de Melanie tocaba al de Jared, sentía un incendio devastador, como llamaradas violentas que recorrieran la superficie del desierto, consumiéndolo todo a su paso.

Con Ian era diferente, muy diferente, porque Melanie no lo amaba como yo. Cuando me tocó, aquello resultó más profundo y sosegado que el incendio: fue un fluir de roca fundida hacia las entrañas de la tierra. Demasiado profundo como para sentir su calor, pero cuyo avance inexorable cambió los propios cimientos del mundo.

Mi cuerpo reacio no era sino niebla entre nosotros. Una gruesa cortina, pero lo suficientemente translúcida como para ver a través de ella. Podía ver lo que sucedía.

Había cambiado yo, no ella. Era casi un proceso metalúrgico en la médula de lo que yo era, algo que ya había empezado, que casi estaba fraguado. Y sin embargo, ese beso prolongado, ininterrumpido, lo terminó, lo forjó y lo afiló. Y luego empujó su nueva creación, siseando, al agua fría para templarla y endurecerla. Para hacerla irrompible.

Empecé a llorar otra vez, al darme cuenta de que esto también lo cambiaría a él, a ese hombre lo suficientemente gentil como para ser un alma, pero tan fuerte como sólo podía serlo un ser humano.

Movió los labios hacia mis ojos, pero era demasiado tarde. Ya estaba hecho.

—No llores, Wanda, no llores. Te quedas conmigo.

—Ocho vidas completas —susurré contra su mandíbula con la voz rota—. Ocho vidas y nunca encontré a nadie que me retuviera en un planeta, nadie a quien seguir cuando todos se hubiesen ido. Nunca encontré un compañero. ¿Por qué ahora? ¿Por qué tú? Tú no eres de mi especie, ¿cómo vas a ser mi compañero?

—El universo es extraño —murmuró.

—No es justo —me quejé, repitiendo las palabras de Sol. No era justo. ¿Cómo podía encontrar el amor precisamente ahora, en el último momento, para luego tener que abandonarlo? ¿Era justo que no pudiese conciliar mi cuerpo y mi alma? ¿Era justo que también amara a Melanie?

¿Era justo que Ian sufriera? Si había alguien que merecía la felicidad, ése era él. No era justo ni correcto, ni siquiera... *sensato*. ¿Cómo podía hacerle esto?

—Te quiero —susurré.

—No lo digas como si dijeras adiós.

Pero tenía que hacerlo.

—Yo, el alma llamada Viajera, te amo, humano Ian. Y eso no cambiará nunca, no importa en qué me convierta —pronuncié con cuidado, para que mi voz no mintiera—. No importa que sea un Delfín o un Oso o una Flor. Siempre te amaré, siempre te recordaré. Serás mi único compañero.

Sus brazos se tensaron y me estrecharon, y volví a sentir la rabia en ellos. Me costaba respirar.

—No vas a ninguna parte. Te quedas aquí.

—Ian...

Pero ahora su voz era brusca, indignada, aunque también formal.

—No es sólo por mí. Eres parte de esta comunidad y nadie te va echar sin discusión de por medio. Eres demasiado importante para nosotros, incluso para los que jamás lo admitirían. Te necesitamos.

—Nadie me está echando, Ian.

—No. Ni siquiera tú misma, Wanda.

Me besó otra vez, con mayor aspereza, pues su rabia había retornado. Tomó mi cabello en un puño y apartó mi cara unos centímetros de la suya.

—¿Te gustó o no? —me preguntó, exigente.

—Mucho.

—Eso es lo que creí —y su voz sonó como un gruñido.

Me volvió a besar. Sus brazos me apretaban tanto las costillas y su boca era tan fiera, que no tardé en sentirme mareada y en jadear en pos de aire. Aflojó un poco su abrazo y deslizó los labios hasta mi oído.

—Vamos.

—¿Adónde? ¿A dónde vamos? —yo no iba a ningún sitio, lo sabía, y aun así me dio un vuelco el corazón cuando pensé en escapar a alguna parte, a cualquiera, con Ian. Mi Ian. Era mío, así como Jared nunca lo sería. Así como este cuerpo jamás podría ser suyo.

—No me causes problemas, Viajera, casi he perdido la cabeza—. Hizo que ambos nos incorporáramos.

—¿A dónde? —insistí.

—Baja por el túnel sur, más allá del campo, hasta el fondo.

—¿A la sala de juegos?

—Sí. Espera ahí hasta que reúna a los demás.

—¿Por qué? —me parecía una locura. ¿Quería jugar? ¿Para relajar la tensión?

—Porque *vamos* a discutir esto. Voy a convocar un tribunal, Viajera, y vas a acatar nuestra decisión.

57

Lista

Esta vez fue un tribunal pequeño, no como el del juicio de Kyle. Ian sólo trajo a Jeb, a Doc y a Jared. Él sabía, sin que se lo dijeran, que Jamie no tenía cabida en estos menesteres.

Melanie tendría que despedirse de él en mi lugar. No podía enfrentarme a eso, no en el caso de Jamie. Me daba igual si era cobardía de mi parte. Simplemente, no lo haría.

Una sola lámpara azul, un mortecino círculo de luz sobre el pétreo suelo. Nos sentamos al borde del círculo. Estaba sola frente a los cuatro hombres. Jeb había traído su arma, como si fuera una maza y eso hiciera del proceso algo más oficial.

El olor del azufre me recordó los penosos días de mi luto. Había recuerdos de los que no me importaría desprenderme cuando me hubiese ido.

—¿Cómo está? —pregunté ansiosamente a Doc cuando se sentaron, antes de que pudieran empezar. Este tribunal malgastaba mi escasa reserva de tiempo. Me preocupaban cosas más importantes.

—¿Cuál? —inquirió con voz cansada.

Lo observé durante unos instantes y comprendí.

—¿Sol se ha ido? ¿Ya?

—Kyle pensó que era cruel hacerla sufrir más. Y ella no estaba... contenta.

—Ojalá pudiera haberle dicho adiós —murmuré para mí misma— y buena suerte. ¿Cómo está Jodi?

—Aún no ha reaccionado.

—¿Y el cuerpo de la Sanadora?

—Se lo llevó Trudy. Creo que la llevaron a comer. Están tratando de encontrar un nombre provisional que le guste, a fin de que podamos llamarla de algún modo, aparte de "el cuerpo" —sonrió irónicamente.

—Estará bien. Estoy segura —dije, intentando creer mis propias palabras—. Y también Jodi. Todo se solucionará.

Nadie rebatió mis mentiras. Sabían que las decía para mí misma.

Doc suspiró.

—No quiero estar mucho tiempo lejos de Jodi… podría necesitar algo…

—Bien —dije—. Acabemos con esto, —cuanto más rápido, mejor. Porque no importaba qué se dijera, Doc había aceptado mis condiciones. Y aún había una estúpida parte de mí que esperaba… que esperaba que hubiera una solución perfecta, que me permitiera estar con Ian, y a Mel con Jared; una solución en la que nadie sufriese. Tenía que olvidarme de esa imposible esperanza cuanto antes.

—Bien —dijo Jeb—. Wanda, ¿qué argumentas?

—Voy a devolverles a Melanie —firme y breve. No había motivos para discutir.

—¿Y tú, Ian?

—Necesitamos a Wanda aquí.

Firme y breve. Me estaba imitando.

Jeb asintió con la cabeza.

—Este es un asunto delicado. Wanda, ¿por qué tendría que darte la razón?

—Si se tratara de ti, querrías tener tu cuerpo. No puedes negarle eso a Melanie.

—¿Ian? —preguntó Jeb.

—Tenemos que mirar por el bien de todos, Jeb. Wanda nos ha traído más salud y seguridad de las que nunca habíamos tenido. Es vital para la supervivencia de nuestra comunidad... de toda la especie humana. Una persona no debe interponerse en esto.

Tiene razón.

Nadie te ha preguntado.

Jared habló:

—Wanda, ¿qué dice Mel?

Ja, dijo Mel.

Miré a Jared a los ojos y ocurrió algo de lo más extraño. Toda la mezcla, la fusión y la unión que había sentido fueron relegados de golpe hacia la parte más pequeña de mi cuerpo, al rinconcito que yo ocupaba físicamente. El resto anheló a Jared con aquella misma hambre desesperada y enloquecida que había sentido la primera vez que lo vi. Este cuerpo no nos pertenecía a mí o a Melanie... le pertenecía a él.

No había suficiente espacio para las dos aquí.

—Melanie quiere recuperar su cuerpo. Recuperar su vida.

Mentirosa. Diles la verdad.

No.

—Mentirosa —dijo Ian—. Puedo ver cómo discutes con ella. Apuesto a que está de acuerdo conmigo. Es una buena persona, sabe cuánto te necesitamos.

—Mel sabe todo lo que yo sé, podrá ayudarles. Y la huésped de la Sanadora. Sabe más de lo que yo nunca supe. Estarán bien. Ya estaban bien antes de que yo llegara. Sobrevivirán, igual que antes.

Jeb soltó un resoplido, frunciendo el ceño.

—No sé, Wanda, Ian tiene razón.

Miré al anciano con cara de pocos amigos y vi que Jared hacía lo mismo. Me aparté de ese enfrentamiento y lancé a Doc una mirada desolada.

Doc me devolvió la mirada y su rostro se estremeció con una súbita mueca de dolor. Entendía lo que le estaba recordando. Lo había prometido y el tribunal no tenía competencia sobre esto.

Ian observaba a Jared... sin ver nuestro silencioso intercambio.

—Jeb —protestó Jared—. Aquí sólo hay una decisión. Lo sabes.

—¿De verdad, muchacho? A mí me parece que hay un montón.

—¡Es el cuerpo de Melanie!

—Y el de Wanda también.

Jared encajó la respuesta y volvió a empezar.

—No puedes dejar a Mel atrapada ahí dentro. Es un asesinato, Jeb.

Ian introdujo la cara, súbitamente furiosa, en la luz.

—¿Y qué es lo que tú le vas a hacer a Wanda, Jared? ¿Y al resto de nosotros, si te la llevas?

—¡A ti no te importa el resto de nosotros! Sólo quieres quedarte a Wanda a expensas de Melanie: no te importa nada más.

—¡Y tú quieres tener a Melanie a expensas de Wanda, no te importa nada más! Así que, como estamos a la par, se trataría de lo que es mejor para todos.

—¡No! ¡Se trata de lo que quiera Melanie! ¡Es su cuerpo!

Estaban los dos en cuclillas, medio sentados, medio de pie, con los puños cerrados y las caras coléricamente contraidas.

—¡Tranquilícense, chicos! Tranquilícense ahora mismo —ordenó Jeb—. Esto es un tribunal y vamos a calmarnos, no perdamos la cabeza. Tenemos que pensar bien cada postura.

—Jeb —empezó Jared.

—Cállate —Jeb se mordió el labio durante un minuto—. Bien, así es como lo veo yo. Wanda tiene razón...

Ian se incorporo.

—¡Espera! Vuelve a sentarte y déjame terminar.

Jeb esperó a que Ian, con las venas pulsando visiblemente en su cuello tenso, volviera a sentarse con ademanes rígidos.

—Wanda tiene razón —dijo Jeb—. Mel necesita la devolución de su cuerpo. *Pero* —añadió, cuando Ian se tensó otra vez— ...pero no estoy de acuerdo con el resto, Wanda. Creo que te necesitamos mucho, chiquilla. Hay Buscadores tras nosotros y tú puedes hablar con ellos. Nosotros no. Tú salvas vidas. Tengo que pensar en el bienestar de mi familia.

Jared habló apretando los dientes.

—Pues, obviamente, habrá que conseguirle otro cuerpo.

El contorsionado rostro de Doc se relajó. Las cejas blancas de Jeb se elevaron hasta el nacimiento del pelo. Los ojos de Ian se dilataron, frunció los labios y me miró, considerando…

—¡No! ¡No! —sacudí la cabeza frenéticamente.

—¿Por qué no, Wanda? —preguntó Jeb—. No me parece mala idea.

Tragué saliva y tomé aire para que mi voz no sonara histérica.

—Jeb. Escúchame atentamente, Jeb. Estoy *cansada* de ser un parásito, ¿entiendes? ¿Crees que quiero entrar en otro cuerpo y que todo esto empiece otra vez? ¿Es que tengo que volver a sentirme culpable por haberle quitado su vida a otra persona? ¿Que alguien más vuelva a odiarme? Apenas si sigo siendo un alma: los amo demasiado, brutales humanos. No es bueno que esté aquí y *odio* sentirme así.

Volví a tomar aire y hablé a través de las lágrimas que habían empezado a derramarse.

—¿Y si las cosas cambian? ¿Y si me ponen en otro cuerpo, robo otra vida y las cosas van mal? ¿Y si ese cuerpo me empuja hacia otro amor, hacia las almas? ¿Y si ya no pueden confiar en mí? ¿Y si los traiciono la próxima vez? ¡No quiero hacerles daño!

La primera parte era la pura verdad, pero mentía con toda intención en la segunda. Esperaba que no se dieran cuenta. Ayudaba el hecho de que mis palabras apenas fuesen coherentes y que mis lágrimas se hubieran transformado en sollozos. Nunca les haría daño. Lo que me había pasado era permanente, una parte de los átomos que conformaban mi pequeño cuerpo. Pero quizá, si les daba una razón para temerme, aceptarían mejor lo que tenía que pasar.

Y, por una vez, mis mentiras funcionaron. Capté la mirada de preocupación que intercambiaron Jeb y Jared. No habían pensado en eso, en que me convirtiera en alguien en quien desconfiar, en un peligro. Ian se había puesto en movimiento para abrazarme. Secó mis lágrimas contra su pecho.

—Está bien, cariño. No tienes que ser nadie más, nada va a cambiar.

—Espera, Wanda —dijo Jeb, con una mirada penetrante—. ¿De qué te serviría ir a otro planeta? Allí también serías un parásito, muchacha.

Ian se estremeció al oír esa palabra tan dura.

Yo también me estremecí, porque Jeb era demasiado intuitivo, como siempre.

Todos esperaban mi respuesta, todos menos Doc, que ya conocía cuál era la verdadera. La que no les daría.

Intenté decir sólo parte de la verdad.

—En otros planetas es diferente, Jeb, no hay resistencia... Y los propios huéspedes son distintos. No están tan individualizados como los humanos, sus emociones son más apacibles. No parece que robes una vida, no como aquí. Nadie me odiará, y estaré demasiado lejos como para hacerles daño. Estarán más seguros...

La última parte revelaba demasiado su condición de mentira, así que dejé que mi voz se apagara.

Jeb me observaba con los ojos entrecerrados, y yo miré hacia otro lado.

Intenté no mirar a Doc, pero no pude evitar lanzarle una mirada fugaz, para asegurarme de que me había entendido. Sus ojos, desolados, se detuvieron en los míos, y supe que así era.

Tan pronto como bajé la vista, me percaté de que Jared miraba a Doc. ¿Nos había visto comunicándonos?

Jeb suspiró. —Esto... es un lío— su cara se convirtió en una mueca mientras reflexionaba sobre el dilema.

—Jeb —dijeron a la vez Ian y Jared. Ambos se detuvieron y se torcieron el gesto mutuamente.

Era una pérdida de tiempo: sólo me quedaban unas cuantas horas. Sólo unas pocas, ahora lo sabía con certeza.

—Jeb —intervine suavemente, con la voz apenas audible sobre el murmullo del manantial y todos se volvieron hacia mí, —no tienes que decidirlo ahora. Doc necesita cuidar de Jodi, y a mí también me gustaría verla. Además, no he comido en todo el día. ¿Por qué no lo consultas con la almohada? Podemos hablar de ello mañana. Tenemos mucho tiempo para discutirlo.

Mentira. ¿Se daban cuenta?

—Buena idea, Wanda. Creo que todos necesitamos un respiro. Comamos y reflexionemos.

Tuve mucho cuidado de no mirar a Doc, aunque le estuviese hablando a él.

—Estaré ahí para ayudar a Jodi después de comer, Doc. Te veo luego.

—Bien —dijo Doc con recelo.

¿Por qué no mantenía un tono de charla trivial? Era humano, debería ser buen mentiroso.

—¿Tienes hambre? —murmuró Ian, y yo asentí. Dejé que me levantara. Me tomó de la mano con firmeza, y supe que no se separaría de mí. No me preocupó. Dormía profundamente, como Jamie.

Sentí un par de ojos en mí mientras caminábamos por la obscura sala, pero no estaba segura de saber de quién eran.

Tenía sólo unas cuantas cosas más que hacer. Tres, para ser precisos. Tres últimas cosas para terminar.

Primero, comí. No estaría bien dejar a Mel un cuerpo incómodo a causa del hambre. Además, la comida era mejor desde que yo había comenzado a salir de expedición.

Hice que Ian me trajera comida, mientras me escondía donde los brotes de trigo a medio crecer sustituían al maíz. Le dije la verdad para que me ayudara: estaba evitando a Jamie. No quería que se sintiera afectado por la decisión que había que tomar, porque sería más difícil para él que para Jared o para Ian, porque ellos ya habían escogido un bando. Jamie nos quería a las dos y sufriría mucho más.

Ian no discutió conmigo. Comimos en silencio, con su brazo ciñéndome la cintura.

Segundo, fui a ver a Sol y a Jodi.

Esperaba ver tres criotanques con la luz encendida sobre el escritorio de Doc, y me sorprendió que sólo estuvieran los dos Sanadores, colocados en el centro. Doc y Kyle estaban al lado de la camilla donde Jodi yacía inconsciente. Caminé hacia ellos para preguntar dónde estaba Sol, pero, cuando me acerqué, vi que Kyle tenía un criotanque ocupado en un brazo.

—Espero que trates eso con cariño —murmuré.

Doc había tomado la muñeca de Jodi y contaba en silencio. Sus labios se convirtieron en una delgada línea cuando oyó mi voz y tuvo que volver a empezar.

—Ah, sí, Doc me lo ha dicho —observó Kyle, sin que sus ojos se apartaran de la cara de Jodi. Una obscura y densa mancha morada se estaba formando bajo sus ojos. ¿Se le había vuelto a romper la nariz?—Estoy siendo cuidadoso, pero... no quería dejarla ahí sola. Estaba tan triste y era tan... dulce.

—Estoy segura de que lo apreciaría, si lo supiera.

Asintió, aún mirando a Jodi.

—¿Hay algo que tenga que hacer aquí? ¿Puedo ayudar de alguna manera?

—Háblale, di su nombre, habla de cosas que le hagan recordar. Habla de Sol, incluso. Eso ayudó con la huésped de la Sanadora.

—Mandy —me corrigió Doc—. Dice que ése no es su nombre, exactamente, pero que se le acerca.

—Mandy —repetí, aunque no era algo que necesitara recordar—. ¿Dónde está?

—Con Trudy. Hicimos bien en llamarla, Trudy es perfecta. Creo que se la ha llevado a dormir.

—Está bien. Mandy estará bien.

—Eso espero —Doc sonrió, pero eso no afectó mucho a su sombría expresión—. Tengo muchas preguntas que hacerle.

Miré a la mujercita. No podía creer que fuera mayor que el cuerpo en el que yo estaba. Su cara estaba laxa y vacía y me asusté un poco: estaba tan viva cuando Sol estaba dentro… ¿Y si Mel…?

Aún estoy aquí.

Lo sé. Estarás bien.

Como Lacey, se encogió, y yo también lo hice.

Espero que nunca como Lacey.

Me incliné y toqué el brazo de Jodi con suavidad. Era como Lacey en muchos aspectos. Piel aceitunada y pelo negro y fino. Podían haber sido hermanas, a no ser porque la dulce y triste cara de Jodi nunca sería repelente.

Kyle le tomaba la mano, algo cohibido.

—Así, Kyle —dije. Volví a acariciar su brazo—. ¿Jodi? Jodi, ¿puedes oírme? Kyle te espera, Jodi. Se ha metido en un buen lío para traerte aquí… todo el que lo conoce está deseando darle una paliza; sonreí irónicamente a aquel hombre tan grande y sus labios se plegaron en una sonrisa, aunque no alzó la mirada para ver la mía.

—Y no es que te sorprenda oírlo —comentó Ian a mi lado—. ¿Cuándo no ha pasado eso, eh, Jodi? Es maravilloso verte de nuevo, cielo, pero me pregunto si tú sentirás lo mismo. Debe haber sido estupendo estar tanto tiempo alejada de este idiota.

Kyle no se había dado cuenta de que su hermano estaba ahí, atornillado a mi mano, hasta que habló.

—Te acordarás de Ian, claro. Nunca ha conseguido superarme en nada, aunque no pierde la esperanza. Eh, Ian —añadió Kyle, sin desviar la mirada—, ¿hay algo que quieras decirme?

—No.

—Espero una disculpa.

—Sigue esperando.

—¿Puedes creer que me dio una patada en la cara, Jodi? Sin razón alguna.

—¿Quién necesita una excusa, eh, Jodi?

Me sentía extrañamente a gusto escuchando las bromas entre hermanos. La presencia de Jodi lo hacía todo fácil y gracioso. Divertido. Yo me habría despertado sólo para esto. Si hubiese sido ella, ya estaría sonriendo.

—Continua, Kyle —murmuré—. Así está bien. Volverá.

Deseé conocerla, ver cómo era. Sólo había visto las expresiones de Sol.

¿Cómo sería para los demás conocer a Melanie por vez primera? ¿Les parecería la misma, como si no hubiese diferencia? ¿Se darían cuenta de que me había ido, o interpretaría Melanie el papel que yo tenía?

Puede que la encontraran completamente diferente. Podría ser que tuvieran que adaptarse a ella nuevamente. O que ella congeniara como yo no lo había hecho. Me la imaginé, me imaginé, en el centro de una multitud de caras amables. Nos imaginé con Libertad en nuestros brazos y con una sonriente bienvenida por parte de todos los humanos que jamás habían confiado en mí.

¿Por qué eso me hacía llorar? ¿De verdad era tan infantil?

No, me aseguró Mel. *Te echarán de menos, ya lo creo que lo harán. Toda la buena gente que hay aquí sentirá tu pérdida.*

Parecía haber aceptado mi decisión finalmente.

No, no la acepto, me aclaró. *Es que no veo la manera de detenerte y puedo sentir cuán cerca está. Yo también estoy asustada, ¿no te parece divertido? Estoy completamente aterrorizada.*

Ya somos dos.

—¿Wanda? —Kyle se dirigió a mí.

—¿Sí?

—Lo siento.

—Eh… ¿por qué?

—Por intentar matarte —dijo con indiferencia—. Supongo que *estaba* equivocado.

Ian jadeó sorprendido.

—Por favor, Doc, dime que tienes alguna grabadora a mano.

—No. Lo siento, Ian.

Ian sacudió la cabeza.

—Es que deberíamos conservar este momento. Nunca pensé que llegaría el día en que Kyle O'Shea admitiera haberse equivocado. Vamos, Jodi. La sorpresa tendría que despertarte.

—Jodi, cariño, ¿no quieres defenderme? Dile a Ian que nunca antes he estado equivocado —rió entre dientes.

Qué bonito. Era bonito saber, antes de irme, que había ganado la aceptación de Kyle. No esperaba tanto.

No había mucho más que pudiera hacer. No tenía caso que me quedara. Jodi volvería, o no, pero eso no me desviaría de mi camino.

Así que procedí a realizar mi tercera y última tarea: mentí.

Me alejé de la camilla, tomé aire y estiré los brazos.

—Estoy cansada, Ian —dije.

¿Realmente se trataba de una mentira? No sonaba falso. Había sido un día —un último día— muy largo. Me dí cuenta de que había pasado la noche en vela. No había dormido desde la última expedición. Tenía que estar agotada. Ian asintió.

—Seguro que sí. ¿Verdad que te quedaste con la Sanadora… con Mandy toda la noche?

—Sí —bostecé.

—Buenas noches, Doc —dijo Ian, llevándome hacia la salida. —Buena suerte, Kyle. Volveremos por la mañana.

—Buenas noches, Kyle —murmuré—. Hasta luego, Doc.

Doc me miró, pero Ian le daba la espalda y Kyle miraba a Jodi. Le devolví la mirada con firmeza.

Ian avanzó conmigo por el obscuro túnel sin decir nada. Me alegraba que no estuviera de humor para hablar, porque no habría podido concentrarme. Se me estaba revolviendo el estómago, se doblaba en extrañas contorsiones.

Ya estaba hecho, ya había completado mis tareas. Sólo tenía que esperar un poco y no dormir. Aunque estaba cansada, no creía que eso fuera un problema. El corazón me batía las costillas a puñetazos.

No me andaría con rodeos. Tenía que ser esta noche y Mel lo sabía. Lo que había pasado hoy con Ian lo demostraba. Cuanto más lo prolongara, causaría más lágrimas, discusiones y pleitos. Si yo o cualquiera otro cometía un desliz, Jamie sabría la verdad. Dejaría que Mel se lo explicara todo después. Sería mejor así.

Muchas gracias, pensó Mel. Sus palabras fueron rápidas, como un estallido, una mezcla de miedo y sarcasmo.

Lo siento. ¿No te importa mucho?

Suspiró.

¿Cómo va a importarme? Haría cualquier cosa que me pidieras, Wanda.

Cuídalos por mí.

Lo habría hecho, de todas maneras.

También a Ian.

Si me deja. Me parece que no le voy a agradar mucho.

Pues, aunque no te deje.

Haré cualquier cosa por él, Wanda. Te lo prometo.

Ian se detuvo en el pasillo, ante las puertas rojas y grises de su habitación. Elevó las cejas y yo asentí. Lo dejé creer que aún me escondía de Jamie. Bueno, eso también era cierto.

Ian abrió la puerta roja y fui directamente hacia el colchón de la derecha. Me hice un ovillo y coloqué mis temblorosas manos delante de mi martilleante corazón, intentando esconderlas entre las rodillas.

Ian se tumbó a mi lado, manteniéndome cerca de su pecho. Esto habría sido estupendo —aunque sabía que acabaría despatarrado una vez que estuviera bien dormido— salvo porque le permitía percibir mi temblor.

—Todo va a salir bien, Wanda. Sé que encontraremos el modo.

—Te quiero de verdad, Ian —era la única manera en que podía decirle adiós. La única que aceptaría. Sabía que él lo recordaría y que acabaría entendiéndolo más tarde—. Te quiero con toda mi alma.

—Yo también te quiero de verdad, Viajera mía.

Buscó mi cara con la suya hasta que encontró mis labios, y me besó, lenta y tiernamente, mientras el caudal de roca derretida crecía lánguidamente en la obscuridad del centro de la tierra, hasta que dejé de temblar.

—Duerme, Wanda, déjalo para mañana. Esta noche no cambiará nada.

Asentí, moviendo mi cara contra la suya, y suspiré.

Ian también estaba cansado, así que no tuve que esperar mucho. Miré al techo; las estrellas se habían desplazado por encima de las grietas. Podía ver tres donde antes había habido dos. Las vi guiñar y pulsar en la negrura del espacio. No me llamaron. No tenía ningún deseo de unirme a ellas.

Primero uno y luego el otro, los brazos de Ian se separaron de mí. Se tumbó sobre la espalda, murmurando entre sueños. No me atreví a esperar más. Deseaba tanto quedarme, dormir con él y robarle al tiempo un día más.

Me moví con cuidado, pero no había riesgo de que despertara. Su respiración era profunda y regular. No abriría los ojos hasta el amanecer.

Le acaricié la frente suave con los labios, me levanté y salí por la puerta.

No era tarde y las cuevas no estaban vacías. Podía oír ecos de voces, extraños ecos que podían venir de cualquier parte. No vi a nadie hasta que estuve en la gran cueva. Geoffrey, Heath and Lily iban de camino a la cocina. Mantuve la mirada baja, aunque me alegraba ver a Lily. En el leve vislumbre que me permití, pude ver que estaba erguida y se mantenía en pie. Lily era fuerte. Como Mel. Ella también lo conseguiría.

Me di prisa en llegar al túnel sur y me sentí aliviada cuando estuve a salvo en las tinieblas. Aliviada y horrorizada. Ahora sí que se había acabado.

Estoy tan asustada, me quejé.

Antes de que Mel pudiera responder, una pesada mano me tomó del hombro en la obscuridad.

—¿Vas a algún sitio?

58

Final

Estaba tan tensa que se me escapó un grito de terror. Pero estaba tan asustada que mi grito no fue más que un chirrido, sin aire.

—¡Lo siento! —el brazo de Jared me rodeó los hombros, tranquilizándome—. Lo siento, no quería asustarte.

—¿Qué haces aquí? —le pregunté, aún sin aliento.

—Siguiéndote. Te he estado siguiendo toda la noche.

—Bien, pues déjalo.

Hubo un titubeo en la obscuridad y su brazo no se movió. Me retorcí intentando sacudirme su abrazo, pero él me tomó de la muñeca. Su pulso era fuerte, no podría soltarme fácilmente.

—¿Vas a ver a Doc? —inquirió. Su pregunta no dejaba lugar a dudas, era obvio que no hablaba de una visita social.

—Claro que sí —siseé, para que no pudiera percibir el pánico en mi voz—. ¿Qué otra cosa puedo hacer después de lo de hoy? Mañana no va a cambiar para bien. Y no es una decisión que deba tomar Jeb.

—Lo sé. Estoy de tu lado.

Me irritó que sus palabras pudieran herirme, que hicieran brotar lágrimas de mis ojos. Intenté aferrarme al pensamiento de Ian. Él era mi ancla, como Kyle de alguna manera lo había sido para Sol, pero era difícil hacerlo cuando me tocaba Jared, con su aroma pegado a mi nariz. Era como intentar distinguir el sonido de un violín cuando la sección de percusiones estaba tocando.

—Entonces, déjame ir, Jared. Vete. Quiero estar sola —las palabras me salieron rápidas, con aspereza. Era fácil darse cuenta de que no eran mentiras.

—Debería ir contigo…

—Pronto tendrás a Melanie de vuelta —repliqué con brusquedad—. Sólo te pido unos minutos, Jared. Dame eso, al menos.

Se hizo otra pausa, pero su mano no se aflojó.

—Wanda, venía a estar contigo.

Las lágrimas empezaron a derramarse por mis ojos. Sentí gratitud por la obscuridad.

—Preferiría que no —susurré—, no tiene caso.

Por supuesto, no deseaba que Jared estuviese presente. Sólo confiaba en Doc; era el único que me había hecho una promesa. Y yo no iba a abandonar este planeta. No iba a vivir como un Delfín o una Flor, lamentando siempre los amores que había dejado atrás; todos estarían muertos cuando yo volviera a abrir los ojos: si es que entonces tenía ojos. Éste era *mi* planeta y nadie me iba a obligar a marcharme. Me quedaría en aquella tierra, en aquella obscura gruta con mis amigos. Una tumba humana para la humana en la que me había convertido.

—Pero Wanda, yo… Hay tanto que necesito decirte.

—No quiero tu gratitud, Jared. Créeme.

—¿*Qué es* lo que quieres entonces? —susurró, con la voz rota y ahogada—. Te daría cualquier cosa.

—Cuida de mi familia. No dejes que los otros los maten.

—Desde luego que cuidaré de ellos —rechazó mi petición con brusquedad—. Me refería a *ti*. ¿Qué puedo darte?

—No puedo llevar nada conmigo, Jared.

—¿Ni siquiera un recuerdo, Wanda? ¿Qué es lo que quieres?

Me limpié las lágrimas con la mano libre, pero otras tomaron su lugar enseguida, de modo que no sirvió de nada. No, no me llevaría siquiera un recuerdo.

—¿Qué puedo darte, Wanda? —insistió.

Inspiré profundamente e intenté que mi voz sonara firme.

—Miénteme, Jared. Dime que quieres que me quede.

No hubo duda esta vez. Sus brazos me rodearon en la obscuridad y me estrechó contra su pecho. Presionó los labios contra mi frente y sentí su aliento mover mi pelo al hablar.

Melanie contenía el aliento dentro de mi cabeza. Intentaba enterrarse otra vez, dejarme libre en esos últimos minutos. Puede que tuviera miedo de escuchar esas mentiras. Cuando me hubiese ido, ella no querría esos recuerdos.

—Quédate aquí, Wanda. Con nosotros. *Conmigo*. No quiero que te vayas. Por favor. No puedo creer que vayas a irte, no puedo *verlo*. No sé cómo… cómo… —su voz se quebró.

Era un mentiroso sensacional. Y tenía que estar muy, muy seguro de mí para decir esas cosas.

Descansé contra él durante un segundo, pero sentía cómo se me iba acabando el tiempo. No había tiempo. No había tiempo.

—Gracias —susurré, e intenté desasirme.

Sus brazos se tensaron.

—No he acabado.

Nuestros rostros sólo estaban a unos centímetros. Acortó la distancia y entonces, al borde de mi último aliento en este planeta, no pude evitar responder. Unión de gasolina y flama: ambos explotamos de nuevo. Pero ya no era lo mismo. Podía sentirlo. Esta vez era por mí. Era mi nombre el que pronunciaba jadeante cuando abrazaba este cuerpo y él pensaba que este cuerpo era algo mío, pensaba en mí. Podía sentir la diferencia. Por un momento, sólo existimos los dos, sólo Viajera y Jared, ardiendo al unísono.

Nadie habría mentido mejor de lo que Jared mintió con su cuerpo en mis últimos minutos y se lo agradecí. No podía llevarme esta mentira conmigo porque no iba a ninguna parte, pero al menos suavizó el dolor de la partida. Podía creerme esa mentira. Podía creer que me extrañaría tanto que eso mermaría parte de su alegría. No debería querer eso, pero, de todos modos, me hacía sentir bien creerlo.

No podía ignorar el tiempo, el tic-tac de los segundos en cuenta regresiva. Aun envuelta en fuego, sentía que me arrastraban, que me succionaban por el obscuro pasillo; que me arrancaban del calor y el sentimiento.

Me las arreglé para separar mis labios de los suyos. Jadeamos en la obscuridad, calentándonos los rostros mutuamente con nuestros alientos.

—Gracias— le dije otra vez.

—Espera…

—No puedo. No puedo… soportarlo más ¿si?

—Bien— susurró, y su voz se quebró al pronunciar la palabra.

—Sólo quiero una cosa más. Déjame hacer esto sola. Por favor.

—Si... si estás segura de que eso es lo que quieres… —la frase se desvaneció, insegura.

—Es lo que necesito, Jared.

—Bien— murmuró.

—Le diré a Doc que te busque cuando todo haya acabado.

Todavía tenía sus brazos ceñidos en torno a mí.

—Sabes que Ian intentará matarme por haberte dejado hacer esto. Puede que deba dejarlo… Y Jamie. Jamás nos perdonará a ninguno de los dos…

—No puedo pensar en ellos ahora. Por favor, déjame ir.

Despacio, con una palpable renuencia que templó parcialmente el helado vacío en el centro de mi cuerpo, Jared dejó caer los brazos.

—Te quiero, Wanda.

Suspiré.

—Gracias, Jared. Sabes cuánto te quiero. Con todo mi corazón.

Corazón y alma. En mi caso no era lo mismo. Había estado dividida demasiado tiempo. Era hora de convertirme de nuevo en un todo, como si fuera una sola persona. Incluso si eso me excluía a mí.

Los segundos y su tic-tac, me empujaban hacia el final. Hacía frío, ahora que ya no me abrazaba. Y conforme me apartaba de él el frío iba en aumento.

Pero, naturalmente, era sólo mi imaginación. Aquí todavía era verano y siempre sería verano para mí.

—¿Qué pasa aquí cuando llueve, Jared? —dije entre susurros. —¿Dónde duerme la gente?

Le llevó un momento responder, y pude oír las lágrimas en su voz.

—Nosotros... —tragó saliva— ...todos nos mudamos a la sala de juegos. Todo mundo duerme allí.

Asentí para mí misma. Me preguntaba cómo sería el ambiente. ¿Incómodo, con todas esas conflictivas personalidades? ¿o sería divertido? ¿un cambio? ¿o como una fiesta de pijamas?

—¿Por qué?— susurró.

—Sólo quería... imaginarlo. Pensar cómo sería.— la vida y el amor seguirían adelante. Aun cuando lo hicieran sin mí, la idea me hizo feliz. —Adiós, Jared. Mel dice que te verá pronto.

Mentirosa.

—Espera... Wanda...

Eché a correr por el túnel; huí para no concederle la más mínima oportunidad —con sus agradecidas falsedades— de convencerme para que no me fuera. Pero sólo escuché el silencio a mi espalda.

Su dolor no me lastimó como lo había hecho el de Ian. Para Jared, el dolor se acabaría pronto, porque le esperaba la felicidad a unos cuantos minutos. El final feliz.

La longitud del túnel sur me pareció de escasos metros. Pude ver el resplandor allá adelante, en la certeza de que Doc me aguardaba. Entré en la habitación que siempre me había asustado con los hombros erguidos. Doc lo había preparado todo. En el rincón más sombrío vi dos catres juntos, en uno de los cuales Kyle roncaba con su brazo sobre la forma inmóvil de Jodi. Su otro brazo aún abrazaba el tanque de Sol. A ella le habría gustado. Ojalá hubiera alguna forma de decírselo.

—Eh, Doc —susurré.

Levantó la mirada de la mesa donde estaba preparando las medicinas. Las lágrimas ya corrían por sus mejillas.

De repente, sentí valor. Mi corazón latía a un ritmo tranquilo. Mi respiración se volvió más profunda y relajada. La parte más difícil había pasado.

Ya antes había hecho esto muchas veces. Había cerrado los ojos y me había ido, aunque siempre sabiendo que abriría unos ojos nuevos la siguiente vez, pero que yo aún permanecería. Era algo familiar, no había nada que temer.

Fui a la camilla y me encaramé de un salto, para sentarme en ella. Tomé el Sin-dolor con mano firme y abrí la tapa. Puse una hojuela cuadrada en la lengua y dejé que se disolviera.

No hubo ningún cambio. Ahora no sentía dolor. Ningún dolor físico.

—Dime algo, Doc. ¿Cuál es tu verdadero nombre?

Antes del final quería respuestas a todos los pequeños misterios.

Doc sorbió y se secó los ojos con el dorso de la mano.

—Eustace. Es un nombre de familia y mis padres eran gente cruel.

Solté una carcajada y luego suspiré. —Jared está esperando, allá en la cueva grande. Le prometí que le avisarías cuando todo hubiera acabado. Pero espera a que yo… a que ya no me mueva ¿si? Será demasiado tarde para que él haga algo en lo que se refiere a mi decisión.

—No quiero hacer esto, Wanda.

—Lo sé. Gracias por eso, Doc. Pero insisto en que tienes que cumplir tu promesa.

—¿Ni por favor?.

—No. Me diste tu palabra. Yo hice mi parte, ¿no?

—Sí.

—Entonces, haz la tuya. Déjame quedarme con Walt y Wes.

Su enjuto rostro se contorsionaba intentando contener un sollozo.

—¿Te dolerá?

—No, Doc —le mentí—. No sentiré nada.

Esperé a que llegara la euforia, a que el Sin-dolor me hiciera sentir tan bien como la última vez. Aún no sentía ningún cambio.

Pero quizás eso no se debía al Sin-dolor, después de todo… seguro que era el hecho de sentirme amada. Volví a suspirar.

Me extendí en el catre, boca abajo y giré la cara hacia él.

—Duérmeme, Doc.

La botella se abrió. Lo oí sacudirla sobre el pañuelo que tenía en la mano.

—Eres la criatura más noble y más pura que he conocido jamás. El universo será un lugar más sombrío sin ti —susurró.

Ésas fueron sus palabras sobre mi tumba, mi epitafio, y me alegraba haberlas oído.

Gracias, Wanda. Mi hermana. Nunca te olvidaré.

Que seas feliz, Mel. Disfrútalo. Aprécialo por mí.

Lo haré, prometió.

Adiós, pensamos ambas a la vez.

La mano de Doc presionó el pañuelo suavemente contra mi cara. Respiré profundamente, ignorando el denso y desagradable olor. Cuando inhalé otra vez, vi las tres estrellas de nuevo, pero no me llamaban, sino que me dejaron marchar hacia ese negro universo por el que había vagado durante tantas vidas. Me deslicé en la negrura y ésta se volvió más y más brillante. Ya no era negra... sino azul. De un cálido, vibrante y brillante azul. Floté en él sin temer nada.

59

Recuerdo

Sentiría el principio como si fuera el final. Estaba advertida. Pero, esta vez, el final fue una sorpresa mucho mayor de lo que había sido antes. Mayor que cualquier final que recordara, en mis nueve vidas. Mayor que saltar por el hueco de un ascensor. Había esperado que no hubiera más recuerdos ni más pensamientos. ¿Qué final era éste?

El sol se estaba poniendo, todo era de color rosado y me hacía pensar en mi amiga... ¿Cuál sería su nombre aquí? ¿Algo parecido a... volantes? Volantes y más volantes. Era una bonita Flor. Las flores aquí eran tan aburridas e inanimadas... aunque olían bien. Los olores eran lo mejor de este lugar.

Pasos a mi espalda. ¿Me seguía Hilandera de Nubes otra vez? No necesitaba suéter; aquí hacía calor, por fin, y quería sentir el aire sobre mi piel. No la miraría. Tal vez creyera que no podía oírla y se volvería a casa. Me cuida tanto, pero ya casi soy adulta, y no puede pasarse todo el tiempo mimándome.

—¿Perdona? —Dijo alguien cuya voz no conocía.

Me volví a mirarla y tampoco reconocí su cara. Era guapa.

El recuerdo de esa cara me devuelve bruscamente a mí misma. ¡Era mi cara! Pero no recordaba esto...

—Hola —le dije.

—Hola. Me llamo Melanie —me sonrió—. Soy nueva en la ciudad y... creo que me he perdido.

—¡Oh! ¿A dónde quieres ir? Te llevo. Tenemos el coche ahí atrás…

—No, no está lejos. Estaba dando un paseo, pero ahora no recuerdo el camino de vuelta a la calle Becker.

Era una nueva vecina, bien. Me encantaban los nuevos amigos.

—Estás muy cerca —le dije—. Está justo por allí, subiendo la calle hasta la segunda esquina, pero puedes acortar por este callejón de aquí. Te lleva directamente.

—¿Podrías enseñármelo? Lo siento, ¿cómo te llamas?

—Claro, ven conmigo. Soy Pétalos Bajo La Luna, pero mis familiares me llaman Pet. ¿De dónde eres, Melanie?

Ella se echó a reír.

—¿Te refieres a San Diego o al Mundo Cantante, Pet?

—A los dos —yo también me reí. Me gustaba su sonrisa.

—Hay dos Murciélagos en esta calle. Viven en la casa amarilla de los pinos.

—Tendré que saludarlos —murmuró, pero su voz había cambiado; estaba tensa. Observaba el obscuro callejón como si esperara ver algo.

Allí había algo. Dos personas: un hombre y un niño. El niño se pasaba la mano por su largo pelo negro como si estuviese nervioso. Puede que estuviera preocupado porque él también se había perdido. Me miraba con los ojos muy abiertos y emocionados. El hombre estaba muy quieto.

Jamie. Jared. Mi corazón dio un brinco, pero el sentimiento era peculiar, había algo malo. Demasiado pequeño y... fugaz.

—Éstos son mis amigos, Pet —me dijo Melanie.

—¡Oh! Hola —extendí la mano hacia el hombre, que era el que estaba más cerca.

Me estrechó la mano con fuerza.

Luego me atrajo hacia sí, contra su cuerpo y yo no lo entendí. Me sentía mal, eso no me gustó.

Mi corazón latía cada vez más de prisa y tenía miedo. Nunca había estado tan asustada como en ese momento. No entendía nada.

Su mano se acercó a mi cara y tragué saliva. Inhalé con ella la niebla que emanaba de su mano, una nube plateada que sabía a frambuesas.

—¿Qué… —quise preguntar, pero ya no podía verlos. No podía ver nada…

No había más.

—¿Wanda? ¿Puedes oírme, Wanda? —me preguntó una voz conocida.

Ése no era el nombre correcto… ¿o sí? Mis oídos no reaccionaron a él, pero algo sí lo hizo… ¿Acaso no era Pétalos Bajo La Luna? ¿Pet? ¿No era así? Tampoco parecía adecuado. Mi corazón latía con fuerza, como un eco del temor de mis recuerdos. La visión de una mujer de pelo rojiblanco y amables ojos verdes me vino a la cabeza. ¿Dónde estaba mi madre? Pero… ella no era mi madre, ¿o si?

Un sonido, una voz queda sonaba a mi alrededor.

—Wanda. Vuelve, no vamos a dejar que te vayas.

La voz era y no era familiar, todo al mismo tiempo. Sonaba como... ¿la mía?.

¿Dónde estaba Pétalos bajo la luna? No podía encontrarla, sólo miles de recuerdos vacíos, como una casa llena de cuadros, pero sin habitantes.

—Usa el Despertador —dijo una voz que no reconocí.

Algo ligero como el roce de la niebla me acarició la cara. Conocía ese olor. Olía a toronja...

Tomé aire y mi mente se aclaró de pronto.

Sentía que estaba tendida... pero había algo que no era correcto. ¿No me faltaba algo...? Todo parecía muy pequeño, me sentía como si me hubieran reducido.

Tenía las manos más cálidas que el resto del cuerpo, porque alguien me las estrechaba. Dos grandes manos envolvían las mías, de modo que parecía que se las hubiesen tragado.

Olía raro… a mala ventilación, a moho. Recordaba el olor... pero sabía que nunca antes en mi vida había olido una cosa como ésa.

Lo veía todo rojo, de color rojo mate, el interior de mis párpados. Quería abrirlos, así que busqué los músculos encargados de hacerlo.

—¿Viajera? Te estamos esperando, cariño. Abre los ojos.

Esa voz, su cálido aliento en mi oído, me era aún más familiar. Un extraño sentimiento hormigueó por mis venas cuando la oí. Un sentimiento que nunca antes había experimentado. El sonido hizo que contuviera el aliento y me temblaran los dedos. Quería ver la cara que correspondía a esa voz. Un color recorrió mi mente. Un color que me llamaba desde una vida lejana... un reluciente e intenso azul. Todo el universo era de color azul brillante…

Y, al final, reconocí mi nombre. Sí, era correcto. Viajera. Yo era Viajera. Y Wanda también. Ahora lo recordaba.

Un ligero contacto me rozó la cara, una cálida presión sobre los labios, en los párpados. Ahí era donde me había tocado. Ahora que los había encontrado, podía parpadear.

—¡Se está despertando! —gritó alguien emocionado.

Jamie. Jamie estaba allí. Mi corazón dio otro pequeño brinco. Me costó un rato poder enfocar. El azul que veía estaba mal. Demasiado pálido y deslavado. No era el azul que quería.

Una mano me tocó la cara.

—¿Viajera?

Me volví hacia el sonido y sentí raro el movimiento de mi cabeza. No era como había sido siempre, pero, al mismo tiempo, era exactamente igual...

Mis ojos encontraron por fin el azul que estaba buscando. Zafiro, nieve y medianoche.

—¿Ian? ¿Ian, dónde estoy? —la voz que salía de mi garganta me asustó. Aguda y cantarina. Me era familiar, pero no era mi voz. —¿*Quién* soy?

—Eres tú —me contestó Ian—. Y estás en el lugar al que perteneces.

Liberé una de mis manos de aquella mano gigantesca que la sostenía. Quería tocarme la cara, pero la mano de alguien se me acercó, y me detuve.

Aquella mano también se detuvo en el aire, sobre mí.

Intenté volver a mover la mano para protegerme, pero eso hizo que se moviera la mano que estaba ante mí. Empecé a temblar, y la mano se agitó.

—Oh.

Abrí y cerré la mano, mirándola con cuidado.

¿Eso era mi mano? ¿eso tan pequeño? Era como la mano de un niño, pero tenía las uñas largas, blanco y rosa, afiladas en perfectas y suaves curvas. La piel era clara, con un extraño tono plateado y un incongruente montón de pecas doradas.

Fue la rara combinación de plata y oro lo que me trajo una imagen a la cabeza: una cara reflejada en un espejo.

El recuerdo me despistó durante un segundo porque no estaba acostumbrada a tanta civilización. Pero al mismo tiempo, no conocía nada *salvo* la civilización. Un precioso tocador decorado con volantes, donde había todo tipo de cosas delicadas. Exquisitas botellas de cristal que contenían los aromas que tanto adoraba... pero ¿los amaba yo? ¿O ella? Orquídea embotellada. Un juego de peines de plata.

El gran espejo redondo estaba enmarcado en una guirnalda de rosas metálicas. La cara que veía en él también era redonda, más que ovalada. Pequeña. La piel de la cara tenía el mismo tono plateado —como la luna— de la mano, con otro manojo de pecas doradas sobre el puente de la nariz. Tenía grandes ojos grises, y la plata del alma resplandecía levemente bajo ese color, rodeada de enmarañadas pestañas doradas. Los labios eran rosa pálido, gruesos y casi redondos, como los de un niño, con dientes parejos, pequeños y blancos tras ellos. Un hoyuelo en la barbilla. Y, por todas partes, pelo dorado y ondulado alrededor de la cara, como un halo, que caía más allá de lo que mostraba el espejo.

¿Mi cara o la suya?

Era el rostro perfecto de una Flor nocturna. Como si fuera una perfecta traducción de Flor a ser humano.

—¿Dónde está? —exigí con voz chillona—. ¿Dónde está Pet?

Su ausencia me asustó. Nunca había visto una criatura más indefensa que esa adolescente, de rostro color de luna y pelo de luz solar.

—Está aquí mismo —me dijo Doc—. En un tanque, lista para salir. Pensamos que podrías decirnos el lugar idóneo para enviarla.

Me volví hacia su voz. Cuando lo vi, de pie bajo la luz del sol, con un criotanque encendido entre las manos, volvieron a mí un montón de recuerdos de mi otra vida.

—¡Doc! —dije con aquella leve y frágil voz—. ¡Doc, me lo prometiste! ¡Me diste tu palabra, *Eustace*! ¿Por qué? ¿Por qué has roto tu promesa?

La pena y el dolor me embargaron. Este cuerpo nunca había sentido tal agonía y se apartaba de su escozor.

—Los hombres honrados también ceden a la coacción, Wanda.

—Coacción —se mofó otra voz terriblemente familiar.

—Yo diría que un cuchillo en el cuello cuenta como coacción, Jared.

—Sabías que en realidad no iba a usarlo.

—No, no lo sabía. Fuiste muy persuasivo.

—¿Un cuchillo? —mi cuerpo temblaba.

—Sssh, todo está bien —murmuró Ian. Su respiración movió un mechón de pelo sobre mi cara y lo aparté con un gesto rutinario—. ¿De verdad creías que podrías dejarnos así? Wanda... —suspiró. Pero el suspiro era de alegría.

Ian estaba feliz. Esto hizo que de repente mi preocupación se aligerara, que se hiciera más llevadera.

—Les dije que no quería ser un parásito —susurré.

—Dejenme a mí —ordenó mi antigua voz. Y entonces vi mi cara, la fuerte, la de la piel bronceada, la que tenía unas rectas cejas negras sobre los ojos almendrados de color avellana, y aquellos altos y perfilados pómulos... La veía de verdad, no como un reflejo, como siempre la había visto antes.

—Escucha, Wanda, sé exactamente qué es lo que no quieres ser. Pero somos humanos y egoístas, y ¡*nosotros* no siempre hacemos lo correcto! No vamos a dejar que te vayas. Asúmelo.

La forma en la que hablaba, la cadencia y el tono, más que la voz, me trajo de vuelta todas aquellas conversaciones silenciosas, aquella voz en mi mente, a mi hermana.

—¿Mel? ¡Mel, estás bien!

Ella sonrió y se acercó para abrazarme. Era más grande de lo que yo recordaba haber sido.

—Claro que sí. ¿No era esa la clave de todo el drama? Y tú también vas a estar bien. No somos estúpidos, no hemos tomado el primer cuerpo que hemos visto.

—¡Déjame contárselo, déjame a mí! —empujó Jamie detrás de Mel. Cada vez había más gente alrededor del catre, que se movió, inestable.

Tomé su mano y la estreché. Sentía las mías tan débiles. ¿Podía él sentir la presión?

—¡Jamie!

—¡Eh, Wanda! Esto es genial ¿no crees? ¡Ahora eres más pequeña que yo!—Sonrió, triunfal.

—Pero yo sigo siendo mayor. Tengo casi… — me detuve, cambiando la frase con brusquedad. —Mi cumpleaños es dentro de dos semanas.

Podía estar desorientada y confusa, pero no era ninguna estúpida. Las experiencias de Melanie no habían caído en saco roto, había aprendido de ellas. Ian era un hombre tan puntilloso de su honor como Jared, y yo no iba a pasar por la frustración por la que había pasado Melanie.

Así que mentí y me añadí un año extra.

—Voy a cumplir dieciocho.

Por el rabillo del ojo, vi que Melanie e Ian respingaban de sorpresa. Este cuerpo parecía mucho más joven que la edad que tenía, rondando los diecisiete.

Fue este pequeño engaño, esa revinidicación anticipatoria de mi compañero, lo que me hizo darme cuenta de que me quedaría. De que permanecería con Ian y el resto de mi familia. Mi garganta se estrechó, como si se me hinchara desde dentro.

Jamie me tocó la cara, recuperando mi atención y me sorprendió lo grande que parecía su mano en mi mejilla.

—Me dejaron participar en la misión para traerte de vuelta.

—Lo sé —susurré —. Lo recuerdo. Bueno... Pet recuerda haberlos visto —le fruncí el gesto a Mel, pero ella se encogió de hombros.

—Intentamos no asustarla —dijo Jamie—. Es tan... tiene un aspecto tan frágil, ¿sabes? Y dulce, también. La escogimos entre todos, pero ¡fui yo el que tomó la última decisión!. Mira, Mel dijo que teníamos que traer a alguien joven, a alguien a quien le quedara mucha vida como alma, o algo así. Pero no demasiado joven, porque sabía que no querías ser un niño. Y a Jared le gustó esta cara, porque dijo que nadie des... *desconfiaría* de ella. No pareces peligrosa en absoluto, sino justo lo contrario. Jared dijo que cualquiera que te viera querría protegerte sin pensarlo, ¿verdad, Jared? Pero yo tenía la última palabra, porque buscaba a alguien que se pareciese a *ti*. Y pensé que ella se te parecía. Porque parece algo así como un ángel, y tú eres así de buena. Y realmente muy guapa. Sabía que tenías que ser guapa —Jamie sonrió—. Ian no vino. Se sentó aquí contigo, dijo que no le importaba el aspecto que tuvieras. No dejó que nadie tocara tu tanque, ni siquiera yo o Mel. Pero Doc me dejó mirar esta vez. Fue fantástico, Wanda, no sé por qué no me dejaste mirar antes. No me dejaron ayudar, de todos modos. Ian no dejaba que nadie te tocara excepto él.

Ian me apretó la mano y se inclinó para susurrar a través de toda aquella cabellera. Su voz era tan sutil que yo era la única que podía oírlo.

—Te tuve en mis manos, Viajera. Eras tan hermosa.

Mis ojos se anegaron y tuve que aspirar la nariz.

—Te gusta, ¿verdad? —preguntó Jamie, preocupado—. ¿No estás enojada? No hay nadie ahí contigo, ¿verdad?

—No estoy enojada, exactamente —susurré—. Y yo... yo no logro encontrar a nadie más, sólo los recuerdos de Pet. Pet ha estado aquí desde... no puedo recordar cuándo no ha estado aquí. No puedo acordarme de ningúnotro nombre.

—No eres un parásito —repuso Melanie con firmeza, tocándome el pelo, recogiendo un mechón dorado y dejándolo deslizar entre sus dedos—. Este cuerpo no pertenecía a Pet, pero nadie más lo ha reclamado. Tuvimos que esperar hasta estar seguros, Wanda. Intentamos despertarla casi tanto como lo intentamos con Jodi.

—¿Jodi? ¿Qué le ha pasado a Jodi? —gorjeé. Elevé la voz como si fuera un pájaro ansioso. Intenté incorporarme; Ian me hizo sentar, sujetándome con el brazo. No le costó nada, mi pequeño cuerpo no tenía fuerza. Ahora podía ver las caras de todos.

Doc sin lágrimas en los ojos. Jeb atisbando a su lado, con expresión satisfecha y ardiente de curiosidad al mismo tiempo. Luego, una mujer que no reconocí de inmediato porque su cara lucía más animada de lo que nunca había visto, y tampoco la había visto mucho: era Mandy, la antigua Sanadora. Más cerca, Jamie con su radiante sonrisa, Melanie a su lado y Jared detrás de ella, abrazando su cintura. Sabía que sus manos no se sentirían bien a menos que tocaran el que ahora era otra vez su cuerpo —¡mi cuerpo!—, y que siempre estaría tan cerca de ella como pudiera, odiando cada centímetro que se interpusiese entre ellos. Eso me causó un dolor agudo y punzante, tanto que el delicado corazón de mi pequeño pecho se estremeció. Nunca lo habían roto y no entendía este recuerdo. Me dolió advertir que aún amaba a Jared. No me había librado de eso, de los celos del cuerpo al que él amaba. Miré a Mel. Vi el gesto triste de esa boca que había sido mía y supe que lo había entendido.

Pasé por todas las caras que me rodeaban, mientras Doc, después de una pausa, respondía a mi pregunta.

Trudy y Geoffrey, Heath, Paige y Andy. Incluso Brandt y...

—Jodi no respondió. Lo intentamos tanto como pudimos.

¿Jodi había muerto?, me pregunté, con mi inexperimentado corazón galopando. Vaya un rudo despertar que le estaba dando yo a esta pobre cosilla frágil.

Heidi y Lily. Lily sonriendo con tristeza, una sonrisa que no era menos sincera a pesar del dolor...

—Podíamos hidratarla, pero no sabíamos cómo alimentarla. Mandy y yo temíamos que se atrofiara... sus músculos, su cerebro...

Mientras mi nuevo corazón descubría un dolor inédito —dolía por una mujer que no había conocido—, continué mirando hasta que, de repente, me quedé helada.

Jodi, colgada del costado de Kyle, me devolvía la mirada. Sonrió tímidamente y de pronto, la reconocí.

—¡Sol!

—Quería quedarme —explicó, con algo de petulancia—. Como tú —sonrió mirando a Kyle, que era más estoico de lo que yo hubiera creído, y su voz se entristeció.

—Pero lo intento, la estoy buscando. Seguiré buscándola.

—Kyle hizo que devolviéramos a Sol a su sitio cuando parecía que íbamos a perder a Jodi —continuó Doc, con serenidad.

Miré a Sol y a Kyle durante un momento, sorprendida, y continué hasta terminar el círculo.

Ian me miraba con una extraña combinación de alegría y nerviosismo en los ojos. Su cara estaba más alta de lo que solía estar y era más grande de lo que solía ser. Pero sus ojos eran tan azules como los recordaba. El ancla que me había atado a este planeta.

—¿Estás bien ahí? —me preguntó.

—No... no lo sé —admití—. Me siento muy... rara. Tan rara como si hubiera cambiado de especie. Más de lo que había creído que me sentiría. No... no lo sé.

Mi corazón volvió a agitarse al mirar esos ojos, y allí no había ningún recuerdo del amor de otra vida. Tenía la boca seca y se me revolvió el estómago. Sentía el lugar donde su brazo tocaba mi espalda más vivo que el resto de mi cuerpo.

—No te importa *mucho* quedarte aquí, ¿verdad, Wanda? ¿Crees que podrás soportarlo? —murmuró.

Jamie me estrechó la mano. Melanie puso la suya encima y sonrió cuando Jared añadió la suya al montón. Trudy me dio unas palmaditas en el pie. Geoffrey, Heath, Heidi, Andy, Paige, Brandt y Lily me observaban, con grandes sonrisas. Kyle se había acercado, sonriendo también y la sonrisa de Sol era la de un cómplice.

¿Cuánto Sin-dolor me había dado Doc? Todo brillaba de nuevo.

Ian me apartó la nube de pelo dorado de la cara y dejó su mano en mi mejilla. Era tan grande que abarcaba desde la mandíbula hasta la frente. Su contacto envió una descarga de electricidad a todo lo largo y ancho de mi piel plateada. Se estremeció al sentir esa descarga, y mi estómago se estremeció con ella.

Sentía un cálido rubor que coloreaba mis mejillas. Nunca me habían roto el corazón, pero tampoco nunca lo habían puesto a volar. Me avergoncé. Me costó hablar.

—Supongo que puedo hacerlo —susurré— si eso te hace feliz.

—Eso no es suficiente, la verdad —dijo Ian—. También tiene que hacerte feliz a *ti*.

Sólo podía sostener su mirada durante unos segundos: la timidez, tan nueva para mí, me confundía, hacía que inevitablemente bajara la mirada hacia mi regazo.

—Creo... que podría —admití—. Creo que podría hacerme muy, muy feliz.

Feliz y triste, alegre y miserable, segura y temerosa, amada y abandonada, paciente y molesta, pacífica y salvaje, plena y vacía... todo a la vez. Lo sentiría todo. Todo sería mío.

Ian me alzó la cara hasta que lo miré a los ojos, mientras me ruborizaba más aún..

—Entonces, te quedas.

Me besó allí, delante de todo mundo, pero enseguida me olvidé del público. Fue fácil y directo, sin confusión, sin objeción, sin división, sólo Ian y yo, y la roca fundida avanzando por este cuerpo nuevo, sellando otra vez el pacto.

—Me quedaré —afirmé.

Y comenzó mi décima vida.

Epílogo

Continuación

La vida y el amor continuaron en aquel último reducto humano del planeta Tierra, pero las cosas permanecieron exactamente igual.

Yo no era la misma.

Era mi primer renacimiento en un cuerpo de la misma especie. Me resultó más difícil que cambiar de planeta porque ya había asentado muchas de mis expectativas sobre lo que constituía ser un humano. Además, me había quedado con muchas cosas de Pétalos Bajo La Luna y no todas eran agradables.

Había heredado mucha pena por Hilandera de Nubes. Echaba de menos a la madre que no había conocido, y lamentaba todo el dolor que ella estaría sintiendo ahora. Tal vez en este planeta no había felicidad posible sin su correspondiente carga compensatoria de dolor; medido todo en una escala desconocida.

Había heredado limitaciones inesperadas. Me había acostumbrado a un cuerpo fuerte, rápido y alto, un cuerpo que podía correr kilómetros, resistir sin comida ni agua, levantar grandes pesos y alcanzar estanterías elevadas. Este cuerpo era débil, y no sólo físicamente, porque lo embargaba una timidez agobiante cada vez que me sentía insegura, lo que era habitual en estos días.

Había heredado un papel distinto dentro de la comunidad humana. La gente me traía cosas y me cedía el paso al entrar en una habitación. Me daban las tareas más fáciles y enseguida me quitaban el trabajo de las manos. Peor que eso, necesitaba la ayuda. Mis músculos eran débiles, no estaban acostumbrados a trabajar. Me cansaba fácilmente y mis intentos para disimularlo no engañaban a nadie. Probablemente no podría correr ni un kilómetro sin tener que detenerme.

Sin embargo, y aparte de mi debilidad física, había algo más en el tipo de trato que me daban. Estaba habituada a una cara bonita, pero la gente bien podía mirarla con miedo, desconfianza e incluso con odio. Mi nuevo rostro no provocaba esas emociones.

Ahora, a menudo la gente tocaba mis mejillas o ponía los dedos bajo mi barbilla, sujetándome la cara para verla mejor. Era tan frecuente que me dieran palmaditas en la cabeza —a la que se llegaba fácilmente, puesto que todos, salvo los niños, eran más altos que yo— y me acariciaban el pelo con tanta asiduidad, que dejé de notarlo. Aquellos que no me aceptaban antes hacían esto tan regularmente como mis amigos. Ni siquiera Lucina opuso resistencia cuando sus hijos empezaron a seguirme como dos adorables cachorritos. Libertad, en particular, se recostaba en mi regazo cada vez que tenía la oportunidad y enterraba la cara en mi pelo. Isaiah ya era grandecito para esas demostraciones de afecto, pero le gustaba tomarme de la mano —que era tan grande como la suya— mientras me hablaba emocionado de Arañas y Dragones, de futbol y expediciones. No obstante, los niños seguían sin acercarse a Melanie. Su madre los había asustado demasiado como para cambiar las cosas ahora.

Incluso Maggie y Sharon, aunque intentaban no mirarme, eran incapaces de mantener su antigua frialdad en mi presencia.

Mi cuerpo no era lo único que había cambiado. El monzón llegó tardíamente al desierto, y yo me alegré.

Para empezar, nunca antes había olido la lluvia sobre las gobernadoras —sólo podía recordarla vagamente en mi evocación de los recuerdos de Melanie, de los cuales no me quedaba mucho— y ahora ese olor bañaba las mohosas cavernas, impregnándolas un aroma fresco, casi de especias, que se adhería a mi pelo y que me seguía a todas partes. Lo olía en sueños.

Además, Pétalos Bajo La Luna siempre había vivido en Seattle y la ininterrumpida secuencia de cielos azules y ardiente calor resultaba tan apabullante —casi *paralizadora*— para mi sistema como la obscura presión de los cielos encapotados lo habría sido para cualquiera de estos habitantes del desierto. Las nubes eran excitantes, un refrescante cambio con respecto al sempiterno y soso azul pálido. Tenían profundidad y movimiento y formaban imágenes en el cielo.

Había una reorganización en curso en las cuevas de Jeb, y la mudanza a la gran sala de juegos —ahora, dormitorio común— resultó una buena preparación para los arreglos más permanentes que vendrían luego.

Se necesitaba todo el espacio, así que no podía haber habitaciones vacías. Aun así, sólo las recién llegadas, Candy —quien, por fin, había recordado su verdadero nombre— y Lacey podían aceptar ser asignadas al viejo lugar de Wes. Me compadecí de Candy por su futura compañera de cuarto, pero la Sanadora nunca se mostró descontenta al respecto.

Cuando terminaron las lluvias, Jamie se mudó a una esquina libre en la cueva de Brandt y Aaron. Melanie y Jared habían echado a Jamie de su habitación y lo habían instalado en la de Ian antes de que yo renaciera en el cuerpo de Pet. Jamie no era tan joven como para tener que darle explicaciones.

Kyle trabajaba para ampliar la hendidura que había sido el lecho de Walter, a fin de tenerla lista cuando el desierto volviera a estar seco. No era lo suficientemente grande para más de uno y Kyle no iba a estar allí solo.

De noche, en la sala de juegos, Sol dormía hecha un ovillo sobre el pecho de Kyle, como un gatito en amistado con un perro grande, un rottweiler. en el que confiaba plenamente. Sol *siempre* estaba con Kyle. Desde que abrí estos ojos de color gris plateado, no recordaba haberlos visto separados. Kyle parecía vivir en desconcierto permanente, demasiado absorto en esa relación casi imposible que no le quedaba cabeza para prestar atención a otra cosa. No había renunciado a su Jodi, pero cuando Sol se colgaba de él, la atraía hacia su costado con ternura.

Antes de las lluvias, ya se había asignado todo el espacio disponible, así que yo me quedé con Doc en el hospital, que ya no me asustaba. Las catres no eran cómodos, pero era un lugar interesante. Candy recordaba los detalles de la vida de Canción de Verano casi mejor que los suyos propios. Ahora, el hospital era un sitio donde los milagros eran la constante.

Cuando terminara la temporada lluviosa, Doc ya no volvería a dormir en el hospital. La primera noche que pasamos en la sala de juegos, Sharon había colocado su colchón al lado del de Doc, sin dar ninguna explicación. Tal vez la fascinación que Doc experimentaba por la Sanadora fue lo que motivó a Sharon, aunque yo dudaba de que Doc se hubiera percatado siquiera de la belleza de esa mujer. Su fascinación se orientaba a su fantástico caudal de conocimientos. O acaso fuese que Sharon ya estaba lista para perdonar y olvidar. Confiaba en que ése fuera el caso. Era bonito pensar que incluso Sharon y Maggie podían suavizarse con el tiempo.

Yo tampoco me iba a quedar en el hospital.

Aquella crucial conversación con Ian podría no haberse dado, de no ser por Jamie. Se me secaba la boca y me sudaban las manos cada vez que la idea me rondaba. ¿Y si esos sentimientos del hospital, esos momentos perfectos después de que despertara en este cuerpo, habían sido sólo una ilusión? ¿Y si yo no los recordaba correctamente? Sabía que nada había cambiado para mí, pero, ¿cómo podía estar segura de que Ian sentía lo mismo? ¡El cuerpo del que se había enamorado aún andaba por ahí!

Esperaba que él se sintiera inestable: todos lo estábamos. Si era difícil para mí, un alma acostumbrada a tales cambios, ¿no sería más difícil para los humanos?

Me esforzaba en dejar atrás los ecos de los celos y la perplejidad del amor que sentía por Jared. Ni los quería ni los necesitaba. Ian era el compañero perfecto para mí, pero a veces me sorprendía a mí misma mirando a Jared y me sentía confundida. Había visto a Melanie tomar a Ian del brazo o de la mano y luego retirarse de un salto, como si de repente recordara quién era ella. Incluso Jared, que no tenía el más mínimo motivo para la incertidumbre, en ocasiones se sorprendía buscando mi mirada confusa. Y, luego Ian... debía de ser muy duro para él. Podía entenderlo.

Estábamos juntos casi tanto tiempo como Kyle y Sol. Ian constantemente me tocaba el pelo y la cara, y siempre me tomaba de la mano, pero, ¿quién no respondía así ante este cuerpo? ¿Y no sería platónico, como era para los demás? ¿Por qué no me había vuelto a besar, como había hecho el primer día?

Quizá nunca podría amarme dentro de este cuerpo, a pesar de lo atractivo que pudiera resultar para los demás humanos.

Esa preocupación me embargaba el corazón la noche que Ian trajo mi catre —porque era demasiado pesado para mí— a la grande y sombría sala de juegos.

Llovía por primera vez en más de medio año. Se oían risas y quejas mientras la gente sacudía su húmeda ropa de cama y acondicionaba sus lugares. Vi a Sharon con Doc y sonreí.

—¡Aquí, Wanda!— me llamó Jamie, señalando el sitio donde había colocado su colchón, al lado del de Ian. —Ahora hay espacio para los tres.

Jamie era la única persona que me trataba exactamente igual que antes. Hacía concesiones al pequeño tamaño de mi físico, pero no parecía sorprenderse al verme entrar en una habitación ni le impresionaban las palabras de Viajera pronunciadas por mis labios, como les ocurría a los demás.

—En realidad, no quieres ese catre, ¿verdad que no, Wanda? Apuesto a que podemos acomodarnos bien en los colchones, si nos apretujamos un poco —Jamie me sonrió mientras juntaba los colchones con el pie sin esperar a que aceptara—. Tú no ocupas mucho espacio.

Le quitó el catre a Ian y lo quitó de en medio, empujándolo a un lado. Se tendió en el extremo del colchón y nos dio la espalda.

—Ah, Ian —añadió sin volverse—, he hablado con Brandt y Aaron, y creo que voy a mudarme con ellos. Bueno, estoy molido. Buenas noches, chicos.

Me quedé mirando la forma inmóvil de Jamie durante un buen rato. Ian no se movía tampoco. No podía tener un ataque de pánico, ¿estaría pensando en alguna manera de escapar a esta situación?

—Apaguen las luces —bramó Jeb desde el otro lado de la habitación—. Que todo el mundo cierre el pico, a ver si yo logro cerrar los ojos.

La gente se echó a reír, pero, como siempre, lo tomaron en serio. Una a una, las cuatro lámparas se apagaron hasta que la sala quedó en tinieblas.

La mano de Ian encontró la mía. Era cálida. ¿Se daba cuenta de lo fría y sudorosa que estaba mi piel?

Se arrodilló en el colchón, tirando de mí con suavidad. Me moví para tenderme en la juntura de las camas. Él seguía tomándome de la mano.

—¿Así está bien? —musitó. En torno nuestro había otras conversaciones en susurros, que se confundían con el rumor del manantial sulfuroso.

—Sí, gracias— respondí con otro murmullo.

Jamie se dio la vuelta, sacudiendo el colchón y chocando conmigo.

—Ay, perdón, Wanda —murmuró y después lo oí bostezar.

Automáticamente, me alejé de él. Ian estaba más cerca de lo que creí. Hice una leve exclamación al topar con él e intenté apartarme para dejarle un poco de espacio. Pero de súbito su brazo me envolvió, apretándome contra su cuerpo. Era un sentimiento de lo más extraño. Tener el brazo de Ian ciñéndome de esa manera tan poco platónica me recordó —cosa rara— mi primera experiencia con el Sin-dolor. Era como si hubiera estado sufriendo sin advertirlo y ese contacto hubiera hecho desaparecer todo el dolor.

El sentimiento despejó mi timidez. Me di la vuelta para mirarlo, y él apretó su brazo en torno a mí.

—¿Así está bien? —susurré yo, repitiendo su pregunta.

Me besó en la frente—. Mejor que bien.

Guardamos silencio durante varios minutos. La mayoría de las conversaciones se había apagado.

Se encogió para acercar sus labios a mi oído y susurró, aún más silencioso:

—Wanda, ¿crees...? —no dijo más.

—¿Sí?

—Bueno, parece que ahora tengo mi habitación para mí solo. Eso no está bien.

—No. No sobra el espacio para que puedas quedarte solo.

—Pero es que no quiero estar solo. Pero…

¿Por qué no me lo pedía ya?

—Pero, ¿qué?

—¿Has tenido tiempo suficiente para meditarlo? No quiero apresurarte. Sé que todo esto es muy confuso… con Jared…

Me llevó un momento procesar lo que estaba diciendo y se me escapó una risita tonta. Melanie no era muy aficionada a las risitas, pero Pet, sí, y su cuerpo me traicionó en el momento más inoportuno.

—¿Qué? —exigió.

—Pero si era yo la que te estaba dando tiempo para que lo meditaras —expliqué en un susurro—. No quería apresurarte... porque sabía que era muy confuso. Con Melanie.

Dio un leve respingo de sorpresa.

—¿Pensaste…? Pero Melanie no eres tú. Yo no las he confundido nunca.

Ahora yo sonreía en la obscuridad.

—Y Jared no eres tú.

Su voz estaba tensa cuando respondió.

—Pero sigue siendo Jared. Y tú lo amas.

¿Ian volvía a estar celoso? No debía regocijarme por emociones tan negativas, pero tenía que admitir que me estimulaba.

—Jared es mi pasado, otra vida. Tú eres mi presente.

Se quedó callado un momento. Cuando volvió a hablar, su voz estaba atenazada por la emoción.

—Y tu futuro, si lo deseas.

—Sí, por favor.

Entonces, me besó de la forma menos platónica posible en aquellas circunstancias, rodeados por tanta gente, y me emocionó recordar que había sido lo suficientemente lista como para mentir acerca de mi edad.

Las lluvias terminarían algún día y, cuando lo hicieran, Ian y yo estaríamos juntos, seríamos compañeros en el sentido más estricto de la palabra. Era una promesa y una obligación que no había tenido en ninguna de mis vidas previas. Pensar en ello me hacía sentir jubilosa, llena de ansiedad, tímida y desesperadamente impaciente al mismo tiempo... hacía que me sintiera *humana*...

Después de que todo esto se aclarara, Ian y yo fuimos más inseparables que nunca. Así que, cuando llegó la hora de que probara mi nueva cara con otras almas, naturalmente, él vino conmigo.

Esta misión era un alivio para mí después de largas semanas de frustración. Ya era bastante malo que mi nuevo cuerpo fuera débil y prácticamente inútil dentro de las cuevas. No podía creer que los demás no quisieran dejarme usar mi cuerpo para la única cosa en la que resultaba perfecto.

Jared había aprobado la elección de Jamie porque nadie dudaría jamás de este rostro cándido y vulnerable, de esta delicada constitución que cualquiera se sentiría inclinado a proteger, pero incluso a él mismo le costó llevar tal teoría a la práctica. Estaba segura de que las misiones serían tan fáciles para mí como lo habían sido antes, pero Jared, Jeb, Ian y los demás —todos salvo Jamie y Mel— debatieron durante días, intentando encontrar una alternativa a emplearme en ellas. Y era ridículo. Los veía observar a Sol, pero aún no confiaban en ella, no la habían probado. Además, Sol no tenía la más mínima intención de poner un pie fuera. La palabra "misión" hacía que se estremeciera, aterrorizada. Kyle no nos acompañaría porque Sol se había puesto histérica cuando él se lo había mencionado. Al final, había ganado el sentido práctico. Me necesitaban. Era fantástico saber que te necesitaban.

Los suministros habían menguado. Sería un viaje largo, muy largo. Jared encabezaba la misión, como siempre, así que ni falta hacía decir que Melanie también participaba. Aaron y Brandt se ofrecieron de voluntarios, y no porque necesitáramos sus músculos. Estaban cansados de permanecer al margen.

Viajaríamos lejos hacia el norte y me emocionaba la perspectiva de ver nuevos lugares, de volver a sentir el frío otra vez.

Pero en este cuerpo la emoción se me iba de las manos. No me podía estar quieta la noche que condujimos hasta el lugar donde habíamos escondido la camioneta y el camión. Ian se reía de mí porque no podía controlarme cuando cargamos en la camioneta la ropa y demás cosas que necesitábamos. Me tomó de la mano, según dijo, para hacer que regresara a la superficie del planeta.

¿Hablé muy alto? ¿no estaba alerta a lo que ocurría a mi alrededor? No, por supuesto que no. No había nada que yo pudiera haber hecho. Se trataba de una trampa y ya era demasiado tarde para nosotros desde el momento mismo en que llegamos.

Nos quedamos paralizados cuando unos débiles rayos de luz se abrieron paso en la obscuridad hasta los rostros de Melanie y Jared. Mi cara, mis ojos —que podían habernos ayudado— quedaron en la obscuridad, protegidos tras la sombra de la espalda de Ian.

La luz no me había deslumbrado y la luna brillaba lo suficiente como para ver que los Buscadores eran más numerosos que nosotros. Ocho contra seis. Podía ver la forma en que se curvaban sus manos, las armas que sostenían en ellas, apuntándonos. Apuntaban a Jared y Mel, a Brandt y Aaron —nuestra única arma aún estaba guardada— y una más se dirigía justo al centro del pecho de Ian.

¿Por qué lo había dejado venir conmigo? ¿Por qué tenía que morir él también? Las agobiantes preguntas de Lily retumbaron dentro de mi cabeza: *¿Por qué siguen adelante la vida y el amor? ¿Cuál es el fin?*

Mi frágil y pequeño corazón se rompió en mil pedazos y busqué frenéticamente la píldora en mi bolsillo.

—Todos quietos, que todo el mundo se tranquilice —dijo el hombre que estaba en el centro del grupo de Buscadores—. ¡Esperen, no se *traguen* nada! ¡Caray, esperen! ¡No, miren!

El hombre volvió la luz hacia su propia cara.

Estaba bronceada y curtida, como una roca erosionada por el viento. Tenía el pelo negro, unos mechones blancos en las sienes, y se rizaba como un matorral en torno a sus orejas. Sus ojos eran de color café obscuro. Pero sólo café obscuro. Nada más.

—¿Ven? —dijo—. Bien. Ahora, no nos disparen y nosotros no les dispararemos, ¿bien? ¿Lo ven? —dejó la pistola en el suelo.

—Vamos, muchachos —dijo, y los demás metieron sus armas en las cartucheras: en caderas, tobillos, espaldas... demasiadas armas.

—Encontramos su escondite. Muy bueno, la verdad; lo encontramos por pura suerte. Decidimos que esperaríamos para conocerlos. No todos los días se encuentra uno con otra célula rebelde —se echó a reír con una carcajada jubilosa que le salía desde el mismísimo vientre—. ¡Miren sus caras! ¿Qué? ¿Pensaban que eran los únicos que aún daban la lata por ahí? —Y volvió a reír.

Ninguno de nosotros se movió un solo centímetro.

—Creo que se conmocionaron, Nate —comentó otro hombre.

—Les hemos dado un susto mortal —intervino una mujer, —¿qué esperaban?

Esperaron, cargando el peso de sus cuerpos de un pie a otro, mientras nosotros seguíamos aún inmóviles.

Jared fue el primero en recuperarse.

—¿Quiénes son *ustedes*? —susurró.

El jefe rompió a reír de nuevo.

—Soy Nate. Encantado de conocerlos, aunque puede que ahora no sientan lo mismo. Éstos son Rob, Evan, Blake, Tom, Kim y Rachel —señaló al grupo mientras hablaba, y los humanos asintieron al oír sus nombres. Vi a un hombre, al fondo, al que Nate no había presentado. Tenía el pelo rizado, de un brillante color rojo, y sobresalía entre los demás porque era el más alto del grupo. Sólo él parecía estar desarmado. Me miraba intensamente, así que desvié la mirada—. Pero somos veintidós en total —continuó Nate.

Extendió la mano.

Jared tomó aire y dio un paso hacia adelante. Cuando se movió, el resto de nuestro pequeño grupo exhaló silenciosamente a la vez.

—Soy Jared —estrechó la mano de Nate y empezó a sonreír—. Éstos son Melanie, Aaron, Brandt, Ian y Wanda. Nosotros somos treinta y siete en total.

Cuando Jared dijo mi nombre, Ian cambió el peso de su cuerpo, intentando ocultarme a la vista de los demás humanos. Fue entonces cuando me di cuenta de que yo seguía peligrando tanto como los demás lo habrían estado, si se *hubiera tratado de* Buscadores. Justo como al principio. Intenté permanecer completamente quieta. Nate pestañeó ante la revelación de Jared y sus ojos se dilataron.

—¡Vaya! es la primera vez que alguien nos supera por un número tan grande.

Ahora fue Jared el que pestañeó.

—¿Han encontrado a otros? —jadeó.

—Que sepamos, hay otras tres células además de la nuestra. Once con Gail, siete con Russel y dieciocho con Max. Nos mantenemos en contacto. Incluso comerciamos, de vez en cuando —volvió a reir con el vientre—. La pequeña Ellen, de Gail, decidió que quería estar con mi Evan, el que está aquí y Carlos se fue con Cindy, de Russel. Por supuesto, todos necesitamos a Llamas a veces.

De súbito dejó de hablar y miró incómodo a su alrededor, como si hubiese dicho algo que no debiera decir. Sus ojos se detuvieron un segundo en el alto pelirrojo del fondo, que aún me observaba.

—Sería mejor que aclaremos esto cuanto antes —dijo un pequeño y obscuro hombre al lado de Nate.

Éste lanzó una mirada suspicaz a todo lo largo de nuestras magras líneas.

—Está bien, Rob tiene razón. Adelante con ello —inhaló profundamente.

—Ahora, tranquilícense y escúchenos. Con calma, por favor. Esto, a veces, altera a la gente…

—Siempre —murmuró Rob. Su mano se movió hacia la pistolera que llevaba al muslo.

—¿Qué? —preguntó Jared con voz monocorde.

Nate suspiró y le hizo un gesto al hombre alto del pelo cobrizo. Éste se adelantó con una irónica sonrisa en la cara. Tenía pecas, como yo, pero a millares. Estaban tan densamente repartidas por su rostro que parecería de piel morena, aunque no lo era. Tenía ojos obscuros. Azul ultramar, tal vez.

—Éste es Llamas. Está con nosotros, así que no se preocupen. Es mi mejor amigo, me ha salvado la vida cientos de veces. Es un miembro de nuestra familia y no nos gusta nada que la gente intente matarlo.

Una de las mujeres de Nate sacó su arma y la sostuvo, apuntando al suelo.

El pelirrojo habló por primera vez en una nítida y dulce voz de tenor.

—No, está bien, Nate ¿lo ves? Ellos también tienen a una —me señaló directamente; Ian se puso tenso—. Parece que no soy el único que se ha vuelto nativo.

Llamas me sonrió y cruzó el espacio vacío, la tierra de nadie entre las dos tribus, con la mano extendida hacia mí.

Rodeé a Ian ignorando su advertencia silenciosa y sintiéndome repentinamente cómoda y segura.

Me gustaba la forma en que lo había explicado Llamas. *Volverse nativo.*

Llamas se detuvo ante mí, bajando un poco la mano para compensar la considerable diferencia de altura. Le tomé la mano, dura y callosa, comparada con la mía, tan delicada, y se la estreché.

—Llamas de Flores vivientes —se presentó.

Mis ojos pestañearon al oír su nombre. El mundo de fuego, qué cosa más inesperada.

—Viajera —le respondí.

—Es... extraordinario conocerte, Viajera. Pensaba que aquí era el único de mi especie.

—Ni remotamente— dije, pensando en Sol, allá en las cuevas. Tal vez no fuéramos tan insólitos como creíamos.

Enarcó una ceja ante mi respuesta, intrigado.

—¿En serio? —dijo—, bueno, quizá después de todo, haya alguna esperanza para este planeta.

—Es un mundo extraño —murmuré, más para mí misma que para la otra alma nativa.

—De lo más extraño —admitió.